U1017527

教育部办公厅批准
中国当代文学研究会主办

"叶圣陶杯"全国中学生新作文大赛

17年17届 获奖佳作精选

王世龙 / 主编

天津出版传媒集团
百花文艺出版社

图书在版编目（CIP）数据

“叶圣陶杯”全国中学生新作文大赛17年17届获奖佳作精选 / 王世龙主编. -- 天津 : 百花文艺出版社, 2020.5(2023.3重印)
ISBN 978-7-5306-7848-0

Ⅰ. ①叶… Ⅱ. ①王… Ⅲ. ①作文-中学-选集 Ⅳ. ①H194.5

中国版本图书馆CIP数据核字(2020)第008455号

“叶圣陶杯”全国中学生新作文大赛
17年17届获奖佳作精选
“YESHENGTAO BEI”QUANGUO ZHONGXUESHENG XIN ZUOWEN DASAI
17 NIAN 17 JIE HUOJIANG JIAZUO JINGXUAN
王世龙 主编

出 版 人：薛印胜
责任编辑：朱佳瀛 李文静 **装帧设计：**张振洪
出版发行：百花文艺出版社
地址：天津市和平区西康路35号 **邮编：**300051
电话传真：+86-22-23332651（发行部）
+86-22-23332656（总编室）
+86-22-23332478（邮购部）
网址：http://www.baihuawenyi.com
印刷：天津新华印务有限公司
开本：787毫米×1092毫米 1/16
字数：720千字
印张：40
版次：2020年5月第1版
印次：2023年3月第3次印刷
定价：80.00元(上下卷)

如有印装质量问题，请与天津新华印务有限公司联系调换
地址：天津东丽开发区五经路23号
电话：(022)58160306
邮编：300300

版权所有 侵权必究

愿你的作文充满文学才气

在“叶圣陶杯”全国中学生新作文大赛成功举办17年17届之际,组委会和以文学读物编辑出版颇负盛名的百花文艺出版社合作,精心编选了这部《“叶圣陶杯”全国中学生新作文大赛17年17届获奖佳作精选》(上下卷),全面展示了17届大赛的最佳获奖作品,并收录决赛试题,集合而成最优质的可资借鉴的参赛指导书及日常作文学习资料。今天,我们满怀着丰收与期待的喜悦,把它隆重地奉献给你——亲爱的中学生朋友和家长,尊敬的老师和校长!

此刻,我们不禁想起了叶圣陶孙女叶小沫那充满深情的语句:“学语文是一件人人要做的事儿。大赛使孩子们了解了爷爷的语文思想,使他们从小热爱语文,热爱作文。这种能力将陪伴他们一生。”

“叶圣陶杯”全国中学生新作文大赛创办于2003年,由中国当代文学研究会主办,2019年被教育部批准为首批面向中小学生举办的全国性赛事之一。大赛以“弘扬叶圣陶教育思想,配合促进新课程改革;引领中学生健康写作,发现与培养文学新苗”为宗旨,以全面提升学生的语文核心素养为目标,倡导“生活化内容、个性化表达、多样化风采”的写作理念。多年来选拔成就了一大批文学特长生,培养了众多文学新秀,为提高中学生语文素养、推动素质教育发展做出了贡献。在广大中学师生的积极参与和热情呵护下,它已经成为全国中学生表现才华、表达情感的最佳平台,成为一个个文学新人脱颖而出、走向成功的摇篮。众多学子从这里起步,走进了清华、北大等著名学府,全国十几所高校在自主招生录取简章中明确地把“叶圣陶杯”全国中学生新作文大赛获奖作为文学写作类特长认定。不少文坛新秀从这里诞生,成为当代文坛的新生力量。

中学生朋友,当你打开这本书,你会读到一篇又一篇激情飞扬、才华横溢的优秀篇章。

这些作品会告诉你——作文应该写什么。写作的源泉是生活,“问渠那得清如许,为有源头活水来”。“叶圣陶杯”新作文大赛坚持“生活化内容”的理念,我们应该从生活中激发写作的兴趣,选取写作的材料,描写自然风光、文物古迹、风俗民情,表现青春校园、温馨家庭、大千世界,展示文化情怀、成长轨迹。生活之树常青,我们的写作就会有取之不尽用之不竭的源头活水。

这些作品会告诉你——作文应该怎么写。写作要体现个性,“我以我手写我心,我以我心吐真情”。“叶圣陶杯”新作文大赛坚持“个性化表达”的理念,我们要“力求有个性、有创意地表达,根据个人特长和兴趣自主写作”:取角要个性化,学会聚焦与求异;立意要个性化,达到情真而意切;结构要个性化,做到有序而善变;手法要个性化,尽显灵活和自由;语言要个性化,追求纯真与精炼。个性之花绽放,我们的写作就会呈现姹紫嫣红争芳斗艳的绚丽景色。

这些作品,会告诉你——作文应该怎样写得更美。写作要追求特色,“一花独放不是春,万紫千红春满园”。“叶圣陶杯”新作文大赛坚持“多样化风采”的理念,我们要在写作内容和形式上不断创新:要开拓多元视野,让我们的眼界更开阔;要展开多维思考,让我们的认识更睿智;要善用多种文体,让我们的表现更生动;要展现多彩文风,让我们的文章更感人。风采之翅振飞,我们的写作就会走向才情并茂、文质兼美的崭新境界。

正是由于这些,使“叶圣陶杯”全国中学生新作文大赛在平时作文、竞赛作文、考场作文之间打开了互相连接的通道,在校园文学活动与语文教育教学之间架起了彼此贯通的桥梁。因此,这本获奖佳作精选将成为平时作文典范、竞赛作文精品、考场作文标杆,帮助你实现作文成功、竞赛争先、考场夺魁的愿望。

在这里,我们还要特别强调一下提高文学素养的问题。每位中学生,无论将来学文、学理,都应该努力提高自己的文学素养。而作文,最能够检阅学生的文学素养。环顾中学生的作文现状,我们发现存在着一些必须克服的毛病:思想空虚,文章只有简单的标签,缺乏真切的见解、细致的分析、深刻的思辨,只能说出“是什么”,不能讲明“为什么”,思想贫乏,远离生活,缺乏时代精神,缺乏真情实感;内容漂浮,以罗列事例为时尚,往往看起来旁征博引,实际上空洞无物,引用材料也不知其来源,不明其真义;形式花哨,滥用排偶,一味套用或照用他人作文中的现成语句,片面追求语言的华美、表面的虚荣,不必要的题记、小标题、后记等大有演变成新八股之势。究其原因,还是我们的同学在沉重的负荷下文学名著、文化经典读得太少,没有办法形成厚重的文化积淀和必备的文学素养,也就难以在作文中迸发出真正的文学才气。我们希望中学生读者阅读本书时,注意从这个角度品味评判,取长补短,学会用文学审美的标准来写作文。

愿中学生作文充满真正的文学才气,留下青春最动人的篇章。

编者

2020 年 4 月

目 录

第四届(2006年)获奖佳作精选

第五届(2007年)获奖佳作精选

第六届(2008年)获奖佳作精选

第七届(2009年)获奖佳作精选

第八届(2010 年)获奖佳作精选

第九届(2011 年)获奖佳作精选

第十届(2012 年)获奖佳作精选

第十一届(2013年)获奖佳作精选

第十二届(2014年)获奖佳作精选

第十三届(2015年)获奖佳作精选

第十四届(2016年)获奖佳作精选

第十五届(2017年)获奖佳作精选

第十六届(2018年)获奖佳作精选

第十七届(2019年)获奖佳作精选

附录：历届决赛试题(高中部分)

微信扫码
在线看写作提升课
获取精品阅读资料

第一届（2003年）
获奖佳作精选

17年17届

暖 冬

□ 浙江省安吉县高级中学　李唏

> 当我们走向所有光亮的边缘并步入未知的黑暗，我们必须相信有两种可能：或者将有坚实的土地供我们站立，或者我们将学会飞翔。
>
> ——法兰克·奥特罗

当小丹还在与她的后桌打那个窗外的银杏叶何时落完的赌时，远方寄来的那片香山红叶了然地告诉我，冬来了。

我依然每天穿简单的衣服，梳简单的头发，盛开最简单的笑容，只是在倏忽的时光中偶尔失神，开始感慨光阴不入眼的残忍。

高三了，不是吗？三年了，我甚至可以骄傲地说校园里的那些小树都在自己的注视下茁壮起来。看着高一学生面带孩子气地穿着新校服晃荡在校园里，看着高二学生全班出动在黑暗中为篮球队加油，心里便默默地复习那些温情而熟悉的片段，不觉也温暖起来。一次与Lynn在傍晚时分拉着手向校园狂奔，以免迟到，Lynn在风中快乐地向我喊：“高三，真的很充实呢！”所以便有另一种风情的快乐，不是吗？

历史教师的啤酒肚，班主任语速惊人的中式英语，偶尔放假的小道消息，都可以让我们笑得如此满足。境由心造，好与不好，存乎一心。

高二的一天，我靠在教室外看高三学生拍毕业照，五百来号人整整齐齐地站在那儿，在阳光底下，安静得听不到一点儿声音。我看不到他们的表情，心里却有一种很难受的滋味。不知过了多久，闪光出现，时空定格。后来我在周记里写“我看到明年的我们”，并告诉自己“尽管有焦躁不安，有恐惧、迷茫，但更多的是张开翅膀，向它飞去”。

开学那天，久违的彼此，都笑得那样亲切，我们是同一条战壕里的战友了。校运会那天寒流来袭，我们一如高一高二的孩子那般新奇而雀跃，我拿着相机，抓拍每一组值得一辈子怀念的瞬间：犷哥在跨栏时的半空腾起，“熊”在掷铅球失败后仍然灿烂得足以埋葬阴霾的笑容，后勤组狂吃运动员专用食品时的张牙舞爪，以及那张据说很动感，实为模糊不清的我的“英姿”。全班聚在一起，指着这张说“你好丑啊”，点着那张说“我好帅啊”，七手八脚地剪底片，复制那份难得的快乐。于是，再回首看那些青黑色天空下，打着V形手势或冲刺或准备或庆贺的镜头时，心中便一次次地温润起来。

快乐需要记录，突如其来的快乐更显得弥足珍贵。当我和同学逃掉晚自习跑到演唱会时，我猛然发现，自以为日渐成熟的生命中始终隐埋着一辈子拥有的童稚和疯狂。我从来不知道自己会爬上椅子挥舞着荧光棒在震耳欲聋的摇滚乐中声嘶力竭，也从未意识到自己会不顾一切地冲过保安拼了命地跟蔡依林握手，事后我们在人山人海中对视而笑，笑得不可遏制，唯一遗憾是没能看到阿杜。我们从不是追星的孩子，可原来热情是可以被传染的，在周围中年人善意而好笑的目光中，悄悄收起校徽继续疯狂。是的，今晚请允许我们在炫目的烟火和华丽的繁星下任性地放纵一次！于是，这样的快乐，便使劲地在青春艳丽之处打了个烙印，永不磨灭。转过身，她依然在我身后笑：“嗯，我今天真的很高兴呢！”

抬头便是十二月，南方的十二月总是比北方的银装素裹少了几分大气与磅礴，但在单薄的朝阳中，也感受得到温暖的穿透力。毕淑敏在《豆角鼓》里写道：“人间的温情跨越无数岁月和命运的阴霾，将记忆烘烤得蓬松而馨香。”也许有一天，当我带着岁月的痕迹翻看那些青春的张扬时，会发现高三那一段，熠熠生辉，格外耀眼。

冬天是一个适合沉淀的季节。我们在这南方的暖冬里，踮起脚，满怀隐忍地感慨过去，微笑并保持微笑地经历着最后的冬日，带着冬天珍贵的温暖迈入来年的未知。

（指导教师：叶伟强）

点　评

读《暖冬》会令人不禁想起王蒙的《青春万岁》，产生一点儿与之似曾相识的感觉。不尽相同的场景，都簇拥在青春的旗帜下舞动。叙事流畅，结构圆润，语言也别具一格。

家之思

□ 山东省淄博第五中学　金鑫

“我想有个家，一个不需要华丽的地方，在我疲倦的时候，我会想到它……”熟悉的旋律再一次在耳边回响，依旧是那样深沉，那样催人泪下。这首二十世纪九十年代的歌曲唱红了祖国的大江南北，感动了无数想家的人。

家是一个被人反复叙说却永远不能被人说完的话题。在每个人的心里，都有对家的诠释，但在我心底，家却是个神秘而又美丽的牵挂。

家是一曲熟悉而优美的旋律，在我悲伤之时泉涌而出，充满我的心房，久久萦绕，让我忘掉忧伤。

家是晚霞中的红蜻蜓，总在最美的时刻出现，点缀我的视线，让美丽更加动人，让绚丽更加精彩，让梦更加绮丽。

家是灵魂的栖息地，是你痛苦、寂寞、无助时最想回到的一方心灵净土。

家也是一阵风，一颗红豆，一片秋叶，一阵香气，一种心情，更可以是那场迷人却又捉弄人的梦……

孩提时的我喜欢一个人坐在树下，听鸟儿清脆的叫声。有时，我还会说，我能听懂，那是鸟儿想要回家。

想家的夜是寂静而漫长的，想家的感觉是甜蜜而痛苦的，想家的心是快乐而酸楚的，想家的人是微笑而流泪的……

那个扎着蝴蝶结，站在幼儿园门口哭红了眼睛的小女孩，依旧清晰地在我的眼前。清泉般清澈的双眸所望的地方，一定有她的家。

当你躺在医院的病床上，望着周围单调的世界，你一定会想念家中的温馨。

当你在异地求学，身处生疏的世界，望着漆黑的夜空，你一定会想起母亲慈祥的面庞、父亲有力的臂膀，想起细腻清透的母爱、深沉厚重的父爱。

“枯藤老树昏鸦，小桥流水人家，古道西风瘦马。夕阳西下，断肠人在天涯。”

当你身在异国他乡，你一定会感受到余光中的那句诗“当我死时，葬我，在长江与黄河之间”的内涵。你也一定会手捧一颗故土的枣核，把它视作珍珠玛瑙。

我喜欢那首萨克斯曲《回家》，倒不是因为那悠扬婉转的旋律，而是因为其中那点点忧伤，仿佛是一盏明灯，照亮我心灵深处曾经被遗忘的角落，勾起我阵阵回忆。

我欣赏李白的狂放洒脱，爱他“仰天大笑出门去，我辈岂是蓬蒿人”的自信，爱他“安能摧眉折腰事权贵，使我不得开心颜”的自尊。但从另一个角度讲，此时的我更能理解他那“举头望明月，低头思故乡”的梦断神伤……

（指导教师：闫伟）

点　评

《家之思》是一篇感情充沛、语言深邃的散文诗。作品主要用铺叙的手法，生动地展示对家的理解和感情。而这些理解和感情，不仅属于作者，也属于所有热爱和眷念家的人。

夜宵实验报告

□ 湖北省荆州中学　彭涛

时间：2003 年 11 月 20 日

地点：从寝室到值班室

人物：我、值周教师

目的：检验吃夜宵的生理、心理反应

实验过程：

一、开水+泡面=香气+爆鸣

熄灯铃响后，青春期的肠胃准时开始发酵。我买了一包泡面，匆匆躲进寝室，肚内开始产生剧烈的沸腾。倒开水泡面，可真是个复杂的反应！因学校规定熄灯铃响后不得吃小吃，因此，泡面不宜光照，先得关灯；不宜共享，只能独吞。我有一个独特的发现：在黑夜用黑手拿黑碗吃黑面，其反应现象不很明显——只放出浓郁的香气和发出吱吱的爆鸣声。

二、面条+曝光=冒烟+爆炸

“砰！”门还是被使劲推开，一道强光射过来。我猛抬头一看，是值周老师！其物理性质：遇泡面放出团团怒烟——分明就是浓 H_2SO_4。我迅速将碗放在桌上，以免被烫伤，然后全身定住。值周老师那镁条般的双手开始摩擦，终于点燃，那耀眼的白光在我那碗 H_2O、NaCl 等混合而成的泡面上顷刻间发生爆炸，面条撒得满地都是。我受到惊吓，无心去验证此物理反应与我的“夜宵实验”的预期是否相符。值周老师提高声调：“都十一点了，真不知趣！”强调中夹着怒火的杂质，我真想把它过滤出去，但那严厉的眸子熔化了我——一个饥饿的高中生，我被推出寝室，艰难地迈着贮满 $CaCO_3$ 的双腿，走出了宿舍楼。

三、罚站+政治课=脸发烫+心发冷

值周老师带我进了值班室，据说，那里可以使一切反应加速。果如所料，刚进值班室，我那被强光照过的脸开始变热、发烫，泪水滑过，发生刺刺声响。凛冽的寒风夹着零下一摄氏度的水汽,刺着我表皮的每一个细胞,冷冷的。值周老师一定是教政治的,为我讲述着熟练的政治课,死一般的严肃。随后,他跷起一条腿,拿催化剂般的眸子看着我,用以加速我的心理反应。接着,他点燃一支香烟,放出缕缕烟雾,正如我的那碗泡面放出诱人的白色气体,我轻轻地嗅了一嗅,还真香。然而,我的食欲又来了。

实验结果:我+面条+值周老师=天很小+地很小+一份检讨

(指导教师:陈敦桥)

点 评

《夜宵实验报告》写"我"因熄灯后吃泡面而受批评的"违纪"事件,作者以化庄重为诙谐的手法,将"我"的无奈心态、值周老师的粗暴行为在轻松的笔调中充分展露出来,而无怨愤的锋芒,成为校园生活中的一个小插曲。

乐山三佛

□ 黑龙江省哈尔滨市第三中学　陈璐莹

夜空的繁星/闪着造物主的笑容/衔来人间的是/生命短暂的萤火虫

——泰戈尔

睡佛

他只是沉睡着，在乐山后身一个相当僻静的地方，僻静到近些年才被人发现。

他神态安详，微闭的双眼，稍稍上扬的嘴角，以及他那舒展的姿势，一切一切都让人感到如此平和与宁静。没有时间的流逝，没有历史的流逝，只有永恒，只有永恒的觉醒、永久的从容、厚重的历史感以及无法言说的凝重与沧桑。他是经历了怎样的磨难才会选择这一种生命无法承重的沉默？默默睡去，不复醒来。也许身下的小草拱了又拱，他却仍然不为所动。也许风吹过，雨打过，他就那样以博大的胸怀从容面对着。这是怎样一种从容？这种从容笑傲红尘的俗情与做作，鄙薄人间的贪欲与执着。于是——

一瞥一瞬，一睡千年。

坐佛

我凝望着你的眼，你只微笑着。人们在你的头顶，你也微笑着。

你是那样伟岸与高大，你是乐山三佛之首，可你没有被炒作。虽然你一直双目紧闭，可我仍能感受到你的内心。你为何不愿将眼睛睁开？是因为怕世间的尘埃迷了双眼，还是不愿看到人们如此势利浅薄？你好像摇了摇头。其实我知道你不是高傲，也不是逃避，我能了解你淡泊的心境，也晓得其实你比谁都清楚世事的变化无常。你了解永恒的奥秘，却不愿说破。于是，只有过往的有心人才能体会。

看着你，我震撼了，感受到了自我的渺小与从俗世中超脱的平和。也许旁边人们的照相机不停地闪动，拍下了你表面的微笑，可我却看到——

在你内心深处的千年沃土中，一朵莲花正悄悄开放，永不凋零。

卧佛

在乐山三佛之中，我是最易被人忽略的。我的头、身均由小岛拼接而成。也就是说，没有人们的想象便不会有我。

虽然我不是真正的石佛，可我并不自卑，因为形式终究是形式，内心才最为重要。我身上长满了郁郁青青的草木，我身上容纳了数以万计的游人，当然，也有那两尊佛。

我注视着人们乘着快艇在我头身之间来回穿梭，我不禁微笑：他们活得是如此喧嚣与繁重，而我的生活，不仅从前是、现在是，将来也会是一样平静，不会有丝毫改变。

我愿是菩提，给好生者享用；也愿是拂尘，拂去有心人心灵的灰尘。我没有五官，可我的胸襟与胆量就像这浩浩江面一样宽广；我不受赞美，可我的灵魂仍然美丽如常，我用它，微笑了整整千年。

我愿用从容的心态去对待评价，以平静的姿态去迎接永恒。

因为，我是佛。

（指导教师：谷学锋）

点　评

对于游览对象的描绘，常常是作者丰富的内心世界的映照。《乐山三佛》中的佛像本无情思，有的甚至形象也模糊，但一经作者以积极向上的人生态度去观照，便显出庄严神圣的气韵。

忘却善良的年代

□上海市崇明中学　倪幸佳

有人说：每个人的生活都在自己的眼泪中开始，在别人的眼泪中结束。我想，说这话的一定是个善良的人，因为他坚定地相信，当一条生命消逝时，留在人间的必定是悲伤。而只有张爱玲知道生命是一袭华美的袍子，上面爬满虱子。太多的人会为着秋风中的一片落叶而扼腕叹息，却并不曾为这一件爬满虱子的锦袍落下一滴感伤的眼泪，因为这是个忘却善良的年代。

曾经人们不懂得关爱，是因为不知道如何使用那颗善良的心，正如猿人的茹毛饮血。和着腥膻的鲜血吞下猎物不是因为喜欢，而是他们不知道有种温暖的东西叫作“火焰”。如今，我们清楚地知道电饭煲可以熬粥，微波炉可以烘甘薯，谁还会将滴着鲜血的鸭子一口一口吞下肚去呢？所以我不怪他们，不是说“不知者无罪”吗？对，不怪，不怪……

纯真的年代时光的河，迷离的幻境伤感的人，童年的木马夏日的雨……

当我们一步步微笑着走到现在时，当我欲睁眼寻找善良的人群时，我听到了张晓风哀怒的声音：“给我一个解释，我就可以再相信一次人世，我就可以接纳历史，我就可以义无反顾地拥抱这荒凉的城市。”几乎是在一瞬间，一种流离失所的气息将我紧紧包裹，睁着自己明亮的眼睛，看到的却是无尽的茫然。我无措，因为我给不出那个解释，在这个繁华的城市、文明的年代，每个人都知道什么是善良、如何去关爱，只是他们选择了将其隐藏，直到忘却……于是，我看到了列车上年轻小伙旁伫立的白发老太太、美丽街道上躺着的落魄乞丐、蔚蓝晴空中旋转的一只只纸袋，还有这个忘却了善良的年代！

郭敬明说：“在黑夜中坚持苏醒的人代表着人类最后的坚守。”无奈，我就是如此顽固的一个人，在沉沉的黑夜睁开我明净的双眼，清醒地去寻觅被这个年代遗弃的善良与关爱。我把自己放逐到无人的荒野，仰起头凝望广袤的苍穹，感应我珍爱的善良，直到脖子酸痛。然后在不断自我安慰的保护下，我踏上深林中的青石板，拾级而上，去山顶凝望雾隐霞江，聆听暮鼓晨钟。善良，善良，属于这个年代的善良，你可知此时此地有一个我不曾将你忘却？

远行归来，我终于明白，忘却了的东西只要我们愿意回忆重温，那么一切都将恢复曾经焕发的光鲜亮泽，比如关爱，比如善良。

当我们对着擦肩而过的行人粲然一笑时，当我们对着一旁伫立的白发老太太说一声“阿婆你坐”时，当我们在落魄乞丐面前及时停下匆匆的脚步，听硬币“哐当”落入碗中的清脆声音时，善良便迈开她轻盈的脚步，微笑着向我们这个忘却她的年代款款走来。

城市的人们，虽然你们忘却了这应是个善良的年代，可我仍不怪你们。我且把这当作是——沉睡的英雄走错的棋！对，不怪，不怪……

（指导教师：谢剑伟）

点评

《忘却善良的年代》是对人们灵魂深处的拷问，是对社会道德回归的呼唤。文章从社会发展的历史证明不能忘却善良，从社会现实的剖析中阐明忘却善良的可怕，热切希望善良美德的回归。

五殇

□ 浙江省平湖中学　周姗姗

文

应该这样说：一边是颂扬，一边是诅咒。诅咒中掺和着颂扬的高昂，颂扬中又掺和着诅咒的低沉。于是，她艰难地涉过时空，面对人世时，用她的柔和与刚毅抚平一段历史的创伤。但，就像一个人，微微叹了口气，然后，飘散了，无影无踪地飘散了——没有诅咒，没有颂扬，没有生命的光芒。

武

闻鸡起舞的朋友悟过，初升的太阳下挽片璀璨的剑花；白马铁甲的将军悟过，迷蒙的黄沙里唱首怒发冲冠的歌；数百万英雄也悟过，汪洋的血泊中映出一个青春的中华。今天——红日是狂，黄沙是莽，血泊是殇。

佛

梵唱声，我的耳听过，也厌过；缁衣影，我的眼见过，也怜过；释迦像，我的心敬过，也哭过。敬的是佛，也不是佛。哭的是佛，也不是佛。敬的，哭的，是兼济天下的胸怀。其实，他早已死了，在初降的刹那。接着修行的，不是僧，而是人。人有人的欲望。

儒

仁，孔丘呼喊；义，孟轲叙写；鄙陋，庄周哂笑。肌肤若冰雪、绰约如处子的神人怎会知道世间的无奈？入世时，他被打倒了，连着木雕的塑像；打倒后，他又兴起了。一袭精致的衣裳，一架干枯的白骨。

人

“人”，一撇一捺。聚合在一起是相互的支撑，分散了，只是一撇一捺。可是——人——如此多的人，竟只成了一撇一捺。离离散散淡淡，凄凄惨惨戚戚。临江一点，唯生者生。轮回不定，必死者死。天日昭昭，落殇者殇。

（指导教师：王蓓）

点　评

《五殇》选取我国传统文化中几个重要的概念，对它们的内涵、实质、影响等进行阐述，引人思考。本文语言精练，富有意蕴，从中可见作者平日的广泛阅读和深厚积累。

“武侠”的流浪生活

□ 湖南省洞口县第一中学　阳艳霞

各位朋友，当你看到我的求救文时，我还在流浪，无休止地流浪……此时的我已经伤痕累累，面目全非……

几个月前，我诞生了，和许多兄弟姐妹一起待在温暖而又安全的书橱里，那时候，我们觉得非常寂寞，是啊，多想走出书橱，发挥自身的“价值”。

终于有一天，一个漂亮的女孩将我买走了，我非常高兴。那一夜，女孩没有写作业，没有看书，而是捧着我，关上房门，在桌前一直坐到深夜，我已经非常疲倦了，在那刺眼的灯光下，我浑身酸痛。

终于，女孩看到了最后一页，我已经不负“重”望地完成了使命，在睡觉之前，她把我放进了她的书包。

“你……你闯大祸了！”语文书尖叫着。

“你会害了她，她是一个好学生。”政治书大喊。

“你的到来，夺走了她全部的精力！”数学书不依不饶。

总之，那晚，我委屈极了，和着泪水，我无法入眠，一直熬到第二天早晨。我病了，这里的大姐大哥一点儿都不友善。

突然，一阵爆炸似的起床声使我惊恐，女孩大呼“迟到了”！一阵飞跑之后，女孩还是迟到了。接着是罚站、挨批、上课打瞌睡，然后是被叫到办公室。那天，女孩无法学习，一种犯罪感缠绕着我。女孩生气极了，一把甩开了我。我痛得像浑身散了架，没等我回过神来，一群男生蜂拥而至，我又继续犯罪。

化学课上，那个戴酒瓶底似的眼镜的男生拿出了我，津津有味地看着，正当他看得云里雾里时不幸被老师的粉笔头击中，他呼一下站起来和老师对视了五分钟后败下阵来。老师气极了，冲过来，发现了罪魁祸首的我，一把抓住我，将我扔出了窗外。我的外衣掉了，我感觉自己已经四肢不全了。

然而，外班一位上体育课在外游荡的大个子发现了我，他又拾起了我，我知道,我的命运从此会一直苦下去。

“唉,同学们,谁来结束我的流浪生活?谁来拯救犯罪的我……”

(指导教师:刘大正)

点 评

《“武侠”的流浪生活》采用拟人手法,通过一本武侠书的自述反映了“武侠热”对学生的影响及学校师生对此的态度。

开在冬天的向日葵

——怀念文森特·威廉·凡·高

□ 湖南省岳阳市云溪区第一中学　李季

有的星宿孤独地燃烧着，熄灭了，很久很久以后，它的光才到达我们的眼。

——周国平

突然明白了凡·高的向日葵其实是开在冬季的。无边的旷野里，灿烂而憔悴、明艳而凄凉的向日葵，在绽放与凋谢之间摇曳。这是沧桑的沉默，是心灵的渴盼，是希望的回归，是冬日的恋歌。

然而，陪它的人终归去了，并且永远地去了，只留下寂寞的向日葵和《向日葵》。画纸上的向日葵如火如荼地演绎着生命的精彩，就如凡·高一生的追求。

凡·高只有破旧的椅子、踏遍野地的皮鞋和受伤的心。所以他笔下的向日葵，不再是向日葵，而是对爱人的倾诉，对人世的呐喊。然而，他的希冀却在方寸间的沧海桑田里失落，他的梦在时空的斗转星移中消散。

萨都草坪一声枪响后，人们开始重新审视凡·高，才终于发现这个奇迹般的天才。他的画，一扫美术界平庸的画风，在浓墨重涂中蕴含着无限深情和哲学的思考。百余年后的今天，再看看凡·高那些腾空而起、在寰宇间剧烈旋转的图画，想想他忧郁的眼神，黝黑土俗的烟斗以及将子弹射入腹部后缓慢痛苦的死亡，他会在你的心中焕发出真正的人之光芒。这光芒，或许比德兰或甘地的更加温暖，更加令人哭泣。

凡·高是个画家，也是个预言家。他曾说："一个世纪后，我的画将享誉世界。"他说对了，甚至不到一个世纪，这位生前潦倒的画家就成了画坛的至高代表。当《没有胡须的凡·高》以七千一百五十万美元成功拍卖时，全场欢声雷动——凡·高在美术界再创了一个奇迹。

凡·高一生都是孤独的，他将全部的爱都倾注在向日葵上。在向日葵的花开花落间，我们可以发现，他传奇的人生，一次次重现在世人敬仰的思潮中，这便是凡·高永恒的魅力之所在。

唐·麦克莱恩为凡·高写过一曲《文森特》："他们不能爱你，但你的爱依然真实存在。星夜下，当心中再没有一丝希望，你像热恋的人儿般结束了自己的生命……星夜下，空荡荡的大厅里挂着画像，无名的墙上挂着没有边框的头像，他们看着这世界，无法忘却……你清醒的时候承受了多大的痛苦，你努力想让他们得到解脱，他们却不予理会。他们不会明白，也许永远都不会。"歌声是平和的，如一湖古水，任灰白的云彩从它安静的眸子前飘过，伴奏的只有一把苍凉的木琴。

一个人要将悲伤忍耐多久才能让泪水不流出来？就如凡·高在精神病院中画出的那幅《星月夜》：暗暗的天际里，星云在顾盼流转，像黑夜的眼睛，有那样深邃和隽永的含义。一切都在突然之间结束，恰似凡·高那只有三十七岁的生命，却是那样完美的生命。

印象派大师莫奈和塞尚曾这样评述凡·高："这个荷兰人只是一个灵魂。"这个灵魂在结束自己的生命前为人类做了最后的描述："痛苦便是人生。"但愿痛苦不是灵魂。

（指导教师：刘应湘）

点　评

《开在冬天的向日葵》的语言是精练的。短小篇幅中，对凡·高的作品、凡·高其人、凡·高的精神世界都给予了评述，还引用了多位名人的评价，信息量丰富，时有精警之句。

不能褪色的记忆

□ 浙江省平湖中学　沈君风

记忆中的初三很短，而初三里的记忆很长。

初三大抵是很苦的，有一段日子我觉得自己严重缺氧，在铺天盖地的试卷面前不知所措。其实，很多人都一样，于是，大家都不知所措，作业空白成了家常便饭。面对老师的责怪，我们的回答是，因为太忙，忙得不知道干什么，所以什么也不干。这大概就是初三的一个梗概了。

进教室的第一天，知道换了班主任也换了任课老师。新的自然老师很漂亮，这让男生们上课很来劲，懒散的 Allen 虽从不曾认真听过一堂课，但也信誓旦旦地说绝不会在自然课上写情书。"异性相吸"这个自然科学中的道理在自然课上显得尤为有道理。

数学老师换成了顾 Sir，第一天上他的课，只听他说因为他姓顾，所以我们都是他的顾客，顾客就是上帝。我在台下困惑了很久，心想这八竿子也打不到一块儿的两句话居然被他串在一起，加上个关联词竟能说得有板有眼。我绞尽脑汁最后得出的结论是：数学老师的逻辑思维就是与众不同，不是我们这些鼠辈所能比的。

到了初三，所有人都似一夜长大，没人再折纸飞机，也没人再念念叨叨要去网吧了。教室里少了一些人，他们到职业高中去念春季班了。再后来，为了应付平中的理科班招生，学校抽出一些有希望的学生另组班级，进行强化训练。于是，本来就已残缺的班级变得更加支离破碎。

老师们成天在耳边说，时间不多了，但具有讽刺意味的是他们要我们在"不多"的时间里完成足够多的试卷。班头说，把试卷攒着，考完了卖给废品站，进高中的学费也不用愁了！然而并非每个人都那么有经济眼光，这么多的试卷只为我们重蹈覆辙地玩纸飞机提供了便利，于是一时间又飞机泛滥，满教室地栽跟头。

初三的日子就这样淌着，有时候真的连说话也成了一种奢侈。不在沉默中爆发便在沉默中灭亡。终于，在精神压力日益加重的时候，很多人都选择了前者。有段时间大家疯狂地迷上了周杰伦的歌。一次自修课，铮哥和“炒面”在厕所里大唱特唱“哼哼哈嘿”，他们大概是真的被双节棍打昏了头，要不然怎么会忘了厕所的旁边就是教室，而班主任老马正在里边“视察民情”呢？当他们粗犷的歌声伴着厕所的臭气飘入教室时，老马的脸都气得发青了，只是鉴于性别之界，不能冲入男厕所亲自抓人，只得派了个男生去喊他们出来。然后，可怜的铮哥和“炒面”被拎进了办公室，至于老马究竟跟他们说了些什么，我们不得而知，我们只知道，他俩回来的时候一脸的不屑，于是，“望仔”在底下拍着桌子吼，有个性！

这也已经是刚开学的事情了，到离中考只剩下最后两个月时，大家连吼歌、喜欢周杰伦的权利也没有了，尤其是我们这些被拉去“强化训练”的人，早已把一切赌注都压在一件事上：考进平中实验班。社会课代表过来问，老师说的中考复习书买不买，我说不买，等书发下来人都在平中了。说这句话时我觉得特豪迈。望望班头，很心有灵犀地相视而笑，他说等考完了一起骑车去乍浦看日出，我点点头——很有望梅止渴的味道。后来便向着这个目标往前冲，一天到晚地埋头苦读。还好那时学校里每天安排一节课进行体育训练，这成了我们最向往的时刻，虽然在被疯狂地压榨脑汁后又要经受肉体上的折磨，但对于我们来说却算是一种享受了。

四月底平中考试，考完后又回到教室，考前的壮志豪情早已烟消云散了，萧泠问我怎么样，我说：“没戏了，让我多陪你一个月吧。”那几天的心情难以形容，唯一值得安慰的是，所有去考的人都和我一样垂头丧气。隔壁班的兄弟们在那边喊，上不了平中就一块儿去嘉一中，我想有道理。“香奈儿”也为此闷闷不乐了好几天，最后她愤愤地说：“就算平中的校长亲自来请我，我也不去了。”结果她考上了，而且考了一个令所有人都瞠目的成绩，大伙嚷着要她请客，她说：“好，等我卖了那些试卷请你们吃臭豆腐。”出乎我意料，我也进了平中，但却没有一点儿劫后重生的欣喜，只是想，考上就考上了呗，考上了更苦。

此后便是很长一段时间没有跟初中里的朋友联系，初三的记忆也渐渐被时间磨得褪了色，于是只能留下一些文字，算作纪念。

（指导教师：郑革修）

点　评

《不能褪色的记忆》真实而生动地再现了初三那些紧张的日子，能让经历过中考、高考的“过来人”产生联想，做出评判。幽默的文笔，调侃的语言，使紧张气氛融入几分轻松。

琴韵·画意·剑舞

□ 上海市崇明中学　陈薇

在日益繁重的学业压力之下，我总觉得很累很累，有太多的事情只想逃避，不敢面对。于是，我便难免沉湎于对古人那种简简单单生活方式的向往。席地而坐，一张琴和着高山流水开始吟唱，一把剑随着悠扬琴声翩若惊鸿，历史就在这不经意间浮沉于眼前……

琴韵

悠扬的琴声如涓涓细流般缓缓而至，飘萦着隔世的灵气，是如此超凡脱俗，空灵深邃。恍惚间，高山流水似乎化成了两个人。流水便是那抚琴人，灵巧的十指在古琴上一划便成就了一段千古绝响；而高山则是流水的知音，每一个琴音都镌刻在了心中，一晃便成了那永世难灭的印记。

"巍巍乎，若泰山；洋洋乎，若江海。"水还是那水，山依旧是那山，然而心灵的交汇是一种无须言语的默契，心意相通有时只在那一瞬间。

于是，乐只为知己者奏。于是，我终于知道为何后世无法再听到如此仙乐？知音已逝，逝去的不只是人，还有那古琴的生命和它那缥缈旷远的琴韵……

画意

又是在高山流水下，烟雾缭绕的青山犹如一幅淡妆的水墨画，"落霞与孤鹜齐飞，秋水共长天一色"。这时，山间隐约传来一阵歌声："采菊东篱下，悠然见南山……"近了，近了，一个山民打扮的人走近了。一身粗陋布衣却掩盖不住那眉宇间的勃发英气和挥之不去的丝丝惆怅。

是啊，谁会愿意将自己的一世才情付诸山林草莽间？谁会愿意一辈子默默无闻只能采菊看山？除非，尘世已完全阻绝了他的退路，也彻底冷却了他那颗曾经炽热的心。

此时，他已渐渐走远，消逝于山林之中了。只是，我不知道刚才与他擦肩而过的一刹那，那默默滴落的是汗水还是不为人知的泪水……

剑舞

醉了，醉得不省人事了才好。梦中的他仍在呓语着，而地上则是一片被剑削下的残枝碎叶。"哐啷"一声，手中的剑滑落在地，打破了寂静的黑暗。他醉了，而剑也醉了。

曾几何时，这把宝剑是那样洒脱不羁，傲岸狂野。它随他"举杯邀明月，对影成三人"，它伴他"我歌月徘徊，我舞影凌乱"，它见证了他说的"天生我材必有用，千金散尽还复来"。而如今，它只能默默随他"但愿长醉不愿醒"了。

一滴清泪滴落在了剑锋上，剑上的光芒渐渐暗淡了，暗淡了。刚才那一舞，恐怕是它最后一次尽兴地挥洒它的血性、它的不羁以及它的狂放了。

寒风萧萧，满地的碎叶被风卷起盖住了那柄宝剑，恰似一个小小的葬礼，埋葬着希望，也埋葬了明天……

我不禁打了一个寒战，突然想到这么一句台词："我猜中了这开头，却猜不中这结局。"琴韵、画意、剑舞，看似诗情的背后隐藏的却是深深的落寞和无奈，而历史，不过是过去的现实罢了。逃避，终究不能解决现实的问题。

有时候，人，就该学着面对。

（指导教师：姜向荣）

点　评

《琴韵·画意·剑舞》通过伯牙子期、陶渊明、李白这些古人无法真正做到忘却后的豁达，说明没有可以逃避现实的理想之境，"历史，不过是过去的现实罢了"，人应该学着面对。

等 待

□ 黑龙江省鹤岗市第一中学 崔靖雯

她在随笔中这样写道："等待是一张回味无穷但早已发黄的信笺，是一个向着希望或失望的存在，是一头坚持的白发，是一年四季的花谢花开。"她一直被自己浪漫的笔触感动着，甚至轻狂地认为她道出了等待的真谛，直到一件事发生……

眼前的黑门终于被她吃力地推开了。她已经两个月没有回来看看疼她的奶奶了。学习太忙，她替自己开脱，尽管从学校到奶奶家只有十五分钟的车程。

"谁啊？"奶奶的声音带着些许的防备与期待。"是我啊，奶奶！"她答道。

"我今天早上起来就开始算计着，你该来了，还真灵。来，小孙女，过来让我瞧瞧。"她快步走上前。奶奶的眼神儿不好，所说的"瞧"不如说是"摸"。一双苍老的手抚摩过她的脸颊，微微颤抖着。"你好像瘦了，学习别太累了，可不能把身子累垮了。"奶奶略带着埋怨叮嘱道。她觉得心一阵抽紧，奶奶混浊的眼睛竟闪着温柔的光。她知道，也许奶奶每天都在"算计着"她要来了，这样一直"算计"了六十多个日子啊！她轻声道："知道了，奶奶，我会注意的。"

奶奶转过身去，摸索着走到床边，从箱子里拿出一个苹果递了过来。她知道，奶奶很穷，每次家人带来了水果，奶奶都会留几个给她，而眼前这个苹果早已缩水干皱得如同奶奶的双手一般了。她暗暗骂自己：什么"学习太忙"？"忙"只能敷衍一下眼前这位年过七旬的老人罢了。我怎么能这么自私？

两个多小时静静地流淌过去，奶奶一下子说了好多话，从邻居家小猫生猫崽到哥哥领到第一份工资，奶奶几乎要把两个月的事情全说给她听，唯恐遗漏了什么。她真的不忍心打断奶奶。可是，离补课时间还有不到半小时了，再不走就来不及了。

"奶奶，我得走了，补课不赶趟了。"她说道，声音小得自己都听不清。

可奶奶听清了，说："哦，那快穿好衣服，外面冷，别冻着，走吧，我送送你。"

"不用送了，天这么冷，您别感冒了。"她劝道。

"没事儿，那我在窗边看着你。你要是插不上门，再上来叫我，门有点儿坏了，不好开，也不好关。"奶奶叮嘱道。

"好，我走了。"

"什么时候再来？"奶奶亲切地问道。

"不知道，学校事儿太多，放假我一定来。"她不敢给太多的承诺，因为承诺就意味着等待——对于奶奶。

她慢慢走下楼，在楼梯的转弯处，她回头看了一眼，一个人影如雕像般正守在窗边。转回头，她哭了，只有泪，没有声音。

奶奶没有说一句想她等她的话，但她知道，奶奶有多想她的孙女。奶奶没有说，因为她怕给孙女增加负担。尽管这只是一个十五分钟就能满足的愿望，但在这个七旬老人眼里，竟成了奢侈，而她，连给一个承诺的勇气都没有。在寒冷的夜晚，阴暗的楼梯口处，她泪如雨下。

从此，她不再炫耀她对等待的理解，因为等待并不浪漫，尤其是无声无求的等待，那是岁月对生命的消损，对耐心的考验，是世界上最无私的爱的沉淀。面对这伟大而无奈的形式，她无权发言，因为，她是一个被等待的人。

（指导教师：武辉）

点　评

《等待》细腻地描述了"她"看望"奶奶"的过程，"奶奶"的疼爱有加、关怀备至，"她"的感动、愧疚、自责，都展现得真切感人。文章对于"等待"和"被等待"的议论发人深省。

清逸水仙

□ 浙江省安吉县高级中学　杨善明

花之富贵者，理推牡丹；花之隐逸者，莫若菊花；花之绚烂者，诚如樱花；而花之孤独清逸者，则非水仙莫属。

古希腊美少年纳喀索斯太爱自己了，因为自己的美而死去。纳喀索斯死后变成了水仙花，神话创造的世间的水仙花，散发着孤独者的芬芳。

远望水仙，宛若一位着绿色霓裳的仙子立江水之上，楚楚动人。微风拂过，一阵清香扑鼻而来，沁人心脾。走上前去，你会发现水上的水仙与水下的水仙一般美，一般清秀，也一般孤独。我想，人间的花没有比她更飘逸、更富有灵气的了。莲花出淤泥而不染，较之水仙清秀飘逸和一花自成一世界则稍为逊色；莲花绯红刺眼，莲叶翠绿葱郁逼人，比之水仙素雅和毫不夸张的淡妆则略显风骚。

一钵清水，几颗雨花石，几朵泛着白花儿的水仙，这就是水仙清贫的生活，一种朴素无华的生活。世间太多的人都争先想要做那富贵的牡丹，为之痴迷。而我觉得牡丹华而不实，实为庸俗；而今陶公已矣，又有多少爱菊者？樱花浪漫多情，然而我却叹息樱花无常、樱花薄命……

所以，人生如水仙未尝不可。虽不曾大红大紫，却也淡雅；虽无夺人之势，却也能散发幽香；虽不及古桥伟岩，却也能出水而亭亭玉立。

凌寒独绽，淡妆素雅，清香幽远，难道不是我们孜孜以求的理想生活吗？我们又何尝及得了水仙的洒脱与超然？每次欣赏水仙，我都感到自己是那么渺小，那么卑微。她那纤细的身躯撑起的不仅仅是几朵花，而是一份自豪，一份足以傲视百花的自豪。

“非宁静无以致远，非淡泊无以明志。”水仙在花中是孤独的、寂寞的。但她却不因自己的孤独寂寞而颓丧，而仍是顽强地活着，为的是孕育那份傲气、那淡泊的志向。

其实，我们也可以像水仙一样。虽然我们平凡，但我们可以在平凡中显示自己的不平凡；虽然我们有时会很孤独，但我们可以在朴素清逸中表现一份潇洒。

梅有傲骨，竹有傲节，而水仙则凝傲骨、傲节于一身，平凡中透露出朴素的傲气。我欣赏水仙，是她给了我素雅的心性和平凡的人生哲理。人生倘能如此，岂不快哉？

（指导教师：陈德钊）

点　评

《清逸水仙》这篇文章的风格也可以用“清逸”概括。作者以清新飘逸的语言，在与众花的比较中突出水仙孤独清逸的总特点，然后由花及人，最后点明自己的志向。

心 愿

□ 黑龙江省哈尔滨市第三中学　杨矛

他是一匹马，确切地说，一匹老马。他身材高大，不是普通的马——这是当然的，他的先祖可以追溯到忽必烈大汗最钟爱的坐骑，他有着马类最高贵的血统。

而此刻，他不过是一匹普通的老马。他仅剩的一点点皮肉紧贴在骨头上，他的鬃毛暗淡无光，他的尾毛稀疏地下垂着，他的腿在冷风中瑟瑟地抖着——哦，这已是十二月天，乌云密布的夜晚，温度早已降到冰点以下，朔风卷着大片的雪花在天地间飘着，而他，在风雪中抖着。

他被遗弃了，对于大多数老马来说，下场也都类似。狠心的主人把他丢在这不知是什么地方的地方，因为对于人类来说，他——不过是一件工具而已。他已很老，生命已快到尽头，然而在他的身体里——不，是在精神里，还有一块小小的木炭在延续他将熄的生命之火。那小小的木炭，是他毕生的心愿。

在他还是个小马驹时，他就渴望像自己的先祖那样撒开四蹄，在辽阔的原野上、峻伟的群山间奔驰，让风在自己耳边飞过，让天地为他的身姿喝彩。那广阔的地方，才是属于他的天地，才是他所属的天地。少年的心愿就这样渐渐地成长。

后来，他长成一匹膘肥身健的骏马，他的四蹄雄健有力，他的鬃毛油光四射，他的头就像自己的先祖那样高傲地昂着。然而他却被套上沉重的马车和马具，命运注定不能让他成为一匹在原野上纵情飞奔的马，而只是拉着马车终其一生。他也曾不驯，也曾反抗，但皮鞭让他不得不屈服。毕竟他只是一匹马，一个人类眼中的工具，沉重的马车和极差的食物让他变得枯瘦如柴，常年的风沙使他的鬃毛失去了往日的光泽，皮鞭和惩罚终于让他低了头，可那贵族的血液依然在他体内流动。他把心愿藏在心底，依然期待着在原野上奔驰。

现在，这一刻终于来临。他终于被人遗弃，也终于获得自由。毕生的心愿在那一刻重现，将熄的生命之火在那一刻发出最辉煌最绚丽的光芒。

他想起了先祖，想起了荣耀。他长声嘶鸣，就像先祖在战场上嘶鸣，他用尽全力跃起，如箭一般在纯白的原野上飞驰。那一刻，马蹄扬起的雪花在空中翻飞；那一刻，时光仿佛倒流，他仿佛又是那曾经年少的骏马；那一刻，他风雪里的身姿成为天地间最动人的画面；那一刻，心愿终于实现。第二天，人们在雪后的原野里发现一匹老马的尸体。他因奔跑力尽而死，他身后的蹄印，一直延伸到很远，很远……

忘了是多久以前，我在大街上和一匹拉着车的步履蹒跚的老马迎面而过，当目光相接的一瞬，我看到了它的眼神，我读懂了——或者说，认为自己读懂了那个眼神，那是对原野的渴望。我想，那马若真的有思想，会是怎样的思想呢？于是便有了此文。希望借以说明一些有关梦想与荣耀的东西，虽然有些怪异，权当是一次尝试吧。

——后记

（指导教师：闫伟峰）

点 评

《心愿》通过一匹马历尽磨难，却始终未改变自己最初的梦想，最终在实现心愿的奔跑中死去的故事，歌颂了坚持理想、矢志不渝的奋斗精神。本文所表现的主旨和曹操的“老骥伏枥，志在千里。烈士暮年，壮心不已”的诗句有异曲同工之妙。

我的人生

□ 湖北省荆州中学　许先兰

孟子告诉我们这样一个人生："舍生而取义者也。"奥斯特洛夫斯基告诉我们这样一个人生："人的一生应当这样度过：当他回首往事的时候，不因虚度年华而悔恨，也不因碌碌无为而羞愧……"清华大学附属中学语文教师韩军则告诉我们这样一个人生："不唯史，唯时；不唯势，唯实；不唯仕，唯事；不唯饰，唯适。"

我思维的车轮不停地翻转着。我的人生该是一个什么概念呢？

于是，我托过风，让风吹过浩浩太空，找你——人生；于是，我托过雨，让雨淋过茫茫大地，找你——人生。所以，我大声呼你喊你，加快脚步追赶你。为了你，我禁得起风吹日晒，为了你，我禁得起霜打雨淋；为了你，我可以上刀山，蹚火海；为了你，我宁愿历尽九九八十一难；为了你，我宁愿做道渴而死的夸父；为了你，我宁愿做终日填海的精卫。

找你，找得真苦啊，就像歌中唱的，像生一样苦，像死一样苦，像梦一样苦。然而，为什么我总找不到你呢？《悟空传》中这样说道：当你走不出一样东西时，只有一个原因——没有发现它的边界。一旦你发现了它的边界，你是可以走出它的。不要以为边界有多远，它也许近在咫尺，而你始终没有发现它。

于是，我终于明白了，我的人生就在我的生命中，我却漫无目的地向远处摸索着。

我的人生是像孟子那样巍峨辉煌？是像奥斯特洛夫斯基那样豪迈壮阔？还是像韩军那样含蓄精警？不，都不是！

"人生曲曲弯弯水，世事重重叠叠山。"我明白了，我渴求的人生原是这样，只要自己曾经付出过、努力过、充实过，就足够了，不要去憧憬太多。

也不要当"树欲静而风不止，子欲养而亲不待"时再去行动，那样无疑是一个失败的人生。人生在世，谁不是匆匆地来，匆匆地走？谁不是孤独地来，孤独地走？是的，只要自己付出过、努力过、充实过，就足够了。

就像一颗流星，只要划过了天际，又何必太在乎是否璀璨呢？

多彩的生活蕴含着多彩的答案，多彩的生活构造成不同的人生，平凡而充实——我的人生本该如此！

（指导教师：陈敦桥）

点　评

《我的人生》一文酣畅淋漓地抒写了作者对人生意义的追求，最终认识到“只要自己曾经付出过、努力过、充实过，就足够了”，表达出把崇高目标和脚踏实地精神相结合的人生态度。

天堂里的玫瑰

□ 安徽省无为第一中学　朱冉

未来人 BBS

完结篇:我是一名十八岁的白血病患者,生命将息。我想,死后,我的灵魂该去天堂吧！到那时,我要亲手摘一朵天堂里的玫瑰,送给我最爱的人。请记住我——完结篇。

祉杰

十六岁那年,医生们残酷地拿出一张张结果相同的诊断书。结果是:白血病。三个字就将我打发了。而且,是在我那么年轻的时候。

那时的我,几近疯狂。说起来好笑,只是因为无法接受那个我始料未及的结果。我开始变得忧郁,甚至自闭。父母的难过不亚于我,可是我视而不见。

医生说,只有两年左右的时间了。经过很长时间的考虑,我终于决定回到那个我所熟悉的群体中去。令我高兴的是,哥们儿还是那么铁,朋友也还都是那样亲。我开始学会遗忘,遗忘那个既定的事实。我还是那么快乐。

直到离开之前,他们都不知道我要去哪儿,只是单纯地以为我是转学而已。死神的脚步越来越近了,我心中的恐惧却不复存在,剩下的只有坦然。因为我明白,我终究是逃不掉的,那为什么不勇敢地站起来?给自己看也给别人看,告诉曾经失意过的自己,站起来的不是个被压倒的灵魂。

我在医院待着,无所事事,于是爸妈给我买了台电脑上网,让我在那个虚幻的空间里度过余下的日子。但我想强调的是,那不等于等待死亡,因为,我是勇敢的,是无畏的!

未来人 BBS

别有幽怨:我是一个活泼开朗的十七岁女生,相貌嘛,介于恐龙和天鹅之间。寻找不一样的有缘人,不一样的你。冬天已经到了,春天还会远吗?况且,面包会有的,房子会有的,一切都会有的!

乔菲儿

我的性格嘛,套用郭敬明的话叫"一半明媚,一半忧伤",典型的双重性格,感觉上甚至有些"病态",呵呵。时而如阳光普照,春风拂面,笑得一塌糊涂;时而如冷空气下降,台风过境,让人捉摸不透。

我酷爱黑色玫瑰,厌恶红玫瑰的俗不可耐。我快乐的时候会说些无厘头的笑话而"贻笑大方",安静下来的时候,书籍便成了美妙的精神食粮。

我特别喜欢虚幻而又真挚的东西,就像郭敬明的《幻城》:那恢宏的场面,庞大的气势,特别是其中的手足之情更是让我感动得热泪盈眶,还持续了好久、好久。

最近,老爸老妈帮我买了台电脑,我的心情那个好哇!就像那句特老套的——无法用言语来表达。呵呵,反正就是那样的啦!

未来人 BBS

别有幽怨:你好!我想白血病是恐怖的,照现在来看,你应该是开朗的,我也可以确定,你想过很多。不知你有没有想过这样的一句——"当花瓣离开花朵,暗香残留"?你认为,你会留下什么呢?仅仅是给你爱的人摘上一朵天堂里的玫瑰吗?

完结篇:你好!你的问题很犀利也很直白。坦白说,我没想过这些。你说得对!

别有幽怨:人既来世上走这一遭,虽不能留名千古,但总要留下点什么,无尽的悲伤吗?会不会有"一点点"的不公平?

完结篇:我……

别有幽怨:我要下了,下次再说!88!

祉杰

我在未来人 BBS 出乎意料地遇到了一个语言犀利或者说是极为犀利的女

孩,她在问了我两个无法回答的问题之后,便匆匆离去了,如同浮光掠影。我有些遗憾,但更多的,还是愧疚。是啊!我能给父母留下什么?除了无尽的悲伤,只剩下无尽的悲伤。不是吗?

我有些怅然无绪。但两年前的那张诊断书出现后,他们的那根弦就再也没松过,我只考虑到自己,却彻底地忘掉了他们,然而现在……我想到了,也要去做了。我期待和那位女孩的重逢,我要告诉她我的答案。

她该是怎么样的一个女孩呢?我很好奇,迫不及待地去查了她的个人资料。乔菲儿?应该是真名吧!那么温柔的名字下,怎么会有如此刻薄的性情呢?

乔菲儿

上次在网上我遇到一个患白血病的男孩,只是网络终归是虚虚实实的。若是真的,那么我为他扼腕痛惜,十六岁正值花季却被判了死刑!那是一件多么可惜的事啊!若是假的,那么我唾弃他!利用人们的同情心不知要干什么勾当,他还是人吗?

可……若是真的,那我的问题会不会伤害到他呢?那么无情的问题。我几乎都不记得我是怎么问出来的!下次再遇到他,我先试探试探,若是真的,就该向他道歉!一定!

未来人 BBS

别有幽怨:

非典后的日子,让人感到窒息,没有一丝温度,短暂却又漫长,空气中弥漫着离别的味道,湿湿的,涩涩的……

教室像一个棺材,有很多通风口的棺材(只不过通风口全都是关闭的而已),腐烂的东西,一团一团地充斥在早已不新鲜的空气里。那样的一团团中,有思想,有跳动的心脏,还有因缘际会下的巧合和往昔无味的快乐……

生活本来无所谓有,无所谓无。

完结篇(跟帖):

有一刹那,我似乎失掉了整个世界,万物也变得奇怪起来。

太阳失掉了它的光辉,变得暗淡起来;水儿失掉了它的温柔,变得肆虐起来;玻璃失掉了它的透明,变得混浊起来;小草失掉了它的色彩,变得萎靡起来;就连眼睛都失掉了它的清晰,变得迷茫起来……

什么也没有了，我抬起头来，只看见一个琥珀色的天空和几片造作的早已失掉纯净的“白”云，以及我所祈望的天堂里的玫瑰。

然后，就在脑子里充斥着绝望之后，我又站了起来，因为我要去珍惜那将要失去的“仅有”而不是继续挥霍下去！

…………

完结篇：我想到该怎么做了。谢谢！

完结篇：我在等你，你在哪儿？

完结篇：我在等你……你真如一现的昙花吗？

完结篇：我的大限将至，我很感谢你，却苦于无法和你见面。一次聊天过后（虽然只有几句），我学到了很多！你在BBS上看到我的跟帖了吗？你过于偏激，过于忧郁，但，我希望你快乐，不要悲伤！快乐好吗？不要轻言放弃，轻言绝望！永远不要！

完结篇：你叫乔菲儿吗？

乔菲儿

好多天没有上网了，一上网，我发现我的邮箱爆满！打开一看，我诧异极了，也遗憾极了，还有一点儿感动的味道在里面，然后，看到了最后的一封邮件。

别有幽怨：

这恐怕真的是最后一次了！但我会记得你，为你祝福的！还会摘一朵天堂的玫瑰给你！还有，我要送你一首诗，好吗？

我匍匐了一百年，微笑着焚烧了一百年
只为等待你灰飞烟灭的重逢
因为，你的快乐
是我生命里全部的信仰

完结篇

红玫瑰

门铃声突然大作，乔菲儿过去猛地拉开门，发现外面站着一位邮递员：“你好！

乔菲儿在吗？这是她的包裹！”乔菲儿道了谢签了字打开来，看见了玫瑰，卡片上写着“天堂里的玫瑰”。看玫瑰在风中摇曳，乔菲儿的眼眶一下子红了。

从此，乔菲儿也喜欢上了玫瑰，那种“俗不可耐”的红玫瑰……

（指导教师：越清原）

点评

《天堂里的玫瑰》构思新颖，结构巧妙。在叙述故事时不是采用单一的形式，而是将主人公独白、论坛发帖跟帖、作者叙述几种形式穿插组合起来，富于变化。全篇突出了主人公珍惜生命、勇敢地面对厄运的可贵精神。

微信扫码
在线看写作提升课
获取精品阅读资料

第二届（2004年）

获奖佳作精选

17年17届

成败赋

□ 清华大学附属中学　庄天逸

余尝阅先人之书，慕不羁之才，求心旷神放，思天上人间。忆辞赋文兴，慨中华五千。敢竭鄙怀，恭疏短文，作《成败赋》。

——序

天道人意者，成败之所倚。人生一世，征途诚远，志腾万里，何时知还？况春秋迭变，扰攘凡间，气候莫定，如雾如烟。光暖暖而含赤，雨淅淅而绵连。寄娱情于夏茂，嗟萧索于冬眠。世态犹此，盛衰交接。呜呼！谁能控命运之无常，揣天意之神形乎？

于是人有喜怒，命本难料。或曾掌一时之权，乐一事之功。时交好而得势，运鹏显而志成。心飘飘而神往，思渺渺而凌云。惜苍苍征途，世态变迁。命运转折，成者不复。追抚曾经傲气，前途无极；百感现今凄恻，如遭寒冬。钟鼓凄切，鸦鸣寂寥；寒霜袭人，风云惊心。空天稀鸟，岂怜失意之怆？残草卧松，谁悲哀泣之人？孤者愁卧，窜骨虚凉。飞雪杂兮泣更泣，冷风瑟兮悲竟悲。旷野无路去，前途几时归？把酒浇愁，一醉方休；酣而复醒，平添伤情。沉沦痛而失机，运再起而不能。叹复叹兮征程漫，念复念兮海天遥。

几多怨，道坎坷。手抚弦，聊一弹，一定音，且悲歌，翻使愁绪多。南唐后主，痛失天下；心死意冷，呼影唤歌。骨折魂动，哀叹风波；郁郁不为，复起无时！七七佳节，星月皎皎。雕栏玉砌，一改朱颜。繁华不往，风光难再。饮酒吞恨，郁郁寡欢。凄婉悲狂，哀怨何用？

一恨一痛一滴泪，漫江漫海漫天愁！楚霸项羽，垓下军败。虽遇追兵，可逃江东。乌江自刎，留得破碎山河。气断魂飞，湮灭一世雄风。神伤心灰志灭，前程必败；笑面艰辛再战，犹可重生。

析时局，醒人生，断乾坤，斗坎坷。诀别往事，刚劲一搏。扬眉挥泪，尽忘沥泣之感；重整旗鼓，笑唱今朝之歌。司马子长，多舛人生。怜李陵而辩护，触天帝而腐刑。寄心志以文史，居困境以愤然。忍辱负重，骏德志高。传史家之绝唱，颂无韵之离骚。孙氏逸仙，屡败屡战。兴中之会，黄花之冈，出义勇之英气，召豪壮之勃发。虽不胜而犹荣，垂青史而烈刚。武昌之役，成在败者之上；千回百转，功在信念之间。

是以过往之事，贵在志坚。成者添喜，败者炼心。或曾无助，尚能青云复遇；俯仰迷茫，许有雨过风平。深寒漫漫，冷夜长长。苦尽甘来，黎明将至。日光升兮添五彩，云霞起兮满晴川。抚昨昔之悲凉，感重生之兴旺。经挫折兮知境遇，回得志兮乐人生。处逆境兮敢求胜，拾成功兮追更高。闻喝彩而一笑轻，敛致兴而不可狂。

古有道者，居于淮南，陋屋草舍，投心炼丹。熏炉造药，可敌八公，通善经文，欲往成仙。朝发时，仙丹出，十粒滚，五色丸。纵情滋荣，豪狂无边。夙愿将就，服丹飘然。驾气飞去，驭龙腾天。金銮即近，七彩云川。极遨游之至乐，乘长风而忘形。闻龙吟兮观日影，笑光阴兮藐人间。神思俱飞，精意疏远，驰骋忘时，药效终尽。仙力无而方觉，坠苍穹而速降。恨流光以自省，留长息于天巅。蝉雀悯其心怀，草木为之难安。慨命短以寡言，落沃壤而终卒。

是故喜怒有限，成败相辅。恒心久志，穷途可摧；纵情傲物，欢声可泯。收功业而镇定，苟垂死而忘危。移思物外，共尽荣辱所如；心海坦坦，静观千秋兆端。弹几丝之音妙，透世事以自遣。挥文墨而奋藻，腾辞采而写心！

（指导教师：崔琪）

点 评

《成败赋》以文言赋体成篇，作者能够做到意达文美，难能可贵。文中使用了大量对偶、排比句，颇有力度与厚度，富有深刻哲理。

心态与人生

□ 黑龙江省哈尔滨市第三中学　张春晓

人总是形为心役。为人处世有不同的心态，便会有不同的人生。

让我们观察下不同的心态吧——

进取心是个豪放派词人。他喜欢吟诵着“会挽雕弓如满月，西北望，射天狼”，向世人宣告他那蔑视一切困难的自信与勇敢；他奉行“不想当将军的士兵不是好士兵”的信条，将追求卓越视为终极目标。拥有他，你的一生将是一场辉煌的战役，当然，也会有不可避免的伤痕。

愤世嫉俗心是个孤独的孩子。他的口头禅是“这个世界不公平，这个世界不美好”，再往下说，别人大多听不懂了，但他仍固执地自言自语，冷漠而不屑，也许是觉得自己被全世界抛弃了。他的嘲讽中偶尔会有异于常人的独到见解，因此会造就一些天才，但更多的叛逆和偏执将会给信奉他的人带来毁灭。

宽容心有点儿像个政治领袖。不过他说的是“宁可天下人负我，不可我负天下人”。宽容的心默念着“别人打了我的左脸，就要把右脸伸过去”的格言，宽恕着别人对他的伤害；他吟诵着“君子临事，平心易气”来面对一切世俗的纷争。跟随他，你将不会因钩心斗角而疲惫不堪——当然，这并不等于忍辱负重，而是达到一定修养时内心获得真正的安宁。

妒忌心是个诡谲的巫师。他总讲着夏娃与蛇的故事，用那个本不属于你的苹果来诱惑你，使你爱而不能得，由爱而生恨。诚然，心理学家说“白色嫉妒”可以成为催人奋进的动力，但更多受巫师蛊惑的人是希望世间苹果灭绝，谁都别想吃！

平常心是一位无语的智者，是真正的大师。他不说话，不去要求你如何如何，而又不倡导“无为”。可是当你看到他，颓废者会因之振作，急躁者会因之冷静，自卑者会因之自信，骄傲者会因之平和。所以，无论你选择了哪种心态，都不要忘了再带上这位朋友，他也许不能使你成功，但可以担保你远离失败的泥淖。

心态决定成败，心态关乎事业，心态影响人生。也许你之前不曾留心，那么现在就让自己有正确的健全的心态吧!

告诉我,你的选择是什么呢?

点 评

《心态与人生》为各种心态画像,对它们的正面或负面作用进行具体剖析,就心态对人生的影响做了很好的阐述,视角独特,内容深刻,语言生动。

叹今生——致黛玉

□ 黑龙江省哈尔滨市第三中学　王莹

春恨秋悲皆自惹，花容月貌为谁妍？曹公研判须谨记，莫怨东风当自嗟。

——题记

黛玉女士慧鉴：

芳名雅韵，予所向闻。然绝艳易凋，连城易碎，空有倾城之貌、咏絮之才，怎奈命之不辰，青春早逝。予青灯静夜，每读至此，悲不自胜。唯愿逝者永登极乐，不复堕轮回之苦。

然痛定思痛，卿之遭际，何也？云离丧，湘云亦然，何以彼英豪阔大，不挂心上？云寄居，宝钗亦然，何以彼端方豁达，处之泰然？际遇既陈，因由自判：花因喜洁难寻偶，人为悲秋易断魂。卿之夭逝，非时非运。性之所固，莫怨东风。

命运多舛，非辛苦遭逢，乃运之定常——人生无坦途，坎坷孰能无？一语勉诸君：“摧伤虽多意愈厉，直与天地争春回。”少失恃怙，湘云光风霁月；慈父见背，宝钗随分从时。何以独汝孤高自许，目下无尘，自怨自艾以致抑郁不忿？未免无中生有、小题大做之嫌。纵宝玉敬卿慕卿，顺卿让卿，卿亦难免求全之毁、不虞之隙，以致误剪香囊，至爱离心，汝诚自取也！

汝之诗文，固是慧性灵心，颖秀葩呈，令人击节称赏。然反观其意，多朝啼夜怨、春恨秋悲之属。倾抒缠绵儿女意，直教春日万般秋。岂乃养生之道？叩门不应，几不谓舛，然汝临风拭泪，几不能持。何也？性重心窄，幽思缠绵也。于是移步葬花，花招绣带，柳拂画风，美景如斯，卿却哀吟：“一朝春尽红颜老，花落人亡两不知。”青春年少，风华正茂，偶遇蹭蹬，何苦作此悲音？更有甚者，一场秋雨，竟亦能牵愁惹恨，引动离情，引得卿惊破秋梦，泪洒窗纱。秋雨岂非罪魁？然，“谁家秋院无风入，何处秋窗无雨声？”倘人人皆自苦若卿，则“泪添九曲黄河溢”矣！卿诚作茧自缚，自寻烦恼耳。天作孽，犹可活。人自苦，不可活！

卿慧质天成，焉能不明此理？泉下有知，愿乞相闻！此谨奉。

××顿首

黛玉性本空灵，既阅此信，乃顿悟前尘。自此性姿敏慧，更兼轨度端和，遂能事事随心而不越雷池。不知又历几世几劫，终能仙草归真，形质合一。有诗为证："绛珠仙草历凡尘，命途多舛葬青春。灌愁海中悟得失，终成正果得归真。"

——跋

点评

《叹今生——致黛玉》以给文学形象写信的方式评论作品，且采用了与原著风格相似的亦文亦白的语言。作者对黛玉空灵颖慧、自叹自怜的形象予以剖析，与人物的对话坦率真诚，鲜明地提出了自己的见解，在"跋"中又简笔勾勒了一个自己心中理想的黛玉形象。此文文笔优美，充满感情，生动感人。

春江花月夜

□ 河北省宣化市第四中学　马晨

自古至今佳曲无数，而我独爱《春江花月夜》。它那婉转悠扬的曲调，余音绕梁，三日不绝，总是回荡在我的耳边。

江楼钟鼓，水云深际

声音起初不大，只是琵琶独奏。

渐渐地，声音越来越大，越来越急，好似一场雷阵雨，急促得要赛过一只正在飞奔的金钱豹。

紧随其后，引出了其他的乐器一时齐发，众妙毕备。

慢慢地，慢慢地，它放慢了速度，是那么平静，平静得如同镜子，水面不起涟漪。身临其境，仿佛舒展了许多，随着音乐，整个人也好似化作一阵轻柔的风，飘荡在水云深处。那时不时发出的木鱼声，清脆而不刺耳，洞箫淳厚而不低沉，与江楼钟鼓相照应，融在这水云之中，让听众无不伸颈，侧目，微笑，默叹，以为妙绝。

风回曲水，回澜拍岸

曲调开始变得急促了。又是琵琶独领风骚，它独占着你的耳朵，不允许任何其他声音进入，而你也会马上被它吸引，深深陶醉于其中：那明亮的声音宛如浪花拍打着岸边，却不是那种惊涛骇浪。那是一种难以用语言表达出来的感觉：刚强之中带着柔和，柔和之中又渗着刚强，两者相合相和。此时，一个浪花高过另一个浪花，另一个浪花又压住了其他的浪花。

正当这激情高扬之时，洞箫又一次发出了它独特的乐音，伴着二胡的稳重音调，慢慢地，音乐又被它们拉回到了风平浪静中，彻底摆脱了那惊涛骇浪。犹如风回曲水，回澜拍岸，怎能不使听众的耳边一“亮”呢？

花影重叠，渔歌唱晚

天色晚了，洞箫吹得更加悠扬，显示出夜色的寂静。

咦，这是什么乐器的声音一点一点地从后方传来？我已猜到了六七分。那曲声渐渐地近了，再仔细一想，没错，就是它——古筝。终于轮到它了。它可等不及了，从音乐中便可听出它那等待许久、势如破竹的情绪，终于想来点气势雄伟的新鲜元素。可这不能由着它的性子，只能服从音乐的趋势，它只能转到水之乡，在小溪流水中饰演那清清水纹波动的角色。虽然不起眼，但是却十分重要，假如没有它，那微波粼粼的水面倒映着一轮皎洁明月，随着水波而左右摇摆，恰似在与周围的小星星嬉戏，显得秀而不媚、清而不寒的景色又让谁来扮演呢？伴着那混着泥土芳香的笛声，无不沁人心脾。

远处，渔人哼唱着一首小曲，悠闲地划着小船，载着丰厚的食材回家了，留下的是一幅如同花影重叠般的月夜晚归图。

一曲《春江花月夜》让我如痴如醉，回味无穷……

点　评

《春江花月夜》试图用文字的形式传递这首古曲的韵律，作者描述了多种器乐的效果，借助了一系列意象，思路开阔，文笔细腻。

第三届（2005年）

获奖佳作精选

17年17届

情系西部

□ 重庆市云阳外国语实验学校　曾攀

一

西部，你就是贺兰山下、嘉峪关外那莽莽苍苍的高原春色；西部，你就是长城外、古道边那浩如烟海的沙漠戈壁。西部，你数千年的沉淀，浓缩成那有着独特魅力的自然风韵，缔造出神秘彩衣下的古楼兰文化。

内蒙古的草原，喜马拉雅的雪山，吐鲁番的葡萄，天山的雪莲，康定的情歌，是西部亘古不变的风情。

河西走廊上，那令人神往的敦煌莫高窟，闪耀着东方瑰宝的灵气；雪域高原上，那依仗巍峨的玛布日山而建的藏式建筑——布达拉宫，彰显着横空出世、贯通苍穹的气势。

西南边陲，傣族的泼水节为你洗去昨日的铅华，侗族的花炮节为你唱响今日的繁华，满族的添仓节为你准备明日的丰收，白族的三月街为你添加一道非凡的艺术大餐。

西部，与你牵手，是一次人与神的沟通，是一种顶礼膜拜的敬畏。

二

天边，血色残阳仍在，连绵波涛如昔，干燥塞风依然。那飘扬的千古琴声，是昭君弹响的联结东西部的乐章；北海里，撕破了衣裳的风沙，染白了须发的岁月，练就了硬骨头的冻饿，是磨砺苏武崇高气节的音符；熙攘的丝绸路上，那随着漫天的黄沙飞扬着的串串驼铃声，是张骞出使西域的伴奏；隆冬时节，风沙迷茫，河水平缓，文成公主远嫁吐蕃，将汉文化传遍了吐蕃的领地，流进了吐蕃人的心田；还有那投笔从戎的班超，西天取经的玄奘……

昔日的辉煌已远，而这些和平的天使用生命谱奏出的沟通西部边陲的史诗，将永远震撼人心！

三

西部，你听到了吗？黄河的咆哮惊醒了沉睡的雄狮，天安门的礼炮搏动着新时代的脉搏，“西部大开发”的号角正响彻云天，使东西部沟通的大门訇然而开！

西部，你看到了吗？珠穆朗玛流出了热泪，青藏铁路挺起了脊梁，三峡平湖喷溅着活力，沙漠油田绽开了笑颜，横贯西东的输油管道流淌出工业的血液……

西部，你终于看到，陆桥经济带、京九经济带同沿海经济带、长江经济带架构起来了，纵横捭阖的“开”字形格局赫然在目，它的兴起预示着古老的丝绸之路将重放异彩，伟大的黄河文明将再度复兴。

西部，你终于看到，深信“知识改变命运，人才决定一切”的李嘉诚为培养优秀人才，毫不犹豫地在西部捐资三亿港元。你也终于看到，上海新纪元教育集团在四川、重庆等地投资数亿元，建起了多所十二年一贯制学校，为西部的教育注入了新的活力。

西部，你还看到了……

啊！西部，你将与东部并肩携手——

迎着改革的春风，和着时代的步伐！

（指导教师：胡伯用）

点　评

《情系西部》将视线投放到“西部大开发”这一时代的大背景上，以恢宏的气魄描绘西部的壮丽与沧桑，展现其独特的地域风情。作者关注火热的时代，关注当下的生活，文章引经据典，谈古论今，语言酣畅。

蝶之梦

□ 湖北省襄樊市第三十六中学　虞舟

梦里，我常常来到隐藏在深山中的一条河边，踏上一条木船，撑起一根长着苔藓绿迹斑驳的竹篙，逆水划去。良久，我把船泊在岸边，顺着一条幽静山路，走向山林深处。

我一次次拨开缭绕在山间的岚烟，最后来到一片竹林前。就在这片竹林中，我看见了他——一袭白衣，在竹林间彳亍，恍惚是飘动在一片翠绿中的一抹白，平淡而高洁。我们相识了。他告诉我，他叫庄周。

梦里的庄周有白皙的肌肤和清秀的脸庞，他细长的手指握着半开半卷的竹简。在这片流淌着无限静谧的山林中，他却时常闭着双眼。我问庄周，你为什么总是闭上双眼？这么美丽的山林，你若闭上眼睛，不就失去这片美丽了吗？

庄周微微一笑，对我说，不，如果睁开眼睛，拥有的只是眼前的一片，若闭上双眼，就能拥有整片山林。庄周又说，有无之道，有之则为利，无之则为用。有，是狭隘的，有之利只能让人目光短浅，限于所有之物；而无，则要宽广得多，心中无物之无为，行之无为，则万物皆为己所用。

和庄周在竹林里的那段时光总是很轻松自在，虽然这些都只是在梦中，但当我醒来，却仍然能真真切切地感受到那份宁静。

庄周把这种心态叫作“逍遥”。也许我真的无法完全领会他所说的“逍遥”。

一次，我们坐在竹林间的小亭中。他抚琴，而我正读着一段他写的称作《逍遥游》的文字。我反反复复地读着，却总不明白他的意思，只是觉得很静。于是我放下竹简，静静地聆听他的琴声。他闭着双眼，手指轻拨琴弦。在林间永远散不开的轻岚中，他的琴声慢慢飘散开去。曲毕，清风徐起，庄周问我是否明白了书里的意思。我摇了摇头。

庄周伸出手指，指着一片被风掠起的树叶，问我它是否逍遥。那是片泛黄的竹叶，乘风飞旋在竹林间。时起时落，时疾时缓，时而碰撞在竹子上发出欢悦的声音。我沉默未语。

庄周说，你看它好像在竹林中逍遥地穿行，能飞得很远很高，而这就是真正的逍遥吗？不是，它的行为依赖于风，它追随着风，风向哪儿吹，叶就往哪儿飞。叶为飞而成为风的奴隶。

一会儿，风止叶落。庄周告诉我说，真正的逍遥是一种至真的状态，不为外物所奴役，物物而不物于物。为了欲望而沦丧人的本性，人是不会逍遥的。只有安于生，才能逍遥于世。最后，他说了一句老子的话：为无为，则无不治。

有时，庄周就像个孩子一样，天真地思考这个世界，有时会沉浸在自己的世界里，思考自己。他是个博学的人，人们说他是圣人，说他可以和老子并称。而在我的梦里，听庄周的高谈，看他的举止，却始终找不到那轮所谓至高至圣的光环。他就像一股清水，流淌过我的梦境。梦中的那片山林，并没有因他存在而神圣。他就像弥漫在林间的岚雾，使这里更显空明了。

站在山顶的断崖边缘，庄周微微睁开眼，慢慢仰起头，站在他身后的我看着他，似乎能透过他看穿苍茫的天。“难道我真是圣人吗？老子、孔子、孟子，他们真的都是真正的圣人吗？我天天说着无为、逍遥，天天追求道，追求虚，追求静，而天地间又有谁能够做到呢？”我听见，庄周的叹息在茫茫天地间回响。

记得我和庄周最后的时光，是在深夜的江中。墨色的江面被洒满了星光，我们的船行在江心仿佛漫游于星空。我坐在船头欣赏夜色，而庄周在我身后睡着了。

破晓，庄周醒了，他坐在我身边忧伤地望着我。他说他做了一个梦，梦里他是一只自由的蝴蝶。

后来，庄周便消失在我的梦中。

我最后一次来到山林，没有遇到他。山中空荡荡的。岚烟未散，鸟语依旧。

一块飘动在半空中的玉帛，像一只精灵，在我面前飘落。我慢慢展开它，上面写满了字：“昔者庄周梦为蝴蝶，栩栩然蝴蝶也。自喻适志与！不知周也。俄然觉，则蘧蘧然周也。不知周之梦为蝴蝶与？蝴蝶之梦为周与……”

我只是记录下了我的一个梦。

也许庄周仍然在千年前的那片山林中驻足徘徊，继续寻找现实中的宁静与逍遥，只是我离开了。又或许庄周已经在另一个世界中找到了永恒的自然。

而我仍然蛰伏在这个繁杂的社会中冷漠而被动地接受。我并不消极，更不堕落，我只想在这个世界找到一个宁静的方圆，在那里享受短暂的逍遥。

我梦庄周，庄周梦蝶，为的也都只是片刻的纯洁，而最后我们都醒了。我们都迷茫，迷茫后挣扎，挣扎后顿悟，后来也都只能寄望于迷梦。其实，最后我们都明白，在这个世界中，梦中的逍遥，永远只是天真的向往……

点　评

《蝶之梦》一文由庄周梦蝶的典故展开联想，以梦幻手法叙写了作者与庄周的梦中际会，反映出作者对道家思想一定深度的领悟，并能做到“择其善者而从之”。文末以作者与庄周的共同顿悟作结，巧妙而理智，一笔拉回了现实。

可叹的缺陷

□ 江苏省海门中学　杨阳

追求卓越和完美，赋予一切事物以美好乃至神话般的性质，是一种积极健康的心态、正常合理的心理需求。然而，客观世界却并不存在客观完美。

美国人安迪想做一名电视节目主持人，而且几乎具备一名优秀电视节目主持人所需要的全部条件，但几乎所有的电视台都回绝了他，因为他右手只有四个手指。但安迪并未放弃，后来还是成了一名优秀的广播电视节目主持人。

这个故事告诉我们应该这样对待缺陷——正视自己的缺陷，不断超越自我，这样，人生就不会因为你的生理缺陷而遗憾。安迪是这样对待自己的缺陷的：他没有讳疾忌医，成为曹操那样的人；他没有“精神胜利法”，成为阿Q第二；他也没有灰心丧气而湮没不闻。他没有死心，经过一年半的艰苦努力，终于被一家电视台录用。在试镜时，安迪按电视台的意见戴着仿指手套，但是这样做总让安迪感到虚假和不自然。在正式播出时，他毅然摘下手套，以最自然的态度去面对观众，不隐藏自身的缺陷。最后，安迪以真诚、自信、充满魅力的主持而受到了热烈欢迎，成为一名著名的电视节目主持人。

安迪的成功告诉我们：身体的缺陷是痛苦的，但是只要战胜自我，勇于正视，缺陷并不能真正阻挡你前进的脚步。英国哲学家、社会学家、教育家斯宾塞说：“长期的身体毛病，使最光明的前途蒙上阴影，而强健的活力就使不幸的境遇也能放金光。”

缺陷会让弱者更弱，而能使强者更强。苏格拉底说：“患难与困苦是磨炼人格的最高学府。”

意大利足球名将维亚利，少年时由于一场大病失去了头发，成了光头，别人都笑话他，他自己也是羞于见人。他每天戴个帽子，调皮的同学却将他的帽子揭开。他从不参加学校的任何文体活动。体育课上因为害怕帽子突然从头上掉下来，他总是畏首畏尾，表现得极不自然。在课堂上他也无心听讲，生怕老师向他提问，因为他站起来的时候，一只手总要习惯地放在头上压住帽子，这个动作总是让同学们捧腹大笑。随着年龄的增长，他也越来越自卑。维亚利将自己的苦恼写进了日记里，又将日记本撕烂以发泄心中的烦闷。但是维亚利在母亲的帮助下学会了快乐，学会了自信地面对一切，终于走出了缺陷的阴影。

所以马克思说："一种美好的心情，比十服良药更能解除生理上的疲惫和痛楚。"如果说，安迪只是少了一个手指，维亚利只是少了一些头发，属于微不足道的"小"缺陷，那么，塔哈·侯赛因这位埃及的第一个博士、世界上第一位盲人担任的教育部长，又聋又盲的文学家海伦·凯勒，失聪的音乐家贝多芬，高位截瘫的世界著名物理学家霍金，"矮子皇帝"拿破仑……都是超越了常人所难以逾越的障碍，而成为一个个强者。朋友，身体有缺陷，但是心理要健全，身体上的缺陷并不意味着人的意志、信念、信心的残缺。强者的奋斗史就是不断超越自身缺陷，使人格日臻完善的历史。

热情对待有缺陷的人，给他们以平等的机会，帮助因缺陷而自卑的人建立自信，这样，他们会因你那温暖阳光的照耀而灿烂，社会会因你的真诚和慈爱而和谐。

安迪是幸运的，他还是遇到了一家电视台的老板没有将他拒之门外，而是平等地给了他一个机会；他还是遇到了一批有修养的观众——当安迪脱下手套以最自然的态度去面对观众和自身的缺陷时，观众们没有报以嗤笑，而是不断有人给他写信，对于他的坦率、真诚和自信给予了热烈的赞美。

少年维亚利是幸运的，母亲察觉到他自卑和抗拒的情绪，把家里那只漂亮小狗身上的毛剪了个精光，让它成为一只秃狗。小狗并没有因为没有毛发而懊丧、不快乐，反而以它始终乐观的生活姿态赢得人们的喜欢，这让维亚利明白了母亲的良苦用心，以后每天不管是上学还是放学，他都是高高兴兴的。

塔哈·侯赛因是幸运的，家人和老师细心照料他，使他懂得缺陷是可以超越的。他在法国巴黎深造时，美丽的法国姑娘苏珊没有歧视这个又黑又盲、法语都说不流畅的青年，而是不顾世俗非议，成了塔哈·侯赛因的一双明亮的眼睛、一位耐心的法语老师，帮助他获得了法国索尔本大学的博士学位，使他得以在此后半个多世纪中对埃及的文化教育事业做出了巨大的贡献。

海伦·凯勒是幸运的，在她被缺陷压得无法生存时，是她的母亲和莎莉文老师的爱心开启了她的心灵之门，使她完成了人生观的超越；史威登堡更开启了她的智能心眼，使她认识了"爱与智能"是生命的真理，以自爱爱人的方法不断地身体力行，渐渐坚定了自身的信仰。

面对安迪、维亚利、塔哈·侯赛因、海伦·凯勒的成功，我们谁能不赞赏、不感激他们周围那些热情关爱、真诚帮助这些缺陷者走向光明的使者呢?

缺陷,实在是可叹。可叹它让人毁灭,可叹它令你坚强。上帝为你关上了一扇门,却为你打开了一扇窗。不论自身是否有缺陷,你都应该对“生命中的种种缺陷”时时刻刻保持一种成熟与健康的心态——在失意时,不夸饰缺陷的影响;在得意时,不否认缺陷的存在,并且对缺陷保持一种平常的态度,拥有一颗自在达观的心灵。

(指导教师:曹荣彬)

点 评

《可叹的缺陷》从主观努力(内因)、客观帮助(外因)两个方面阐释了缺陷者转化为成功者的条件。文章论据精当充分,前后照应配合,富有说服力。

落花犹似

□ 四川省宜宾市第一中学校　黄贝妮

急景流年都一瞬，往事前欢，未免萦方寸。

——献给我成长中的那些美丽疼痛

房间里的钟停止了走动，时针分针交错成一个落寞而冰冷的角度。时光如飞鸟匆匆而去，我只能为它写一段祭奠文字，也祭奠我自己。

致孔雀

几个小时前，我给你寄了一封信，当信封落入信箱发出轻微声音的一刹那，我不知为何有种无以名状的孤单。你选择了远方，早已离我们生长的城市千里万里。很想知道，那个会落雪的地方是不是也会有落花，在你恍惚遥望故乡时，飘落你肩头。

我们认识有十三年了吧。十三年太长，早已过滤了浮华与复杂，只余下干净的友谊，还有默契。这种感觉像是在干爽明朗的下午走过大片的草地，抬头看纯净无邪的天空。偶尔有云飘过，便用最单纯的思念想起你。

好幸运啊，我们一同走过十三年，我每每提及“孔雀”，就像你偶尔说起“猫儿”，都会心一笑。可是现在，你已在遥远的那一头。时光无情，那些唱过的歌，流过的泪，发出过的欢笑，曾有过的孤单……都会无法避免地被湮没。这是注定，也是我们必经的劫难。

我们一起慢慢长大，也会一起慢慢老去。

只是，我们的故事与岁月无关。

致阿尘

今天的天蓝得很忧伤，阳光像极了你眼瞳的色彩。闭上眼睛就能呼吸到那年夏天的气息。好像只要我一睁眼，你就还在我面前。

你肯定又要骂我犯傻了吧？不准骂了，万一真把我骂笨了怎么办？听孔雀说你已不打篮球啦，好耶，本来你就打得差嘛！听莉说你戴上了眼镜，唉，肯定丑死了……

忍不住又跟你抬杠了，我不是故意的。其实当我听说你不打球了，还乖乖地戴上了眼镜的时候，真有点怅然若失。

印象中的你在一点点剥落。如果有一天，我们再见面，会不会是擦肩而过？离开的时候我把头发剪短，要忘记你；而现在我又把头发留长，因为我已经忘记了你。只是，每当看见阳光迷蒙的颜色，我就会很难过。

心中的你已永不再现。再现的，只是一些日月和流年……

我已不是那个把诗写在江畔沙上，固执地背着你望着蓝花楹的女生了。花已落尽，任世间哪一条路，我都不能再与你同行。现在想想，当初我们不回头地走了，也好。

致奶奶

昨天我梦见老屋阳台上的石榴又开花了，锦簇如火。还是和以前一样引得楼下行色匆匆的人们驻足观看，一双双眼睛里全是欣赏，仿佛忘却了所有忧伤。

突然，石榴花纷纷坠落肩头，我跌倒在医院的走廊上。这个我从小当作是家的医院，竟让我害怕莫名。空调风吹得人发冷，我隔着厚厚的玻璃看着爷爷躺在雪白的床上，那么脆弱，那么遥远……

还有奶奶，您笑着对我说，娃娃，不怕。但是为什么您的眼睛变得晶莹起来，然后有透明的液体流了出来，滚落尘埃。奶奶，我会听话，我不告诉爷爷，我什么都不说。奶奶，为什么也有同样冰冷火热的液体滚落在我的衣服上？

我怎么能相信，那双永远盛满了对我的宠溺和爱怜的眼睛会离我而去！

这个梦真奇怪，竟然真实到让我潸然泪下。

致老师

学校里的蓝花楹开花了，漂亮吧？落了一地那么忧伤的紫，让人不忍心扫去。

真的很喜欢这种花儿，所以请原谅我在无数次的作文里都不厌其烦地来描述它。还记得您给我的评价里说我是个敏感脆弱的孩子，您叫我去看蓝天白云，您说我是那种有实力但考试运特别差的学生……

对不起，我给您带来了好多的麻烦，而且这次的语文又没考好。我都不敢与您对视。可是我真的喜欢语文，喜欢文字，喜欢诗词，喜欢蓝花楹。它们里面有我的青春岁月，有我不能忘的欢乐与哀愁。我知道，我还年少，不曾苍老。世事未央，我不相信远方除了遥远一无所有。可是，成长是种美丽的疼痛。回忆中模糊的阳光里，那些落在肩头的花，只属于年少，在我回头与青春说“再见”的时候，化作心头浅浅淡淡的忧伤。

这是不是就如您说的那样，是我长大的痕迹?

风沙起时，思绪就起；风沙落了，像金色的茧，把记忆抽丝，空渺地作痛。有些事，是再也回不去了。

我就是该这样默默地任时光载我逐波而去，还是努力遗忘?其实，或许我该微笑地挥别过去，挥别所有的美丽与伤痕。所有悲欢散后，已是一生。

总有一天，我会遥遥地对我唯一的十六岁微笑，然后长大。

我或许会哭，或许不会。

繁华事散逐香尘，流水无情草自春。日暮东风怨啼鸟，落花犹似梦里人。

（指导教师：周晓云）

点　评

《落花犹似》以“落花”喻少年往事，通过向朋友、亲人、老师的倾诉回忆成长过程，形式上很有新意。

漫云女子不英雄

□黑龙江省佳木斯市第一中学　王铮

你说，绿杯红袖，怎样？芙蓉很香，怎样？衣裳艳丽，离骚很长，怎样？雨打梨花，深深闭门，又怎样？情意难悟，闲愁最苦！

在封建时代，多少女子，就是这样喃喃负手叩东篱；多少红颜，就是这样一片春愁待酒浇。她们把自己的才华和生命，埋葬在越走越凉的季节里，用自己的自由和灵魂，将悲哀轻轻吟唱。只待红了樱桃，绿了芭蕉，苦等银字笙调，心字香烧。可是那样的时代，却有别样的女子，至情至性地活出了生命的本色。金戈铁马，雪满弓刀，她们，以温柔捍卫信仰，用微笑释怀生命的重量。休言女子非英物，夜夜龙泉壁上鸣。

隔着历史的烟尘，映着昏黄的底色，我看见，她们正款款走来……

秦淮河畔弱柳扶风。李香君者，秦淮歌女也。才学不让须眉，气节堪照汗青。

这个从六朝烟水中浮出的奇女子，绽放得绚烂，跌落得凄美。我能想见，一个濯清涟而不妖的女子超脱的姿态和飞扬的神采，她是那个沸腾的时代最后的传奇。舞低杨柳楼心月，歌尽桃花扇底风。

是爱情，是桃李春风间的偶然邂逅，让这个抚琴弄箫的女子，为家国天下而奔走，从此，开始了江湖夜雨中凄楚的漂泊。可爱情仅仅是她的开端，却不是她的结局，她的侯公子连玩世的犬儒主义者都做不成，香君只能含恨而死，死前留言“国土已亡，悬棺而葬”。原来，在她那纤纤弱弱的外表下，隐藏着欲喷薄而出的激情和热血。

生命就这样，在秦淮河上的渔舟唱晚里，转了方向。

南京城郊蕊寒香冷。柳如是者，秦淮名姬也。艳过六朝，情深班蔡。容貌倾国倾城，智谋盖世无双。通权达变，大义凛然，苟利国家生死以。

在秦淮河畔居住的她，一株盛放在风雨飘摇的大明王朝末期的俏菊。她豪气万千，义薄云天，实乃至情至性木兰之属。性情孤傲、谋略奇巧的她始终是我心里不老的神话。红颜如花，念念终不能忘的是明末才子钱谦益。一见倾心，盟誓如山，冰雪情坚，松柏耐寒，此中情事，十年如一日。但是，这样的刻骨深情，终究托付了谁呢？一个无耻丧德、变节降清的走狗，一个蝇营狗苟、举世唾骂的犬儒，一个蹈水殉国却推说水凉的懦夫，一个被全城百姓投石掷瓦欲置之死地的贰臣！

柳如是，毕竟不是李香君，她的刚烈，不是生死决绝，不是天崩地坼，而是在岁月静好、似水流年中，坚持自己的信仰。她可以包容钱谦益的一切，但她不会放弃自己的原则。她站在那个男人身边，用自己的气节感化他，等待他，可他却从没听见她心底最深的呼唤。

生命就这样，在南京城郊的雁阵惊寒里，变了色彩。

江阴城内惊鸿一瞥，江阴女子生平不详。

清军攻入江阴，屠城数日。江阴城内，尸横遍野，血流成河。行人无不掩鼻而过，一女子为清兵所擒，自尽前，啮指而书曰："雪胔白骨满疆场，万死孤忠未肯降。寄语行人休掩鼻，活人不及死人香。"她的生命，是那样短暂，却是从一朵花从开到落的时间；她的生平，是那样简单，却是从一粒尘从沙到珠的变换。她的一生，只有这首诗，这只言片语。她的一切，只能凭借我们的猜想。

我想，她一定是一个深刻又犀利的女子。她的容貌或许并不美丽，但见识是广博而独到的，目光是睿智而清澈的。唯大英雄能本色，是真名士自风流。她不同于李香君，迥异于柳如是，她不为艳名所累，不为深情所苦，赤条条来去无牵挂。侠之大者，为国为民。她是一个真正意义上的侠士！

当经历了百年忧患，当绽放了带血梨花，当溪云初起暮日沉阁，当哀鸿遍野残阳如血——面对这一切以血泪抗争的，是勇者；以真情去感化的，是仁者；以坦然姿态欣然赴死的，是侠者。激烈的感情，决绝的姿态，固然能震撼人心，但是，那却是一种最肤浅最表层的抗争，只是冲冠之怒匹夫之勇的义气之争。悲壮的血泪，只能带来自我的超脱，留不下警示，带不走苦难，而那平静清澈的眼眸，那宁静淡泊的剪影，才会在娓娓道来的美丽从容中，告诉我们什么是真正的勇敢。眼望着同一片天空，心击着暮色的鼓，跋涉过郁郁苍苍的生命流域，石子溅起多大的浪花，转瞬总会归于平静。而当月光从湖面上溢出，流影浸湿衣襟，我们却可以真切地感受到对于生命的尊重，对于人性的关怀。红颜弹指老，刹那芳华。美丽的容颜或许会被岁月侵蚀，但是时至今日，我们依然能追思香君之娇、如是之俏、侠女之深奥，是因为我们依然仰望着高贵不屈的灵魂，是因为我们仍旧澎湃着自己心灵的声音。

诗赋凭栏漫步，惆怅忧民一朝负，轩窗琴畔丝竹，前生滋味后生顾。

霁月难逢，彩云易散。在那个时代，男性之间充满了权力倾轧和钩心斗角，只有那些女子啊，拥有沉稳的呼吸、跳动的心灵。纵使荡不开这愁云惨雾，纵使吹不走这压顶乌云，但是，在这荒凉的人世，我们毕竟有了希望。

苍凉吗？她们说到尽，做到绝，又用生命去实践。

（指导教师：任玉彬）

点评

《漫云女子不英雄》以浓墨重彩展现了明清之际三位"至情至性地活出了生命的本色"的"别样的女子"，每个人物都写得特色鲜明，感动人心。文章笔锋恣肆，文采斐然，开阖自如，结构严谨。

茶与酒的爱情

□ 江苏省沛县中学　张甜甜

父亲十六岁时，跟随伯父闯关东。后来，伯父回了家，但父亲留在了那里。独自闯荡了几年，父亲倦了，这时，父亲遇到了母亲。

父亲和姨夫是朋友，那时，父亲一个人租房住，衣服脏了自己洗，破了自己补，一个人很是可怜。姨夫就让我母亲帮父亲。后来，父亲经常找借口往母亲家里跑，帮外公干些活。再后来，没有借口了，父亲就故意把袜子弄破，拿给母亲补。最终，父亲如愿以偿，在一个美丽的日子里，用牛车载着母亲和母亲少女时代所有的梦，住进租来的小屋。

婚后的一段日子，充满了甜蜜，但继之而来的是酸楚。母亲因为没有孩子，曾无数次在梦里哭湿枕头。而父亲，也正是因为没有孩子的约束，练就了自己的酒量。父亲常常在下班后甚至是半夜带着朋友来家里喝酒，不论多晚母亲都会起来给他们做菜。每次做好菜，母亲都会泡一大杯热茶——那是父亲喝过酒之后一定要喝的。那杯苦涩的茶里，不知会有母亲多少泪水。

奶奶弥留之际，父亲带着母亲赶了回来。这之后，他们就住了下来，没再回去。风风雨雨这么多年，他们都很辛苦，甚至闹过离婚，可毕竟走了过来。在结婚后的第七年，姐姐出世了，接着，就有了我。一家四口，终于让父亲感到了生活的压力，他开始四处奔波赚钱。

从我记事起，父亲就常年在外，很多次打电话给他，都能听出他喝醉了。因为做生意，父亲总免不了陪人吃饭、喝酒，母亲总会不放心地叮嘱他要多喝水。可醉酒的父亲知道泡茶给自己喝吗？守着电话长吁短叹的母亲，似乎想长翅膀飞到父亲那里，去给他泡茶喝。

现在，父亲已年过半百，结束了四处奔波的生活，在家里安安稳稳地过日子，可总免不了朋友之间的吃请，有时还会喝酒。每次父亲出去吃饭，母亲都会在家里泡上一杯热茶，然后静静地守在家里。等到父亲带着醉意回来，那杯茶永远都是温热不烫口的，苦涩之后带着甘甜。

父亲和母亲曾因为一些事大吵起来，父亲赌气出去喝酒，喝醉酒住在了朋友家。母亲往那朋友家打电话，声音很轻，我隐隐约约地听到母亲说，给他倒杯茶让他喝了再睡。第二天一大早，父亲就回来了。

母亲就如茶一般温柔，不论父亲醉得多深，她总能将父亲唤醒，减轻他的痛苦。感谢今生这茶与酒的爱情，给了我生命，让我存在。来世，假如有来世，我愿意化作水，让父母继续他们的爱情。

桌上放着一杯热茶，看着那袅袅升起的热气，我蓦然想起父母那平凡的爱情。曾有多少次，母亲默默地独守着那杯茶，也许她的心情如热气般潮湿，可正是那守候让他们的爱情变得不平凡。

一直都想为父母的爱情写点什么，却不知从何写起。后来，终于发现，那对我有着特殊意义的爱情，早已融入苦涩而甘甜的茶中。

（指导教师：李丕超）

点 评

由一个孩子写父母的感情，确实难以入手。《茶与酒的爱情》巧妙地以“茶”与“酒”作为切入口，让父母的感情发展有依托，时间跨度大却不枝蔓。

我心中的太阳

□ 山东省武城县第二中学　苏鹏

案头这一大摞复习资料，如同一轮红日照亮我的书房，照亮我的前路。它多次让我流过感动的热泪。这摞复习资料所承载的那份山高海深的真情，会永远伴我身边，与我同行。

那段时间，在医院当护士的妈妈经常在轮休时去城南辣椒市场打零工。经营者收购辣椒，雇人加工后出售外运。所谓加工，只不过是用手将辣椒把掐下来——这活儿叫择辣椒。这活儿看似简单，可是干数日也够辛苦的。不过一些人围在一起干，说说笑笑，拉拉家常，倒也其乐融融。因为这活儿既挣钱又解闷，于是吸引了很多城里人。妈妈要是接连几天上夜班，白天就去择辣椒。

一天下午，我放学回到家，看见妈妈躺在沙发上眯着眼。听到我的喊声，她才揉了揉睡眼，站起来，给我掸掉身上的灰，然后指着圆桌上的两张钞票，自豪地说："看，我择了一天辣椒，挣了十五块钱。"我冲圆桌上瞟了一眼，心不在焉地说："别去干那活儿了！咱家还缺那几个钱吗？"

妈妈好像没在意我的话，却兴致勃勃地讲起她择辣椒的经历来。第一天去，刚下过大雪，天冷，她穿得太厚，行动不灵活，几次摔倒在雪地上。妈妈说择一斤给六分钱，她一天择了二百多斤，人家手快的一天能择三百多斤呢。我问妈妈，晚上值班，白天打工，何时睡觉呢？她说值夜班的时候，没病号找时就趴在桌子上睡一会儿。

此后，虽然我们都回家，但总不能赶到一块儿见面说话。一个星期后，我见到妈妈真觉得像久别重逢。我依偎在妈妈身边，抓住她的手仔细观察，发现食指和拇指指肚上的皮已磨得很薄了，隐隐透出血色，手上有的地方还被划伤了，带着血痕。我问妈妈，一斤小辣椒有多少个？她说得有七八十个。我用计算器算了一下，按七十个一斤，一天二百斤，这样一天下来就需重复上万次动作，作为护士的手是没有这样锻炼的。于是我问妈妈指关节痛不痛，她说痛点儿不怕的，这也是很好的体验，要知道“天上不会掉馅饼，地上不会蹦黄金”。

几天之后，妈妈不再天天值夜班了。终日里外操劳的妈妈，今天休假，可谓“闲庭信步”“得宽余”了。我下了晚自习回到家，看见妈妈穿着像辣椒般红的羽绒服，喜上眉梢，漂亮极了。

妈妈用手一指：“孩子，你需要的那本书复印好了，放在你的写字台上了。”妈妈看着我，眼神传递着满足的信息。我急忙进了书房，看到一摞复印品，雪白的纸，静静地躺在案头。

我想起来了——运动会上我损伤了眼睛，尚未完全康复，老师发的教辅书字小，印刷质量又不好，看起来特费劲，于是我对妈妈说，将其放大复印下来才好用。不过，只是说说而已，不久就忘了。

蓦地觉得不对劲儿——要复印的那本书一直放在学校呀！于是我急急地问：“复印的哪本书？”妈妈拿起那本白皮书说：“从你书桌上拿的，复印的就是它。你不是说白皮的吗？”我接过书一看，哎呀，天哪！这是高一时发的教辅书，根本就没用过，而妈妈却为它花了择辣椒挣的一百元的血汗钱。面对妈妈，我含糊其词地说：“嗯嗯。”

我一阵心酸，只觉得喉咙里像塞满了棉团，无声而泣。我知道父母在为我上大学积攒钱。

复印错书的事，我一直没告诉妈妈，而我把这一摞派不上用场的复印品置于案头，并饰上一串鲜红的小辣椒，视为妈妈的杰作，也是我最好的座右铭，时刻激励着我发愤读书，将来养家报国！从那以后，妈妈的形象，在我脑海里更加清晰，更加动人了。我的学业成绩，亦愈加优秀。

窗外，星斗满天，芳菲初绽。室内，荧光柔柔，夜阑独处。书房，一片宁静的天地，是我激情燃烧的地方，我将从这里驶至向往的彼岸！

妈妈，我心中的太阳，待到熏风送香的六月，儿子向你报喜！

（指导教师：信炳坤）

点　评

《我心中的太阳》在表现母爱主题方面，选材和取角十分独特。“妈妈”由误会和爱心造成错误，为此而付出巨大辛劳，因此而给人以强烈震撼和感染。

生命的诺言

□ 内蒙古自治区赤峰市翁牛特旗乌丹第一中学　宋艳茹

生于世界上，存于宇宙间，我们带着上天赋予的使命，挥动着翅膀降落到这片广阔的大地上，于是便开始了我们的生命之旅。

做一棵坚韧的小草吧。爱的雨露滴落在小小的岩缝间，它给了我生命，我要成长，长成一株翠绿的小草。经受了风吹雨打，我依然顽强地活着，因为我要履行那个对生命的诺言，为这片天地增添一份绿色。

做一棵青松吧。那饱满的风姿，那傲然的伟气，给光秃秃的冬天献上一份最美的礼物，“大雪压青松，青松挺且直”。我就要这样直，因为我要履行那个对生命的诺言，刚劲挺直，做这世间最亮丽的一道风景线。

做一条河流吧。静谧而安详，让鱼儿在我的怀里尽情遨游，让那些细小的河流汇入我的躯体，让我包容这些放荡不羁的孩子，让我承受他们的调皮和幼稚，因为我要履行那个对生命的诺言，用我宽广的胸襟容纳这个世界。

踏踏实实做人吧。让我们去履行对这个世界的职责和义务，去兑现那个对生命的诺言。是小草就有萌动的爱，是青松就有坚定的力，是河流就有执着的步，作为一个人，我们就应该有我们活着的理由和志向。当我们还是一个懵懂的孩子时，我们就已经知道去爱护这世间有生命的东西，不攀花，不踏草，这也是我们最初学到的东西。还知道这世间有一物称为“爱”，无形中我们用爱和身边的小动物交了朋友，于是知道世间任何一种有生命的东西都有它存活的理由和意义，我们无权改变它们的生活，这也是我们对生命的诺言。

我们不可能成为统辖他人的帝王，但我们可以主宰自己，做命运的主人。世间的一切瞬息万变，任何人都不能求得永恒。所以珍爱生命，珍爱我们的生活，我们才能活得更精彩。祈盼着，日月的轮回转出了黑夜与白昼，生命的轮回转出了我们的生活和笑脸。

生于世界上，存于宇宙间，你就是那棵坚韧的小草，那棵挺拔的青松，那条绵延的河流,用那无声的言语兑现着对生命的诺言。

(指导教师:王素云)

点 评

《生命的诺言》对于"履行那个对生命的诺言"做了两个层面的展开,先是以小草、青松、河流三个比喻并列,论述了要"顽强""刚劲挺直"、有"宽广的胸襟",再进一层论述"应该有我们活着的理由和志向""主宰自己,做命运的主人"。

江南民居

——人文与自然的交响曲

□ 江苏省常熟中学　金远

江南水乡指长江中下游地区，多丘陵、河流，地形富于变化。这里形成了独特的江南民居，以苏州、杭州最具代表性。

在江南民居中，水起着不可或缺的作用。苏杭地区靠近海岸，又有长江从境内穿过，河网纵横，终年雨量充沛，民居也多临水而建。这类民居一般面街背河。厨、厕建在临水的一面，这样方便生活污水的排放。旧时没有自来水，也没有洗衣机，所以洗衣服就必须在井边或河边，由此产生了两个富有特色的部分——码头和天井。这里所说的码头是几乎每户都有的用于淘米洗衣的平台。民居通常都开有后门，从屋内打开后门，就可以看到蜿蜒的河道，在后门处筑成石阶延至河边建起平台，平时就可以在这里淘米洗衣，或是冲凉洗头。在平台上做一挂钩或木桩，又可以停靠自家的船只。船只作为交通工具，在小镇中穿梭，形成了“东方威尼斯”的景观。而靠街的一面看去大多是两层楼房。两溜楼房中间形成了或宽或窄的街道，也就是我们常说的“弄堂”。弄堂飘逸着恬静、悠闲，又深又长，曲曲折折，只要你勇敢地往前走，就没有不通之路，穿过弄堂会给人以“柳暗花明又一村”的感觉。

高高的垣墙夹着曲折的街巷，形成了曲径通幽的意境。漫步在这样的意境中，即使没有“丁香一样结着愁怨的姑娘”，也不失为一种享受。在那“悠长、悠长而又寂寥的雨巷”，湿漉漉的青石街旁，是傍水而造的老屋，高高的围墙挡在两边，墙角长了碧绿的青苔，台阶上有斑斑驳驳的苔痕。更有情致的是墙边突然冒出的串串藤萝，或是几枝在冬日里散发幽香的蜡梅、在春日里娉婷袅娜的桃花。

沿墙走个三五米，你就会发现红色的或是仍旧保持着原木色泽的古旧的门，门口用瓦垒的花坛里，娇艳的月季时刻像要把你吸引进去。你或许会不由自主地想进去看看吧，但那总是冒昧的，只得从虚掩着的门缝向里面张望。

高深的天井，是一个小小的园林，错落而又有序的花盆里有苍劲古朴的盆景松——松是倚着盆中的假山生长的，那是种布满了沧桑的空洞的石头，仿佛真的是从突兀的山峰上搬来的；或许还有个不大的水缸，上面漂着几片睡莲的叶子，水面冒出半开或是仍旧紧锁住的花苞；或许有个小石台，石台下面靠着块洗衣板；或许还有口水井……居然就望不到头了，那是一种似隐似现的美。于是你心头一惊：这小小空间里竟有这样幽深的一片天地。

这时你是否听到房瓦上滴下的露水击打青石板的声响？是否听到船桨拍打水面的声音？是否听到了深深庭院内悠然传来昆曲、评弹优美的吴侬软语？是否听到了弄堂深处空洞绵长的“酒酿小圆子啦”的叫卖声？是否听到布鞋踩上泥土时的窸窸窣窣？是否听到鞋跟踏上桥板的哆哆嗒嗒？那就是另一种若有若无的美。

再看看弄堂更深处，几个老头儿在拐角处的石井上架了块板，围在一起下棋；几个老太太搬张藤椅，闲适地打着毛线；中年男人躺在睡椅上看报；主妇系着围裙在河边淘米；三五个孩子趴在石台上写作业……

只是这么简单地一看，你就会不觉地恋上江南小镇里的生活了吧？这样的生活只有在江南这一片灵秀的山水中出现，只为江南这一群灵秀的人出现。是江南山水的灵秀孕育了江南人的灵秀吧？江南的人，就像江南的水，恬淡又悠然。是江南人的灵秀造就了江南古屋的灵秀吧？江南的古屋，就像江南的人，清雅又高贵，极少彩画，墙用白瓦青灰，木料则为棕黑色或棕红色，从不像北方绚丽的宫殿般招摇。

江南的美是体现在细处的，不身临其境是体会不到的。仔细去看看江南的雕刻装饰，你几乎会为之惊叹：檩上、柱上、门上、窗上，无处不有。即使是最贫穷的人家，你也能在床上、桌上、椅上发现精致的木雕，不施颜色，与白墙、灰瓦相映，色调素雅明净，与周围自然环境结合起来，尽显景色如画的水乡风貌。

斜风细雨中一只小渔船悠悠荡着，恬淡、和谐、宁静、悠远，梦里一般，让人魂牵梦萦。在那些粉墙黛瓦与小桥流水之间，流淌着千年不息的水脉与文脉，石板小巷里却处处使人感受到江南的风情、江南人的细腻。江南人，在经意与不经意中间，在人口密集的城市中，画出人类依恋自然、追求与自然和谐相处的一笔。

（指导教师：周志强）

点　评

读这篇文章让人感觉一幅画呼之欲出。作者对江南民居的描写，人文、自然相辅相成，糅合为一体。文章起承转合平稳自如，毫无斧凿痕迹。

生命因拥有而美丽

□ 广东省佛山市顺德区陈登职业技术学校　黄桃恩

有人说，生命因探索而美丽，因为探索的成功点缀了生命的颜色；有人说，生命因拼搏而美丽，因为拼搏的汗水浇灌了生命的花朵；也有人说，生命因执着而美丽，因为执着的信念闪烁着不灭的光泽。我要说，探索、拼搏、执着的前提是拥有，生命因拥有而美丽。

生命是一段攀登的过程。如果不畏艰险，奋发进取，勇敢地渡过波涛，那你的生命将留下灿烂的光辉。陆幼青曾说，大部分人都是带着没活够、没活好、没活畅的痛苦一步三回头地离开这个世界的。想想的确如此，死亡给人的是一种缺憾。在这拥有阳光的日子里，我要追问自己是否活得快乐。

我喜欢那湛蓝的天空，千变万化的流浪者——白云，洋溢着满满的一份欣赏，对着我笑。我时常捧着名著当精神食粮仰望着蓝天，享受大自然的原始风味。

我喜欢柔情似水的夜，守着月光，守着星星，对它们倾诉白天的怨闷，让情感像脱缰的野马，奔驰在荒野中。当我心事重重的时候，那黑暗无声的夜，给予我想象的空间，使我能够静静落泪。

我喜欢那条涓涓的溪流，带着金光闪耀的梦，向未来奔去。

我喜欢父亲那无语的关怀，蕴含着温柔的保护，关怀备至。

我喜欢乡村那淳朴真实的情。生活在那片乐土中，诚如陶渊明笔下的桃花源，一切都是那么安详而没有纷争，这不是你我常期待的吗？

我喜欢那早晨的路，是我熟悉的朋友，带给我平日的热闹，陪我一起踏上征途。

…………

或许，我喜欢的东西很可笑，但拥有这些已经足够，我只想拥有这些微不足道的东西——是生命令我拥有这些快乐。

爱生命就如爱自己。热爱生命，会使人有一种充实感。一只渺小的蚂蚁，一朵灿烂诱人的鲜花，它们同我们一样有着同样的生命，只是生活方式不同。珍惜生命,尽情地领略,你会发现生命的可爱,领会到失去了生命便永远不能取回。

生命是一缕辉煌的阳光,一朵艳丽的鲜花,一段艰辛的旅程,一个完美的叹号! 生命是一曲充满希望的欢歌。希望是人的愿望、目标,充满希望的人生,便充满动力,充满干劲,充满欢笑。生命因如歌而美丽,因如歌而动人,因如歌而显得弥足珍贵……

相对于广阔无垠的宇宙,生命是如此短暂,如浩瀚大海里的一滴水、苍茫荒漠中的一粒沙、遥遥夜空上的一颗星。但是,生命却可以变得十分漫长。

因为我们拥有生命,生命从此变得美丽。

(指导教师:邱礼佳)

点 评

《生命因拥有而美丽》大量使用排比句、比喻句,所取意象都是常见事物,于平易中见优美,富于哲理,有力地表现了热爱生命的主题。

风雨自坦然

□ 宁夏回族自治区西吉中学　马睿

“天无绝人之路。”我永远都不会忘记父亲从落满麦粒的黄泥里站起来说的这句话。那夜，一场暴雨将一家人收获的希望化为乌有。我至今还清晰记得父亲以膝着地双手抠进黄土的样子，泪水顺着父亲的手臂流进了交织着希望与失望的黄土地。良久良久，父亲抬起头，没有诉说，没有求告，只是平静地站在落满麦粒的黄土地上。

跟所有平凡的父亲一样，他是平凡的；但跟所有平凡的父亲不一样的是，他总是像一个历经沧桑的智者一样，以一颗平常心接受着生活中的风雨雷电与甘露暖阳。哥哥考上大学了，他没有十分得意；姐姐要出嫁了，他没有过多祝愿；弟弟中考落榜了，他没有一丁点儿斥责；甚至奶奶去世了，他也没有失声痛哭……我一直不解，是什么让他如此旷达，使他毫不在意老去的时光？

在我的记忆中，父亲很少对我们发脾气，也很少对我们有过真情的表露。当我因体弱多病而摔倒时，为我拍土掸尘的，是母亲；在我因疾病折磨而昏迷时，为我哭天抢地的，是母亲；在我因寒冷侵袭而发抖时，为我添衣加被的，是母亲；在我因犯错误而被老师批评时，对我大加斥责的，还是母亲……而父亲，只是凄然一笑，轻轻摇头。也许，正是这无言的凝视，传递着父亲淡淡的却异常沉重的爱。

还记得我五岁那年，一场疾病打破了家庭的宁静。母亲悲痛欲绝，只是一遍又一遍呼唤着我的乳名。父亲呢？他一直守在我的病床边。也许是父亲的陪伴赐予了我力量，我在经历了三天三夜昏迷后睁开了疲惫的双眼。

我常常想，年近花甲的父亲，有没有一往情深地爱过？有一次我问父亲，他只微微一笑。我知道，尽管无言，但那凝视的双眸已说明了一切：我是为你而活着。一个将自己的一生都毫不保留地献给了自己子女的人，难道还爱得不够深沉吗？

听别人说，父亲年轻时曾经是我们地区的状元，但由于成分为“地主子女”，他的梦想没能如愿以偿。对于这段经历，父亲总是显得无所谓。父亲过早地选择了枯燥、庄严、艰涩和刻板，几乎连顽皮和发傻的机会都没有，就这么提前走进了中年。在我看来，这真是一种巨大的亏欠，而他却认为这是自然而然的。

父亲常常因为不刮胡须而受到母亲美丽的批评。每当这时，父亲总是微微一笑。他说，人对于享受应留有余地，进入老年也是一种美好的况味，用不着吃力收割夏天的繁盛来遮盖晚秋的单调。说这些时父亲平静得如同吃黄米稀饭一样，而我却分明感到有一种别样的味道萦绕心田。我寻味良久，看到的只有父亲淡淡的微笑。于是，我释然了。我是抚摸着父亲的胡须长大的，小时候总是顽皮地肆意挥霍着父亲的关爱。而现在，我却开始琢磨父亲胡须压抑下的味道。

比利时作家梅特林克在《卑微者的财宝》中说："一个人在镜前发现了自己的第一根白发时，其间所蕴含的悲剧性，远远超过了莎士比亚式的决斗、服毒和暗杀。"我不知道父亲当时的心理，但我深深记得我当时的真切感受。据母亲说，父亲的第一根白发是她为父亲剃头时发现的。幸好父亲当时没照镜子，使他免去了那根把生命的起点和终点连成一条绵长的逻辑线的白发所带来的震动。

每当我面对某些事无所适从时，内心深处就会涌出父亲语重心长的话语。他说，再高的职位、再多的钱财、再大的灾难、再多的屈辱，比之于韶华易逝、岁月沧桑、长幼对视、生命交错，都成了皮毛。父亲虽然不是哲人，却有着哲人的思想。日子，在父亲的额头流逝着；岁月，在父亲的肩头颤悠着。他仍然用不懈的爱意，呵护着他的子女；他正用含泪的努力，艰难地撑起七口之家的幸福……

天无绝人之路。我相信。因为这是父亲说的。

（指导教师：张树鹏）

点　评

《风雨自坦然》用夹叙夹议的手法塑造了一位个性鲜明的父亲的形象，展示了一种朴实而执着的爱，一种不畏艰难、不求张扬的人生态度，文章有厚重感。

因为有您，所以我幸福

□ 浙江省桐乡市求是实验中学　王旭艳

高尔基说过，“世界上一切光荣与骄傲，都来自母亲”。的确，母亲十月怀胎生下孩子，是她的勇敢；母亲含辛茹苦地把孩子养大，是她的坚强。这当中包含着多少汗水和泪水，多少痛苦与辛酸？而所有的这些，又有谁能体会得到呢？

“妈不放心”

如果你问我快乐吗？幸福吗？我可以告诉你，答案是肯定的。因为我有一位平凡而伟大的妈妈，她给了我浓浓的爱。

初三是最艰苦、紧张的时候，为了让我精力充沛地复习备考，天还没亮妈妈就起来准备早餐。我对妈妈说：“我到外面买就好了。”

妈妈竟毫不犹豫地说：“妈不放心！”

这四个字让我心里咯噔了一下，是怕外面的东西不干净，还是怕不够？都不是，妈妈只有亲自做才放心，她认为早餐对于一个大考前夕的学生来说是十分重要的。难忘那一碗碗香喷喷的粥、一个个圆溜溜的鸡蛋、一个个红彤彤的小苹果，每一次、每一种、每一口都藏着妈妈对女儿深深的关爱！

我曾好奇地问：“妈妈，您准备的早餐怎么这么多样化呢？”妈妈却笑而不答。我无意间发现妈妈房间里贴的一张早餐安排表，妈妈在上面圈圈点点画了许多，什么食物有什么营养，她都仔细地写了出来。以前，我看到报纸上那些贫困地区的妈妈卖血、乞讨、借钱送孩子上学的报道都不相信，以为是媒体“炒作”，现在我相信了。这是妈妈们以最真实、最平凡的方式表达对儿女深深的爱。

“妈去看你”

我在远离家乡的中学念书已有一段时间，感觉似乎很久没回家了。我念念不忘慈祥的妈妈，忘不了她为我精心准备的早餐，刚过半个月，我就想请假回家了。

妈妈知道我的想法后，打电话来再三叮嘱我：“你在外地读书，不能总想着往家跑，会影响学习的。不如让妈抽空去看你吧。”

我听了，眼泪倏地淌了下来。

妈妈的话让我刻骨铭心，从此我不再娇气。

“妈相信你”

我是天底下最幸福的孩子。我的妈妈给了我一种胆量，一种爱的支持。

放寒假了，妈妈为什么还不来接我？别人的家长匆匆赶来了，而我……正在这时，妈妈的电话来了。妈妈的话平静而温柔：“孩子，你已经长大了，这次你自己坐车回来吧。这并不难，妈相信你！”

看看周围满脸挂着灿烂笑容的同学，我觉得自己才是最幸福的。因为我有一个锻炼的机会，有一位既严格要求又疼爱我的妈妈，那是一份永远的爱。

母亲虽读书不多，但教育我的每一句话都富含哲理。她从不打我，从不为我安排任何事情，给了我一个独立的空间，让我自由成长，使我变成了一个独立、坚强、有主见的人。

我爱我的妈妈，我感激她给予我的一切，是她让我在成长的整个阶段始终被浓浓的母爱包围着。“谁言寸草心，报得三春晖”，我以后会加倍努力，用我的行动去报答我的母亲！

（指导教师：严汉荣）

点　评

《因为有您，所以我幸福》是一篇赞颂母爱之作。作者精心构思，用母亲三句平实的话语做小标题，搭建起文章骨架，语言朴实，饱蕴深情。

漫步雨季

□ 安徽省巢湖市第二中学　李小伟

月亮洒下清冷的光/一如流下剔透的泪/我躺在月光铺成的床上/倾听着月亮诉说心语……

雨的身影始终在我眼前飘，我无法捉住它，可是在每一个雨夜我都能看见它。带着浅浅的笑，眯着眼睛和我说话……

谁的心里没有雨季，多少旧事湿润成一片迷离，在那混浊的记忆里，有着未解的谜。拥有了多少泪珠与雨滴，漫步在孤独的雨季。

撩拨起奔腾思绪中的感伤，沉沉地思索。走了那么多年，成长中留下了什么？是流浪的足迹，是成长的痕迹，抑或是几多的沧桑。踏过的路上，印下深浅的悲伤，终于带着飘然的梦，飘然地远走，而美丽的风景遗落在十七岁的雨季……

每一次站在台上，每一个截然不同的角色。我必须从容不迫，口若悬河，最好能妙语连珠，舌生莲花。因为这是唇枪舌剑的地方，这是我渴望已久的舞台，我听见自己的声音，略微有些颤动、生涩，像水漂横掠过心湖，有隐约的回声。

之后，我认识了鱼，一个看起来温暖灿烂的女孩子，感觉仿佛很久很久前就熟识了。我们都喜欢王菲的淡漠与通透，喜欢安妮宝贝的阴郁和伤感，喜欢文学创作的气氛，喜欢我们在一起时的感受。直到期中考试前一天，鱼把桌子从我旁边搬走。那夜，窗外的樱花落了一地。

直到现在我还清楚记得我们一起看《寂寞的小孩儿》的情景，手拉手在操场边那排法国梧桐树下坐了半天。阴天的看台上，风冷冷的，吹乱的头发刺痛了眼睛，我们一起唱“相聚离开都有时候，没有什么会永垂不朽”“宁愿选择留恋不放手”，只是现实太残酷，远方太虚无……

在一个被风吹得斑驳而脆弱的看台，空荡荡的，只有我一个人。掏出鱼的信，红色的水笔，密密的一笺，溢满了伤痛。“年少时的轻狂，注定要被现实取代。我们有太多的无能为力，对考试，对分数，毕竟我们才十七岁！影子，平面的世界，其实更适合你。”镜片有些模糊，是雨，我对自己说。但眼中的红字却不争气，碎在泪中，渗满灰黑色的天空。

十七岁的那年，偶尔回头，如鲜花灿烂的雨季，只是昙花一现。展望前方，有一条路伸向无尽的远方……

雨在天地间飞扬着，在湖面留下浅浅的吻痕……

（指导教师：朱冬民）

点评

《漫步雨季》主要写“鱼”和“我”的一段情感经历，作者善于抓取细节，描绘场景，抒发感情。

春江花月夜

□ 湖北省松滋市第四中学　禹成成

夜，竟是如此安谧。我披一件单衣，独立于江边，一种清逸的感觉油然而生，似乎这空旷的天与地之间只有我一个人，心在这空旷的天地之间自由地飞翔，轻灵而飘逸。

一江春水

晶莹的水缓缓地游动着，好似少女柔顺的长发，犹如仙子轻柔的拂尘，江水似从指缝间流过，如多情的青荇。水上漂来几片花瓣，就这样打着卷儿，绕着圈儿，随水而行，飘飘然。蓦地，心弦轻轻拨动，一缕怜爱，一丝缠绵，一种思绪，一份柔情，轻轻地在心里荡漾，像微风吹过琴弦一般，微微颤动，虚无缥缈。我的心已浸在这精灵的水中了。

月光在河面上轻旋，满天星斗都从河里笑眯眯地望着我，树影在河底轻轻摇曳。我这才发现，原来心在河底的那棵星星树上荡漾……

一轮江月

月儿才罢晚妆，盈盈地舞上了树梢。柔和的江上真的有了“烟笼寒水月笼沙”的意境。世界就像是整个都浸在了牛奶里一般朦朦胧胧。一时间，一个人坐在绿得成了一汪水的草地上，撩动着思绪，回忆着斑斓的昨天，憧憬着缤纷的明天。

心灵的窗户向月亮敞开，清冷的月光流进了心底，如琼浆流入夜光杯，似清风拂过溪流面，若露珠滴入湖心中，像雨丝钻进花蕊间。月亮想必是被我看得害羞了，急急地拽过一片云朵，想遮住丰润的面颊，可一不小心，云朵被撕碎了，溅成了满天的繁星，荡漾开去，在天上；荡漾开去，在心里……

一岸江花

花儿静静地沐浴在清新的空气中，这是怎样的一片空气啊！它夹杂着鲜嫩的树叶、湿润的雨水、新翻的泥土的各种芳香，它是一种能真正唤起你对暖融融的春天、对人生美好回忆的气息。各种味道在天地之间微微酝酿，醉了花，醉了心……

花朵微微开着，像只玉碗，令人不禁想起“兰陵美酒郁金香，玉碗盛来琥珀光”。玉面含笑，粉颈轻摇，一股柔情蜜意油然而生。心在枝头轻轻摇晃，摇出了幸福的回忆，晃出了快乐的憧憬。心在花间散步，眸在花间旅行，环绕自己的都是幽幽花香，弥漫空中的都是柔柔情思。似乎我的每一丝情感都像轻盈的泡沫乘着花瓣，旋转在空中。也许月仙子在为它奏乐，风仙子在为它打节拍，柔和而安详，静谧而温馨。“自在飞花轻似梦，无边丝语细如愁。”

夜，安详地睡着了，风还在游荡，长长的睫毛温柔地拂过我的面颊。对着梦幻般的境界，这水，这月，这花，这一切的一切，我轻轻地许下了一个心愿：请让我的心留下。

（指导教师：禹卫东）

点 评

《春江花月夜》描写夜晚独赏春江时所见所感，作者善于构建画面、渲染气氛，文章情景交融，富有感染力。

鱼，在空中飞

□ 湖北省孝感市中国三江航天集团第一中学　屠礼武

那是一个沉闷的上午，乌云压顶，像黑锅盖罩着大地。然而我们却要在这样的环境下考试，实在有种说不出的压抑感。

其实，我们学生的考试颇像现在的中国足球。学生是球员，监考老师是裁判，父母是球迷。当然，父母比一般的球迷更关心我们这批“球员”，要求更高一些。这样导致的结果往往是当事人不急，却急死局外人。

大概是出于爱国教育，第一科考的是语文。其实这样做有几大好处：一是体现了我们对国语的重视，语文排在群龙之首嘛！二是可以照顾一下大家的情绪，没有听谁说语文有多难考。就说作文，其框架往往是先发通议论，然后举几个例子，接着再来通议论，一般如此也就够了。

下午考数学。这是一门十分危险的科目，分数高的可以是低的好几倍。不过，发扬一下球场上的团队精神还是能够及格的。当我走到座位上时左边同学在打手势，顺着他手指的方向望去，我发现监考老师已经在发试卷了。然而发了试卷之后就没有看到老师了，做了一半时我觉得这试题真难。当我正对那题“含情脉脉”地倾诉着心中的痛苦时停电了，我心里直叫好，比“国脚”打人时裁判眼里进了沙子还好。然而，我正在兴奋时，竟不知试卷跑哪儿去了，正欲动怒，忽然看到桌面上有一白得像试卷的东西。于是，我想也没想，拿起笔就往那“试卷”上写。但当笔尖触到白色物体上时，我便感觉有些不对。怎么这纸这么软呢？我正猜疑着，突然听到了女生的尖叫声：“谁在那儿摸我的脸！”我又羞又恼，虽然没有碰到她的脸，但毕竟在上面画过啊！就好像瓜田里系鞋带，多少有些不良嫌疑。茫然中，听到有人小声说：“第六题选 C，最后一题等于 3。”我连忙写于手心。虽然担心试卷，但毕竟有了些安慰。过了一会儿来电了，我看了看桌面，原来试卷还在上面，接着又做了几道题就听到下课铃响了，便茫然地随着人群交了试卷走出了考场。

其实从考数学开始我心里就发虚。虽然进校时成绩还算过得去，但终究禁不起自己的挥霍，那点儿老本已经让自己吃得差不多了。但那华丽的外表使虚荣心在自己心里占据着主导地位，就好比一棵粗壮的大树被害虫侵蚀之后留下了空空的外壳一样，终究禁不住狂风的吹打。当我走出考场时头都大了，心情沮丧至极。然而时间却不会因为人的伤心而走得更快，地球更不会因此而停止转动。

浑浑噩噩地挨到考最后一门英语时，我已经没脾气了，这是我学得最烂的一科。然而英语在现今社会却是不得不考的，这让我备感狼狈。“球迷”们一双双期盼的眼睛正注视着我们，我们当然不能让他们伤心，但就怕一不小心还是伤了。

我坐下来之后，看了看前后左右，发现坐我右边的就是班上英语成绩最好的那个女生。此时，我高兴的心情绝不亚于探险者寻到了宝藏，一颗悬着的心终于落了地。我转过身说：“待会儿考英语你帮帮我好吗？我买东西给你吃。”那女生转过头说：“你先把东西买来再说。”我飞似的去商店买了一大包东西，放在她面前，静静地看着她，像死刑犯面对自己的主审官，祈祷上苍不要判我死罪。那女生看了看东西，点头表示同意了。我高兴地回到座位上，静静地等着考试开始。

考了不到十分钟我就觉得自己没救了，试卷上的一些单词我不认识它们而它们大概都认识我。就好比钱不认识人而人一定认识钱一样，即使是盲人也不例外。然而在它们面前，我却连盲人也不如。我开始求救，过了好一会儿她才传过答案来，虽然慢了点，但总比被人反咬一口强。我抄完后在那儿将答案抛来抛去，但没发现监考老师就站在我面前。监考老师冷冷地说：“交出来！”我没有勇气辩解。交纸条时我连试卷一起交了上去，出了考场。然而后来得知，我竟将答案抄错了。

从考场到寝室的路上，一种强烈的空虚侵袭着我的心灵。联想到自己以前的学习态度，心中难免阵阵愧疚。经过操场边的池塘，看到很多鱼因空气沉闷水中缺氧而在水中上下浮沉，我忽然明白鱼是不能脱离水面在空中飞翔的，就好比人不能虚无缥缈地生存一样，又似梦幻对于生活的美好一样，它只是一种虚无。学生亦如此，唯有脚踏实地，一步一个脚印，才能走出一条属于自己的路。想到此，我心中有一种释然的快感。于是，我转过身，向着灯光明亮的教室走去……

（指导教师：吴正名）

点 评

《鱼，在空中飞》是对一次考试的动态描写，把考场上的各种形象描绘得活灵活现。本文语言生动诙谐，把考试比作踢球，新颖别致。结尾处悟出道理，让人豁然开朗。

梦江南

□ 福建省厦门集美中学　陈雅婷

我一直很喜欢《梦江南·梳洗罢》这首词:“梳洗罢,独倚望江楼。过尽千帆皆不是,斜晖脉脉水悠悠。肠断白蘋洲。”

我一直很喜欢书里那些婉约的江南女子,她们低眉浅笑,面容恬淡,环佩叮当,犹如一缕清风,抑或一盏清茶,总给人以千回百转欲说还休的滋味。我想,徐志摩那句诗里所描写的定然是淡白色岚霭中的江南女子:“最是那一低头的温柔/像一朵水莲花不胜凉风的娇羞。”她们是江南三月的桃花、五月的烟雨、十二月的细雪,她们身上有一种朦胧如水墨画的江南气质,总能带我们穿越千年的风尘,穿越青苔滋生的斑驳的青石板路,回到古代的江南,看“南朝四百八十寺,多少楼台烟雨中”。

我时常会想象宋朝时临安的繁华。热闹的市集上,有卖油条豆浆的小摊,一文钱一碗,摊主像大多的江南底层百姓那样憨厚朴实,皮蛋瘦肉粥总是用文火熬得又香又浓。街边的绸布店里,新进的绸缎光滑而鲜艳,有伶俐的丫鬟正在为小姐挑上好的苏绣做新衣裙。江边的“临江仙”酒楼上,一群青年文人兴致勃勃地品茗谈韵,衔觞赋诗;角落里,一个面庞干净的歌女怀抱琵琶婉转地唱着江南小调,歌声借着水音听来甚是清亮,一身尘沙的江湖剑士大声叫好……

这是我所喜爱的江南生活,悠闲,恬淡,甚至可以说是精致。“江南好,风景旧曾谙。日出江花红胜火,春来江水绿如蓝。能不忆江南?”我喜欢那些喜爱甚至迷恋江南的人,因为我觉得那就是品位。现在不少小资主义者标榜自己过着精致的生活,而他们口中的精致无非是坐在有大落地窗的咖啡馆里品味意式咖啡,或者蜗居在钢筋水泥构筑的家里看时尚杂志,听摇滚。我总是会想,我们的国家,我们的文化,在向现代社会靠近的过程中真的失去了太多属于古老中国的记忆和精华。我们失去了江南,失去了“小楫轻舟,梦入芙蓉浦”的意境,失去了一颗如江南般恬淡的心。

所以，每当我浪费大量的时间行走于这个城市森林的夹缝，看满城的灯火摇曳、车水马龙，看一个接一个的街道路牌，看迷失于酒精和烟雾里的人们，我就会无法抑制地想念江南，想得心慌和难过。它在我心里是一种恍惚的绿，沿着记忆的方向生长、蔓延，它是属于痕迹的，是固定着水并滋生着故事的，那里有“杨柳岸晓风残月”的忧伤和“兴尽晚回舟，误入藕花深处”的喜悦。

我爱江南，更爱江南的人，爱他们能如此安然地生活着。而相比之下，野蛮抑或粗犷的金元征服者们显得乏味多了。他们只懂得伴着大漠黄沙无日无夜地东征西讨，内心永远被贪婪的欲望驱使着，无法静下心来像江南人一样细细地品味和享受生活。

江南人中我最爱李煜和李清照，爱他们像两个单纯的孩子，单纯到透明，真挚到只剩下真挚本身，就连忧伤也是生命和情感找不到目的的纯粹忧伤，而不是世俗化的情绪。“无言独上西楼，月如钩。寂寞梧桐深院锁清秋。”“花自飘零水自流。一种相思，两处闲愁。此情无计可消除，才下眉头，却上心头。”我爱这些天籁般的字句，像檀木一样散发着氤氲香气，念在嘴里总是意犹未尽。这时我总会想起一些所谓天籁的空灵歌曲，空灵固然有，却空灵得一无所有，冰冷无味，反不如这两首小词那样令人回味无穷。

我一直都很遗憾自己不是古代的江南人，不能做一个姿态优雅的江南女子。我是如此羡慕她们，羡慕她们有那些清丽的软褶裙、绣花鞋和纸伞，羡慕她们有如水般柔顺黑亮的长发和温婉的性格，羡慕她们有用紫茉莉种子研碎兑上香料制成的胭脂水粉和晶莹的珠钗发簪。我不明白，为什么现在的都市中有那么多人疯狂迷恋 Hip-Hop 的奇装异服。面对他们艳黄色凌乱的电击发型、烟熏眼、烈焰红唇、青紫色的文身，还有身上浓烈而辛辣的香水味，我总觉得躁得慌。那种烦躁是无语的，却强烈得厉害。我想，他们是现代都市里拥有颓废情绪的那一拨人，他们不是江南人。

我爱江南，不仅仅因为它有亭台楼阁、轻舟画舫、舞榭歌台，更因为那些精美的雕栏画栋、曲径幽廊里隐着一圈圈历史的年轮，凝着古江南苦香的中药和水土粗粝的气息。我总是毫不谦虚地认为它们是世界上最美的建筑，比起那些硬邦邦、冷冰冰犹如巨型蛋糕一样的名建筑要有气质多了。

但是今天的江南（不，它已不再是江南，或许我们该改称它为中国南部），钢筋水泥还是一幢幢地盖起来，密不透风，让人窒息。但谁也无能为力。我们所能做的，就是眼睁睁地看着那些“凤凰栈”“萍水阁”“凝曦轩”，那些蕴满诗情画意的木屋渐行渐远，取而代之的是“××花园”“××大厦”。

从此，“二十四桥明月夜”渐渐步入历史。从此，江南不复存在。

我亲爱的朋友，如果你在梦里同我一道回到江南，就请让我在西湖畔为你泡杯茶吧。绿色的碧螺春一点点浸泡，看不见轮回。茶水干净清澈，苦涩中有清香，那是江南的味道，请记住它，因为，它会使你的江南梦随年轮的增多而愈加醇厚……

（指导教师：陈茜茜）

点　评

《梦江南》一文以同题名词引出，紧扣“江南”，以大量笔墨写江南昔人往事旧貌，带读者在其间神游良久。文末却笔锋陡转——钢筋水泥下，“江南不复存在”，题中的“梦”字此时才一跃而出——“江南只能在梦里见到了”，在怀念与留恋之余，引人思索。

第四届（2006年）

获奖佳作精选

17年17届

风雨老樟

□ 浙江省绍兴市稽山中学　金雪萍

当我第一次看到你，站在你的浓荫下，我便感受到你那“老骥伏枥，志在千里”的豪气，就甘愿对你的气势俯首称臣。

诗人说，芳草在大地上寻求它的伙伴，树木在天空中诉说它的孤寂。我想这位诗人定对你不甚了解。你把你的铜枝铁干在空中尽情舒展，每一片叶子在阳光里都跳动着生命的乐符，把陶渊明的“木欣欣以向荣”诠释得淋漓尽致，怎么会寂寞呢？古人云“静如处子”，你的静却又洋溢着米开朗基罗的雕像般的健美与朝气。《红楼梦》中的“香气袭人”是带了点脂粉味的，但你的香却是振奋心灵的洗涤剂。当那沁人心脾的芬芳充满我的全身，我仿佛也有了这份旺盛的生命力。

你的王者之气，你的健美有力，让我一直深信，经过这么多年岁月的洗礼，你可以力挫风雨，再见彩虹。风雨过后的校园一片狼藉，那是因为它们没有你根深叶茂。于是我对自己说，你不会的，因为你是百年老樟树。百年的沧桑，怎能说忘就忘？见证的历史，怎能说改就改？战火肆虐过你，你没有倒下；风暴袭击过你，你没有被撼动。你迎来了中华人民共和国的第一缕曙光，迎来了新世纪的第一轮朝阳。当这次台风预警发出后，我依然相信你拥有能力，定能安然度过这次生命的考验。也许是对你魂牵梦萦的缘故，那个风雨如晦的晚上，你悄悄进入我的梦中，在我心湖激起一阵涟漪。风吼累了，雨下累了，而我满眼都是你湿漉漉的绿。而第二天去看你，你却只留给我一截无言的树桩，让人凭吊。

百年老樟树，一阵风雨，弹指间烟消云散。风萧萧兮易水寒，壮士一去兮不复还。尽管你集百年日月之精华、天地之甘露，终究还是落了个荆轲的下场。可在那一瞬间，我又不敢相信自己的眼睛了，就像难以接受“9·11”事件中世贸中心大楼被毁的事实一样。好好的，怎么说倒就倒了呢？

这片天空，充满了你的味道。我愿闭上眼睛，跟随那一份味道，去追随你的脚步。你的气息越来越浓烈，让我深信不疑：你还在某个地方顽强地挺立着，你依旧是我印象中的老樟树,依旧枝繁叶茂,依旧葱翠盎然。

然而,你已经静默地躺着,阳光依旧热爱着你,暖风依旧眷顾着你,而你在它们的照顾下,依旧洋溢着生命的美。生如夏花之绚烂,死如秋叶之静美,可是你的死,也如夏花般绚烂!你把根留在了养你的故土中。“大堰河,深爱着她的乳儿,流尽了她的乳汁。”“谁言寸草心,报得三春晖。”你是明白了两位诗人的心,所以才不舍离去的吧?尽管你已倒下,但这份顽强依然发人深省。

许多天过去了,老樟树的香气经久不衰。我知道,它将传得更远、更广……

(指导教师:王卫英)

点 评

《风雨老樟》融情于景,托物言志。作者赞美百年老樟“旺盛的生命力”,倒下后“依旧洋溢着生命的美”,依然“香气经久不衰”,也是对生命的礼赞。

似是而非的艺术

□ 山东师范大学附属中学　栾冬瑞

我一直对中国画有一种很深的喜爱，这大概源于我曾经握过画笔去描摹，只是因为当时太小，对它的感触仅仅是从它的色彩和绘画材料上的。现在我才终于有所领悟——中国画，是要用心来体味的艺术。

曾经看到这样一个故事：三个学生想跟一位中国画大师学画。那位大师说了五个字“深山藏古寺”，然后就让他们扣住这五个字着手去作画。结果，当三个人都按时交上自己的作品后，这位大师只留下了一幅画里连寺庙的影子都没见着的作品。在我们看来，这有点令人疑惑不解，为何没有寺庙的画却成了佳作？

如若让我们来创作，首先很容易想到山林和寺院，要画出郁郁葱葱的茂密山林、古色古香的庙宇。接着便是要用这“藏”字将两者连为一体：翠绿的山峦中探出一弯尖尖的房檐，细细倾听，便有钟磬之声回荡于山谷中。或许在我们看来，这样画已经称得上是无可挑剔了，因为它一字不漏地将老师给的题目展现在画纸上，但是，在一位真正的中国画大师眼里，它离完美却还有一段距离。

到底是幅什么样的画让这位大师满意呢？首先，山林繁茂，一派生机，苍劲的笔锋皴出山的气魄；其次，天山之隔缥缥缈缈，虚虚幻幻，几笔勾勒便有浮游天际之感；还有那通向山顶的幽幽小径，更是蜿蜿蜒蜒，仿佛是上天的云梯。至此，竟还未看到寺庙的半点影子，细细品味，却又隐隐感觉到，寺就在这云梯的尽头，仿佛听到一位挑水的僧人卸下担子推门的吱呀声，仿佛看到墙院上丰盈着的爬山虎继续地伸展着，力图遮盖住那株千年古松的风采。

到此时，我们才顿悟那“藏”字的真意。这幅画给我们的感觉应该就是王维诗中“空山不见人，但闻人语响”的意境。只要我们闭上双眼，就能踏着那青青的石板，听着远方空谷传来的鸟鸣声，神游其中了。

我突然又想起一首很符合这幅画意境的诗：“清晨入古寺，初日照高林。曲径通幽处，禅房花木深。山光悦鸟性，潭影空人心。万籁此俱寂，但余钟磬音。”仿佛自己也像诗人一样置身于这禅院之中了。

原来,一幅画、一首诗竟能给人带来这样一番天地。

这不禁让我想到西方的油画。它真实,它那厚重的油彩仿佛是记忆的丝带,如一张彩色的照片将我们带回到过去;它华丽,它那明艳的色泽仿佛是高贵的象征,如一条鲜艳的地毯引领我们走向庄严的殿堂。它时而真实时而夸张,夸张得竟让你无法看出它的真面目。这是与中国画截然不同的两种思维方式。

中国人是含蓄的,是内敛的,因而他们的画亦是如此;西方人是热烈的,是自由的,所以一幅画所给人的感受也就不同了。我不能说西方画有什么不好,只能说,我更欣赏中国画那种独到的艺术表现形式。中国画给我的感觉不仅仅是一张纸、一幅画,它所带给我的是一种思想的震撼,是来源于作者与欣赏者的思想沟通。而这片沟通的地方,就是那含而不漏的无限的想象。它可以是那茂林中隐隐若现的古寺,也可以是清潭中畅游的鱼儿,还可以是山峰间那片白茫茫的云海……也许我们无法看到所有,但是我们可以感知一切,这便是中国画的魅力所在。它看似简单的线条,却能在每个欣赏者的思海中勾画出一番广阔的天空;它看似单一的色泽,却能在每个人的心中泛起五彩的波澜。于每个人来说,他们所浮想联翩的又是千千万万,这千千万万却又成了一幅幅画,这便是从一幅中国画中所能衍生出来的新的灵感、新的思想。而这一切的源头又全都来自中国画的轮廓中所蕴含的丰实的艺术美感。它所代表的早已不再是画者一个人的思想,而是所有看过这幅画的人所共有的思想和心境。无意之中,这幅画便被赋予了思想,也似乎拥有了生命。

就像齐白石老先生说的那样,"作画妙在似与不似之间,太似为媚俗,不似为欺世",中国画恰到好处地将景与色描绘在像与不像之间,从而留给我们无限的遐想空间。在经历了几百年甚至几千年都不会蜕变的风采便是它那汲取来的每一个赏画者的思想。岁月的荏苒下,便更显出它独有的韵味与魅力。

中国画——美在虚无中的不断思索着的艺术。

(指导教师:周晓琴)

点　评

《似是而非的艺术》由浅入深地揭示了中国画含蓄、内敛、充满想象空间的艺术特色。文章引用王维等人的诗句加以佐证,把文字与绘画融合在一起,增强了说服力和感染力。

生生不息

□ 湖北省孝感市中国三江航天集团第一中学　谢斯沅

傍晚，金灿灿的火烧云占据了大半个天空，一簇簇云霞笼罩在城市上空，让人觉得伸手就可以抓下来一片，定睛一看，似乎又变得可望而不可即了。

妈妈一人对着卫生间的镜子不知在忙些什么。“沅儿，快过来看看。”妈妈的声音有点急促。“干什么呀？没看到我在写作业吗？”我小声嘀咕着。

卫生间的灯，永远是那么昏暗。妈妈把脸凑到镜子前说：“新长了好些白头发，快帮我拔了。”我不耐烦地挑起妈妈的一束头发，用手指捻出其中的白发。一根、两根……妈妈今年的白发比以前多了好多。昏暗的灯光下我的眼睛有些酸疼。“妈，好多呀！”妈妈的眼神暗淡下去，说：“唉，算了，你学习去吧。”

我刚才怎么失口了？爱美的妈妈一向在别人面前掩饰年龄，她该有多伤心？我回到房间，悄悄地推开阳台的门，楼下川流不息的车辆飞快地从我眼前闪过。

母亲确实老了，想到这个，我的脊梁骨就一阵冰冷。那感觉就像深秋的一天早晨，你忽然发现楼前那棵昨天还招摇着金黄叶子的梧桐树，今天却只剩下枝杈了。我站在树下，踩着厚厚的枯叶，呆望着树枝间勾勒出的苍穹，不明白这是为什么。我把叶子一片片贴回原处，生怕一阵风刮来将它们卷走，从此消失在不知名的远方。

我想到身边的人们。慈祥的奶奶常戴着发光的银镯子坐在阳光下的摇椅上，微眯着眼睛向我讲述：她嫁到爷爷家的那天穿着一件红衣裳；一向严厉的父亲小时候因爬树划破了裤子不知被她打了多少回；如今沉稳有风度的叔叔儿时又何曾不是爷爷的“跟屁虫”？而我们，今天还埋怨老师布置作业太多专跟我们过不去，明天却要夹着公文包匆匆去给孩子开家长会。那时再见到恨得切齿的他、爱得入骨的他，一切都像过眼云烟那么平淡了吧？

嘀嗒，嘀嗒！秒针走得不慢也不快。我从未像现在这样注意它的节奏。独自一人谛听它冷漠的步伐，不禁令人毛骨悚然，这单调的声音向我表明：生命在不息地运动。

旧的悠悠逝去，新的悠悠产生，不慌不忙，一个接一个，生生不息。人们都想要长生，但没有一人真能长生。即使是千古一帝秦始皇也会被丹药所误，早早结束了生命。

太阳在落山之前将它生命中最后的光辉全部放出，红烈的余光融化眼前的一切。望着西郊的远山，我突然想起李白的“西风残照，汉家陵阙”。黄昏，是我一天中最害怕的时光。它让我觉得很无助，黑夜即将来临，黎明还需漫长等待，仿佛身边的一切都要离我远去，而我却无力挽回。

总有一天，坚强如山的父亲会在我身旁倒下，温柔贤惠的母亲会在我放声哭号中安静地离开，而现在年轻的我，也会被皱纹折磨得衰老下去，然而那时背后一定会有一双有力的大手搀扶着我。

谁能知道自己生前是何物所托，死后又变成何物？活着本身就是一件幸福的事。譬如一片叶子，该绿的时候它就绿，该飘落的时候它就飘落，滋养新的嫩叶。

印度人认为宇宙曾遭数劫，每劫亿万年。人的一生对宇宙一劫来讲不就是一瞬吗？一个人的生命是有限的，但若是和整个芸芸众生的世界、整段生生不息的历史联系起来，他的存在就是永恒。我不奢求长寿，只希望能漂漂亮亮完成天地万物交给我的工作：负责把前人传递下来的火炬交给下一代，而且要让火焰燃烧得越来越壮丽。

想到这里，今晚我是多么有必要依偎在母亲身旁，替她捶捶劳累的肩膀，告诉她我爱她。

我不由得加快了脚步。

（指导教师：徐红燕）

点　评

《生生不息》由母亲头上的白发产生联想，引出议论，阐述了新陈代谢、生生不息的客观规律，论述了“有限”与“永恒”的关系，表明了作者对于生命坦然的态度。

哈尼族人与梯田

□ 云南省红河州民族师范学校　彭亭

巍巍哀牢山中，悠悠红河谷南，有梯田星罗棋布，蔚为壮观，被世人誉为“大地雕塑”。

造就这一不朽艺术杰作的是哈尼族，一个水里能生、土里能活的民族，用铁犁和锄头给我们讲述了一个人类开山造田的不老神话。哈尼族，这个平素爱吃糯米粑粑，豪饮闷锅酒的民族，把这梯田当作深含着民族文化与民族灵魂的祖业，与它厮守在一起，永远相濡以沫……

云雾缭绕的山冈上，长年青翠的凤尾竹林中，是哈尼族人古老的山寨。蘑菇房前果飘香，核桃树摇曳着每一个生生不息的日子。

布谷鸟啼落太阳，蛐蛐满坡的夜晚，哈尼族人的火塘里柴火噼里啪啦烧得正旺。神态安详的哈尼族女人坐在火塘旁，脸上跳跃着明亮的火光，三脚架上的锣锣嗞嗞地冒着白汽。墙上挂着蓑衣与羊皮，铁犁和锄头靠在墙角旮旯，年轻的哈尼族汉子蹲在蘑菇房前，咕嘟咕嘟地抽着水烟筒，心里估摸着明天是啥天气……

当鸭圈里的鸭群开始骚动，鹧鸪的歌声掠过山谷的时候，东边的山坳里渐渐泛出白色，仿佛是谁轻轻举起锄头一敲，便迸出一个猩红的朝阳。阳光如金红色瀑布倾泻，流淌在哈尼人的梯田上。梯田，这早已在哈尼族人骨血里凝成诗汇成画的不老风景，在每一个这样的早晨敞开所有隐秘，袒露盎然生机。

梯田由山根一层一层升腾，每一层都刻满哈尼族人生活奋斗的足迹。岁月无声，几百年依山造田，几十代雕刻家园，把惊天动地的画卷留给不老苍天，把福泽万代的美梦留给后世子孙。多少次，晨曦中，晚雾里，哈尼族人来来回回重重叠叠的脚印，沿着大山弯弯曲曲纵横交错的梯田埂，垒成心中沉甸甸的希望，垒成充实和成熟的季节。

每一次希望都是从呵牛声开始，从铁制农具开始，从芬芳的泥土开始。梯田上重复着这样一个镜头：一头牛喘息了几百年，清水入田，朝晖夕照下，哈尼族人插秧的姿势很美，在梯田这部大书上，站起来像感叹号，弯下腰去像问号，可骨头里的酸痛，却只有水里的蚂蟥知道。

山有多高，水就有多深。梯田溢满的水里泥里充满了一种营养，使一种精神在哈尼族人的民族骨骼里生长，哎尼(孩子)们即使赤脚站在田埂上也能吸取这灼人的力量。于是，他们学着他们的父辈把这一切摧毁又营造，种植又收割，收割又种植，瘦了身架黑了皮肤却长了气魄与胆识。哈尼族人的人生与历史深埋在这里，热血和汗水洒在这里，幻想和梦驻在这里，永远挑在肩上卸不下的重负和输不了也永远不想输的意志全都在这里。

它绵亘博大、苍健宏伟，有深邃的内涵；它气势磅礴、雄浑粗犷，给人以雄性力量。哈尼族人的梯田像哈尼族汉子壮实的躯体，挺起的胸膛储备了无穷的汗水和力量。在每个收获的季节，稻谷飘香金黄满山，滋养过几十代哈尼族人嗓子的小调浸润着每颗火热的心。哈尼族人赤脚走过田埂，满满当当的粮食越过红肿的肩头，再把骡马驮瘦。太阳把哈尼族人的皮肤晒黑了，晒不黑的是笑容。

守着大山每一个平凡的日子，生命的景致在梯田里熠熠闪光。哈尼族人，昂首而行，顾不上额前淌汗滴金，走进固化的风景，带着太阳燃烧黄昏的那种渴望……

梯田是哈尼族人的一张网，捕获日月星辰，也收集粮食牛粪；梯田是哈尼族人的一块布，绣着牛羊庄稼，也绣着镰刀犁耙；梯田是哈尼族人攀登生活的梯子，上头是希望，下头是企盼；梯田是哈尼族老汉被太阳晒黑的额头，饱经沧桑的皱纹里满是勤劳纯朴……

点　评

《哈尼族人与梯田》是哈尼族人世代勤劳的生活画卷，是对哈尼族人奋斗历史的礼赞。作者用充满诗情画意的语言，描述了一代代哈尼族人建造、耕耘梯田的艰辛努力，展示了一个民族自强不息的可贵精神。

零 碎

□ 甘肃省嘉峪关市第一中学　魏琳

那天考完化学之后我哭了，因为试卷上那么多空白我却无能为力。那时我感觉难受极了，才发现原来人也可以在一张纸面前那么可怜，这已经是我不止一次怀疑自己的能力了。

我的伤心只是坚持了十几分钟而已。我擦干眼泪，开始笑。

我不像他们那样可以把一切都做得那么彻底，我放弃不了那么多。他们可以抬起头骄傲地说：怎么了？那样的成绩已经很高了。

或许此时我只能配合以很无奈的笑。我的成绩比他们的高一点点，我是不是也可以很骄傲？可是我做不到。我自己都不知道是为什么。亚芳一直都说，要是她当上国家领导人，要取消了中国学生的考试。我们每次听到这话后都是大笑，不是笑亚芳，而是笑真的希望会有那么一天，然后我们可以很骄傲地对我们的后代说：当中国还是应试教育的时候，我们总是考试，那种考试……

我想说，要是自己不快乐的时候千万不要勉强自己很快乐，那绝对是对自己的一种变相摧残。可又一次，我的化学成绩低得惨不忍睹。当时我看到成绩后觉得特别的悲哀，是不是我注定就是个化学白痴？那是我第一时间的想法。哀伤，真的很哀伤……

他们安慰我的方式我还是第一次见呢，让我觉得挺感动的。他们说是不是我的分加错了，我笑，不会的，这是我预料中的结果啊，只不过我还没有做好接受它的准备，它就这么早到来了，还不得不面对。总不能哭着看吧，所以我选择笑，放开了笑。

人家都在说他们错了几个，我想我只能是看我对的有几个。我突然觉得这时候自己挺可怜的，为了伪装，我笑着告诉每一个问我成绩的人，我的化学××分，高吧？你还考不了呢！我默默地想，或许只有这样我才可以遮起我的狼狈。

我仰起头，外面阳光很灿烂。可能两年后，我就会被化学这一科给淘汰掉，考不上大学，前途一片黑暗。这一切让我觉得这个社会很残酷。为什么那么多的人都可以为了高考那么拼命？那么残忍的选拔！相差一分而已，人生就不同，然后遗憾一辈子……

我看到同学的一篇考试作文，写得真的很恬淡，我很喜欢。我发现其实有时人也是很软弱的，我们都不能一直那么坚强。面对，有时候真的是很难接受的，似乎那一切都没有了意义。我们总是会牵强自己，但却又无能为力，能做些什么呢？那么折腾地活着吗？累。

高一啊，不是好玩的，就好像到了玩命的时候一样。我们总是在一样一样放弃着，那些心爱的，在此时心痛割舍，不得不看着远去。收起眼泪，我们还得面对那些可恶的考试，好像这就是中国学生普遍的命，悲哀——其实有很多学生的心都死了，那么应试教育是不是可以低下它骄傲仰起的头？

高三，那绝对是站在悬崖边上玩命，你伸出脚迈一步，看看是会踩空，还是会踩到平地？踩空的人多，远远多于踩到平地的人。有人勇敢地重来，可是真的再次站在悬崖边上时，勇气已经不再像第一次那么饱满了。人还是怕再次摔成头破血流，毕竟，重新能站在悬崖边上真的不是件容易的事。我们总是不善于面对很难的事。

安妮宝贝说，生命是一场浪费。我们的生命到底浪费在什么上面呢？上学的路上，放学的路上，公交车上，无尽的眼泪上，是这样的吗？但我想，那只不过是一种情绪而已。

"青春是一场葬礼，绚烂过后，该忘记的就必须忘记。"我看了这句话很感动，但又觉得挺残酷。可是我们看到这句话时，都忘记了现实就是现实，虚幻在那里是站不住脚的。我们手里握着太多拥有的，脑袋里想着未来会有多么美好，却放不下手里的。可我们还是差了那么一份成熟和稳重，多了一点儿幼稚和幻想，达不到那个高度。

我的好朋友惠惠，她特别善良，她的爱情观很纯粹，幻想着遥不可及的梦。我说："唉，你怎么比我还不现实啊？"她就会很腼腆地笑。或许，我们都需要一些虚幻，只有那样才可以支撑自己在现实世界里不会跌倒。或许吧，谁知道呢……

琉璃年华，在太阳光下，透明得看不到……

太阳很漂亮，整个大地都是金灿灿的。我眯着眼睛，想看清它的模样、它的颜色，可是我的眼睛这会儿已经睁不开了，看看别处，已经有些阴影，一切都很模糊。但是，我的身上却一直都很暖和。

人嘛，善变，这很正常。所以注定会有很多伤心的人，回忆着伤心的事，所以有时我们只能学着默默谅解。其实我们都一样，相互伤害着，谁都可以停留，可最终谁都会离开。真正在生命中可以留下痕迹的人不多,于是我们要学会珍惜身边的人,包括伤害过我们的人。因为如果人老了,就只能去回忆了,在那里找到些安慰。老了,总是一件很悲哀的事情吧。

最近,我一直在想一个问题,如果我考不上大学的话,我该何去何从呢?只是我不想再待在嘉峪关了,我要离开这儿,离开我熟悉的地方。其实我明白,也许现在考虑这个问题太早,但至少我要看到我的未来会是一种怎样的图景。要是考上的话,我会真的很庆幸,也许会有个美好的未来,可如果考不上……不想说了,爸爸妈妈他们会伤心的,我真的很爱他们。就让这个问题留着吧,反正未来总是变幻莫测的。就让一切都顺其自然吧,该面对时我决不逃避。

印度古老的祝福写得很经典:"给你生活的忠告——多吃些粗粮。熟记你喜欢的诗歌。不要轻信你听到的每件事。不要花光你的所有。不要想睡多久就睡多久。永远不要忽视别人的梦想。永远不要以貌取人。如果你失败了,千万不要忘记吸取教训。记住三个'尊':尊重你自己;尊重别人;保持尊严,对自己的行为负责。不要让小小的争端损毁了一段伟大的友谊。无论何时你发现自己做错了,竭尽所能去弥补。动作要快!"这是网友的QQ空间上的,我特别喜欢,就存了下来。

爸爸看后,只是微笑;妈妈看后,也只是微笑;我看后觉得其实人的一生真的无法做到那么完美,所以我们只有尽力了。或者,去微笑,像爸爸妈妈那样,幸福地微笑。

零零散散地写了这些,发现写的都是自己的心情,因为我怕自己忘了,忘了那些哭泣的、那些美好的……

(指导教师:顾元忠)

点 评

《零碎》是一份高中生活和心理的真实记录。"我"有过伤心,有过快乐,有过无奈,有过自嘲,而终究"只有尽力了。或者,去微笑"——这样现实地乐观地对待生活,走向未来。

山下压着我的童年

□ 甘肃省嘉峪关市第一中学　阚梅

搬家前整理旧书本，我心里七零八落，忽然，一个灰绿色的小本掉落到我的脚边。无聊中，我顺手捡起它翻看。

映入眼帘的是一幅绿色泛着灰白的画，虽很旧，但轮廓依然清晰可辨。整幅都画着山，绿色大都已泛白了，还写着几个歪歪扭扭的毛笔字："我的山"。我心头一震，恍惚中记起这是我的第一个日记本，以前把它看得可珍贵了，谁都不让看。画也记不起是什么时候画的了，只看得出画的是故乡的山。

是啊！故乡的山顶着天，遮眼的绿，满山的柴草花木。山顶托起成片的云，很难看清山尖。爷爷告诉我，山顶上有个巨大的方石桌，那是神仙下棋的地方。我不信，爷爷就说，要不怎么老看到山上云雾不散，那是神仙的隐身帐。是的，妈妈讲的故事中的神仙，都是腾云驾雾而来，在飘忽的云雾里交谈。于是我就更爱故乡的山了，因为那里有神仙，有神仙的地方就不会有妖魔鬼怪。

山上的一草一木都是那么神秘而富有灵性。那草那树怎么会常年青绿(后来才知道山上长的是耐寒的常青松和冬青草)？花怎么开得总是那么绚烂？潺潺溪流怎么就找不到源头，却叮叮咚咚四季不断流？放眼望去，你会突然吓一跳，咦，白云咋飘到山脚下了呢？才不是呢，那是盛开的五月牡丹，亮晶晶的白色，就如神仙驾着白云遨游。亮灿灿的金黄，把那圆圆的柔得赛绸子的花瓣撒得满山都是，像是下棋的神仙一乐，挥动衣袖，洒下一地黄金。还有火红火红的满山红、香得迷人的香柴花……艳得让我无法解释，也许只有神仙才能想到如此装扮他云游的地方吧。满山野花是我七彩的童年，也是我七彩的梦。我戴顶七彩花环在花丛中玩耍，一会儿把自己当成蜜蜂，闻闻这朵嗅嗅那朵，一会儿又把自己想象成漫步的花仙子，调皮地抖落花瓣上晶莹的露珠。那时候我就天真地想，这一辈子都要像这些花一样五彩缤纷，要与这些花翩翩起舞。

我疲倦地笑了，花已凋零，如花的童年已离我远去。翻开陈旧得发黄的纸张，里面的字迹大都已经模糊，有几页是毛笔写的，字迹还看得清。我随手拈开一页，上面写着："要去姑妈家玩几天，可我怕离开家，离开屋前房后的山，离开大山我就没了依靠，不好。"很蹩脚的毛笔字。我记得那时候刚开始学毛笔字，除了上交作业，啥都用毛笔写。

"离开大山我就没了依靠。"原来我很早很早就把大山当依靠了，还认为只有今天，在前前后后经历了三次搬家，饱尝了流离的烦恼，远离了老屋的山山水水，远离了童年的知心伙伴，独自在未知的前路上摸爬滚打时，才知道只有故乡的大山才能揽我入怀拍我入眠。我苦笑了一下，原来故乡的山是我骨子里的依靠。

我从小就不善言谈，不喜欢在爸妈怀中撒娇，家里人也从来不宠着我。尤其是爸爸，他从来就不把我当女儿看，从不抱我亲我，教育我也都是该出鞭就出鞭，还常对我说什么"有泪不轻弹""要存活就要咬着牙关前进"……

很多次爸爸把我带到山坡上后，就自顾自到地里干活去了，也不怕我被虫子咬了或被蚊子叮了。我就小心翼翼地采一大捧山花，围个大圈子，然后乖乖地躺在里面，百无聊赖地摘花瓣。摘着摘着我就想，这山就是爸爸的背吧，我悄悄地趴在上面，就像邻居家的小兰子一样安静地睡着，让她爸爸把她从村东头的地里背到村西头的家，头上还戴着漂亮的花环。于是我就把花瓣一瓣一瓣贴在头上、脸上，然后迷迷糊糊就睡着了。以后，想哭了，想笑了，受委屈批评了，得到表扬了，我就会悄悄爬上山，躺在它的怀抱里，贴上一脸的花瓣，染上一身的草绿，轻轻告诉它我心中的小秘密。

再往后翻，也许是隔了很长时间才写的吧（那时我的日记只是想起了才记），毛笔字比上一篇好多了，写着："妈妈骗了我。她说大山脚下压着岩石，岩石已经存在了几百年甚至几千年了，它们不会老去，还会存在好长好长时间，可我在山脚下却没有找到一块留着几千年前痕迹的岩石，它们都跟现在的石头一个样。不过，我找到了很多草莓，好高兴哟！"

我总忘不了山上的草莓、树下的蘑菇。夏天刚过，草莓就该红了。于是，一有空我就提起小篮子往山上冲。草高的地方是找不到草莓的，提紧了篮子往柴高但不密的缝里钻，一眼就能望见那红溜溜的小东西，像一群急着赶路的小娃娃仰起汗涔涔的小脸。"草莓，草莓！"不等你喊出第二声，柴缝已挤满了小脑袋，眼睛滴溜溜转，"唏"一声往下落口水，那样子就像饿极了的人看见了热饭热菜，一脸贪样。柴唰唰一阵乱响，里面就稀里哗啦吃上了。用不着说，抓起一把就往嘴里塞，酸溜溜甜丝丝，夹着一股清香，夹着一股青草味。一会儿，馋猫们便舔着嘴唇，从柴缝里挤出来，顾不上抹一把满脸的草莓汁，又欢乐地蹦进另一片柴丛。

故乡的秋天是多雨的，下过第二场雨就可以上山采蘑菇了。我招呼兰子、迎儿、金柱，叽叽喳喳冲进树林。采蘑菇和摘草莓就大不同了，哪儿林密树高，哪儿的蘑菇才最多，要吸紧了身子往密林里钻，那些可心的小东西可不好找。挤过几棵树，头发早就刮乱了，衣服上也打满了从树叶上抖落下来的水珠。呀，突然眼前一亮，树缝里冒出鲜白的小伞顶，屏住气挤进去，白顶、灰白顶，还有少见的灰青色肉蘑菇，密密麻麻堆了一地。我一阵窃喜（这时候只有傻蛋才会喊出声的），赶紧蹲下往篮里装。林子里静悄悄的，偶尔传来一声清脆的黄鹂叫，夹着风吹树梢的沙沙声。片刻之后，迎儿、兰子打破林子的寂静，每个人都提着盛得满满的篮子聚到一块，高高兴兴地回家了。

后来，我再也没吃过山上那种夹着青草味的草莓了，市场上的草莓都带着农药味，夹着温室的气息，甜得发腻。我再也没有钻到树底下做贼似的采过蘑菇了，那时从树上掉下一滴水珠都会吓一跳，生怕蘑菇会被人抢了。

再往后就翻到了最后一页，字写得很小，密密麻麻的："妈妈说得没错，岩石在山底下确实能存在好长时间（老师讲过了）。前些天，老师说，我们的童年就要结束了，再也不存在了，我才不信呢。昨天我把心爱的篮子和水彩画悄悄地埋在山脚下，老师说过这些东西能代表我们的童年。我要把童年藏在山下，让它永远永远存在。我也就不会像邻居的雪儿姐那样，老叹息自己的童年已远去。我的童年将永远存在，永远……"

童年将永远存在——可能吗？我连苦笑的劲都没了。我还能回到童年吗？还能躺在大山的怀抱里摘花瓣吗？青山依旧在，花儿年年红，可我已经远行，踏过了千山万水，再回首，眼前早已找不到有神仙下棋的那座山了，只有这钢筋混凝土堆砌的城市，灯红酒绿，只能避开川流不息的车辆，面无表情地前行。我再也挎不动心爱的小篮子了，我的背已被沉重的书包压弯，七老八十的样，可还得削尖了头往考试中钻，往学校（我也不知道究竟是中学、辅导班、补习班，还是所谓的大学）里挤。

"怎么还没收拾完？"妈妈唠唠叨叨地进来了。"妈，我累了，想睡会儿。"我无精打采地说。"都这会儿了，你还要睡觉？算了，算了，沙发还没抬呢，你去躺会儿吧。"妈妈今天没有数落我，她知道说了也白说。我挪动沉重的步子，移向沙发。

我把我的童年压在了山下，可谁又把现在的我压到了山下，好累，好沉……

（指导教师：张敬文）

点　评

《山下压着我的童年》一文，在对童年美好生活的轻松描述中透出对现实学习中巨大压力的感叹，颇有"怨而不愤"的意味，令人深思。

守望江南

□ 广东省连州中学　黄银珠

在传奇与诗意的联想上，江南别具魅力。

——题记

它的颜色只属于水掺和的墨色，间隙中的绿像夜空的星星，这应该是江南吧。

江南是淳朴安详的地方，它不雄伟，也不华丽，澄澈的流水蜿蜒缠绕着城镇。

余秋雨先生说，江南小镇足以成为一种淡泊而安定的生活表征。

我凝视各种照片、图画上的江南小镇，毫无例外，都是一样的淡墨色和水性，像千年朦胧的梦，平静得令人心动。我完全沉醉其中，却又大气不敢喘。

从容自若地摇着小木船浮在有灵性的清水上，我可以悠悠地思考，这是恰到好处的休憩。我对傍河而筑的江南宅园有不可抗拒的幻想，我以为住在坚实木门里面的人们一定是和睦相爱的。木门里面有硕壮的柱子、玲珑剔透的窗格、高高的顶梁，虽然传统，但它经历风吹雨打却依旧温和可贵，是那么惊人。

从白娘子与许仙的断桥情到陈季常和刘月娥的拱桥邂逅，还有沈万三与嫁衣飘扬的雪娥的桥上惊喜，江南小镇的桥成了浪漫与美好的象征。我深信不疑。那雕刻精致而简单的拱石桥往往与倒映在碧水上的虚影天衣无缝地结合成一个圆。石桥有栏边，两头是对称的阶梯。这头的人望不见那头的人，那边的景看不见这边的景，一步一个阶梯慢慢地走上来，桥的那头一点一滴地展现，然后伫立桥顶。桥下的水荡漾得像丝绸，小船漂在温和的清水上，三者和谐得没有任何词可以诠释。阳光下的江南小镇自然又不失典雅，犹如小家碧玉。

"风到这里就是粘，粘住过客的思念；雨到了这里缠成线，缠着我们流连人世间……"我反反复复地聆听这首《江南》，它竟在音乐中给了我对江南烟雨淋漓尽致的畅想。江南是纯净的，烟雨轻拂，青砖黑瓦，河道交缠，点点滴滴都是温柔，没有大风大浪。像牛毛、像花针、像尘埃的绵绵细雨笼罩着古朴的水城，像是对江南的宠爱。雨消失于清澈的河水中，是轻巧的拥抱；雨停留在斜斜的黑瓦上，是轻轻的抚摸；雨洒在写满历史的石板路上，是悄无声息的依偎。雨其实像烟，迷蒙一片，恪守着水乡的灵气。江南在缠绵的烟雨中，似有似无，若隐若现，像一幅空蒙的山水画，载满了世间的平静与祥和。

过去的江南是才子的圣地、佳人的天堂，是一片骄人的地域。确实，江南是一个文学圣地。唐伯虎风流倜傥，画技惊人；鲁迅、叶圣陶才华横溢，笔下神奇；茅盾文艺不凡，才学不浅……尽管才子来来往往，江南还是寂然的，所以才有了余秋雨先生的一番话。苏州、扬州、杭州都是美女的"产地"，连美女的际遇都成了历史上的大事，古有令人销魂的西施和一代名姬苏小小。西施辗转在王室的政治舞台，命运自然好不到哪里去，可怜的结局亦是历史上的遗憾。苏小小是个名姬，却不想看上了穷书生（江南才子多），出资送书生进京应考，却一去不复返（江南才子风流），令人兴叹的是，苏小小并不记恨，江南美女还是坚韧的，像氤氲的水雾。

想起过去的江南，我总免不了那种淡淡的不着痕迹亦难以言传的心思。

现在的江南总是沉浸在春雨之中，是一种别于青藏高原的广阔、别于北京故宫的辉煌、别于万里长城的雄伟的清晰思考。

现在的江南总是沐浴在阳光之中，宁静祥和，无秦皇汉武的杀伐，无一代天骄的流矢，更无败落君王的悲怆。

如今的江南，是新千年伊始的江南，是一路阳光的江南。

我沉醉了……

一个远在粤北的农村妇女在我儿时就告诉我，她最挚爱的地方是遥不可及的江南。从那时起，我就决定与她一同守望江南。这个妇女便是我命苦的母亲。

——后记

（指导教师：李得升）

点　评

《守望江南》的选材、立意、构思都围绕着"传奇""诗意"，突出其"别具魅力"之美。作者以细腻入微的观察、与众不同的感受、丰富生动的典故、行云流水般的表达，描绘出一个自然美人文美兼具的江南，给人以美的享受。

多看一眼烟花

□ 福建省漳州第一中学　吴昕

我的前身是火药。人们把我从火药堆里挑出来，经过一道道工序，最后，我被裹上了漂亮的外套，制成了烟花。

在我们烟花家族里，所有的孩子都是朋友，不存在任何的敌对关系。我们从不吵架，只是不断地欣赏别人，欣赏他们美丽的身姿，同时感叹着自己转瞬即逝的生命。

我今年十岁了。我是个白血病患者。我想，我是个不被上帝眷顾的女孩。

打从有记忆开始，我就没有见过我的父母，是爷爷奶奶抚养我的。五岁的时候，我被送进了这家儿童医院。从此，陪伴我的只有几个与我相同命运的孩子和一群善良的白衣天使。在我印象中，我的童年充斥着来苏水的味道，还有化疗时带来的钻心的痛。

我们这些制作好的烟花成品，被运往城市的各处，为的是在节日里装点那平日里沉寂的深蓝夜空。

我和我的朋友们被一个富有的商人挑走了。我们被带到了一家儿童医院。

节日的医院里好热闹，有很多衣着漂亮的孩子在那个大舞台上又唱又跳。我和朋友们被他们放在了第一排的座位上。这时，我看到了一个身穿淡紫色连衣裙的小女孩。她看上去不过十来岁，瘦瘦的。她坐在一架被人们称为钢琴的东西前面，修长的手指在琴键上跳舞，奏出行云流水般的曲子。全场静谧，所有人都深深陶醉了。

春节到了，整个医院都沸腾了。所有的医务人员都留了下来，陪我们度过这一年一度的传统节日。他们把礼堂装饰一新，增添了许多节日气氛。还有很多叔叔阿姨忙进忙出的，替我们化妆。每个人脸上都是笑盈盈的。

我穿上了一条淡紫色连衣裙，准备在晚会上弹奏钢琴，弹奏德彪西的《月光》——那是以前学钢琴时弹的曲子。轮到我上场了，我紧张地坐在钢琴前，修长的手指放在琴键上。一，二，三，随着手指跳跃，我听到行云流水般的音乐从我指尖下传出。礼堂里安静极了。我想，大概所有人都听懂了我的心吧。

演出结束后，整个礼堂充满了小孩子的欢呼声。我知道，该我出场了。

我们被带到天台。几个年轻人把我们放在远离孩子们的地上。尽管如此，我还是一眼就能找到那个穿紫色裙子的女孩。她显然特别兴奋，小脸蛋因为激动而通红通红的。

我的朋友开始表演了。它们被点燃后，欢叫着冲向高空，用尽全身力气将最美丽的身姿展现给人们。五彩缤纷呀！

我想我是幸运的。因为我是最后一个被点燃，这样我就有时间多看看那个小女孩。

在我表演之前，我向上帝许了个愿，我希望在我生命消散之前，能让我的灵魂在这世界多停留一刻，我想陪那个可爱的女孩。我不知道上帝有没有听到我的愿望，更不知道上帝会不会让我实现它。上帝总是那么忙。

《月光》弹奏结束时，全场爆发出雷鸣般的掌声。我微笑着下台。在下台前，我在人群中看到了爷爷奶奶，我亲爱的爷爷奶奶。我知道，他们是接到医院的通知才来的，我想这也许是最后一面。因为医院始终找不到能与我相配的干细胞，而我的父母很久以前就去了天堂。我的病情不断恶化着，这首曲子就是我送给我所有的亲人朋友的第一份礼物，也是最后一份。

演出结束后，我们在医务人员的陪同下去了天台，去观看烟花。我挺兴奋的，因为我很久没看烟花了。在放烟花之前，我向上帝许了个愿，我希望我能把这烟火晚会看完，希望走得没有遗憾。我不知道上帝会不会帮我实现这个愿望。上帝现在应该和家人一起吃团圆饭，其乐融融的。他总是忙个不停。

我想，亲爱的上帝，请你在我临死时眷顾我一次吧。

上帝真好，他让我实现了愿望。我在倾尽全力将我最美的身姿展现给人们看之后，慢慢消散了。我听到底下的人群中爆发出一阵欢呼声，我看到那个小女孩笑得一脸灿烂。然后，我的灵魂就在我快全部消散的那一瞬间飘到了树梢上。这样，我就可以再多停留一会儿了！哦，感谢上帝。

可是,当我低下头的时候,我呆住了。我看到那个小女孩瘦小的身体在人群中慢慢倒下,人们手忙脚乱地把她抬了下去。

我急急忙忙地飘了下去。在病房的窗口,我看到了面容苍白的她。她躺在病床上,微微睁开的眼睛里有笑容也有泪水。她朝我所在的方向看了一眼,嘴角露出了一抹微笑。之后,她漂亮的小眼睛慢慢地合上了。我听到,哭声此起彼伏;我看到,小女孩的灵魂从我旁边飞过……

烟花晚会开始了。美丽的烟花一朵接一朵地在天边绽开,好漂亮。

最神奇的是最后一筒烟花,它在空中绽放,像个美丽圣洁的天使。我从未见过这样的烟花。哦,感谢上帝,让我看完了这美丽的烟花!可我多想再多看一眼。

当所有烟花在天空中全部散去的时候,我感到一阵晕眩,接着两眼一黑,身体倒了下去。我知道,这是上帝在叫我了。

也不知道过了多久,我努力睁开眼。我回到了病房,床前坐着哭泣的爷爷奶奶。我看着他们,笑了,笑容里有些许的泪水。我把头转向窗外,不忍让他们看到我的眼泪。

我想,此刻,窗外一定围满了天使,要带我去天堂找我的爸爸妈妈。想到这里,我又笑了。爸爸妈妈,我很快就要见到你们了……

(指导教师:吴庭铿)

点 评

《多看一眼烟花》的作者通过两个短暂而美丽的生命告诉人们:我们应该珍惜生命,尊重生命;短暂的生命同样也能绽放出美丽的花朵。而采用第一人称自述的方式,更使文章产生了强烈的感染力。

记福建支教老师

□ 宁夏回族自治区石嘴山市隆湖中学　苏春旭

秋风萧瑟,空气中弥漫着离别的愁绪,血液在那刻凝固,只有泪水挂满腮边。

她走了,在完成了她一年支教的任务以后走了,走得那么匆忙,什么也没有带走,只带走了同学们对她深深的怀念。

新老师来了

听说我们班将由新来的支教老师来上语文课,整个高二2班沸腾了。大家揣测着老师的性别,想象着老师的容貌,幻想着老师到来的情景。

第二天语文课,我们班来了一位女孩子,从她的身高和年龄来看,跟我们差不多,说着很标准的普通话。刚开始我们并没有在意她,还以为她是个学生呢!直到下课后,我们的语文老师才告诉我们,她就是我们新的语文老师,以后的语文课将由她上。全班同学都被惊得目瞪口呆,毕竟她还那么年轻。

轻轻松松的语文课

她的第一节课没有什么特别之处,只不过做了自我介绍。我们这才知道她姓黄,仅仅二十四岁。然后,她让班长给她抄一份我们班的学生名单,说是为了更快认识我们。接着,她又让我们把第二天要上的课预习一遍。

第二天上课后,她告诉我们:“今后我们将实行小组讨论的上课方法,四人一组,各抒己见。”刚开始时,同学们对这种方法适应不过来,所以前半节课大家都保持沉默,到后来,在我们班学习委员带头发表了见解之后,就是你争我抢的了。我可以大胆地说一句,这是我上过的最精彩的一节课,我们不但学到了知识,而且感到特别轻松。

“太精彩了！”这就是下课后同学们对那节课的共同评价。很快，这种教学方法在整个校园里迅速传播开来了。

一场小风波

期中考试过后，有一天快下课的时候，她告诉我们，她可能以后要给高三补习班的学生上课，我们的课将由原来的老师继续上。听完了这些话，同学们的心情都沉重起来，因为我们已经适应了她的教学方法。同学们只好联名写信给校长，目的是为了能让她接着给我们班上课。没想到此事在学校里轰动了，我们的班干部好几次被召进了校长室或教导处进行盘问调查。最后，在我们的原任语文老师也是学校副校长王老师的通融下，那件事就不了了之，我们的黄老师可以继续给我们上课。

家访

为了了解学生的学习、生活以及家庭状况，她不是随便找同学口头问问，而是制定了由近及远的逐个家访计划，并且付诸行动。所谓近，就是利用周一至周五中午休息的时间，先把通校生的家、校外租住的学生的住处查访一下，很多次她竟忘了自己还饿着肚子。

最艰难的家访是周末到住校生家去。我们大多是山村里的孩子，所以她总在爬山越沟，加之又是冬天，那么厚的积雪，摔跤总是难免的，更何况她还是一个身子单薄的城市女孩子，还要推车子。但她没有在困难面前低头。功夫不负有心人，短短四周时间，她访遍了每个学生的家，了解了每个学生的家庭状况。本以为这下她可以轻松了，然而她却没有，她把这里的情况反映到了福建。在她的努力下，我们得到了捐助，学校也收到八十册图书的捐赠，而且我们还与福建省建阳一中的学生建立了“一对一”的笔友关系。

我们都发自内心地感激她。

争取留住她

时间过得真快，一年的时光眼看就要结束了，同学们心里都知道，老师快要走了，可我们真不舍得她离去，因为我们和她之间的情感已经不仅仅是师生情，而且有着一种亲密的友情。她似乎看出了我们的心思，在一节语文课上，她对我们说："如果上级同意让她再支教一年的活，她会留下来的。同时她也会争取的。"

为了将她留下来，我们写了一封信，我和班长一起去县城打印，由每位学生及学生家长签字以后，一式四份，分别寄往了福建省、宁夏回族自治区的教育部门。信发出后，我整日焦急地等待着回信，可谁知信却如石沉大海一般杳无音信，苦苦的等待换来的却是她要回去的消息，我们都傻了眼。

惜别

一年的支教生涯结束了，为了把这美好的记忆永藏心中，她和我们照了张合影。那天不巧我有事不在，对我来说，这是一生的遗憾。

她走的那天，天阴沉沉的，她一次次握住我们每一位同学的手，语重心长地说："我要走了，不管以后怎样，你们都要好好学习，我会永远记着你们的。虽然你们这儿很贫穷，但你们的心却那么真诚。"短短几句话，说得同学们心里都酸酸的。汽车缓缓地驶出校园，我们都尾随着汽车，直到车消失在我们的视线之中，我们还久久地眺望着远方。

今夜我又重新记起她来，我把我的问候和祝福寄给了月光，希望月光能将我的问候和祝福转达给她。祝愿她工作顺利，事事顺心。

（指导教师：齐国柱）

点　评

《记福建支教老师》选材典型，以朴实清新的语言，从多个角度记录了一位支教老师的生活，突出表现了她和学生之间的亲密情谊，也涉及了教育改革、西部开发这些内容。

忠孝楼赋

□ 河北省涞源县第一中学　李彦果

南维高拱，极目朔天。北斗平临，尽收胡风。依长城之雄健，得大漠之苍茫。聚四方之忠魂，集天下之孝子。雄胜岳阳，壮盖阿房。名冠群楼，享誉八方。

时维九月，序属三秋。大漠阔而黄沙平，烟光凝而暮山幽。鹰击长空，穷碧天之落寞；雁鸣群山，追落霞之凄美。驼铃阵阵，醉酣眠之大漠；铁马啾啾，醒栖宿之巨雕。访风景于关外，赋诗词于名楼。

一腔血，流不尽英雄本色；两只脚，踏不破大漠长河；三声悲，叹不回家园故国；四声唱，传不完浩气长歌。

诸葛尽忠，白帝城下，先帝之声犹在耳；天祥至诚，零丁洋里，南宋余音尚叹息。金沙粒粒，仰武穆之忠魂；祥云朵朵，念屈子之高风。

自古忠者，赤诚之心昭天下。弃疾爱国，拍遍栏杆志难酬，本思血溅疆场，无奈泪诉狼毫。岳飞忠君，十二金牌召其回，固望直捣黄龙，不想涕洒宣纸。马甲裹尸之志呼啸于生死边缘，捐躯赴国之念澎湃于故土中原。

自古孝者，缕缕清魂世人知。剔骨还父，割肉偿母，养育之恩自在心。祖母疾病，常在床褥，密侍汤药，未曾废离。虽有高官厚禄，官府逼催，犹抱孝心于胸间。岳母刺字，精忠报国，飞不负母望，披肝沥胆兑誓言。

又有言曰：自古忠孝两难全。捐躯赴国，视死如归，父母不顾，何言妻子？国难当头，匹夫有责，权衡忠孝，孰轻孰重？

吾言忠孝成于一事间。木兰从军，流芳千古。替父出征，既诠忠又释孝，岂不两全其美耶？

古往今来，忠魂辈出，孝子传世。其人其事，可歌可泣，直可惊天地，泣鬼神。观忠孝楼，朝霞千里，引众人来朝；夕阳万丈，招天下来叹。碧天高远，虽太白豪言、东坡佳句难以道其忠，子美之语、文正之文不能尽其孝也。

某，三尺微命，一介书生，唯朝读诗书，暮修世理，方能上忠于国家，下报于父母。以前贤为楷模，竭忠尽孝；慕鸿鹄之翱翔，志存高远。

（指导教师：李克强）

点　评

《忠孝楼赋》直接采用古文“赋”体，内容精当，语言华美。文章旁征博引，盛赞历代忠孝之士，更主张“忠孝成于一事间”，表达了自己“以前贤为楷模，竭忠尽孝”的心愿。全篇文采飞扬，极力铺陈，熟练运用对偶、排比等修辞手法，感染力强。

一生一世的影子

□ 江苏省运河中学　孙浩

每当夜幕降临，一轮圆月爬上夜空时，总会响起爸爸雄浑、豪放而欢快的歌声。这个时候，全村的男女老少都会静静地听那歌声掠过树梢，融入流泻的银辉，在山谷中激起层层回音，而我总是躺在妈妈怀中，枕着爸爸雄浑的歌声睡去。妈妈脸上荡漾着欢乐的涟漪，幸福的笑容如莲花般开放。

有一天，蒙胧中我忽然听见妈妈小声地对爸爸说："我愿做你一生一世的影子，永不分离……"我偷偷地睁开眼，看见妈妈清澈的眼眸里有两颗小小的月亮，干净的脸上有两朵小花一样的红晕。我轻轻地将小嘴巴送到妈妈耳边："告诉爸爸，女儿也是。"爸爸笑而不语，脸上的笑容和身后斑驳的树影一样神秘。

第二天，爸爸唱的是一首我们从未听过的歌：《一生一世的影子》。宁静的夜空中只有悠扬的歌声在荡漾，所有的人都在安静地听，他们知道，这是一个家庭幸福的旋律。我躺在妈妈怀里，突然感到有一滴水落在脸上，滚烫滚烫。我抬起头，妈妈正笑得灿烂，只是眼角有什么东西在一闪一闪。

时光就这样流逝。我在妈妈怀中一天天长大，他们却依旧如往日般年轻。没有人去感叹时光的流逝，因为那是一条满载着幸福的小溪，幸福的溪水流过后就会成为美好的记忆，而新的幸福却源源不断。

我们长久地沉浸在幸福之中，早已忽略了痛苦出现的可能性。等到它来到时，我们瞬间变得手足无措。那条流淌的小溪终究是干涸了，它带走了所有的幸福时也带走了我的妈妈。美好的记忆如同可怜的小虫被封在透明的松脂里成为晶莹的琥珀。那晚，我哭了很久很久。我在长久的悲哀和黑暗中哭干了泪。

那是一个没有爸爸的歌声的夜晚。月光淡淡地洒在地上，朦朦胧胧，仿佛落了一地的霜。我想着琥珀中那只可怜的小虫，进入梦乡却又在半夜惊醒，才知道，幸福已如同烈日下的雾气一样迅速消散。我感到恐惧。

第二天一早，我看到了爸爸。他显然一夜没睡。苍白的面容，浮肿的眼眶，凌乱的头发，他一夜间苍老了许多，仿佛一棵茁壮的大树被人一下子砍倒在地。从那以后，夜空中再也没有爸爸的歌声。他变得很冷漠，再不理会他的女儿，哪怕我哭得撕心裂肺，他也听不见。

日子就这样一天一天过去。我在一天天长大，爸爸却在迅速地衰老。没有人会感叹时光的流逝，因为那是一条满载悲伤的苦涩的小溪，悲伤的溪水流过后在心灵上留下一道道深深的沟壑。

那天是妈妈一周年的忌日，爸爸在妈妈坟前摆了一桌菜，便长久地沉浸在他的悲哀中了。他脸上挂着若隐若现的笑容，我知道，他一定在想妈妈了。许久，他终于唱歌了，歌声苍凉而破碎，飘荡在村庄的上空。一曲终了，他又沉浸在长久的悲哀中了。

忽然，他举起酒杯，喃喃道："举杯邀明月，对影成三人……"我突然想起了什么，一种莫名的冲动使我扔掉了持续一年的胆怯，我冲上去大声说："爸，你不是只有自己，你还有我，我愿做你一生一世的影子……"瞬间，一切似乎都凝固了。我看见爸爸的身子猛烈地颤了一下，我轻轻地说："爸，一切都过去了，你还有女儿，女儿还有你，妈妈一定也希望我们幸福、快乐的……"当我抬起头来的时候，笑容正在爸爸脸上如涟漪般一圈一圈荡漾开来。他伸开双臂，抱起我，轻轻地说："我还有个好女儿……"他身后，月光下的花儿正放肆地盛开。

那晚，夜空中又飘荡着爸爸雄厚而又豪放的歌声，是那首歌……

我看见整个世界都在微笑，睡梦中，我也笑了……

（指导教师：李发军）

点　评

《一生一世的影子》写家庭的变故与情感的波澜。一家三口的和睦生活令人羡慕，失妻丧母的不幸遭遇令人同情，而女儿克服悲痛并开导父亲，一起坚强地走向新生活更令人欣慰。文章的语言充满真挚的感情。

动作研究

□ 江苏省徐州市第一中学　余洁

我遥想着前人的动作，愿从中得到些启示。

刺

易水逝，寒风吹，吹到渐离白衣，吹下英雄热泪。渐离击筑，声声悲凄："风萧萧兮易水寒，壮士一去兮不复还。"荆轲舞剑，剑花游转金龙。剑毕，浊酒一杯，壮士踏征程。舞阳随行，如此去难再返。

阜盛咸阳，侍卫满庭。庙堂之上，此一刺何等艰难？荆轲顾笑舞阳，取地图献秦王，轻轻展图轴，图穷而匕现。荆轲左手把秦王之袖，右手执匕首，全力贯注以刺秦王。然秦国之云笼罩六国亦庇护嬴政，"轲自知事不就，倚柱而笑，箕踞以骂曰：'事所以不成者，乃欲以生劫之，必得约契以报太子也。'"

荆轲之刺，刺出人性光辉，刺得后世之赞。

忍

忍不是表面动作，而是内心挣扎。

为李陵而辩，为正气而吞声，为历史呕心沥血，为人格而接受不公。历史之风吹散千万王侯将相，吹散几世的歌舞升平，吹散代代不变的阴谋倾轧，而吹不动史迁岿然屹立的人格，吹不灭仁人志士的自由追求。

司马迁"隐忍苟活，幽于粪土之中而不辞"，只求文表于世，史明于世。苦难与屈辱，追求与忍耐，成就了"史家之绝唱，无韵之离骚"。

怜才膺斧钺，吐气作霓虹。史迁的忍与诚，浇灌出照耀万世的精神之花。

持节

手执汉节，如丰碑伫立于羊群，任朔风凛冽，任饥馑缠身，任沉疴多年，只盼上林鸿雁来报归期。

苏武持节，是坚定的品格与始终不渝的信念的象征。渴饮雪，饥吞毡，牧羊北海数十年。磐石无转移，归期难得，鬓已先斑。守得苦难，只盼归汉。

持节的苏武，化作信念的标志。

挥

阳光温柔地洒向竹林，火焰映着一张固执而智慧的脸。嵇康用坚实的手臂，挥动铁锤，砸向那块铁，砸向那千里云笼雾罩的荒诞世界。

阮籍醉酒，“时率意独驾，不由径路，车迹所穷，辄恸哭而反”。酒精麻醉是暂时的，“恸哭而反”难陈痛苦，嵇康认识到这些，也清醒地认识到荒诞的存在，认识到打铁对荒诞的反抗作用。他挥锤的那一瞬，与阳光、竹林、火焰，构成黑暗世界里最光明的一幕。挥锤带来畅快，带来西西弗斯式的悲壮。

贵公子钟会乘肥衣轻，宾从如云，来视嵇康。趋前者二，讪笑者三，但嵇康“扬锤不辍，旁若无人，移时不交一言”。他由此得罪了贵权，违反了游戏规则，只得身归坐之，而“《广陵散》于今绝矣”。《广陵散》无人能奏，打铁者名传千年。

鼓盆

“庄子妻死，惠子吊之，庄子则方箕踞鼓盆而歌。”惠子说：“与人居，长子老身，死不哭亦足矣，又鼓盆而歌，不亦甚乎！”

庄子以眼代手，含笑抚摸老妻的脸。在一个人鬼不分的时代，死不是悲，而是喜。

庄子嘲笑一切既定规范，在一个虚伪的礼教社会自我放逐，以一个游戏者的身份看这个世界，对妻子的死，庄子嘶哑地发出心底的声音，用这场“鼓盆而歌”的行为艺术作为对那个世界的控诉。

割

明万历三十年，囚居在刑部大牢的李贽，取剃刀自割喉咙，留下一句“七十老翁何所求”。李贽的死并没有像他曾希望的那样，如“将头临白刃，犹似斩春风”般快捷潇洒，而是在生命的最后血路和泥泞中一步步走向炼狱之门。

李贽的死，是鲜活灵魂、进步思想被排挤的结果，而李贽割喉咙这个动作的完成，是与封建禁锢势力的殊死较量。

斩

黑暗世界的玄色之侠，手擎达摩克利斯之剑，斩去满路荆棘，斩去民族毒瘤。

鲁迅身处黑暗，而用智慧与勇敢在“五四”天空划出一片光明。

鲁迅的笔如同佐罗的剑，斩出思想上的罪恶，带来文学与人性的活力。

前人的动作，快的、慢的、潇洒的、笨拙的——已为陈迹，而我们的动作，将会改变现在，创造未来。

（指导教师：王璟璟）

点　评

《动作研究》一文角度新颖，抓住若干典型历史人物代表性“动作”来展现其崇高品格，阐述中华民族不屈不挠的抗争精神。

生命所不能承受之轻

□ 山东省青岛市第五十八中学　张耀元

我是个爱看小说的人，从作品里看惯了种种生离死别。一开始我还会为书中美丽的遗憾而伤心流泪，但后来看得多了便麻木了。小说而已，生离死别只不过是作者为了取得悲剧效果的安排。看透了这点，便觉得死亡离我们很远，我一直以为那是等到我们白发苍苍垂垂老矣的时候才会发生的事。毕竟，一个从小娇生惯养的十六岁女孩子的目光是停留在有着光鲜外表的未来，而不是生活的阴暗面。

但是，事实却改变了我，毫不留情地让我意识到生活并没有我想象的那样完美。我像一个无助的小孩子，面对着突然到来的生命的无常，手足无措。

在我的印象里，中秋节是一个有着皎洁月光和美好祝福的日子，是一个合家团圆其乐融融的日子。然而，就在今年的中秋节，在青岛这个万家灯火霓虹闪烁的城市，由于肇事司机的酒后驾车，他的车撞上了一辆出租车。出租车司机当场死亡，车中有从酒店回家的一家三口，其中的母亲在当夜死亡，儿子在与死神搏斗数天之后也随着母亲去了另一个世界，只有父亲在重伤抢救后幸免于难，存活下来。

在看过无数描写死亡的小说后，我甚至也曾经尝试着去创作。我轻描淡写地安排着死亡，安排着种种悲欢离合，我曾经自以为敢于面对死亡。可是我错了。当我看着报纸上触目惊心的文字，当我看着照片上体无完肤奄奄一息的伤者，当我看着悲痛欲绝的家属，我无法描述自己心中的震惊、难过和恐慌，所有我看过的小说中的描写悲伤的文字在现实面前都显得那么苍白无力。我与事故中的任何一个人都素不相识，但我依然觉得很难过，不仅仅是因为他们的遭遇，也因为我现在真真切切地直面就在我们身边的死亡。我心中的悲伤一点点凝聚，汇流成河，直至我不堪忍受。

我是真的难过。我知道这个消息后哭了，很多人都哭了。原本鲜活的三个生命，在这个萧瑟的秋天，像凋零的落叶，像忍不住的泪水，一点儿一点儿消失不见，不复存在。

残酷不堪的现实。簌簌哭泣的灵魂。

看看外面的世界，有那么多壮丽风景，锦绣山河，有那么多灯红酒绿，繁弦急管，有那么多鲜活而欣欣向荣的生命。可是，死亡剥夺了人们享受生活的权利。中秋节当天是那位出租车司机的生日，假如那天没有发生车祸，也许他会回家好好地过一个生日，和自己的妻子儿女享受天伦之乐，也许他还会收到来自家人的意想不到的礼物，也许他还曾经计划给妻子买几件衣服，给孩子买几本书；假如没有发生车祸，也许车中的父亲在以后回家时还可以享受妻子烹出的美味，还会听儿子喊一声“爸，我回来了”；假如没有发生车祸，也许车中的母亲还可以相夫教子，照顾一家人的衣食住行，也许她还在打算给老人买点补品，看看儿子的作业和成绩单；假如没有发生车祸，也许车中的儿子还可以照常上学，也许他还会为数学公式而头痛。一个“假如”，引来了多少个“也许”，多少个甜蜜而心酸、琐碎而温暖、在我们看来平凡却再无可能的“也许”！

生离死别，物是人非。

生命是脆弱的，一个意外就可以毁掉一个或多个生命。然而，更为悲惨的是这些生命背后的亲人。我看到他们在照片上哭得那样惨烈，就是那种原始的悲痛，撕心裂肺的痛，没有办法控制的哭泣，毫无掩饰。活着的人，比已经死去的人要承受更多的悲痛。他们该如何承受着丧父、丧子、丧夫、丧妻之痛？他们该如何面对以后残缺的生命？他们将如何抚平心灵上的创伤，抑或是一辈子生活在此事的阴影之下？我不敢去想，不忍去想。

亲戚或余悲，他人亦已歌。死去何所道，托体同山阿。

安妮宝贝说，死亡的真相，原是有巨大的力量可以震慑和控制我们。它势不可当。一切生命与它之间的关系完全不对等，无从谈起，只能接受支配。安妮宝贝的文字总是凄清诡异，这个世界在她的眼中透彻得悲凉。虽然很难说，对于生命的本质，清楚与不清楚，哪一种才是幸福。

这一年我十六岁，我感受到了一场死亡以及它带来的阴冷窒息的气息。我明白了《说文解字》上面对死的解释：死，人所离也。

我忽然意识到生命的无常和残忍，忽然发现自己居然已经活了十六年，忽然为自己生命的存在而庆幸，忽然对以后要面对的生活恐慌起来。假如以后面对亲人的离去，我会怎样？尚未得到答案，我便已冷汗淋漓。记得中秋节当天我与父母吵架，当时觉得有一千个理由生气。但是在学校中得知这件事情之后我就一下子后悔了，彻彻底底后悔与恐慌了。在学校里我一直提心吊胆，担心父母会出什么事，不由得便想起了各种可怕的事。我越想越害怕，越害怕却又忍不住想。当然，在周六回家时父母安然无恙。但直到现在我仍是很害怕的，怕某一天我会接到噩耗，怕某一天我的亲人离我而去，怕某一天我会孤零零地生活。

有很多事在成为我们的习惯后，我们便会忽略它。可是若一旦失去，会怎样？突然，我开始珍惜身边的人和事。因为我认识到，没有什么是永恒不变的，即使是生命。

我记得初一学过一篇文章是关于生命的，大意是生命的长度我们无法改变，但是生命的价值要由我们自己掌握，所以我们要在有限的生命中创造出更高的价值。但是我没有那样的思想觉悟。我承认我的懦弱，我没有勇气去接受死亡。我祈求上天多给我们一点儿时间，让我们晚一点儿尝到生离死别的痛苦。比起创造价值，我更希望将生命用来与亲人度过。就算创造出再多的价值，我也不愿意我的生命或亲人的生命短暂。

写到这里，我不由得觉得自己荒唐。生命的价值与长度是两个概念。无论我们过得平庸或光彩，都没有改变生命长度的权利。人，真的是一种渺小的生物，在生命面前无能为力。轻轻地，我想起苏东坡的一句词：

但愿人长久，千里共婵娟。

（指导教师：张姗姗）

点 评

《生命所不能承受之轻》从一起车祸引出关于生命价值和生命长度的议论，作者重视生命长度的观点及“但愿人长久，千里共婵娟”的期盼，充满真挚的人文主义情怀。

父亲的茶

□ 山东省寿光市第一中学　李晓琳

难道是我贪恋玩耍划着小舟，在父亲的额头上划出一道道航线？难道是我毛手毛脚不小心碰翻了油彩，在父亲的双鬓染上了沧桑，洗也洗不掉？难道是因为自己的成熟让我有了一双敏锐的眼睛，才发现了父亲的衰老？

我无意间发现父亲一个人坐在墙角的沙发上，静静地喝着茶。在这个黄昏，父亲没有开灯也没有开电视，就那样独自坐在淡淡的黑色中，我看不清父亲的表情，只感觉父亲的孤独融合在茶香里，弥漫了整个房间。我的心疼得厉害，可我该对父亲说些什么呢？我只是悄悄走开了。

然而，父亲喝茶的姿势却定格在我脑海中。

父亲爱喝茶，红茶、绿茶和花茶。我也爱喝茶，但只喜欢苦丁茶，只喜欢父亲泡的苦丁茶。父亲曾甜蜜地对我讲，我小时候不喜欢喝茶，他喝茶时就端着杯子送到我嘴边，我总是用力扭头，躲开这苦苦的饮料。父亲边说边学我小时候的样子，惹得我哈哈大笑。不知从何时起我竟喜欢上了茶的苦，品出了茶的清香。于是，我的写字台上便有了一个透明的玻璃茶杯，杯子中静静舒展着一片大叶苦丁，淡绿的茶水，缓缓升腾的热气，悠悠的茶香……我知道这是父亲送我的。每当我坐在桌旁，喝着父亲泡的茶，轻轻翻几页书，我就能感觉到父亲欣慰的目光。

父亲泡的茶很苦，但我喜欢那份让我们父女俩都愉快的苦。许多个下午，我都只是静静坐在桌前，盯着父亲泡的那杯茶发呆，那轻轻摇曳的茶叶会把父亲的忧伤和期望细细讲来。我也总是想象父亲在给我泡茶时是怎样精心挑选茶叶，又如何小心翼翼倒满热水，然后轻轻旋好盖悄悄放在我桌上。而我也是在这一次次喝茶中品出了父亲的淡然、父亲的人生。无须父亲多说什么，我全都懂得。我知道父亲的爱就融在茶水中，弥漫在茶香里。酷热难耐的夏夜，喝一口父亲泡的茶，我这颗烦躁不安的心便安静了。寒风刺骨的冬夜，只要手捧父亲泡的热茶，我这颗冷漠的心便热烈了。杯子里装的哪里是茶水，分明是父亲浓浓的爱。

我上了高中后离家远了，学习紧了，而我竟淡忘了苦丁茶。即使回到家中，面对父亲，我也只有沉默。我经常问自己，是不是代沟横在我和父亲之间？可我总不愿承认。

上个月我回家才听母亲说父亲晚上不喝茶了，因为他总是失眠。可就在我想关灯睡觉时才发现自己桌上还有余温的苦丁茶，一片叶子静静摇曳。我没有犹豫地将它喝了，尽管父亲说过最好不要喝凉茶。因为我害怕第二天父亲看到仍然满着的杯子，他会心凉。

也许是空间的阻隔在我与父亲之间划了一道沟，可是我不必担心。我知道父亲会用一杯杯热茶将沟填起，然后我会驾一片茶叶划过去……

父亲的茶，父亲的爱，我一直都懂。

（指导教师：李凌云）

点 评

《父亲的茶》以细腻的笔触抒写了一曲父爱的歌。人们常说母爱如水，父爱如山，不善言谈的父亲也有细腻丰富的一面，那淡绿的茶水、袅袅的热气、悠悠的茶香，不正是父亲那无言而又深情的爱吗？

从上海到北京

□ 山东师范大学附属中学　方舟

“吃螃蟹”常被认为是勇于尝试的人所做的事，那么，依此看来，我一定是个名副其实的开拓者了。

事实上，不只是我，我们全家都有吃螃蟹的爱好和习惯。我们视吃螃蟹为一门学问，甚至是一种艺术。曾有个笑话说，一个上海人坐在火车上吃一只大闸蟹可以一路吃到北京——原意是夸大上海人的细心与一丝不苟。但为何说他吃的是大闸蟹？城隍庙小吃多得数不胜数，能代表上海文化的更是够一个人钻研一辈子，为何只拿大闸蟹与上海人的仔细做了固定搭配？那么试想，会有人吃一块掌心大的牛皮糖吃到三分钟不融化？或是有人能有幸见到上海人对着一碗馄饨吃一下午，先吃皮后吃馅？假若真的这样，那便能体会到世界末日的感觉了。而唯有大闸蟹有这样一个吃法。

我吃螃蟹的爱好并非天生就有，就如同希腊的城邦制度的形成一样——离不开地缘关系。每逢佳节，家里总有招远的亲戚、烟台的亲戚、日照的朋友送来成箱还吐着泡泡的螃蟹。

尤其是中秋的螃蟹是最讲究的，“十五的蟹子顶盖儿肥”。的确如此，螃蟹的差别不亚于玉上的斑点，瘦上一点儿，对于行家便已不值半文了。螃蟹，最讲究的是蟹黄，即盖中的黄色糊状物，这究竟是螃蟹的卵或别的什么，我至今无从知晓，反正知道怎么吃就够了。盖中的蟹黄不能一口吃下去，要先挑出前端的“沙袋”——这是蟹中几样吃不得的东西之一。盖中除了蟹黄，有时还会有另外一种东西，它附在整片蟹盖上，剥下来有蟹盖的花纹，吃上去不及蟹黄鲜美，但也不错，这就是螃蟹即将换上的壳。蜕过壳的螃蟹，上盖是软的，我在日照的浅沙中就见过这样一只小螃蟹。

依我的习惯，接下来就该吃腿了。对于梭子蟹，腿无论多细，也不应被弃掉，它们的味道与蟹身中的肉味不尽相同，肉质紧些，有嚼头，但不如蟹身中的肉鲜美。吃蟹腿,对于不同的腿有不同的吃法,两只蟹螯要从侧面咬开,咬开甲壳时要轻,否则会破坏蟹里的肌肉结构。对于难以企及的角落,可以折下一只蟹螯当作工具——可怜的螃蟹,长了两只威武的蟹螯,却被用作工具挑出自己的肉供人享用!梭子蟹最后两只腿是划水用的,短而圆,吃法与两只蟹螯相似,但不同于蟹中间的六条腿。这六条腿细且长,通常只有最末端的那一节值得吃,吃时要从两端咬开,开口不能小于腿的平均粗细,然后,从一端开口用力吸,由于大气压强存在,整段肉就这样入口了。

吃蟹身就不能像吃蟹腿那样,总要先掰开来才行。蟹身上存集着一只蟹中80%的肉,但不会吃的人往往乱咬一气,不过只吃到其中的一半,吃进吐出的有肉也有壳,这样一来吃蟹便成了一种折磨。吃蟹身的技巧哪是一天得来的?在行家手里,不必看,也能对蟹身中复杂的结构了如指掌,吃进的肉丝丝分明,余下的壳晶亮剔透,见不到半点肉。在吃之前,蟹身两边各有数片鳃,似肉一样,但入口时口感极差,且毫无营养价值,应一一摘去。蟹身尾部有两块肉用来牵动蟹的第八对足,这是蟹中最大的两块肉,但人们往往吃了这两块肉便认为蟹余下的部分已无价值了——但蟹哪同于鸡肋,食之还极有味道的——如同周润发的一句广告词:“成功?我才刚上路呢!”没错,吃到这一步,才刚刚上路。若是让那个坐火车的上海人吃,他对付这余下的蟹身,足可以抵五小时车程。

蟹身结构错综复杂,其间有薄壳相隔,在咬开薄壳时一定要小心谨慎,不然其中的肉就要断裂或被撕碎,再吃下去,也就无意义了。

说,就到这为止了。余下的时间,大家尽可以享受吃螃蟹带来的乐趣——因为这真的是一门艺术,一门令外行人望而生畏的艺术。

还记得荀子说蟹吗?“六跪二螯”?这错误的原因不过是他还没对吃螃蟹这门艺术产生兴趣罢了!

(指导教师:马艳文)

点　评

《从上海到北京》以螃蟹的吃法为题材,写普通人生活中的闲情逸致,饶有风趣。标题可谓“大材小用”,引人注目。叙述说明生动,语言幽默活泼,可读性强。

梦入桃花源

□ 湖北省襄樊市第三十六中学　陈风雷

夜渐渐地深了，寂静在黑夜中一点点扩散开来。皎洁的月光柔柔泻下，如丝如缕，柔和淡雅，如少女那脉脉含情的眼波。

独卧窗边，手捧《桃花源记》，目光穿行在文字之间，只觉全身飘忽悠然，轻若云烟。慢慢地，我眼前开始蒙眬起来。忽然，我眼前一暗……

我睁开蒙眬的双眼，才发现自己已身在小舟之中。两岸都是片片桃花林，红如火，粉似霞，白胜雪。微风徐徐拂过，瓣瓣桃花蝴蝶般随风蹁跹，轻轻坠落溪中，溅起层层涟漪。

小舟沿着小溪前行，很快便到了尽头。我环顾四周，才发现对面有一小洞，一块断碑上刻着“桃花源”三字。洞口仿佛有些亮光。我来到洞口，洞口周围的草叶上还滚动着些露珠。我拨开洞边的杂草，循洞而入，忽然，眼前豁然开朗，屋舍俨然，阡陌交通，桑竹良田……

“道狭草木长，夕露沾我衣。衣沾不足惜，但使愿无违。”田间一白衣老者悠然唱道。

我走进细看，才发现那老者身上的白衣，已是补丁累累。他的发丝和胡须都已花白，脸上也刻满了岁月的痕迹，但他的眼神却显得澄澈幽深，全身都透着一种超然脱俗的气息。我上前与他搭讪起来，得知他就是靖节先生——陶潜。

我问他为何要离开官场，归隐田园。他沉默了许久，没有回答，只说要带我去一个地方。

于是，我们来到一幽谷中。他忽然停下脚步，指了指溪边的一株白兰让我看。那白兰亭亭玉立在清澈的溪水边，妩媚动人，婀娜多姿，我们站在离它很远的地方都可以闻到它的馨香。

陶渊明拍了拍我的肩膀，问："这株白兰，很美很香吧？"我点了点头。

他说："如果这白兰不是生长在这幽谷中，它还会这么美这么香吗？它之所以会美、会香，是因为这里有它所要的一切——适宜的土壤、水分、气温。"

他停了一下，又说："白兰找到了属于它自己的位置。只有在这正确的位置，它才能真正地展现出它自身全部的魅力，才能真正地实现其生命的价值和生活的意义。"

他又指了指身旁的小溪，说："这小溪亦是如此，它只有在这幽谷里才会如此清澈、甘洌。所以，任何事物都有自己的位置，只要找准了自己的位置，就能焕发出自己的光彩，就能实现它应有的价值。"

听完他的话，我似乎有些懂了，但又不是很明白。

幽谷中，他抬头望了望远方，眼中溢满了怡然与宁谧，凉风轻轻地梳理着他的长发，身上的一袭白衣也随风舞动。此时的他，显得很是飘逸、悠然。

"引觞自酌，把酒盈樽，倚窗寄傲，戴月荷锄，这样的生活难道不好吗？以菊作陪，有柳为友，涉猎群书，著文自娱，不也是一种享受吗？"他的声音很轻，有些微微的颤动，似从谷外传来。

我看着潺潺的溪水，仔细地思考着他的话。也许，他真的属于这片田园，属于大自然。我想，也只有在这里，才能使他的情感得到升华，才能实现他的价值，才能绽放他人生的光彩。正如白兰一样，这里才是他真正的位置，官场只是他人生中的一个短暂停留，一个过渡而已，不能作为他最终的归宿。正如他所说的"富贵非吾愿，帝乡不可期"，他真正追求的是一种宁静、一种和谐、一种淡泊。

他还告诉我，当你不能改变这个世界时，你可以去创造另一个世界，而不要随意被你所不能改变的世界所改变。也许在另一个世界里，你将获得新生，将会拥有更多的快乐与幸福。

说罢这句话，他便如一只白蝴蝶，轻轻飘移，越来越高，越来越远，抓也抓不住，拽也拽不着。但始终没变的是他脸上那悠然、宁谧的神情。

他渐渐地消失在我的视线里，只剩下斑驳的身影还在我脑中摇曳。我的双眼开始模糊。最终，什么也看不见了……

我睁开双眼，自己仍躺在窗旁，手里依旧捧着《桃花源记》。

蓦地，我回想起梦里陶渊明的话，心中不由产生了一些感触。找到自己的位置后，你就有可能实现自己的价值和意义，你的生命也将能得到完善。如果在你停止呼吸的那一刻，你仍不知自己的位置在何方，那么，你的一生也只是演绎了一个残缺的悲剧。

“当你不能改变这个世界时，你可以去创造另一个世界。”是啊！一条路行不通，为什么不去寻找别的路呢？陶渊明是在官场这条路上行不通后才毅然选择了另一条路。也就是在另一条路上他才焕发出自己的光彩，铸就了人生的辉煌，展现了他生命的魅力。大千世界总有一个属于你的位置，只是看你是否能找到它。这就需要我们去开掘，去发现了。

不知不觉，窗外的天已经亮了，新的一天又开始了。我望了望窗外东升的旭日，缓缓站起身来，继续我人生的探索与寻找……

（指导教师：李中发）

点　评

《梦入桃花源》巧用梦境手法，借陶渊明的形象和他的《桃花源记》虚拟了一场意义深邃的对话，阐述了人在生活中要找准自己的位置的主题。文章化抽象为具体，在叙事中说理，语言自然流畅，富于文采。

微信扫码
在线看写作提升课
获取精品阅读资料

第五届（2007年）

获奖佳作精选

17年17届

五月槐花又飘香

□ 辽宁省本溪市高级中学　何爽

今年的四五月很恼人，春寒去得最晚，夏热却来得更早，人们刚刚脱了毛衫便换了单衣。教室里的五月更是闷热得出奇，只是倚着平顶山，偶尔会有几缕清风吹过，才顿觉“地利”的幸福。

清风荡来的不仅是清凉，还携着一股子幽香，淡淡的，纱幔般柔和，游走鼻息，令人倦意全无。我只顾贪婪地吸着，鼻子牵动整个身体转向窗口，视线自然地延展出去寻觅那幽香之源。嚯！山脚下何时开出这么多槐花！大自然无意间将天上的星星撒成槐花的银河，小小的槐花多起来竟也赛过花王牡丹！

一棵老槐树下，一老一少正举着长竿打槐花。每一声敲打都激起了我对儿时和祖母一起打槐花的回忆。在我只有凳子高时，我们和祖母住在一个院里，院子虽小，可也成了我童年玩耍的小天地。后院有一棵老树，天真幼稚的我，对老树并无兴致，直到五月的一天清早祖母叫我和她一起打槐花……

“桃花开，杏花落，槐树开花一大串儿，一把一把撸下来，回家蒸个大馍馍……”祖母哼着我从幼儿园学来教给她的歌谣，扛着长竿，踏着碎步朝后院走去，脸上挂着灿烂的笑。我则像祖母的小尾巴，藏在她的身影下，往嘴里塞着刚出锅的大米花。我踩着铺满碎石子的小路，听着邻家画眉的啁啾，想着要打的槐花的样子，咧开了嘴，露出满口不知是牙还是米的白花花的东西。转过街角，忽然闻到一股清香，越往里走，香气越浓，像浪潮一样涌来。

“到了！”祖母指着那棵挂满白色花簇的粗大的老树说，“这就是槐树，咱们今儿个就来打它的花。打了槐花，奶奶回家给你包槐花饺子，可好吃呢！”

我仰着脖儿，仔细观察头顶洁白的花簇。每一簇都开着百十朵，清晨的露珠挂在每一朵上，像水晶似的闪着光，浅黄色的花蕊像襁褓中的婴儿在微张的花瓣中笑。

正当我想着要打下多少花才可以既够我们吃，又不至于把它们打光时，祖母不知用了什么魔法，变出一大块白布来，铺在树下，然后举起长竿，在枝叶花簇间敲打、搅动。洁白的槐花如舞动的精灵在空中飞旋，也因这敲打，空气中的槐花香愈加浓郁。我丢下手中没吃完的大米花，张开双臂接着那些白精灵，捧到鼻下深深地吸了一口，从小对香水过敏的我，第一次在香的海洋中沉醉了。听祖母说，在战乱的年代，穷人家每到五月份都会背着篓子上山打槐花，新鲜的槐花可以直接吃，也可以和在面里面蒸着吃，这些花儿在那时救过许多穷人的命。我用指头捏了一撮儿，放在舌尖上，花蜜的香甜在味蕾上扩散，这可比大米花好吃百倍呢！我闭了眼睛，旋转在精灵之舞中，直至倒在落满槐花的布上……

我醒来时发现祖母正冲我笑，她花白的短发上落满了槐花。尽管岁月的流逝在她的额头上留下了深深的痕迹，我想她年轻时一定也和这花儿一样美吧！她把我抱起来，然后仔细地将花抖到布中央系好，穿在长竿上，扛着走在前头。我还是那小尾巴，跟在花包下。与来时一样，祖母的笑容一丝未减。

回家后，祖母蒸了一大锅槐花饺子，槐花香在热气中仍未断绝。饺子中夹杂着淡淡的清香，回荡在口中，冲撞着舌头的每一根神经，久久不能忘记，我也平生第一次有了“三月不知肉味”的经历。

上中学时，也是五月的一天清晨，祖母家的矮房小院因为动迁被推倒了，院后的老槐树也被连根拔走。树上的槐花开得异常繁茂，白得耀眼，仿佛是依依不舍地向我和祖母告别，显露出几分凄美。祖母把我紧紧搂在怀中，我能感觉到她苍老的手在微微颤抖……

四年后，又是五月，又是槐花盛开的季节，窗外飘来的阵阵槐花香打开了我那扇轻轻虚掩着的记忆之门。

不知哪里飞来一只蜜蜂，落在桌上歇脚，爬了几圈后，从窗口奔着山脚飞了出去，或许它也被山中的槐花香吸引了，陶醉了吧！

（指导教师：张平）

点　评

《五月槐花又飘香》用清新纯朴的语言，写眼前槐花的美好情景，写儿时打槐花的美好记忆，写对自然、对亲人、对生活的美好感情。作者并不刻意雕词琢句，文字如清冽的泉水，也如淡淡的槐花香，却耐人寻味。

留一点儿空间去想象

□ 北京师范大学附属中学　吴双

报纸上，埃及艳后真实的面貌深深印刻在那枚刚出土的古钱币上。不要怀疑，也别诧异。是的，巨大的鼻子，突出的下巴，像极了巫婆的脸，确实属于那曾经集古埃及神秘与美丽于一身的女王。铁证如山，这是科学的考察发现，这是还原历史的真实。

作为好莱坞电影鸿篇巨制的开山之作，《埃及艳后》中极尽奢华的恢宏场面至今令人钦羡不已。而伊丽莎白·泰勒那双勾魂摄魄的眼睛，则使我认定她就是埃及艳后本人。事实也证明了我的第六感：无论你操何种语言，提起埃及艳后，有谁不立刻从记忆库中搜寻伊丽莎白·泰勒的腰肢与媚眼？

然而，面对这枚锈迹斑斑的古钱币，我错了，好莱坞错了，千百年来人们塑造的艳后形象轰塌了，多少年来人们认定的真理瞬间变成谬误，现实确实残酷。这场偶像悲剧的制造者是谁？是千百年来广为流传的美丽谎言吗？在我看来，“罪魁祸首”应当是那些非要把这些传说故事附之以某个固定形象的并不高明的“艺术家”。

“一千个读者心中有一千个哈姆雷特。”没错，文学之所以散发出永恒魅力的秘密就在于此，就在于超越一切束缚而自由飞翔的想象力！可是人们总是懒惰的。当书页间画出了哈姆雷特的插图，人们的视线便永远停留在那里。能第一时间触摸到画家代劳呈现的形象，还有多少人情愿静下心来描绘只属于自己的丹麦王子？还有谁会跟随心灵的阅读去感知他那纷繁复杂的内心世界？先入为主的形象设置便是如此粗暴地扼杀了人们对事物内蕴的体察力，埋葬了人们本可任意驰骋的艺术创造力与想象力。

“人类失去联想，世界将会怎样？”我的回答是：想象的翅膀退化了，世界将变得具象化，之后简单化，之后唯一化，之后愚蠢起来。

我从来不喜欢《清明上河图》，虽然我深知其中蕴藏着一种古典工笔式的精细美。然而，太过具体细腻而导致的死板无生气使它在写意水墨面前顿失光彩！还是看看写意山水的风韵与气度吧：简简单单的一抹墨痕，随性而勾的几根线条，山水人物跃然尺幅之间，自然而充满个性的景致布满意境，只待你尽情展开想象的翅膀。

过分的具象化，更会埋葬物之本质精神。还记得维多利亚时代豪华的衣饰吗？无数层皱褶，无数真假宝石，钢桶般的腹带和裙衬，帆船样的夸张帽子……服装本是人的附属品，然而这般喧宾夺主的架势早已将人所特有的气韵光彩遮掩殆尽了。

反观中国古典的汉代服饰，无论是丝帛抑或葛布，只依身剪裁，自然轻挽，腰间一系，随性赋神的飘逸感扑面而来。无独有偶，再看看古希腊简约朴素的衣装，清新动人，别有一种神韵。没有刻意的装扮，没有过分的修饰，灵动含韵，内敛大气，可以引发出关于衣服主人精神品位与思想情操的多少遐想？

目光又回到了眼前的埃及艳后钱币头像上。历史传说、艺术作品都定型她很美，钱币上的形象却截然相反。其实，美哪里可能只流于形象呢？一个能够轻易俘获两个伟大男人的心，能够统治一个辉煌王朝，能够长久地被后世猜想的女人，她的智慧、雄心、气度与梦想，该是再美丽的外表也难以相提并论的吧？

没错，埃及艳后真的是一个美丽绝伦的女人，只不过她的美貌并不在外表。留一点儿空间供你想象，或许你会想得更远，更多……

（指导教师：邓虹）

点 评

《留一点儿空间去想象》表现出作者善于撷取和驾驭材料的能力。文章从埃及艳后形象的轰塌引出议论，阐述了文学永恒魅力的秘密“在于超越一切束缚而自由飞翔的想象力”，将深奥的美学理论通过一个个人所熟知的事娓娓道出。

穿越千年

——我的殷墟之行

□ 山东师范大学附属中学　魏铼

等了足足一个半小时后，我和父亲终于乘上了回家的最后一趟汽车。天似乎黑下来了，却又摆出一副不想黑得太彻底的样子，就这么朦朦胧胧地黑着，如同商王朝那段朦胧的历史，如同龟甲牛骨上那些模糊的文字，如同殷墟所透露出的那些含糊不清的信息。我就这样迷茫地离开了安阳，离开了殷墟，离开了中华文明当年从懵懂中醒来的这片土地……

由于殷墟申报“世界文化遗产”成功，殷墟博物苑和殷墟王陵遗址免费开放一个月。我和父亲赶在活动结束的前一天挤进了这昔日的都城。可事实是，这都城比我想象的要小很多，你若是单纯想一睹一座历史古城的庞大尊荣的话，殷墟恐怕并不是一个合适的选择。

地下博物馆才是殷墟博物苑的精华所在。那些地上遗址的仿制品与地下保存的文物相比，犹如一件生日礼物的精美的外包装纸，谁会只看重包装纸而漠视生日礼物呢？

远远地看，这博物馆的地上建筑就像一件青铜器，它明确而严肃地反映着那个时代的主题。青铜，是这个地下商都昔日辉煌的最明晰的体现，也是我们对“大邑商”文明最清晰的印象。

首先吸引我的，是博物馆的入口，竟成为一道独特的风景！殷墟博物馆通向地下的阶梯走廊设计得极为巧妙，参观者沿着“回”形走廊一步步深入到地下展厅时，似乎被卷进了时间的涡流中。走廊的起始处刻着“当代”和“2006 年”字样，走下去便是“现代”“近代”“清”“明”……随着脚下一级级降下的台阶，台阶边公元纪年的数字逐渐减小，小到变成负数（公元前），而后数字越来越大，与此同时，我脑子里闪现的是——皇权的更迭、舞动的霓裳、战马的嘶鸣、盛世的歌赋、硝烟中猎猎的旌旗……

终于,走到走廊的尽头,那是周王朝的开始:公元前 1046 年。

我走进了“青铜时代”。

我理解余秋雨先生看到金字塔时的震撼,因为我们的文明相对较晚;我也理解他审视耶路撒冷时的悲悯,因为我们的文明相对孤独;我唯独不能理解他和许戈辉在希腊神庙的石柱林间找到拜伦名字时的欢快喜悦,因为我更喜欢看到我们自己的文明碎片。

在展厅里,当看到玻璃展柜中的那些文物时,我是怎样惊喜和激动啊,就像搬家时意外地看到遗失多年的儿时玩具或照片,又如同转世灵童辨认出前世活佛的遗物——这些物品似乎就是我的!也许那一段中华文明的童年记忆就融化在我的血液里,随着文明“基因”的传承而永存不朽。

我把眼睛几乎贴在展柜的玻璃上,才能看到那些青铜器上头发丝般清晰的纹路。那些纹路和图形常常引发我许多回忆和联想。有一个圆鼎的图案,由旋转的花纹组成:两个一大一小的同心圆,大圆是五个均等的“6”字,包围着里面的小圆形。外面的大圆是否象征“五行”的金木水火土?里面的小圆可是一切物质、能量的源泉和核心?也许,它只是一个图案,起初并没有什么微言大义,一旦它不断地复现,就成了文化或美的象征。正是这些“有意味的形式”,创造了我们华夏民族几千年的艺术和历史。

殷墟是最早发现甲骨文的地方。当我看到那些整齐的甲骨文和旁边的现代汉语译文时,我感到汉民族是如此幸运,时隔三千多年的文字仍然能够被解读出来。古埃及的象形文字和金字塔一样成为难解的谜;希腊克里特岛的线形文字连今天希腊的专家们也看不明白;古巴比伦时代的楔形文字,终于被二十世纪的考古学家翻译出来,但这些文字绝不是今天伊拉克的文字的源头。只有汉字如此长寿,甲骨文与我们今天的汉字一脉相承。汉字的生命力维系着华夏文化的生命力。那一块块甲骨残片,如同一把把文明的钥匙,它能开启上古历史的大门,也能解开华夏文明的诸多奥秘。

从小学起,我们用过的美术课本、社会课本、历史课本,都出现过后母戊方鼎。没有几个中国人不知道它是顶级国宝,可有几人亲眼见过它呢?我,是这少有的幸运者之一!

在殷墟申报“世界文化遗产”的关键时刻,原藏于中国历史博物馆的后母戊方鼎重新回到它的发现地,在殷墟博物馆展出。

面对这真实的后母戊方鼎,我实在不知道怎样描述它。我的心里非常矛盾,一会儿觉得自己词汇如此有限,找不到合适的词汇形容它;一会儿又不断迸出一组组矛盾的词:复杂/简约,质朴/野性,神秘/明晰……那庄严的造型,那精致的图案,能让你看到东方式的美;那饕餮血盆般的大口,那两虎相向争吃人头的形象,又让你看到野蛮时代的恶。我知道,这大方鼎是世界青铜文化中最大的一件青铜器,它在中国铸造工艺史上、在中国美术史上、在中国古文字史上,几乎都是代表作。可是,让我总也忘不掉的是鼎上铸的那贪婪的眼神、那狰狞的面孔。

就在青铜展厅里,我还看到了一个制作精美的甗。在甗的内部,看到了一个如同土块或是石头的类球形的东西。一个用来蒸煮食物的炊具里,在经过冲洗清理的文物展品里,为何还会出现土石?看了一眼旁边的介绍,原来是人头!里面蒸煮的是一颗他族首领的人头!

在殷墟王陵遗址,我看到太多的殉葬者的尸骨一排排堆积着。少则几十具,多则数百具尸骨的人殉坑中,它们与成堆的礼器一起,被凌乱地叠放着。这些奴隶和俘虏的骨架大都散碎,或四肢不全,或身首异处……

这就是殷墟的文化——一半是文明,一半是野蛮。一边是恐怖的人殉坑,一边是象征着发达生产力和礼仪制度的巨鼎;里面是血淋淋的人头,外面是美轮美奂的甗……从青铜时代的文明与野蛮,我想到当今时代的现代科技和恐怖袭击;从殷墟殉葬的一堆堆骷髅,我想到二十世纪法西斯制造的万人坑……人类究竟走出野蛮时代了吗?后母戊方鼎沉重而沉默地伫立在展厅里,不说一句话。

汽车离殷墟越来越远,窗外迎面而来的汽车灯光在我的脸上留下一道道灼烧般的光痕。我被一系列问题困惑着,总是没有答案。但是有一点是明确的:去寻访寻访我们文明的源头吧——像殷墟,那是很有意义的。虽然它未必能让我们变得多么深刻,但至少能减少一些消费文化带来的轻浮。

(指导教师:宋惠卿)

点 评

本文作者善于在对比和映衬中观察、思考,诸如现实与历史、文明与野蛮、自身与他人、中华文明与世界文明等。在"消费文化带来的轻浮"成为时尚的今天,作者这种"寻访我们文明的源头"的思想之旅尤其值得称道和提倡。

关于人生

□ 河南师范大学附属中学　范再峰

人生,如一朵花。

花会开在最灿烂的季节,也会凋零在灿烂的尾声。我们欣赏花,嗅花的芳香,感受花的气质,铭记露水在花瓣间残留的美。总想在花最美丽的时候保留它瞬间的娇柔,可风霜与雨雪只会无情地摧毁它绽放的惊艳。回头时,常常只有几片残萼在风中摇曳,留下无尽的遗憾。

或许我们有时太追求完美了,太想在无瑕的一刻完成许下的诺言,反而忘记了很多不该忽视的,譬如亲情。孜孜求学的学子总想着有一天功成名就、出人头地之时再回来尽孝,却忘了生命的脆弱、时间的易逝以及命运的残酷。当你锦衣华冠、宝马香车、欢欣至哉归乡之时,也许只有四立的墙壁与刺眼的黑纱,你可以捶着地板号啕大哭,望着自己所获得的一切怨恨苍天的不公,却得不到回应。树欲静而风不止,子欲养而亲不待。可这又何尝不是自己的过错呢?

有首诗说得好:"花开堪折直须折,莫待无花空折枝。"我们可以执着地追求成功,但在适当的时候也要关心一下身边的父母、亲人。在父母有生之年,我们可以暂时放下手边的工作,无论能力如何,请给他们送去一份关怀、一声问候,那么人生这朵花会在风霜雨雪中开得更繁茂。

人生,如一壶茶。

在沸水来临时要恣意放纵自己的活力,尽情起舞,让浓郁的茶香蔓延开来。

环境与机会,决定了展示你才华的方式与速度。一个机遇来临,你会不由自主地竭尽全力去抓住它,施展出自己的浑身解数。错过机遇,就如同渐凉的茶水,会磨去你的耐性、底蕴。你总不会希望清香浪费在无人问津的凉茶中,当然想让沁人心脾的茶香在滚烫的沸水中升华,随着水雾,弥漫在自己的舞台上,让品尝者发出由衷的喝彩声。

人生,如一片海。

海广阔无垠，你可以在水中自由地嬉戏。大海总会有不平静的时候，海浪一个接着一个，你是任由浪花把你打回岸边，由你衬托海浪的强大，还是奋力冲破阻碍，让浪承认你的无畏？

人生与海一样，不会只是风平浪静、一帆风顺，你总会经历挫折和苦难，而这时，你又会觉得压抑，如同在胸中有一团沉积很深的浊泥。这时，只有全力大口呼吸，释放困闷，努力冲开挫折和苦难的阻拦，你才会发现，海潮在身边唱歌，鱼群在身边欢娱，海螺吹响了天使的梵唱，一颗颗五彩的珍珠在眼前炫目地闪耀。

人生，又是一出每天上演的戏，形形色色的人在其中扮演着主角或是配角。

今天你可能是一员备受敬仰、一呼百应的大将，明天你就可能成了为老爷夫人端茶送水，候到一声"退下吧"，然后就恭敬退下的仆人。也许多年以前一个女孩站在榕树下对你说想坐着马车去海边看日出，你则毫不犹豫脱口而出"我带你去"，但最后却是目送她的背影被黑暗吞噬，自己颓唐地陷下去；多年以后，你也许会在菜市场再看见这个熟悉的身影，她却已变成满脸皱纹的老太太。原来流星刹那的光华最终却是坠落大地，而过了这么多年，你也会在青丝间捻下几根银发。

这些上演的故事，也总是人生中不难见到的，而你，就是一名分不清戏中的虚幻与人生的现实的演员。

人生，需要一种信仰。

周围的一切都在发疯地改变着。而你呢？能否坚持隐藏在心底的一种清澈？

有道是"出淤泥而不染，濯清涟而不妖"。你不必恣意地咆哮，嘲弄别人的无知。在某个月明的夜晚，打开一扇窗，看萤火虫在面前，抬起头，天空中有几点明星陪伴，相信自己不会迷失，坚持自己的信仰。

人生，需要一个梦想。

太在乎过去的失败只会羁绊梦想的飞翔。人就是如此，越期盼未来，便越容易忘记过去，越忘记过去，便越看不清未来。

甩开纠缠在梦想翅膀上的绳索，微闭双目，你就能遥想太白赞蜀道之通天彻地、蜿蜒崎岖，挥墨写下《蜀道难》；你也能想到如孔丘一般周游列国传播仁道儒学，安坐夫子庙中，欣然看着无数后人的跪拜与檀香的缭绕；你眼前还会浮现出当年苏联人普加乔夫驾着苏式战机搏于长空，做出令航空界为之惊叹的"眼镜蛇机动"。无论想到什么，都会让你有理由产生倾倒世界的冲动。

梦想并不遥远，但要敢于梦想，敢于抛开过去无谓的束缚，站在群山之巅，朝阳的神圣之光就会笼罩着你。

关于人生的比喻，我最欣赏的还是如一出戏。一出戏，便如人生。

在被观众目光凝视与镁光灯照耀下的舞台上，演好被安排的每一个角色，也就是演好自己。当序幕缓缓拉开之时，要告诉自己，每天都要有精彩的演出。演好了自己，便演好了人生！

（指导教师：范德章）

点 评

《关于人生》一文，以形象语言写抽象哲理，鲜活灵动，充满魅力。作者将对于人生的种种思考，转化成一个个生动画面和贴切比喻，还穿插了一个个绘声绘色的细节，这便增强了文章的表达效果和感染力，毫无议论文常见的一味说教的死板。

矮墙里的快乐

□ 河北祖冲之中学　邱佳莹

记忆的足迹开始在矮墙里。童年的快乐充溢在矮墙里。

——题记

两个爱我的老人

矮墙里住着我的爷爷奶奶。从小我和他们生活在一起。曾经因他们哭过，也曾经因他们笑过；曾经受过他们的表扬，也曾经挨过他们的批评；曾经在他们怀里撒过娇，也曾经背着他们偷偷做坏事……

有时，住在矮墙外边的姥爷、姥姥招呼我过去。那里，姥爷、姥姥的儿女们高谈阔论，孙子们嬉笑吵闹。姥姥也拿出好多好吃的塞给我："吃吧！吃吧！"我却高兴不起来，老想着冷清的矮墙里两个寂寞的老人正守望着我。

我从热闹中走出来了，回到宁静的矮墙里。

"怎么回来了？那边多热闹。"他们感叹着，眼中夹带着疑惑，又充满了欣喜。

"我就喜欢这里，嘻嘻……"

有时候我放学回家，一进门奶奶就说："哎！我的丫头片儿又长高了，上学累不累呀？"

我总是笑着回答，矮墙里冰冷的气氛被我一次次打破。我喜欢看他们笑得打褶的面孔，喜欢他们掉光牙的嘴，喜欢他们那两双粗糙大手的抚摸。

矮墙里，我是个永远长不大的快乐孩子。

一棵我爱的核桃树

矮墙里有棵核桃树，高高大大，郁郁葱葱。这棵树承载了我无数的笑声，撑起了我烂漫的孩提时代。

总是在树下缠着奶奶讲故事，我坐在中间，依偎着她，大树像奶奶一样温柔，把斑驳的月光洒在我们身上，静静地听着我们谈话。有时奶奶讲起鬼故事，我觉得叶子也在瑟瑟发抖；有时它"嘻嘻哈哈"，因为它听到了幽默笑话；有时它也会潸然泪下，似乎也为人间悲情感动……幼小的心灵认为大树是有生命的，它随我哭，随我笑。

下雨时，那棵核桃树是我的避风港湾。有时挨了父母的打，我就奔向那矮墙，奔向那两个爱我而孤独的老人。我依偎在大树下，大树听到了我的委屈，听到了我泪水滴下的声音，也听到了两位老人安慰的话语，似乎也有回应，叶儿沙沙地响着。

大树是把伞，为我遮挡生活的风雨，呵护我健康成长。

时间一点点逝去，那棵树也越长越高，我也慢慢长大了，而两位爱我的老人也渐渐变老……

放假后我总是先奔向那座矮墙，依然是笑得打褶的面容，依然是唠叨的话一火车，矮墙里依然是那么冷清——却令我感觉如此温暖、亲切。

（指导教师：卢海龙）

点　评

《矮墙里的快乐》在娓娓叙说中，再现了作者儿时的一个个生活画面，再现了祖孙两代人的亲密感情，语言富有特色，努力追求诗情、画意、乐感相结合。

站在艺术的彼岸

□ 上海交通大学附属中学　董任远

正视，斜视，左看，右看——是一个人，没错，就是一个人！她在努力倾听着什么，又好像极力想诉说什么，可是我的目光不断扫视的时候，她却始终保持着那亘古不变的动作……

是心灵的独白，还是孤独的呐喊？我伫立在偌大的艺术展厅中，茫然不解……整整一个下午，我走过一件又一件“双年展”的设计作品，大师们的灵感及理念不断透过他们的作品潜移默化地感染着我们，可是，总有我解读不了的谜团，例如，眼前的这座女士雕像。

现在，美术馆的闭馆时间快到了，稀稀疏疏的游客不断向大门走去，聚光灯下只有我还凝视着这座雕像，仿佛上演着一幕无声的独角戏。我的脑海中突然浮现出安妮宝贝的一段话：所有的作家都是孤独的，他们的作品被印刷千百次散落每个读者手中，可是又有谁能真正读懂他们的心声呢？现在看来，不仅作家，所有的艺术家也都是孤独的，他们是站在艺术彼岸的人，我想走近他们的内心世界，可是，却隔了一条鸿沟……

有一首诗大约是专门为我所写的吧：“蒹葭苍苍，白露为霜。所谓伊人，在水一方。溯洄从之，道阻且长。溯游从之，宛在水中央。”

我看见了，这是一条缓缓流淌的河流，是生命的河流。我随心所欲地随着水流向前漂去，有时我爬上左岸，感受艺术的魅力，有时我坐于右岸，享受学习的乐趣。可是随着时间的推移，水流变得越来越急，突然有一天，我眼前出现了一个大瀑布，原本平行的左右两岸突然向两边岔开，命运的河流在让我做选择了，若是不想被冲下瀑布，就得选择爬上左岸或者右岸……

命运就是这样残酷，我边走边想，左岸和右岸之后就再也没有重合过。难道艺术与现实生活真有这么大的距离吗？我不知道。但当时选择之前，我曾信誓旦旦地说，一定会将学业与艺术并重的，可一升入初三，繁重的学业还是迫使我搁置起多年的爱好。

我在脑海中回放着一整个下午所见到的所有有趣的作品。有一个系列是将竞争品牌的标志放在一起做对比，例如耐克和阿迪达斯、肯德基和麦当劳等，可走近一看，却发觉这个大标志竟是由无数个竞争对手的小标志组成的，这巧妙地说明了竞争的关系，既是对立的，又是相互成就的。还有一幅浮雕做得立体感十足，可走近一看才发觉看似凸出来的部分竟是凹进去的，应该被称之为“凹雕”才对，终于发现阴与阳、正与负、得与失有时竟是那样相似。最精彩的一幅大型作品是纪念山水画画家黄宾虹先生的，作者用一根根霓虹灯管勾勒出黄宾虹的大幅山水画卷，还配有古琴伴奏，有趣的是，琴声一响，就有一根“线条”随之闪动，仿佛黄宾虹画的每一根线条都是一段弦外之音……

可是，在见识过这么多精彩绝伦的作品之后我却为何始终执着于这一件作品呢？也许是这件作品让我看到我毕竟还是一个外行，已经远离艺术彼岸了吧！

其实这次“双年展”并不是我一个人独自去的，而是一位初中的老友约我一起去的，她马上就要去巴西留学了，这次特意来看“双年展”也算是和我告别吧。正当我愁苦不知以后何时才能再联系，她却眨眨眼告诉我，她有回中国读大学的打算。“到时候我们可能又是同学了，看到我可别假装不认识呀！”说着她又蹦蹦跳跳地给每个作品照相了，她总是非常热衷于此。我望着她蹦跳的背影，心想我和她也选择了两条不同的路，就好像互相站在河流的彼岸，我们都不知道生命中会有什么在等待，但我知道一旦选择了就不能再后悔，只有一直走下去，走下去……

（指导教师：潘晓雯）

点 评

《站在艺术的彼岸》从参观一次艺术展厅的“双年展”产生联想，进入对于艺术、命运、生活的哲理性思考，立意高远。作者领悟到，观赏者与艺术家，读者与作家，现实与艺术，对立而又统一的众多事物，具有不同人生选择的人，都分别站在“此岸”与“彼岸”；而面对人生，“一旦选择了就不能再后悔，只有一直走下去”。文中多处议论意蕴丰厚，给人以启迪。

驿 站

□ 上海市同济中学　曾雨薇

窗外，青云沉沉。合上书，转过头去，不愿再看那些沉重的文字。一株野蔷薇在风雨中颤抖着怒放。屋中人莞尔一笑：与炎炎烈日相比，这倒是个出游的好天气呢！换上一身白色布裙，扔掉琐事，就这样开始了那未知的旅程。

我是个平凡的女生，和千万学子一样，终日为学业忙碌，融入校园，便顷刻间再难辨出。我嗜文字如命，中毒般不能自制。然而，我还是如此渺小，和千万写手一样，无声地蜷缩在繁华都市的一隅，让所谓悲伤啃噬着一点点变空的心，随后用文字塞满……如此反复，我终究是倦了。

雨水狠狠地砸在伞上，伸出手来，贴上伞面，不由自主地微笑。我感受到冰凉的疼痛。不记得在哪里看过，单恋的女孩每到雨天总会念这么一句台词：如果我是雨，能像连接不曾交会的天空与大地一样，连接起那个人的心……其他剧情早已淡忘，唯有这泛着蓝色忧伤的独白，嵌在了我心中的某个角落。

坐上轻轨，不理会是哪一站。现在，我需要它把我从这里带走，不论是哪里。我想去一个陌生的地方。小的时候看童话，稍长后看神话，再大一点儿便看奇幻小说，曾是那么坚定，相信自己绝对不是普通人，也许是天神转世，也许是奇异种族的后裔。就在世界末日的那一天，英俊的男子跪在我面前，吻着我的手背，让我来拯救这个世界。曾是那样坚信，我拥有高贵的血统，无上的力量，以及美丽的恋人。然而我终究不是。我逐渐看清了那个还未成形就破碎的梦。被现实灼伤的孩子，自困在梦境与现世的夹缝中，没有任何人能救我。这一场梦如此幻美，与之成鲜明对比的，是梦碎后那绝望的灰色与压抑。早知从空中坠地更痛，不如执着地待在地上！所以，我决定回归现实，默认自己的无能，默认自己的平凡。

雨小了，打在快速掠过的车上，在墨蓝色玻璃上拉出一道道细小的水痕，像被千万片刀刃划过般，缠结出零乱的美。车厢微微震晃着，乘客不断增加，空气开始变得混浊。车厢内时而安静，时而嘈杂，那些以为沉淀了的人和事瞬时变得清晰起来。记忆如潮水，一波又一波涌现。我听见原本麻木了的心脏又开始跳动，一下，又一下……

我是在小城镇长大的孩子，七年前随父母移居上海。曾是如山百合一样的童年刻在了故乡傍晚的青石小路上。那些被岁月模糊掉的画面零碎地织起幼时的记忆，那是如温软绵糖般的日子。脑海里闪现一张张儿时伙伴稚嫩的笑脸。出发来上海前，彩忆紧紧拽着我不放。彩忆，我会回来的。我这么说着，两人相视而泣。

天色愈加灰蒙，光便突显出来。列车在众多高楼大厦的腰间穿过，连绵的灯火游走着，直到隐匿在灰色天空的尽头。下了轻轨，漫无目的，任由直觉牵着自己，向更加陌生的地方走去。这里竟是轻轨与地铁的交汇处！地下商城依旧昼夜不分，行人快速地从身边走过。扬起嘴角，我笑了。在这来去匆匆的人流中，没有一个如我走得这般悠然自得。不需要时间，不需要目的，仅凭意识，随波逐流。

初来上海，面对这个中国时尚指数最高的城市，我害怕。我开始不自觉地被那纷繁的尘世所诱惑。我终究是倦了。然而生活在继续，扎在一片红色的曼珠沙华中。我将手中的笔变成锋利的刀刃，不等旧伤愈合，便又给它添上新疤。看着汩汩流淌的鲜血，只有疼痛才能让我清醒地意识到，我还活着，如此真实地活着。

衣衫不整的男子靠着墙壁缓缓蹲下，有一口没一口地抽着劣质香烟。乞儿在肮脏的地上爬行，那孩子用清澈的目光乞求施舍。流浪艺人弹起了异国的曲调，地铁站里回荡起悲凉而坚强的歌声。思绪如潮。那些曾有的梦想与执着，瞬间化蝶纷飞。地铁，是这个时代的寂寞，却与我们的心一起共鸣着，奏出如花的生命乐章。生命如花，撷白色曼陀罗一瓣于唇间轻嚼。我嚼出了青涩，以及青涩中的甘甜。

地铁启动了。车内的女孩泪流满面地对男孩说了些什么。他还没来得及听清，车门就被重重地关上。她把手贴在透明的玻璃上，最后留给他的，是一个眷恋而决然的眼神。列车驰过带来阵阵热风，撩起齐腰长发，在湿热空气里，随着耳机中的旋律，勾勒出自由的曲线。今夜，让人有种迈步起舞的冲动。

蔷薇未谢，雨未停。路漫漫，冥想不断，虽愁思不减，然曼舞如蝶，自放逍遥。

（指导教师：张大伟）

点　评

《驿站》写的是一个真实的驿站，也是一个人世间众多画面交相叠映的驿站，更是一个心灵的各种思绪如潮汐般涌动的驿站。作者选择了这样一个合适的环境，写自己的一段心理旅程，写得充分、细腻、丰富。只有把人物的言行和心理活动放到一个特定环境下，其言其行其思才会合情合理。

心中的长江

□ 黑龙江省哈尔滨市第三中学　马曾重阳

妈妈家祖籍在湖南，她十岁左右随外祖父来到黑龙江，潇湘洞庭于她只能被封在儿时的记忆中。而我，一个纯粹的东北孩子，却总不时地梦见长江。

很小的时候，我就从《长江之歌》那荡气回肠的旋律中感受到长江的气魄与胸怀。我十五岁了，却没有到过妈妈的故乡——神秘而至美的潇湘之地。因而长江便自然成为我的一个梦想了。

然而，每当外公向我提起“八百里洞庭水翻波”时，脸上总是荡漾着令人捉摸不透的微笑。据他说，他是曾国藩的一支旁系远族之后。我那时小，还不知道那个叫“曾国藩”的是干什么的，与潇湘有什么关联，只是长江、洞庭留给我的印象十分深刻。那时外公教我背诗词，我虽不明白“江雨霏霏江草齐，六朝如梦鸟空啼”的优雅韵味，但在老人的眼中，我分明地看到了那不同寻常的光彩。

现在我的年龄逐渐大了，个子也高了，童年发生的不少事情都无从记起了，而长江的形象却依旧被诗词定格在我的脑海中。说来可笑，生长在塞北的男孩子，心中有的大多是野性十足咆哮远去的黄河，谁会留意长江那富有诗意和母性的鼻音呢？然而我不一样，文学将我的情感融于长江的拍岸浪歌中。那不是青丝粉黛，不是楚馆秦楼，透过长江的每一滴水看，分明有桃源，有月影，有梅花，有母亲，也有长河落日、古道西风、龙城飞将、浊酒一杯。若说万里长城是父亲的臂膀，那么，长江就是母亲眼中晶莹剔透的泪，洋洋洒洒，万年不息。

母亲的泪见证了中华民族的一切。忍耐着，在血与火的围攻下忍耐着，在硝烟弥漫的辱骂中忍耐着——否则在爆发的一天就不可能有巨大的能量。

老子云：“天下莫柔弱于水，而攻坚强者莫之能胜。”长江是水的最优秀的代表！于是面对“语文没啥出路”时，我先忍耐了；面对“汉字该被淘汰，拼音文字才符合时代进程”时我也无语；面对日韩青春偶像文学充斥图书市场时，我暂且不进行评论。因为我知道，唯有这样，才会为今后的反抗与斗争做积蓄工作，因为长江与我同在，内涵与我同在，包容与我同在，君子情怀与我同在！

于是，每当夜深人静时，想起更加明亮的学府，想起宽阔的长江，我便会把插在墨水瓶里的钢笔捏一下，揉着鼓鼓的太阳穴，与台灯、纸笔一起，向书山题海又发起一轮新的冲锋。

我时常想入非非：江南真的只是烟水迷离吗？长江性格到底是软弱还是坚韧？今天忍让如此，明天爆发时还能否保留那一点儿宽容？

抬头，又见一轮明月；低头，又见一条大江。水汽氤氲，还有一只篷船，抹平了浮光跃金，划碎了静影沉璧，一荡一荡，进入我的梦乡。

（指导教师：李玉涛）

点 评

作者写长江，并不拘泥于它的自然景色，而是追索它的历史，更探寻它的性格——也是中华民族的性格，进而联系到自身的性格修养，既入乎长江之“内”，又入乎自己心之“内”，所选写作角度十分切题。

缘 分

□ 甘肃省嘉峪关市第一中学　赵甜甜

奶奶们说，一个女孩子出生的时候，已经有一个男孩子在某一个地方等着她了。这便是那在冥冥之中安排一切的缘分。这世界上到底有没有缘分？似乎没有谁能够给出一个确切的答案。但我们已在拿它来解释我们身边的许多事了：婚姻、爱情、友谊，甚至一次萍水相逢。

当然，我们更愿意相信缘分的存在，因为缘分使生活更加轻松：过去的遗憾有缘分为我们负起责任，所以不必过分后悔；未来的困惑也有缘分为我们排好了结局，所以不必过分忧心。

缘分使相聚显得偶然，使离散显得无奈，不过，也给人生涂上了一层诗的色彩。在缘分之纱的笼罩下，冰冷的伤心成为温润的伤感，寂寞的等待成为充满想象的期盼。失败的时候我们还可以安慰自己：这暂时的挫折是为了一个更有意义的未来。这样，我们便满怀希望地握手于一个又一个相聚，又无怨无悔地挥手于一个又一个别离。悲欢离合事，因为缘分的润色而添了一份浪漫。多愁善感人，也因为缘分的冲淡而多了一份达观。

公园、马路、郊外，他和她脉脉相视，说：这是缘分！

长亭、古道、车站，他和她挥泪作别，说：这是缘分！

孤独之时，我们看着朋友的手说，这是缘分！

于是，无奈的我们获得一份释然。

缘分，像是一位艺术女神，默默地编好了一个又一个剧本，然后，静静地看着芸芸众生粉墨登场。她让完美的英雄悲壮地死去，又让善良的姑娘爱上了伪君子。有人说，她像个菩萨。她让张生喜得佳偶，又让杜丽娘起死回生。有人说，她像个恶魔。她让腰缠万贯的豪贾失意而死，又让手握乾坤的帝王遁入空门。有人说，她简直像个哲人。其实，没有谁能够理解她。没有厌恶，没有仇恨，没有同情，甚至没有爱，她只是平静，平静得几乎不存在，但又确实存在着。

她来去无踪却又无处不在，无影无形却又无时不有。当两个人密谈的时候，她是第三个旁听者；当三个人同行的时候，她是第四个结伴者。

俞伯牙遇到了钟子期。有人会说，缘分女神是多么慈悲，多么善解人意，竟然使两颗绝世孤独的心在茫茫人海中找到了知音！但是又有人会说，她多么残忍，她给他们的机会是那样的短暂——一次悲欣交集的共鸣铸成了感天动地的遗憾！

也许，缘分女神的艺术才思正在于此。

梁祝、宝黛、牛郎织女、白蛇许仙……凡是能够让人低回怅惘的故事总是以一个美丽的开头和一个遗憾的结尾构成的。岂止故事，人生何尝不是如此？人的一生不也是少年的无数憧憬和暮年的许多遗憾组成的吗？

因为彻底的满足会让人产生厌弃，所以故事的不完美才使故事在千年的叹息声中流传。所以，人生的遗憾使人们觉得人生充满了痛苦却仍然魅力无限！

既然如此，我们又何必埋怨这位无情但深邃的艺术女神呢？她是以唯美的规则来编排人生的。她以生命的遗憾支撑着生命的魅力，她以生命的痛苦引发我们对生命完美的追求。同时，她也以两颗心的备受煎熬赢得了千万颗心的关注、叹息、陶醉、憧憬、升华……

（指导教师：张兴山）

点 评

用诗词典故等来自书本的材料为文，不能变成材料的堆积与拼凑，而要写出自己真实的人生体验。《缘分》这篇文章涉及的文化材料众多，作者围绕着“缘分”对人生的意义巧加缀合，引用信手拈来，组合如行云流水，激起人们对于生命、对于人与人关系的深沉思考。

夕阳下的背影

□ 重庆市渝西中学　刘著

外公家在铁道边上，那儿很美，四面环山。山上郁郁葱葱，山下则是几十道纵横南北的铁轨静静地躺在那里，或彼此交错，或相互平行。

在那里小住的日子里，每天晚饭之后，我总爱独自踏着夕阳的余晖，漫步于铁道近旁。我经常会遇到一个精神矍铄的老人，身穿一身铁路员工制服，有时蹲在铁道边上拔草，有时把甩出路基的石子一颗颗捡回来，有时拿着棉纱什么的擦拭着道岔上的铁锈……每当有火车经过时，他总会停下手中的活儿，退到铁道一旁，挥动着右手，对着火车微笑着点点头。

起初，我也只是站在一边看着，并不太在意，但时间长了不知不觉便产生了些疑问：他是做什么的？是站台的养路工，还是扳道员？似乎都不太像。近来，站上新来了许多年轻的铁路员工，连年纪看上去比老人小不少的老站长都由儿子顶了班，难道他还没退休？向来不喜欢和陌生人说话的我一直没去问他什么，直到有一天晚饭后——

那天，刚下过一场雨，空气里还散发着泥土的清新气息，"空山新雨后，天气晚来秋"，山上的树林也显得越发葱绿了。晚霞把天空染成了一派绯红，站台的值班室像是被涂上了一层橘红色的油漆，铁轨静卧，在晚霞中闪耀着红光。这时，那个熟悉的身影又出现在了我的视线里。是那位老人，一个人半跪在铁道一侧，一边沐浴着霞光，一边擦着铁轨道岔，老人擦得如此认真、仔细，一滴水珠、半圈水痕都不肯放过。我不由得举步迈了过去。当我走近老人时，他抬起头来看了我一眼，还冲我微微一笑，笑容是那般幸福慈祥。他有着瘦削而黝黑的脸庞，花白的胡子，一双炯炯有神的眼睛上面是一条条似刀刻般的深深皱纹。

我停下来了，不太好意思地问了一句："您在擦道岔？""刚下了雨，不擦就得生锈了。"说完，他又埋下头去，专注地擦拭着道岔。那些被擦过的道岔银光闪闪。

"您高寿啊？"我问道。"七十三了。"老人依旧笑着回答，顺手将一棵躲在基石缝里露出嫩芽的小草拔去。

“那您还没退休吗？”我提出了早就想问的问题。“退了，早就退了。”他回答。

“那您现在……”我把将要脱口而出的话又挡了回去，甚至对自己产生这样的疑问而感到羞愧。这时，老人一手扶着路轨，一手按着膝盖，弓腰起身，指着西面微笑地拉着我的手说：“往边上靠，马上要来车了。”

我立即翘首西望，除了千年不移的几座大山，几乎瞧不见别的什么了。但很快，才一两分钟吧，耳边便听见铁轨的震响。接着，伴着远处的一声长鸣，一列火车沐浴着霞光隆隆奔来。当火车从我们身边呼啸而过时，老人又一次举起握着棉纱的手，不断地挥动着，摇晃着。那深情的目光，仿佛一位形象伟岸的父亲在为将去远方的孩子送行。他是那么爱他的火车，那么爱他的铁道！当列车终于在夕阳下消失，老人才不舍地放下手来，向我道别。我望着他迈着蹒跚的步子向站台走去。晚霞越来越浓，仿佛给他那高大的身躯镶上了一道金边，直到他完全融入夕阳里……

国旗之下，多少这样的人啊！共和国的常青正是源于他们执着奉献不断注入的活力。他们的身影，在共和国的建设史册上，会化为座座不朽的丰碑。

（指导教师：古瑜　罗雄华）

点评

生活中有许多美好的人和事，英雄壮举固然值得讴歌，凡人小事也常常闪耀光辉。《夕阳下的背影》写一位退休老人仍然钟情昔日从事的工作，歌颂了普通劳动者的奉献精神，在选材上很有启发意义。

驮在三轮车上的希望

□ 甘肃省嘉峪关市第一中学　邢雁云

我是一个农村女孩，土生土长的农村女孩。记得在我六岁的时候，窘迫的生活和脱贫的希望，使我们离开了那片贫瘠的土地而踏上寻觅美好生活的路途。这一路走得心酸，走得艰辛，同样也走得坚强、勇敢。

在我七岁的时候，父亲为挣钱还债去了远方。记得父亲每年只回一次家，而每次回来都是两手空空。父亲的事业一次次失败，我们的生活一天不如一天。

母亲是脆弱的，看着家里的情况，她只能一次次流泪。当看到年幼的我们时，她也是流泪。我清楚地知道，母亲是在为我们的学费发愁，是在为我们即将辍学而伤心。那些日子，她总是很少吃饭，很少说话，但我看得见，她的眼睛总是红红的。

日子就这样一天天过着。有一天，我放学回家，看到门口放着一辆蓝色的三轮车，它是新的。我感到好奇，一遍遍打量着出现在自己面前的崭新的车子，只觉得它好漂亮。我回过神来，跑进屋，对正在做饭的母亲说："妈，咱们家门口有一辆新车。"母亲看了看我，笑着说："好看吧，咱家的。""咱家的？"我惊讶地张大嘴巴。"是啊。"母亲淡淡地回应。"从明天开始，我就出去卖粽卷了。"母亲轻轻地说。

第二天天还未亮，母亲就开始忙活了，擀面声、油炸声惊醒了我，使我睡意全无。我便坐在床边，看着母亲忙东忙西。母亲就这样开始了她的"生意"。

母亲骑着三轮车，一边前行一边吆喝。她的三轮车在县城的每一个角落都停留过。

母亲中午从不回家，总是在早晨临行前装一大瓶水和几块干馍馍，那便是她的午餐。每天到下午一两点，人们都进入午睡后，她才找一个干净的地方坐下吃干馍馍。偶尔，我会在中午上学路上碰到骑着三轮车叫卖的母亲。这时，我会毫不犹豫地冲过去，大叫一声："妈！"母亲看到我时也是很高兴，问问中午饭吃了没有，然后帮我整理整理衣服，临走前，还会小心翼翼地从衣兜里掏出五角钱给我，让我买冰棍吃。当我拿到那五角钱时，欣喜若狂，总会大声地说一声："妈，下午早点回来！”年幼无知的我总希望每天都能碰到母亲，因为这样我便可以吃到冰棍了。母亲一直都是早出晚归，有时很晚才会回来。

时间就这样一天天地过去，母亲的生意也很好，收入也很稳定，至少已经可以保证我们的生活费了。几年后，母亲便改卖鸡蛋了。每隔两天，母亲便骑车去鸡场装鸡蛋，有时碰上周末，我便与母亲一同前往。那是一条很坎坷的路，中间还有两个陡坡。母亲骑车带着我，到上坡时，我便下来推车，去的时候因为是空车，便会感觉轻松一点儿。可回来的时候便很困难了，坡陡，加之货重，我在后边使劲推着，累得我气喘吁吁的。这时，我会很心疼地对母亲说："妈，你平常都是一个人，该有多累啊。"而母亲总会笑着说："习惯就好了。"

母亲有痔疮病，她成天到晚骑着三轮车，一到晚上，病就会发作，痛得母亲总是很难入睡，在床上翻来覆去的。每当看到母亲这样，我总是很伤心，独自躲在被窝里流泪。我为自己不能替母亲承担这一切而自责不已。

父亲的事业大有转机，我们的生活逐渐好了起来。父亲看到母亲劳累的身影，不忍心再让母亲继续"拼搏"下去，于是，劝说母亲留在家里照看我们。母亲答应了，而那辆三轮车，母亲保存了起来。直到有一天，因为要搬家，父亲便将它卖了，推走之前，母亲摸着它依依不舍。后来，母亲对我说，那辆车是她的精神支柱，是那辆车给了她希望，让她去坚强地面对一切，也是那辆车让她的孩子们能有好的生活。我听后，哭了，因为母亲的艰辛、母亲的顽强与那辆普通的三轮车带给了我们生活的希望。

六年的时光，母亲憔悴了很多，而其中的艰辛是我永远无法想象的。一个叫卖的女人骑着一辆三轮车，那一声声吆喝是对生活的希望。

（指导教师：何伯俊）

点　评

《驮在三轮车上的希望》主要记叙母亲在家庭面临困境时顽强地与命运抗争的故事，反映出对生活充满希望的乐观精神。文章以纯洁清新的语言写平淡无奇的生活，不事雕琢而真挚感人。

玻璃瓶的启示

□ 浙江省义乌市第三中学　何妮蔚

爸爸给我买了六个玻璃瓶——很精致，透过玻璃可以看见里面在做不同事情的玩具人。他们拥有一模一样的身体，只有动作不一样。

第一个瓶子里的人坐在花上仰望外面的世界，从他期待的眼神中我看出他像在思考，也许是认为生命是神秘而美丽，不可捉摸而又异常珍贵的。第二个瓶子里的人正在辛勤地耕种，从他吃力的动作中我看出他对生命是充满信心的，也许他认为生命是需要自己把握的，只有自己动手才能看见美丽的未来。第三个瓶子里是两个人抱着他们的爱情结晶，从他们亲密的神色中我看出他们很快乐，在他们眼中生命是一种快乐的享受，他们的心地光明、纯洁、真诚。第四个瓶子里的人正在拼命逃脱这个瓶子，他那辛苦的样子，使我心里不禁为之一震，为他感到悲哀，他竟认为生命是一种渺小的存在。第五个瓶子里的人全身包扎着，艰难地行走，从他无力的姿势中我看出他对生命不爱惜，对自己不负责任。我忽然想起几句诗："有的人活着/他已经死了/有的人死了/他还活着。"第六个瓶子里的人用一根绳子将自己吊死在里面，从他那悬空的样子，我看出他肯定认为生命是种痛苦的煎熬。我看不到他的表情，但我觉得他应该是感到解脱了吧，它让我想起一句话：降临人世，你哭着，旁人笑着；离开人世，你笑着，旁人哭着。

我们常常充满渴盼，慨叹人生苦短。岁月的美丽在于它不断地流逝——春花、秋月、夏日、冬雪，总如东流水，不回头。人生不售返程票，错过了生命的季节，生命就会被烙上永恒的遗憾。咀嚼生命季节中的每一次失落的痛苦，那是最难以下咽的一种人生体验。我们应珍惜生命中的每一个时光，与亲人们的每一次相聚、每一次谈话，每一个细微的事物带给自己的震撼和感动。即使在最艰难的环境里，我们也要坚强快乐地活下去。

过去的就让它过去吧，哪怕是犯过看似不可原谅的错误，都让它烟消云散吧。人无完人，孰能无过？就让我们好好地把握明天吧，明天会有更加灿烂的阳光，凭借自己的能力去干一番事业，将你的光芒留于世间。

人活一辈子不太容易，最后能留下的东西不多，要是连自己都丢了，岂不太可悲？不要等到自己风烛残年的时候才感叹原来的那个自己哪儿去了。我们要坚守自己的位置，在天地间永留一份无悔的坚强和一份逍遥的存在。我们要始终燃烧心中的那把火，永远保持那生命的执着。你总要向世人证明，你在这个世界上曾经生活过！

当我们握紧拳头时，感觉好像抓住了很多东西，其实连空气都没抓到；相反，当我们张开双臂时，感觉好像双手空空，其实世界都在我们怀抱中。当我们拥有的时候便想拥有更多，殊不知拥有的已经失去，人总是不知足。这就是每个人对生命会有不同的态度的原因。有人说快乐是因为舍得，忧伤是因为舍不得。我们要懂得取舍，这样才能真正体会生命的真谛，享受生命中快乐的一切。若一直抓着一样东西不放，最后什么也得不到。

即使是朋友之间，也往往有着超过对方的欲望，彼此都想拥有一种叫“赢”的快感。但流星很美，飞错方向就会产生灾害；人心很美，想错方向就会产生悔恨。人往往会为了追逐而失去自我，失去友爱，见面时的彼此一笑，常常也不是那么纯洁、透明，而是夹杂着别的什么东西。追逐可以获得所求，却使友情走向决裂，即使重新和好，但和好之后还是会有一层隔膜的。一个花瓶碎了，再黏合时就不会那么光滑了。受过伤的心愈合后也会有一道伤疤。为什么要让自己活得那么累呢？彼此退一步，不就可以看见广阔的天空吗？

相信我们都会活得很好吧，相信这个世界也存在美好的一面，相信自己的未来还是充满希望的。

（指导教师：吴云芳）

点 评

《玻璃瓶的启示》在结构上做到了“无序”和“有序”的统一。看似信手由缰，想到哪里就写到哪里；实际上言之有序，思路清晰可辨。说“由头”（“六个玻璃瓶”）先正后反，对照鲜明，谈启示抓住中心（“人生体验”），一路展开，围绕“叹息”与“珍惜”、“过去”与“明天”、“天地”与“自我”、“拥有”与“失去”等多组关系分析评论，表现了作者积极进取的人生态度。

守住悲悯的庄严

□ 山东省宁阳县第一中学　董文

悲悯，是上帝流下的泪水，滋润着烈日中风干的心灵；悲悯，是爱神沉重的叹息，抚慰着跋涉者受伤的灵魂……

我久久注视着“悲悯”一词，感受它的温暖，品味它的博大。是上帝的悲悯，让历史从血淋淋的刀光剑影中走出，踏上新的征程；是人性的悲悯，让摧心撕肺的痛苦变淡、变薄，化为时间的伤痕。

是的，悲悯是一种沉重的爱，一种人性的抚慰，一种心灵的呵护，一种可以减缓所有痛苦、遏止所有罪恶的无形力量。然而，当名利的光环袭入眼帘，当世俗的眼光聚焦痛楚，我们能否守住那份悲悯的庄严，怀着特雷莎修女的那份慈悲之心、广博之爱，缅怀逝者，瞻仰崇高？

也许，有时世界不容许我们悲悯——当面对自然界创造的毫无纰漏的生态规则。在北极这片寒冷广袤的冰雪世界，探险家只是访客，不能反客为主做出丝毫干涉，不能因一时喜爱怜悯而把因饥饿被大熊捕食的小熊救出，甚至带回人类社会的动物园而让其毕生饱食懒睡。这是自然的法则，一种无可非议的“铁石心肠”。

然而，面对人类自身的苦难，面对同类痛苦的呻吟，难道我们还能收起那份人性的悲悯，摆出一副太上忘情的脸孔吗？

悲悯的庄严其实是一种节制的距离，是一种面对大悲时的毫不侵犯，面对至圣时的默默瞻仰。但又有多少人毫不在意那些在苦海中挣扎、在沉痛中流血的心灵？

广阔的草原上，年轻的僧人独自走在漫长而艰难的朝拜路上。他宽阔的额头上已经磕出了硬茧。看到他，几名摄影者冲过去便开始“扫射”，他们根本不和他对话，相机几乎顶在朝圣者的鼻子尖上。

少年家中的房子被洪水冲走了，少年和妈妈绝望而痛苦。摄影者离母子不到半米，不停地冲他们喊：“抬起头来，看这儿！”却没有人送给他们食品和药物。

幼小的孩子溺水身亡，摄影者让托着小孩尸体的人离已昏厥过去的可怜的母亲“再近一点儿，再近一点儿”！

…………

如果尚存一丝人性与悲悯，如果尚存一丝叩问良知的习惯，有谁还会如此职业地唐突与随意，硬是在那滴血的伤口上撒盐？

悲悯是在荣誉与人性之间毅然选择后者的决绝、无惧和正义，是恪守责任的无言阐释。然而，又有多少人轻率地抹去作为一名正义者应该有的悲悯光环，为追名逐利而不顾良心谴责，只为捕捉人类的苦难和人性的罪恶？卡特事件——这个国际摄影界的著名悲剧至今仍被人们讨论，像自然与人文共同织就的道义之网，交织出悲悯的人性阐释。非洲大饥荒时，凯文·卡特拍下了一个挣扎在去救济站路上的小女孩，一个正被凶猛的秃鹫锁定为捕捉目标的可怜生命。这副《非洲小女孩》让全世界的目光开始关注非洲难民，也让卡特一夜成名。但耀眼的光环毕竟掩饰不了其背后潜在的、不容置疑的人性污点。当人们感叹之余，设身处地想想当时的情景，不难发出这样的质疑：当时卡特是如何权衡名誉和人性，而在小女孩生死瞬间按下了快门——那昭示着比秃鹫还残忍的一瞬！卡特的那句“我在心里说‘上帝啊’，可我必须先工作”，同他的自杀一样，撼动着人们的道义之基，让新闻工作者面临着情感与理智的挑战，而记录苦难和拯救生命，选择冷酷抑或悲悯，答案并不像“生存还是灭亡”一样难以决断。因为这个世界上，一百种理由抵不上一颗正义的心，对不幸和惨状的悲悯不能换成商机或名利！

守住悲悯的庄严，不要为引起轰动、换来名利而侵犯神圣和肃穆，加重悲伤和痛苦。

守住悲悯的庄严，不要因某些所谓的理由而用相机无情的声响冰冻痛苦，用冷眼旁观缠绕生命的梦魇……

守住悲悯的庄严，不要制造悲苦之外的悲苦，不要划上伤口之上的伤口。

（指导教师：李西光）

点　评

对真善美的肯定与追求，是我们正确的情感倾向和价值取向的核心。《守住悲悯的庄严》一文倡导的“悲悯”就是一种善的心态、善的行为。作者对这个话题界定明确，论述周密，有很强的说服力和感染力。

山鹰之殇

——北大学子登顶失利祭

□ 河北省三河市第二中学　韦琳哲

在海边，有一条沙丁鱼死了
它的皮肉被海鸟们肆意地撕扯
它的双眼在烈日的暴晒下干涸
然而，它僵硬的身躯却始终倔强地
横向大海
它那干涸的双眼仍死死地凝望着
面前的那万顷碧波

可怜的沙丁鱼呀
你一定有很多的故事写在这深海中的
某个角落
在这深海中的某个角落一定有着什么让你
恋恋不舍
否则
死去的你，为何还如此这般执着

你，可是离乡的游子
只为追寻儿时祖母讲给你的
那片梦中的伊甸园
便毅然选择了这苦行僧般艰辛的生活

上帝向来钟情于勇敢的孩子
于是，你成功了

当你箭一般冲出那养育了你和你的
祖辈们千百万年的海
在那片神话中的天空飞翔时
世界因你而精彩
世界因你而定格

也许,你今生唯一的遗憾
便是在这片海滩搁浅
再不能回故里
去告诉姐妹们
什么是天,什么是蓝

我凝视着你的眼
那里没有绝望
那里没有伤感
那里只有一丝淡淡的遗憾
涨潮了
海水涌来退去
带走了那条死去的沙丁鱼
沧浪奏响了挽歌
于是它,魂归大海

(指导教师:王晓静)

点　评

《山鹰之殇》运用“比”这一我国诗歌的传统手法,以“沙丁鱼”喻北大山鹰社社员,为他们勇敢、执着的奋斗精神唱响了一首凄婉悲壮的赞歌。

面对现实，我不做蜗牛

□ 福建省南平第一中学　舒迟

我曾经是一只蜗牛，喜欢躲在自己的壳子里。背着重重的壳，我步履迟缓。

许多人都拥有自己的壳：文人的笔、剑客的江湖、饮者的酒。

我的壳子是梦。在我梦中有东篱的菊花、悠然的南山，或是梨花院落、柳絮池塘。那实实在在的物质淡化而又淡化，理想、追求、精神、文化都高不可及。“生如蚁而美如神”，即使隔着尘嚣，我也能嗅到梦境中的那份书香与幽远。

是夜，我坐在学校教学楼的天台上，痴痴地凝望着空中飞翔的风筝，纯白色的，氤氲在无边的夜色里……然后，我醒了。

纯白的风筝，一如我单纯美好的小小梦想，看似触手可及，却偏偏远在天边。终究是梦，终究要醒。

我只是不想被学业吞噬，不想戴着厚厚的眼镜在书山题海里挣扎——尽管如果那样，我一定会有很漂亮的成绩。但我认为，那充其量也只能算是爬到山顶，而不是飞上天空。我所要的，是像风筝一样翱翔。

可我不是风筝（尽管我以为我是），我只是一只沉醉在梦想中的小蜗牛。

那时的我，愿洗净一切芳华，写遥远天边的一只飞鸟、备受磨砺的一块温玉、悄然绽开的一朵莲花，只为实现那看似口号的理想：为天地立心，为生民立命，为往圣继绝学，为万世开太平。因为我心底深深植着这样的梦想，希望把中国传统文化的精髓传播到天涯海角，让全世界的人都能理解并欣赏它，进而实现中华民族的文化复兴。面对宏伟的殿堂，我只有仰望，只有怀着一颗敬畏之心，小心翼翼地向里窥探。我不奢求一览全貌，因为中国文化博大精深，只需一隅便能让我心驰神往。可我又不敢妄加赞美，因为赞美需要理解，我又怎舍得让世人对它误读？

曾经我固执地认为，自己只会始终安静地游离在一切俗务之外，为了与文字的相戚，永远不俗化自怀。可是，我发现自己与现实越来越格格不入。我也曾扪心自问：我梦想的那美好的理想国，到底是建立在什么基础上的？难道仅仅是我那略显幼稚的梦想和读过的那些甚至还不太理解的书吗?

因现实而困惑的我,在梦与醒、梦想与现实之间,摇摆不定。

步入高中,我终于到了梦醒时分。仿佛是一夕之间,身边的朋友一个个出乎我的意料,走出了我们曾共同构筑的理想国度:我原以为刹刹是个永远一边看《四月物语》一边吃巧克力圣代的女生,可她却在高一上学期期末考后对我说她要出国留学了;我原以为L是个永远一脸激昂地批判当今教育制度的人,可他却在两个月前对我说他要考同济大学念结构力学。

那些握不住的未来,摊开手就翩然起舞,而后匍匐。

一张张灿烂的笑脸,迎着风,曾经那样挥霍自己的青春与梦想。可是现在他们对我说,要实现再虚无的梦想,都得脚踏实地地开始,哪怕明知道只是在原地踏步——那也是为了将脚下的土地踩得更坚实些。

正如陶潜笔下的渔人,面对纤尘不染的世外桃源,还是选择了离开,选择了回到属于他的喧嚣的尘世间。

于是,我心中的那架天平越来越向现实的那一端倾斜、倾斜……

因为我明白了:没有风,风筝能有什么动力飞向天空? 脱离了现实,梦想如何实现? 无法实现的梦想,又有什么意义?

我似乎忽然明白了那个梦。在梦境中,我只关注着那枚翩翩若花的白风筝,却忽略了耳边打着呼哨的风;我只向往着那片广阔的天空,却忽略了正是那栋高高的教学楼让我与它如此接近。

是忽略,还是遗忘?

于是,我醒了,伴着一份迎接挑战的从容。面对现实,我不再是那只选择逃避的蜗牛。我们原本就生活在现实中,只能够在精神上寻找出世的悠然,无处不是红尘,谁也走不出去。所谓的高人,不过是自欺欺人。面对现实,不入世又能如何?

著名汉学家顾彬曾引用"身无彩凤双飞翼"这句诗来阐述自己的观点。他认为,掌握中国的语言、中国的文化就伸展出了一翼;掌握外国的语言,就伸展出了另一翼。拥有了这一对翅膀,就能飞得高、飞得远,而缺少了任何一翼,飞行的高度和距离都是有限的。其实对于我来说,也是如此,既要保有一份对理想的憧憬,也要面对和接受现实,因为只有这样,才有可能超越它,并进一步去改变它。

所以现在,我可以用五柳先生的话来形容自己的状态:"好读书,不求甚解,每有会意,便欣然忘食。"因为在现实里,我也可以在书本的缝隙中保有一份南窗寄傲、容膝易安的情怀,悠然品味芳草鲜美、落英缤纷的粲然。我欲穷其林而又不求甚解,豁然开朗而又无以自终。于是,我放弃了魏晋的风流,只想做个入世的好学生,达于"每有会意,便欣然忘食"的可遇不可求。

本来么，陶潜追求的也是“不知有汉，无论魏晋”的超然境界。
梦想与现实，不再是蜗牛与壳的关系。

天台很高，使我可以越过参差不齐的高楼，看见远方的山脉。此刻，阳光优柔地圈住那些山，天空高远，浮云像刚烤出来的面包，抹着黄澄澄的蜂蜜。夹杂着阵阵青草气息的风，从远山远水之处，层层叠叠地涌来。

又是一个清晨，一切都很宁静，一直都很宁静。

现在的我，是一枚小小的白风筝，只要有风，只要有一片天，就能快乐地飞翔。

——后记

（指导教师：林洁昀）

点评

《面对现实，我不做蜗牛》形象地描绘了自己的理想逐渐成熟的过程——从“喜欢躲在自己的壳子里”的“一只蜗牛”，变成了“只要有风，只要有一片天，就能快乐地飞翔”的“风筝”，很耐人寻味。

第六届（2008年）

获奖佳作精选

爱永远在路上

□ 山东省临沂第一中学　张慧娟

车子穿梭在溪水森林间/时光，旅途/无限故事在沿途化为路标/我们在赶路，永远在路上

——题记

刚放暑假，我回老家小住了几天，就踏上了去北京的旅程。

表妹说这些天风大，一定要送我一程。她帮我拿了行李袋走在前面，瘦小的身子像根离地的茇茇草，颤颤地颠簸在荒野里。我默默无语，跟随在后面，静静地听风声里行李袋应着脚步有节奏地晃悠。满山是血色的夕阳，浸透了草间林梢，染红了隐隐的村居，小妹蜡黄的脸映得像红山茶一样。

“姐，前面就是状元泉了，四爷爷说，叫了状元泉，比赛准能得奖。”只见小妹一脸灿然，一双眼睛充满渴盼。她放下行李，理了理乱发说：“姐，我帮你叫，我声尖。”小妹像山里妞赶集似的掩不住喜色。她微微耸起身子，深吸一口干涩涩的山风，双手捂成海螺状，一个尖长尖长的声音远远地掠过……

山风很大，娘娘岭上却如一个平静的湖，落日的余晖染红了湖面归巢的林鸟，染红了小妹矗立的身影，染红了那声如岸边号子的长音：“姐，你能中，准能中，中——”“姐，你听状元泉回声了，你听，你听！”山谷的回音嗡嗡的，一片模糊，我却听出了明晰，听出了厚厚实实的分量！

“姐，你比赛准能中，四爷爷说状元泉有灵性。”小妹定定地望了我一阵，又拿起行李袋赶路。浑圆的夕阳收起最后一抹霞光，夜色渐渐袭来，望着小妹瘦小的身子隐入暮色，我泪流满面。

是啊，我们一路走来，总有人默默支持我们，有人悄悄关心我们，有人贡献自己的一切，和我们一起成就伟大的梦想。2008年奥运会，百年圣火，火炬手传递希望，健儿们为国争光，还有更多志愿者一道赶在路上；抗震救灾，众志成城，团结

的中国人汇聚成强大的力量，虽然泪落但我们坚强，你我一样没有人绝望。路并不长，希望就在前方，我心飞翔，用爱歌唱……

天晴了又阴，阴了又晴，回望一路走来的自己，走过冰瀑，走过维谷。初见时还是稚子，俯听贤哲文思澎湃，仰望征途光辉闪亮，那时便在心里种下一粒种子，沿着前人道路追逐、成长，渴望有一天，小树长成栋梁，肩负续写成功的使命！曾经的付出，年少的梦想，无不写入青春年华中最耀目的履历。未来的美好岁月多么令我们向往！此时此刻，心花盛放。

我们是笑着的，因为爱永远在路上。

（指导教师：王珂）

点 评

《爱永远在路上》的语言在规范化与个性化这两个方面都下了功夫，描写清丽自然，如诗如画，议论简练明快，如歌如吟，展现出“爱，永远在路上”的美好图景。

踏雪报春

□ 江苏省常州市横林高级中学　缪秋香

二月份，立春已过，却又忽忽悠悠地下了一场雪。三九天也没下过这么大的雪呀！这是报春的雪了。望望天，灰了，白了；看看山，远了，淡了。好像打四面涌起了一层浓雾，却不知雾源自哪里；似乎从八方扯起了一张网，却看不到网的经纬脉络。是头顶的天漏了吧？掉下来一片一片傲然独行的，或三片五片携手同往的雪花来。不，不是掉下来的——有的是挺身游过来的，有的是侧身飞过来的，有的是散着步慢慢踱过来的。

仰酸脖子，也看不尽漫天飞舞的雪花。雪花像是在空中断了线，只瞧见前后左右织起疏疏密密的雪帘。你立在哪里，哪里的雪花就冲向你，撞向你，抚着你，吻着你——你成了雪的旋涡。

小路更窄了，路旁的树更矮了。雪地上那两排脚印，一大一小，应该是一位老人和他的小孙女互相搀扶着走过。那两排车辙间的脚印不正是孙儿推着他爷爷在雪中散步留下的吗？那一堆孩子的脚印为何那样顽皮？想必刚才他们正在演练着一场"雪上游击战"吧？那么，他们现在又在哪儿呢？不经意间，看到一排脚印指向归家的东方。

走在街上，看到路旁的人家门口堆起了一个个雪人。有的像一位思想家托腮沉吟，有的像傻乎乎的长毛兔，有的索性缀满了绿色的松枝，被装点成一棵永不衰败的大树。

空中仍旧飘着小雪，它们像是一只只破茧而出的蝴蝶，为迎接春的到来而诞生。如果你忍不住把头凑过去轻轻一吹，没留神，扬起的雪末儿就会溅湿你的睫毛，你口中呼出的热气感动得雪片凝成一颗颗晶莹的冰粒。瓦房房顶戴上了翻边羊皮帽。红砖房胖乎乎的，像是刚从童话里冒出来。孤单的烟囱，虚幻地吐出一缕烟气，这烟气倏地钻进灰色的网里，消失了。一株虬枝横生的老李子树，反着身子沉默着，主干、旁枝，凡是有一小块容身的空隙，都挤挤挨挨地攒着大如馒头或是小似瓶盖儿的雪团，在青黑色的枝条间耀着树的眼。那分明是一树含苞的玉兰，又像是醉在阳光里的樱花。轻轻摇一摇树身，树抖落了雪团，显露出一丝绿意。

一阵风吹过，空中漫起一股雪烟。它旋转着，摇曳着，在前面不知什么地方消失了，紧跟着又起一股，无声无息地。雪末儿乱七八糟地飞舞着。一只黄狗在巷道里踽踽独行，臃臃肿肿的。

哪家的红灯笼高高地挂着？谁家的吊兰垂挂在窗子上？那些红红绿绿张扬着吉祥喜庆，它的彩纸是窗的眼吧？

瞧，乐颠颠的孩子们竟然用橘子皮给雪娃娃嵌上了两腮羞赧。雪娃娃那胡萝卜做成的小嘴似乎要开口同你说话。这是心的眼吧？

你捧了满满一手雪，用嘴不停地吹，吹落一地“花瓣雨”，吹落一地“蒲公英的小伞”，这是春的眼吧？

闭上眼，我能感受到雪被下，春天的大地在呼唤。无数绿色的草芽发出簌簌的声响，正要破土而出。这世界上还能有哪一种声音比这更令人心醉、发人振奋呢？

（指导教师：陆文莲）

点 评

《踏雪报春》努力选用形象生动、有内涵、有生命力的词语，巧用动词、形容词（如写雪花时的“冲”“撞”“抚”“吻”，写天的“灰”“白”，写山的“远”“淡”），善用叠词（如“忽忽悠悠”“挤挤挨挨”），描写具体，富有美感。

陌上花开缓缓行

□ 辽宁省大连育明高级中学　王姝

记得那天上学起得早，我心中正窃喜着可以舒舒服服、慢慢悠悠地走着去，而不必像往常一样狂奔，却在不经意中一抬头发现，不知何时，树上的芙蓉花已开得这般娇艳了。这是什么时候开的？我不得而知。

有了这种惊喜的体验，我在校园里放慢了匆匆赶路的脚步，竟然发现，春早已降临我的身边了。

回到班里，我着实按捺不住心中的喜悦，情不自禁地朗诵起了林徽因的诗《你是人间的四月天》："你是一树一树的花开，是燕在梁间呢喃……"

是啊，残冬的冰雪早已没了踪迹，而树梢那鹅黄的花蕊和那嫩绿的新芽又是何时绽放在我们眼前的呢？

是啊，万物的隐匿与蛰伏早已成为过去，燕子的呢喃送走了那个季节，而我们天天走在这条道路上，怎会没有发现檐角新搭建好的小窝呢？

是没有留心吧，我想。

还有食堂对面的那株月季。刚上高中时，一位生物学得很好的同学对我说："看见那株月季了吗？现在它是白色的，过几个月就变成红的了。"那同学是一本正经地对我说的，我却当作笑话，嘟着嘴对她说："就算是，也是你自己用油彩涂上去的！"

虽说不信，但也多了几分留意。终于在一个填饱肚子且有了蒙眬睡意的午后，好友一声大叫："呀！真的变红了！"我便以百米测验时的速度冲过去，蹲下身来，轻轻嗅着它的清香，煞是喜欢。

那以后，我告诉身边的每个人月季会变色的事。从此，每天中午大家都心有期待，总会去看看那株月季，那去食堂的路也不再单调而乏味，似乎也因那株月季和许多人的期待而变得充满了灵性与生机。

"陌上花开缓缓归"，这是一个皇帝对他心爱的妃子的细心叮咛，倘若我们把它稍加变换，改成“陌上花开缓缓行”，不也可以作为对我们这些只顾匆匆忙忙夺路而走，莽莽撞撞疾风而行的人最好的规劝吗？

当我们的脚步在一幢幢拔地而起的大楼间越走越快，当我们的目光在各种金属与玻璃的折射中变得焦涩而麻木，当我们的心在学校、职场、街市中茫然而迷离之时，你会不会渴望一份久违的安稳、宁静与恬适呢？你会不会有意放慢一向高频率的脚步，抚平你跳动不停的心呢？

如果有机会，试着在某个温暖的午后，靠在椅背上，在一杯香茗袅袅升腾着的热气中回想：校园文化栏中的内容应该更换新的了吧？好久没有和志同道合的朋友通宵聊天了吧？

快乐在左，感动在右，倘使每天匆匆赶路，却不顾路两旁的花朵，又怎会知道播种希望呢？放慢你的脚步吧，路旁的每一朵花都是你生活中的点缀，是会留在你回忆中的温馨，是送给陌生人的祝福，是带给赶路人的慰藉！放慢脚步吧，在你赶路时，如果一束枝条扫过你的脸颊，你是否听到它柔声对你说“陌上花开缓缓行”？

（指导教师：白亚光）

点 评

《陌上花开缓缓行》的结构做到了严谨与灵动的统一。文章起于一次上学途中的体验（个人体验），承以与大家一起关注月季的过程（集体体验），转到对古人佳句的领悟（历史体验），合于对“赶路”与“缓行”关系的阐释（富于哲理性、普遍性的人生体验），脉络明晰又毫不拘谨。

同桌小生

□ 黑龙江省萝北县高级中学　朱婧喆

小生是我的同桌，准确地说，应该是“前任同桌”。在别人眼里，我们不是什么正常的人，经常会干一些稀奇古怪的事，比如我们会在老师用白眼珠扫射我们时互相配合地做垂死挣扎状，然后傻笑。

上课的时候，小生永远是安静的。他要么静静地趴在书桌上睡觉，要么静静地在书桌下面看小说，就算有非常好笑的情节，他也只是捂着嘴笑，绝不打扰老师讲课。我个人认为，就凭这一点，老师就应该给他颁一个“最安静听众奖”。但是老师不像我这么想，他们总是在小生睡得最香的时候，把他从舒适的桌子上拎起来。

小生说，老师是一种奇怪的动物，因为老师们总是在明明知道他不会的情况下让他回答问题。后来我们分析了一下，平均每个英语阅读语段，小生会二十道题中的一道题，老师问他会的这个小题的概率就是二十分之一，但是如果小生没有看这个阅读语段，或者干脆不知道老师讲的是哪道题，那他不会的题就是二十道了。一般情况下，小生是不会耗费宝贵的时间在阅读语段上的。所以，从概率学的角度讲，他不会的概率就是百分之百了。

初四下学期，大家都像前面有张巨额彩票一样向前奔，唯恐自己停下一会儿就被人踩扁了。可我和小生还是在教室最前面那个靠窗户的位置上悠闲地看外面踢足球的孩子，或者给窗台上的马蹄莲浇水。我们不是不着急，只是急也没有用。四年游戏人生，注定要换来人生对我们的戏弄。不奢求什么，就打算这样了。这是我的想法，小生很赞同。

可是，离中考还有六十天的时候，小生着急了。那天放学，他把以前放在书桌里的小说一本一本装在书包里背回家去了。我坐在座位上看着他忙乎乎地收拾东西，眼泪一下子就蹦了出来。于是，我也开始收拾自己的东西，以前写得没头没尾的文字、杂七杂八的杂志、支离破碎的变形坦克、方便面里赠送的漫画书，全都被我扔进了角落。

第二天到学校,小生比我来得早。他正在认真做英语阅读语段,甚至认真到看都没看我一眼。上课的时候,小生很大声地跟着老师喊正确答案。我不知所措地傻坐在那里,有点明白了,最后的时刻,我们都必须选择拼搏。

中考真的一眨眼就来了,以前我一直认为"一眨眼"是一个很可笑的形容词,可是现在看来,再贴切不过。

中考成绩公布的时候,我在外地旅游,回家之后,也没有再去查问别人的成绩,只知道自己的总分。后来,我和同学路过教育局,看到门口的大理石墙上贴着我们的成绩单,找了好久,找到了小生的名字。小生的分数比我高点,但也没考上理想的学校,可我还是笑了,毕竟我们努力了。

再见到小生是在高中校园里,他花了很多钱上高中,我也费了许多周折,于是我们又在同一所学校碰面了。只是我在文科班,而他选择了理科。有时候,在校园里我会遇见他。彼此总像有很多话要说,却总是笑笑就转身离开。小生就是这样一个平平凡凡的人。

(指导教师:李娜)

点 评

《同桌小生》写的是"一个平平凡凡的人"的一些普普通通的事,曾经"游戏人生",也曾经努力,而在写这些时,语言近乎原生态,这都使人物形象真切地展现在读者眼前。

理 发

□ 黑龙江省哈尔滨市第三中学　黄轶鑫

头发和我们一样，总是在不知不觉中成长。

——题记

一个问题在脑中萦绕了很久：人的头发要是不剪，究竟能长到多长？是否能像一件美丽的披肩，或是松绒的大毯子？妈妈告诉我，头发过了腰就不长了，就像我长到那么高就不会再长了一样。我问为什么，妈妈笑了笑：大概是长累了吧。

后来，上了学，学了些新陈代谢之类的皮毛，老师那儿也有了标准答案。可在我心里，这和"累了"都大同小异，只是多了些学科术语罢了。就在我快将这些无聊的思索抛到脑后，将疑问当成理所当然时，一件不经意的事又让我迸出些思索的火花。

最近头发长得特别快，似乎在怂恿我去楼下新开张的小店"尝尝鲜"。我来到店里，像儿时那样驻足盯着那团团而上的彩带，勾起了连绵的遐想——仿佛滚滚无穷的彩带从地下涌出，在那一瞬露出一颦一笑，随即飞向天际四散开来；忽又想到，这不就是条形磁铁的磁感线吗？嗨，别多想了，我讪讪地自嘲着，走进店里。

"理发啊？""哎。""坐吧。""好。"目光似乎游离着，脑袋是机械般地点了两下，便草草结束了这成人似的问候。店不是很大，倒也温馨，理发的这位中年阿姨灵巧而又干练，几下便弄得有模有样。"孩儿，剪得还行吧！"她简单地评价着自己的作品。不知是她矢口而言，还是私自揣摩我眼中的异样，她忽然局促起来："嗨，你也有二十了吧……别介意，我叫习惯了，我儿子……也跟你差不多大。"看见她如此激烈的反应，我有些疑惑：一个"孩儿"能占我多大便宜，至少我听着不别扭啊。

望着眼前镜中的我，我第一次感觉到陌生——宽大的脸庞，高挑的身材，还有腮下几缕的胡须——何时竟已配不上"孩儿"的称呼？青春这只小鸟仅在我头上盘旋了几圈，还未等我仔细品味，便被别人悄然带走，留下几片记忆的残羽，令我唏嘘怅惘。

从阿姨的反应看，她大概遇到不少和我同龄却不愿被叫作“孩儿”的孩子们。岁月在迷茫中前进，青春在矛盾中消逝。我们渴望独行，却又惧怕冷漠；我们期待理解，却又拒绝聆听；我们宣布做特立独行的个体，遇到困难却第一个想到求助而不是解决；我们张扬个性的解放，可画出的太阳永远是红色的圆加六道光芒。我们一边埋怨教育制度的死板，一边硬啃着书中的边边角角；我们一边追逐着爱的自由平等，一边贪食着父母的关怀。我们怀揣着水晶般莹亮的梦，却不知将它投向何处，总是拍打着幼稚的翅膀，却永远比青春的舞步慢上半拍。正如一首歌的歌词中写的：“美丽故事的开始，悲剧就在倒计时。”在我们即将变换另一个身份前，我只想问一句：我，我们，准备好了吗？

看着一团团刚刚摆脱束缚的头发依旧赖在身上不走，我感到无奈。就像青春这舞台剧刚进行到我预演时高潮的部分，观众却报以热烈的掌声宣告它的落幕，不知所措的我，若有所思的我，孩子眼中大人的我，大人眼中孩子的我，青春真的像眼前这堆头发般昨日耀眼闪现而今日黯然退却吗？只是，准备好了吗？是放弃些幼稚去迎合这物欲横流的世界，还是永葆一份童真而独守一隅呢？好像有位作家曾写道：“成长只不过蜕了几层皮，痛却快乐着。”我只是走在路上，却不曾忘记过去的风景吧。

“好了。”理发师的招呼将我从天马行空中拉了回来，看看镜中的我，精神了些，也成熟了些，或许青春正是伴着这一长一落的发丝消逝无踪的吧。走出理发店，轻风徐徐，眼前是朝气勃勃的鲜艳花朵，我一下子神清气爽，嗅到了几缕灿烂的果香。

（指导教师：何春梅）

点　评

《理发》这篇杂文成功运用了夹叙夹议的写作手法，表面上是写一次理发的经历，而重点却放在对于由青春走向成熟过程的理想认识与个性化思考，很有哲理性。

中国精神在路上

□ 广东省深圳中学　孙忆

我常常想：或许中国精神就像一条绵长而坚韧的丝线，一头系着祖国，一头系在我们心中。它翻越千山万水，贯通古往今来，总是与我们共渡难关，同创辉煌。

还记得2001年7月13日那天，在萨马兰奇主席缓缓念出“Beijing”的那一刹那，神州沸腾，举国欢庆。我定定地站在电视机前，任凭激动的泪水在脸庞肆意流淌。我相信，每个中国人心中都乐开了一朵花，而中国精神，就是这花的精灵。我看见，多少面五星红旗挥舞成一片火红的天空；我听见，在这片火红的天空下，十三亿中国人的心在有力地跃动。

2008，成了一个对中国、对世界都具有特殊意义的数字。

然而，好事多磨。从年前到年中，灾难频频。从罕见的大雪灾，到里氏8.0级的特大地震，上天好像有意与这个赶路并不容易的国家开残酷的玩笑。

灾难袭来，中国精神成为中国人民的支柱。它匆匆的脚步声震响救灾第一线，与灾区人民在一起。

你看！国家领导人在第一时间来到灾区，鼓励灾民们要好好活下去，重拾对生活的信心；各路救援队伍火速赶到，给还掩埋在废墟底下的人们搬出一片自由的天空；各地医疗小组齐聚灾区，给灾民们带去生的希望；捐助点内的善款、物资成倍成倍地增长；救灾运输车在绿色通道上快速驶过……

高擎中国精神旗帜的人们，从四面八方赶到灾区，他们身上凝聚着爱与希望。中国精神是团结与善良，坚强与勇敢的结晶。

中国精神又像一盏灯。灯光更亮一些，黑暗就更少一些。

胡锦涛主席站在四川震后的废墟上，放眼望去，满目疮痍。可他依然坚定地告诉全中国，也告诉全世界：“任何困难都难不倒英雄的中国人民！”为什么他会如此肯定？因为他知道，中国人民有着无所畏惧的中国精神。

中国精神，就是中国思想文化最核心的内容，是中国人最引为自豪的资本。我们热情，我们善良，我们勤劳，我们勇敢，我们刚强，我们坚忍，我们正直，我们爱国……这些，都是中国精神的宝贵元素。

中国精神从历史的长河中艰难地跋涉过来，承载着中华民族在几千年文明发展进程中积淀下来的历史责任与文化底蕴。它厚实而沉重，这就是中国人的根！

中国人总是在不停地赶路。中国精神的旗帜总是飘扬在赶路的中国人的队伍之中。

未来的路还很长很长。我，我们，每一个中国人，都要在中国精神的旗帜下，向着未来不断前行，只为给祖国的发展披荆斩棘，只为让祖国的明天更加辉煌。

让我们打点好各自的行囊。天光微亮，眼前又是一段新的征程！

（指导教师：许扬）

点评

写文章要力求有一种大气。《中国精神在路上》以 2008 年抗震救灾为主要题材，热情讴歌了中国精神和高擎中国精神旗帜的中国人民，虽朴素无华，但气势宏大。

让风替我告诉你

□ 江苏省盱眙中学　张亚萍

得知你病危的消息，是在我高考的第一天。当电话那头传来这个消息，我肆无忌惮地哭了，哭出了我所有的恐惧与担忧。在晶莹的泪花中，我走进了考场。

最后一场考试结束时，当我轻轻把笔放下的瞬间，我想到了你。于是，我以最快的速度赶去看你。你直挺挺地躺在床上，不沾水米，紧闭双眼。我惊恐地哭着叫你，摇你，而你好像已失去了知觉，半天才缓缓地启动双唇，呼出我的名字。那一刻，在我心底潜藏了整整十七年的爱与良知被唤醒，悔恨的泪水倾注而下，那样汹涌，那样不可遏止。

在医生做了所有的努力都无效之后，你被我们送回了老家，所有的人都心知肚明。我默默地守在你的床边，想再细细地看一看你，仿佛想把这十七年的亏欠都弥补回来，可我知道，那不可能了。你的脸因长期消瘦而凹陷了下去，两个眼窝显得突兀而宽大，你始终没有力气睁开眼睛。暗灰色的皮肤上，分散着星星点点的老人斑，稀疏的眉毛淡得仿佛没长出来。你的鼻翼断断续续地轻轻抽动着，伴随着紧蹙的额眉一起一伏，发出微微喘息的声音。每一次呼吸，对你而言，都是一项艰巨的工程。种种生命的迹象就这样从你身上一点点地褪去，褪去……我紧紧地将你干枯得近乎变形的手裹在手心，冰凉的手在我的手心里慢慢升温，渐渐融化了我内心的自责与愧疚。我多想永远握住这双手，握住这份执着的爱。然而它，又渐渐地冷掉了，永远地冷掉了……

送你下葬的那一天，我非常平静，仿佛整个人生活在真空里一样，我没有哭。看着许多人把你的骨灰埋进土里，看见所有的亲人在你坟前撒下纷飞的白纸钱，听着唢呐、铜锣为你齐鸣，我的世界竟如此寂静，仿佛一潭死水，连空气此刻也凝固了。当你的坟头垒得像小山一般高时，所有的人都走光了，只剩下我和你。我慢慢地回过神来，静静地坐下，就坐在你的旁边。在这一瞬间，我忽然有了一种找到归宿的踏实感，心田上的大坝顷刻间决堤，我“哇”的一声哭了起来。奶奶啊，这一声我埋在心里多久了！从前的一幕幕在脑海里像过山车一样，不住地冲击着我。

从我还是个婴儿的时候，你就开始瘫痪。一间阴暗潮湿的小屋，弥漫着难以言说的异味。你就这样卧在里面的一张旧床上，一卧就是十七年啊！无数个日日夜夜的孤独，无数个被病痛折磨得无法入睡的夜晚，你咬紧牙关，坚持了十七年。身为母亲的你，含辛茹苦养大了五个儿女，可如今却没有一个长年陪伴在你的身边。而作为孙女的我，又是怎么做的呢？每次去看你，我总是离你远远的，嫌弃你，讨厌你。而我又何曾注意过你每次凝望我时那蓄满泪水的眼眶？当我渐渐长大，渐渐明白了你那爱的泪花时，你又静静地走了，留给我无尽的自责、无尽的愧疚。奶奶，你是在责罚我吗？还是你真的太累了，不想再坚持下去了？

奶奶，请让我再痛快地喊你一声吧！请让我再痛快地大哭一场吧！或许，我很不孝；或许，我始终对你很陌生。但你终究是与我有着至亲血缘关系的奶奶呀！你让我怎么补偿这十七年来我对你的亏欠呢？就让泪水去冲刷我们之间所有的隔阂吧！

轻柔的风掠过脸颊，想要风干脸上的泪水。我感谢地伸出手，握住它，我想在风的耳畔轻轻地告诉它："奶奶，其实，爱一直藏在我的心底。我多么希望下辈子仍与你相遇，再给我一个机会，让我好好爱你，一生一世！"风儿从指间溜走，它吹向了天堂，把我的心声捎给你，我亲爱的奶奶……

（指导教师：王文刚）

点 评

《让风替我告诉你》用第二人称手法叙说"我"对"奶奶"的怀念，写了"奶奶"瘫痪卧床、弥留诀别、送葬等场面，文字哀婉伤痛，令人泣下。

此间的行走

□ 辽宁省本溪市高级中学　刘映辰

我丢了一张CD,这是最近整理时才发现的。我恍然记得那个女歌手从容淡定的声音以及我千辛万苦淘到它的经历。可是它现在随着我对它的珍爱消失而一并消失了,从刚开始时凭几句歌词、一点儿依稀的旋律拼命地找寻,到得知歌名后一家家音像店的挨户搜索,这些经历都随CD风干在时空的某一角落。

人生的全部意义不就在于这样永无止境地跋涉和行走吗?你可以拼命追赶,以试图阻止那几缕音乐的飘散,可当你真正买到CD时,却无法赶得上对于它渐渐远离的爱,于是,对于另一张CD的追赶由此而生。

没有人可以停下来,从许多年前我们一出生开始,便在不断赶路。我们匆匆忙忙别别扭扭地踏出第一步,剩下的便全是岔口。各种形色不同的际遇像稠重而混浊的雾飘散在此间,错综的情感、隐秘的怀想宛如缠绕的藤萝,在老树阴暗的荫蔽下开出零零散散的紫花。而我们的怨怒、痴想、意念盛放在路旁的草丛里,每当我们黑夜赶路时,这些花蕊上飘浮不定的磷火总让我们不寒而栗。我们就是这样赶路,我们就是这样怀着惴惴不安的心情行走在此间。

当我们踏出第一步时,仿佛内心飞出一道白光,穿过迷雾,到达很远很远。可是,我们并不屑于在此端瞭望,尽管那一端无可捕捉。这道白光没有终点,我们的路也没有终点。无论怎样,在我十七年前迈出第一步时,就有这样一个道理横亘在那儿,直至我不断地赶路中,我才不断剥离出它的真相:从这里出发的旅程最远。

所有的人都必须赶路,没有人可以停留。只不过有的人变得迟钝,以至于在城市钢铁森林里折弯了腰,惊悚地听着城市强劲的心跳。而有的人仍旧清醒,他们静静地赶路,面容虽有风尘,却仍是淡定从容。

总之,我们都在赶自己的路,仿佛被冥冥之中的某种力量驱使一样。我们都向着不可预知的某一点奔去,尽管我们知道,那一点是不可到达的,但也许,正是因为这不可到达的一点，我们才会如夸父般不停不止。所以，就我们每一个个体而言，我们都是某种意义上悲剧式的英雄，在无可复制的道路上执着地行走。

所以，我说，人生的全部意义便在于永不停息地跋涉和行走——这样地赶路。

（指导教师：程荣）

点　评

《此间的行走》由自己对一张CD的珍爱转瞬即逝的经历起笔，进而探寻人们所共有的人生轨迹，归结出“人生的全部意义便在于永不停息地跋涉和行走”的感悟，这是对生命不息、奋进不止精神的崇高而带有某种悲壮色彩的礼赞，富有启迪性与冲击力。

品 雨

□ 江苏省徐州市运河高等师范学校　赵颖

雨的世界像魔术师的盒子，只要静一静心，你就会体悟到如茶、如镜又如画的多姿多彩的世界！

雨如茶

你，喜欢品茶吗？品茶是一件惬意的事，挑上个空闲的傍晚，倒上一杯茶，嘴里满是甜蜜，怀里都是满满的幸福！难道你不觉得欣赏雨就像品一杯茶吗？

茶，有苦涩，有甘甜，还伴有淡淡的清香。

淅淅沥沥的小雨正如茶的清香，越嗅越觉得心旷神怡。而茶越品越觉得沁人心脾。雨珠越来越加速跳动，颗粒越来越大，如久渴的口喝上了甘甜的茶，干涸的大地喜欢斗大的雨珠，庄稼、树木、池塘都高兴起来了！人们的心情也好起来了，欢呼声、笑声、歌声都来了：“下雨了，真好！”

某一天，心血来潮，突然想品个苦茶，那滋味比甜到心头的速度还要猛，立刻冲进全身。而暴雨，正如这杯苦苦的茶，不容你多想什么，立刻湿透了你的心，打翻它所遇到的一切！而这天，你也许只能端上一杯苦苦的茶，眼巴巴地瞅着雨水，却也能写出一首首收获的诗。

雨如镜

你，有照镜子的习惯吗？早晨从梦中苏醒，你第一次在眼里看见自己是在镜子里，你以新的面貌迎接新的一天。一切新物都展示在你的镜中，它会使你越来越漂亮，充满自信！

如果要说景物，你一定喜欢雨过天晴的景物，鲜亮、洁净，一切都充满美的象征，不要忘了要归功于雨这面精致的镜子。

雨水先是打湿地面，等地面的水越积越多，万物都抢先弯下腰，先是臭美一番，发现自己多日的污渍掩盖了美丽的面容，于是用雨水洗了个痛快的澡，梳理了头，在镜中美到满意为止……

雨停了，天晴了！地上的镜子收了起来，万物都以新的面貌出现了！

雨如镜，趁着下雨天，你不妨也学着找块“镜子”梳理一下心情！

雨如画

你，欣赏过一幅画吗？我喜欢画画，自认为没有大师们的高超水平，但简单地欣赏一幅画还是可以的。朦胧的水墨画，颜色艳丽的风景画，气势雄壮的写意画，让我目光缭绕……

而温顺的小雨正如一幅朦胧的水墨画，清而不透，透而不明，让你可以静下心好好地欣赏一番。恰到灵感来时，突然一惊，再道上几句心得，那种满足让人多么愉快！似有一点儿李白的感觉。

大雨降临时，雨珠大而不俗，天空明而不亮，把一切冲刷得如一幅颜色艳丽的风景画，美丽的辞藻立刻会涌上心头，心情好了起来。

而暴雨滚滚而来时，倾盆的雨水覆盖了一切。一幅雄壮的写意画，让你开始热血沸腾！雨声雷声，轰轰作响，心也怦怦跳个不停，李白的笔才会不停地写出豪壮的诗。

雨的确该好好品了，不要错过，实实在在地品好雨。而品雨过后，你会品好如雨的人生！

（指导教师：刘屏）

点　评

联想表现手法，可以拓开表达的空间，拓深表达的内涵，使文章内容丰富，气势磅礴。这篇《品雨》，由“雨”联想到“茶”“镜”“画”，引导读者更充分、更全面、更深刻地认识雨，体会人生哲理，增强了文章的美感和魅力。

从江城到京城

□ 吉林省吉林市第一中学校　王苑先

我从北国江城——吉林登上列车赶向京城——北京，去拜谒那一座文学的圣殿，去追寻那一位老人的足迹。又一次赶路，赶向千里之外的梦想。

一路上想了好多，记下了一些新的思绪，总不能为赶路而浪费了这十几个小时的大好时光吧！赶路的人都有一个目的，而把赶路作为达到目的的一种手段，我却不这样认为。赶路是一个过程，一个细腻生动或短或长的过程，它对于不同的人有着不同的意义。对于游子，赶路回家是心灵的皈依；对于学子，赶路求学是头脑的溯源；对于病人，赶路看病是生命的赛跑……其间或悲或喜都是生命不可多得的体验，在我看来，与最终结果的或成或败同等重要！美存在于创造与追求的过程中，不要为目的而荒芜了过程！正应了阿尔卑斯山的一块石碣上写的："慢慢走吧，莫辜负了这好风景！"

可能有人会辩驳："环境太差了，我实在没有那份心境去享受过程！"实则不然，"境由心造"，古有明训。我们可能无法改变环境，但我们可以控制心境。当代作家余秋雨在自己的书中回忆了"文化大革命"时独居深山古屋，品读古人文章的情形。那是在怎样的境况下啊！全家遭到迫害，亲人难以团聚……这种环境糟透了吧？照平常人想，终日呼天抢地都不为过，又怎能静心读书？但余秋雨做到了。这份淡泊旷达的心境，无疑也推动了他的文化散文的成功。唯有如此，方成大家。在同学们交流学习情况时，往往有人抱怨周围环境不佳，无法静心学习，我想这其中肯定也有其本人心浮气躁的原因吧！不要为环境而摔碎了心镜，"怡然自得"的确是一门功夫啊！

做一件好事不难，难就难在做一辈子好事。心境的问题也是如此，一以贯之的心境就应称为人生态度了。在人生这个赶路的过程中，最要紧的也是这样一种人生态度——有所欲而不为欲所累。只有前一半的结果就是"累"，生命也就失去了应有的绚丽多彩；只有后一半，则会坠入虚无主义的黑洞。庄子被视为"眼极冷，心极热”的一个人，显然他不为欲所累，那么他有没有欲呢？当然有，不然他写书图什么呢？有多少人钦羡追寻庄子，实际上就是为着他的这种人生态度。反之，近年曝出的落马高官哪一个不是因为贪心膨胀、私欲扩张呢？这真是人生的终极学问，不可不深思。

当然，我绝无矫枉过正之意，赶路是一方面，结果是另一方面，理应重视结果，不遗余力去争取，去奋斗。若放弃了对结果的追求，那赶路才真的没了意义。

又要赶路了，从陌生而繁华的京城赶回熟悉而清静的江城，从高中赶向梦中的学府，从一个高度赶向人生的新高度……北京，我还会来的！

（指导教师：韩洁薇）

点　评

成长的过程中需要“读万卷书，行千里路”，而“读”与“行”中的思考尤为重要。《从江城到京城》记录的就是作者离乡赴京参加“叶圣陶杯”全国中学生新作文大赛这段“赶路”过程中的心路历程，是关于心境、人生态度的一些体验，颇有启迪意义。

遵义的“红”与“绿”

□ 贵州省遵义市第四中学　田维怡

如果你带着找寻繁华的眼睛来这里，你会失望，因为这里不像上海，因都市的繁华而美；如果你抱着寻访古迹的心态来这里，你会失望，因为这里不像西安，因古都的厚重而美；但当你用欣赏的目光来品味这里，你会看见一个“红”“绿”映衬下美丽、自然的遵义。

遵义的红，是韵味悠长的，不只是由于七十多年前那次因改变中国历史而闻名中外的遵义会议。在这里，遵义会议不只是一堂爱国主义教育必修课，会议旧址也不仅是一些民国时期的建筑，它们已经成为一种文化。关于那火红年代的记忆，早已深深融入了每一个遵义人的生活中。我曾多次参观过会址，以前并未认真地去品味它们。最近一次去，当手接触到那些有一点儿老旧的墙时，我忽然感受到了一种力量在诉说。不是呐喊，也不是嘶吼，是一种倾诉，仿佛一个老人，向后辈们讲述当年的故事。悠悠的声音，仿佛穿过时间的浓雾而来，若有若无，却有一种让人铭记的力量。遵义人听懂了这倾诉，将这倾诉化进了这片火红的土地，化为了遵义红色的血液。

遵义的红，又是炽热浓烈的。这种强烈的热情，融在了遵义人的生活里。热腾腾的羊肉粉、豆花面，这些遵义叫得响的小吃，都是红彤彤、热乎乎的，毫不掩饰地展示着遵义红的特点。在长久的岁月中，也正是这些驱散了遵义冬季的寒冷、潮湿。

行文至此，你是否以为遵义是一片红的世界？确实，遵义的红，淋漓尽致，但是在这透彻的红下，还有着别样的绿。

遵义的绿，是温柔、和婉的。遵义被片片相连的山围绕，真正是在群山环抱中。说片片而不是座座，是因为遵义的山不像桂林的山那般精致、小巧，遵义的山是连绵起伏的，一座山峰连着一座山峰，层层叠叠，绵延着伸向远方。每每到了春天，满山新绿，夹着松柏的墨绿、叫不出名儿的绿，使这周围的山，富于色彩层次。

仿佛一个带着笑容的温婉女子，不用别的装饰，单单看着就让人舒服。

遵义的绿，又是灵动的。湘江河，仿佛一条绿缎子，轻盈地系于城中，连接了整座城市。每天清晨，最勤快的小鱼也没有苏醒时，阳光已经洒落在河面上了。过一会儿，就有划独竹漂的人们三三两两地开始锻炼。人踩在一根粗大的竹子上面，手上还拿着一根细长的竹竿，划水前进之余也用于保持平衡。长竿一下一下地搅动着平静的河水，扬起的水花唤醒了鱼儿，也唤醒了遵义的清晨。过往行人，偶尔驻足观赏，感叹品评一番，也为清晨增添了一丝的快乐。河边还有不少垂钓的人，静静地沿河而坐，独自品味着这份安谧。有动有静的湘江河，却仍然自顾自地流向远方。

遵义人在这一红一绿间，品味生活，以红为自豪、动力，又懂得享受绿。一红一绿，就是生活的智慧，红绿交织就是我美丽的遵义。

遵义不像朱自清笔下"桨声灯影里的秦淮河"似梦似真，也不似"日出江花红胜火，春来江水绿如蓝"的江南秀气温润。然而当你用心去品味时，会发现遵义是温柔的凤凰山和缠绵的湘江河的完美结合，是人在城中、城在景中的美丽，这时，遵义之美，就真如陶潜诗云："此中有真意，欲辨已忘言。"

（指导教师：裘颖）

点　评

准确把握所写对象的特征并且用简洁明快的词语加以概括，是一门重要的写作艺术。这篇文章就好在对自己的家乡——名城遵义有着独特的感受和认识，用"红"和"绿"两种色彩做了形象、生动的概括，这两种色彩，正包含着这座城市的历史、文化、山水以及这座城市里人们的生活。

旅 途

□ 辽宁省本溪市高级中学 史安琪

“这是个旅途，一个叫作命运的茫茫旅途。我们偶然相遇然后离去，在这条永远不归的路。我们路过高山，我们路过湖泊，我们路过森林，路过沙漠，路过生命中漫无止境的寒冷和孤独……”CD机里，朴树有着苍凉、孤寂的声音——那是我所钟爱的歌者。他在《旅途》中歌唱着他的命运，也歌唱着所有人的命运。

如此美妙的比喻！一场旅行——生命不过如此。

行走着，奔跑着，有人轰轰烈烈奔向幸福抑或是痛苦，有人安安静静没入远山的落霞。在这条征途中，注定无法中止亦不能回头。

有人说：生命是一场又一场的漂泊。所以他们背起行囊，游走在不同的城市之间，穿梭在一个个繁华与苍凉之间，观望着陌生的城市、陌生的面孔，经历一场又一场的离别，让生命在真正的游走中完成自己的里程。

流浪的人有颗漂泊不定的心，把回忆收集在背包中，也许某个黄昏，在淡淡的月光下轻抖背囊，他会记起某座山峦上的日出，某棵树如眼泪般纷纷落下的叶子，某个夜晚温暖了他的火光。每一个匆匆赶路的旅人就这样背负着一切温馨与苦涩前行。

曾经有一个同学，每天放学后在操场上跑步，看着她一圈一圈，单薄的身影去了又来，直到暮色四合才气喘吁吁地回家。我也曾好奇：“你为什么爱长跑？”“因为害怕。”“什么？”我不解。“你可能不懂，很多时候，我都是紧赶慢赶筋疲力尽才能跟上别人的脚步，所以我只有咬紧牙关，努力追赶，才能摆脱被别人落下的恐惧和阴影。”她被汗水浸湿的脸，在夕阳下安静却坚执。我忽然觉得充满力量。

因为害怕，所以我们不断前行。害怕被别人落下，而加快步伐；害怕独自徘徊在原地，而不顾一切跨过所有挫折与苦难；害怕生命戛然而止时有太多遗憾，而一路向前，义无反顾。

我在路上，我们都在路上，也许某一天，你赶上我，或者我赶上你，我们彼此扶持走过一段路，而后分开不相见。但我会在每个时刻无比真切地记起你，你的容颜，你说过的每一个字，我们一同路过的风景。

路上的人们，珍重你见证的每一朵花的盛放，每一片流岚的飘舞，旅途中每一个感动着温暖着你的人。

旅途还在继续，背好你的记忆，告诉自己不再恐惧。我们接着赶路。

（指导教师：程荣）

点　评

《旅途》似乎沉郁，又不失热情，在对朴树歌曲的评析中，在对生命旅途漂泊者的描述中，在与爱长跑的同学的对话中，作者探讨人生的意义，寻求着人应该怎样生活的答案，写出了深沉的思考与奋进的心态。

诗之死

□ 广东省遂溪县第一中学　陈文舒

细嚼那细雨闲花的恬然，思量那黄花满地的哀转，沉浸在墨香如故的古卷中，我的脚步不自主地停止，心，在收藏着这诗的细节。可回到现实中，却蓦然失望，那淡淡的寂寞深情和婉转凄美的词句，都缩回了蜗牛缓慢的壳，凝伫在千年前的烟雨中，沉默而不能前。或许，诗死了。

酒盈心扉，浓蘸墨，轻下笔，情思溢于心而发于纸，诗香盎然。枕着悠远的羌笛入梦，残阳的碎片撒落在荒凉的古道，塞外的如絮风雪纷扬而下，杨柳岸晓风残月郁结着千秋的别离。千年前的诗，宛如清水芙蓉，含蓄而不染污泥，让人能够深入浅出。

千年后的今天，我伫立在秋风中寻寻觅觅，却难以觅得诗的灵魂。身处诗的国度，我们却不难在各种语文考试中看到"体裁不限，诗歌除外"这类可悲的句子。现代诗句中华丽的辞藻、荒诞的内容、无病呻吟的哀愁令人不禁感叹：诗，死了。

连天衰草，望断归来路。那万古的情思都随春水浩浩东逝抑或是遗失在江南淫雨霏霏之中了吗？或许，繁华却浮躁的世界使我们忘却了经典，也少了聆听一朵花呼吸的闲愁，更难在物欲横流的社会中觅得宁静的心灵港湾。但我们又何妨偶尔放慢生活的节奏，品一杯香茗，享受午后阳光的诗情。写一首好诗，宜低眉，而不可远望；品一首好诗，宜细呷，而不宜仅读之。

诗之死是中国文化的危机，是中华民族精神的危机，我们傲立于千古的诗稿之上，却在俯仰之间让诗韵消亡，在麻木中给诗涂写了浅薄的断章。诗，愈行愈远，诗的意境，不复在焉。

人们陶醉在自己做的囚笼里，面带微笑着的幸福表情，亲自为自己上了锁，甘愿被世俗的浮华套上冰凉的手铐，他们疯狂地舞蹈，把诗作为掩饰涵养空白的面具。当钢筋水泥成为城市的森林，所有语言刹那灰白，诗像一个纯真的孩童，迷失在那灯红酒绿的另一种斑驳中，诗的想象也被无情地抽空。虚构的悲哀，勾勒不出诗专属的浅绿色的忧郁和淡蓝色的哀伤，那黯然行于秋水中的舴艋，载不动，许多愁。

缭乱的光,映射在危险的水泥森林,突然怀念白墙黑瓦、桨声舟影。倏地传来了高低起伏的弦韵,那如诗一般的韵律、哀转缠绵的温存,拉痛了奏者的心,也淹没了听者的眼。

我愿诗的灵魂不朽,可是,面对时代我又能做什么呢？我不愿为诗举行葬礼,但,诗死了,我只能静静地拈花默哀,而你微笑着注视远方,背对青冢,一切无语。

时间,在缓缓地述说着诗的过去、诗的孤独、诗的悲哀。好像在相信着,仅要坚持一点儿时间,雪,就会融化,诗,还会轮回。

诗,死了,留给世界一个泛黄的记忆。我低眉,历史不语,一切——

欲说还休。

（指导教师：梁盼远）

点 评

"言人之所未言",不能停留在现象的罗列、表层的评论,而应进入深层的剖析。语文考试中"体裁不限,诗歌除外",现代诗歌中华丽荒诞的风行,人们议论甚多,《诗之死》的作者则深刻地从中看到中国文化的危机、中华民族精神的危机,言之切切,振聋发聩。

文学杂谈

□ 河南省卫辉市第一中学 侯璎乘

文学是人造的第二自然。我偶然神游其中，情感交融于思想，有感而当发。于是做此“杂谈”。

爱情

在礼教的词典中，没有“爱情”一词。儒家经典里，不讨论爱情的问题，经史里都不谈爱情。所以，小说、剧本便来填补空白。

封建社会中，男女之间在异性的感情方面只有三种关系：夫妻关系、私情关系、没有关系。不承认有什么爱情关系，当然也不承认男女之间有友谊的存在。在一段时间内，“男女关系”一词专指男女之间不正当的性关系。这就是人们的潜意识在语言上无意中留下的痕迹。现在情况已经有了很大的变化。可是爱情究竟是什么，还确实让人摸不透，总之爱情便又成了文学界的一大素材。

《红楼梦》中，贾琏出轨鲍二家的，被凤姐撞破。贾母却说：“什么要紧的事！小孩子们年轻，馋嘴猫儿似的，哪里保得住不这么着？从小世人都打这么过的。”与此形成对比的是，贾母谈到才子佳人的爱情故事时却说：“这小姐，见了一个清俊的男人，不管是亲是友，便想起终身大事来。父母也忘了，书礼也忘了，鬼不成鬼，贼不成贼，哪一点儿是佳人？”

仔细品味此番言论，并非无道理，也并非封建腐朽，其意味甚深。古人云：情生智隔。佛学上也讲：放下执着，心不着相，清静随缘。

会有人认为这些观点是消极的思想。不过圣贤大德们的思想并不能说是错误，只是我们的理解还不够。

杂文

杂文古已有之，到了二十世纪二十年代，经鲁迅倡导和垂范成为独立的文体。鲁迅先生十分乐观于杂文的开展，“第一是使中国的著作界热闹、活泼；第二是使不是东西之流缩头；第三是使所谓‘为艺术而艺术’的作品，在相形之下立刻显出不死不活相”。

今天，杂文遭遇到了多重挑战。一种来自现实：经常发生让人惊醒和刺痛的事件。世界本身就变成了杂文。

杂文遇到的第二个挑战：社会对杂文的曲解。杂文技法被大量普及，而且距离写作的本质越来越远。鲁迅曾谈道：“小品文并不是‘小摆设’，更不是抚慰和麻痹。”而现在各种报纸刊物的普及，使更多的人持笔上阵“剖析研究”，慌乱之中不免坠入云里雾中，不知所云。

杂文应该杂到正题上，以杂取胜，以文识杂，杂而不浮，文而有道。

梦

诗人都爱做梦，海子也是很喜欢做梦的。诗评家王干在《诗的生命》中说：“海子的诗与凡·高的画在本质上是一致的。”一进入海子的世界。你便会被他语言的干练、纯粹、直接所感动。例如：“珍惜黄昏的村庄，珍惜雨水的村庄/万里无云如同我永恒的悲伤。”（《村庄》）

海子的一生，辉煌而悲剧性。他的死不是因为命运，而是因为反命运。他是死于不可能的伟大梦想。然而，死对这位以梦为马的诗人来讲可能不是终结，而是另一种开始。

同样爱着梦的，还有敏感的顾城。他的天才在于他有一颗纯洁透明的童心。因此，他用他自然的声音诉说着另一个世界的欢乐与悲喜。那个世界只有雨滴、流亡、天真、青草、阳光和空气，那个世界没有别的人，只有一个孩子的质朴与纯真。毕竟人是要有梦的，哪怕这梦是泡影，是永不能实现的可能。

（指导教师：牛文彩）

点 评

有时候，我们可以信马由缰，轻松自如，就像与亲人拉家常，与朋友谈天说地。本文“杂”得名副其实，三个片段都围绕“文学”话题，彼此却并无联系，不拘于引经据典，不侧重对别人观点的发挥，而多写自己的见解，令人耳目一新。

微信扫码
在线看写作提升课
获取精品阅读资料

第七届（2009年）

获奖佳作精选

17年17届

沙枣花儿

□ 甘肃省兰州市外国语高级中学　石国龙

小时候怕黑,有星星的夜里我也依偎在奶奶身边。我曾有一个学张衡数星星的浪漫愿望,却胆怯地不敢站在夜空下。夜睡着了,那南墙角苔藓里边过夜的虫子,许是踹掉被子冷着了,吱吱地叫着。习习的风从房檐上掠过,是夜的幽灵。院子里那棵比房子还高的沙枣树像哄小孩睡觉的老奶奶似的,悠悠地晃着身子,合着夜的节拍,让我忘却了胆怯。风儿打个转将一阵清香送入我的肺腑,那是沙枣花儿香,熟悉得让我今生也忘不掉的香味。

晴天,我便屁颠屁颠地跟在奶奶身后,从奶奶手中接过那枝绚烂的沙枣花儿,凑上鼻子深深地吸口气,那个香!偌大的树冠像团火似的热热闹闹地开着,落下一大片树荫。我和哥哥把少得可怜的几件玩具搬到树荫里,玩够了,就躺在奶奶专为我们做的草垫子上。闭着眼,眼前还是一片黄,于是,又一骨碌爬起来,爬树。渐渐胆子大了,就躺在树杈上,那个舒坦,俨然进了避暑胜地。

树底下,奶奶安详地摘着沙枣花儿,插进我双手紧抱着的水瓶里,挥手赶着嗡嗡而来的蜜蜂。满树蝴蝶扇巴着翅膀,倘若不飞起来是很难看得见的,因为家乡的蝴蝶以黄色居多。奶奶絮絮地说着:"这是你爷爷亲手栽的树,人都走了这么长时间了,而树还在。你看,都这么大了,刚栽上的时候才这么一点儿。"奶奶一边说一边用手比画着。

大晴天,村里的老奶奶们便三个五个迈着小巧的脚说说笑笑来了。手中托个净水瓶——可不是扮菩萨的。奶奶早已闻声迎了出来,老奶奶们见了奶奶呵呵地笑道:"石大奶奶哟,这些天老闻着这香,今儿个我可一路嗅着来了。"奶奶这时最开心了,爽朗地笑着,边摘花儿,边絮絮地讲着我爷爷种树的故事。她仔细地搜寻着开得最活泼的那枝花,亲手摘下来,插进老奶奶们的瓶中。这时,我也有的忙活了,跟在后面,捧个大水瓢往老奶奶们的瓶里灌上清水。老奶奶们说笑着,嗅着花香,满意地离去了。

许是那清香洗涤了一个孩子的心灵，邻居们都说小时候的我就像那沙枣花儿一样单纯、善良。如今，那棵沙枣树早已被孤零零地弃置在墙角，树干上像铠甲一样的树皮撅起着。奶奶再也不能抬头寻觅最美的一枝花了，也不能稳稳地跨过花园那堵小土墙了。那个听话的小男孩也不再像沙枣花儿一样单纯。一切都像那花香，飘散在空气中，随风而去，再也回不来，永远也回不来了。

有一次回家，不经意间发现了树干下部，离树根大约一尺处有个被磨得光秃秃的地方，那是我和哥哥无数次爬树磨出来的。默默地看着它，一幕幕往事涌上心头，抚摸着粗糙的树身，我忍不住潸然泪下。

奶奶依然爱花，南墙边上像条小姑娘的裙带般轻盈地浮动着的是朵朵娇嫩的"绸子花"，花园中央一大簇"佛爷"被大把大把的绿拥着，开得那么精神，让我不禁想，要是咱们的"老佛爷"一直像那佛爷花一样精神地活着，该有多好。

日子走了，便不再回顾，有多美也不再回顾。奶奶的身体毕竟是不如从前了，屋里屋外地走着，手里忙着，心里老惦记着她的孩子们。

也不知在哪儿又见过几次盛开的沙枣花，却不像记忆中的沙枣花儿。看着它们，我却像在听一个恍若隔世的故事，故事里有我的沙枣花儿，有带给我许多温暖的奶奶，有我那与花香一同飘去的童年。

（指导教师：麻秋萍）

点 评

《沙枣花儿》是关于童年生活的回忆，那是一段特别的时光，那是一段值得珍藏的历史。绚烂的沙枣花儿和"奶奶"对"爷爷"的怀念、对"我"的疼爱、对邻居的友好紧紧地联系在一起，很有意韵，很有诗意。

享受最是写作时

□ 辽宁省大连市第四十八中学　任慧璇

花儿说：“享受就是在阳光的沐浴下尽情绽放。”小草说：“享受就是在风雨的洗礼中吐纳清香。”作家说：“享受就是在静夜的灯光下记录心底的感想。”

对于我，享受最是写作时。

当李白用墨汁在宣纸上渲染出诗作时，他在享受人生！

得意时，他用“仰天大笑出门去，我辈岂是蓬蒿人”抒发他的豪迈；失意时，他用“抽刀断水水更流，举杯消愁愁更愁”排解他的忧郁；“长风破浪会有时，直挂云帆济沧海”，表达了他的乐观；“安能摧眉折腰事权贵，使我不得开心颜”，宣告他的不屈。

李白以作诗来释放内心的情感，畅快淋漓，这也是他人生的一种享受。

对于李白，享受最是写作时。

当冰心用娟秀的文字编制出优美的文章时，她在享受人生！

远离祖国，眷念故乡，她留下了《寄小读者》的墨迹；体验到母爱柔情似水的温馨时，她绘出了《繁星》满天；感受到蕴藏在人们心目中的希望和火种时，她点亮了一盏《小橘灯》……

她曾说：“世间没有不散的风雨，人间却有不老的真情。”她浓浓的情顺着笔尖流淌到爱的纸笺上，相信这是她人生最大的享受。

对于冰心，享受最是写作时。

当托尔斯泰用羽毛笔在昏黄灯光下镌刻出流传千古的文字时，他在享受人生！

他经历了《童年》《少年》和《青年》的磨砺，在《塞瓦斯托波尔故事集》中成长，“目睹”了《战争与和平》，并在对社会，对自己的批判中《复活》……

当他用伏尔加河般奔涌的笔墨，抒发他的爱国精神、他的满腔热血、他的振臂呐喊，他正在以别样的方式享受人生。

对于托尔斯泰，享受最是写作时。

沿着写作长河的故道逆流而上，拾一块女娲补天遗落的彩石，借一弯斜照汉家宫阙的冷月，折一缕渭城朝雨的柳丝：生命因写作之际的浸润而变得澄澈，变得丰富。

我飘飞的心，融入了那千年的唐风宋雨，看花开花落，云卷云舒。独立于夕阳斜晖里，看水舟相接处渔舟唱晚；静坐在烟波湖畔，品箫笛绵绵柔情；徘徊在古道长亭边，听古筝缓缓轻叹……

人生既有春风得意之时，又有黑云压城之境。而用文字记录下心中的点滴情思，会使快乐加倍，让苦恼减半。写作的过程就是享受精神食粮的过程，就是享受人生。

享受最是写作时。

（指导教师：王妍）

点　评

《享受最是写作时》在结构上追求严谨与灵活的统一，总体上是常用的“总—分—总”结构，主体用三组反复句构成三个整齐的排比部分，而每一部分中又让整齐与不整齐和谐并存，气势磅礴又不显刻板。

“意韵”永远无法“打印”

□ 福建省漳州第一中学　陈熙

横竖转折之间潇洒流畅的神韵，浓墨重彩之外惹人心动的一处留白，平平仄仄交织出抑扬顿挫的古音……中华文化美轮美奂的意韵千百年来被华夏儿女手口相传，萦绕在民族的大梁之上，历尽千年，芬芳依旧。

然而，随着科技爆炸式的飞跃发展，中国传统文化逐渐被置于尴尬的境地，越来越多的人选择敲击键盘，越来越多的人竟把拿起笔来书写一手好字当成一种时间和精力的浪费。

这种想法无疑令人觉得可悲。然而，置身于这样一个高速前进的信息化社会，这种做法似乎找到了借口。速度是一切的灵魂，通过打印机，一切变得准确、迅速、井井有条，何乐而不为呢？

我想说的是，“意韵”是永远无法“打印”出来的。

大学生的毕业论文错别字一箩筐，小学生还没学写字却先学会了打字……如此种种，究其根源，恰恰在于现今偏重追求速度的“快餐文化”正一步步取代有营养的“经典文化”。

信息爆炸，科技发展，有人说这是一个重金属流溢的时代，置身其中，人心不免变得焦虑躁动，很难真正静下心来享受高山流水的闲适，体味梅妻鹤子的风雅。文化的意韵给人带来的陶冶，在现代人眼中成了一件可望而不可即的奢侈品。“不可即”久了，也就不去“望”了，于是，拿起笔来书写方块字成了一些人儿时的回忆。

这种状况实在令人担忧。绵延数千年而来的优美的中华文化的意韵不该在我们这代人的手中烟消云散！

好在终于有人站出来了，站出来力挽这日渐泛滥的波澜。如今，有许多用人单位要求应聘者必须“手书”求职简历，一些小学开始开设书法课程，“百家讲坛”之后，国学热浪一浪高过一浪……人们似乎开始意识到，我们应该回归一种本真，静下心来沉淀自己了。

然而除此之外,更重要的则是让现代人形成一种意识:传统的优秀文化是难得的瑰宝,传承、发扬它是我们义不容辞的责任。

物质繁荣的今天,养生被越来越多的人看重,而养心却同样重要。我们追求的不应只是前进的速度,更应追求生活的质量。

文字是米,古典文化将它酿成了酒,而现代文化将它煮成了白米饭。后者固然可以填饱肚子,而若要体味香醇,却必须是陈年佳酿!

拿起笔来书写你的心情吧,楷体的娟秀或是狂草的不羁。字里行间弥漫的都将是从心底升腾起的意韵,它永远无法打印出来,那是心灵的大美,千年的大美!

(指导教师:周秀燕)

点 评

现代科学技术成就既促进了文化的发展和创新,又可能对传统文化形成冲击。《"意韵"永远无法"打印"》一文由汉字书写中出现的问题发出议论,从文字的形象性、意蕴等角度发出传承和发扬传统文化的呼吁,希望人们弘扬"心灵的大美,千年的大美"。全篇激情洋溢,佳句迭出。

黑 孩

□ 广东省华南师范大学附属中学南海实验高级中学　李思琪

“裙子，来啦？”嗖的一下，一个黑影从远处的深潭蹿出来。

“嗯，我又来了。”

这是炎夏的一天。我们站在爬满青苔的石板上。石板前是青色的小泉，泉水的源头便是那绿得发黑的深潭。黑孩善水，常畅游在潭中，而我只能远远观望。泉水叮咚，淌过满槽或黄或蓝或青或黛或黑的鹅卵石。偶然，阳光从厚密的竹叶渗下来，轻落泉水中，金波粼粼。虽已至夏，此处依旧分外清凉。泉畔繁密的翠竹下，嫩绿、青翠、苍绿、枯黄的竹叶铺满一地。空中、地上、潭中、泉上尽缀满了细长的竹叶。掬一捧泉水，甚至能尝到淡淡的竹香。

正当我出神时，黑孩已经穿上衣服站在泉里。黑孩像只小黑猫，土黄发黑而光润的皮肤，瘦小的身躯。黑孩跳到洗衣槽上，躬身摸寻了好一会儿，便欢快地跑到我面前，粗糙厚实的双手捧着一枚鸟蛋送到我面前：“鸟蛋，给你。”我伸出娇嫩的小手接过鸟蛋。黑孩手心布满褶儿，黑色中透着淡得足以让人忽略的粉红。接过鸟蛋的一刹那，我嫩白的小手与黑孩的大手相互交叠，心在一脉阳光下迷离起伏起来。

“你又去掏鸟蛋啦？不是说好一起去吗？每回都不叫我。”

黑孩不好意思地笑了笑，淡黄的眉毛上下跳着，几撮尚未干透的绒毛般的黄发贴在高似小山的额前，清澈的眸子扑闪扑闪，艰涩地张口：“裙子，不能，爬树。”

“你洗完衣服啦？”

黑孩抬手指向下游那一大篓衣服：“好了。”

“我还要听你吹竹叶，就前头那个的调。”

黑孩挠了挠稀落的黄发，憨笑着说：“换个。”

说着他便走到岸上，坐在一块大石上，随手拈起一片青竹叶，轻轻置于唇边。清脆的音色飘扬而起，曲调曲折回旋，时而高昂如金戈铁马，时而轻柔似绿水长流，时而低沉若绵绵絮语。

曲罢，我又唠叨着再来。黑孩旋即换了片竹叶，双手轻巧地飞梭，竹叶便幻成纽扣形，又轻轻吹起来。竹音如清风拂过，唤醒竹林的低声吟唱。黑孩端坐在石上，背倚竹林，直面泉流，风过，光线迷离，照在黑孩身上，留下点点隐约的光斑。

黑孩与我在那个夏天相约泉边。黑孩是我家楼下拾荒的老爷爷捡回来的孤儿。黑孩口吃，说我名字难念，总叫我裙子，总指着我干净的裙子说“好看”。我与黑孩相处的日子便在这从不停息的清泉中悄然流逝。

那个夏天很快就过去了。我将离开乡村，离开竹林泉水到遥远的城市去。

最后的相聚，没有悲伤哭泣，也没有许诺相见。黑孩只是慢慢地盘膝坐在大石上，说：“裙子，再吹，一调。”竹叶音又一次为我回荡在泉水竹叶间，阳光依旧迷离，竹叶依旧瑟瑟，泉水依旧叮咚，黑潭依旧安静。黑孩与我静静地四目相对，清澈的眸子像泉水倒映着我的身影。

我捧着黑孩掏的鸟蛋、竹叶编的蜻蜓，远走了。

岁月流逝，我再也没有见过黑孩，也再没有人喊我裙子。穿梭在车来车往之中，置身于浩瀚的人海里，我总会想起深深的清潭、清冽的泉水、铺天的竹叶。我总会想起那迷离的光线以及黑孩一大篓子的衣服、黑孩透着浅红的手心、黑孩憨厚的笑，还有那悠扬的竹音。这一切让我在这喧闹的城市里，始终在心中留下一片安宁。

（指导教师：陈雅洁）

点　评

《黑孩》在运用各种描写手法刻画人物方面见长。作者通过生动而富有特色的景物描写、语言描写、动作神情描写，展现了一个美丽的环境中可爱男孩的形象。如写“黑孩”的语言，都只是两字一句，表现出他憨厚而略显羞涩之态。

谁动了我们的汉字

□ 辽宁省本溪市高级中学　于春洋

文字是什么呢，也许你会说是交流的工具，是表示特定意义的符号。然而文字总是归属于某个特定民族，这种符号便成了一个民族的象征。我们的汉字正是中华民族传承数千年的重要依凭。

汉字是我们的。可今天我们惊讶乃至惊恐地发现，在外国人中兴起“汉语热”的同时，我们的大学生却错字连篇，我们的白领提笔忘字，我们的身边尽是“鸡旦”“汤元”“合饭”这样的错别字……中国人忘了汉字是中国人的吗？我们祖祖辈辈传承的珍贵遗产要在我们手中异化、错误化乃至消逝吗？

是谁，动了我们的汉字？

追本溯源，汉字的演化过程确也有不同形态，然而，目前汉字已有明确的规范，至少在相当长一段时间内不会也不该改变。可不幸的是，在所谓“全球化”冲击下，越来越多的学生投入到学习英语的“疯狂”中去了。与之相对的是，人们对母语的重视程度在下降。记得前段时间某大学母语组与留学生组（指在中国的外国留学生）进行了汉语比赛，其结果竟然是母语组告负，这表明中国学生对汉语知识掌握的缺失。抛开两组成员在年级、专业上的差异，中国人的汉语汉语能力有待提高是任何人无法否定的。那么，是英语抢了汉字的风头吗？我想，不如说是我们自己对汉字的漠视更准确一些吧。

犹记得汉字输入法问世时，国人欢欣鼓舞。然而这背后带来的却是人们习惯于“打”字，而懒于“写”字，许多人的字迹越来越差，提笔忘字的人也越来越多，这不能不说是科技进步的一大悲哀。听说目前已经有人工语音输入汉字了，不知到那时候还有多少人会书写汉字呢？

再说目前网络上兴起的以怪异为特点的“火星文”在一部分年轻人当中大行其道，尽管这只是在私人化场合流行，但这种异化汉字乃至故意错化汉字的行为，势必会影响汉字的标准化、规范化，实在令人担忧。

总而言之,在全球化、网络化冲击的影响下,中国人对汉字规范的漠视造成了中国人汉字水平下降的趋势,动了我们民族的"魂"。

可喜的是,我们既没有漠视下去,也没有盲目地悲观、恐惧。我们在规范汉字的进程上正迈开步伐。比如高考作文里错一字扣一分的规定就是其中有力的一步,这个看似简单的规定会促使一大批学生更加注意规范汉字的书写,这将收到显著成效。

谁动了我们的汉字,答案或许不难找出。重要的是,我们该如何去解决这个问题。这样,我们读着"天行健,君子以自强不息",写着"其万折也必东,似志",听着"软泥上的青荇,油油的在水底招摇",我们便可以骄傲地说:你看,你听,那就是汉字,优雅的汉字。

是的,我们的汉字,中华民族传承了数千年的汉字,成了中国人命脉所在的汉字,只要我们始终不渝地保护它,任谁也无法动摇。

(指导教师:徐向锋)

点　评

《谁动了我们的汉字》一文重点追根溯源,寻找对策,揭示出"在全球化、网络化冲击的影响下,中国人对汉字规范的漠视"这个问题的症结所在。

写给你的一封情书

□ 浙江省嘉兴市秀州中学　陈静

亲爱的：

这是写给你的第一封信，不要怪我这么久不和你联系，只因你的所有都深深刻在我的脑海里。我一直没有勇气触碰，我怕积聚在心中的那份情感会不断膨胀，不断蔓延，一刻不停地占据内心深处。回忆起来或许会很痛，但我还是要说：“我想你了。”或许这句话不够华丽，不够深刻，但是我内心最深处的一句话。希望你可以认真读完我的第一封信。

我们从小就在一起。那年冬天，我们一起看雪，坐在一片晶莹白雪之上。先前城市里的石块、杂草、尘土全都被封印在了纯白的雪精灵下，宁静，安逸。厚厚的围巾包裹住缩着的脖颈，红红的脸蛋，红红的鼻子，灿灿烂烂。昏黄的光轻轻地牵起雪花舞蹈，旋转，飞扬，最后全都投入大地的怀抱。我看见你把双手打开，轻轻扬起下巴，骄傲地对我说：“雪是我带来的。”那一脸的稚气，一脸的执着。我们就这样，在灯下一直旋转，分不清方向，看不清前方，只记得那时我们心中最美的幸福。

呵呵，我们总是在空旷的野地里玩耍。第一次把自己丢掉，是玩捉迷藏跑得太远。天空好像王母娘娘发怒一般，所有的亮光被关进黑匣子里头，云黑乎乎的密不透风。我突然感觉失去了一切，腿没有力气，蹲在地上紧紧抱住膝盖，小小的世界里有那么些艰难，有那么些无助。突然感到你对我说：“一个人的时候也要懂得坚强。”没有看到你，但我可以感到你的保护，我慢慢回忆刚才跑过的路，捏紧拳头，向那个方向出发。推开门，是那熟悉的风景、熟悉的灯光、熟悉的气息。轻轻叫声妈妈，在她转身的那一刻，轻轻投入她的怀抱。哦，我长大了。

再后来，上小学了，上初中了，我们学会了算术，学会了画画，学会了好多好多做人的道理，我们一天天地成长着，那份感情也一天天变得坚实。我以为我们在一起是天经地义的，我才会在离开你的时候没有一点儿惶惶不安。直到真要离开你的那天，我才发现自己原来那么目光短浅，眼睛稍一移动脑袋里就充满了你。

我是怎样在睡前挣扎，警告自己不许想起你，梦里又是怎样歇斯底里地哭泣？我怎么触摸，怎么构想，都感受不到你。我开始怀疑，曾经的心有灵犀、相濡以沫都去了哪里？

有时，一个人静静坐在穆湖边，湖上的涟漪荡开去，湖边的杨柳轻轻摇，春带来的雨又绵又细，湖上的水腾起湿润的白气，像水墨画一样模糊。这江南，多少柔情，又多少妩媚，我把思念轻轻抛给湖上的水鸟，它衔了去。我出神地望着，亲爱的，你何时才能收到这份迟来的思念？

哦，我亲爱的新疆，你知道吗？一直在你怀里成长的我从不了解这爱的意义，我真的是“失去后才懂得珍惜”。我总是想起那干燥的、豪爽的、大气的、让人开怀的夏天，瓜果的香甜充满整座城市，想起那一颗颗水晶般惹人喜爱的葡萄，那一个个鲜绿皮、浅黑纹、火红瓤的大西瓜。傍晚，太阳像一个喝醉的小老头，摇摇晃晃地下山去。两三盏路灯下烟雾缭绕，勤劳朴实的维吾尔族大叔吆喝着，卖烤肉、羊心、羊肝。红褐色的鲜羊肉在火红的炭块上嗞嗞地冒着一个个小油泡，香味在辣子面和孜然粉的调制下越发浓烈。一个金黄的烤馕，十串烤肉，三两杯啤酒。是你，给予我最美的人间烟火。

在你怀抱里待久了，骨子里就带那么点野性，渴望在大草原上游走，看那轻轻的风抚摸绿草，阳光下像一群欣欣向荣的孩子。仰头望着天空，期待着成长，期待你的爱。

我不晓得该如何表达，或许再久些，岁月再长些，那种喷薄的感情你才感觉得到吧。亲爱的新疆，喜欢你不需要理由，思念你同样不需要理由，心里觉得是，那就是了。

最爱你的人

（指导教师：宋乐利）

点　评

拟人化手法，把事物人格化，常使文章别开生面。《写给你的一封情书》把儿时生活的新疆比成一个深深思念的情人，以别致的“情书”形式，深情回忆儿时在新疆生活的种种情景，热切倾诉对新疆“喷薄的感情”，十分真挚、优美、动人。

时光滑翔中的成长轨迹

□ 山东省济南市章丘区第五中学　景悦

我年幼时的暑假，和田田走过一条很美的路。我们骑着自行车，但由于身高不够，只能站着骑。我骑得很快，把她甩在了后面，然后又停下等她跟上我。那条路边开满了紫色的像铃铛一样的花，从平坦的原野吹过的风带着远方树的歌声……至今我仍记得我躺在一棵树下，细嫩的青草尖透过白色的棉布微微刺痒，背上传来草地的阴凉，周围环绕着树的清香，我眯着眼看到她穿了一双白网鞋……

那应该是很久之前的事了，但又想了起来。前几天去胶南的路上，坐在颠簸的长途汽车里，从窗外吹进的风带着一阵熟悉的味道，是夏日泥土的暗香，我趴在窗上向外看，很多紫色的铃铛一样的小花长在树荫下，像是一块花毯……那日的阳光，就如同很久之前的那天一样，暖暖的，像蜂蜜一样甜蜜金黄，带着黄昏的味道，将树的影子拖了很长……

关于田田，我奇怪我已经忘了她的样子，甚至她的全名，我努力回想，也只记得她的小名叫田田。我们应该是很好的玩伴，但我不记得我们之间的哪怕一句对话。那些隔着很久的时光，仿佛经过了空气的过滤作用，模糊得只剩下轮廓，但有些东西却越来越清晰。我忘记了她的脸，但是我还记得她穿了一双白网鞋，甚至白网鞋微微发黄的细节。那日从原野吹来的风，自行车轮压过青草的声音，黄昏稠密如蜂糖的阳光，她长长的马尾扫过我的脖子时微微的痒……不但没有模糊，而且清清楚楚地如海浪般反复出现，深铸于我的记忆。

当假期待在房间读书时，看着书架的影子慢慢地转动、拉长，我心中会有些奇妙的感觉，有点战栗，有点恐惧。而这时，那些旧时光里滑翔而过的风景，却能让我莫名地安心。后来我渐渐发现，很多事情我已经不记得了，比如某天家里来了一位大姨，她会说我小时候曾经住在她家里，多么多么可爱，而我却毫无印象。但那些不曾注意的细枝末节，那些幼年时看过的风景、环绕的气息，却渐渐成为我生命的主体。

后来，我又渐渐想起我年幼时的理想，这应该是与田田有关的。大概是她说要当一名画师，而我说要成为一名比她更厉害的画师。那时的理想，美得仿佛当年路上的风景。

路上的风景也定格在那年。有时候坐在家里的大吊篮中看远处的花圃，会觉得以前的自己是一个很熟悉的人，只是她已经很久很久没有回来过了。

现在，我没有成为画师，以后我想大概也很难，毕竟，我高位截瘫的姥爷需要有人常常在他身边。每个人都是这样，在成长的路上，不断地退让和舍弃，最后发现，我离以前设想的自己已经太远。

每个人的成长在自己心中就如同惊涛骇浪。一部电影里说，“当你年轻的时候，每件事都像世界末日……”但不是的，一切都刚刚准备好，还未开始。

我想告诉田田，我多喜欢那天的风景，我想有一天我会用画笔画出来……我多么想告诉你，我多喜欢岩井俊二的电影，喜欢那碧绿的无尽麦田和在麦田中穿白衬衣的少年……还有加菲猫、甜甜的零食、永远没有尽头的梦……

只是时光已经滑翔而过了，仿佛前一刻我还看见你穿着帆布鞋，白色的网布微微发黄……但时光如同飞速变化的流云。我离以前的自己有多远？

乘时光滑翔而过的不只是成长，不只是年华，不只是原野，还有理想……

（指导教师：宋爱文）

点 评

有时候，我们可以把文章写得细腻入微、婉转动人。《时光滑翔中的成长轨迹》是关于一位幼年朋友、一个儿时理想的回忆，时光飞逝，使许多回忆只剩下轮廓，留存下来的只有一些生动的细节。作者娓娓叙述，细细描写，构筑出十分美好的画面和意境。

卢大爷进城

□ 河北省廊坊市第一中学　王海翠

城市的空气中，到处弥漫着幸福的气息。

卢大伯的大儿子和小儿子今天一起办婚宴，迎娶各自的新娘，卢家可是双喜临门。

酒店前，卢大伯一家以及亲戚们都笑得合不拢嘴，尤其是卢大伯，笑起来那满嘴的黄牙灿烂极了。

鞭炮声一阵脆响后，大家推搡着进入饭店内就座，卢大伯轻盈地走到正中央致辞："今天真是个喜庆的日子，我家大权和小权都要成家了，我的心也安了……希望大家尽兴喝啊！"话落宾客们便响起了热烈的掌声，之后便各就其位开席了。

大权应付了诸位客人后，悄悄地来到卢大伯身边，说道："爸，爷爷不会生气吧？我们没有把他请来。"卢大伯的小眯眼紧扫四周，说道："这么重要的场合他应付不了，再说，女方家都是见过大世面的，他一身的土气，还不把女方家长吓着？那咱多没面子啊！"

回头说这位卢大伯的父亲——卢大爷。他可是一生都在农村，自己拼了大半辈子把卢大伯送进了繁华的都市，可他却固执地住在生他养他的农村。

这次婚礼的举办地选在农村或城市也是一度有争议的，卢大爷当然希望在农村，可年轻一辈们嫌弃农村破旧，那就最终定在了城市的酒店里。

即使这样，卢大爷还是想去参加这次婚礼，毕竟这是他最疼爱的孙子成家。但他最终没去，因为晚辈们劝他不要去了，只因为他已不合这代人的感觉了。其实他明白，儿孙们嫌自己太土气了。

同一片天空的另一片土地，在萧寂的村落，卢大爷坐在石凳上，旁边的地上摆着一壶凉透了的茶水。他大口大口地吸着点燃的烟叶，叹着气，望着天空中飞过的喜鹊，他心中未免酸酸的："孙子大喜了！"

"吁——吁——"驴棚里驴子叫了起来，绵长而经久不绝。这头驴已经陪卢大爷八年了，在亲人不在的时候，卢大爷总是等待驴的叫声，然后他就会有事干了，喂草、送水……

卢大爷将烟袋锅狠狠地在地上敲了敲，敲干净便起身钻进了驴棚。那驴棚真是阴暗，门口又朝北，卢大爷在里面喂草时几乎看不清他的穿着，只是一个瘦小的影儿在缓缓移动。卢大爷喂了草，顺势摸了摸驴子的头，只是轻轻地叹气，也许他在想：孙子的婚礼怎样了？孙媳妇贤惠不？卢大爷盼望儿孙们都回来，老是喂驴也是单调的。

终于，卢大伯在第二天回来了，他的装束很耀眼，西装革履的。见儿子迈进屋子，卢大爷笑得合不拢嘴，尽管他依旧是土布衫、粗黑布鞋。

“爸，我来接您去城里住吧，这是给您的新衣服、新皮鞋！”说着，卢大伯便把手中的大包小包打开了。“接我？”卢大爷眼中闪过欣喜的颜色。

“是啊！我已经给您联络了一家最好的敬老院，那里的物资条件棒极了！哦，对，我已经把您那头驴卖了，明天老刘就来牵走！”此时，卢大爷的笑僵住了，一时无语了，唯有窗外的驴子嘶叫个不停，扰人心扉。

果然，驴子第二天就被人牵走了，卢大爷搬进城里，住进了条件优越的敬老院。只是，他的驴子没有了，他觉得自己变成了一个很富贵又很贫穷的老人。想想那八年驴槽后的寂寞，谁能解读呢？

（指导教师：刘云霞）

点　评

《卢大爷进城》涉及一个社会热点话题：在老龄化日趋严重的情况下，我们该如何对待老年人？如何解决好敬老养老问题？文中写到的“土气”与“洋气”，“八年驴槽”与“条件优越的敬老院”，由“寂寞”到“很富贵又很贫穷”，都耐人寻味。

踏过挫折的成长轨迹

□ 贵州省瓮安中学　邱警

每遇一次挫折,我都笑一次,我因挫折而美丽,痛过的轨迹是我成长中最美的证据与回忆。

——题记

如果把人生当作一只透明的空杯子,你将如何填满它?有人说,当然用水。他们得意扬扬地高歌:简单生活简单过。殊不知,一旦填满轻浮的水,便再也容不下其他。纪伯伦说:“如果你嘴里含满了食物,你怎能歌唱呢?”我认为,人生这只透明的空杯子,我们应该用自己的思想和经历去填满它,这样它也会变成像五彩琉璃一样迷人。

人的一生要经历的实在是太多太多,这些刻骨铭心的记忆足以将我们的玻璃杯填满,而没有经历过挫折与伤痛的人生是不可能刻骨铭心的,也是不可能完整的,更不可能将那个透明的玻璃杯填满像五彩琉璃一样的美丽。

我是一名高四生,现在是从另一个城市跑回原来上高三的学校参加这场决赛。一路上,我面无表情地呆望着车窗外。虽已是夏末的黄昏,可是天气还如酷夏,它热情得快要把我融化在空气里了。落日的霞光太漫长,好像始终环绕在山的背后,似露出半个羞涩的脸庞撒娇的女孩,不舍地望着我,我也微笑地看着她,不忍和她说再见。这让我想起了高三时的我与同学们分开时不舍的情形,那时我拍着自己的胸膛对他们说:“放心!高考看我的!”可是当结果一出来,虽是上了本科线,可因为志愿填报失误而落榜,当时就好像一下子把我从天堂推到悬崖,然后进入地狱。我虽不甘心毫不犹豫选择了复读,然而却并没有信心相信自己还可以继续重复那种挑灯夜战的生活。直到有一天听到一位老师的一番话,我不再颓废,也不再自卑,变得比从前自信了,或者说灵魂更深了一层。

那位老师说:“对于复读生,我首先就以尊重的眼光、佩服的眼光来看待你们。

你们为什么会选择复读，因为你们不甘心从这样一个起点开始自己惨淡的一生，就凭你们不甘的这一点我就对你们肃然起敬。”就是这样一番话把我从地狱里重新拉了回来，我不再做颓废与自卑的傀儡。是，我是不甘心自己就这样，才选择了复读。一次挫折算得了什么？并不代表整个人生失败吧？谁没遇到过挫折啊？不过，一次高考失利也算得上是人生失败吗？如果从此颓废麻木那才是真的失败。从那天被带回天堂后我开始懂得了一些别人不懂的事。因为这次挫折我发现自己长大了；因为这次挫折，我发现我懂得为自己的将来做一些安排了；因为这次挫折，我发现自己真的不再只是个孩子了。

车子突然来了个急刹车，把我的思想拉了回来，我想刚才是入神了。不觉中，原来天已经黑了。刚才还说霞光太漫长呢，这一转眼的时间便消失在山顶。一阵凉风吹来，我不禁打了个寒战。夏末了，有点冷；夜晚了，有点凉。

天色变得太匆忙，孤单飘落的惆怅打开尘封已久的芬芳，被淡忘了。夜光飘零的秋天，带不走的是夏伤，看不破的永远是真相，想要退后却模糊了牵强附会的伤，回忆旁白了泪水的信仰。

虽然秋天的夜有点凉，有点孤单，也有点想哭的感觉。可是我们在这时应该扬起我们的嘴角才对，因为流过一次泪，我们又会勇敢一次，又会成长一次，又会懂事一次。每次挫折，我们或许都会受伤，但是每道伤痕皆是我们活过的证据，成长的轨迹。

挫折是一杯红茶，刚喝的时候很苦，可细细品才了解其中的真味；挫折是柠檬，一口咬下去会酸到牙根，但多吃几片甜味就溢出来了；挫折更是一列开往春天的地下铁，虽然现在无比黑暗，但是不久光明就会来临。

人生或许是用我们的泪水来填满了那个玻璃杯，因为那一滴滴的泪才会让玻璃杯变得像琉璃一样美。铭记这些挫折与伤痛，我会变得更美。

（指导教师：王支全）

点　评

《踏过挫折的成长轨迹》描述了“我”战胜因考场失误产生的自卑心理，又恢复自信而继续奋发努力的经历。他说得好，“挫折是一杯红茶”，“是柠檬”，“更是一列开往春天的地下铁”，“铭记这些挫折与伤痛，我会变得更美”。

九块钱，买下一条街的温暖

□ 辽宁省大连理工大学附属高级中学　李嘉伟

初春，夜幕降临。

时隔大半年，再次走过这条熟悉的大街，看着街两旁那些熟悉的面孔，我的心中顿时一热，又重新拾起那曾经拥有的温暖。

犹记得初三那年冬天的生活。学校—家—图书馆，三点一线，无限的循环。老师为了让我们成绩考高一点儿，硬是把放学时间从五点拖到六点半。所以每次走过那条回家必经的大街时，街两旁摆摊的小贩们总是挂起橘黄色的小灯，在寒冷的冬天显得格外温暖。每晚放学，我都直奔最里面的麻辣烫摊位。我会递出三元钱，轻车熟路地拿过盘子，从咕嘟咕嘟冒泡的热锅里挑出三串孜然肉、三串海螺丸，然后涂上厚厚的辣酱，弓起身子，按住胸前的衣服，狠狠地咬上一口，又烫又辣，逼得人直流眼泪。疲惫了一天的身体仿佛注入了新的能量一般，我重新活了过来。老板是个比我还小一岁的男孩，辍学了，帮着家里做生意。他的妈妈正是街对面那个用力压着鱿鱼的女人。男孩穿一件破旧的军大衣，黑白分明的大眼睛和被冻得通红的脸颊，有些许少年闰土的韵味。他每次都会在我吃完后送我一串金针菇，咧着嘴朝我笑。我会回给他一个傻乎乎的笑容，一个我认为最真诚的笑容，然后吸吸鼻子，向金针菇发起进攻。我讨厌吃金针菇是众所周知的，可我唯独吃他送我的，连我自己也不知道为什么。

填饱肚子，我转身向前走七步，再买一套三块钱的煎饼馃子，拿在手里滚烫滚烫的。然后向玻璃后面忙着炸东西的阿姨大声说再见。我觉得这时的自己是一天中最快乐的，所以每次道再见的尾音都微微上翘。继续向前走，会看见烤羊肉串的、卖快餐的、卖报刊的，然后我会停下脚步。她是一个卖柿子的奶奶，嘴里永远喊着“山里红草莓柿子咧”，我随手拿起一个柿子，擦了又擦才放进嘴里。那个老奶奶笑着冲我喊：“擦什么！毒不死你！”我嘿嘿直笑，把手中的煎饼馃子递给她，然后在她身旁的马路牙子上坐下，边啃柿子边看行走的路人。那些陌生人或面无表情或高声谈论从我面前一个个走过，我记不清他们的脸。橙色灯光晃着我的眼，我看到这个世界从模糊到清晰的全过程，我感受着自己真实存在的感觉。那奶奶问我："放了学不回家干吗？"果然是泼辣的性格，嗓子沙哑，分贝也大。我摆手答道："回家就得写作业，烦！"转过头看她，煎饼馃子已经下去了大半，我满足地笑了，又拿起一个柿子，重复刚才的动作。吃完给奶奶付钱，她坚决不要，说吃了我的煎饼馃子。其实我把煎饼馃子送她吃是因为敬佩她的勤劳。我敬佩这条街上的所有人，他们都用自己的辛劳创造一份财富，好让大家生活得更好。站在他们周围，我感到无比温暖。

待得够久了，我就搭一辆摩托车回家。和那些叔叔混熟了，以至于将三个钢镚儿放到他们手心，他们就会将我带到准确的地方。然后，我会笑着与他们说再见，明天再见……

我穿着高一的校服站在这里，他们都应该认得我吧？他们会将我和当年那个即使疲惫也一脸笑容的女孩联系在一起吗？

我会记住那些日子，记住我曾经用九块钱，买下整条街的温暖……

（指导教师：杨茂君）

点 评

选准了写作角度，文章就有了明确的基调，立意谋篇的问题自会迎刃而解。《九块钱，买下一条街的温暖》的写作角度是"温暖"。这温暖散布在小吃中，聚集到人心里，那"橘黄色的小灯"下"咕嘟咕嘟冒泡的热汤里"的麻辣烫，那"滚烫滚烫"的煎饼馃子，那些友善、热情、辛劳的人们都会令人难以忘怀。

理科班

□ 陕西省勉县第一中学　张熙

我知道我已经高二了，但谁要求我们必须哭丧着脸去面对？

——题记

我成为理科生后的第一个冬天，终于到了。

有人说只有经历了高二分科后的生活，高中的体验才会变得完整起来，而事实也证明了这个毋庸置疑的真命题。

教室里的叫嚷声消失了，每个人都低头沉浸于自己的世界，神色中多了一丝紧张和严肃。吃饭时站在天桥上看高三军团时，眼睛中像凌晨两点的夜晚，深邃且迷离。

坐在靠窗的位置上，理所当然地在冬日下午罕有而温暖的阳光下听老师口水四溅地讲解。阳光灿烂的书本上，早已记满了要点，懒懒地躺在书本上，充实、安静而闲适。

站在回家的车上，当汽车转弯时，总会有一大堆向心力计算公式也随之倾倒进我的脑中。当然，我会因为向心力被压在黑压压的人群里。

在做磁场力题目时，我会边手舞足蹈地分析，边冷静地告诉自己“左手分析力，右手分析场”，直到“左手分析场，右手分析力”。

一天会过得飞快，快到好像失去了张力，紧紧地缠绕着你。如果你不能乐观面对，充实度过，那不远的高三，你将会窒息而亡。

我们会愤愤地把“对牛弹琴”引申为“不要和研究农民起义的人讨论磁场受力”，据说文科班的版本为“不要和研究两个铁球如何相撞的人讨论曹雪芹”。

我们高二了，父母老师会无时无刻不重复这件明摆的事实，直到它钉在脑袋上留下长而黑的阴影和伤口。老师会在一节课上讲两三节课的知识，留下我们面面相觑。我们只好再从题海中舀几口吞入胀痛的身体，然后呛得吐出来。

初一时的老师会说初一重要，初二老师也会说初二更重要……直到高二时，看着脸色严峻的老师一句一顿地对我们诉说高二的重要性时，我已经在想象高三时“重要”这个词的含义了。而现在我只能哭笑不得。

在路过高三教室时，我们看见一百几十天的倒计时牌，安慰自己没事，我们还早，我们还早，然后转身逃开。

当回想起高一抱怨作业太多连大象都扛不起来时，回望一下现在的题海，于是自己会不由自主地叹息当时真是“身在福中不知福”。

那时的生活，是会在太阳下挥洒汗水拼命投篮到脱力，会因为朋友关系烦恼忧愁，又会因为一场比赛而欢喜愉悦的日子，而其中的快乐，也只能在现在回忆时才感觉到。

我们在理科班，我们要求自己要认真地审视自己，却不是整天哭丧着脸说怎么办。

当我们头顶都不知不觉地悬挂着一柄名为“高考”的利剑时，是选择为理想而舞，舞出王者风范？还是缩成一团等待裁决？全由你自己决定。

（指导教师：吴丽君）

点　评

个性化的语言应该显示出多个侧面，焕发出多种色彩。《理科班》写“我成为理科生后的第一个冬天”，短小的段落配合了所反映生活紧张的节奏，但时而插入一两个俏皮而机智的词语，收到了张弛结合的效果。

流行与永恒

□ 江苏省昆山市费俊龙中学　谈文文

流行是美丽的浪花，一波紧随一波，转瞬即逝；永恒似绵亘的青山，万古不变。流行宛如一个涉世未深的少年，青葱而稚嫩；永恒则如一位饱经风霜的老者，沉稳而丰盈。大多时候，流行与永恒似乎是那样难以调和，流行冲击着永恒，永恒批判着流行。

余光中先生在《所谓永恒》中写道："说是有一座不夜城/野花绽蕊迸放的千灯/边界一过赫然就在望/从不可逼视的中央广场/迎面激射而来的/那路，原来是一道光。"永恒似乎就在眼前却又模糊而渺茫，无法触及，而流行，却似乎以排山倒海之势在不断扩张。人们眼中的流行，是 CHANEL 的黑白诱惑、PRADA 的浪漫蕾丝、CK 的花呢夹克，是那短短的刘海所掀起的一股奥黛丽·赫本的狂热，是那纯洁又透着性感成熟的白色吊带。

永恒，它是经典，是人内心不可替代的一座神圣宫殿，它耀眼的光辉引人前进，却又在人们触手可及时隐身而退，更增添了神秘色彩，更加令人神往和企盼。可是时代却刻意回避人们那灼热的目光，只是赋予那些天生的智者成就永恒的机遇……人们追逐累了，倦了，流行来了，它大众化的优点带给疲惫的人们一泓清泉，因为是幼苗，所以流行有蓬勃的生机和巨大的生长空间，它更容易虏获人心，尤其是受到新生代的青睐。人们的生活方式因流行而改变，生活品位因流行而改变，人们再也无须似饥若渴地努力，因为流行就在你身边，俯拾皆是。

为了求得发展，永恒的宫殿收敛了神秘的光辉，开始融入流行的势力范围。流行成为经典，经典铸就永恒。

2008 年，永恒就以流行的形式，装扮了多姿多彩的北京奥运会。那是流行与永恒的完美结合，承载着人类激情与梦想的奇迹——在北京，谱写了属于人类的经典史诗。

以全新的理念把握时代的脉搏，"鸟巢"大跨度钢结构应用技术、"水立方"闪耀科幻的膜结构、电视转播中的中英双语显示技术，使流行在奥运会中深刻起来，使永恒在奥运会中深化起来。“鸟巢”作为北京青春呐喊的最强者，是北京这座古老城市成为全球都市流行与永恒相映的投影和显现。它也在颠覆传统中向大众传递着一种流行的气息，并使之成为永恒，正如北大教授张颐武所说，它从拓扑学上赋予北京旧有的城市空间一个很大的弯度，成为北京的流行风向标，在精神上带来了一个焕然一新的北京。

在多元的推动下，永恒褪去了它禁锢的色彩，它不再遥不可及；流行成为新亮点，不断装饰着经典，使之成为大众的永恒、社会的永恒。无疑，北京奥运会成为古色古香的中国大地上最鲜亮的流行色彩，也正因为激烈而又和谐的融合，2008年的北京奥运会也以鲜活的力量注入永恒的奥运历史。

流行与永恒绝非水火，若使流行更加经典，经典便能成为永恒的流行。

（指导教师：刘珣昱）

点　评

《流行与永恒》对所论二者的关系认识独特，分析深刻，尤其是对2008年的北京奥运会，从一个崭新的角度评价它的文化内涵和深刻影响，十分精彩。

走失的家

□ 山东省实验中学　刘颖

手表指针指向二十点半，火车站的地下通道迷宫般地在我面前展开。我拖着沉重的行李拾级而上，电子牌在头顶闪烁出两个大字：营丘。

营丘，家。我回来了。

据说，这里是吕尚建国的地方。那八十高龄的老者无钩垂钓，却钓得半壁天下，从此齐地封王，定都营丘。每当我翻开《诗经·齐风》，看到美艳的姜公主和孔武的猎人，总是会联想起家乡起伏的麦苗、小路尽头的荷塘、巧笑倩兮的女孩……我坐在表叔车中向外望去，窗外无数灯红酒绿一闪而过，依稀影视中醉生梦死之地。这不是我的记忆。

几十分钟后，乡下的寒风从窗边呼啸而过。"这一带都已荒凉，你爷爷奶奶却还住着，每次来都得费好大劲。"表叔边开车边抱怨，黑色的帕萨特在乡间泥泞的路上颠簸。一个大转弯后，车终于在小院门口停下。橘黄色灯火明明灭灭，几声犬吠唤出两位老人。

老了，真的老了。昔日干瘦精神的奶奶已胖得颤巍巍，而我也清楚地看到爷爷蹒跚地拖着右腿行走。两人互相搀扶着站在夜色中，疏白的头发一如四周荒地般苍茫。他们就这样年复一年地陪着乡村日渐式微，宁可守着日渐风化的土地到最后一秒，也不愿卖掉八间大屋搬到镇上最繁华的地方。灯火下老人布满皱褶的脸特别暗淡。

我依然住西厢房。穿过院子，却看到大半个院落被锁得喘不过气。推开房门，迎面是一组沙发和席梦思床，红木家具早已不见踪影。"堂叔、堂姐们呢？"我不禁问道。

"早搬出去啦，你二叔在镇上开着购物超市，四叔开了电器超市，小姑在城里经营诊所。都嫌这儿偏僻，就剩我和你爷爷啦。"奶奶在身后回答我。

原来这样。我猛地记起父亲曾说过，娟堂姐已出嫁，玫堂姐在烟台上大学，仅比我大一岁的楠堂姐正在卫校上中专。家中人脉稀薄,只有四个女孩,却已陆续离开。也许只有我还眷恋这个被遗忘的地方。

翌日,楠堂姐从学校赶回来见我。乍听到这个消息,我惊喜万分地跑到正屋,待看清眼前的女孩后却迟疑了。挑染成黄色的鬈发,闪烁的银耳钉,中长紫黑风衣,落拓牛仔裤,半高跟靴,这一切因为在记忆中找不到,统统变得骇人。我嗫嚅着寒暄几句,却张口结舌找不到话题,最后只好提议一起去看看荷塘。

许久以前,盛夏的午后,小表哥摘下最大的荷叶给我戴在头上,远远地听到楠堂姐一声喊,我抬头,一个硕大的莲蓬丢到我怀里,水花溅了玫堂姐一脸。她不依不饶地跳下水,挤开千层荷叶追逐着淘气的弟弟妹妹们,却被藕根绊倒,娟堂姐大笑着扶她……那是一场乱梦,梦醒之后路已走到尽头。这难道是荷塘?曾经接天映日的地方?我站在桥上,桥下一道楚楚可怜的小溪蜿蜒,干涸的塘底满是白桦的枯叶。那伸向天空的峥嵘枝杈宣告我记忆的完结。

我的故乡呢?是我来得太迟,还是我走错了地方?大风疯狂地吹卷着仅剩的土地,几乎消失在天际,连同我曾经在这里如梦如幻华丽盛开的爱。

我决定离开。这不是故乡,也没有故人。

八点半的火车奔向铁轨的尽头,我靠在窗边,突然收到没有署名的短信:"你回到老家了吗?""没有。"我仍然在孤单的旅途中寻找我失去的家。它也许在下一站,也许在更遥远的地方。

温柔的夜吻着大地与苍穹。

(指导教师:郭明蕾)

点 评

《走失的家》写"我"回到家乡,却发现了家乡一些令人忧虑的变化——街市变得奢靡,乡村变得荒凉,楠堂姐的打扮"变得骇人",于是产生了"寻找我失去的家"的念头,"我"要寻回的,便是醇厚的民族文化传统。作者选择的写作角度,体现出一种深沉的社会责任感。

乌篷梦

□ 福建省云霄第一中学　方琳晖

如果说有一叶扁舟，能在朦胧的水乡里摇曳生姿，那便是乌篷船；如果说有一叶扁舟，汲取天地之灵气，活跃于江南华美的舞台上，那便是乌篷船。乌篷船以它特有的灵动与隽永，传承了江南历史的烟雨朦胧，演绎了江南水乡的柔情蜜意。

乌篷船，通身墨色，没有华美的精雕细刻，没有炫目的缤纷色彩，也没有雍贵的珠帘玉饰，有的只是素雅，宛如从山水画中驶出，行驶于江南古镇的历史长卷之中。

乌篷船，或许它曾见证了越女西施灭吴的无奈，或许它曾目睹了沈万三成为一代富商的辛酸，又或许是它演绎了许仙和白娘子那段凄美的故事传说。乌篷船，它早已不仅仅是单纯的交通工具，更是水乡人的精神寄托，是江南人集智慧结晶之摇篮，为烟雨朦胧的江南披上一层神秘的面纱。

因为有了乌篷船，才有了韦庄那“春水碧于天，画船听雨眠”的诗意的栖息；因为有了乌篷船，周邦彦才欣赏到了“叶上初阳干宿雨，水面清圆，一一风荷举”的美景，亦才有了“小楫轻舟，梦入芙蓉浦”的经典；因为有了乌篷船，才有了杜甫那“亲朋无一字，老病有孤舟”的凄凉；因为有了乌篷船，才有了孟浩然那“人随沙岸向江村，余亦乘舟归鹿门”的随性洒脱；因为有了乌篷船，才有了张若虚那“谁家今夜扁舟子？何处相思明月楼”的愁苦；因为有了乌篷船，才有了李清照那“轻解罗裳，独上兰舟”的无奈；因为有了乌篷船，才有了温庭筠那“过尽千帆皆不是，斜晖脉脉水悠悠”的焦虑；因为有了乌篷船，才有了柳宗元那“孤舟蓑笠翁，独钓寒江雪”的脱俗；因为有了乌篷船，才有了苏轼“黑云翻墨未遮山，白雨跳珠乱入船”的那份灵动……

乌篷船，因它曾给无数文人骚客带来创作灵感，已成了华夏诗史的一大亮点，而它也给千年的江南古镇涂上一层若有似无的文化气息。

曾慕名坐上那古老的乌篷船，船娘是位典型的水乡妇女，穿着深蓝色的布衣，裹着头巾，仿佛从山水画中走出的浣纱女。船娘悠闲地在船头摇着双橹，那吱呀的声响便荡漾开去，好像是江南古筝跳动了千年的余音，令人沉醉。而乌篷船那抹淡淡的墨色，则更把船娘的身影映衬得典雅迷人。蓦然回首，却发现船过后泛出的点点涟漪，似乎是那柔美的江南女子回眸间浅浅一笑，令人心驰。

乌篷船，这令我魂牵梦萦的乌篷船，融化了千年的江南古韵！

乌篷船，亦是水乡人的家。每当夕阳西下，船中便会升起袅袅炊烟，即使隔江数里也清晰可见，那缕缕被江水浸湿的炊烟，如滴滴淡墨在宣纸上氾开一般，渐渐淡了，散了。这时候，那些在岸上玩耍的小孩子便会丢下手中的一切，在青石板路上狂奔，奔向他们的家——乌篷船。那洋溢着天伦之乐的和谐的笑声，便弥漫在整个江面。

因乌篷船的存在，让“人人尽说江南好，游人只合江南老”的江南变得越发迷人，越发有魅力……

乌篷梦，梦乌篷，年年柳色忆乌篷。

（指导教师：吴佩瑛）

点　评

《乌篷梦》博采名句典故，多用修饰手段，精心雕琢语句，都能得体合境，充分展示了乌篷船独特的文化品位。

成长路上爱的轨迹

□ 贵州省瓮安中学　蒲江

什么是爱?

爱是朱自清父亲的背影,爱是孟郊慈母手中的针线,爱是“独在异乡为异客,每逢佳节倍思亲”的感慨,爱是李密《陈情表》中“乌鸟私情,愿乞终养”的守护。

走在成长的路上,花香四溢,左边,是繁华的尘世,右边,是沉沉的爱。

一定有什么是我所不能了解的

我想,一定有什么是我所不能了解的。这不仅仅是席慕蓉的疑问,也有我对爸爸的感谢。

总记得在很小很小的时候,每当我头晕目眩浑身无力时,爸爸会变出许多颜色不一的糖,然后告诉我吃下去再睡一觉就不会难受了。很神奇,当我睁开眼睛之后,就真的不难受了。我在床上滚呀滚,被子上有清香的肥皂的味道。爸爸走进来时,我看见他格外高大的身影,觉得十分神奇。

爸爸究竟给我吃了些什么呢?

我也记得,在我把玩具鸭子的冒险旅程转移向下水道时,家里的厕所发生了难得一见的波涛汹涌。而我则从开始的兴奋到后来的害怕,最后“哇”的一声哭出来。爸爸闻声而来,看见以后哈哈大笑,然后把我推出了门外,自己在里面叮叮咚咚一阵鼓捣。记得当我再次进去的时候,一切就恢复原样了。

爸爸是给下水道讲了些什么呢?

哪怕是最亲近的爸爸,也有着他不能让我知道的小秘密吧。童年里那些闪着神秘色彩的往事,像美丽而又轻巧的泡泡,晃晃悠悠地飘在生活里。

直到有一天,看《魔法阿妈》的时候我才恍然大悟:原来爸爸也会魔法呢!我当时的震惊,不亚于第一个发现国王是驴耳朵的人了。所以爸爸一定会很多咒语:

有让我不难受的咒语,有让下水道听话的咒语,还有让不动了的变形金刚“复活”的咒语……爸爸有太多我所不了解的“神奇”。

一定有什么是我所无能为力的

在“魔法师”的魔法咒语里,我健康快乐地长大了。作业本破了一个口,没关系,“魔法师”会修;水龙头坏了,没关系,“魔法师”有办法;电视机图像不见了,没关系,“魔法师”有咒语……

可渐渐地,我却发现,岁月漂白了“魔法师”的头发。我想,在爸爸坐在理发店椅子上等待理发师也用魔法把他的头发变回从前的时候,他一定想说:其实用不着,我自己就是魔法师。

可是他什么也没说,他只是看着我和妈妈,脸上笑出了岁月的痕迹。也许是他觉得自己真的老了,努力搜遍了脑海里的咒语,有我的,有妈妈的,唯独忘了自己的。

那一刻,他一定感到了自己的无能为力。

一定有什么在叶落之后是我依然无法舍弃的

爸爸的前半生,一定骑着魔法扫把去了很多地方,做了很多有意义的事。然后有一天他突然意识到:有一个孩子因着他这个“魔法师”而更好地存在。于是他停下来,开始学习新的咒语:怎样让宝宝不生病,怎样让早餐更有营养,怎样将数学题讲解得更详细,怎样在最短的时间里修好播放动画片的电视机……这些咒语他日日温习,渐渐忘记了那些拯救世界的魔法。

爸爸的魔法随着岁月的流逝而渐渐减弱,终有一天他会变成一个普普通通的人吧。然而他已经把他最有用的咒语教给了我:给生命以不断前进的勇气。他也用最多的魔法让我牢记:家,是我永远的港湾。

我的“魔法师”用最好的咒语守护着我。黑夜里伸出手,把掌心跳跃的阳光送给我,让爱变成心里的力量和坦然。无论我走多远,无论成长的轨迹有多长,我知道,他永远是呵护我成长轨迹的“魔法师”。

(指导教师:刘忠信)

点　评

父母的爱是我们人生之旅开始的风帆。《成长路上爱的轨迹》一文以生动的笔触描写“爸爸”对“我”成长路上的呵护，以一个孩子天真的感觉，用“魔法师”这个比喻赞美了父爱的神圣力量，写得饶有风趣。

第八届（2010年）

获奖佳作精选

17年17届

凤凰一日

□ 广东省深圳市翠园中学　张文煜

轻轻地，我来到这里，令沈从文魂牵梦萦的凤凰。

清晨的薄雾还萦绕着，像梦一般缥缈，远处的山寺更是在雾中若隐若现。

一大早，光着膀子的船夫就坐在小船头招揽客人了。我们从小桥上摇摇晃晃地走向其中一个船夫。他头戴一顶宽边草帽，穿着黑色长裤，裤筒卷起，露出半截黝黑的瘦腿，光着脚踏在船板上。趁着他用长篙划水的当儿，我偷偷地打量着他沟壑纵横的黑脸，心里却在纳闷儿：为什么还要戴草帽呢？上了船，待我们一行十多人挤坐在这条小木船上后，船夫不慌不忙地撑着篙，船就顺从地穿行在沱江上了。

尽管还早，住在吊脚楼的女人们已经忙活开了。三三两两的苗族少女蹲在江边搓衣服，几个少妇在另一边洗米洗菜，几个老妪则在竹椅上拉起了家常。对面酒肆的老板娘认真地擦着桌椅。霎时间，棒槌敲打衣服的梆梆声，淘米做饭的哗哗声，打开年久失修的木窗发出的刺啦啦的声响，和着汩汩的船桨声，在这绿缎子似的江水上荡漾，像一支美妙的乐曲，奏响凤凰人一天生活的序曲。

渐渐地，小城惺忪的睡眼变得光彩熠熠，江边往来的船夫更多了。船夫相互吆喝着号子，一口地道的湘西话回荡在悠悠的沱江上，世世代代流传。沱江中央有一个竹棚搭起的戏台，立在正中的大花鼓就是唯一的乐器。美丽的土家族姑娘正在招呼过往的船只点歌。她的普通话不太标准，夹杂着方言，声音温婉，偶尔有男人说些挑逗的话，她们也不卑不亢地应对，最后那些人只好讪讪离去。姑娘唱着动听的山歌，那是大自然的声音，用纯粹包容世界的纷扰。

我在古城的石板路上绕了一下午，参观了许多名人的故居。总感觉，先人化作一粒粒尘埃，带着湿湿的想念，又回到他们心中始终走不出的凤凰。

日薄西山。沱江边的酒肆前，一方矮几，几个人盘膝而坐，矮几上的小火炉暖着酒，陈酒的香醇慢慢荡漾开来。江边吊脚楼陆续亮起了红灯笼，团团红晕泛起在水面上，显得幽美神秘。远远地，水上点点星火漂来。待这些星火漂至近前，我才看清，原来是河灯。卖河灯的都是女孩子，她们眼睛清澈透底。大伯买完了一个女孩所有的河灯，她帮我们把短短的烛芯拨起来，然后兴高采烈地跑开了。小小河道，那么脆弱，居然能托起一片光明，真令人惊喜。它们在沱江上漂下去，那点点星火在水上被风吹得摇摇晃晃，渐行渐远。

梦一般的凤凰，沈从文把它写进小说里，黄永玉把它画在纸上。还有那么多的湘西人，用他们认为永恒的方式，在每个人心中种下一个梦。梦里是凤凰春花般的诗情，秋月般的画意。

月下的沱江散发着引人遐想的光芒，轻柔的涟漪摇着江边的吊脚楼，凤凰在夜色中沉沉睡去……

（指导教师：方娄星）

点 评

对自然风光、人文景观，不仅要描写景物，更要体会其神韵。《凤凰一日》这篇游记就有浓浓的韵味。那里“光着膀子的船夫”“住在吊脚楼的女人们”，沱江上的号子声、点歌声，以及夜晚的河灯，都写得生动传神，充满诗情画意。

离别与重逢之间

□ 浙江省湖州中学　陈思凝

每个人都在自己的人生路上行走。也许之前我们还与亲人和同伴同行，但在下一个路口可能就要分离，独自前行等待重逢。诚然，在离别之后、重逢之前，我们是单身一人，但我们并不用伤心、难过，因为有很多情感会在离别与重逢之间陪伴我们。

离别只是身处两地，属于彼此的亲情与友情依然盛放在各自的心中，不会流失。友情不老，天涯海角，你我依然是朋友，依然记得彼此的喜好，依然挂念对方是否安好。

李白的诗中，《赠汪伦》给我留下很深的印象。在我很小的时候，在还不懂李白诗中的抱负和孤寂的时候，我就深深记住了这首诗。在诗里我看到的不是两人因不舍而流泪的画面，而是因感动而微笑。

李白该是站在岸边，背对微微荡漾的湖水，潇洒地笑道："桃花潭水深千尺，不及汪伦送我情。"千尺的桃花潭都不及一个知心朋友在离别时的相送，彼此不说，可彼此都懂。这份友情，他会一直珍惜；这个朋友，他会始终铭记。

当李白乘舟离岸时，当他终于看不见汪伦时，我相信，他一直是笑的。因为他在离别时收获了一份支持、感动。

离别之后，重逢之前，陪伴我们的不再只有炙热的阳光、清冷的月光以及这些光芒下我们自己的影子，还有一份远方的祝福、一份远方的支持。属于彼此的往事，不只是代表过去的记忆，而是美好曾经存在的有力凭证。

于是，我们灰心时，拿出一份鼓励照亮自己；寂寥时，拿出一份支持陪伴自己；伤心时，拿出一份祝福安慰自己。

我曾经也在街上的人潮中、深夜的月光下感到孤单，但自从我看到一句话后，我内心便充满了力量。它像是一句呢喃，细碎地进入耳膜，柔软地落在心尖上。那是普希金的一句诗："在你孤独、悲伤的日子，请你悄悄地念一念我的名字，并且说：有人在思念我，在世间我活在一个人的心里。”

亲人和朋友不曾遗忘我们，他们温暖的怀抱和笑脸从不曾冷却。在这个偌大的世界，我们并不是孤身一人，这便足够使我们坚强与快乐。在心怀温暖的离别与思念之后，我们与亲人和朋友总会再相逢。而再盛大的重逢，也会有接踵而来的再次分离，如同烟花一般。

显然，苏轼也曾如此认为。在中秋节与弟弟重逢的晚上，他略带无奈与不舍地吟出：“此生此夜不长好，明月明年何处看。”再圆满的月亮，也会在十五之后渐渐缺下去。但没有重逢后的离别，又何来下一个渐渐圆满的月圆之夜？

张小娴说过一句话：“有时候，必须有前面的苦心经营，才有后面的偶然相遇。”地球在转，我们的生活也循环往复，离别、重逢、离别……因为离别的人对我们来说很重要，我们才会如此期待重逢。只有前面满怀期望地等待，才能之后满心欢喜地重逢。

在离别与重逢之间，我们心怀朋友与亲人的柔软祝福，又满怀期待地等待重逢。我们不孤单，我们很幸福。

（指导教师：乐赟）

点评

《离别与重逢之间》满怀深情地展开了人生中常常面临的这一话题，是一支亲情与友情的赞歌。亲情与友情是美丽的花，永远绽放在我们心中。

乌苏日出

□ 山东省实验中学　王逸菲

我跟阿牧登上伊力嘎山山顶时，天色还很沉暗，漆黑如墨，东方天际渐渐露出葡萄酒般的深红，由浓转淡，像是醉人的邀约。因为是趁着父亲还没醒偷偷溜出来的，做贼心虚的紧张感带给我莫名的兴奋，甚至感觉得到血管在皮肤下噗噗地跳动。我瞅了一眼阿牧，他弓着腰，双手撑在膝盖上，气喘吁吁的，黑亮亮的小眼睛里却掩饰不住欢欣。他看见我看他，冲我吐了吐舌头。

“姐，幸亏没听你的，再晚些出来天都要大亮了。”他拍着上下起伏的胸口，模样神气得像个小山精。“都怪你慢吞吞的，爬个山累成这样。要是爹责问起来，我就说全是你出的鬼主意。”“切，你耍赖。”阿牧嘟着嘴，一屁股坐在地上，把两条腿盘了起来。

我没说话，也在他旁边盘腿坐下。这时的夜色已经像是掺了水似的，原本浓得化不开的墨色一点点褪去，色泽愈来愈绯红，隐隐逸出几丝温柔至极的光泽。山下的乌苏镇轮廓渐丰，如同婴孩一般安然酣睡。黑龙江和乌苏里江像两只环绕它的手臂，水波在破晓的微风里摇曳得像游鱼身上的鳞。

“姐，你说，爹为什么每年这时候都来乌苏？”阿牧突然转过身来，直勾勾地看着我。“这儿的鱼好，赚钱多呗。”“那赚钱干吗？”他把两只黑熠熠的眼睛瞪得圆溜溜的，瘪着嘴。“小白眼儿狼，”我冲他脑袋狠敲一下，“爹不挣钱你吃什么，谁供你上学？”“我可以不上学嘛！我也去捕鱼，跟爹一起。我是男子汉，我得赚钱养家！”他说着挺起了胸脯，黝黑瘦小的身子显得有些孱弱，乌黑的眸子里却闪着认真而倔强的光芒。“是男子汉就上学去，上学才能有出息。”我哭笑不得地拿出大姐姐的架势教育他，“你不用急着赚钱，爹这次挣的钱，足够养活咱了。”

阿牧回过头，安安静静地盯着微微泛白的天际，我知道他在想什么。这个世界上总有一些艰苦地生活着的人们，他们为了并不丰厚的回报起早贪黑地劳动着，为了一家人的生计不辞辛苦地工作着。就像这个小镇上所有的渔民一样，无论日子多么艰辛，只要认真而努力地生活，总会有希望的。

我们都没再说话，黎明越来越逼近，给人难以名状的紧张感。我兴奋得不敢眨眼睛，害怕在一闭眼的罅隙里就错过了日出那一刹那极其绚烂的景象。

天穹已经是湛蓝色了，远处黑色的山脊隔开了天空与江面，而在那说不清是群山之后还是江面之尽的地方霍然被拉开一道裂口，最初的几道光芒驱散寒冷的黑夜，仿佛世间所有的光明与温暖都要在这一秒汹涌而出。那深红色的火焰，白驹过隙间点燃了薄如轻绡的云和粼粼江水做成的引线，将天空与江面印染成透亮明澈的橙黄色的火的原野。靛蓝、橙黄、深红，仍然静默的黑色的远山，渡口停泊的镀上金色轮廓的渔船，沉浸在睡梦中的小小的乌苏镇。琉璃般瞬息万变的画卷。原来没有什么比光明本身更令人向往，没有什么能比温暖更让人坚定。阳光融入血液，缓慢而灼热地流进心房。

“好美……”阿牧在我耳边不由自主地赞叹，眉梢和唇角都浸润在温柔的晨光里，他咧嘴冲我一笑，“乌苏既然在中国的最东面，那咱岂不成了今天全中国最早看见日出的两个人？”“也许不是。”我说。阿牧愣了愣，接着又笑起来：“你说得对，咱该回家了。”

我们跑回乌苏镇时那轮红日已经有了满目的光芒，一方的异彩湮没了四周的星辰，揭去满天睡意，洋溢着新一天的曙光。阿牧扯了扯我的衣袖，轻轻说了声：“是爹。”

我顺着他的目光望去，父亲高大却有些佝偻的身影静默地伫立在渔船上，向着日出的方向。

“这是最早看到日出的人呢。”我和阿牧相视一笑。

（指导教师：史立新）

点　评

常言说：“父母是人生的第一任老师。”在写父亲的参赛作品中，《乌苏日出》是颇具特色的一篇。文章似乎主要是写姐弟俩早起看日出的情景，实际上侧面描写父亲的勤劳，而篇末“这是最早看到日出的人呢”一语可谓画龙点睛之笔。

他　们

□ 浙江省义乌市第三中学　朱辰乐

我时常会想起他们，他们为生计而辛苦地奔波，决不被生活的重担所压垮；他们有着天使般纯净的心，不愿被金钱的诱惑所玷污。

去年夏天，热浪一阵阵袭来。大街小巷的空调外机没有停歇的时候，人人都躲在家中，害怕外面那岩浆般滚烫的阳光。清晨七八点钟，楼上天台传来施工的声音，令人听了有些烦躁，于是无心睡眠，揉着惺忪的睡眼打开门一探究竟。门外两个工人正往天台搬水泥，我这才想起天台要装修，便靠着门框打量了一下他们。两人大概是夫妻，四十来岁。女人的衬衣沾满了尘土，但头发却盘得一丝不苟，干净利落，她皮肤黝黑，见了我便默默低下了头，像是有一种莫名的自卑。那男人的衣裳早已被汗水浸透，眉头总是拧在一起，似乎有什么不顺心的事，但手脚却十分麻利，专心致志地干着活。

我走回房间看书，直到中午十二点阳光越来越炽热的时候，天台施工的声音也丝毫没有减弱。怎么，这么热的天，他们还在干活？我合上书，打开门，看见那女人蹲坐在楼梯上，汗水大滴大滴地从她额前滚落，她的头埋在双膝间，十分痛苦的样子。我猜她是中暑了，忙去搀她，想让她进屋里休息，她却好似吓了一跳，拼命摆着手示意不用，逞强地要起身，但早已没了力气。我扶着她进了屋，让她先在沙发上休息，然后翻箱倒柜地找解暑药。转过身来，发现那女人拘谨地坐在一把椅子上，手不停地扭着衣角。我递过水和药去，让她服下，她接过去小心翼翼地喝完，然后不知用什么方言对我叽里呱啦说了一大串。我问她："会普通话吗？"她摇了摇头。我又问她："吃午饭了吗？"她愣了一会儿，低下头，沉默不语。我明白他们没吃，于是让她好好休息，自己上了天台唤她的男人下来吃饭。我拿了牛奶面包给他们，让他们快吃，然后自己退回房间，害怕他们因为我在而不敢吃太多。

良久，我慢慢地从房间内踱出来，发现东西只吃了一点儿，牛奶一瓶也没喝。我有些无奈地看着他们。这时那个男人急急地用十分生硬的普通话向我解释：

“对不起，我们只是想带回去给孩子吃。”一提到孩子，身边的女人便哽咽了起来。那个男人继续说，他们夫妻俩没什么文化，挣不了什么钱，家中那个五岁的儿子难得喝着牛奶，所以……我懂了，便找了一只大袋子，把所有牛奶和吃的装了进去，又进厨房找了一些，告诉他们，这些东西先放这儿，下午收工后来拿。女人不停地向我鞠躬，男子的嘴唇颤了一颤，对我说了声谢谢。下午一两点钟，太阳最是毒辣，但夫妻俩似乎干得特别卖力。我摸出口袋里的两百元，悄悄地塞在袋子底层。

十多日后，工程完工，夫妻俩离开了。晚饭时，父亲告诉我：“那男的很奇怪，工钱硬是退了两百回来。”母亲在一旁搭腔：“还真什么怪事都有，钱也不要了。”只有我懂这一切，偷偷用手背抹去了眼角的泪。

他们虽然贫穷，却教会了我许多——善良、勤劳、自尊，都将是我一生享用不尽的财富。

（指导教师：朱伟刚）

点 评

《他们》中的这对夫妻再普通不过了，但就从他们身上，“我”获取了“一生享用不尽的财富”——善良、勤劳、自尊。

不要遗忘经典

□ 山东省宁阳县第一中学　赵文祯

中华文化的长河流淌至今，承载了几千年的文化；一部部历史的经典是文化的精髓，见证了人类文明的一个个进步时期。从《论语》到《史记》，从《诗经》到《红楼梦》，无不充满着浓厚的文学色彩，堪称世界文学宝库中的瑰丽篇章，但它们在人们特别是青少年心中的地位究竟如何呢？

推开书店虚掩着的门，想寻几本经典一阅。走到书架旁，我立刻感到情况不妙。明明人很多，但名著书架前较为冷落，而许多人都坐在青春小说、玄幻武侠小说等畅销书前，有滋有味地品尝着时尚的快餐。而我所处的名著专架，就好似清汤挂面般，顾客寥寥。难道经典已从人们脑海中遗忘掉了？

是不是那些书很好看呢？我放下《资治通鉴》，走向大众文化书架，挑选了一本，学着其他人的样子看了起来。可刚读了几句，我就有一种不适的感觉，急忙把它放回书架，若不是店主在旁边，我真想将它扔掉。书中堆砌的尽是些看似深奥实则空虚无比的华丽辞藻，再就是让人作呕的煽情语言，没有丝毫的含蓄之美。文字如此露骨，竟也明目张胆地放在青少年读物区！

我痛心地站在名著书架旁，手捧着落了一层灰尘的《论语》，脑海里浮现出一幕幕情景：孔子不知疲惫地传授知识，弟子不分昼夜地整理着他的语录，终于，在他们的努力下，《论语》问世了……而传承至今的这部经典，竟被当作摆设放在书架上，上面的灰尘清晰地诉说着它无人翻阅的痛，而这也是中华民族的痛啊！这样的传世经典，竟也渐渐被人们遗忘。

李太白的浪漫被扭曲，取而代之的是所谓言情作品中的浪漫邂逅；苏辛的豪迈被打入历史的浪涛中，取而代之的是武侠小说中的“盗亦有道”“玄幻莫测”；易安的婉约裂成了碎片，取而代之的是故作姿态的无病呻吟……我迷茫了。我该何去何从？怀抱着经典，我长叹：“吾又能与谁同归？同予者，何人？”

经典是民族精神的精髓，它不是书架上的摆设，更不是写作时为了彰显自己的文化底蕴而用来随便取材的储藏室。它是一个民族的魂。

在寻觅中,我眼前一亮,注意到我们的语文教材还是以经典文学为主的。在教科书上,我们学到的是孔子因材施教,是司马迁忍辱作《史记》,是唐诗、宋词、元曲、明清小说,是鲁迅用尖锐的笔锋直刺敌人的胸膛,是中华文化的精华。原来,经典并没完全遗失!

同学们,不要只捧起时尚读物读个没完,不要再对中华经典皱眉。请想想,为什么这些经典传诵了几千年仍不衰亡?这就是经典的魅力。一部好书,读多少次都会有不同的感受,就像那一首首经典老歌,唱一遍有一遍的回味……

我希望下一次推开书店的门,会看到经典名著专架前排起长队,即便是要排队,我心里也会像吃了蜜一样甜。我希望人们能爱上经典,品味经典,让生活充满经典的味道。不要遗忘经典,我们要让经典继续传承下去,在中华文明的大河中重放光辉!

在涌动的人流中,我不再迷茫,又找回了方向。我坚信,我,不,是我们,一定不会遗忘经典!

(指导教师:吴清)

点 评

中学生课外阅读如何取向?怎样处理经典文化与时尚文化的关系?《不要遗忘经典》一文观点鲜明地阐述了经典名著的价值,批评了冷落名著的态度,感情强烈,有较强的感染力和号召力。

别致的小院

□ 江苏省南京市金陵中学　张晓

爬山虎静谧地攀上来。那是个别致的小院。

小院很近亦很远。

小院是婆婆公公年轻时就筑起的，带着那个时代的灰土气味。它不大也不小，恰好圈住一家人的心。那时候工匠的手艺很好，灰青色的老砖安逸地码摞着。这灰青色的一片，圈起了一个温柔的平瓦房。我住在这低低的屋檐下，离这个小院很近。

午后，小院里会摆出一个个朽蚀的小板凳。我最喜欢这些凳脚长短不一的小家伙，喜欢驾着这些“木马”淘气地驰骋。可爷爷奶奶们坐在这些小凳上却那般安稳、温润。

村里的爷爷奶奶们，跟这个小院很亲近。歪头爷爷说：“这个小院蹲了我的多半生。”

我现在身在城市里，离小院很远。

小院很土也很雅。

这小院，实在土得很。当第一脚迈进这个别院，会有一种人畜粪便的臭味。侧身看去，是一方规整的小菜地，黝黑的润土上有时是小葱的身影，有时是青菜的裙摆，偶尔也有西瓜的圆润。这里经常有一顶草帽和一个瘦削的影子。我记得自己踩着拖鞋叫婆婆吃饭的光景，也记得捏着鼻子连连叫臭的痛苦。

小院也有风雅之时。小院里有棵长了二十多年的蜡梅。印象里，小时候的冬天比现在冷得多。小院里的一切都怯生生地睡去了。可是蜡梅偏不歇息，幽幽地倾吐着一腔热息，它黄色的花朵儿在风大的夜里悠然飘落。这时候，有一个人是乐极的，她干瘪的脸上凝结了许多风霜，头上顶着一个毛线织的褐红帽子，一声不响地走进院子，不跟我们讲话，径自闻一闻树上的梅花，挑一枝最香的连枝折下，插在耳边的帽檐上……她是那样爱美，虽然已年近八十。她和小院一样，雅得很。

小院很闹又很静。

深秋是我最欢喜的日子。小院也迎来了自己一年中的忙碌。拖拉机从不远处的稻田里驮来了一筐筐的稻谷。全家人系着蓝布围裙,戴着护袖开始了忙碌的劳作,绞稻机轰隆隆地撕扯着,而我们这帮小孩子围着它跳闹着。此时的小院,喧闹不息。

而到了夜晚,拖拉机、绞稻机都已歇息,大人们也都沉睡了,一切沉静不语,但也许,还有几个小孩子躺在稻谷上嬉戏……

前不久我终于回了一次村子,去看了久违的小院。我搬离小院已有五年,很多人随小院去了,菜地上的婆婆不见了,折梅花的奶奶消失了,高高低低的小凳也废弃了……

我们的小院成了别人的院落,而我成了院门外的别人。

（指导教师:邵艳）

点 评

《别致的小院》以平常景物作为言情的载体,富有韵味。文章细腻地描述了与“我”童年相伴的“带着那个时代的灰土气味”的小院,那里“很雅”“很静”,那里有至亲的“婆婆公公”“折梅花的奶奶”,娓娓叙述中渗透着浓浓亲情。

柔软与坚硬之间

□ 山东省实验中学 张梦莹

聆听粉墙黛瓦间的私语，吟唱纳西族歌谣中轻柔的小调，在油亮的青石板上触摸雪山的温度，在沁凉的溪水中放逐疲惫的思想，这曾是我对丽江古城的全部想象。

"一米阳光""柔软时光"，丽江的店面招牌通过电视剧导演的镜头和摄影师们拍摄的照片展现在了世人面前。偶然间，在《中国国家地理》杂志上，我看到了一幅图片：一位中年的纳西族妇女挑着扁担行进在清晨的丽江古道上，竹篓里堆叠着满满的衣服，像是刚从河边洗好的；磨得发亮的竹扁担深深嵌在肩膀里，它弯曲的弧度令人咋舌。妇女留给人们的只有一个背脊微弯的背影，还有因发力而显得肌肉纠结的臂膀。在那一瞬间，我感到一股深深的战栗从脚底直冲头顶。不对，不对！这怎么能是那个柔软明丽，仿佛永远不需要劳作的丽江古城呢？

为了解答心中的疑惑，我只身到了丽江。

笼罩在微醺的夕阳里，丽江古城的一砖一瓦一石一桥，都如同蒙娜丽莎的微笑般有着恰到好处的柔和曲线。橘黄色的光晕包裹着客栈的酒旗，包裹着溪边的青草，包裹着纳西族人头上的巾帽，一切都那样惬意。我轻轻地发出一声慨叹。对嘛！这才是丽江，一个寻求宽慰与安宁的天堂。带着满心的熨帖，我踱进木王府驿站，打算明早再仔细地看看丽江。

清晨，带着雪山清凉与野花幽香的空气，把我从酣眠中唤起，丽江还在沉睡，我轻轻地推开了小窗。雾蒙蒙的丽江泛着灰黑的色调，空无一人的街道有些冷清。隐隐约约，一阵咯吱咯吱的声音由远及近。是谁？我不禁疑惑。突然，在石板路的尽头转出了一位纳西族的妇女，她挑着扁担，低头匆匆地前行着。这竟然和杂志上的图片如出一辙！难道我的结论是错的？我马上从床上弹起，抓起罩衫就出了门。

跟着妇女七转八转，远远地就听到了一阵阵梆梆梆的敲击声，我的心也随着这声音快速地跳动着。转过了一条小巷，一幅繁忙的景象陡然出现在我的眼前。小溪边坐满了正在洗衣服的当地妇女，她们挥动着手中的木棒，一下又一下地拍打着石上的彩衣，溅起的水花沾湿了她们的额发与手臂。

我立在巷口，呆怔地看着她们的身影，脑海中浮现出了一个词——坚硬。当游人们都还在沉睡的时候，她们就已经披着星辰出来劳作，洗衣服，生灶火。在纳西族人的生活中，永远不会有坐在咖啡馆中悠闲地呷一口咖啡的时候，她们居住在柔软的古城中，拥有着坚硬辛苦的生活。如果不是亲眼所见，我绝不会相信，在洋溢舒适与惬意的笑颜外，也会有浸满汗水的坚毅的面孔；在躺椅上随意晒太阳舒展关节的身影外，也会有弯曲背脊、肌肉发力的身影。对于我们来说的“柔软”时光，对于他们，竟是承受着生存之重的“坚硬”时光。

丽江古城的柔软与坚硬，给了我太多的震撼和感触。原来，粉墙黛瓦间不只是浅浅的私语，还有辛苦劳作的喘息；纳西族小调不只是轻柔曼妙的，还有坚强与刚毅；青石板上也不只有雪山的冰凉，还有汗水的滚烫。

在这柔软与坚硬之间，我发现了另外一种美，一种不同于宣传画，而是真正让心灵震撼的美。

（指导教师：季兴华）

点　评

《柔软与坚硬之间》写的是丽江古城，着眼于写丽江人的性格美，尤其是坚毅的精神，文字优美，角度新颖，内涵深刻。

封笔之后

□ 四川省宜宾市第一中学校　杨文

他是一个作家，一个完全靠稿费生活的全职作家。多年的执笔写作让他已在文坛小有名气，此生仅靠笔杆子便可富足度过。也许是厌倦了多年风平浪静、白纸黑字的生活，也可能对自己笔下那些形形色色的人物有了些许莫名的羡慕，他决定封笔转行！

那么，封笔之后，该做什么呢？

他想到了当歌手。毕竟搞文学也是一种艺术，转行可不能掉了价！他这样想。虽然平时也喜欢在没人的时候哼上两句流行歌曲，可后来他才知道“喜欢”和“擅长”是有区别的。他先录了两首歌，把它们寄给了一家唱片公司，一周后被退了回来，理由只有四个字：水平一般。是不是太少，体现不出自己的水平？他这样想。于是他又录了十二首，从古典到流行，从蓝调到摇滚，样样都有，寄给了另一家唱片公司。一周过去了，没有被退回，日历撕下了七页。两周过去了，没有任何消息，日历撕下了十四页。当日历撕下第十六页的时候，报纸上一则新闻引起了他的注意：“某唱片公司在试听某歌唱爱好者寄来的歌曲时，在场试听人员均有不同程度的呕吐、昏迷现象。一个上年纪的清洁工人在工作时‘不幸’听到这张光盘里的歌，突发脑溢血，送到医院后不治身亡。”为了表现真实性，报道下面还列出了歌曲的名称表。不多不少，正好十二首。对此，他只好耸耸肩，顺便为那位“不幸”的清洁工默哀。

看来歌手是当不成了，毕竟他还是个良好公民，还不想引起社会的恐慌。那么当演员吧，走路说话谁不会？他又想，况且自己曾给几个电视剧写过剧本，给十几部电影写过影评，干这一行有前途！所有当演员的，不管有名无名，都明白一个惯有的道理：演戏，是从跑龙套做起的。身为作家的他也明白凡事都该循序渐进，一开始他对自己的戏份也没多大要求。于是，在电影公司门口和那些做着明星梦的热血小青年们一起等着剧组出来叫人。三天过后，他终于等来了自己人生中的第一个影视角色——尸体。这个角色一句台词也没有,只要在导演喊了一声“开始”后躺下不动就行了。躺了大半天,领了二十块钱,在最后影片剪辑的时候,自己那唯一被摄像机录到的一瞬间镜头却被无情地剪掉了。演尸体的人很多,大家挤成一堆,脸上和身上涂上番茄汁,即使被主角、配角之类的踢来踢去也不能动。根本没机会露脸,也就看不出演得出不出色,自然而然就埋没了他的演员“天赋”。尸体过了还是尸体,偶尔运气好分到个路人乙,被主角(或配角)抓住领口后又变成了尸体。然后,时不时地在剧组发的衣服上又会多出几个脚印。

终于,在演完第二十七次尸体,同时也是第十七次被踢到脸后,他愤怒了!他毅然离开了剧组,买了最快的车票回到家中,拿出了那支尘封了快一年的格纹派克笔。铺卷,起草,落笔,完稿,一部长篇小说《我的换位生活》完成得那么完美流畅。他将作品寄到一家熟悉的出版社,审批,定稿,出版,上市。一次新作的成功来得是那么轻车熟路!

签售会结束后,他回到家里,看到正在为大学志愿选择而发愁的儿子,拍拍他的肩膀说:“孩子,你要记住——一个人失败不一定是因为他能力不够,而有可能是因为他选错了角色。”

(指导教师:张义芳)

点 评

《封笔之后》是一篇幽默而不失严肃的小小说,写了一位体验型的作家的经历。作者挥洒自如、从容不迫地把他的形象勾勒了出来,语言幽默,饶有趣味。

西 域

□甘肃省武威第二中学 袁博

家在西北，对于“西域”这个词便有了亲切的感触和特别的偏爱。虽然在这里雨成了人们昂贵的渴求，虽然这里有无尽的沙漠。

沙漠中有着最为尊贵的颜色——满眼的金色。但更吸引人们目光的，还是边缘处生长的芨芨草和白刺果，因为它们戈壁才更有生气。

我并不曾见惯大漠孤烟，却常见大漠落日，还有大漠中的星辰。大漠的落日是被霞光遮挡的，模糊中呈硕大的盘状，如血的云霞早将它淹没。不仅是血红，还有水红、橘红、朱砂红、胭脂红，各种各样的红色把大漠不断翻出新花样。待到入夜，金沙又被涂成银屑，墨色的月，寒冷的星，这是大漠中最寻常的苍凉。夜中的大漠，不似白日焦灼，而成了死寂。大漠的落日，大漠的星辰，都是无词的曲。唱诵着繁华后的散场，咏叹起散场后的凄凉。

更让人期待的便是西北罕见的雨。西北也是有雨季的，可是来得晚，还颇不情愿，拖拖拉拉半个月，每过三两天，水洼里也可映出蓝天绿树。雨季是在入了秋的八九月。每当风刮过杨树的头顶，使它们萧瑟地吟诗，燕子便像出征的战士，一步三顾徘徊着离开。这个时候，雨才会露个脸。

诚然，我是喜欢雨的，小雨、大雨、阵雨、雷雨、暴雨。我又怎么可能不喜欢雨？看着路边汩汩汇聚的雨水，心中便有说不出的欢腾。

雨天的黄昏很有韵致。泛着晕光的暮色将远山勾勒，宁静悠远。不由得便会想起如诗般的江南，想着那青山常青，长江长流。若说江南如诗，定是由李煜、李清照或是林逋来写，才显得澄澈灵动。可要说西北如诗，东坡都有些拘束，反不如草原的酒歌，更不如大漠的歌谣，才够得上洒脱。江南雨后的黄昏下是潮湿的青石板，是撑伞的女子，西北的暮色下仍旧是漫漫黄沙和叮当驼铃。

隔了夜雨的清晨，云块集结在天边，只有太阳升上去，云块才徐徐散去，一不留神，就能让云块遮住日光，几道光柱从支离破碎的云层间渗漏。

西北的雨季是不长的。十几日下来,秋叶都有些零落,天际更添了苍白。只是我格外期待着西北的雨季,心情也会照应着《意大利童话》的卷首语:“忽然间黄昏变得明亮,此刻正有细雨落下。”于是,心恍然被雨洗过。

我是偏爱着西域的。西域是秦汉胡马踏过的沙石,是将军打马离去的侧影,是舞女翻飞的衣袖,是乱世悲凉的放歌。它盛满了岁月的佳酿,溢出了流光的华彩。

西域,似乎已不是胡汉杂居的番邦,不是战乱不绝的重地,也不是文化融合的母体。或许,西域在我心中,再也不是隐含着过多修饰的名词,早就化成了一首无言的歌谣。

(指导教师:蒋存堂)

点　评

《西域》的语言节奏感、色彩感很强烈,渲染出几分豪放、几分苍凉,是地域特色,也是作者的心情。

小城故事

□ 山东省海阳市第一中学　马禾

家在四楼，顺着逼仄的楼梯蜿蜒下行，经过张家妈妈的煤堆，绕过王家宝宝的婴儿车，嗅一下李姨门口好几盆怒放的栀子，然后推开楼道口那扇厚重的铁门，眼前蓦地明亮起来。

花坛里的三叶草已有些泛黄，不知打哪儿来的野猫懒洋洋地躺在一片枯黄中，斜睨着突然出现的我。我冲野猫打了个招呼，顺手放下从家里拎出来的鱼骨头。谁知竟有人先我一步送来食物，看分量似乎不止一份。呵，这个好命的家伙。

告别野猫，一路向北，路边是废弃的烂尾楼，一片颓败间盛开着几株葵花，稀稀疏疏地站着，却开得格外艳丽。是记错了花期，还是不忍看到这世界变得了无生机？明亮的黄色突兀地出现在这冬日的萧瑟里，看得人心里泛着暖意。

路的尽头左转，世界突然变得喧闹起来。匆匆驶过的汽车起劲地鸣着喇叭，晨练回来的老大爷的笑脸氤氲在早点摊腾腾的热气里。

卖早点的阿姨不知从哪里找来一块小黑板，上面写着“高三学生，豆浆免费”。路边卖菜的婶婶扯着她的大嗓门提醒你“路上小心”。

突然，耳边传来一阵咯咯的笑声，不用说，准是那群叽叽喳喳的“红领巾”。我捧着刚出锅的油条站在路边，静静聆听这幸福的早晨。

吃饱喝足后，沿着步行街向东慢行，不觉间便到了小城最热闹的地方——喷泉广场。护城河从广场中心穿过，因是冬天，河水甚是单薄，每隔几步便露出几处河底的淤泥。胆子大的小孩会跳下河去捉住那些搁浅的小鱼，小心翼翼地放进盛满水的透明袋子里，然后一路雀跃着跑回家去，满心的欢喜挂在脸上，连空气也变得明媚起来。

记得北京奥运会开幕那天，我联络了小区里男女老少几十号人集体奔赴广场。广场中间的大屏幕上演绎着开幕式的盛况，熙熙攘攘的广场竟比白日里还要热闹许多。不知是哪路神仙拉来一车啤酒，全场管够。我和芋头一人一瓶席地而坐，对着大屏幕高呼干杯，引得旁人一阵侧目。主火炬点燃的那一刻，不知是太过激动，还是酒精的刺激，我们俩竟然一边傻笑一边抱头痛哭。那一刻，我突然觉得，这个国家，这座城市，这千千万万跟我一样的人们，这一切的一切都是那么美好，那么祥和。而今，再次回忆起那晚的情景，嘴角仍情不自禁地泛起笑容。

我带着一脸微笑离开广场，穿过马路，来到地下超市的入口。我要用微笑去送别那个让人心疼的师傅。

“我决定不走了。”师傅的半个身子隐在阴影里，一张嘴便是这一句出人意料的话。

师傅是个玩摇滚的姑娘，却教了我半年的葫芦丝。半年前，北漂的她来到这座小城，在地下超市的入口处颓废地拨着吉他。酷爱逛超市的老妈渐渐跟师傅混熟了，便张罗着替她租了间小屋，又担心她没有固定收入，于是请她教我葫芦丝。

师傅曾说她的梦想在北京，而北京却让她头破血流身心疲惫，她还说小城很好，好到让她不敢再待下去，她怕爱上这里，便再没了北漂的勇气。

今天，本该是她离开的日子，我却意外听到了这样的决定。惊讶之余，我不解地问道：“你放弃你的梦想了？”“我用了一个晚上的时间跟这座小城道别。我穿过那些安谧的楼群，走过那条静静的护城河，看着那些或快乐或悲伤的路人们，我突然发现这里充盈着太多的美好。我不过是找寻一个寄托音乐的地方，北京的繁华掩住了它的苍凉，这里才是我真正的梦想。”

我狠狠地拥抱着她，这个曾经一身朋克扮相的姑娘，而今穿着干净的米色风衣，安静地朝我微笑。她的身后是超市里来来往往的人群，是城市里随处可见的幸福。

想起一路上的微笑与感动，看着天空那明目张胆的蓝色，暖暖的阳光洒在身上，洒在这座明媚的北方小城里。

很小很小的城，很大很大的爱。

（指导教师：王萃华）

点　评

《小城故事》一文以小见大，有很大的想象空间。内容似乎杂乱，逼仄的楼道、烂尾楼边的葵花、喧闹的街头、热闹的广场、地下超市……几乎是信手拈来，然而却贯穿一个主题：很小很小的城，很大很大的爱。

父亲与爬山虎之间

□ 江苏省西安交通大学苏州附属中学　郭晓琴

有一种情感，不是人与人之间的血浓于水；有一种情感，不是水和鱼之间的相互依托；有一种情感，不是花和叶之间的默默付出。这种情感，是一份希望，一份寄托，是父亲举手投足间和爬山虎无息滋生中的一种默契。

对苍绿一片的痴爱使父亲萌发了养一株爬山虎的心愿，于是不多日，他就不知从哪儿觅来种子，埋在墙下。数十日却未见一丝动静。正当父亲决定放弃的时候，在一个清晨竟有几根茎叶探出了脑袋。这是一个好的开头，我建议再给它几天的机会。爬山虎果然是争气的家伙，它似乎找到了施展才华的机会，积蓄了满身的能量在几夜之间爆发。

这是怎样的一种力量啊，这一卷白色的画轴根本满足不了它急切的、无法抑制住的膨胀的心。父亲的欣喜和它的成长一起赛跑，难分胜负。终于，父亲最爱的画面如他所愿，爬山虎爬满了墙壁。它长得如此葱郁，嫩绿的叶儿没过一个夏天就褪去了稚气，换上了一身成熟的打扮，苍绿的色彩铺满了白色的墙，甚至扒开叶丛你只能发现错综的筋络，它足够让你遗忘被占领的白墙。这是一个胜利的人发现成功的支点后，肆意地在展开宽大的双臂高呼："这是我的一切。"是的，它一直像这样呐喊着。

父亲对它的爱是有足够理由的，这不就是他的那股爆发力吗？那和爬山虎心心相印的爆发力！年轻的心总是对纷繁错综的社会抱有很大的憧憬。想当年，父亲还不过是跟着建筑师傅的小学徒，因为对钢筋混凝土堆砌的高楼大厦的好奇，初出茅庐的他寻求机会，接下了一座工厂的筹建。两年的付出并没有在竣工那天结束，良好的口碑让父亲频频接单。于是，在建筑这个小小领域，父亲占有了他的一席之地，就像爬山虎对白墙与日俱增的占领一般。

从未见过长得这样茂盛的植株，像一片瀑布倾泻而下，清晨的露珠挂在叶尖，太阳不吝啬地挥洒着光芒，而它们忽闪忽闪的，在和太阳嬉戏啊。父亲独爱这份刚劲中的调皮，他总是说，这家伙那俏皮的模样，就让我想起小时候的样子。

美好的事物似乎总是短暂的，和爷爷去世同年，我们家面临拆迁，想着这片苍绿即将消逝的事实，父亲不忍地几次在夕阳下驻足，像是要尽力记住它的模样。

推车还是来了，轰隆一声，墙壁倒塌了，爬山虎随着白墙的塌落埋葬在废墟，像爷爷的生命进入永眠。

过了大半年，爸爸回到乡下，竟意外地发现，那片残垣废墟中一股绿色正蠢蠢欲动，冲破水泥的压抑向外窥探，它们居然还活着！

记忆中的那片白墙早已倒塌，但白墙下隐藏的那份苍绿，一直在父亲的脑海里，像轻风下的烛火一般跳动着，跳动着……这是一种情感，父亲与爬山虎之间的情感。

（指导教师：许国庆）

点 评

《父亲与爬山虎之间》运用象征、衬托手法写“父亲”勇于拼搏、勇于进取的精神，写爬山虎实际上就是写“父亲”，形象鲜明，意蕴深厚。

站在我家门口

□ 湖南省蓝山县第二中学　周国栋

站在我家门口的是一条狗。这是只普通的狗，黄色皮毛，粗短四肢，腥臭的大嘴往外滴着口水，好一条正宗的流浪狗。

然而狗先生，你为何站在我家门口？似乎我家并没有养过类似的狗，同样也没养年轻漂亮的狗啊！难道你是来声讨我的？不对，你的眼睛告诉我，你不屑做这样的事。你的后腿是跛的，这一点我很好奇，是怎么跛的呢？是路见不平、露牙相助被小偷打跛的？还是狭路相逢、争风吃醋，被同类咬伤的？或是乞讨时被人打跛的？

狗是一种忠诚的动物，也是一种勇敢而可怜的动物。我现在考虑是否邀请站在我家门口的这位狗先生留下来，但毕竟我是一个弱小的书生啊！

正当我想开口挽留这位狗先生时，与我对视良久的它肚子咕噜一响，呜咽了一声，走了。

不一会儿，来了一只小花猫，黑白相间的皮毛，看起来是那么瘦小。

然而猫小姐，我想知道你为什么这么瘦小，为何站在我家门口？猫是一种可爱的小动物，富贵人家更喜欢养它。猫是消遣的宠物，难道你是来嘲笑我的，笑我是多么贫穷？可你的眼睛告诉我你是善良的，不会做这种事。而你为何会沦落到这种地步呢？是你主人搬家了，还是你迷路了？

正当我……它喵一声走了。

接着，来了一头猪，站在我家门口。

我家不养猪，我很好奇这头猪是如何逃离猪圈，逃离农村，来到城市，来到我家门口的。猪是一种家畜，生来便是吃了睡，睡了吃。然后肥了，被送进屠宰厂，咔嚓一声便成了人们的美食。

这肯定是一位英雄的猪。为表示尊敬，我用上了“位”，而不是别的量词。有了狗先生的教训，我开始想猪先生是不是来向我求助的。然而猪先生啊，如你所见，我不过是一个弱小得不能再弱小的人，而你是一位真正英雄的猪。你能冲破牢笼，冲破命运，奔向自由，而我却有种种枷锁，背负种种负担。应当是你来拯救我吧！

可惜，显然猪先生并没有为我的话所动。它那深邃的小眼睛只是盯着虚空的某一处，沉思着，沉思着。

这是一位智慧的猪，我想它应该在思考时间与空间的关系，可惜我的语言和它不通，要不就可以和它讨论一下牛顿三大定律、霍金的时间猜想以及金融危机等问题。我悲哀地想到，或许这位猪先生比我还牛，参加高考的文科状元也不如它。

我沮丧地望了望这位猪先生，还是把门关上了。

然后，门口站着一个人。

这回终于正常了。是谁？有可能是收水电费的，也有可能是收网费的，还可能是杀手、小偷，那样我就是死也不开门，把门反锁。

细看，那是一个青年人。白衬衫，牛仔裤，从口袋中拿出钥匙，居然开了门。

啊！原来这个人就是我自己。

（指导教师：李小莲）

点　评

《站在我家门口》是一篇很有底蕴的小小说，逐一写了“站在我家门口”的“狗”“猫”“猪”“自己”，让类似情景重复出现，从而揭示了怀疑、隔膜对于交流共处的妨碍，尤其是最后连“自己”都不认识，讽刺意味深长。

责 任

□ 江苏省盱眙县都梁中学　苏昌宇

快过年的那几天，真是太烦人了，天一个劲儿地下雨，家里的电路又坏了。

窗外，灰蒙蒙的天空中，寒风肆意地狂舞，四处追逐可以任意欺凌的对象。雨不停地落下。我心情很不爽快，这雨早不下晚不下，偏偏是在停电时下，让我如何过得了无聊的下午啊？而且下得这么大，也不知道电工会不会来，什么时候到，说不定连晚饭也吃不上了。我默默祈祷着雨快停。谁料老天爷真的和我作对，我越是焦急地期盼，它下得就越大。这使我更担心了，想着今天下午一定没戏了，这样的天气，电工可能不会来了。

在一旁打毛衣的母亲忽然对我说："对了，你爸还在洗澡堂呢！我得给他送把伞去。"

我开玩笑地说道："你去吧，但你一出去，雨一定会下得更大，你信不信？"

"丫头，就算雨下得再大我也得去呀！"说完，母亲就匆匆出去了。

这回倒让我给猜中了，不一会儿，天上下起了小冰豆，砸得屋顶咚咚响，雨精灵们大概是不想跳华尔兹，改跳踢踏舞了。我彻底地放弃了等待，电工一定嫌天气恶劣不肯来了。可就在我灰心丧气时，奇迹出现了，一个穿着黑色雨衣手提箱子的叔叔出现在路口，他在巷子里徘徊了一阵子，最后停在了我家门口。我欣喜若狂地开门请他进来。

很快，电路修好了。这时，爸爸妈妈也撑着伞回来了，两人既温馨又甜蜜，尤其是爸爸笑得合不拢嘴。我们请电工叔叔留下吃晚饭，但他说还有几家等他去修理，我们也不好过分挽留，只好目送他离开。

看着他在风雨中渐渐消失的背影，我感动极了。我想如果母亲不去接父亲，任他冒雨而归，父亲会怎样？如果电工畏惧天气恶劣，留念家的温暖，我们又会怎样呢？但母亲去接了父亲，电工来修了电路。母亲付出了辛苦，迎来了家庭的甜蜜和温馨；电工则舍去了和家人的团聚，让我们获得了方便和快乐。这是为什么？是为了履行责任，无处不在的责任，既苦又甜的责任，改变你我的责任。

外面冰雹声变小了，空中飘起鹅毛大雪，大街小巷很快成了一个粉妆玉砌的世界。雪花像穿着白色舞裙的女孩，翩翩起舞。一时间，我感到浑身都充满了温暖、幸福……

（指导教师：何善文）

点　评

我们应该关注那些普通劳动者，关注那些默默地为社会创造财富、为人民付出辛劳的人们。《责任》写电工新年前夕不畏风雨上门服务的事迹，赞扬了电工履行责任的精神。文章用母亲接父亲进行类比衬托，景物描写对渲染气氛、突出中心也起到了很好的作用。

曼陀罗与蓝莲花之间

□ 辽宁省沈阳市东北育才学校科学高中部　陶熠

若只剩两天，请让一天盛开曼陀罗，另一天盛开蓝莲花。

那一天，我去参加一位至亲长者的葬礼。我突然在夜里望见一朵曼陀罗——死亡之花。

对于那位长者的死亡，我的释然连自己都惊讶。头脑中从未觉得死亡是一桩恐怖的事，或许是因为记忆中那薄雾状的哲学告诉我，死是自然。可是我明明见到身边的人们如此悲痛，甚至在世时对那位长者不敬者，也在太平间的遗体前失声痛哭。我暗自揣测：他并非悼唁死者，而是畏惧死亡吧！

为何一种必然会惊吓着人间最脆弱的心灵？陆机的三首《挽歌》像爱伦·坡的一部小说，有些阴森，也有些梦幻。陆机此时或许还站在坟前，忖度着死者的无助，恰似入海的洪流无法阻挡。他为死者担忧，他怕饥饿的蠕虫啖食苍白的尸体，他怕永恒的黑夜拥塞死者的眼睛。一个潇洒的陆机，在死亡面前，显得脆弱与无助。

如果理解死亡是一种必然，那么他就不会将人生当作儿戏。闻一多在女儿闻立瑛夭亡之后，坐在灯前，点燃一支香烟，看着渐渐扩散的黑夜发愣。不知哪一刻，他懂得了死亡，写下了《也许》，写下了《忘掉她》。那坟墓上的幼松渐渐长大，他的胡子渐渐长浓，直到一声罪恶的枪声响起，闻一多的生命停止了奔走。他死得漂亮，因为他懂得死的必然，所以他宁肯让这一生仅有一次的盛宴，来得伟大些。

我笑着向长者挥挥手，走出了灵堂。

那一天，我在滚滚的人海中，望见一朵蓝莲花——永恒之花。

既然没有理由畏惧死亡，就有一千个理由去追寻永恒。永恒不是秦始皇的地宫和汉武帝的丹炉，而是屈原的自沉与李贺的泣血。一个敏感的文人，总有不知何方的尖刀刺痛他。会有那个声音像孩子一样依赖着他们，甩也甩不掉。那陆离的长剑与岌岌的高冠不只属于屈原，也属于王尔德。特立独行是内心抑郁孤独的外化。嘲笑是不可避免的，可他们不在了，人间只是灵魂的一站，车停的时候站牌上写着永恒。为了艺术，为了真理，“吾将上下而求索”。眼前这个想要上天求索的背影，傲岸得有些怪异。

不解与中伤是大海中的水，在游泳者的身边同游，我也似乎品尝过灵魂独舞的自由与刺痛，但我曾在人海中望见过那永不凋零的蓝莲花。于是笑一笑，看永远飘动的云，融化在心里，那么甘甜。

若我还剩两天，我要一天笑对死亡，一天浴火重生；我要一天盛开曼陀罗，一天绽放蓝莲花。那时，我飞上云端，听灵魂对我说：曼陀罗与蓝莲花之间，是生命的两天！

（指导教师：李凤山）

点　评

《曼陀罗与蓝莲花之间》涉及生命话题，文章以曼陀罗喻“死亡”——“永无”，以蓝莲花喻“永恒”——“永有”，在作者笔下，“永无”与“永有”实现了统一，只有不畏惧死亡的人才有可能追寻永恒。文章哲理深刻，富有启示性。

云端上下两地书

□ 福建省漳州第一中学　黄郑莺悦

一

超级大懒虫老爸：

天天今天吃完了青菜，也弹了《幻想曲》第一主题。老爸，你说过，天天弹完《幻想曲》就要送给天天一套《美少女战士》的碟片，你还记得吗？不许反悔哦！

老爸，妈妈说你睡着了，而且要睡很久。到底要多久呢？太阳都晒屁股了！今天是父亲节，老师叫我们把做好的小红花给爸爸戴上，还要亲爸爸一下。嘻，真是羞羞！快醒来，老爸。妈妈说把想说的写下来你就会看到。如果你看到了，要准备好碟片哦！

天天留

亲爱的天天：

我看见了呢，你吃完了青菜——那是妈妈夹到你碗里的。我也听到了你的肖邦，不过怎么听起来那么“硬邦邦”呢？

天天，对不起。爸爸现在在一个很遥远的地方，没办法把碟片送给你，但我想妈妈会替我送给你的。我知道你一定很奇怪，为什么只有我一个人去旅行呢？天天，爸爸是回忆着我们共同度过的快乐踏上旅程的，请原谅爸爸丢下你们独自离去。能遇见你们，爸爸很幸福。爸爸一直陪伴着你，在漂亮的云端。我多么希望跨过命运的汪洋，再次抱抱你，让你为我别上那朵小纸花。

天天，爸爸舍不得你和妈妈……

爱你的爸爸

二

亲爱的爸爸：

夭夭今天已经十八岁了。在你离开我和妈妈后，我们都渐渐成长为坚强的人。

夭夭坚持弹着钢琴，也坚持着你曾对我说的："要微笑地面对困难。"虽然很难做到。这十年来，我常常写着这些话语，却听不到你的回音。爸，你真的在看着我们吗？你曾在最后一页日记中写道："如果我离开，你们只要在第一晚为我哭泣就好，剩下的送别，请葆有你们的微笑。"可是夭夭没做到，夭夭和妈妈哭了很久。虽然八岁的我，还无法理解离开的意义，可夭夭最终学会了分别。

今天夭夭成年了。夭夭很想念爸爸。

夭夭留

我最心爱的夭夭：

恭喜你成年了！这些年，不，应该说从你出生起我就想象着你现在的模样。

夭夭，其实每个人都知晓死亡的那天会来临，只是无法相信会轮到自己身上。但我胸中溢满了感恩的心情。每每俯视你熟睡的脸，真希望我永远陪在你身边：世界上最可爱的人就是我的女儿！爸爸最愧疚的是让你们面对那么多困难，却无法告诉你们，我一直在你们身边，陪你们一起走过风雨。

夭夭，爸爸也很想念你。

想念你的爸爸

三

我最爱的爸爸：

明天，夭夭要出嫁了。他是个好人，和爸爸一样诚实、顾家的人。爸爸，你会祝福我们的吧？

爸爸，我多希望挽着你的胳膊走向他。

最爱你的夭夭

我最爱的女儿：

我以为还是孩子的你，竟然也会谈恋爱，也要嫁人了。你以为我会不同意吗？只要你幸福就好了！

我最最亲爱的宝贝啊，从今天开始，就由他来守护你了。看你走在红毯上，不禁让我想起陪你走过来的点滴，看你们两人切蛋糕时的笑脸，我努力想笑，怎么却泪流不止呢？

你小时候说要成为爸爸的新娘呢！你说他像我，其实只要是你选择的人就好。你看起来像全世界最美的新娘。宝贝啊，你是世界上最可爱的人，谢谢上天把你赐给我。

最后，让我再说一句：“恭喜你，宝贝。我爱你！”

为你祝福的爸爸

（指导教师：卓霞）

点　评

《云端上下两地书》写父爱，采用书信体，选择三个典型情境——儿童时的父亲节、成人、出嫁——设计了三组书信，写实与虚拟结合，表现了穿越时空的父女深情。读者明知其“假”，却信以为真，因为这种爱，正反映了本质上的真实。

微信扫码
在线看写作提升课
获取精品阅读资料

第九届（2011年）

获奖佳作精选

17年17届

老 巷

□ 福建省厦门大学附属实验中学　林春恋

走下石阶，穿过小桥，映入眼帘的是老巷的入口。

清晨时分便赶紧起床，独自哼着小曲前往市集。

相对于热闹的市集，老巷显得格外温柔。

屋檐上，三角梅缠绕着，几颗露珠停歇在花叶上，准备迎接第一缕阳光，去反射更美的光彩。墙脚下的青苔，踮着脚尖仰望天空，表达出思慕之情。

“吱呀——”一位老大爷缓缓地打开门，一条花狗迫不及待地从门缝钻了出来，蹦蹦跳跳地跑着，抖了抖身子。“老伙计，走嘞——”老大爷说着，便和花狗一起融入了老巷的晨景之中。

“风吹云动天不动，水推船移岸不移——”一位中年妇女出现在老巷的拐角处，敲出浣衣的别样乐章。

微微的暖风迎面而来，带来巷口另一端桂花的清香。寻香望去，只见多年前自己种下的桂花，开了！

“唱起那欢歌友谊长，长过了刘三姐门前那条河——”抬头望去，小桥流水，阿姐手把船桨大声歌唱，清脆的声音在老巷里盘旋。老巷在阳光里对我嘤嘤而鸣，像一个正在纺纱的女人，用一种已被忘却的语言，吟唱古代的民歌。

太阳打开光明之门，老巷身披明亮。石板路经历几代人的来来往往，路面越发光滑。阳光到此重重画了一笔，将老巷的轮廓勾勒成最柔美的线条。

这仿佛一条星光大道，所有的光芒汇聚，照亮家乡每个孩子的心。

夕阳西下，炊烟袅袅，天空洒下万丈霞光，老巷裁下了这宝贵的锦缎。

仰起头，欣赏被晚霞抹上一层薄薄胭脂的老巷；低下头，墙角下的瓦砾们争先恐后地寻找自己在霞光背后印下的英雄本色。时不时会听到墙内院子里传来呼唤孩子们回家的声音，霞光映照下的老巷，被从老巷另一端归来的孩子们的嬉笑声掩盖了。此时的老巷是那样柔和，摇曳在晚霞的柔波里。

夜幕笼罩着老巷，但老巷并没有因此而被人冷落。村里的老大爷们背上灯，并排坐在老巷中，拉起了二胡，敲起了铜锣，吹响了唢呐。孩子们嬉戏于此，大人们坐在这里，唠唠家常，谈谈农事。坐在一旁聆听每个音符在老巷墙壁上反射的回音，沉睡已久的乐章都在夜色下流动成一条光带，照亮了老巷的沉默。当奏乐结束后，还能在巷口里触摸到躲藏的音波，不知天尽头的琅嬛是否有这样一篇乐章？

白云谦逊地站在天空的一隅，老巷织出霞光的颤动，瓦砾肆意碎落在古道上，青苔为老巷掩盖岁月留下的斑驳，老巷还在诉说传奇……

谱一支曲，歌唱老巷的温柔；颂一首诗，赞美老巷的过往。

走到尽头，回眸，瞳孔里依旧是那令人陶醉的老巷。

（指导教师：陈洋）

点 评

恰当的表现角度，来自对生活正确的观察和思考。《老巷》描写的是老巷一天的生活情景，画面众多，声色纷纭，但始终体现出“温柔”的特点，读后令人仿佛漫步老巷中，为之陶醉。

易安，与你为邻

□ 四川省攀枝花市第十五中学　高晓凤

人悄悄，月依依，翠帘垂。虽已进入深夜，可我还是依稀能看清你房里微弱的烛光，烛光映出你清丽消瘦的背影，空荡的房间回荡着你无奈的叹息。

易安，初与你为邻时，你还是正值豆蔻年华天真矜持的宦门少女。我看见你荡完秋千，起来慵整纤纤手，薄汗将你的轻衣湿透。你环顾花园，露浓花瘦，突然看见院中伫立的陌生人。你不禁心慌，未语脸先红，急急和羞走，却还不忘倚门回首，把青梅嗅。

易安，再与你为邻时，你已是婉约清丽的妙龄女子。我陪你泛舟湖上，你却恋着美景不小心误入了藕花深处。“争渡，争渡，惊起一滩鸥鹭”，想劝你回去了，你却高唱“兴尽晚回舟”。我又与你轻摇双桨，向莲花更深处漫溯。

易安，与你相邻时，我感受到你就是快乐的化身，就连瘦红也受你感染而更加娇艳。

然而，易安，不知从何时起，我发现你正一点儿一点儿变得多愁起来。就连看到细风吹雨弄轻阴，你也能感慨道：“梨花欲谢恐难禁。”

易安，你成了终日凝眸、柔肠愁结的思妇。多少次，我看见你送夫千里；多少次，我看见你欲说还休。不忍你再伤感，身为邻友的我，想为你梳妆，你却道：“风住沉香花已尽，日晚倦梳头。”想邀你乘船，你却叹：“只恐双溪舴艋舟，载不动许多愁。”想与你饮酒，你却盯着酒杯道：“三杯两盏淡酒，怎敌他、晚来风急？”易安啊，我能拂去匍匐枝干上的落叶，可我该如何拂去你心中荡起的尘埃？

易安，你是颠沛流离，晚境凄凉的落魄红颜。当风中的梧桐颤抖着深深寒意，低泣岁月的沧桑时，通过寒风的传递，我似乎听见你在低吟“寻寻觅觅，冷冷清清，凄凄惨惨戚戚”；当你在铜镜里看见红颜渐老的自己时，你站起来走到西风无情卷起的翠帘前，我似乎看到你比黄花还瘦的身影。易安啊！我能抚平黄土上朔风奔过的浪迹，可我又该如何抚平人事变迁、韶华飞逝在你额上刻下的印记？

易安，再与你为邻时，你已是悲愁满心，就连肥绿也受你影响而凄凉凋零。

哎，易安，从青春到落魄，从轰轰烈烈到冷冷清清，从芙蓉笑开走到莲成叶老，走到晚风流雨萧萧的“愁”路。清瘦的诗是你在挥泪点血。

哎，易安，这个宋朝走来的曼妙红颜，正消失在满地黄花堆积的深院中。

（指导教师：青静）

点　评

《易安，与你为邻》感情真挚，在“与你为邻”的美好想象中，词人活生生地出现在作者面前，她的形象、她的作品都是那么真切。

遍地山花

□ 江苏省东台市安丰中学　戴珊珊

寒冬的太阳就像温柔的母亲，用她细腻的手抚摸着你，给你带来温暖。

二幺悄悄推开门，他的父亲正坐在自家门前的台阶上抽着旱烟，嘴里不时地吐出白色的烟。“爹，再过几天就要开学了。”二幺努力地吐出这几个字。老幺似乎没有听见儿子的话，二幺的话也随着空气一起被忘却。老幺放下手中的旱烟袋，手扶着木桩，慢慢地站起来，然后用手拍了拍衣服上的灰尘。

“走吧！”老幺拿起身边的工具，看也不看二幺一眼便径直走了。二幺低着头，长长的睫毛遮住他的眼睛，他扶着门框，怕一不小心自己从这个地方消失。二幺向对面的山头望去，阳光将山上的绿荫衬得格外刺眼，让人产生晕吐的感觉。可二幺一直注视着同一个地方，那便是安葬他母亲的地方，在那座坟旁还有他亲手种的柏树。

二幺依旧清晰地记着他母亲第一次送他上学的情景，他背着由母亲亲手缝制的书包，整个学校他的书包是最漂亮的。可现在那只书包已洗得泛黄，再也不是当年的风采了。二幺还记得母亲对他说的最后一句话：“娘没什么文化，你一定要好好学，将来走出这个村子。”

二幺再次走进这个工地，来到了父亲的身后。他看了看父亲高大的身躯，说：“爹，过几天就要开学了，学费的事……”二幺的声音越来越小，小到连自己都听不见了。老幺顿了一下，带着严厉的口气说道：“来啦！赶快干活。”

“爹，过几天就要开学了，上学是要学费的，我希望您帮我凑齐它。”二幺大声吼着，带着一丝颤抖，他忽然觉得他的身体已不属于他了。老幺似乎被他激火了，转过身，拿起手中的青砖向二幺砸去。

二幺猛地一惊，衣服被汗水浸湿了，紧贴在身上。他向屋外看去，黑暗依旧笼罩着整个山村，黎明的曙光似乎即将来临。二幺再也睡不着了，他也不敢想刚才那可怕的梦了。屋里静悄悄的，唯一的声响便是老幺房里传来的鼾声。二幺悄悄地走向屋外，坐在台阶上，等待日出。

当阳光洒进屋子，老幺便起床了，蹑手蹑脚地向屋外走去。当他推开门，走向门前台阶时，才发现坐在那里的二幺。二幺向他看了一眼："爹，这么早起床啊！"

"爹，听说王叔不让王妞上学了。"老幺点了点头，拿出跟随他多年的旱烟袋："你王叔他人老了，身体又不好，需要人照顾，他又认为妞妞迟早要嫁人，所以……"

二幺看着远处的山，觉得它并没有那么刺眼，反而显得更绿了。他觉得父亲似乎一下老了许多，他不敢看父亲，怕一不小心就被父亲责备。可老幺今天的脾气似乎特别好。"晚上，我回来吃饭，"随后他收起旱烟袋，"别忘了买一瓶烧酒。"说完他便径直走了。

这天晚上，老幺喝得比以往任何一天都多，他从床下掏出一个盒子，从盒子中拿出一沓皱巴巴的纸币，递给二幺。

二幺睡着了，手里紧捏着钱。他梦到了他母亲的那个坟头，那座山上开满了他母亲最喜爱的山花，比往年更多，更迷人。

（指导教师：陈桂芳）

点　评

《遍地山花》一文较为突出的写作手法有两个：一是结尾突转，"二幺"向父亲"老幺"要学费，"老幺"一直态度冷漠，几乎置之不理，文末才写"从床下掏出一个盒子，从盒子中拿出一沓皱巴巴的纸币，递给二幺"，可见准备之久，爱子情深；二是环境烘托，梦境中山上开满的山花，渲染出亲子间浓烈的爱。

江南乌镇

□ 江苏省常州市横林高级中学　费越

在岁月的轮回中，最难忘却的就是你，即使灵魂已经苍白，我始终追随着你。

前朝飘逸

去过乌镇的人，都会被那些经历岁月打磨却依然伫立于乌镇的古建筑吸引。也许，游人会伸出手指轻掠黑白墙，于是，王朝的更替、盛世的繁荣、战祸的纷扰，都犹如电影般在他们脑海中闪过，他们会站在古墙边感叹岁月的流逝，缅怀盛衰的变迁。

走向乌镇中心，青石小路、布旗招牌、镂空花窗、木质长门……仿佛外界一次次高新产业技术革命与这片土地毫不相关。穿着时尚的游客到此，也迫不及待地换上本地土制印花布衣，然后独自悠然地穿行于大街小巷，与乌镇融于一体。

行于水上

来到乌镇，总要找一处安静别致的地方安顿自己，那么临水旅店会是一个不错的选择。江南，鱼米之乡，都说一方山水养一方人，江南小镇自然是以“水”出名。游人对江南水的评价常常是“甜”“江水绿如蓝”，而临水的旅店自然成了风水宝地。轻轻推开木质的镂空窗，但见湛蓝的天空、洁白的云朵、碧绿的草木、粉嫩的花朵、金灿灿的阳光，清澈的水面上偶尔会见到随波逐流的浮萍或是欢愉嬉戏的金鱼，绚烂缤纷的色彩构成一幅迷人的画卷。

登上木船，船娘轻轻摇动着船桨，即使你是初次上船，站在船上你都不必害怕掉下去。两边的屋舍缓缓地向后行着，随后穿过一座拱桥。坐在船上，听着桨声，吃着土特产，也是难得的享受，拾起一枚青果轻拭后送入口中便觉酸甜可口。而夕阳的余晖更会把你和这河面染成了水粉画，一定迷了看风景人的眼。

打捞月色

华灯初上，白天的景色逐渐被阑珊的灯火代替。

窗外，月色皎洁，银白色的光倾泻在屋顶、小路、桥上、水面……微风拂过枝叶，银白色的斑点也摇摇曳曳起来，摇进你我的梦。

橘色、红色这些暖色调交织，构成最美的夜色，灯火旁是一张张欢愉、满足、幸福的脸庞。从中不难读出乌镇恬静中的热烈。

欢迎晨曦

乌镇的早晨是热闹的，沿街的叫卖声、老人的哼唱声、赶路的脚步声、吱吱的开门声，构成了清晨协奏曲。

青石路旁，火苗舔舐着锅，飘出阵阵诱人的香味，赶快品尝一番吧。

江南，素有儒雅高贵之称。乌镇，作为江南中的一帧风景也别有韵味。只要你来过，那么，今后无论你走到哪里，总会时时记起这里——江南的乌镇。

（指导教师：姚亚宾）

点　评

结合旅游写作，是提高写作水平的有效途径。这就需要有细致的观察、生动的描述，更离不开真切的感情。只有带着情感去游览、去写作，才能达到古人所说的“一切景语皆情语”的境界。《江南乌镇》在展现乌镇的历史变迁、展示乌镇的多个侧面中就做到了融情于景、借景抒情，写得有声有色，富有韵味。

粥

□ 安徽省宿州市第二中学　张心钰

遍野金黄的季节之后，关东煮与麻辣锅便在街边陆续摆出，它们都是浓油重火的北方美食，烹炸煎煮都非常“够味”。北方人的性格也恰如这些美食一样“够味”。妈妈是个地道的东北人，从骨子里流露出北方人的“急性子”与“火辣”。

我从小便受母亲影响，活泼、急性子的我亦与母亲一样喜欢吃辣，仿佛只有被辣得全身冒汗才会从内心感到快乐。偏偏让人恼火的是，我喜欢辣但我的胃不喜欢，每次过完嘴瘾之后都要用胃药来平息胃的不满。渐渐地，药也失去了作用。终于，在我满意地从香辣虾火锅店出来时，胃痛爆发了。

母亲火急火燎地把我送到医院，折腾了半天，医生建议我住院观察几天。我坐在靠窗的病床上，窗外桂花怒放，病房里却只有药水的气息。整天挂吊瓶使我的心情变得异常烦躁。

一天中午，我突然有个想法，冒出一句“我想喝粥”。母亲听后笑了笑。

当天夜里，母亲在我熟睡之后离开了病房。

第二天，阳光透过窗外的桂花树，惬意地洒在床上。我微微睁开眼，看见母亲正在整理我的换洗衣服。她看我醒了，忙说：“吃吧！”母亲打开保温桶，给我倒了一碗，端到我手里。奶白色的粥，被一团热气笼罩，米与水已混成一团，椭圆形的米粒已熬开了花，露出了白嫩的瓤。一勺舀下去，米花般的米粒在勺上堆成了小丘，我抖动着的手拿着勺柄，把那小丘般的粥放到嘴里，嘴一合，唇一抿，牙一咬，舌一顶，便在嘴里化开了。浓郁的稻米香从口腔蹿到心底。都说按摩可以舒适身体，我想我这喝粥的感觉比按摩舒适。那香味贯穿了我的身体，粥滑到了胃里，向来捣乱挑剔的胃也安静了。

“好吃吗？”和母亲一起来的保姆阿姨撇了撇嘴问我。我不住地点头。

“你妈昨晚一夜没睡熬出来的，不好吃就怪了！”她一脸尽是替母亲打抱不平的神色。

我鼓着满是粥的嘴，呆呆地看着阿姨。

“你妈昨天下午打电话让我去买米，晚上回家就翻菜谱找粥的做法。我跟她说做粥要有耐心，让我来吧。她说你喝的，她非亲自做不可。你妈那急性子，怎么可能做好吗？忙乎了一夜，熬煳了好几锅，天快亮了，这是最后一锅，她才满意。不过，这粥，她熬得还真不错。”

我低着头看着还在冒热气的白粥。我知道母亲的性子，让她坐下来择菜叶她都坐不住，熬粥对她来说更是难于上青天！

窗外的阳光仿佛更灿烂了。阿姨打开窗户，丝丝阳光照进来，浮在这碗白粥上。窗外的那株桂花，散发着淡淡的清香。淡淡的桂花香和着淡淡的米香味，我的心里仿佛飞进了太阳，暖暖的。

妈妈端了一杯热水进来了。我看到了她的黑眼圈，看到了她眼角的皱纹，看到了她鬓角的白发。母亲收拾东西，我的目光跟随她的每一个动作。从我小到大，这些重复的动作母亲做过多少次？母亲急性子，但在照顾我的时候，却有很大的耐心。母亲端着我的换洗衣服，向洗衣房走去，我看着母亲的背影……

“妈，我爱你！”我说得很小声。我一口气吃完了粥，心里充满灿烂的花。

淡淡的香，浓浓的爱……

（指导教师：陈恒广）

点　评

《粥》这篇文章写“妈妈”为“我”熬粥的情景，生动地表现出母爱的温馨感人。“妈妈”性格的“急”与熬粥所要求的“慢”相对照，更突出了母爱的深切。

年岁的残渣

□ 浙江省湖州中学　杨旭红

一直记得那两只栖身家中的倒悬灯具上的燕子，它们平时状如雕塑，宁静地蜷着腿，合住双眼，恬适呼吸，做着安然的清梦。后来，它们不见了。许多东西，亦是如此。

阳光的午后，围在一起回忆往事的是母亲和生活在我周围的一群上了年纪的女人。听着她们围坐在一起喳喳哇哇，我猛然觉得，比起我来，她们竟更像一群少女，只是她们没有美好的容颜，年华在枯黄的岁月里被风霜侵蚀得不像样子，她们嘴里咀嚼着的是年华的残渣。她们会对一件事情叽叽喳喳不断，对美好的事物充满向往，可那也只剩下残渣了。虽然她们跑起来像风一样，即使是拖着发福的身子，仍不减当年矫健青春的风姿；虽然她们的笑声真如银铃一般清脆明快，没有丝毫矫揉造作。

我想，她们的年华不知曾经是什么颜色，生命起起落落，辗转轮回，洗尽铅华时不知是否会忆起当初妆容时的青涩？

罗伯特·赫里克曾诗意地告诉我："采花的时机别错过，时光老人匆匆飞驰，今天微笑的花朵，明天就会枯死。"而我却故作颓废地说："花儿在哪里？"

于是诗人变成了母亲，站在了权威席上，开始审判我的罪。无数年龄和我一样的人，齐齐地站在被告席上，陪审团和法官没有面目，只听得权威席上的判词，看见那冷漠的眼神。调出世间种种颜色的人是成人，将未成年人推入世间这染缸的人是成人，到头来却怪未成年人沾了一身光怪陆离的颜色，让被审判者领着自己走向残渣。

在从世间走了一阵子的未成年人体内，只剩下纯真的残渣了，这使我想起了以前的一件事。我曾做作地对一棵门前的树倾诉我的衷肠："这世上只有你懂我，我定保你不受锯子的加害，让你春华秋实，年年岁岁有今日。"后来它的主人回来了，砍掉了它——那棵树，不，那棵杉树，我多少年来依偎的那棵杉树，我家猫咪抓过不知多少次的那棵杉树，每到秋天就不知落下多少归根之叶的那棵杉树，从我出生开始就耸立在我记忆中的那棵杉树……那样一棵树，一百四十元就给卖了。那时我既没有阻止也没有心疼，只是愣在窗前静静听吱吱吱吱的切割机声音。看它挺拔的身躯一点点歪斜，一点点歪斜，最终倒在冷冰冰硬邦邦的水泥地上，连最后一点儿泥土的芳香也没有带走，安详地听着倒下时耳畔的风声消泯后，只剩下两人喧闹地讨价还价。

此刻想起来，觉得当时自己真无力。而后见到那剩下的木桩，旁边的木屑是它生命的残渣，那模糊的年轮是岁月的残渣。我还没有变成残渣，也不想。

残渣是年岁打磨生命留下的，有些生命经过打磨变得鲜艳明媚，有些生命经过年岁的砂纸，自己成了残渣。人与人之间摩擦，亦是如此。人与自然对抗，更是这般。有什么能像我开始时说的那对燕子一样，如雕塑一般在风沙中酣然而眠，做着清甜的梦……

午后慵懒的阳光，夏日里树叶间的蝉鸣，真的很老旧的收音机里放着王菲的《流年》——这样的画面我老想着，或许场景会改变，但色调永远是金黄色，而且一定会有老旧的歌："懂事之前，情动以后，长不过一天，那一年，让一生改变……"这样的歌声都是金黄色的，像岁月流下的金。那些心弦被拨动时划出的音符，是生命在解读自身时，偷漏下的金。

（指导教师：姚惠萍）

点　评

《年岁的残渣》的语言书卷气较浓，注意词语的凝练和语句的警策性，从而增加了语言的内蕴，给读者以思考咀嚼的空间。

听 雨

□ 江苏省东台市现代中学 卜薛琴

雨，无私而慷慨，朴素而典雅，诚挚而爽直。我喜欢雨，喜欢在雨夜里翻看莎士比亚、托尔斯泰、鲁迅的作品。好像只有在这滴滴答答的雨声陪伴下，才会有空闲的时光，用平和的心境去品味大手笔震撼人心的著作，审视自己走过的人生，感受悲欢得失，寻觅世间真谛，领悟成长至理。

春夏秋冬的雨各具特色，时而像一个可爱的天使欢快地降临人间，时而像一些调皮的孩童在大地上追逐嬉闹，时而像一匹脱缰的野马在河流里奔腾翻滚。我深爱这变化无常、迷蒙缠绵的雨。

春雨柔和飘逸。不需要雷鸣的渲染，不需要闪电的关照，也不需要狂风的陪同，像一位害羞的少女静悄悄、不慌不忙、不露声色地走向人间，“像牛毛，像花针，像细丝，密密地斜织着”，滋润刚刚复苏的花草树木。我冒着细雨走到庭院，嗅着春的幽香，陶醉在春的洗礼里。突然间，我觉察这春雨性子太慢了，好像缺少点魄力和气势，不会张扬自我，多想它改变常态，以更加独特的个性，装饰充满灵光的世间！

夏雨热烈奔放。有时狂风大作，电闪雷鸣，通知人们将白天曝晒的物品收归入库，不至于受到伤害；有时噼里啪啦来几个硕大的雨点，重重地拍打在地上，发布降雨的音信；也有时来个先斩后奏，人们还没意识到它的到来，大雨便密密匝匝地下个不停，来不及躲闪的人满腹牢骚，埋怨夏雨来得突然。尽管如此，多数人还是称赞它冲走大地的燥热，冲走人们的烦恼，带来清新，带来凉爽，带来万物苍绿、生机勃勃的景象。

秋雨从容温馨，具有独特魅力，能够包容一切。我对它情有独钟，每当听着那淅淅沥沥的秋雨声，我仿佛听到贝多芬悦耳的交响乐，听到秋雨不疾不徐地轻唱动人的情歌，它们窃窃私语，带着悠扬的旋律，朗诵美妙的诗篇，诉说内心的情感，憧憬绚丽的未来。此时，我情不自禁地融进秋雨的氛围里，跑到外面用手接住几滴雨水，似乎闻出屋檐下淡淡的金银花香。我什么都不去想，静静地听雨，听到一颗颗雨珠落入泥土的声音，均匀而绵长的低吟，讲述硕果累累金秋的故事。清新的秋雨弹奏出富有诗意的乐曲，带给人们一幅幅多姿多彩的图画。

冬雨优柔寡断。它一般较难降临，下雨时也不是那么干脆果断，总是"阴"上好几天，才飘来细密的雨丝，夹带几股冷风钻来钻去，人们并不怎么喜欢它。可是当冬雨变成另一种形式——"雪"来临时，一些大人和小孩总是乐呵呵地走到野外饱览风姿，看大雪纷纷飘落，时快时慢，轻轻抚摸可爱的世界，耐心地寻找美丽的归宿。它带给人们美好的向往、深沉而凝重的遐思，帮人们规划冬日过后的蓝图。

我喜欢四季变幻无穷的雨，它纯洁不含杂质，甜蜜不含苦涩，高尚不含邪念。它怀着对人间的博爱，悄悄来到大地，渗入每一方原野，润泽万物生灵，不带走分文报酬，我们怎能不赞赏它的翩翩风度？

四季的雨交织着纷杂的情感，激起人们抛开一切私心杂念，品味它别具一格的音调，聆听它独具匠心的音符。经受雨水的冲洗，净化干涸的心灵。

（指导教师：居长春）

点评

《听雨》是一篇较为典雅华丽的散文。作者用铺陈手法从容展现四季之雨各自不同的特色，在句式的选择、词语的推敲上颇下功夫，写得有声有色，多彩多姿。

甪直的巷

□ 江苏省西安交通大学苏州附属中学　徐玥

若你来到江南，定要来趟甪直，来看看甪直的巷，百转千回的巷。

三月，春意盎然，阳光暖人，原是出游的好日子，可来甪直，倒不如选个细雨霏霏、花凋叶垂的暮春日子。那时，你可要撑上一把油纸伞，踱入一条小巷。烟雨迷蒙中，轻轻抬起伞，你可看见身着蓝色旗袍的女子，手撑油纸伞，从迷离的雾气中走来。

女子低着头，缓缓地走来，或者说飘来。她的脚轻落在湿润的青石板上，悄然无声，却掩饰不住落脚时的停滞，一如你看不到的她的双眸，定含着淡淡忧愁。你凝视着她，穿越这条小巷，直到那抹蓝色消失在白茫茫中，心中会有些怅然吧！这便是甪直特有的雨巷——幽幽多情的巷。

若你是在干冷的冬日来，也一定不虚此行。甪直的冬日虽寒冷，但却总是阳光充沛。

最好起个大早，随意钻进一条小巷。在巷口，你就能听到糯而不腻的叫卖豆腐声："白嫩嫩刚做好的豆腐哟——" 或是顺着清新的葱香看到做葱油饭的男人，或者推着车卖面的妇人……

待到早上的雾气散开，阳光洒进来，叫卖声也消失在巷尽头。这时若再拐入另一条小巷，几户人家的大门旁，倚着几位晒太阳的阿婆，头发都近花白。她们解开头巾或拿下发圈，用梳子梳头，阳光流淌在她们的头发上、手上、蓝布袄上、棉鞋上。她们惬意地把自己浸泡在阳光里，让阳光驱走冬日的寒冷，晒暖旧时的岁月……

和老人们迎面而坐的，常常是些四五十的婶婶，头上略有银丝，但眼力依旧甚好。她们手下不停地穿针引线缝鞋面，周围收进去再缝上一匝，大头针在鞋底上戳好一圈的眼。她们的手巧极了，家里的人大多也爱穿手制的鞋，鞋里有暖暖的阳光、暖暖的情。

过了这巷口，再到那边，又是另一番景象。一位师傅手腕间绕着一圈黄带，那是有名的粽子糖，他揉拉一番，糖随着他的动作被拉伸、对折、拉伸、对折，或套在两手之间，用手腕作力于糖上，糖才因此极具韧劲，软却不稀。最后切好，待它干后，便成了粽子干糖。这是苏州有名的特产。

再随着巷走啊走，到了尽头，说不定便是埠头，岸上系着一条小船，船上的桨一半泡在水里，随着水流，看船摇摆着……

这是复杂幽深的巷。

甪直的巷，百转千回，若你来了，定要去寻一寻，去走一走。

点 评

《甪直的巷》的作者身为苏州人，对所写的景物、人、事可谓如数家珍，文章把暮春寒冬时节百转千回、幽幽多情的巷写得真切感人，风格淡雅，语言洗练，形象优美。

跟爸爸挖笋

——最该给孩子补的课

□ 浙江省乐清市虹桥中学　林忆

当我即将迈入十八岁的成人殿堂的时候，你轻抚我的头说："孩子，我该给你补补课了。"

四月。虹镇的春寒已经消退得差不多了，但又总是显示着逼人的气势，令人感到还有几分压抑。

我因为与学校里的好友发生了争执，陷入一种极度的自我封闭。当初形影不离的好友竟然因为对我的不信任而选择了与我为敌。一夜之间，我仿佛成了牢笼里的囚徒，独自蜷缩在没有星光的角落里。厌食，失眠，乏力，像被卡住的磁带停滞，直到你回来。

午时三刻。我像往常一样窝在床上，脑海中不断放映着那些不愿意记起却又不断跳跃而出的片段，痛彻心扉。这是我青春长河里第一次漾起的大波澜，却已经将我击得支离破碎，眼泪肆意地落下，浇湿了我一片心。

"爸爸？"我几乎是哽咽着从嗓子里硬掏出这一句。四目相对，我才确信那推门而进的人正是许久未见的你。在你的眼眸深处，我看到了那抹熟稔的关爱。

"我们一起去奶奶家后山那边挖笋吧？"你没有走近我，轻轻对我说道。

我不语，我的思绪还停留在你出现的那一秒，究竟是什么让你放下生意，奔走两千公里回到我的身边？是我们父女连心吗？那个瞬间，我竟矫情地想要落泪。

头顶上方，交错纵横的竹枝依稀撑开一片朦胧的光亮。雨后的竹林里散发着温润而黏稠的泥土气息。

"老爸以前可是挖笋大王呢！"你说。我看着你故意戴起草帽的滑稽模样，忍不住笑出了声。

"闺女，你信不信这里有笋？"话音未落，一锄落下，竟然真的露出了白嫩嫩的大半截竹笋。

"来，你也试试。"我推脱着不做，只听见你的声音回响在竹林间，一如多年前你教会我走路时的声音那般，“别怕呀，这儿不是有我嘛。”

突然地，我明白了，即使外面再大的风雨，我的身边一直都会有你。我笑着接过锄头，学你的样子刨起来。不一会儿，汗水浸湿我的发帘。“我找到了！”看着我锄头下露出的笋，我欢呼起来。一个抬眼，只见你嘴角的笑意和眼眸中一闪而过的晶莹。

爸爸，我懂得了，你让我学会自信和坚强。我想，这便是你用爱给我补的最好不过的一堂课了。

你说对吗，我亲爱的挖笋大王？

（指导教师：吴莉莉）

点 评

《跟爸爸挖笋》是篇记叙文，写在“我”迷茫痛苦的时候，“爸爸”用特别的方式给我“补课”，没有说教，而是通过一次平凡的劳动“让我学会自信和坚强”。

唐 槐

□ 安徽省宿州市第二中学　闵文文

多次听别人说起那棵神奇的唐槐,我决定要去看看它了。

去过那里的娜听到我的想法后诡异地笑了,说:“那我们去看看吧。”

我们徒步沿着田间的小路出发了。豆地里的豆苗油油地在阳光下招摇,我的思绪随着暖风飘向远方:一棵千年的槐树,蓊蓊郁郁,密密麻麻的叶子不给阳光留下一点儿透过的缝隙,树下来往的行人在它身旁驻足仰望,仰望那沁人心脾的绿色,呼吸唐槐吐出的新鲜空气,然后满足地离去。走到小路的尽头,我们上了公路,娜告诉我,唐槐就在公路边。我忘记疲惫拉着娜跑了起来,去和那棵古老的槐树相会。

远远我就闻到了阵阵醉人的清香。娜停下来,手指向远方。古槐佝偻着身躯站在路边, 黧黑的枝丫电烧似的虬曲着, 一串又一串翡翠般的槐豆角儿挂满枝头,地上满满地堆了一层槐花。清晨的阳光朝它移来,轻轻吞噬着它的脚,然后慢慢上升,把它沉浸,把它淹没,闪烁的阳光和古槐融为一体。

走上前去,静静端详,我震惊了。它的树干已经裂开,内部从根底到冠顶都已朽烂成空,只有半面树皮还是上下连着的。年老的生命,受侵蚀的皮肤正在怎样地啃啮自己,像洪流中的一块岩石正在渐渐销蚀,唐槐在寂静之中痛苦地挣扎。我伸出手,想要去抚摸它满是皱纹的身体,可我又把手缩了回去,不忍去触碰它的伤口。

娜指着唐槐身上一处深深的斧痕,平静地说:“听爷爷说,当初修这条路时,唐槐挡住了施工路线,工程师下令要把它砍掉,工人们拿起斧头准备砍。就在这时,一位古稀老人走到工人面前,轻轻抱住了这棵槐树,低声抽泣。旁边的工人和工程师都愣住了。围观的一个人对工程师说,这位老人就姓唐,他们家千百年来世世代代都看守着这棵槐树,他还在树附近盖了一间小屋,独自一人居住,从树下经过的人经常看到老人向古槐倾诉。这么多年了,在那里居住的人很多都到城里讨活去了，可老人仍然不离不弃，一直守在大树旁。工程师听着听着，不知何时自己的眼眶也湿润了，他让工人停止了砍树，决定修改路线，让公路从树旁绕过，于是才形成了现在这样一个马蹄形的转弯。可这一段路却很少发生事故，人们都说是唐槐的庇佑。古稀老人在公路建成后不久就去世了，人们把老人的骨灰埋在了大树下。像老人没有离去时一样，唐槐依旧花开花落。今年，槐豆又挂满枝头。”说完，一片沉默，我们静静地感受唐槐的呼吸，倾听唐槐诉说关于它的故事。

抬头之间，一米阳光射入我的眼帘。我仿佛听到了唐槐体内的浆液汩汩流动的声音。那一片片苍绿的叶子、一朵朵淡白色的槐花、一串串饱满的槐豆无不蕴含饱经沧桑的甘甜和顽强的生命力。

（指导教师：陈恒广）

点 评

抓住恰当的表现角度，就是要抓住事物的特征和本质。《唐槐》的表现角度是“饱经沧桑的甘甜和顽强的生命力”，围绕这个角度，文章展开了对唐槐的奇特外形和曲折经历的描述，写出了自己的个性。

幽默一家人

□ 湖北省宜昌市第十中学　程先秀

一个星期五晚饭后，我们一家人团坐在桌前。这时只听见我那婆婆嘴老爸又开始叽里呱啦地说些他头脑臆想出来的或捕风捉影的事，对我们进行“一日一训”。每次吃饭的时候，我们父女俩就要大打一次口舌战；每次吃饭后，我都会和老爸练练嘴功。

这不，听，老爸又开始嚷了：“你呀，你呀，在家里给我勤快点，别总是让我们操心。”我反驳道：“你每天都在上班，又看不到我在做什么，你就知道我不做事呀！再说了，每次我一做完事，你就和老妈回来了，正好看到的全是我做完事休息的样子。你没看到我做事，也不能一票否决，说我没做事呀！”我突然觉得我头脑中的一些大道理渐渐多了起来，与老爸振振有词地理论起来。

显然，这一回合我占了上风。许久，老爸不出声了，用那令人窒息的眼神盯着我。要不是老妈提醒我，老爸的铁掌早就扇了过来，幸好我反应及时，不然我那红润的脸蛋就要印上五个手指印了。

“君子动口不动手，只许文斗不能武斗。”我边喊边躲到了保护伞妈妈的背后。听此言，老爸那紧绷的脸随即变得舒缓起来，妹妹在旁边幸灾乐祸地说：“你们两个是周瑜打黄盖——一个愿打，一个愿挨。”老爸却嘟囔一句诸葛亮什么的，又开始了他那孔乙己似的卖弄，弄得我们全家人哭笑不得。

于是我对老爸说道：“听不懂你讲的火星语，但我能肯定的是，在昨夜凌晨一点零三分的时候火星撞了地球，你被撞昏了头。”

没想到我这句话又激起了老爸的斗志：“是的，我说的是火星语，我被撞昏了头，那你呢？一个外星人听不懂我讲的中国话呀，那怪你学习不好，理解能力这么差，听个话都听不懂。真不知道你学到哪儿去了？老师讲的时候，你不仔细听，开小差。老师讲得再好，你一个耳朵进一个耳朵出，照样学不好……”老爸似乎比我更有道理。

但语文学得优秀、铁齿铜牙的我岂可缴械投降？我马上组织有效反击："亲爱的老爸，我们说东你说西，你说的跟我们的话题一点儿也不搭边。再说，我在上学，你在上班，你能看见我上课开小差、不仔细听啊？除非你变成千里眼、顺风耳，成为孙悟空，但那绝对是不可能的。你是孙猴子，我也就成了猴女了。我可不愿变成猴女呀。对我学习不放心，你可以去问老师啊，不能想当然地批评。"

这时不知谁叫了一声："这是谁的眼睛掉了呀？看到我的衣服掉了，也不捡起来，还踩了一脚灰，真是缺德鬼干的缺德事。"原来是妈妈又地球大发现了。

"女儿说我是火星人，老婆说我是缺德鬼，真是气死我了！"老爸生气地说道。

随后，我和老妈还有妹妹见老爸真的生气了，就对老爸开玩笑道："别生气了，你一个火星人又不知道地球上的人和事，如果发威，就更没人敢惹你了。"

老爸听了转怒为笑，屋里又传出了一阵温馨的欢笑。

家庭之间，以和顺为贵，世上最温馨的美就是家庭的美。虽然有时父母对子女恨铁不成钢，有误批误判，但毕竟都是出于爱。

（指导教师：张萍）

点 评

写作时要对所表现的事物选择一个独特的角度，准确切入。《幽默一家人》写家庭中温馨和美的生活，从"幽默"切入，家人之间风趣的话语表达出亲密无间的感情，具有浓浓的生活气息。

寂寞花开

□ 河北省怀来县沙城中学　王刚

傍晚时分，炊烟袅袅。落日余晖中的几间老屋显得格外有沧桑感，就像奶奶一样。

奶奶从小就生活在这个院子里。时代变迁，岁月更替，不变的是奶奶对老屋的感情、对院中花的呵护，用她的善良、她的爱。

每天早晨，总会看到她蹲在院中，修修花，除除草，浇水施肥。她总是笑眯眯的，似乎乐在其中。花儿在她的呵护下娇艳美丽。她格外喜欢种君子兰，喜欢的是那种精气神，还有牵牛花，白的、粉的、紫的，爬遍院中各个角落，绽放自己的魅力。

花美，农村也美。阡陌小路，鸡犬相闻，依傍着绿水青山，说不尽旖旎风光。置身其中，怡静自得，恬静安逸，闻着花香，实在体会到什么是“此中有真意，欲辨已忘言”了。

奶奶说，花是春天的使者，是上帝的女儿，春天是百花齐放的时节，缺少了花，春天就会有瑕疵，世界就会因此而黯然失色。春天也是奶奶最忙碌的时节，她时常浇水、施肥、除草，笑眯眯的，忙得不亦乐乎。

但是，世事往往出人意料。奶奶病了，住进了医院。几天后，奶奶坐着轮椅回来了。尽管她很虚弱，但她依旧微笑着，可是当她看到院中的花时，眼中尽是伤感，她再也没有精力去打理她的花了。看着奶奶哀伤的神情，我不禁潸然泪下。

奶奶依然不忘她的花，每天都催着我，这盆花该浇水了，那盆花的草长高了……毕竟少了奶奶的精心呵护，有些花渐渐凋零，失去了往日的生机。院中的花在风中摇曳，向我倾诉着心中郁积的苦寂。它们在心中虔诚地祝福，希望奶奶能够早日好起来，像以前一样，蹲在院中，笑眯眯的，浇水除草。

秋叶纷飞，奶奶让我推着她来到院中，秋风瑟瑟，花儿大都凋零，留下些残枝败叶，还有无尽伤感。仅有一株花，耐住寒风，寂寞花开，却失去了花的韵味。奶奶哀伤地叹了口气，也许这些花只能在寒风中做着春天的梦，来年的幸福光景只会依稀在梦里浮现。

我虔诚地祈求上苍，让时光停留在冬日的身影中，让春天成为一个梦。

我知道，奶奶不想看到春天来临时没有花开的院子，不想看到失去花的春天。上帝会哭泣，春天会叹息，奶奶也会哀伤。

我多希望，时间能够停住脚步，让花儿依旧绽放，永远绽放。

炊烟依旧，老屋依旧，可变了的是生命的寂寞与哀伤。寂寞花开，开尽生命的芬芳。

（指导教师：高志星）

点　评

《寂寞花开》的语言有雅俗兼备的特色。写人时多用精短词语，突显"奶奶"的勤劳；写景时不乏文言词句，点缀出几分诗意。二者结合，别有韵味。

逆流而上的鱼

□ 福建省南靖第一中学　简臻彦

我们坐在光阴的两岸，凝视那脉脉洪流，卷过一江狼藉。

我在一片荒烟蔓草里搭建起一座屋宇，古韵深长。雕花的红漆窗，留有划痕的梨木椅，一叠叠齐整的书卷，伴着屋檐下铃铛清脆的声响，呢喃般的欢愉悄悄在空气里回荡。煮一盏清茶，满溢出芬芳，拂散在微风里，寂静地沉淀出时光的味道。深院里一架秋千悠闲地摇晃，激起一些黑白的回忆，默默地勾勒出时光的棱角。我的世界，一如青花般，静谧安详。

其实，我该是知道的。在这片荒烟蔓草外是怎样光怪陆离，热闹喧嚣，灯红酒绿，车水马龙。迷离的灯光下，嘈杂的音乐声震天动地席卷而来，那种似乎能碾碎心肺的震动，没来由地使我一阵战栗。广袤的夜空里，嚣张得直指云霄的高楼鳞次栉比，居高而下的压迫感，莫名地引起我一阵恐慌。我就像是一个无措的孩子，孤独地游荡在迷茫的世界，恐惧，慌乱。

我能望见潮流海啸般地涌来。而我被卷进深沉的暗涌，随流而逝。我不愿意，我不甘心，我有我的坚守，我要做一条逆流而上的鱼。

我要做一条逆流而上的鱼，将我的思想坚守成美好的风景。

在很长一段时间里，寂寞像流感一样风靡，似乎不管是怎样的话语都能够坦然地用寂寞来定义。记得在不久前的一天，有人在班级的讲台前贴了一张便笺纸，上面用仿印刷体的手写体勾勒着“姐上的不是课，是寂寞”。当时我只是淡淡地笑过了，那种不经意就像是石沉大海，注定激荡不出一点儿涟漪。

或许，我的嘴角是带着些不屑的，不屑用张扬得仿佛起誓般的姿态向世界宣告所谓的“寂寞”。我偏执地认为，那些疯狂地叫嚣着寂寞的，必然是深埋在沸腾的血液深处，刀雕般印在挺拔的脊梁。

很多人总会讶异：“你的想法真是与众不同。”他们用充斥着疑惑和抗拒的眼神凝望我，而我绝不会矫情而羞涩地躲避。我执着地坚守着，直到它化为最美的风景。

我要做一条逆流而上的鱼，将我的情感坚守成最灿烂的熹光。

当我走在花季，听见心灵深处一个平缓而铿锵的声音诉说，生活是一场漫长的舞台剧，没有演员能将那种炽热的情感始终如一地投入。在时光的斑影下，感情被琐事层层环绕，又有谁能碾碎那些平庸，将浪漫进行到底？

这些并不漂亮的话语，衍生出激扬的回音，一遍遍地冲击着我稚嫩的内心。那些往事雾霭般涣散……

我的外公是一个单薄儒雅的老人，沉默寡言，颇有仙风道骨的味道。可我却知道，他是个外表凉薄而内心深情的人。在外公家度过的那些尚不知事的日子，时常能见到如斯场景：外婆向外公喊一句"递把剪刀"，外公便取出剪刀，将锋利的刃口紧紧攥在手心，递给外婆早已绕上红毛线的把。我是这样感动，为这份使人凝噎的细枝末节感动。

我要做一条逆流而上的鱼，将我的欣赏坚守成最悦耳的旋律。

放任自己在古典里畅游，倾听唐诗宋词的轻声低语；放任自己在乐声的领地里游荡，感受那些跳跃的音符飞舞盘旋；放任自己沉溺在中世纪的欧洲，冥想哥特式小尖顶下有多少独一无二的故事。就这样放纵地活在自己的世界里，然后突兀地存在于这杂糅着熙攘的重金属音乐和无病呻吟的风花雪月的洪流里。

我知道，这是怎样的格格不入。

但我坚信，有些战争，注定单枪匹马。

透过朦胧的微光，我能望见奔涌向前的洪流。我知道，在浩荡的洪流里，有一条奋力地逆流而上的鱼。

（指导教师：郭绿环）

点　评

《逆流而上的鱼》一文论述在"随流而逝"与"逆流而上"之间如何选择，表达了坚守"我的思想""我的情感""我的欣赏"的信念。

你染绿了我的夏天

□ 江苏省太仓市沙溪高级中学　周露清

《夏至未至》——突然想起那年看完这本书的感受：很难受，一整天都不想说话，努力想哭泣却哭不出泪滴。

末了，他说：“那个女孩教会我爱，那个男孩教会我成长。”我想说，你教会我成长，教会我爱。

2007年的夏天，我们从茫茫人海中的两个陌生人变成了同班同学。你给我的第一印象是有点冷酷却很漂亮，白皙得让女生都羡慕的皮肤，淡棕色的眼睛，好看的眉眼，很有立体感的侧脸……

你很有礼貌地问我：“同学，男生宿舍怎么走？”“抱歉，我不知道。你知道女生宿舍怎么走吗？”“跟你同样的答案。要不一起？”我想了想就和你一起找宿舍了。因为不熟，甚至是完全陌生的两个人，便也没多聊。

后来看见宿舍了，男生楼在女生楼东面，然后各自干各自的事情。之后是到教室集合，排座位，你坐在我后面。因为没有原先认识的同学，所以见到你格外亲切，渐渐地和你成了好朋友。

2008年的夏天，我们升入初二了。时间说快不快，说慢不慢地走完了三百六十五天。一个暑假没见你了，你比我高了好多，人依旧是那么白，有点病态的美。

你似乎喜欢上了打篮球，每节体育课，每次阳光体育时间，每天晚自习之前，总能在球场上看到大汗淋漓的你，扣篮动作很帅，跑位精准，偶尔回过头会朝我笑……

渐渐地，越来越多的女生聊天时会扯上你的名字，越来越多的女生喜欢到班级门口偷瞄你两眼，会有人向你表白……但你对她们的态度并不很友爱，人家递过来的情书你会直接扔进垃圾桶或者干脆不收，偶尔会嫌女生聊八卦吵，有时会朝你的仰慕者念念经，说些什么我们要好好学习，天天向上，考上好的大学……听得我每次都忍不住笑出来，呵呵。

2009年的夏天,我们初三了。学习进度快了,作业量多了,篮球场上你的身影逐渐少了。又过了一个夏天,老师口中中考的话题越来越多,中考复习资料越来越多,整个人恨不得伸出三头九臂恶补以前的知识。还好,有你每天自习课教我物理化学,早上陪我练跑步,就这样,不知不觉中我的成绩上去了。

2010年的夏天,我们跨入高中时代。

虽然我们相隔很远很远,但是我会永远记得有这么一个人,在我胃痛的时候给我买药买奶茶,在我难过的时候会用很烂的方法哄我开心,在我听不懂老师讲解的时候耐心地教我,在我笑的时候陪我一起笑,在我生日的时候去他最讨厌的饰品店买礼物给我……他在初三的时候戴上了框架眼镜,很简单的样式,却显得更青春洋溢了。

谢谢你陪我度过三年的时光,留给我一段快乐美好的回忆,让我喜欢上了青绿的夏天。2010年的夏天不知不觉地走开了……

看见过这么句话:等下一个夏天吧,我想,会给你更多的。

你染绿了我的夏天。

点　评

《你染绿了我的夏天》一文语言清新、自然、活泼,叙述简洁,信息量大,再现了美好的初中生活情景。

第十届（2012年）

获奖佳作精选

17年17届

活在当下

□ 广东省深圳实验学校高中部　吴岱霖

“这是一个最好的时代，这也是一个最坏的时代。”狄更斯在《双城记》中如是说。有人把这句话拿来形容我们的现在，感慨物欲横流的今天，许多纯真的美好在不知不觉中消失。

可是，每个时代都有每个时代的伟大与悲哀。如果孔子、庄子生活在和平年代，或许就不会有百家争鸣的激烈思想碰撞；如果顾准生活在同一时期的欧美国家，或许就不会成为我们中华人民共和国首位提出市场经济体制改革的经济学家。

影视剧中，穿越题材蔚然成风，人们津津乐道于一个个被改编的历史故事，幻想自己成为主角。在影片大卖的背后，折射出一部分国人庸俗而又无趣的生活品位，他们抱怨社会的不公，怀念古代的生活，实则是自己毫无目标与追求的反映。

2011 年 7 月，美国娱乐界脱口秀女王奥普拉结束了她二十五年的主持人生涯。她在送别会上邀请了诸如麦当娜、布兰妮、约翰尼·德普等好莱坞明星，宴会现场堪比奥斯卡颁奖典礼，是什么让她在电视节目中屹立不倒？是什么让无数参加过她节目的明星收获温暖并由衷地尊敬她？奥普拉在晚会上说：“我们批判这个充斥着铜臭味的世界，或许从心底里看不起、鄙夷某些行为。我们当中许多人开始抛弃这个时代，无限憧憬着未来。但我爱这个时代，即使它有奢侈、腐朽的一面，它更有可爱、温柔的一面。我在节目中遇到了太多人，他们的真情流露让我觉得，我生活的时代就是最好的时代。”

我们或许总是不满于自己看似可悲的现状，想穿越古代或飞向未来。然而，事实是一堵虚掩着的门，推开它，你会发现很多事并没有你想象的那么糟糕。我们生活的世界里，就有“最美妈妈”吴菊萍伸出双手挽救了一个孩子的生命；有“钢琴王子”刘伟即使失去双手也不放弃自己对音乐的追求，双脚演奏出华美的乐章；还有许许多多的支教老师，义务奔赴山区，为那里的孩子带去知识与希望。

食指说，相信未来，相信前方有一位舵手，正潜心地等你驶来。我要说，相信现在，每一分每一秒，只要你用心付出，就是属于你的精彩。

活在当下，不仅仅是一种豁达的人生态度，更是我们追求本心、放弃名利追逐的一次考验。只有魏晋时期的战乱才能蕴含“竹林七贤”的潇洒放浪；只有民国新青年向上的思想才能孕育出鲁迅、胡适等伟大的文学家；只有挑战与机遇并存的新世纪的中国，才能培养出有抱负、有前途的一代代的祖国英才！

当木棉在枝头肆意地招摇，当蔷薇趁着月光绽放，当玫瑰娇艳地刺破黑暗，当睡莲安静地卧于湖面时，你会发现，生活原来这样美好！

我们既不可能穿越到过去，也不可能穿越到未来，那么，不如将现实的生活当作一场充满快乐的盛宴，活在当下，享受现在吧！

（指导教师：林如元）

点　评

《活在当下》以“将现实的生活当作一场充满快乐的盛宴，活在当下，享受现在”为中心，材料丰富，典型性、广泛性、新颖性、生动性兼具，说服力强，富有感染力。

如果穿越

□ 山东省宁阳县第一中学　刘梦冉

打开电视,《步步惊心》中九子夺嫡正激烈上演,穿越者马尔泰·若曦用她的现代化知识化解着危机,可历史仍按原有的轨道上演。《宫锁心玉》中的晴川,虽然来自现代,可终究没能帮助他心爱的八阿哥登上王位……面对一部部当红的穿越剧,我不禁要想,如果真能穿越,会怎样?

如果真能穿越,我会不会成为万人之上、受人仰拜的君主?如果真能穿越,我会不会一统江湖,称霸武林?如果真能穿越,我会不会用一己之力阻止一场场生灵涂炭的战争?会吗?也许,但终究只是幻想而已。每当听到好友谈论穿越剧,后面总会加上几句她的抱怨:"如果能穿越该多好,我就不用学那讨厌的数理化,背那些枯燥的公式,我可以天天睡到自然醒,找个武林高手拜师学艺,斩妖除魔……"于是乎引来一群同学的附和,一起做着天马行空的美梦。可是,真的会这样吗?一个人如果没有养成良好的习惯,无论穿越回哪个时空,都是徒劳。

讨厌数理化,不喜欢枯燥的公式,痛恨每天要早起跑操,这些只不过都是因为我们没有强大的意志力去克服这些困难,面对困难只是一味想要逃避。在我的认知中,"穿越"一直被视为一种逃避的方式,一种没有勇气面对现实世界的幻想。

当前热门的"穿越"文艺,不外乎将自己理想中的生活环境、家庭背景通过小说或电视剧变为"现实",来弥补自己在实际生活中无法获得它们的遗憾。可是,我们为什么不能自己努力去创造一个自己理想中的未来呢?我们无法选择出生在和平或战乱的年代,无法选择自己出生在一个贫穷或富有的家庭,但我们可以努力,努力让自己的梦想变为现实。

无数在梦想道路上前行的人们失败了,他们想要去创造一个未来,可当遇到困难时,他们都放弃了,因为害怕或者是无法面对未来的恐惧。林海音曾在她的《城南旧事》中这样写道:"一个人如果遇到困难,那么请不要放弃,硬着头皮去做,你会发现并没有想象中那么困难。"

事实也的确如此。当我们遇到困难，我们以无法战胜的恐惧将这个困难无限放大，忘记了我们本身具有的优势，一味只想逃避；可如果我们迎着困难而上，我们会发现困难也不过如此。既然这样，我们为什么不去试一试呢？未知的困难远没有那么可怕。

“穿越”是一个新的名词，而它也仅仅只是一个词而已，千万不要想着有一天可以穿越，所有的难题都能迎刃而解。“面对”才是这个时代的王道。

“如果穿越，你会怎样？”

“我想，不会比现在过得更好吧。”

“为什么？”

“因为，这里是靠我的努力得到的。穿越，只是一场幻想而已……”

（指导教师：王军）

点 评

《如果穿越》一文由“如果真能穿越，会怎样”入题，揭示了“穿越”是“一种逃避的方式，一种没有勇气面对现实世界的幻想”，用多种方式论证了靠自己的努力实现梦想的观点，说理态度平和，有一定的说服力。

空白的剪报集

□ 湖南省株洲市第二中学　易晴

那年,我还在镇里中学读书,突然迷上了剪报,特意精心制作了一本厚厚的剪报集。可巧妇难为无米之炊,家里基本上没有订阅什么报刊,每次翻开空空如也的剪报集,我不由得怅然若失……

课余时间,我走进了学校的报刊阅览室。阅览室让我眼前一亮,几个木质的报纸架上,一张张散发着油墨清香的最新报纸,好像一面面飘扬的旗帜,正向我这个求知若渴的少年招手。

管理员是位白发苍苍的退休老教师。他和颜悦色地说:“同学,你是来看报纸的吗?”我连忙点头称是。他便把我领到报纸架前,叮嘱说:“同学啊,这里的报纸你可以尽情看,记得看完后把报纸放回架子上啊。”看着眼前琳琅满目的报纸,我就像一个饥饿的流浪汉扑在面包上一样,迫不及待地拿起一大摞,找了个僻静的角落坐下来细细阅览。

时值寒冬腊月,天上堆满了乌云,冷风飕飕地往阅览室里灌,看报的人寥寥无几。

想想我那本“嗷嗷待哺”的剪报集,一个大胆、诡异的想法突然从脑中冒出:何不趁此机会下手?我把心一横,掏出了随身携带的剪刀……此时,那位老态龙钟的管理员,正捧着一本大部头的书低头品读。

机不可失,时不再来。我对准报纸上那些令我感兴趣的文章,手中剪刀咔咔落下,就像秋收时节农民挥舞着雪亮的镰刀,兴奋地收割属于自己的庄稼。转眼间,我的口袋里已经塞满了大大小小的战利品。我的心在欢呼:“我可以满载而归了!”

我把报纸放回报架时,手有些颤抖,差点儿把报架给掀倒了。也许是我弄出的声响惊动了老教师,他抬起满是皱纹的额头,仔细地看了我一眼。老教师突然用一种不容置疑的语气对我说:“这位同学,请你把刚才看过的报纸拿到我这里来!”

天啊,这可能是我听到的最恐怖的一句话。我的心怦怦乱跳,目光不敢与老教师对视，双腿像灌了铅一般沉重。我拿着报纸一步一步挪到他面前，就像跋涉了一个世纪。

当他翻到那些到处“开天窗”的报纸时，一切就真相大白了。

门外的寒风呼啸着，把冰冷的雪粒打到我脸上，我却感觉火辣辣的，烫得厉害。我耷拉着脑袋，等待着雷霆万钧般的训斥，甚至可能是一记狠狠的耳光。

墙上的挂钟依旧不紧不慢地走着，我觉得每一秒都那样漫长。不知过了多久，我才听到老教师平静地说：“同学，你跟我来一趟。”

他想把我带到哪里去？难道是带到班主任那里去？甚至到校长那里去，让我接受更严厉的批评和惩罚？胡思乱想的我，带着一副视死如归的神情，跟在满头银发的老教师身后，走进了阅览室隔壁的一个黑洞洞的小屋子。屋子里除了大捆捆摆放整齐的旧报纸、旧杂志，什么也没有。

莫非想在这个黑屋子里揍我一顿？我手心捏着一把冷汗。“同学，看得出来，你想做剪报吧。但阅览室的新报纸很多老师、同学都没有看过，你要剪就剪这里的旧报刊吧？”说完，他就走了，我呆若木鸡，怀疑自己是不是在做梦。

面对那些无辜的报刊，我没有再掏出剪刀。这时，一种晶莹的液体在我眼眶里打转，那一定是咸的。我走进阅览室，老教师依旧低着头沉浸于《资治通鉴》的氤氲书香里，仿佛什么都不曾发生过。我掏出口袋中的“战利品”，一一放在他面前，对他深深鞠了一躬，头也不回地走了。

许多年过去了，那本空白的剪报集依然静静地躺在我的书橱里。虽然我订阅过的报刊已经堆得像座小山，但我依然愿意保留那份空白。因为它让我想起那个冬天，曾经有一位阅览室的老教师，用他的宽容，让春天的暖意永驻在我心底。

（指导教师：杨玲）

点　评

老师对学生的教育“润物细无声”，却能够在学生心中留下难以忘怀的深刻印象，甚至影响学生的一生。《空白的剪报集》中的老教师面对学生的过错，选择以宽容的态度、善于诱导的方法，驱散学生心头一时的迷雾，“让春天的暖意永驻”。文章运用多种描写手法，于静谧的环境气氛中刻画了人物心中的阵阵波澜。

外 婆

□ 广东省北京师范大学(珠海)附属高级中学　黄婉娴

车窗外凛冽的寒风，夹杂着冷雨生硬地打在我脸上，只是细微的刺痛感，却似乎痛入骨髓，眼泪最终没有忍住，和着雨水，肆意地在我脸上流淌。我回来了，外婆，坚持住，好吗？

跨越了琼州海峡，踏上了故土。烟雨朦胧，黄昏的灯火勾勒着这座城市的轮廓，它静静地矗立着，无声无息。快到了，外婆，我快到了。到家后，您像以前一样带我去家后面的菜园摘菜好吗？

菜园是我们最爱去的地方，那时我常跟着外婆去园里摘菜，园里有几棵不知名的果树，长满了粉嫩的果子。外婆每次给我摘果子的时候，她先拿起长长的竹竿，叫我卷起自己的衣服，然后使劲地用竹竿敲打着树，果子便像雨点般落到我卷起的衣服里。摘完果子以后，她就用她那布满老茧的大手把果子小心翼翼地擦上一遍又一遍，她是那么轻柔，生怕把果子擦烂了。擦完后还要吹一吹，然后才放心地把果子拿给我吃。看着我吃得津津有味，她会在一旁呵呵笑，那镶了银的牙齿全露出来，脸上的皱纹也全挤在一块儿，眼角弯得像天上的月牙儿。于我而言，那便是世上最美的笑容。

终于，车停下了。我迅速地拉开车门，迈开双腿，想以最快的速度跑到外婆的跟前，却被妈妈一把拉住。她哀伤的脸上流露出不忍，但又很坚决地说："阿妹，你的生肖和外婆相冲，就别进去了。"我愣住了，腿像灌了铅一样呆立在门前。

房门虚掩着，只留条小缝，而那个曾给予我快乐童年的人，就在门的后面……我最终没有进去。家乡的风俗是外婆最在意的，我怎能违拗她呢？

我只好背对着房门，望着那熟悉的庭院，那里有一个古老的压水器。以前外婆常抽上满满的一桶水，然后使尽全身的力气把水提到一边，边提边呼唤我的小名："阿妹，快来洗澡！"我一跃跳进早已准备好的澡盆中，她舀起满满的一瓢，让水缓缓地从我身上流下。等到身体都被淋湿后，她便开始帮我擦背。她坐在小凳子上，微斜着佝偻的身躯，专注地盯着我稚嫩的双肩，用那粗糙的大手，在她孙女的背上，从上至下，一遍一遍，轻轻地慢慢地擦着。那是我童年最幸福的时刻。

屋里传来的哭声打断了我的回忆，妈妈出来红着眼对我说："外婆走了。"我的泪水止不住地往外涌，如果我早点回来该多好，如果我没有乖乖听话该多好……

外婆走后的几天，家人按照当地的习俗，举行完一系列哀悼仪式后，准备出殡。离开家时，我依恋地看着门口那张装载着外婆无数岁月的椅子。

小时候，外婆最爱坐在那张椅子上，看着我们爬上门前的黄皮树，嘲笑我们边摘边吃的滑稽模样。后来我们长大了，渐渐地回家少了，年迈的外婆依然坐在那张椅子上，日日盯着村口，望着我们归来的路。去年我们回去的时候，听舅母说，外婆一早就坐在那张椅子上，眼睛一直注视着村口，看到我们她开心地"啊啊"大叫，当时的她因为高血压，已经连话都说不清楚了，可她的儿孙在当时又怎能听出那一声声"啊"饱含了多少孤独、思念与喜悦啊？外婆，您平时会有多寂寞呢？会不会看着村口一个人默默地流泪？是不是只能看着光秃秃的枝丫暗自神伤？

外婆的墓地就在自家的橡胶林里，送她的时候，天空下起了毛毛雨。下葬时，我亲手抓起一把黄土慢慢地撒了下去，我知道这意味着永别，我是多么不想和您永别啊！

但，我只能对您说："外婆，一路走好。"

走出林子，雨已经停了。我抬头仰望头顶的天空："外婆，您在天上好吗？"

这时，一束阳光穿透云层，倾泻到我的脸上，仿佛外婆那温暖厚实的大手抚摸着我。

（指导教师：周菲）

点　评

《外婆》一文，以"奔丧"这条线索为经，以"忆昔"这条线索为纬，前者按时间顺序记叙从连夜赶回老家到别离外婆墓地的全过程，后者由"菜园""庭院""椅子"即景回忆外婆的往事，二者紧密结合，渲染出哀婉凄怆的气氛，表达出对外婆的深厚感情。

漫步乌镇

□ 辽宁省鞍山市第一中学　王彦人

我想在中国九百六十万平方公里的土地上寻觅一个地方，听小桥流水，入青径雨巷，于是我到了江南水乡的这个小镇——乌镇。

不约友伴，只邀春风，还未洗去远远赶来的风尘，我已挣脱城市带给我的最后一丝羁绊，漫步于小镇之中。

顿时，你，像一只蜻蜓，点在我的湖心。须臾，已是千年，一任闲愁弥漫。

你不浮不躁，不嗔不怪，尽管曾经久久被繁华遗落。

廊檐下的雨铃丁零作响，天空中的纸鸢猎猎飞翔，桥下盈盈曲水不知流往何方。东栅西栅数条小巷，都不过两三米宽，步入其中，恍若隔世。漆黑的木门紧紧闭着，门楣上挂着绿绿的苦槠，台阶下布着铜钱大小的青苔，墙的角落正开着不知名的野花，随风含笑低首。我猜院中大概会种着一株垂柳吧，在春风下伸展枝条，再或是半开的迎春调皮地伸出院外。不由得想叩动门环，开门的是髦髻的童子，还是身着青衫的杜丽娘呢？小巷不语，春风不言，人亦不忍打破这沉寂。

寻一叶扁舟，顺流而行。“浩浩乎如冯虚御风，而不知其所止；飘飘乎如遗世独立，羽化而登仙。”那一侧是刚才游过的蓝染布坊。在城市里早已失传的技艺仍在乌镇代代相传。几缕清风，拂过蓝染布，游弋在布坊之间。高高的木架上此刻泻下蓝的海洋，点缀朵朵白花，又似深邃夜空中群星闪烁的景象。静悄悄的，布坊已了无声息，独留下阳光在染布上踮脚起舞，留下丝丝暖意。没有苏绣的艳冠天下，没有白绢的细密，但这才是乌镇的染布，透着桃源般的无争与闲适。

小舟在绿水上再度画出一道弧线，作别茅盾故里。我静静地来，悄悄地去，想念那位用文字细抚人心的老者。如果说那“蓝墨水的上游是汨罗江”，那乌镇的脉脉流水便该是为他静静流淌。寻常巷陌，可还有人徘徊在旧时故里，凄然怅叹世事茫茫？薄暮微凉，谁还忆着往昔？徒是今时灯花瘦尽，细数梧桐细雨。唯有那文字历经岁月沧桑，未尝消减，却越甘越醇越是醉人。

放眼望去，两岸民居一般模样，黛瓦青砖粉墙，有别于同里的繁华。船夫并不计较一道有多少生意可做，闲聊间已是终点，下了船，亦任由你来议价。付过钱又再度轻点长篙，慢悠悠隐没山水画中去。

踩着百年青石路，抚过千年汉代瓦，撑一把纸伞，在忙碌穿梭的人中独自思忖，雨打伞面又添了几分重量。“今人不见古时月，今月曾经照古人。”在月影下走进一家戏楼。四座的人静静听着，氤氲着茶的浓香。“偶然间心似缱，梅树边。这般花花草草由人恋……”青衣起步回眸，长舒广袖，几缕幽怨几缕愁。掂起熏窨，莫许杯深茶香逸，一滴清泪已为戏中人落下。有时台下的人轻和，有时大家满堂叫好，也有时只是随乐声点头，好不陶醉。

缥缈与迷离间，山亭水榭，好似披上了一袭轻纱、一层薄雾，隐隐约约传来细碎琴音。

画船听雨眠，春水碧于天，今夜燃一炉轻烟，熏透一夜幽梦，伴我似水情怀。

乌镇啊，你可是为我的离去哭泣?谁念西风独自凉，我只不过是你千年中匆匆的过客，而你亦只是点过湖面的蜻蜓，匆匆相见，匆匆别离。

柳条折尽花飞尽，借问行人归不归。走遍一座座城市、山村，心心念念的却还是乌镇。我化为一条白鲤可好，跃于你的柔波里？我化作一阵细雨可行，融进你的每一寸土地？忘，谈何容易？

乌镇好，久雨放晴天，乘舟识得春风面，清风慰我扫云烟，明月晓窗前。怎一“闲”字了得?

（指导教师：李战良）

点　评

《漫步乌镇》给人以清新之感，语言既通俗又典雅，是质朴的水乡韵味和浓厚的文化积淀的融合，可以看出作者观察感悟生活的能力以及对于中国文学的修养。

杜甫不应该很忙

□ 河北省张家口市第一中学　李慧敏

日前，在网络上疯狂转载一组图片：杜甫在野外实战CS游戏，杜甫骑车去商场购物，杜甫在QQ空间里写诗，等等。这组恶搞图片被网友戏称为“杜甫很忙”。

或许人们在压力日益增大的今天，总想找些够刺激的事物来娱乐自己，排遣烦恼。但是，娱乐是有限度的，如果任何事情都可以拿来开玩笑，那么还有什么底线可言？对杜甫这样在中国历史上举足轻重的人物随便拿来恶搞，难道不是对中国五千多年的优秀传统文化的亵渎吗？不是在破坏民族魂吗？

传统文化是一个国家和民族的象征与标志，是民族精神之所在，而那些创造文化的历史人物更是传统文化的体现和载体。杜甫作为“诗圣”，几千年来都备受华夏儿女的敬重。他那“安得广厦千万间，大庇天下寒士俱欢颜”的济世情怀，他那“穷年忧黎元，叹息肠内热”的爱民情结，他那“会当凌绝顶，一览众山小”的雄心壮志，无不感召我们一代又一代炎黄子孙奋发图强，积极进取，建设繁荣富强的中国。最为难得的是，杜甫捧走时代的血泪，反复提炼，用沉重的笔触写出了“朱门酒肉臭，路有冻死骨”。世界上只要还有不合理的贫富对立，这两句用红宝石拼成的诗句，就将永远使人警醒。

“乾坤一腐儒”“儒冠多误身”，杜甫自始至终都是儒家的信徒，“穷则独善其身，达则兼济天下”的儒家主张在他身上体现得淋漓尽致。他虽不是政治家，但“仁政”思想浸润着他的灵魂，他真正做到了“鞠躬尽瘁，死而后已”，忠心耿耿为朝廷效力，为黎民分忧。

因此，杜甫的诗作和他本人都是中国脊梁的代表，蕴含着中华民族的灵魂！

“如果严肃的公众对话变成了幼稚的婴儿语言，如果一切公共事物形同杂耍，那么这个民族就会发现自己危在旦夕，文化灭亡的命运就在劫难逃。”《娱乐至死》的作者波兹曼曾如是说道。所以，就杜甫这样有一定象征意义的重要人物，我们后人只能严肃对待，万分尊重，而不能随便拿来恶搞，这有损我国形象和民族内涵。相信已逝的杜甫先生如果看到他以如此形象出现在世人面前，也会感到痛心和无奈吧。

对杜甫先生的恶搞也正给我们敲响了一记警钟，为何绵延五千年的灿烂中华文化如今却显得暗淡无光？为何日韩文化可以大行其道？为何中国人在外国人眼中是不文明的代名词？掩面沉思，这不正是由于我们没有对优秀的中华文化发扬光大吗？不仅如此，更有甚者还会对它们进行亵渎。在网络信息日益发达的今天，对千古风流人物的恶搞比比皆是。或许有些人不是出于恶意，但至少可以说明，他们对中华文化的弘扬意识很差。

所以，是我们华夏儿女行动的时候了，释放自己对华夏文化的热忱吧！为它注入新鲜的血液，让中华文化永远绽放于世界的东方！

杜甫确实不应该很忙，他应该安安静静地看着自己心爱的中华文化生根发芽，开花结果。

（指导教师：李钢）

点评

对于文化生活中的热点话题，我们也应该加以关注，进行思考，发表自己的见解，这同时也是一种很好的研究性学习。《杜甫不应该很忙》就针对网络上恶搞杜甫的现象进行了分析，提升到怎样对待民族优秀传统文化的高度上认识，有理有据有力，启发读者增强文化自觉，将优秀的中华文明发扬光大。

我的奶奶

□ 广东省深圳南头中学　高媛

我的奶奶是个淳朴的农民。她的身影常常出现在田野里，当阳光将金黄洒向那片饱满的稻子，她总是忙碌着，一刻也闲不住，只有中午，她才斜靠在树下半躺着休息。她躺着的姿势很难看：灰色的碎花衣，胳膊肘和膝盖处的花纹早已褪色；她也不穿鞋子，脚板上的干泥看起来微白，黏在她黝黑褶皱的皮肤上，像是叶间投下的斑驳阳光；她右手上的蒲葵扇耷拉着，双腿屈膝，呼噜声跟夏天里的蝉鸣一样嘹亮。她就这样大大咧咧地睡着了。

我早已习惯在这样的中午把饭送到离稻田不远的树荫下——一大碗早上熬好的清粥，还有青菜。

有时我会搞点恶作剧，拾几根野草在她脸上挠痒痒，或是弄出点风吹得草叶轻轻拂动，不一会儿，她就像小孩子一般咿呀几声，用还带着泥的手在脸上随意一抹，转个身又睡过去了。我却找到乐子了——在她的脸上抹几道泥痕，看起来非常滑稽，看着就忍不住笑。

奶奶收工很晚。当夕阳将层云染成火烧云，那紫红的霞光将整个村子映衬得分外温馨。炊烟袅袅升起，田间小路上，只剩下祖孙俩拉得斜长的影子。

“忙完了？开饭啰——”村口的老人看见我们说道。

“米还没下锅，还早呢——”

“别饿着小孩，在长个儿呢……妞妞啊，奶奶一手拉扯大你不容易……以后长大了可别忘了你奶奶，让她享享福。”

“嘿嘿，不苦不苦。”奶奶溺爱地看向我，笑着说，“女孩子长大要嫁人，记不记得无所谓了，也许我就等不到那天啰……”

奶奶挑起锄头，在前面走着：“妞妞，我们回家煮饭去。”

看着奶奶的背影，我突然发现，她不再是那个一口气将稻子扛到屋顶的中年妇女，而是拿着镰刀一小把一小把地割着稻秆然后上田垄歇气的老人。从什么时候开始，生活已经将她的身子压得有些佝偻，半头乌发也被时光染白了？我鼻子一酸，心里涩涩的，很难受。仰起头，远方的夕阳落到地平线上，它就要落下去了，那光亮让人错以为它刚刚升起……

其实，奶奶也被姑姑接到大城市里住过。可是不到半个月她就收拾行李打道回府了，姑姑拦也拦不住。“奶奶，为什么不多住几天呢？”我想起城市里那拔地而起的高楼和热闹的车水马龙。“妞妞，”她的目光望向远方，久久才说道，“我这把老骨头不适合大城市……”我看着她的脸，那眼眸里似乎倒映着那片安静的阡陌风景和一座矮矮的房屋，更透出一种我读不懂的执着。我知道，奶奶不喜欢城市喧闹的环境，也怕自己打扰了姑姑的生活。“妞妞，等回到家里啊，就种几行白菜、几排毛豆，豆子熟了颜色金黄金黄的，很喜人，等它熟了要早点去采，不然田鼠会偷吃，那田鼠有灰色的皮毛……”奶奶说起田里的事时就变得十分得意。她有很多关于田野和山间的故事，讲起来滔滔不绝，眼里也闪着亮光，讲的时候会露出与肤色不搭的洁白的牙齿。

我们又回到村子里住。夕阳落下，朝阳升起……

到了深秋，山间的绿油油的叶子变得枯黄，簌簌飘落一地。那盛夏的蓬勃的气息被风吹散在落叶间了。

后来，奶奶种的豆子终于快成熟了，可惜却再也等不到奶奶亲手来摘了。豆子眼看要成熟的时候，奶奶因心肌梗死停止了呼吸，去世前她将准备好的装豆子的竹篮洗得很干净。她摸着我的头说：“妞妞，如果豆子吃不完，就晒干，留着明年再种。”然后她就带着无限的期盼永远地睡着了。

奶奶被葬在山间一块平坦的土地上，从那里可以看见春天破土而出的绿油油的豆苗和六月那片金灿灿的稻田，她将永远陪伴着这片她劳作了一辈子的土地……

（指导教师：盛涛）

点　评

《我的奶奶》是一篇感情纯真而朴实的佳作，作者只是如实地记下“奶奶”的一个个生活细节、一句句平常话语，“我”对“奶奶”深厚的爱完全融入叙述描写之中。

盯 贼

□ 贵州省六盘水市第一中学　胡青青

许多人都说做了好事就会有好报,为什么我做了好事却还要被骂呢?

周末我乘公交车去玩,此时正值高峰期,车上挤满了人。我旁边站着一个穿着时尚的女孩,她把包随意地挎在肩上,双手正捧着手机玩得不亦乐乎,丝毫不为车上摩肩接踵的人所影响。她身后站着一个西装革履的男青年，很有涵养的样子。可当我不经意回头看到他的所作所为时,我发现自己的判断错了。

此时,他干净的双手正小心翼翼地探向女孩的背包拉链,一双贼亮贼亮的眼睛还不忘环顾四周。我回头看到他时,他的目光扫描到我。也许是做贼心虚吧,他停下手中的动作，故作潇洒地把手揣进了自己的口袋，很自然地把头转向窗外。我也假装转回头来,却一直用余光斜瞄着他那边的动静。我的心脏也不停地咚咚打鼓。

现在的小偷都成精了,他们都是拉帮结派的,并且分工明确,有的负责定目标,有的负责放哨,有的负责偷。这些蟊贼如果行窃不成会不会把气撒在我身上?这可把我难住了。我想帮那女孩可又不敢轻举妄动,只能眼巴巴地等待机会。

当我再次用余光偷瞄他时,只见他那罪恶的双手已经将女孩的背包拉开了三分之一,我急得像热锅上的蚂蚁。这时,车到站了,他不得不停止行动。我就趁着有人上下车的这个空当,用胳膊轻轻戳了那女孩一下,可她却无动于衷。眼看车要开走了,我便使劲拉了一下她的衣角,她终于注意到我了,一双无辜的大眼睛眨巴眨巴地看着我。我心里直埋怨,哪有这么木的人啊?哎,我既要保护同志,又要掩护自己,这可怎么是好?

看敌人没什么举动,我用大拇指偷偷指向她的包,她总算开窍了,示意地对我点点头,然后装着不在意的样子把包转移到了安全地带,并小声地用只有我们俩能听到的声音对我说了声“谢谢”。我怦怦直跳的小心脏才稍稍安分了一点儿。阻止敌人的行动这才算成功。

我打算把自己与小偷斗智斗勇的这一“壮举”报告“首长”，心想一定会记个“三等功”。谁知在电话那边的妈妈暴跳如雷，用放机关枪的速度劈头盖脸给我一通教训，怪我多管闲事、爱逞英雄、不顾自己的安全，还说：“小孩子不要逞能当英雄，学雷锋是大人的事。要是他们报复你，你说，你一个小孩子怎么办？”

我知道自己争不过妈妈，可心里却亿万分的不服气。小学课本上就教我们要向雷锋叔叔学习，助人为乐、见义勇为，可是现在我做了好事非但得不到夸奖，还受到责备。太多的不解在我的脑海里绕成旋涡，如果所有人都担心自己的安危而不去助人为乐、见义勇为，那我们的心灵就会变得冷漠、麻木不仁，那我们的社会将不再充满爱。

如果下次再遇到类似的情况，我依然会提醒身边的人注意——有小偷……

（指导教师：张春霞）

点　评

弘扬社会正气，人人有责，要从我做起。《盯贼》描述的故事有代表性，正是一些人麻木不仁，不敢见义勇为，助长了那些邪恶之徒的气焰。文章观点鲜明，叙事生动，议论精当，很有启发性。

一种不能放慢的节奏

□ 内蒙古自治区巴彦淖尔市临河区第一中学　王如意

有一种节奏不能放慢，那就是青春的节奏。

青春不能等待，谁也无法改变它那飞奔的脚步。青春如樱花般绽放又飘零，就连空气中也弥漫着粉色和淡香，它是幼稚与成熟分界的模糊轮廓。站在时间广场中央的我们，迷茫得有些窒息，似乎在不停地等待，无数个渴望充斥了脑海。不要等待！在这个美好的青春时节，鼓起奋斗的勇气，驾驭时间的翅膀，只争朝夕，孜孜不倦，矻矻以求，勇往直前。时不我待，青春的脚步没有彩排，每一天都是现场直播。

青春的路上，会有那么一些感情，不要等待。其间的友情、爱情，往往值得你一辈子回忆，值得你永远珍惜。即使有磕碰，有伤痕，也不要遗憾。青春就是这样，痛并快乐着。假如有一个人，你将他视为胜似亲人的朋友，你们或许有只有你们才彼此称呼的昵称，有那些只有你们一起去过的地方，有彼此间不计其数的相同或不同，还有彼此间共知的烦恼与快乐……那些专属于你们的回忆，像一只只千纸鹤飞翔在你们的心间，那是多么珍贵！也许，有一天你老了，仍然能想起你们一起出糗的样子、你们做过的疯狂的事，到那时，那种盎然趣味、那种奇妙感觉涌上心头，犹如冬日里的和风轻轻地抚着你面颊，多么温暖！假如有一个人，他让你平静的心湖不再平静，每当你闲暇时，脑海会不自觉地印上他的脸，他的每一个表情、每一句话，还有举手投足，都让你忍不住去思念他，甚至有些难过。没错，青春的嫩芽不断地萌发，那种奇妙的感觉叫作喜欢。那么，不要等待，继续那种情感吧，喜欢，是比天山的冰雪还清澈纯洁的爱。

青春的路上，会有那么一些梦想，不要等待。梦想的实现基于不懈的追求。梁启超曾说："少年智则国智，少年富则国富，少年强则国强，少年独立则国独立，少年自由则国自由，少年进步则国进步，少年胜于欧洲则国胜于欧洲，少年雄于地球则国雄于地球。"先人的启迪，指引我们奋斗的方向，青春时节不要等待，让梦想起航！你是谁，有什么身份，处在什么社会地位，都不是重要的。我们要奋斗，就是要为国家乃至人类做出应有的贡献，实现我们的人生价值，给自己的青春一个满意的交代。

生命其实很短暂，一眨眼，青春就将逝去。青春，让人多了一份渴望，多了几分收获。不要等待，青春是一种不能放慢的节奏！

让青春以其固有的节奏向着未来迅速奔跑吧！这样，我们才能拥有青春，拥有明天！

（指导教师：秦娥）

点 评

《一种不能放慢的节奏》是一首激情洋溢的青春进行曲，奏响了珍惜感情、放飞梦想、向着未来迅速奔跑的主旋律。

那场雨

□ 浙江省乐清市白象中学　王舒逸

四月春雷炸响，很干脆，几声轰隆隆的雷鸣之后，大雨便倾盆而下，裹着冷风，打得地面沙沙响。忘了带伞的人如受惊麻雀，四处寻觅着屋檐，一窝蜂地拥向街道两旁的小店。

“嘿！你别挤啊！”“后面的，你踩到我鞋子了！”人声鼎沸，站在外面的，刚好被沿屋檐而下的细流淋到，打了个喷嚏，连忙往里钻。

“喂！干什么呢？还让不让人做生意？”店里老板掂着勺子从内厨出来，怒目瞪着众人，“说你呢！别碍着别人做生意。”识相的人往外挤了挤，有几个干脆找张桌子坐下，拿起菜单看。老板看了看那一人宽的通道，然后笑得像弥勒佛似的向客人走去。

当然，总有些有钱人钻进车子，吹着暖气，听着最近流行的音乐，潇洒的脚一踩，双手一打方向盘，从几个水坑上飞奔而去，激起一道浑黄的水流。还真是让人羡慕。

街道上，一位老婆婆蹒跚而行。她打着一柄乌黑的雨伞，头发已经花白，岁月在皮肤上也刻下了几道苍老的沟壑，却依旧显得精神。此刻，她正盯着手里拎着的塑料袋，袋子里装满刚从菜市场买来的新鲜货。翡翠般的青菜叶伴着鲜嫩的猪肉，肥硕的鲫鱼蜷着身子，半开的嘴一张一合，泛着点点鱼腥。更有青色的九节虾，不断伸展躯体，想从袋子里挣脱。这菜别提有多新鲜了！老婆婆抓紧了袋子，脸上泛着笑意：“大儿子最喜欢吃红烧肉，再炒盘青菜。对了，还有我那大孙子最喜欢吃油焖大虾。”想到这里，她眼前仿佛映出了那一桌美味佳肴，令人垂涎欲滴。于是，她又瞅了瞅那九节虾，仿佛生怕它们蹦跶走了。

街那边，一年轻人推开躲雨的行人，啐一口唾沫，脖子上的金项链随着身体晃动，金光闪闪。他骂骂咧咧地推开车门，点燃一支香烟，叼在嘴上，一踩油门，右手一打方向盘。车子猛地一转弯，激起一道激流，溅到正躲雨的人的身上。骂声四起，人们抱怨自己衣服鞋子湿了，骂着那年轻人。“吵什么！自己没有车，怨谁啊？”年轻人发火了，瞪着骂他的人，“自己买不起车，怨谁？”说完，那人冷笑一声，只顾自己脚踩油门，引擎瞬间发动，四个轮子飞速旋转，更大的水流扑向四周，愣生生把路过的老婆婆打湿了一身。老婆婆一躲避，袋子也掉了。

老婆婆忙停下脚步，放开雨伞，捡起袋子，袋子里已装满泥水，青菜叶子正漂浮在上面，浸成泥黄色。她慌忙把袋子里的水倒出。那猪肉表面附着泥沙，鲫鱼覆盖上了黄泥，嘴巴乏力地一张一合，九节虾也吓得不轻，呆愣地赖在泥水里。而老婆婆更加狼狈，灰蓝的布褂点上了黄色的泥斑，湿漉漉地滴着水。此时，她顾不上自己，急忙抖着菜叶子、猪肉、鲫鱼上的污水。她看了看那九节虾，跌跌撞撞地往菜场走去，她不能让自己的孩子吃到这样的菜啊。可当她迈出几步，便又停了下来，双手从口袋中掏出几张粘在一起的纸币。她数了数，却只有薄薄的六张。她的目光黯淡了下来……

雨仍旧在下，仿佛整个世界都黯淡了。

（指导教师：陈贤芳）

点 评

《那场雨》借躲雨场景描绘了一幅市民社会众生相，“店里老板”的埋怨嗔怪、“识相的人”的逢迎得体、“老婆婆”的喜不自禁、“年轻人”的趾高气扬都通过人物的道白表现出来。

北京胡同

□ 河北省张家口市第一中学　常歌

怀着期待的心情徜徉于北京最后一条保存完好的胡同——南锣鼓巷，我希望能在此嗅到那已经逝去的老北京的气息。

进入主巷，林立的店铺张扬地散发出标志着时尚与奢华的光影音信，络绎不绝的游人汇成了一条混浊的河，缓慢地侵蚀着老北京最后一点儿肌骨。旧有的文化被时代不动声色地谋害掩埋。梁思成与林徽因夫妇当年竭力保护古迹时或许不曾料到，古老建筑内寓居的传统文化被剥离粉碎时，这一砖一瓦又该是怎样的无奈与不堪啊！不过想必两位先生已经无暇顾及了，他们一定更不曾料到，若干年后不仅他们的大声疾呼会被忽视埋没，就连自己的居所也要让位于这座城市发展的巨大欲望了。

不想忍受这里的喧嚣，我走进了这条胡同的分支，游人渐稀，生活的脉搏在这里趋于平静正常。冬日黄昏的北京胡同是那样祥和静谧，当昏黄的日光洒在那合抱之粗的深沉古木，当那古木充满安静力量的斜影投射在一排排零落但曾被精心雕琢的砖瓦上，当那灰色砖瓦下庇护着的日子里传出一两句“京片子”的笑骂，一切似乎都被一种暗淡的光环绕、定格——它们是那么合乎时宜，就像它们之前存在过的千百年一样。这里四合院的色调永远是灰白色的，与主巷色彩鲜明的仿古建筑形成了明显的对比。在现代人的观念里，那些被恢复的建筑，不论是庙宇还是民居，都应该是喜庆艳丽、红黄相间的。可这样的颜色在漫长的时间里是留不住的，真正伴随生活的恰是那单调但却永恒的灰白——它们才是生活的颜色。那些仿古的图案多数是电脑绘制的，它们复杂，但大都是平面上的工艺。设计者只需要几分钟的数据调整而不需要仔细思索便可大功告成。胡同里砖瓦上的雕刻简洁而单纯，这些凹凸起伏、深邃灵动的图案，每一条纹、每一朵花里都是一段古老的历史，都凝聚着匠人们夹带喜悦或劳苦的心血。它们倾注了匠人的期望与智慧，于是它们在时间长河里也拥有了缄默但永恒的活力。

偶然遇到了一位慈祥的老人，衣着朴素，但眉眼中透露出一种穿越时代的大家闺秀似的温婉贤淑。在这漫无目的的行程中，老人将我们引入了她的居所。那是一座标准的四合院，古朴的影壁，空寂的鸟笼，老人信手拈来地为我们讲述这一砖一瓦的历史，我暗暗佩服她的从容与博学。走进老屋，一个身穿将服的英武形象赫然屹立于黑白的照片之中，那是老人的爷爷，曾经是民国陆军上将，旁边镜框中的一张张黑白照片无声地诉说着一个大家族的兴衰……我震撼于这个孤身老人身后的那些遥远的故事。我猜想，老人的心中是否还存有一个像老照片里那个清秀女孩一样年轻的梦？那个梦或许与这个充满变化难以捉摸的现实有些距离，于是才将自己永远珍存于这座安静的院落里。

告别老人，我深深沉醉于这老胡同的安详生活，沉浸于这小巷里的厚重故事。

老北京还静静地在这里生活着，一如百年前的黄昏，它在生命的交替里，安静地呼吸。

（指导教师：尤立增）

点　评

《北京胡同》也可以说是写“北京印象”的。值得庆幸的是，在“旧有的文化被时代不动声色地谋害掩埋”的背景下，作者毕竟从“北京最后一条保存完好的胡同——南锣鼓巷”发现，“老北京还静静地在这里生活着”，这令作者“深深沉醉”了，可见作者对民族传统文化爱之深切。

今夜月满无眠

□ 辽宁省义县高级中学　杨泽宇

依稀记得四年前的月，那么美，那么圆，那么温暖……可如今，无论怎样看，那月虽满，色都是淡了，薄薄云雾间透出一股深深的思念。

还记得我小时候您常说："丫头啊！有一天我走了，你会不会哭？"我刚一听到这话就哭了。然后您又把我抱起来，轻轻地拍着我："不哭不哭，我不走，我哪儿也不去，我怎么舍得扔下你啊！"直到我破涕为笑。这个场景，重复了许多遍，每一次，都是这样收场，而我，就那么傻傻地以为这是您的承诺，直到有一天……

那天，老师匆匆地拿着电话向我走来："你先回家吧，你家里出了点儿事。"那一刻的我，似乎就预感到了什么，眼泪止不住地流下来，心莫名地痛。我就这样哭了一路，到家的时候，终究还是晚了，您到底还是离开了，走得远远的了，在我的世界里再也找不到您。那一刻，我有些恨您。您食言了，您的承诺呢？您永远都不离开我的承诺呢？您都忘记了吗？甚至连最后的一面都不让我看见，为什么？为什么要这么狠心呢？上学前我对您说："等我回来！"您明明就答应我了啊！难道您都忘了吗？您就那么轻易忘记了，您知不知道，我有多想您……

我还记得您慈爱温暖的笑脸，如今却再也看不见了。那时您总说我懒，每天早上就在我耳边叫："丫头，起来啦！"我总是不耐烦地打断您，然后继续睡。如果我知道有一天您会真的离开，我一定会乖乖地起来陪您。可是现在，没有机会了，再也没有机会了！

还记得您总说我字写得难看，每天让我练呀练呀，我常因此埋怨您。现在，我真想您再说我几句。您看，现在我的字比以前强好多了吧！可是，您在哪儿呢？没有您，谁来看呢？谁来夸我有进步呢？

还记得在家时您对我说的最后一句话是："以后干啥都麻利点儿，别那么慢！"语气是命令的，可我又怎能听不出其中的关怀呢？所以我听了，我已经改得好多了。以前您不是说过，只要我犯了错误会改，您就不会怪我，就会回到我身边吗？可是我已经改了，您为什么还不回来？您忘了知错就改那个故事了吗？

还记得那沉甸甸的遗像捧在我胸前的时候，我的心都碎了。我第一次披上孝衣，却是为您，您难道就不在意？其实您也是想我的吧？不然为什么我感觉您仿佛从未离开过，而是像以前一样一直守在我身边。

爷爷，您看，又到十五了，该回家了！我好想您……

（指导教师：富艳）

点　评

《今夜月满无眠》的语言不事雕琢，朴实无华，祖孙之间的那些话虽平平淡淡，却饱含着真挚深厚的情。

一种不能说的“秘密”

□ 安徽省宿州市第二中学　姜跃

他命很苦，从小父亲就死了，只留下他和母亲相依为命。但他很争气，考上了大学。

今年寒假他要回家，母亲便早早起床去车站迎他，手里还揣着儿子最喜欢吃的鸡蛋饼。看着儿子背着书包从车上下来，母亲飞快地跑近：“儿子，饿了吧，快吃了吧。”说着便把饼塞进儿子嘴里，伸手把包拽了过来。儿子吃着热腾腾的饼，心里充满酸楚。

儿子牵着母亲的手走在街上，母亲的手很粗糙，布满老茧，不再如先前细腻光滑。母亲为这个家付出太多太多。突然，儿子看到前面有个卖手套的摊点，便拉着母亲跑了过去。

“老板，那双红色手套多少钱啊？”

“今天生意不好，我给你们半价吧，五元。”

“太贵了，我不要，戴着会妨碍我以后干活，妈的手不要紧。”说着母亲便拉儿子离开。

回到家中，母亲推开大门，儿子看到院子里到处都是晾晒的衣服，盆里还有几件没来得及洗的衣服。

“妈在家闲得没事干，就帮忙替别人家洗衣服，一件衣服一元钱，每天能挣好几十呢！这些都是富人家的衣服，我不敢用洗衣机洗，怕洗坏了，所以用手洗的。放心，妈的手没事。”看着母亲那得意的样子，儿子眼中充满了泪水。

“儿子，你先回屋休息，我先把这几件衣服洗好，再给你做饭。”母亲转身又把手插进那冰冷的水中。

儿子趁母亲洗衣服时偷偷地跑了出去，回来时看到母亲还在洗衣服：“妈，你看我给你买了什么？”说着他伸手插进口袋拿出手套。他突然脸色大变，怎么就只有一只手套了，另一只手套呢？他二话没说，拔腿就往外跑。此时，天已下起了大雪，他在回来的路上来回地寻找。

“妈，把手电筒给我，我再去找找。”儿子焦急地说。

“别找了，天已经黑了，妈的手不怕冻，快回来睡觉吧。”

儿子伤心地回到屋里。母亲看到儿子伤心的样子，心里很难过：儿子把手套弄丢了，他肯定会睡不好觉的，我该怎么办呢？母亲突然心生一计，她走到院子里，将手中的这只手套扔在角落。

第二天早上，天还没亮，就听见儿子在外边大叫：“妈，我找到了，我找到了！”他赶忙把这只手套拿给母亲。“你说我咋那么笨呢，手套竟然丢在院子里了！”儿子高兴地说。看着儿子高兴的样子，母亲露出了微笑。

几年之后，儿子工作。结婚后，儿子把母亲接到城里，让她在城里享福。

一天，孙子在奶奶的房里玩，问奶奶：“奶奶，我每天都能看见柜里有一只手套，另一只手套呢？”奶奶说：“这是一个秘密，你可不能说啊！”孙子说：“好，我保证不说！”奶奶就将这事告诉了孙子。

孙子在和爸爸玩的时候，无意间把这事告诉了爸爸，爸爸却说：“这事我后来知道了，那只手套是你奶奶故意扔的。你奶奶是怕我伤心，所以才故意哄我的，那我为什么要揭穿呢，不如让你奶奶高兴啊！”孙子听到后，感动得哭了。

是啊，母亲与儿子之间的爱在无言中表达，这才是最伟大的呀！

儿子会让母亲继续保守这个“秘密”。

（指导教师：马辉）

点　评

《一种不能说的“秘密”》通过一只红手套丢失之后母子俩互相隐瞒真相的小故事，表现出真挚感人的亲情。文章把简单的故事写得波澜起伏，引人入胜。

张垣组诗

□ 河北省张家口市第一中学　尤鸿儒

张库大道

张库大道从张家口出发，通往蒙古乌兰巴托（古称库伦），并延伸到俄罗斯恰克图，全长一千四百多公里，有“北方丝绸之路”之称。

马车或驼队，迤逦着
完成从草原到草原的过渡
石板上印出深深的辙痕
曾负载着茶叶、羊皮和骄傲
驼铃是单调的脚步
响在空灵的山谷
一声绕在云间的吆喝
喊醒山坡上的一枝杏花

坝头，孤独的烽火台
注视着远方的驼队
从一个日子走向另一个日子
夕阳发出最后一声叹息
起点便消失在一片苍茫中
终点淹没在齐腰的草中
从草汁中榨出的新鲜的马奶酒
醉得这长路踉踉跄跄

踉踉跄跄，走向远方
起风了
空气中满是酒香

赐儿山

赐儿山位于张家口市区西部，山腰有云泉寺，明洪武二十六年(1393 年)建，内有送子娘娘殿，每逢四月初八庙会，来焚香祈求“赐儿”者络绎不绝。

一群树和一座山
用风的话语交谈了千万年
当所有的目光投向她
山，便有了灵性
心，用香火传承香火

慈母微笑，端坐着
氤氲的烟气遮蔽了面庞
当善心被目光娇弱地扶起
心中便孕育了一份希望
菩提树下，求子的男女都笑了

水母宫

水母宫位于张家口卧云山下，有泉奔涌，水流清澈。相传水母娘娘指石为泉，后人建宫记之。

神仙也会口渴
挥挥手便让人满口生津
母亲的乳汁
把焦土喂养成良田
乡民把山药蛋和莜面揉成日子
平淡而丰盈
男人爱女人一样爱着土地

女人汲水，喂养孩子和牲口
泉是一种隐秘的暗示
用流动掩盖岁月
土地丰满起来
神仙的金手指
在旷野上
绣出一片莜麦香

（指导教师：尤立增）

点　评

和一般选手用游记、解说词等写自然风光、人文景观不同，《张垣组诗》采用了新诗形式。作品描绘一幅幅画面，着重追寻它们的意境、韵味，给人别样的美的感受。

微信扫码
在线看写作提升课
获取精品阅读资料

教育部办公厅批准
中国当代文学研究会主办

“叶圣陶杯”全国中学生新作文大赛

17年17届
获奖佳作精选

王世龙 / 主编

天津出版传媒集团
百花文艺出版社

第十一届（2013年）
获奖佳作精选

17年17届

小城清梦

□ 山东省平阴县第一中学　赵慧

我在这座小城里生活了十七年。它并无特别诱人的魅力。此时，七月的风躁动不安，搅动着倦怠的空气，浓荫下还不时传来臭水哀怨的呻吟。走在嘈杂拥挤的小道上，路旁的一砖一瓦显得苍老、破碎，没有滚滚车流，没有繁华楼阁，一座小小的城，我说不上它哪里好，但就是哪里都替代不了。

平阴县五岭路有座小尖山，我的家就在山脚下。

踱步来到半山腰的小凉亭，赤脚踏着鹅卵石铺成的小路，在花丛簇拥的青石桌前坐下，带一壶菊花茶，淡淡的香气醉人，呷一口，更是意犹未尽。自平阴县四中建校初，小尖山便拔地而起，是人们休闲娱乐的好去处。雨后的山峰被过多的阳光累得疲倦而慵懒，阳光里悬浮着安静的尘埃。环山而成的小湖，波澜和雾气向四周渐渐散去，有丝丝缕缕疏淡的潮气氤氲着。波光粼粼，湖面倒映出幢幢剪影，这韵致也颇为凄幽而灵动。墨绿色的青苔随波荡漾，宛如宣纸上滴落的墨汁，沿着纸的纹路渲染开来。湖面上的小石桥朗然入目，像一位沉默的老者掰着指头，细数眼前流逝的岁月。蔚蓝色的天空映入湖面，湖面也是一片碧蓝，我的思绪不禁浮游于微波之上……

阳光让树木流畅的线条从山顶滑落，时而粗犷时而细长。小尖山着实谈不上高耸巍峨，更像一个弯腰驼背的老婆婆。它却在呼啸的暴风雨顷刻袭来时，为我阻挡令人恐惧的黑暗。它让汹涌浓重的绿，一直沁入我的心头，一棵棵树直伸出头，窥望天空。小山的魅力，如流水，温文尔雅地流入我的心房，慢慢融蚀我的情感。

纸醉金迷的大城市的街道，虽然繁华，却是寂寞的，因为它未曾被我所爱。十七年步行的小道在阳光下对我细语，虽然窄小，却宛如一个织布的女人，用一种已被忘却的语言，哼着古老的歌谣。

小城的人们是无私的，将心扉完全摊展，不曾遮蔽。雨积成洼，会有人放上几块砖头;飞雪漫天,会有人铲出幽幽小路;邻居大叔,会乐此不疲地为你修理破旧的摩托车……这无私的行动化为一束束鲜花,为小城带来无尽的芬芳。

小城的魅力,在于它不会被时间剪裁,不会因迷雾而脱轨。她总把一个个完美的镜头,停留在人们心灵的窗口。

小城清梦不曾休,恰若春雨润心头。

（指导教师:宋承涛）

点 评

在人们心中,最美的地方是家乡。《小城清梦》以细腻的笔触,将平平常常的"小尖山""小道"写得充满诗情画意,写景能融情于景,选取细节能表现丰富内涵。从容恬淡的描写中,传递出作者对小城真挚深切的感情。

妈妈的下午茶

□ 广东省深圳实验中学高中部　吴薇

每个周日的下午，妈妈都会在厨房里一阵忙碌，准备她的英式下午茶。自从去年我从英国带回来一套茶具和一箱红茶后，她便有了这个习惯。这时候的妈妈总是笑着的，将她手中的大肚茶壶轻轻摇晃，然后将冲泡好的红茶倒进精致的瓷杯里，放在有着繁复蕾丝暗纹的碟子上，轻轻递给我："来，小心烫。"

我总是急急地喝下第一杯红茶，又意犹未尽地要求再添一杯，然后和妈妈一起边吃点心边喝茶，在这浓郁的英伦香气间体验一把当贵族的感觉。有时恰好爸爸从正在装修的新家回来，也要求来一杯红茶解解乏，妈妈就会假装惊讶地说："这种情调，你也懂？"然后再假装不情愿地为他端来一杯暖暖的红茶。

有一次，爸爸以一种幽怨的语气对我说："你妈对你真好啊，每次你不在，她就会冲些奇奇怪怪的花草茶给我喝，还说是要我减肥，要不就干脆白开水，偶尔才有杯普洱'改善'生活，从来不舍得给我喝这英国红茶，多偏心哪！"他小口小口地啜着红茶，加了一句："不过，也只有对你才这么好啊。"

是这样的吗？下一次接过妈妈的红茶时，我心中便充满了感动，也不敢再如往常般把它一饮而尽，而是像爸爸那样得了宝贝似的小口品味。这茶珍贵着呢，不能这么草草喝进肚子里。其实家里的状况我也知道的，房贷像山一样沉沉地压在爸妈身上，他们要努力工作，要忙装修，还要精打细算节俭地生活。但就算生活再不容易，在我面前，他们还是表现出一副活得很滋润的样子。也许，也只是我在家时，妈妈才会如此精心地准备下午茶吧。这样想来，手上捧着的香醇红茶便多了一丝苦涩的味道。

日子一天一天过得很快，这天，当妈妈又一次笑盈盈地把红茶递给我时，我发现了和往常不一样的地方——今天的茶色比往日浅了不少。"妈妈，这次你加水加多了吧？""不是，我少放了点儿茶叶，家里的红茶快要喝完了。"妈妈回答道。

我隐约有一些难过，总觉得准备以及享受下午茶是妈妈一周中最幸福的时光，她总是笑着的。房贷的压力那么大，平时工作又那么紧张，也只有在下午茶的时候她才能喘口气吧。这时候的她或许可以回忆一下以前的幸福时光，还可以幻想自己是城堡里的贵族，不必为柴米油盐烦恼，把一切烦忧抛到脑后，真正放松下来。

“红茶快喝完了吗？其实我并不是那么喜欢红茶的味道，不用喝那么多的，你可以多喝点儿。”我装出一副不在乎的样子。妈妈回头看了一眼装红茶的小箱子，笑着说：“我们可以每次少喝点儿，不过，茶嘛——还是要喝的，大不了什么时候我们再去一次英国，再带一箱回来呗！”

下午茶还是要喝的，日子也还是要过的。我终于明白了，妈妈的下午茶不是在回忆过去也不是要幻想什么，那是她在给予我们大家鼓励和希望啊。

“嗯，以后找个时间我们全家一起去，买很多很多箱红茶，喝不完的红茶！”

“真的？”

“一定！”

（指导教师：黄奇志）

点评

《妈妈的下午茶》通过“妈妈”每周日下午泡红茶这个情节表现多方面的生活内容，如母亲对女儿的爱、一家三口的其乐融融、普通人面对生活压力的乐观态度等。文章运用了记叙、议论和抒情相结合的手法，语言生动形象。

“他们需要我”

——小村人物

□ 山东省滕州市第一中学　季思宇

放下筷子，老头子又急急忙忙出去了，把我这老太婆留在家里看孙女。

你说说这老头子，都七十多岁了还要出去“管闲事儿”，“村书记”这顶帽子早让年轻人扒走了，他还像戴在头顶一样，背着手在村里走来走去。

“慢点跑哎，人家小两口吵架，你急个什么劲呀！”我倚在门口，朝那疯老头子喊着。

几分钟前，村里人找到正在吃午饭的老头子，说了几句话就把老头子给叫走了。好像是村里那对新结婚的小两口打架了，让这前任书记给劝劝架。“吃完饭呀！”“不行，他们需要我哩！”这小老头，太犟。

半个钟头后，他趿着拖鞋回来了，吁了口气，又拿起了筷子。“凉啦！还知道回来吃饭呢？”我转过身，对孙女说，“你爷爷呀，唉……”

“俺们村里的老书记，跑得比小伙子快，跟地里的牛一样吃苦耐劳！把俺们村的人都挂在心上。”这可不是我老太婆说的，我才不会夸那个只操心别人家里事的人呢！

我对老头子说：“村是大家的，家才是自己的。”老头子不认这个理：“不行，他们需要我哩！”老头子每当说这句话时，总是把手往后一背，笑眯眯地咧着嘴。

人老了，就要安安分分地待在家里嘛。他可没老老实实待着，天天往外跑。你说我要这样的老伴儿有什么用？

想想他当村书记的日子，我就气不打一处来。大事小事都惦记着，就连人家“红白事”也没少操心。他老是乐呵呵地给别人跑前跑后，有人感谢他送来礼他又退了回去，他不要我还想要呢！我劝了多次，叫他别去瞎掺和，他倒好，开始教育起我来了：“年轻人冒冒失失的，不懂结婚的习俗，人生大事，得办得有模有样；办丧事，一般人家没有经验，总是操心不到，咱得教死人安息，后人安心吧！你个老婆子目光太浅。”

“孙女都是我照看的，你个老头子老往外边跑，算个什么爷爷呀！干的事再多也没人给钱。”

昨个儿我看见村头要竞选“小村人物”，乡亲们可别投他呀，要不然他跑得更快了。

“老头子呀，你血压高，眼神又不好，别疯疯癫癫操心去，你要是病了还得我伺候着！”

“不行，他们需要我哩！”

（指导教师：范涛）

点　评

《“他们需要我”》描写了一位已经退休却依然“操心别人家里事”的村支部书记。文章以主人公的老伴儿为叙述者，生活气息浓郁，细节真实，语言生动。文中多次出现“他们需要我”，这质朴的话语表现了主人公一心为了群众的高尚精神境界。

你的葡萄我的藤

□ 山东省东营市第一中学　杜欣桐

我家门前是小区里千篇一律的修剪得整整齐齐的绿化带，然而有两棵葡萄树，攀着亭台的廊柱，恣意生长，茂密婀娜。

这两棵葡萄树在老宅改建时险些被挖掉，被我小心地保护起来，悉心打理，看它们一点儿一点儿地从纤弱长成健壮。我亲手照料着它们的一切，不许环卫工人动它们一丝一毫——因为它们的成长过程饱含着我对幸福最初的感受，我守护它们如同守护我成长中的梦想。

小时候在姥姥家，老宅老街老庭院，我最喜欢的就是各家各户长廊上爬着的密密的葡萄藤。大家闲暇时随手收拾两下，它们便快乐地长得茂密葱茏。小孩子最关心的是怎么这挂葡萄还不赶快成熟，今天摘点谁家的葡萄吃……姥姥就像是孩子头儿，率领我们三个小娃子四处搜寻当天成熟的葡萄。常常是还泛着青的几小串，我们便能坐在葡萄藤下的小石礅上一边津津有味地吃着，一边听姥姥讲着故事，哼着歌谣，消磨一个盛夏的下午。

我吃葡萄的时候，总喜欢细细地看，慢慢地品味，把薄而结实的皮轻轻剥下，举起来，对着阳光——紫的、绿的、晶莹的、温软的……总是那么好看，果实不大，迫切地放入口中，霎时间葡萄的酸甜和空气中的清香交织在一起，让人幸福得再也不愿说话了。

姥姥总是笑眯眯地看我们发明各种吃葡萄的新方法，每天吃得玩得不亦乐乎，而她自己却很少和我们一起吃。我问她为什么，她便笑笑说："我种的葡萄，葡萄是你们的，藤是我的，谁也不许和我抢啊！"

我想姥姥确实把她的藤照顾得很好，我们当时几乎吃遍了周围所有人家的每一棵树的葡萄，但没有哪一串葡萄比得上姥姥家的香甜，也再没有哪一个夏天像那个时候载满飘香的幸福。

我仰起脸，对姥姥说，以后我要像你一样，种好多好吃又漂亮的葡萄——这便是我当时最大的梦想。对年幼的我来说,仿佛有葡萄的夏天就是最大的幸福。

后来老宅改造,架葡萄的地方变成一个个整整齐齐的停车的小方格。我悄悄抢了两棵尚未完全长开的葡萄蔓回来,栽在我家门前,一点儿一点儿试探着如何去照料它们,从生疏到熟练,我看见它们对我的温柔回报。我想用它们给姥姥一个惊喜。

十年后的今天,我早已明白姥姥当年"不吃葡萄"的缘由,也依然深深地记得姥姥当年的那个"宣言"。我把我的葡萄分给邻居的小孩子吃,享受着这份和葡萄一样香甜的分享的喜悦。盛夏的时节我也总会请姥姥来这里,我要补偿她当年为我们省下和错过的美味,我想看她的笑容飞起来,把皱纹挤到白发里……

然后,我可以带些骄傲地说:你的葡萄,我的藤。

(指导教师:姜洋)

点 评

《你的葡萄我的藤》是一支关于奉献和回报的歌。十年前,"姥姥"说着"葡萄是你们的,藤是我的",把香甜和疼爱一起留给孩子们。而今,"我"明白了"姥姥"的心思,学会了"带些骄傲地说:你的葡萄,我的藤",懂得了分享的喜悦,懂得了给"姥姥"补偿。这样,葡萄藤便有了传承美好感情的特殊意义。

我不能接受你的“爱”

□ 河北省张家口市第一中学　赵攀

亲：

谢谢你的追求，谢谢你的爱恋。

但我不得不说，我们不适合在一起。希望我们以后能成为朋友，能够相互尊敬，希望你回忆起追求“北大”的时光时，能够回归纯真的爱。

你的执着将留在我记忆中。我明白你是一位有志青年，为了心中的目标挑灯夜战，你的书桌上刻着的“衣带渐宽终不悔，为伊消得人憔悴”，表现出你的坚毅。这些，我都理解。但我不能原谅你在我心头留下的巨大创伤。

博雅塔的古砖上还刻着你的铮铮誓言，钟亭上还印着你说过的“海枯石烂”，那些言辞不能说不豪壮。但你是否曾考虑过我的感受？你不顾一切地追求，让我用一道道伤疤铭记，这，也算爱吗？你用你的伤害来表达你的忠贞，这，也算爱吗？你总以为你一朝中榜，从此在一起就是美好的结果，却不假思索地放弃人格与文明，这，也算爱吗？

不！

我身体里流淌着中华民族文明的血液，灵魂里荡漾着礼仪之邦高雅的波浪，实在不敢接受你的粗鲁与陋俗。博雅塔上的一刀刀刻痕可以在时光的流逝中变轻变淡，钟亭上的一块块伤疤会在年轮的增长中悄然干结，但我内心深处的那滴滴泪水怎能轻易被风干？我曾以为你壮志凌云、前程似锦，而今，你以一种不在乎的态度来倾诉你的在乎，以伤害来追求你的爱恋，我实在无法接受。

所以，我不能接受你这种方式的爱！

不要再对我一往情深，不要再为我苦苦追求，我对于你不合适。我不能忍受你的无知与不雅。不错，我在乎你的实力，但更在乎你的素养。请尊重我的选择。

希望你在日后能知过而改之，或许你满不在乎的小角落，正是别人心灵最柔弱的地方。文明素养、道德素质不仅仅是说说而已，别让做人的底线在做学问中湮没。

时间总是先知先觉，我们却后知后觉。多年之后，你会明白我为什么这么在乎那些不被你在乎的东西，你会明白文明道德到底对你、对这个民族意味着什么，请你三思。

爱过，伤过，所以一路成长！

我默默地祝福你，一路走好！

被你追过爱过的北大

（指导教师：张玉荣）

点 评

《我不能接受你的“爱”》将“北大”拟人化，让她与那些以亵渎和伤害的方式表达对北大向往的青年学子直接对话，对他们的错误行为进行了尖锐的批评和深刻的剖析。文章语言犀利，很有力度，“这，也算爱吗”一组排比句更具有震撼心灵的力量。

这散淡，这绍兴

□ 浙江省乐清中学　张旻明

浅夏时节，独自徘徊在绍兴的乌瓦小镇中，只一眼，便轻触心弦。她没有苏州那样精致的园林，没有杭州那微醺的暖风，却有一股独特的散淡。

这淡，自兰亭肆意挥洒的墨水弥漫到柯桥的山中小寺；这淡，自百草园的幽径延伸到鲁镇街头的古老小店；这淡，自镜湖的游舫流入每个绍兴人的心里。

清晨，漫步在陈坊小巷，两侧民居笼罩在一层淡淡的烟雾中。空气中弥漫着一股恬淡的沉香，这香仿佛是经历几千年的酝酿而形成，氤氲在这方天地中，亦沉，亦浮。晨曦透过薄雾，映着这乌黑的瓦、浅灰的墙、墨绿的青石板，装点出这江南小镇一天中最初的一道风景线。这跨过千年，不曾改变风格的民居旧巷；这历尽沧桑，固守恬淡生活信仰的古城小镇。

踏着不知经过多少风雨磨洗的石阶，登上停靠在岸边的乌篷船。船夫单手轻摇着桨，水面浮动，荡起层层涟漪，渐散渐柔。耳畔传来一阵二胡声，声音空灵，似是从层层乌瓦后悄悄出来的，若隐若现，听得并不那么真切。船夫却和着这调，哼起了小曲，哼到兴起之处，声音越发洪亮，随即减弱，归至无声，只管摇桨。我好奇地问起这曲名，他摇头；我夸这小调音律和谐，哼得绵长动听，他却只是摇头摆手，俨然一副不愿多谈的样子。我寻思，是否他太淡然，懒得与人交谈？良久，船终于靠岸，付钱时问价格，他也只是做个手势。我付钱后，他只是停在岸边，并不拉拢客人，戴着斗笠，仿佛已入睡。

船停靠在一家小店门口，门壁破旧，古味犹存。店门前围了几个老人，是在下象棋。他们手提着鸟笼，对着棋盘，挥手指点。而下棋的两方，喝着茶，神态随意，久久没有挪动一步。所有人并不着急，因为他们有的是时间，有时间过自己随性的生活，有时间品味这散淡的生活，而时间也仿佛凝固在了这一刻。在这瞬息万变的时空中，这散淡却保存了千百年。

我想，时间在绍兴是会慢下来的吧，因为他们不急于改变，不习惯冲动。或许，这一切神情姿态还是千年前的模样。时间改变了山,改变了水,却有一种更为宝贵的东西比时间更长久,那是一种对生活态度的信仰,那是一种对流年生活的散淡,那是一种对精神世界的坚守。

我踏入小店,对店主品着香茗拉着二胡的举动不再吃惊,随便挑了几样物件。结账时,店主不经意间提起:鲁迅故居就在旁边,有空就去看看吧。那语气仿佛是提起隔壁家的桃花开了,可以去看看一样随意。再望向他时,他又坐了下来,拉起了二胡,不再说话。我笑了笑,果然,一如众人。

只有绍兴这样的散淡,才能孕育出兰亭的曲水流觞,才能使镜湖大隐隐于市,才能使沈园的凄凄惨惨归于平静,成为风轻云淡。

绍兴就凭着这样的气度、这般的散淡,固住一方水土独有的情态,构建出一个独有的精神世界,永不坍塌。

(指导教师:蔡燕丹)

点 评

《这散淡,这绍兴》追求独特的意境美,以“散淡”二字概括绍兴的特征,颇有个性。全文紧扣中心,通过绍兴的景物人事,多角度表现了绍兴的“散淡”。文章线索明晰,“小巷—乌篷船—小店”串起眼前所见的现实和心中所忆的历史。文字富有韵味,颇具灵性。

你的顽强我的成长

□ 湖南省株洲市第二中学　袁思颖

从来没有这样钟情过一株植物。

六年前，母亲搬回一盆剑兰。那时它矮矮小小的，几片叶子刚刚从土里探出头来，远远地望去，灰瓦盆里钻出青翠的小脑袋，在阳光下更显可爱。

我很喜欢它，时不时学着母亲的样子给小家伙浇浇水，松松土。渐渐地，叶子开始伸长，长宽，慢慢地从柔软变得硬挺起来，却又不是老成，是一种说幼嫩不算幼嫩、说壮实不算壮实的状态。

就在剑兰安然地继续生长时，我的父母却离异了。三年前的那个夜晚下起暴雨，窗外的雨从高空砸下，在地面粉身碎骨。父母走进我的房间，白炽灯白得刺眼也白得凄冷，看着他们欲言又止的样子，我明白了。于是，我扔下笔冲到客厅，将那盆剑兰高举过头顶，猛地砸下来，"啪"的一声轰响。父母赶紧冲过来。我没有看他们，我只看着地上，泥土散落得到处都是，几片剑兰叶子倒在地上，像孩子一样显得弱小无助，而那灰色的瓦片几乎遍地开了花。我第一次注意到那盆剑兰的瓦盆是这样一种灰，灰得如同窗外的雨云。

此后，我便开始了在学校的寄宿生活。那些日子，每当看见教室里同学们摆放的花花草草，我就想起那盆剑兰。它死了吗？母亲喜欢的那盆剑兰！嗯，是母亲喜欢的。然而，它死了就死了吧。于是，我试着将那盆剑兰从我的记忆中抹去，尽管我曾经照顾了它三年，尽管我也喜欢那青翠、温婉而又像孩子一样无忧无虑的剑兰，尽管它是那么无辜。我快要被善良的理由击败了。于是，我找到一个"绝妙"的理由——剑兰三年里从来没有与我讲过一句话，我不喜欢它了，我不管它了吧！

三年如流水般静静地逝去，自那盆剑兰被打碎后，又是一个三年了。今年我回到家偶然发现三年前空了的原地又放了一盆剑兰！那盆剑兰长得很高，叶子舒展而开阔，叶脉纹理清晰，茎也挺直，微微向后压倒，像亭亭玉立的少女身着青翠的舞裙，静静地面向我却又依旧沉默，一改往日的稚嫩而出落得如此沉稳和优雅。

它仿佛在微笑。这还是那盆剑兰吗?

父亲后来告诉我,那晚他特地跑出去买了一个紫砂盆,悄悄地照顾剑兰,三年如一日。六年啊六年,当初我那样“抛弃”剑兰的理由是如此愚蠢可笑!可是这六年剑兰已经长得如此舒展,它那么安然地躲在我少年时光的角落。虽然它不能说话,我们从未有过只言片语的交流,可它告诉我,成长的路上也许有的东西会被无情地打碎,但并不妨碍我们成长。我和它一样,都在时光的磨炼中脱去稚气,变得坚强、沉着和勇敢。

剑兰啊,六年的时光,你的顽强和恬淡就这样与我的生命交织在一起,水乳交融,再也不可分割。

同样的时光,同样的成长,也同样顽强。

(指导教师:张坚固)

点 评

在《你的顽强我的成长》一文中,一盆剑兰成为一种精神的象征和载体。一个人的成长过程不会是一帆风顺的,总会经历这样那样的波折,需要“在时光的磨炼中脱去稚气,变得坚强、沉着和勇敢”。文章感情真挚,文笔细腻。

那树，那故乡

□ 河南省平顶山市实验高级中学　张子枭

我无法忘记故乡的树。每每从学校回到家里，总要去我喜爱的树下走走，看看，或者摸一摸它们。

这周，当我匆匆地回到曾经无数次去过的地方，却看到那里已成了一片砖头瓦砾。听人们说这里要盖成家属楼，真没想到这原来并不起眼的地方如今也能辉煌起来，可我并不喜欢高楼大厦。原来清晰可见的大山将会被这一层层高楼挡住雄伟的身姿，即使我跳得再高，也无法再找寻到那熟悉的一抹弧线。

推土机轰隆隆地叫着，到处都充斥着铁块儿与石头的碰撞声。那嘈杂的声响让我不由得皱起眉头。为了盖楼，那长满了香甜可口的无花果的树被无情地伐掉，那长着硕大叶片、供人们乘凉的老桐树被连根拔起，那瘦弱却结着密密麻麻花椒的树被肆无忌惮地折断，我所有的美好记忆被毫不留情地摧残。

走到无花果树树桩那里坐下。我曾经以矮小的身体带着期盼的目光踮着脚站在树下张望那还青着的无花果，看着它们一天天长大，一天天变红。若是发现一个熟透了的就立刻踩着石头去摘。圆嘟嘟的无花果，与枝相连的地方向外冒出白色的液体，紫红色的表皮下面包裹着白色的果肉，刚一剥开，香甜味儿便扑鼻而来。我迫不及待地将它一口吞下，嚼在嘴里软软糯糯的。它特有的香味能久久地留在口中。由于太好吃了，我会舔舔皮上残留的果肉和手指上沾的果汁。看着我吃得开心，无花果树也会抖动几下叶片，并催着别的小果子快点长大。

在无花果树的右前方几米处有一株梧桐树。当春尽夏初，我能看见新桐初乳的光景。那些嫩黄的小叶子一簇簇地顶在秃枝头上，好像一堂树灯，又好像小学生的剪贴图案，布置均匀而带幼稚气。在夏天，我能看见绿叶成荫的光景。那些团扇大的叶片，长得密密层层，望去不留一线空隙，好像一个大绿障，遮蔽住灼热的阳光，供人们在它的怀抱中乘凉。我和伙伴们常在树下玩耍，玩累了，就倚在树身上休息。

我把手放在大约是梧桐曾占据的空间上，回忆着它的树皮那粗涩的手感。我仿佛看到几个小朋友围着梧桐相互追逐，他们跑呀、跳呀、笑呀。咦，是下雨了吗？为什么我的脸上有两行水渍？我用手抹掉它们，沿着早已被尘封的小水沟走着。

最让人心疼的就是花椒树。它满身是刺，尽管果子味道很好，可是令人难以靠近，所以大家都离它远远的，只有它面前这条小水沟日日与它为伴。它从不与其他植物争宠，黑黑的枝丫，稀疏的叶片间却挂满了灯笼似的小花椒，一串串的，密密麻麻。而我却常常去嗅它的香味，它的带有一丝丝咸咸清香的味道可以让我感到舒心。还记得一次玩捉迷藏，我藏在它身后，因为迷恋于它的味道，结果被捉住了。

天色渐渐暗了下来，晚霞映照下的一片瓦砾似乎也渐渐睡下了。周围的推土机停止了低沉的吼声。搬砖的、刨土的人也都收拾好工具回去了。这地方一下子静了下来。

我站在无花果树旁眺望，所有的一切都埋葬在乱石下。我低头看着树桩上一圈圈的年轮，这树已陪我走过多少个春夏秋冬，陪这儿的人们走过多少个春夏秋冬！

对故乡的回忆那么美好，但愿这美好的记忆永远存在。

（指导教师：邵士杰）

点　评

《那树，那故乡》把对故乡的挚爱、对童年的留恋倾注到曾经相依相伴而如今因为盖楼而被毁掉的那些树上，在对这些树的回忆中表达内心的丰富情感。文章对景物的描绘细致入微，很好地运用了融情于景、情景交融的写作手法。

坐在生活的前排

□ 江苏省洪泽中学　石成贤

我的人生追求是：倾尽自己所能，坐在生活的前排。

人各有志，给自己的定位有多高，心中便有一份动力驱使自己为之努力。

我知道，前排的位置毕竟有限，不会人人都坐在前排，但是人人都有机会参与这场竞争。前排垂青奋斗者。

若要达到坐在前排这个目标，必须洒下汗水，辛勤劳作。老子曾说："合抱之木，生于毫末；九层之台，起于累土；千里之行，始于足下。"我们必须重视量的积累，为坐在生活的前排创造条件。

在奋斗中，切勿一曝十寒，半途而废。《论语》有言："三军可夺帅也，匹夫不可夺志也。"但往往有很多人在接近前排的位置时松懈了，自然会与前排擦肩而过。"行百里者半九十"，越是到最后，越是要坚持，否则只会功败垂成。

逆境方可激发人的潜能。中国的"史圣"司马迁遭受身体上的酷刑和精神上的重创，倾尽自己所能，忍辱负重，用生命书写出被称为"史家之绝唱，无韵之离骚"的《史记》。沃尔玛创始人山姆·沃尔玛从"卖货郎"蜕变成享誉全球的亿万富翁。他艰苦创业，厉行节俭，扎扎实实地践行他所提倡的原则，把沃尔玛打造成世界零售业巨头。他们的成功证明了："故天将降大任于斯人也，必先苦其心志，劳其筋骨，饿其体肤，空乏其身，行拂乱其所为，所以动心忍性，曾益其所不能。"

我所说的"坐在生活的前排"，并不意味着倡导每个人追赶潮流。服饰只是身外之物，知识才是"本钱"。常言道"桃李不言，下自成蹊"，品德才学可以提升个人魅力。俗话说"腹有诗书气自华"，人有了知识，便可有一种非凡的气质，与人交谈，令人顿感清新脱俗。有的人一味地追求时尚，试图用饰品来掩饰自己的无知、浅薄，假装自己坐在"前排"，把自己装扮得雍容华贵，与之交谈，却令人感觉乏味，心生厌倦。总而言之，坐在生活的前排是指在学业上名列前茅，在专业上崭露头角，而非追赶时尚潮流，失其本真。

“有的人死了，他还活着。”这些人必是稳坐在“前排”的人。即便时光易逝，人生易老，盛年难再，物是人非，他们留下的精神财富仍将世代传承，他们永远活在人民心中。

“有的人活着，他已经死了。”这种类型的人必成不了大器。他们毫无目的地活着，犹如行尸走肉，每天混日子。他们必将被时代唾弃。

不论过去，畅想未来，从当下开始，给自己定位在“前排”，从细节做起，有了这个欲望，心有所求，必会为之付出。忘却曾经，那只是过去。将来的事谁也无法料想，只要你坚持做下去，梦想之花便会绚烂地开放。

做自己想做的，追随自己的内心。然后，倾尽自己所能，向“前排”进军！

（指导教师：张腊山）

点 评

《坐在生活的前排》这篇文章观点明确，在充足的事例和深刻的感悟基础上阐明自己的人生追求。文章运用例证、引证、对比论证等多种方法，说理充分，议论精当。文章结构上很有特色，富于变化，首尾呼应。

“我可不是齐天大圣”

——小区人物

□ 山东省青岛市第五十八中学　李雪静

我从便利店门口经过时，“悟空”正一个人坐在台阶上发呆。看见我，他那活像被过度施肥的麦田般的标志性脑袋转过一个奇妙的弧度，使他无奈的苦笑轻而易举地溜到我的眼前。

“找到活儿了？”我在他身边坐下。“你觉得像吗？”“悟空”抬手抓一把他的乱发说，“人能干的事，机器也能。”

“悟空”在我们小区的一家面店工作，这工作用他自己的话来形容，是“既干净又雅致”。他给店里刷碗。长时间待在闷热的后厨房，人又站在排油烟机底下，头发于是给吹得蓬乱且外翻——就像动漫《龙珠》里的孙悟空。

于是，我便给他起了“悟空”这个外号，大概也只有我一个人叫。不过更神的是，“悟空”还真姓孙，他一直逼我叫他“孙哥”，当然，我宁死不屈。

“悟空”来面店之前，面店没有现在这样红火，那里的顾客稀疏得像是中年男人光亮的后脑勺儿。你一定奇怪，“悟空”不过是一个洗碗工，还是临时工，难道还真有七十二变的绝招？

我告诉你，还真有那么一招——看“悟空”洗碗绝对是世上的一大享受，肯定排在美食之前。“悟空”从来不戴手套，他说洗碗是仔细活儿，橡胶又不能感受到饭粒的存在。他的手指长，骨节像坚固的年轮有规律地生长在上面。当他那又长又白的手指灵活地在碗面上滑过，你会恍惚觉得这个星球上真的有奇迹存在。“悟空”往往抓起一只碗，先用钢丝球飞快地扫遍整个碗面，再用食指和中指的指肚小心翼翼地抚过整个碗口——为了检查有没有缺口。听说有了小缺口的碗，“悟空”都会去找老板更换，若老板不换，就用勺子把那缺口敲得更明显些，逼老板更换。最后，也是最重要的一步，“悟空”对我说这是刷碗的精髓——洗刷碗底。“好些人不洗碗底，哎呀，可恶心啦！你想啊，碗最后都是摞在一起的，不刷碗底等于你前面的一切都白干了！”我记得他是这么说的，说罢还翻了个巨大无比的白眼。

总之，我用了这么多的篇幅不厌其烦地叙述，无非想让你明白，如果有人天生是为刷碗而生，那么不要怀疑，一定就是“悟空”。许多人吃面时甚至特意坐在靠近厨房的位置，只为了目睹一下“魔幻现实主义”的洗碗过程。

而现在，你知道吗？“悟空”要失业了——一台又高又壮的洗碗机将取代他。

“人能干的事，机器也能。”“悟空”说，“可是机器能检查有没有豁口？机器能洗掉碗上干硬的饭粒？机器！居然，能代替我？”他突然暴怒，用那分明有泪光的眸子瞪着我。我愣在那里。

“悟空”又像一个充气玩具，仿佛有人拉开了他身上的某个气口。“反正我觉得，机器越来越精，人也就越来越懒。懒得……连刷碗这样的事也要让机器来做。我还不如一个机器可信吗？”他垂下头，沉默了。

我也无语。我们一起安静地站在便利店的台阶上，注视着这个机械时代。

“悟空”也许留在这座城市，也许没有。不过，自从面店换了洗碗机我就再也没去吃过面。

我忽然想起，一次我叫他“悟空”，他笑着回应：“我可不是齐天大圣。”

你当然不是。不过，愿你在这个世界，一切皆好。

（指导教师：纪洪师）

点　评

《“我可不是齐天大圣”》选材独特，写了一名颇有个性的洗碗工，他能把这最平常的活儿变成“魔幻现实主义”的表演，对顾客有着特别的责任感和爱心，却在机器挤压下不得不失去这份职业。文章刻画出社会底层小人物的美好心灵和生存现状，给人以思考。

唱一首感恩的歌

□ 山东省平度第一中学　卢忠旭

中考一结束，我就急不可待地去看爷爷。中考前到现在两个多月，我一直全身心地投入到学习中，没去看望爷爷，很想念他。

快到爷爷家门前了，我远远地看到一个熟悉的身影。爷爷穿着那件已经发黄的白上衣，戴着那顶不知戴了多少年的青帽子，闭着眼，正坐在门口晒太阳。

“爷爷！”我轻声叫着，生怕惊吓了他。

爷爷慢慢地睁开眼，看到我，又露出那熟悉的笑容，眼光中闪烁的是那份不变的慈祥。

“坤儿，你有日子没来了！”

“嗯，爷爷，我想你了！”

“来就好，来就好啊！”爷爷边说边拉起我的手，另一只手拿起拐棍，直往门里走，“走，咱们回屋说去。”

爷爷有轻微的脑血栓，右手不怎么灵活，就连走路也得有个拐棍拄着。

“爷爷，你的手好点了吗？”

“还是老样子，连剪指甲这点事也做不了了。你奶奶也老了，也帮不上我什么忙了……”爷爷喘息着说。

“这不是还有我在这儿嘛。”说着，我就招呼爷爷坐下，然后把一盆水端到爷爷面前。我试了试水温，刚好合适。我给爷爷脱掉鞋，把爷爷的脚放进盆里。

“坤儿，让我自己来吧。”

“我给你洗吧，我长这么大，还从来没给你洗过脚呢。”

爷爷拗不过我，只好让我来洗。爷爷抬着头，张着两只胳膊，两只大手都不知往哪里放了，不停地在空中舞动着。看着爷爷奇怪的动作，我不禁“扑哧”笑出声来，爷爷也笑了。我真想让时间定格，这一刻，我感到幸福极了！

给爷爷洗完脚，我拿来毛巾为他擦干，顺势把他的脚放在我的腿上，我要给爷爷修剪脚指甲。

“坤儿，爷爷自己来吧，我的脚脏！”

“没事，我不嫌弃。”我低下头，专心地给爷爷修剪着脚指甲。

窗外，夏日的微风轻轻吹拂着院里的大香椿树，树叶发出沙沙的声响，美妙极了。微风将我的思绪带回儿时。小时候，也是在这棵香椿树下，爷爷给我剪指甲，教我识字，我就依偎在爷爷的怀里无忧无虑地嬉戏。

我敬佩爷爷。他曾经一个人从几里外的山上把两根粗树桩一直扛到家里，我明白爷爷如此辛苦是为了一家人的生活。爷爷曾经为了省下几毛钱而饿着肚子干活，为的是自己的儿孙……而今，爷爷老了，我也该为他做点什么了！

爷爷总说，老了，就不图什么了，只要儿孙多来陪陪自己，就心满意足了。听了这话，我觉得很愧疚，我想多陪陪爷爷，把以前的欠缺都补回来。但是，这是不是一种奢望呢？

窗外的微风依旧吹拂着那棵绿得发亮的香椿树，我愿变成那棵树，在炎夏给爷爷带去阴凉，风儿拂过树梢，那天籁之音便是我的歌，一首感恩的歌！

（指导教师：刘克勤）

点 评

《唱一首感恩的歌》在表现“亲情”这个主题时突出的是对长辈的感激与回报。文章先具体细致地描述“我”给“爷爷”洗脚、修剪脚指甲的过程，而随后的回忆则表现了“我”的那些行为的缘由。文末情景交融，点明主题，颇为感人。

“看得见”与“看不见”

□ 辽宁省锦州中学　李展颜

十五载风雨春秋，都是妈妈陪我走过。我看得见她满足的笑容，看得见她含泪的双眼，看得见她两鬓的白发，看得见她眼角的皱纹。但我曾经看不见母亲的那颗盛满了爱和柔情的心。

小时候，妈妈总是骑着自行车送我上学，接我回家。每天早上，妈妈把我送到校门口后，在我挥手向她告别之前，她总要说上几句叮嘱我的话，要我中午多吃一些饭，要我上课认真听讲，要我好好和同学相处等等。告别之后，她都会坚持目送我和其他上学的孩子拥进教学楼后再离去。每天晚上，当我站在路口焦急地张望、寻找时，妈妈便会喘着粗气出现在我面前。她总是一下班就赶过来接我，怕我等得太久。坐在妈妈的车后座上是幸福的，我可以天马行空地想象，可以盘算着今晚的餐桌上有什么好吃的东西，电视里有什么好看的动画片，也可以拉着妈妈的衣角告诉她学校里又发生了什么趣事。可我从来看不见妈妈额头细密的汗珠和眼神里深深的疲惫。

妈妈是个急性子的人。当年我刚刚学钢琴时，每天枯燥乏味的练习和密密麻麻的琴谱使我彻底讨厌这个只有黑白两色叫作钢琴的怪物，我便想尽一切方法逃避练琴。平时看似温柔的妈妈在对待我练琴的事情上可是个急性子，每天督促我，弹不完不许休息。若是某个错误多次出现的话，她就要“下狠手”。在我印象中，学琴是唯一会惹来妈妈打骂的事情。后来随着年龄的增长，我的钢琴弹得越来越好，我也慢慢喜欢上了它。当我收到十级证书的那一天，我才真正理解了妈妈的良苦用心。我看得见的只是她的“狠心”，她不让我看电视，不让我玩游戏，把我“拴”在钢琴前。可我看不见的是她对女儿的绵绵爱意和殷切希望。

上初中后，有一次我翻看过去的相册，望着照片中过去的我在一个不熟悉的环境中，周围是一些不熟悉的人。妈妈总能毫不犹豫地说出那是哪年哪月在什么地方拍的，还将许多关于照片的故事讲给我听。之前，我早已忘记了照片的故事，妈妈却还记得一清二楚。原来,我看得见的,妈妈都看得见;我看不见的,妈妈也都看在眼里。她看得见我的喜悦、我的忧伤、我的愤怒,可我只看得见她头上的白发和眼角的皱纹,看不见她对女儿的爱有多深。

岂止是我的妈妈,天下的母亲,儿女看得见的有多少?看不见的又是多少?"临行密密缝,意恐迟迟归",我们看得见母亲多少挂念?"儿行千里母担忧",我们看不见母亲多少担心?

母亲的心是雨,看得见细细密密,看不见有多少滴;母亲的心是海,看得见博大浩瀚,看不见水有多深;母亲的心是山,看得见巍峨耸立,看不见有多高多远……

母亲啊,我知道"谁言寸草心,报得三春晖",但愿我能用我看得见的行动和看不见的爱,回报您那颗慈母之心。

(指导教师:范旭)

点 评

《"看得见"与"看不见"》在表现"亲情"主题时侧重于由表及里、由浅入深的感悟、理解。我们不仅要"看得见"亲人为我们所做的点点滴滴,更要知道我们"看不见"的他们内心的真挚感情。

无法忘记的他

□ 内蒙古自治区赤峰市克什克腾旗经棚一中　王贺鹏

每个人的生命中都有一颗或几颗星星。它不一定多么明亮，却一直闪耀在你的内心。他，那个难以忘记的人，我的初中班主任，更是我人生的良师，就是一颗这样的星星。

——题记

初到那所学校，印象深刻的只有那双大手，轻轻地拍打着我。“这孩子我要了，就放到我们班吧！”这是他见到我的第一句话。

素净的白短袖，整洁的头发，却是一个胡子拉碴的男人。我怎么也想不到，这样的一个人，却改变了我的性格，甚至会改变我的一生。

班级男生中个子最小的我竟因他提名推荐而成了团支部书记，这是我怎么也想不到的。当我通过选举挂上这个名头却因不知道干什么而去找他时，他仍然拍打着我说：“咱们班我最喜欢的孩子就是你，别管干什么，你就努力做吧！是男人就干下去！”

“是男人就干下去”，这句话一直萦绕在我的心中。事实证明，他说得对，我确实做得很好。

我们班的成绩一向是最差的，抄袭之风更加肆虐。他不是十分在乎我们的成绩，而是我们的修养。在其他老师心中，他除了爱喝酒，在做人方面几乎完美。

一次作文演练中，他只在黑板上写了几个字。那一节课全班鸦雀无声，更没有抄袭的！“讲真事，抒真情，用我笔，写我心。”这简单的一句话让同学们都有一个信念：不能给班主任丢人，更不能给自己丢人！

自此，再也无人抄袭！

最令我难忘的是那个夏天。本来就讨厌夏天的我十分烦躁，再加上我的任性，突然萌发了退学的念头。他真的是发怒了：“不念书你干什么？我告诉你，在这儿我惯着你，在家你妈惯着你，到了社会没人惯着你！改掉你的性格！”

我默默地回到班里，小心地将那份个性收起来。我承认，他说得对。

我对他一直保持着一颗敬畏的心！

就这样一直持续了三年。要毕业了，我拿着纪念册去找他留言，望着他低头苦想的样子，我哭了。这三年来他对我的呵护与教育，都化作眼前的浓雾，怎么拨也拨不散。

不知过了多久，他写完了，抬起头看到我饱含热泪的双眼，斥责道：“哭什么，这三年我白教你了？”这训人的话竟然如此亲切！我退了出去背对着他同样通红的双眼！

“展鹏翅凌九天，凝雄才而铸壮夫！”这是他对我的最后赠言。

如今的我已步入高中，您是否仍在教育下一代学子？远方的人啊！愿君安好！

（指导教师：刘丽）

点 评

《无法忘记的他》这篇文章饱含着“我”对班主任老师真挚深厚的感情。文章一开头就表现出班主任情感型老师的特点，主体部分重点记叙了在几个重要节点老师对“我”的影响，而文章结尾处通过班主任给“我”写赠言时的情景描写，生动地揭示了师生之间的真情，读来十分感人。

亲爱的肠粉

□ 广东省深圳实验学校高中部　肖亚茜

当某种嗅觉条件反射式地冒出来的时候，我正走过小区旁边的林荫道，隔着小广场，那边是一条商铺密集的街。那种味道在忽隐忽现中那么诱人。我顺着那个方向望过去，朦胧而熟悉的场景在脑海里仿佛掀开记忆的一角……

那时还是各种熟食摊铺占领深圳的大街小巷，我和表姐常常在那狭窄的街巷中奔着那个味道跑。清晨的喧闹很亲切，尖厉的叫卖声也被各种各样的声音融化了。街不宽，但那时还没有拥挤的车辆，两旁商铺前人头攒动。

肠粉店不用记住地址，那味道真特别，太容易追寻，足以压倒油条豆浆菜肉鱼腥。印象中，店里还有个长得挺像仙子说话却极像大娘的“肠粉西施”，我们喊了一千次“不要青菜”，她大声训斥我们又回去狠狠加一堆青菜的事情就会发生一千次。

肠粉躺在白色圆盘里，蓝色的瓷花纹路圈着两个小孩一天快乐的开始。肠粉周围，流动着色泽明丽的酱汁。那味道，飘散在我童年的巷道，飘散在轮廓还简单的城市，带给我最容易满足的快乐。

长大后似乎少了些许快乐，但说不清少了什么。因为获得的已数不清，比如小时候不敢想的贵重礼物，包括诱人的电子玩具。但当哈根达斯、电影院、自助餐、“爱疯”一二三四五都纷纷袭来离我们这么近的时候，感觉却有点吃饱了，不记得当年肠粉店飘散的味道了。我们知道失去终结于获得，但如今，是不是获得使我们失去呢？

经常有上代人嘲笑我没有童年，我想也是的。窝在学前教育的暖床中，生在城市眼花缭乱的变化中，不愁吃不愁穿，除了小时候为了比别人跑得快飞得高的经历能编一段《听妈妈的话》的歌词，我就只剩肠粉了。我一直相信嗅觉离灵魂更近，因为它无法捕捉，难有载体，即使精心收藏在香薰店里，也如同笼中的蝴蝶失去了真实感；也因为它容易被记住，难以忘记，一经开启，情感也一并开启。

在卢森堡一个小别墅区里，一位老人说他们家每年都去葡萄牙度假五六个月。我很纳闷儿，卢森堡这么雅致宁静，为什么去葡萄牙呢？老人说，因为这里缺少“人”的味道。

对于城市翻天覆地的变化，我们欣赏着，欣慰着，想着没有满街小摊小铺小贩的一天，想着没有城中村的那天。然而，会不会到了那天又觉得少了什么？会不会像没了肠粉味的成长，糖果罐里好多颜色，微笑却不甜了？

人很复杂，也很简单。想要获得更多，却总是想念已失去的最初。也许不在于那些城市记忆的开启不开启，不在于那些味道的尘封不尘封，那些毕竟还是外在的感觉。世界改变的同时，我们或许渺小，但也有所守望。玩腻玩具的时候，别忘了为什么出发，时时向灵魂纯净的喜怒望望，或许就是最接近理想的朝圣路。

（指导教师：樊春喜）

点　评

《亲爱的肠粉》以肠粉为载体，写在“城市翻天覆地的变化”过程中的获得与失去。文章结构上富于变化，总体上按“现实—回忆—现实”安排，形成了对比的效果，段落之间的衔接自然连贯，语言轻松活泼且含义深刻，耐人寻味。

那人·那灶·那甜酒

□ 江苏省张家港市沙洲中学　孙雨娇

儿时的冬日总爱坐在灶台后，看那烧得热烈的柴火便也不觉得寒冷了。

闻见吱吱呀呀的刹车声，我急急冲出房间，见爷爷扛着个鼓囊囊的蛇皮袋，我雀跃着迎接它——那里面是一粒粒饱满的糯米。

爷爷小心地将整袋米倒入大缸中，一边比画加水的深度，一边念叨："这水要加得恰当，明天就可以蒸出香喷喷的糯米了！"我虔诚地看着那静静躺在水中的糯米，满怀期待。

"噼啪——噼噼啪——"蒙眬中我似乎听到柴火爆开的声响，激动汩汩涌起，骨碌一下子爬出被窝，套好衣裤，飞奔向灶间。

还未进灶间，便见那缕缕白雾飘出，一股热气迎面冲来。呵，此刻的灶间已宛若一个蒸汽房，透过迷蒙的水汽只见爷爷添水、铺布、放米，好不忙碌。

"已经开始蒸了吗？"我表现出迫不及待的心情。

"呵呵，还没哩，得等水烧开了，那一个个'小瘦子'会变成白胖子的。"

得知精彩的演出还未正式开始，我一下钻到灶台后，任由那火红的舞蹈者烘烤我的双手与面颊。那火舌不停旋转着，鼓起自己最大的力气，让那些"小瘦子"变胖。

"阿囡快点来，它要变了！"我马上来到灶台前，爷爷一下把我抱起。我见那木蒸笼里铺着洁白的纱布，纱布上满是"小瘦子"。随着水汽蒸腾，我好似听见"啵啵"的声响，眼见那些"小瘦子"变胖了，变得透明，在灯下晶亮亮的。爷爷深情凝望着那笼糯米，仔细观察着。

过了一会儿，爷爷挥了挥手："大功告成！"爷爷边说边提起那木蒸笼的耳朵，迅速倒在那早已准备好的大筛子上。待倒好后，爷爷便开始将糯米铺匀，像是父母抚摸孩子般温柔。"要让它凉一凉才好。"这时，趁着爷爷不注意，我便伸出小手，猛地攥了一把蒸熟的糯米，跑到灶台前抠一小块糖塞在其中，再揉成一个小米团，放入口中。热乎乎的糯米松松软软的，还有甜甜的糖在嘴里打转，真是人间美味。

等水汽散得差不多了，爷爷便提一桶热水，拿个大瓢，一瓢一瓢往缸里淋水。

“这是干吗呀？”我不解地问。

“得让这缸暖乎乎的，甜酒才好哩！”爷爷边淋边说。

待缸变暖，便是让这筛糯米下缸。这可有讲究，得一层层铺，既不能太厚实，也不能太松散。一层，两层……同时又间隔性地加入那像面粉般的酒药。铺完后爷爷又用瓢在糯米中央压了个坑。爷爷见我一脸疑惑便解释说：“这样好让水爬上来。”

最后就剩下封缸了。拿一张大大的塑料膜盖上，沿缸绑上红绳，再盖上暖暖的稻草。爷爷拍拍这半成品说：“就静静等上一天吧，它就甜了。”

第二天清早，鼻尖似乎有酒香在跃动，我赶忙从床上跳起，冲向灶间。那酒香萦绕左右，爷爷舀了一小瓢递于我。我呷了一口，那酒甜极了，沁人心脾。自那以后我便常常偷跑到缸边，掀起稻草盖，舀上一小瓢，一饮而尽，真是美美的。

如今睡梦中每每听到噼啪的柴爆声，我似乎又闻到那醉人的酒香，睁开惺忪的睡眼已没有穿衣的冲动，因为没有酿酒的灶间，没有缭乱的雾，没有糯米，没有酒香……这一切都只在梦里。

爷爷拿着小竹筒招呼我，我正要接过灌满米酒的竹筒，他却化作星星点点随风飘散。我顿时泪如雨下，原来你已不再！

（指导教师：吴继巧）

点 评

《那人·那灶·那甜酒》表达的是“我”对“爷爷”的缅怀。文章选取童年时“我”看“爷爷”做糯米甜酒的场景，进行细腻的语言、行动、神情描写，展示了祖孙温馨相处的一幕幕情景，充分描写了“爷爷”对“我”的爱。结尾处的梦幻描写渲染了“我”对“爷爷”深深的思念。

第十二届（2014年）

获奖佳作精选

17年17届

思 念

□ 安徽省滁州中学　汪熠辉

谁曾从我的记忆里走过，留下了笑靥；谁曾从我的雨季里消失，模糊了泪眼；谁又在那时光里停留，温暖了想念。

——题记

四月，家乡的桃花开得灿烂，又是一年清明时，漫步细雨中，在那一缕缕飘落的馨香里，外婆慈祥的笑容又一次浮现在我面前，那么清晰。

外婆家的屋后，有一片桃园。春天，醉人的桃花在阳光里盛开，花香四溢。一阵风吹来，撒下片片花瓣，慈祥的外婆疼爱我的一幕幕情景，伴着漫天飞舞的桃花在我的脑海里荡漾开来。

小时候的我，嘴很馋，每次回外婆家，都会跑到桃树下，盼望着快快结出蜜桃，好解我的"馋瘾"。而外婆总会像变魔术般的从衣袋里"变"出许多好吃的，有香甜的蜜桃、小巧的香梨，还有外婆用亲手摇下的桂花精心为我做的桂花糕。那种甜蜜停留一生。

蝉鸣午后，燥热难耐。早早地，外婆就会备好一桶井水，洒在屋前空地上，待到傍晚时分暑气消散，便搬出竹床，这时的我躺在凉凉的竹床上，望着遥远的星空。外婆在一旁哼唱着不知名的曲儿，轻轻拍着我，手中摇着那把大大的蒲扇。凉风习习，我在不知不觉中进入梦乡。

待枫叶红了的季节，外婆领着我在铺满落叶的小径上，找寻几片最纯粹的红叶，然后如获至宝般地放在我的手心，叮嘱着："把它们夹在书中，那样，书便有了香味。"望着身旁枫树那瘦而光滑的树干，苍劲有力。外婆，我懂得了您的期盼，识字不多的您在那艰难的岁月里，执着地将儿女们一个个送进校门，完成学业。如今，您又期望孙儿有那火红的枫叶为伴，陶醉在迷人的书香里。

雪花飘落时，一只大手牵着一只小手，步履蹒跚地行走。那一片片雪花，像烟一样轻，像玉一样纯，飘飘洒洒，纷纷扬扬，缀满枝头，落在脸上、肩上。小手轻轻拂去外婆头上的雪花，搂紧了外婆的脖子，紧紧地，希望可以永不分离。

那一日，听着任月丽的《外婆》："外婆啊，请别牵挂，你的话我会听的啊……你的手好暖，牵着我走过了一段又一段幸福的年华……"

不觉间眼泪滑落，想起逝去的外婆，想起外婆的笑容，还有那些溢满每个角落的快乐时光。

"谁言寸草心，报得三春晖"，那一片记忆，如春日里的阳光，温暖着我。是的，只要心有所思，有所忆，那么阳光犹在，幸福依旧。

（指导教师：吴云）

点　评

《思念》的语言清纯自然，娓娓情深，生动再现了"外婆"关爱"我"的一幕幕温馨情景，字里行间渗透深切的思念之情。

杏树上的希望

□ 山东省青岛市崂山区第一中学　张欣然

七年前，我和哥哥在自家院子里种下了一棵小杏苗。记得奶奶浇完最后一瓢水后，笑盈盈地说："要是细心照料，不出几年你们就可以吃到小杏儿了。"她不再清澈的眼里映出无限慈爱。我也轻轻笑了，闭了眼，仿佛闻到了杏儿甜蜜的清香。

但是，离别总是那样匆匆。我们还未来得及尝到杏儿的甜蜜，就踏上了开往异乡的列车。当时只记得奶奶紧紧握住我的手，那份不舍、那份留恋没有说出口，都被她静静隐藏在深邃的眼底。到最后，只说了一句："等到明年杏花开的时候，你们可一定要回来看看啊！"我含泪点了点头。

时光蜿蜒成湍急的河，承诺像一叶小帆渐渐迷失了方向。不知不觉三年过去，回家却遥遥无期。

每年杏花春雨时节，都会接到奶奶的电话。那欣喜的声音穿过了两千八百公里的距离，还似乎带着一丝温热："杏花开了，一大朵一大朵的，热热闹闹，把枝头都压弯了呢。你们今年回来看看吧！"可我总是漫不经心地说："学业太忙了，今年回来不了。等明年吧！"奶奶察觉到我语气中的敷衍，便不再多说什么，沉默良久才回答一句"哦"，便匆匆挂断了电话。我从未想过，当她一个人静静坐在杏花树下，看满树的希望被雨打风吹去，那些未结果的思念在地上堆积了一层又一层，却迟迟等不到亲人归来的消息，该是多么落寞和惆怅。

到了第四年，一接电话便传来了她十分喜悦的声音："杏树结果了，几十个青绿色的小果子，藏在绿叶中，很可爱呢！你们能回来，就可以吃到小杏了。"我不是不知道她希望听到我们的肯定回答，但回答的话只会让奶奶扫兴。

第六年，杏儿丰收时节，奶奶又打来电话："杏儿为什么看着又红又大，吃起来却很苦呢？"我默不作声，心却是猛地颤动了一下。我没有告诉她，那是思念的味道，当希望被风化成失望，口中便只剩下一丝苦涩了。

今年，第七年。杏花又在翩跹飞舞，奶奶的电话又如期来到："今年你们可一定要回来,杏花很茂盛,杏儿一定又大又甜。”

七年,希望一再被搁浅,却被思念无怨无悔融化在一载又一载的静静等候中。终于不忍心再拒绝,我轻轻地回答“嗯”,声音有些模糊。

她兴奋得像个小孩子,仿佛刚得到了一件最珍贵的礼物。想象得出,她一定泪流满面了。

杏树上的希望,在被思念刻上了七圈年轮后,终于结出了最美的果实。

我想,那些杏儿,一定会很甜,很甜。

(指导教师:李光萍)

点　评

《杏树上的希望》以“奶奶”盼儿孙看杏花吃杏为线索,在反复铺陈中突出老人的慈爱,生动感人。

老 孟

□ 河北省石家庄市第十七中学 路畅

“谁拿了我要扔的矿泉水瓶？我会送到垃圾箱的呢！”树下有几个刚刚打完篮球的男生喊道。得，这想都不用想，“犯人”一定是老孟。

老孟特别财迷。

她的嗜好之一就是捡空矿泉水瓶，闲着无聊她就会在操场上或者花园里锻炼锻炼走几圈，转一圈下来能捡不少瓶子。

班里有几个同学知道老孟的这个特殊癖好，每次补课前都去别的年级“扫荡”一圈，一个个收获颇丰，抱满了瓶子上来给老孟。老孟这时笑得最开心，本来就不大的眼睛便更是眯成了一道缝儿，把瓶子一个一个拧紧装在自己的包里，老孟说了：“捡瓶子这件事儿吧，一举两得，既保护了环境，又扩充了我的小金库。”

假如你看到大街上有一个穿得整整齐齐哪儿都利利索索的人在垃圾桶里翻瓶子，不要惊讶，那一准儿是老孟了。

老孟特别严格。

做过老孟学生的人都知道这一点。初一开学第一节语文课不干别的，立规矩。用一节课来讲规矩，可见规矩之多了。我永远忘不掉那节课快下课时老孟说“这是规矩”时的铿锵有力，语气中的威严让人不敢不服。

老孟每节课前都会准备听写小条，每次不多，只听写八个，但是每节语文课前的课间没有一个敢出去的人，就算是上厕所也要拿着小条背语文，全班都在认认真真地复习，生怕一个点复习不到就被罚，老孟的惩罚会让你写得腰酸背痛手抽筋。

老孟留的作业不多，但每个同学都不敢犯懒马虎对待，每个词的拼音认认真真地查过字典再反复确认三遍才敢写到作业本上。老孟说了：“不劳心，必劳力。”不查字典随便写的话，后面就会有“50 张”的惩罚在等着你。做老孟的学生，没有一个不听到“50 张”而吓得变了脸色的。当然，做老孟的学生，也没有一个敢不查字典的。

老孟每节课都提问，答不上来就站着，什么时候"立功"了什么时候坐下。所谓"立功"，就是在老孟提问时主动举手回答，答对了才能坐下，答不对就一直站着。也有人因此站了整整三年的语文课。因为老孟的这项规矩，语文课上同学们显得格外积极主动。

老孟特别博学。

可能是因为年龄大的关系，老孟的童年和我们的完全不同，许多在他们那个年代随处可见的东西对我们来说都十分稀奇，有些甚至闻所未闻。每节语文课她都会给我们讲些她小时候的趣事来开阔一下我们的眼界，这同时也为我们写作文提供了很好的素材。

老孟的记性特别棒。《出师表》《岳阳楼记》等古文她都倒背如流，让我们感叹钦佩的同时，也暗暗下决心一定要背得像老孟一样熟。

老孟判卷子简直是神速。她一边上课一边就把小条判完了，上午交的试卷下午就能判出来，老孟常戏称自己是"火眼小金睛"。

老孟，您年纪大了，眼花了，头发白了，腰也弯了，背也驼了，我们毕业了，您要照顾好自己。遇上您，我三生有幸。

（指导教师：樊丽美）

点 评

《老孟》记叙了一位富有个性的老师，语言朴实自然而又幽默风趣，富有感染力。

乒乓人生

□ 福建省漳州立人学校　李冠然

球桌上，一抹金黄，时而俯冲，时而激进，时而锐利如击剑，时而轻柔如弹棉。一扣，一拉，一实，一虚……乒乓球如一个手段高超的勇士，一击即中对手要害，又如一位沉稳睿智的老者，把生命的禅理诠释得淋漓尽致。它用自己小巧的身躯告诉我——小块头也有大智慧。

第一次来到球馆的时候，里面已经人声鼎沸。与我年龄相仿的孩子有些已经有模有样地开始了与球友的切磋和较量。我很兴奋，心底已经开始幻想自己以后驰骋赛场勇夺桂冠的情景。然而教练告诉我：打球要一步一步来，不能因为羡慕别人炫目的球技而忘了自己本应该要扎实完成的基本功。

学习的第一步，就是练习发球。于是，我开始了几天单调的练习。当别的小伙伴都热火朝天地扣球、削球时，我一个人对着发球机没完没了地开始了基本功的训练，心里充满了焦躁。我想马上就去和他们一决高下，我不想单调地重复这个看起来没有一点儿技术含量的动作。

直到后来，我学到了一个叫作“呆若木鸡”的成语，才明白，锐意进取是一件好事，可是我们要想赢对手，就必须练就一副“木鸡”似的沉静心态，无论外界如何精彩，两耳不闻窗外事，先练好自己的本领再与之决斗也不迟。可是我们总是忘了把脚下的路踩实，就着急地奔向那个未知的远方。然后行到途中才懊恼为什么我的双脚没有力量，我的行囊不够饱满！我们年少时渴望长大，青春时渴望成熟，总觉得远处的风景一定更好，远方的高山一定更加巍峨。直到今天再次拿起球拍，我才领悟，原来，每一条通向远方的路都由脚下的脚印铺就，每一次向上攀登都需要踏踏实实的付出。做好当下的每一件事，正是精彩未来的开始！

再后来，我也开始学习一些比赛技巧。起初，坚定地以为自己真的很不错。每每休息时看着场边其他人的练习，心里总是不自觉地想：这个球就应该扣死，这个球应该轻吊，这个球如果是我接一定打他个措手不及……那时候的我真是夜郎自大。后来,一次又一次的比赛练习让我明白,其实,我远没有自己想象的那样强大,别人更没有我想象的那样不堪一击。我们总是很容易高估自己,低估别人。总把想象中自己最完美的样子与最常态的他人比较然后得出一个让自己暗暗高兴的结论。可是当一个又一个对手出现后,我就如刘姥姥进了大观园,曾经的自负瞬间变成一种隐隐的自卑和羞愧。然而,我感谢这样的羞愧,也感谢一个又一个强大的对手,他们给了我动力去进步去超越。人生路上,我们也正需要这样的对手,时刻提醒自己——这个世界很辽阔,无须因得意而忘形,更无须因暂时落后而失落。人生不会没有出口,遇到死胡同,一个优秀的对手和同行者会让自己发现,原来自己有一双翅膀,可以飞向一个在我们已知世界外更加辽阔的天地!

再后来,我也去比赛了,而且获得了不错的成绩。比赛中,很惊险地靠着一些擦边球、擦网球得了一些分,也很享受自己收获到的看台上的惊呼声和掌声。可是,教练告诉我,那些看起来惊险的擦边球虽然刺激,然而能够决定比赛结果的绝不是这一两个对手几乎无力还手的球,这只是比赛中的一些点缀,永远不会成为比赛的主调。即使有时候我们靠着一些天助而赢得了比赛,但永远不能因为这样的幸运而放松每一分实力的积累。

于是我也明白,生命中有太多“天时地利”也许会改变局势的走向,但决定成就高低的一定是实力。司马懿葫芦谷一战虽因一场雨而未丧命于诸葛亮之手,然而,他在历史上留名绝不是因为这样的幸运!

乒乓如人生,很多时候我们都有夺冠的梦想,而实力却在对手面前不堪一击。也许我们应该生活在一种律动中:有左有右,有缓有急,有决绝更要有沉着,有锐意进取更有踏实前进!敢于拼搏,不到最后一刻决不放弃!在人生的赛场上站成一棵树的姿态,傲然挺立于草原上、悬崖边——而不是一棵草,你见过谁踩了一棵草,还很谦卑地说“对不起”!

(指导教师:王燕妮)

点 评

《乒乓人生》选择乒乓球训练和比赛切入,实为阐述生活智慧、人生禅机。“我”从中领悟出的“踏实”“感谢对手”“敢于拼搏”等哲理,给人以鲜明的启示。

小扇轻摇旧时光

□ 河北省唐山市第一中学　李坤宁

家门口有棵老树，前两天被人砍了。

光秃秃的树干刺痛了双眼，我的心里漾起一阵酸楚，想起了许多年以前。

那时候的天空很蓝，风很清澈。每天的夕阳都会把天空照成橙红色。天气越来越暖，到了夏天的时候，老树的故事就开始了。

老树是棵槐树，枝干茁壮，绿叶婆娑。每天傍晚都会有一群人坐在槐树下，拿着扇子，一边赶走蚊子一边给自己扇风，时不时传来爽朗的笑声。而他们的孩子，在小区里穿梭着，跑跳着，嬉闹着。

当时的我，就是那样一个又跑又跳的孩子。我们骑着后面带两个小轮的自行车，摇摇晃晃地在窄窄的路上比赛，路过老槐树时会对着摇扇乘凉的大人们做个鬼脸抑或咯咯傻笑。我们还会玩“捉迷藏”“三个字”这样幼稚的游戏，等跑得累倦了，就拥簇到大人身边，享受着小扇送来的清爽的风，有时候我们还吵着要摘树上的槐花，那花小小瓣，淡淡黄，清清香。放在嘴里吸一下，像蜜一样甜，这花甜到心坎里，一如我们的童年。

小扇轻摇，拂过阵阵微风。此后秋凉，看风雨斑驳了那段光阴。我望着窗外那段孤木，拨动了静止的心弦，它回转的音符，还是小扇轻摇的那段美好。

那时我们吃着五毛钱一根的冰棍，不知道什么叫哈根达斯；那时候我们爱看《蓝猫淘气三千问》，不知道什么韩剧美剧；那时候我们崇拜警察叔叔，不知道什么娱乐明星……在小扇轻摇的年代里人们还很容易满足。我花两块钱买一支笔，可以认真写好多天的字；妈妈花几百块钱买一颗转运珠，可以臭美好多天；爸爸花两千块买一辆电动车，就载我绕了大半座城。

可是现在呢？我们有智能手机，里面有各种各样的游戏，我们可以随时随地看电影听歌曲；我们吃着各种高端的食物，穿着品牌的衣服；我们在夏天吹着凉爽的空调看着液晶电视，再也不需要那破旧的小扇了……这样的生活听起来很美好，可总让人感觉少些什么。

夜色下的街道被闪亮的车灯飘舞成一道道金带，参差不齐的楼宇间穿梭着形形色色的人，我们的社会带着快节奏前进，经济搭着飞船直冲云霄。然而我们的内心却变得越来越空荡，强烈的索求欲让我们的生活少了快乐，多了劳累。我们的生命途中总有达不到的彼岸，这个物欲横流的社会里需要我们拥有小扇轻摇的宁静淡泊。

小扇轻摇，就是“青山相待，白云相爱，梦不到紫罗袍共黄金带。一茅斋，野花开。管甚谁家兴废谁成败”的淡泊与恬淡；小扇轻摇，就是“蝉蜕尘埃之中，浮游万物之表”的超脱与宁静。小扇轻摇旧时光，就是不喜飞黄腾达的富贵，只求酒足饭饱的安适。唯有守住心灵的本色，我们才能活得充实美好。城市，才能让生活更美好。

科技的发展带来社会的进步，但请不要带走人心的温暖，不要让高端的社交软件代替了邻居的姓名，不要让丰富的娱乐设施暗淡了友情的光芒……只要我们敞开心扉，重新拥抱温暖的阳光，就能回到小扇轻摇的那段美好。

不知不觉，窗外下起了雨，窗外的孤木，又生出了新芽。

（指导教师：吴国梁）

点　评

《小扇轻摇旧时光》将“旧时光”中“小扇轻摇”与当今高科技快节奏的都市生活对比描写，不仅表现了社会生活的巨大变迁，更表达出对宁静单纯岁月的怀恋。

等在云端

□ 河北省唐山市丰南区第一中学　李东煜

最近天气怪得很，说变就变，毫无征兆。雨季一来，城市的每个角落都有雨水的痕迹，似乎很快就要湿透。雨滴敲击着玻璃，发出清脆烦躁的响声。我不得不赖在床上，用被子捂住耳朵，不去听也不去想令我莫名其妙伤感起来的雨声。

你的推门声那样温柔，牵回我飘在云端的思绪，不言不语不问候，你小心翼翼地将一杯咖啡放在了书桌上，走出我的房间。我坐起身来，心满意足地盯着缓缓飘升的热气，喝了一口，温度正好，亦苦亦甜——可惜这是梦，短暂又美好。

梦醒后，便无睡意，望着窗外的雨。白天在昏沉的天气里醒来，总是感觉要挣脱一个巨大又迷惘的梦而不得。趴在书桌上翻看相册，小时候和你一起趴在长城门楼上古怪的表情，和你在沙滩上踩得一深一浅的脚印，和你在草原上赛马时得意的面庞都使我想念起那段你亏欠我的旧时光。再往后翻就没有关于你的记录，记忆在这里戛然而止。幸亏我对这种似有非有的感觉早已经麻木，又是淡然一笑。

而你呢？在我的失望中背负着“没担当”的罪名逃到另一个地方，永远地离开了我。我记得那个有雨的下午，你头也不回地摔门而走，就这样消失于视野尽头。庆幸的是，你又有了新的生活，无忧无虑，幸福美满；你又有了另一个孩子，聪明伶俐，听话懂事。你终将你的爱给予他人来挖苦我。

这个城市在下雨，我开始幻想，雨也跟进来，散入薄云里。当初若不是背弃山盟海誓，或许我能得到你的爱吧。可是，我很快意识到没有那么多个“如果”来逃避现实。痛苦又可怕，所以我带好雨具，走出家门，面对恼人的秋雨。在我眼里，没有比雨更可怕的事物，我必须面对现实。街旁两边的小楼低眉顺眼地接受这雨的洗礼。我等着公车的到来，却始终等不来一班，而对面与我背道而驰的公车来得很早。

雨在脸上无情地冲刷着，打湿了双眸，透过模糊的视线我清晰地看到你走下车，身旁有你年轻貌美的妻子和活泼可爱的孩子，有说有笑。可本应心酸生气的我居然破天荒笑了起来，任凭雨水顺着眼角流下来。我望着天空发呆，那几朵浓云悄悄汇聚，发出巨大的声响，我丢下手中的伞任凭风雨冲击，一种无畏感涌上心头。

对啊，你有追求幸福的权利，我们都背着生活重重的壳前行，或许出于种种原因你组建了新的家庭，我们再也不能互相亲昵。但我知道，那种血浓于水的亲情以及与生俱来的爱永远也无法更改。我坚信你一直陪在我遥远的身旁。

因为我清晰地看到你迎上我的眼神，那里面充满了疼爱与无奈。我也清晰地记得你手中那把灰色的伞，是我送给你的父亲节礼物。

（指导教师：董辉）

点　评

《等在云端》中的“我”经历了父母离异的痛苦，但仍然深信血浓于水的亲情，文章情景交融，婉转回环，富有感染力。

枯萎的豆苗

□ 山东省济南市平阴县第一中学　阴冕

枯萎的墨绿色弥漫着腐朽的气息，叶片蔫头耷脑地埋伏着，无精打采的茎懒懒地垂着。是的，这是一株死了的植物，只有那洁白耀眼的根须还在诉说着曾经盎然的生机，只有那塑料瓶上细小的裂纹在暗示着曾经四射的活力。

我呆呆地，无法思索地望着死了的它，这是一株被我遗忘的植物。死去的遗体静静地趴着，而我却看见了那酝酿着的生机，宛若浴火重生的希望。

它是一小盆，哦，不，是一小瓶的豆苗。是那次生物课的弃品。下课后，我随手将它塞进了树洞，那个没有阳光没有温暖的地方。今天，偶然间，我又将丢弃了许久的它找了出来。霎时间，我透过它仿佛看到了一切生命，梅林（古希腊的神灵）啊，那是怎样一种震撼人心的场面啊。

叶片稀稀的，颜色也颇暗淡，呈现出一种病态的墨绿与浓黑。茎软绵无力，绵绵地弯着身躯，支撑不住上面的叶片。而它的根，密密麻麻，体积占了瓶子的三分之一，像编织衣袜的白棉线，一层一层紧紧相连，又像是古老名贵的象牙闪着耀眼的洁白，却又是那么细小独立，坚韧挺直宛若临危不惧的海女。残叶，弯茎，白根，一抹阳光，一幅蕴含韵味的画面。最令我心中无法平静的是那瓶子上的细小裂纹，那细小的根内的无穷力量活生生地把瓶子给撑裂了。

我望着死去的它，望着那细小的裂纹，仿佛从那纹缝中听到了坚强的歌声：这株细小的豆苗，在被我遗弃后，是那么顽强地挣扎过，为了活下去，它用柔嫩的根尖硬生生地顶出了一片天；为了活下去，它的根用力绵延寻找土壤。尽管命运已被注定，但它却以自已不屈的灵魂争取着活的希望。

我虔诚地捧起它，静静地望着它，仿佛看到与它有相似命运的人们。在他们不同的坎坷命途中，顽强地拼搏着。就像史铁生，命运关闭了一扇门，他却用毅力打开了一扇窗。就像物理学家霍金，无助的四肢也不能阻挡大脑的思维，《时间简史》在向世人诉说着生命的顽强。

我小心翼翼地把这株枯萎的豆苗放在那洒满一片金辉的桌子上，红木的厚实及阳光的温存与它同在。带着生的气息的风儿轻轻地拂过，留下的是顽强不屈的命运的精魂，生生世世，向人们诉说着生命的感动。

（指导教师：张菊）

点评

《枯萎的豆苗》以对豆苗的细致描写为基础，联想到与之类似的不屈灵魂，进而抒发了对生命的感悟。

画出最美的瓷都

□ 江西省景德镇一中　陈语嫣

尊敬的各位政府领导：

你们好！冒昧地给你们写这封建议信。在此，我想为日益繁荣的瓷都景德镇提些有益的建议，愿和家乡人民一起画出神采奕奕的最美的瓷都风采。

昌江河畔的景德镇，是著名的中国四大古镇之一，一代代景德镇人用毕生心血画就江南瓷都风采。可是，渐渐地，色彩在变淡，韵味在模糊，我们需要维护它，让它永远熠熠生辉。

做瓷、烧瓷、画瓷的手工工艺流程本该传承，却因赶不上"快餐生活"的节奏而面临失传的危险。当一座座高楼耸立在昌江南北时，两旁草木却失去往日的葳蕤；当流行成为大众津津乐道的生活主题，独与天地精神往来的那份情操却悄然淡去。这些，是要成就一种可悲吗？

"天青色等烟雨，而我在等你，月色被打捞起，晕开了结局"，周杰伦在等青花瓷，我们在等做青花瓷的有缘人。住惯钢筋混凝土，哪能忍受破旧土坯房？享受惯冬暖夏凉的空调房，哪能忍受燥热难耐的瓷窑？追逐高学历带来的白领生活，哪能甘做前途无着落的制瓷人？所以，那些见证沧海桑田的土坯工房，含着泪珠迫不得已松开年迈者的双手，却不见年轻人拜师学艺。

政府领导们应该鼓励年轻人传承复杂烦琐的工艺流程，别像应付政绩一样应付智慧的结晶，这可是耽误不起的。政府应该加强对瓷艺人的生活保障，使之无后顾之忧，让丰满的笔尖重新亲吻颜料。政府还应该充分展示优质工艺品，让它们闻名遐迩，使它们的价值潜力如潮水般涌出，形成强大的吸引力。

如今，景德镇紧跟全国发展步伐，也让市民的生活水平呈阶梯状上升趋势，连空气指数也都与大城市接轨，早晚高峰期间大大小小的车更是开得纠结。面对此情此景，政府领导应该严把排放标准，限行通车，对私家车下令限购，做好环境服务的监测人，让天更蓝、云更白，留一份瓷都的古香古色。

而更重要的是提高民众精神风尚的素养。物质是外壳，精神是内核。在物欲横流的时代，人们蜂拥般地追逐物质利益，被淹没在混浊的漩涡中，也迷失了辨别是非黑白的眼力。我们不能“治标不治本”，政府必须抓好“教育”这个重中之重，不仅对于在校就读的学子，更要普及到广大市民，从而培养出一大批热爱瓷都、建设瓷都的生力军。这才是最美的瓷都风采。

希望政府领导能采纳微言，让我为家乡发展添砖加瓦。

一个关心瓷都风采的人

2014 年 7 月 24 日

（指导教师：聂新萍）

点　评

《画出最美的瓷都》由传统工艺的传承、环境的保护谈到精神风尚的培养，逐层深入，是一篇为家乡发展建言献策的文章。

明天，我和你一起前行

□ 西安交通大学苏州附属中学　吴语嫣

十六岁，青春无限好。路旁的丁香大朵大朵地绽放着，在这飘荡的香味中，我骑着单车悠然穿行于姑苏城的街巷里。黑发飘起，衣角翻动，只是身旁少了伴随我一起走过童年和少年的父亲。

之前的大半时光，我是在父亲的自行车后座上度过的。父亲总爱骑车载着我穿过苏州的大小街道，给我讲述民居的历史，教我分辨路旁的植物。花街、柳巷、玄妙观、饮马桥……环抱住父亲的腰，嗅着他挺括衬衫上干净的皂角味道，心中不由莫名地自豪——我的父亲，有世界上最英俊的侧脸。然后心随意动，仰起头大声喊："爸爸，我爱你！"父亲便温柔地笑笑，眉眼清爽。

那时，我们常常一起说起"明天"，我们也确实走进了很多个"明天"：太湖湖畔的风筝，小院里的新花，捏得拙劣看不出人形的泥偶，被包扎好伤腿放回自然的小野猫……

初二那年，我惊异地发现早已戒烟的父亲重新开始吸烟。他常在夜色朦胧之际，点燃一支"南京"，而后一个人陷入沉重的思绪中，有时烟一直烧近食指也不自觉。我每每欲言又止地靠前，都被他赶开。我同他隔了一整片缭绕的烟雾。烟雾那边的他吐纳愁绪，烟雾这边的我无从劝说。许是发现我的不安了吧，父亲不再当着我的面吸烟。但我们再没有一起说起"明天"，"明天"变得缥缈起来。

父亲什么时候有了第一根白发？那些扎眼的银发，为何怎么都拔不完呢？父亲衬衫洁白的衣领为何日渐发黄了呢？父亲的后座又何时不再载我？爸爸，明天我们还能一起前行吗？我不想长大。求求你别变老，我还不想长大。

直到上高一那年，我才十分震惊地得知真相：原来父亲早已与母亲离婚，因为价值观的分歧、生活的不同步。

高中住校，有一次周末返家，父亲牵着我的手，走过巷口的公交站。父亲对我低声喃喃："我上周看你上车以后都不坐位子……书包那么重……我就骑车追你……

一直追到凤凰街也没追上。后来我推车走回来，到了车站我心里想，你刚刚还在这里呢，一眨眼又不见啦。我的孩子长大了，再也不会牵着我的手走路啦。”我转过身，悄悄擦掉眼泪。

我想，以前，父亲牵着我走进那么多的“明天”，我成长的每一步都有父亲宽大羽翼的保护。

而今，父亲垂垂老矣，接下来的路，我会牵着父亲的手，和他一起前行。他仍然有我心中最英俊的侧脸。

父亲，明天，让我来牵着你的手一起前行。

（指导教师：赵琳琳）

点　评

《明天，我和你一起前行》表述了作者心中的愿景是对父爱的真情回报，文中细节生动，情感细腻，是一篇佳作。

忆岳麓山之行

□ 湖南省长沙市望城区第一中学　黄施齐

“南岳周围八百里，回雁为首，岳麓为足。”如今出现在我们眼前的衡山，形成于新生代第三纪，吸引着天下游客。今天，我将有幸登上为万千游子所吟诵，沉淀着红枫记忆的岳麓山。

清晨的雾水，有点凉凉的，给我一种心旷神怡的清爽感。望着那可望而不可即的顶峰，我做好了征服它的准备，我要像前面无数登山者那样凭借自己的双腿与毅力，征服这傲然屹立在湖南大地的岳麓山。

和煦的阳光洒在红枫叶上，晶莹的水珠折射出我们昂扬的斗志，征程开始了！

在茂盛的丛林中，出现了一座亭子，掩映在红枫当中，枫叶的火红挡不住它的光辉，尤其是亭子匾额上“爱晚亭”几个大字更是熠熠生辉。它是山下的一座孤傲清高的亭子，召唤着每一个登山的人。这红枫叶辉映下的亭子，成了画家们描摹的对象，诗人们吟诵的美景。

踏上承载着岁月的石阶，一步一步往上走着，渐渐听到了低沉而宏伟的佛音，看来，我们来到了古寺麓山寺。

来到寺前，看到杜甫曾用“寺门高开洞庭野，殿脚插入赤沙湖”来称颂殿的宏大，即使经过了千年的岁月打磨，这些楹联牌匾也丝毫不减当年的宏伟气概。进入山寺，来到了大殿前，殿前有两个小池子，昔日婀娜多姿的荷花也禁不住寒冬的凛冽，无力地枯萎凋落，唯有水中的鱼儿勇于承受着寒冬，即使大雪将至也不失活泼，骄傲地蹿出水面，向游客展示它傲人的英姿，仿佛寺中的红枫在它面前也失了容颜。大雄宝殿内仍供奉着唐代的佛像，即使被再塑金身，也仍可见当年宏伟之势。千年的时间，不知多少花开花落，它在这里承受着时间的洗礼，倾听着无数人的心愿，默默地给予我们它所能给的祝福。

离开麓山寺，向左转，我们走上了一条陡而窄的石阶路。在它身旁长眠着许多革命烈士，他们洒下的鲜血，浸润着伟大祖国的土地。走完这条石阶路，我们早已筋疲力尽，但我们的步伐却十分坚定。革命先烈的精神鼓舞了我们前进的勇气，我们对先烈充满敬意，于是我们克服旅途的疲惫继续前行。在这阳光照耀的小路间，一切显得那么明媚，那么温暖，那么活力四射。烈士的光辉，正引领我们登向山顶。

穿过树林，来到了山顶的沥青路旁，视野豁然开朗。手拉手，肩并肩，怀着愉悦的心情，走过电视塔，走过军事基地，登上了观光长廊——岳麓顶峰观光台。站在观光台上，还颇有“会当凌绝顶，一览众山小”之感，颇有“山重水复疑无路，柳暗花明又一村”之乐。意境如此，风景甚美，今日的岳麓，也许在别人眼中，站在顶峰看到的不过是日益增多的高楼大厦，白色已经取代了绿色。而在我眼里，那白色的房屋只是绿色的陪衬，有了白色，才衬托出绿色的艳丽，那覆盖着大山的绿色，与天地共存。

时间追上了我们的脚步，不知不觉中已到了中午，草草地吃过午餐后，开始了我们的诗朗诵节目。众人围绕着亭子，兴致极高，诗兴也大发，朗读时，饱含深情，气势磅礴。最为大家所喜爱的莫过于毛泽东的《沁园春·长沙》了，此诗倒也符合此境，于是，一场精彩的朗诵会在大家一齐高声诵读《沁园春·长沙》中结束了。

“山不在高，有仙则名。水不在深，有龙则灵。”以传承几千年的历史文化为背景的岳麓山，无声地向我们叙述着湖湘文化的精髓。

夕阳傍山，我们一行人在毛主席雕像前合影，留下了我们岳麓山之行的最美记忆。

（指导教师：杨扬）

点　评

《忆岳麓山之行》既写了岳麓山自然之美，又写了岳麓山人文之美，语言朴实，意蕴深厚。

时间煮鱼你煲鱼

□ 湖南省永兴县第一中学　刘沁

鲜鱼放掉血，去除内脏和主骨，切成块，与葱段、姜片、料酒一起熬至熟烂，再撒上葱花和胡椒粉。鱼肉鲜嫩，汁味清甜，鲜香扑鼻，这就是我妈的拿手厨技——葱香子姜鲜鱼粥。

清晨，我往往是被这股香味从梦境中揪回现实，经常是，人没醒，屁股上就挨了一巴掌：“懒丫头，起床喝粥，上学！”于是，我咬牙切齿地起床，刷牙，洗脸，坐在桌边老老实实地喝粥。

桌子的对面坐着我的妈妈，一个四十好几的中年妇女，鬓角已有点点斑白，她坚信“棍棒底下出人才”，所以从小我就是在妈妈的鸡毛掸子下“成长”的。

初中时我特别爱看小说，可妈妈却认为这些“不三不四”的书不但对学习没有任何帮助，而且会让人对学习产生逆反心理。所以我只好偷偷地躲在被子里用手电筒看。虽然早有被发现的心理准备，可当真被妈妈发现我一直都在偷偷地看小说时，我的心还是咯噔了一下，像被一只大手紧紧地捏住了心脏。

“这种书哪儿来的？你什么时候开始看的？”

我咬牙什么也没说，逃不了挨一顿打。那一次被揍得极惨。挨了几个巴掌不说，争执中老妈还砸了杯子，满地的碎片在我的脚掌上扎出了几个伤口。我红着眼睛给自己搽药，迷迷糊糊不知什么时候睡着了。

半夜，忽然惊醒，想想刚发生的一幕幕，心里满是委屈，一咬牙，我从床底下翻出来一千块压岁钱，蹑手蹑脚地走到门口，用手扭动门把手。

这时，妈妈的卧室传来“嘎吱”一声，她被惊醒了。我浑身一个激灵，恐惧极了，那时脑海里只有一个念头，跑，快跑！否则被抓住又是一顿打。我拼尽全力地跑着，一直不敢回头，直到跑到另一个城区才慢慢停下来。望着早已看不见的家的方向，我鼻子一酸，闷着头，消失在夜色里。

之后的我无所事事地游荡在各个街头巷尾。从一个烧烤店里出来的那天傍晚，一个骑着自行车的母亲载着她的女儿，从我身旁经过。

母亲一边骑车，一边问她小小的女儿："坐得稳不？"

"嗯。"

"西西想不想吃冰激凌？"

"想！"

"那西西就要告诉妈妈，西西是喜欢妈妈，还是喜欢爸爸？"

这个问题应该问过几十遍了，难不倒孩子，她仰起小脸甜甜地笑："都喜欢呢。"

我遥望着这对母女远去的背影，挪不开脚步。再过几天，就是我妈妈四十三岁的生日。两个小时的回家之路是那么漫长。到家已是傍晚，我忐忑不安地扭动钥匙。客厅里没有灯，我长吁了一口气。

"回来啦。"黑暗里熟悉的声音沙哑地传来，低低的音色让我心头一惊。妈妈从沙发上站起来，没有开灯，我们母女俩在黑暗里沉默地对望，没有说话。

"嗯，我回来了。"我摁亮了灯，手脚不知道该怎么放。

她打量了我一眼，竟然没有打我，也没有骂我半句，转身进厨房端出一碗粥。她看了我一眼，把粥放到桌上："吃吧。"

她安静地坐在沙发上，我安静地喝粥。回来的我，和她仍是无法沟通，只能这样吃一碗沉默的粥。我放下勺子，走到她面前，声音抽噎地喊了一声："妈！"妈妈看着我，一把抱住我，紧紧地，紧紧地……

希望的曙光悄然降临，整条街袅袅升起清晨的气息。谁家熬粥的香气，从厨房的窗户飘满了这条街。这味道我毕生难忘，这是家的味道。

（指导教师：曹雪飞）

点　评

《时间煮鱼你煲鱼》叙事富有波澜，细节生动具体，表现出真切感人的母爱。

给城市留一点儿过往的足迹

□ 山西大学附属中学校　路瑗媛

尊敬的太原市市长：

您好！

作为太原市的一名中学生，很高兴能看到家乡建设的飞速发展。现在写这封信，是向您提出一些关于家乡建设的建议，希望您在带领龙城发展的过程中能考虑。

我想说的是，请您在龙城飞快发展的进程中，注意保留城市文化的历史轨迹，而不要让它们随风逝去。

著名建筑学家梁思成及其夫人曾为保护北京的古建筑及城墙而四处奔走，竭尽全力。梁思成先生曾说："拆掉一座城楼，像挖去我一块肉；剥去了外城的城砖，像剥去我一层皮。"他们用一声声竭力的呐喊挽留在繁华新貌中消失着的那一抹抹文化底蕴，在时代车轮滚滚向前的尘烟里追寻着过往。我不同于他们那般被文化之魅力深深熏陶过的长远思虑，却也认同他们想要追寻过往足迹的一片挚情。我请求您和您的团队，在太原的规划与改造中适当留下一些小街小巷、小店小铺。那里有城市的过去，有我的童年，也有大家的记忆。

去年，我家门口那条狭窄的马路要扩建了，换上城市主干道的崭新面貌。可是，付出的代价是马路边的那些小店小铺只能彻底消失。

深秋落日下，瑟瑟寒风涌动，扑面而来的是凄厉的凉、萧瑟的痛。偶然经过家门前的那条马路并一路向前，我看到的，皆是满目疮痍。如鲜血般狰狞的红油漆在墙上涂抹出"拆"的字样，为这街边的小铺戴上定罪的枷锁，粉碎了它们生存下去的最后希望；原本明亮的落地窗已成为落地的玻璃碎碴，辉映着黄昏的余晖，如同"水晶之夜"后的悲哀景象；匆匆搬迁时来不及带走的东西被当作垃圾丢在地上；挖掘机还在轰鸣着，对那些小楼颤抖的身躯一次又一次地施暴。随着一声声巨响，它们终于化为一地废墟，连同我童年的回忆一起消散了。

我听到了尖锐的哭声、嘶哑的呐喊——是它们，还是我的童年？

记得幼时的夏日，傍晚的欢愉总在这条小街上被点亮。妈妈带我在马路上散步，带我在各个小店铺中进进出出，在平凡的小东西中品味生活的丝丝甜意，在悠悠的岁月之中感受着温馨。那条马路，几乎承载着我童年所有的欢乐，在我如美酒般浓香醇厚的记忆里留下了深深浅浅的痕迹。

可是现在，它们不在了。在大型机械的轰鸣声里，在金属力臂闪动着的寒光里，我幼时买过棒棒糖和薯片的小店呢？我幼时买过一双双袜子的小店呢？我幼时看过病打过针的小诊所呢？救治过我心爱的小猫小狗的宠物店呢？卖毛衣的老奶奶还在微笑着织毛衣吗？做甜点的大叔还在微笑着揉面吗？看病的年轻阿姨还会再哄我不哭吗？不，不会了，因为他们生活过、工作过、忙碌过的地方不在了。

北京已经有过了这样的悲剧。二十世纪八十年代，一些曾有过文化积淀的老胡同在城市新建中被拆除，而2000年以来，北京依旧陆续有鲁迅等名人的故居被拆除或被挪作其他商业用途。就连曾经拼命呐喊与保护过老北京城的梁思成夫妇的故居，也在北京一路前进的过程中化作了路边的微尘。拆毁者们只是以为，他们拆除的是一些低矮的房屋，比不上高楼大厦的耀眼闪亮。岂知，在名人故居化为废墟的同时，名人大家们辛苦积淀下的文化也在烟消云散。这是民族文化的伤痛。

在城市的飞速发展中，我们需要的不仅仅是高楼大厦，不仅仅是高速飙升的GDP。在灯红酒绿的繁华背后，是空洞，是陌生，是多少钱也弥补不了的内心的伤。我们不应该在岁月流转中变得顽固、冷漠，被经济利益所驱，请保留我们内心深处真正的温柔乡、我们城市过往的足迹。

祝工作顺利！

一个珍惜过往的中学生

2014年7月24日

（指导教师：吴树军）

点　评

《给城市留一点儿过往的足迹》一文中插入不少对童年生活的回忆，真挚感人，穿插北京的类似景况，在类比中加强说服力，是一篇不错的文章。

风险评估报告

□ 浙江师范大学附属中学　张丽媛

作为一名司机，我并不是很了解商界精准的风险评估是如何产生的。请容许我此份风险评估报告存在缺漏，感谢您，各位先生们。

所谓风险，是指对于获取某种利益所需付出的代价。这种代价可能是财务上，也可能是身心上。尊敬的先生们，公司最后的这道关于接近悬崖多近的考题，是一个有关风险的测试。我认为，金子是我将来可能获取的意外利益，而掉落悬崖是我将可能承担的风险。对于这个风险，坦率地说，我不愿去承担。原因如下：

其一，生命对于我而言，仅有一次。我只是一个平凡的人。“公司一家一餐厅”三点一线的生活也许是枯燥的，但我对这样的生活感到知足。生活的调味剂是我生命中热爱的旅行。也许现今只是去江南感受水乡的悠长，去塞外品味白雪的纷扬；只是梧桐夹道的一次听雨，只是荷塘湖畔的一次漫步，只是枫林满山的一次停留。由此，各位先生，您该体会到我有多热爱自己的生命和生活了吧！等我攒够了钱，定要去体会欧洲的乡村，看那条梦中神往的长河。等我老了，便在郊区买一幢廉价的房子，和我的妻子度过余生。

其二，作为一名合格的司机，我并不是不相信自己的技术，但没有真正实践成功过的事，我怎能信口雌黄？我无法真的确定是否成功，怎能拿自己的生命和公司的财富去冒险？既然我要进入的是一家公司，那么我需要的不是面对一点儿利益就不顾一切的愚昧举动，而是一步一步、扎扎实实地把获取利益的风险降至最小的谨慎。既然我希望成为公司的一员，那么这样的谨慎是十分有必要的。各位先生，我相信经过筛选，您对入选的三位在技术方面都十分满意。但您是否认同我这样的选择呢？

众所周知，司机是一个需要技术的岗位。我认为，技术的造诣不仅仅体现在对技术的精准掌握上，更在于自身心理的掌握上。我并不需要成为一介莽夫，我需要的是粗中有细。一个我并不需要一定要冒的风险，何必迎头直上，而忘记了这个冒险所造成的后果呢?

从我一个常人的角度出发,我要问各位先生,您是否更在乎公司的长久远行?若有一个违反法律却能使您一夜暴富的项目,您是否会毫不犹豫地满口答应?于我也是相同的,我要考虑的不是以我的技术可以接近悬崖多近,而是对我而言,我是否承担得起这样的代价。因此,我选择远离悬崖,而不去贪求意外的利益。

最后,希望您录用我这个平凡的人,如能进入这家公司我将十分荣幸。各位先生,感谢!

(指导教师:朱红丹)

点 评

《风险评估报告》以材料中的一名应聘者的身份陈述心迹,观点明确,层次分明,阐明了"远离悬崖,而不去贪求意外的利益"的选择。

和你谈谈我家乡

——给网友杰克的一封信

□ 山西省大同市第一中学　杨继钰

亲爱的朋友：

今天我想和你谈谈我的家乡。它“南属中州，北缀边漠，柱恒岳而依太华，户塞外而门九派”，这座城市的地理位置你大概了解了吧。那么就让我把它详细介绍给你。

家乡另有一美称：凤凰城。小的时候，我听到这个称号总是觉得家乡配不上，而今的家乡可真正当之无愧。你看，原本低矮破旧的房屋、时隐时现的臭水沟、杂乱错落的树组合成的院落被规划成为现今有名的东城墙公园。古朴雄厚的城墙被安静流淌的护城河所围绕，微风吹过，树叶摩挲出的沙沙声与城楼上风铃清脆悦耳的叮当声相应和，护城河水面泛起层层微波，其上倒映着背后的城墙、河边的绿地及修剪整齐的各类植物，长椅上行人安详地休息，无论从哪个角度看，都是一幅绝妙的丹青。

向城内走去，仿古建筑比比皆是。找一地方站定，追忆过去，所站的地方原先不过是小小的街心公园，而今却是和阳北门前开阔的广场，游客行人总会来这里参观游乐。当夜幕降临，有着暗色花纹的宫灯亮起，照着城墙，鹅黄色的光晕染出美妙宁静的夜晚，同时也为城墙增添一分美好、一分典雅。向前望去，青灰色的砖瓦、弧度完美的飞檐、标准的斗拱结构、木质的雕花门窗让人误以为进入了古代世界，可是仔细一看，多彩的灯光辉映，门前的轿车整齐停放，是不会使人误认的，它们为古建筑群带来青春的活力，带来时尚的气息。也许你有一日来到这里，或许会在见到它们的时候惊叹，那时，我就会自豪地挺胸对你说：“我的家乡不错吧？”

出城去游览，五座现代化的桥飞跃于御河之上，居中的迎宾桥、南边的南环桥，以及平城桥、北都桥、兴云桥，无论你走上哪座桥，你都可以欣赏如玉带般的御河，如诗如画的御河风光，顺便将我的家乡全景尽收眼底。高层建筑鳞次栉比，各建筑都显示着我们的幸福生活。夜晚来看时，霓虹灯装点出灿烂多姿，川流不息的车辆烘托出都市的快节奏。

向东一直进发，御东新区会给你不一样的感觉，全市的大型医院汇集于此。在太阳宫的广场上，我们曾承办太阳能能源国际比赛，宣传“光照未来，光耀世界”的理念。

你愿意来看看吗？或许多年后你来到这里，看到与城墙相对的已建好的东小城——晋北地区的商业航母，你会惊叹不已。那时我一定要骄傲地说：“这是我的家乡——大同！”

你的朋友：琦君

（指导教师：王杏娟）

点　评

《和你谈谈我家乡》按照由概括到具体，由过去到现在，由城内到城外的顺序介绍家乡，赞美家乡的崭新风貌，洋溢着强烈的自豪感。

明天，我和你一起面对

□ 北京市第四中学　贾丽婕

在历史上，那些发现真理的先驱者，那些为了民族的独立而战斗的勇士，那些为了一个承诺一个信念而终生坚守的人，他们都被人们冠以伟大之名。他们的名字和作为，镌刻在时代的高墙上，远观之，心生敬畏，不敢亵渎。我常常省思，是什么令一个人化为时代的符号而永远闪耀在人类历史的星空？是什么令一个人的精神被不同文化背景的人们共同铭记与传承？是勇气。他们之所以被称为伟人，在他们的身上，有比其他人更为坚韧不拔的精神动力，就是面对明天的勇气！

一个没有勇气的人是无法前进的。他永远无法做出优于现实的思考与行为，因为他会被"曾经"紧紧地束缚，固定在过去的执拗与惆怅中。他的下一刻始终存在于浓雾与黑暗中，不进则退，那生命的活力最终也会被隐没。

时代在日新月异地发展，许多人在发展中迷失了自我，放弃了未来，由于对一个宏大图景的惧怕而丢掉了支撑我们民族生存的动力。试问，与你承担同样责任的人假如都对明日丧失了勇气，心怀畏惧地面对，那么每一日精彩的生活将如何延续？时代用洪亮温厚的嗓音告诉你：勇敢地面对明天，做一个最好的自己！

曾几何时，希腊的数学家发现了无理数却投海而亡，尼采无法承担思想的激辩而疯癫半生，伽利略在死亡的威胁前放弃了近在咫尺的真理。他们都做出了骄人的成绩，但他们因为懦弱而没有面对一个更加理性的明天的勇气，失去了那个最好的自己。

你或许会说，事物都有一个极限，一个人的精力是有限的。绝非如此。一个人永远不能以为懦弱、敷衍地面对明天是合情合理的。陈寅恪先生晚年时眼睛无法视物，但他仍旧以口述的方式坚持自己的学术整理；柏拉图在被当作奴隶贩卖后仍旧坚持了哲学的思辨；笛卡尔在理性秩序的怀疑中一步一步开始彻底重建理论基础……正如那句话：知其不可为而为之。这样才是一个对得起自我的人。

孟子曾说，人要善养一种"浩然正气"，能贯通天地、嫁接心与物的正是面对明天的勇气。勇气意味着一种持坚守白的精神，你不能因为畏缩而心无恻隐。如果你放弃生命的仁义，就是放弃明日更好的自己。勇气总能带你明辨这一切，让你用一颗明净的心面对明天！

在世界的各个角落，总有辛勤奋斗的身影。信仰神灵是为了获得勇气生存，相信未来才有勇气树立一种希望。只有目光折射到的地方，心所及的地方才是能坚实走过的地方。我们要有勇气面对明天，用你的全身心。

我想对每一个在人生挫折面前停步的人说：要有勇气走下去！明天，我和你一起面对！

（指导教师：王楚达　刘葵）

点　评

《明天，我和你一起面对》中的"你"是勇气，是传承于先贤们的精神力量。文章意蕴深厚，议论形象化，富有激情。

槐树下的老屋

□ 安徽省宿州市宿城第一中学　侯梦龙

陕北黄土高原上的某个村落。村中空着的窑洞像睁大的无神的眼睛，看着村里村外的花开花落。

村东北角有一个不大不小的广场，平常人不多，但由于靠近村口，总有人来来去去。

广场的西侧有一棵大大的槐树，以一种苍老却雄壮的姿态立在那里许久，许久。

槐树下，有一座老屋，住着一位头发花白却依然腿脚利索、身体硬朗的老人。

这是一个春季的早上。天没有亮，村里便零零散散地响起了鸡鸣声，然而却没有多少人家亮灯。除了槐树下那座小木屋。

屋中的电灯闪了几下后发出了昏黄的光，在墙壁上映射了大片的阴影。老人就在这昏黄的灯光下摸索着将衣服一件一件披上，揉了揉眼，走向门外的压水井，没忘记手里拎上一只老旧的木桶。

早春的水，果然还是凉了些。洗完脸，老人扛着放在门边的锄头出了门，走出几步后又折了回来，拿了一个搪瓷的缸子、几个黄色的窝头，转身走出了家门。

走到村外，老人习惯性地回头看了一眼村中。村里亮灯的人家仍然不多，有些是贪图炕上的温暖而不愿起来。而有些，也许永远都不会亮起来了。

老人叹了一口气，向村外的田地走去，向自己的生计走去。

老槐树摇动着吐露新芽的枝条，像是对老人的关心，又像是惧怕从北边吹来的寒风。

远处，一轮红日若隐若现。刚刚麦收后的夏日，白晃晃的阳光照在村口的广场上。

从早上起，就不断有人拖着大包小包的行李来到村口的这片广场，有的一脸疲惫，更多的人则是一脸的无知与茫然，他们对于自己将要去的城市没有丝毫认知，只知道在那里大都能找到工作，赚到比在家种地多一些的钱。也许自己可以在那里扎下根来，能够在那林立的高楼里有一个虽然小却比窑洞好的栖身之所，让子女接受更好的教育，不必再过从土里刨食，饥饱看天的贫穷生活……为了这样一个缥缈的“也许”，他们今天要远离家乡，去往那片未知的远方。

不远处传来汽车的鸣笛声，顺着声音看去，一辆老旧的长途客车停在村口不远的地方，车身微微颤动，急不可待地要带走新一批务工者。那些扛着大包的人开始上了车，看着车窗外那熟悉的村落，脸上流露出了些许不舍，而对城市生活的向往，让他们毅然选择了离开故土。

客车缓慢启动，人群中开始有啜泣的声音，这一走不知多久亲人才能相见。它带着人们对故土、亲人的思念，在路上渐渐变小，变小，化为一个黑点，最终消失不见。

老人坐在槐树下，看着这一切。

身后的槐树像是感受到了广场上离别的悲伤，一动不动，许久，才落下几片叶子。像是老人的一声叹息。

秋天到了，老槐树的叶子开始落了，一落，就收不住，很快就在老人的屋门前铺了一层厚厚的黄地毯。老人感觉着脚下的柔软，心中很是舒畅，仿佛又回到了二十年前。那时虽然窑洞破旧，但没有空巢，家家人气旺盛，广场上人来人往，田野里大片大片的玉米、高粱已经成熟，大人忙着收割，小孩子帮着搬运，收获的喜悦在田野的空气中弥漫。槐树旁的广场上更是堆满了晾晒的玉米，阳光照在上面，反射出金粉似的光芒。这时，老人总会深深吸一口气，这些庄稼散发的气味，就是来年的希望啊。

一阵秋风扑面而来，把老人的思绪带回了现实。他抬起头，看看四周，仍旧吸了一口气，却只能感觉到空气的冷清，和一种说不清道不明的味道。那也许是流年的味道。

偌大的广场上，只剩老人一人，曾经热闹的丰收场景，也许再也不会有了。老人摇摇头，不为人所察觉地叹了口气，走向田垄，继续着自己的耕作。

老槐树轻轻摇了摇枝干，原本不多的叶子又落下了几片，格外萧条冷清。

窗外，寒风夹杂着冰雪砸在老屋的窗户上，不时有阵阵寒风透过窗子的缝隙挤进屋内，老人窝在炕上，看着不远处电视屏幕上晃动的人影，却未被电视节目的内容所吸引。

老人的目光从电视屏幕移到桌子上发黄的相框里，在一张辨不清年月的照片上，依稀还能看到模糊的笑脸。

电视内热闹的春节联欢晚会驱散不了老人的寂寞，此时，上天用睡眠抚慰他苍老的灵魂。

电灯闪了几下，灭了。

电视里的人影仍在晃动。

老人眼角滑出一滴混浊的老泪，梦呓般说：“你们都在哪儿啊……”

窗外的老槐树，落下了最后一片叶子。

（指导教师：李敏）

点　评

《槐树下的老屋》在景物描写、人物心理描写、神情描写上细致入微，从一位留守老人的视角反映出农民工拥入城市给乡村带来的影响，令人深思。

微信扫码
在线看写作提升课
获取精品阅读资料

第十三届（2015年）获奖佳作精选

17年17届

《宿州文化》发刊词

□ 安徽省宿州市第二中学　邓志远

京沪线上有一座美丽的古城，它如一颗明珠镶嵌在这条宝带上，熠熠生辉，千百年来流传着许多动人的故事。它承载了黄淮平原悠久的文化，屹立在淮河之畔，俯瞰历史，眺望未来。这里，就是我们的家乡——千年古城宿州。

城北的那一段古老城墙还在倾诉着它经历的繁荣和衰败，黄河故道还在向人们展示着它昔日的浩浩荡荡、奔涌不息，穿城而过的护城河也在向人们展示着这个城市的变化。

这里雄踞中原，是历朝历代兵家必争之地。早在一千八百多年前，秦朝就设立"宿县"。从此，这座美丽的城市便开始了它的故事——

"王侯将相，宁有种乎？"我们仿佛看到，在城之南，一群人手持武器在雨夜中呐喊，气势夺人。他们不畏生死，勇敢前行，揭竿而起，这便是中国历史上第一次大规模的农民起义——大泽乡起义。大泽乡如今已成为一座繁华的小镇，当年陈胜吴广起义的小土堆也被后人修建，被称为"涉故乡"。一千多年以来，陈胜吴广的精神一直鼓舞着宿州人，不畏压迫，勇敢前行，宿州儿女也一直用自己的实际行动践行着这一精神理念。

"力拔山兮气盖世，时不利兮骓不逝！"当霸王项羽骑着他的宝马在战场上挥舞着长刀，一世英雄气概无人可敌；当他抱着怀里的虞姬痛哭，万般儿女情长又让人叹息不已。我们如果来到垓下，望着那一片广阔的平原，就会想象到当年多少人战死于此；如果来到虞姬墓，又不禁会想到当年美若天仙的虞姬自刎而死时那凄婉的情景……

历史的浪涛推涌到二十世纪中叶。淮海战役的战场上，一阵阵枪炮声响彻天空，一朵朵烟云在天空上飞涌。无数江淮儿女向旧世界发起冲锋，多少人倒下了，又有多少人冲上去了！血染红了这片大地，火映红了这片天空。最终，在这片土地上，那欢呼胜利的声音响彻天空，震惊世界。战火纷飞的日子过去了，但这座城的人们却没有忘却抗争的历史，他们牢记先烈们勇往直前、不惜牺牲，为自由和解放而战的精神，在这片土地上努力建设自己的美丽家园。

淮河静静地流淌，小城更显得热闹了，车辆川流不息，人们静静地凭栏眺望，安详而和谐。江淮儿女在不断地书写新的历史。人在变，风景在变，而永远不变的是小城凝聚起来的精神和千百年来积淀下来的文化。

古城宿州在中原大地上如同一位少女，安静地坐在淮河一旁，精心地梳妆自己，每一天都会有崭新的面貌。她微笑吟诵着宿州千年来的华美诗章，优雅美丽而又令人为之动容……

（指导教师：沙亚萍）

点　评

本文从家乡历史的长卷中，选取了大泽乡起义、垓下之战、淮海战役三个惊心动魄的故事，讴歌了宿州人民勇敢前行、为自由而拼搏不息的精神，气势宏伟，语言流畅，有感染力。

一只花蝴蝶

□ 河北省张家口市第一中学　岳繁杨

小胡同学常被人叫作“花蝴蝶”，她不是本地人，白皙的皮肤，秀气精致的五官，显得很出众。她那“不入流”的穿着打扮，在这所有着“中华百年名校”之称的重点高中里也是不被认可的。

开学那天，阳光金灿灿的。由于校服还没发下来，学校也同意学生们这段时间可自由着装。小胡脸上挂着自信的微笑，穿着层叠的白纱裙走进了教室。

班会上，眉目和善的班主任老太太絮絮叨叨说了不少。快结束时，她又有意无意地把目光投向了小胡，讲起了仪表问题：“你们都是好孩子，怎样穿着得体无须多言。老师只是提醒个别同学，自由也要有度，打扮得像花蝴蝶似的，太不成体统！”小胡一边纳闷儿，一边很配合地点了点头。

接连几天，她依旧穿着色彩缤纷、款式各异的裙子，还学会节省时间，从宿舍到班里的路上，顺手绾个发髻，像路边粉白的杏花，极美。

很快，校服发了下来。胡姑娘再也不能穿上裙子，却一如既往地梳漂亮的发型，不时会在校服上别一枚造型奇巧的胸针，她的打底衫上也常系着丝巾。她漂亮地生活，快乐地学习，连走路都是蹦蹦跳跳的，像只自由的花蝴蝶。班主任一直想找她谈谈，看看她名列前茅的成绩，又把这事儿搁置了。

很平常的一次周日休假，小胡收到了妈妈寄来的马丁靴，做工极好，还是特别鲜亮的正红色。她很开心，翻出了很久不穿的拼色大衣，让明媚的秋日阳光做伴。

出去购物，返校，路上碰到了班主任，她连忙用最甜美的微笑向老师问好。可老师只是很快地扫视她一眼，便脸色难看地对她说：“晚上到我办公室来一趟。”小胡一头雾水。

夜晚，小胡轻轻地敲了办公室的门，轻手轻脚地走到老师面前：“老师好，我来了。”

班主任脸色铁青，嘴角紧抿，表情像刀刻般僵硬，打量了她一眼，眉毛抖了抖，说："时间不早了，看你还是这样打扮，我也就不绕弯子了。找你不为别的，主要是说说你的日常着装问题。"

小胡想了想，不明白自己的穿衣打扮怎么会使一向温和的老师愠怒，便说："老师，我觉得我穿得很漂亮，没影响班级形象。"

"这是学校，谁允许你这样打扮？"老师拍了桌子。

"可我初中的老师玛丽女士特别强调过要注意形象，她还夸我漂亮，说我可以当作校园名片。"

老师觉得小胡是存心抬杠，脸色因充血而泛红。"荒唐！你是学生，重点高中的学生！心思应该放在学习上，而不是整天弄这些不相干的事情。"老师"恨铁不成钢"地说道。

"老师，我没有耽误学习！况且我从来没觉得保持形象是不相干的事情，即使是在学校，我也有权利让自己漂亮，而不是像小 A 那样，以学习忙为理由不洗头发不换衣服！"小胡据理力争。

"你还真是油盐不进！班会说了你，你也点了头，我还以为你够懂事。今天又是这么一番苦口婆心，没想到你还是不知悔改！"

"老师，我不觉得我有过错！"

"还在顶嘴，出去，现在就出去！明天再让我看到你这副花蝴蝶的招摇样子，自己承担后果！"

小胡走出办公室，看窗外好像是在下雨，她倚着墙蹲了下来，双手抱着膝盖，莫名地想哭。

花蝴蝶飞进了秋季，迎来了一场寒凉的秋雨。她，真的错了吗？

（指导教师：李渊媛）

点　评

在《一只花蝴蝶》中，围绕中学生的衣着打扮，"班主任老太太"和"小胡同学"之间发生了矛盾冲突，作者似乎客观平静地叙述事情的经过，而"花蝴蝶飞进了秋季，迎来了一场寒凉的秋雨"又似乎表明了倾向性。

黎明将至

□ 山东省济南市莱芜第一中学　张晓婕

有些人，不畏风暴，冒雨前行，他们心中只有一个目标，一切，为了即将到来的黎明。

世界并不会优待每个人。在世界的汪洋大海上，人类驾船而行，久而久之，船便成了人们心中的家。每个人，把船的庇护当作理所当然，以致失去了搏击风浪的能力。

天空高而远，若不踏浪而行，哪能触到那一丝天际？别怕冒险！从壳中脱出来，才能触碰黎明！

记不清是多久前了，在船的甲板上，一位消瘦的青年，告别了心爱的姑娘，抛下了舱中的美酒软床，踩着一块踏板，迎向了天际。那是他曾久久凝望的地方，心心念念的，是浅蓝色的天、柔软的光明。

他告诉自己：是的，我要离开了。不，我不是离开。当我到达远方，我会收获勇气和力量，再来迎娶我的新娘。

在亲人的泪水和他人的嘲笑中，青年离开了。没有行李，一路高歌，与鲨鱼搏斗。那凶残的家伙撕扯下他胳膊上的一块肉，血染红了水，慢慢扩散。在血的气味引来其他鲨鱼之前，他在痛苦的吼叫中，用踏板某个尖锐的边缘，刺死了鲨鱼。从未体会过的痛侵蚀着他稚嫩的身心。他就像从温室中跳出的花，经受着陌生的摧残。

但这痛哪会停止？从他逃脱鲨鱼之口，登上荒岛，并接受了一点儿生存之道开始，这场生与死的较量，他便逃不脱了。

他并未到达心中的天际。不论他走多远，天际就在远方，看得见却触不到。

他回来了。一身狼狈，迎着阳光，回来了！

船上的人们几乎未认出他来。在数不清的日夜后，当年消瘦的小伙子，已长成双臂见疤、须髯深黄的大汉了！那人还是那人，但已焕然一新。

坚毅的目光、健壮的身躯，仅仅用“勇敢”“力量”已无法形容面前的大汉。少年们拥上来，追问着海上的故事。大汉席地而坐，比画着讲起了往昔的荣光。是的，那是他一生的财富。

之后，船上掀起一阵热潮。两眼放光的少年，眉飞色舞地讲述着远方海上的故事：“那儿有逆风而上的海燕、吞吐大小水柱的鲸鱼，岛上有猛兽、大树，哦，还有只会钻在别人壳里的寄居蟹呢！”此时，围观之人往往哄笑。

当英雄事迹越传越奇时，又是一位少年孤身前往远方。这时，那位英雄前辈已是发白眼花了，只能倚着舱门，目送他远去。

后来，老英雄死了，一身荣耀披身，死了。而少年英雄呢？没人再见过他。有人说，他死了，也有人说，他定是到了天上，乐不思蜀，不愿回来了。

这，谁又知道呢？

浅青色的黎明，风把天刮净，点星弯月斜盯半空。我斜倚在滩前的树上，浅浅地眠着，微风拂过，惊起了虾蟹，惊醒了梦中人。

这是梦，还是传说？我想，这便是人间。

（指导教师：张庆红）

点　评

《黎明将至》用充满诗意的语言，讲述了一个前仆后继，与命运搏斗的故事。文章夹叙夹议，情景交融，一幅幅生动的场景，争相跃然纸上，给人以视觉的冲击与心灵的震撼。

重走沂蒙山水，传承红色文化

□ 山东省临沂第一中学　郇千惠

尊敬的各位领导、老师，亲爱的同学们：

大家好！

五千年的中华文化源远流长，而临沂——我们的家乡，也在这历史长河中，滋养出了一片红色的热土。红色的文化早已根深蒂固在巍巍蒙山下。千百年前，我们的祖先用勤劳与智慧开辟了这片沃土。近百年间，革命军队在这里为人民抛头颅，洒热血，淳朴的村民用小推车推出了战争的胜利。今天，我们启动“沂蒙情”红色文化之旅采风活动，重走沂蒙山水，传承红色文化，意义非常重大。

“蒙山高，沂水长，我为亲人熬鸡汤……”战争时期，我们的亲人便是解放军。省一口米，做军粮；纺一匹布，做军装。淳朴的村民们，以自己最大的力量帮助军队，流传下了一个个感人的红色故事。你看，那冰冷刺骨的河水中，村民们拆下自家的门板，用身躯为军队撑起一座坚固的火线桥；你听，那轰轰的炮声中，村民们躲过敌人疯狂的炸弹，用小推车将一点儿一点儿省下的粮食安全送至解放军手中；你瞧，寒冷刺骨的洞穴中，冻僵的解放军战士，被那温暖的关爱唤醒；你想想，多少村民宁死不说出解放军的藏身之处，多少乡亲用自己的牺牲换来了革命战争的胜利。

巍巍蒙山高，悠悠沂河长。英勇卓绝的斗争积淀了“爱党爱国，开拓奋进，艰苦创业，无私奉献”的沂蒙精神。这伟大的沂蒙精神，正是一种伟大的红色文化。这文化，存在于战争时期的一袋袋粮食中，更存在于我们——新一代青年的心中。

文化的魅力，就在于它的传承与发展。作为新一代的青年，我们更应担负起这份责任。红色文化之路，我们不仅要现在走，更应该一直走下去；红色文化之旅，不仅应用眼睛去观察，用耳朵去聆听，更应该用心去感受，用头脑去思考。我们要用心感受，这蒙山、沂水如父母般的爱是怎样滋养出临沂这样一片红色土地；我们要用头脑思考，怎样续写这段辉煌历史，传承与发扬这份红色文化。

让我们共同努力，圆满完成这次“沂蒙情”红色文化之旅采风活动！

谢谢大家！

点 评

本文对活动意义阐述清楚，有较深刻认识。回忆沂蒙历史，赞颂沂蒙精神，都紧扣了“传承红色文化”这一中心。

忍劲为弓，狠劲为矢

□ 山东省济宁市第一中学　唐中慧

人生如射箭，忍劲为弓，狠劲为矢。有了“忍”的蓄势，箭才能拥有速度和后劲；有了“狠”的爆发，箭才能产生强大的穿透力。既“忍”又“狠”，才能百步穿杨。

有古话云“十年磨一剑”，要磨得吹毛断发的霸刃，必须能忍得十年如一日磨炼的枯燥与寂寞。古来名剑屈指可数，且不说铸剑人锤炼的技艺，只说磨刃所需求的恒心与耐心，怕是让多少技艺高超的铸剑人终与宝剑擦身而过。现在急功近利的社会环境下，沽名钓誉的“叫兽”频频现丑，能定于高阁潜心钻研的学者成了濒危的“国宝”。遗失了隐忍蓄势的根基，论文再多，观点再奇，也不过是哗众取宠，流于肤浅，连真理之门的垫门砖也不曾触及。只于箭头上刁钻，却不脚踏实地地积累功夫，难道视“何妨一下楼主人”闻一多、拒不接客的钱钟书这些大师所付出的努力为等闲吗？

然而，“忍”并非人生的最终目的，而是为“狠”蓄势。鲁迅先生总痛心于国人的“忍”——这样的“忍”是漫无目的的，是对生命的浪费，只让人生虚度，国家倾颓。真正的“忍”，绝不是怯懦与逃避，而是韬光养晦，如刘备编草鞋耕菜园，心中却从未忘记恢复汉室的大业。“忍”的过程中无聊的消磨，很容易模糊了有志者隐忍的最初目的，混沌一生；若能始终勿忘青云之志，忍到伸志之时，如骏马脱缰，是多么振奋人心！曼德拉能被世界不同肤色、不同民族的人们所爱戴，不能不说是因为他在狱中几十年始终健身学习，心怀梦想，忍到磨难尽头，就是人生的腾飞！这样似乎漫无尽头的苦难，在“文化大革命”期间，有很多有志青年都曾遭受。很多人在屈辱与痛苦中失去了生活的信心，而邓小平等人却将理想保鲜，忍过侮辱与践踏，开辟了新时代的海阔天空。正是能于忍中不忘初始之志，成就其超脱常人的伟大。

既然“忍”非目的，时机一到，必要当机立断，转而为“狠”，实现人生的蜕变。一味地忍，就如以地事秦的六国，坐失良机，日削月割，以趋于亡。与此相反，隐忍寄于项羽麾下的刘邦，在破秦入关之后，一改往日种种，抓紧良机，转而攻楚，终成帝王之业。“忍”后有“狠”，方为能屈能伸的大丈夫，而非一味逆来顺受的懦夫。

所以，欲使人生之箭百步穿杨，当张忍劲之弓，发狠劲之箭。

点　评

文章对“忍劲”与“狠劲”以及二者的关系有精准的认识，且以“弓”和“矢”为喻体，十分恰当。例证充分，语言精练。赛场行文如此，可见平时思想与文字功底，其蓄势与爆发，也印证了作者的观点。

水晶链

□ 浙江省乐清市白象中学　余译芙

“你说，那串水晶链是不是你拿的？”

对于婶婶的质问，我毫不犹豫地否认。

那是个秋日的傍晚。我刚回到家，便见婶婶搬个木凳坐在门口，奶奶忐忑地站在一边，我进来她也没有说一句话。

“我再给你一次机会，你说不说？”

“我没有！”我倔强地扭过头。

但所有的坚持，却被婶婶从身后拿出的袋子击垮。那是半旧的印着不知名女星头像的衣服袋，里面有太多我“珍藏”的东西。

“要不是那天我打扫你房间，我也不会知道平时你的勤快是为这个？”她涨红着脸把袋子甩向我，里面的饰品硌得我生疼。

我六岁时父母离异，随后我就住在叔叔家，跟着奶奶睡。婶婶美丽大方，有个比我小五岁的可爱的女儿，他们一家人待我都很好。我从小就比别人懂事，会察言观色。婶婶常给妹妹买小饰品，像小皇冠、小发夹、小手镯等，上面的假钻晃得我睁不开眼睛。妹妹还小，这些东西都乱丢，我会小心翼翼地捡起那些玩意儿，躲到厕所里偷偷把玩，再还回去。渐渐地，我也不还了，放在自己的袋子里替她“保管”。偶尔婶婶念叨起，我便假意帮忙找，再偷偷把东西归还。说实在的，那时候我没有“偷”的概念，并不觉得自己有错，是妹妹不要的东西，我“捡”来而已。

“那天我洗完澡，把手表和水晶链放在一起，可是手表还在，链子却不见了。这两样的价格相差那么大，小偷是不会这么傻的。除了你，还能是谁？”

“可是真的不是我……”藏了这么久的秘密被人赤裸裸地拎出来，令我觉得羞愧，更加上“小偷”两个字刺痛了我尚幼小的心。我号啕大哭，说不出完整的话，只觉得灼热的液体淌过脸颊，流入了心底。

我至今还记得婶婶那严厉的眼神，但我也看出了她眼角还闪着泪花。

她一边起身往楼上走，一边对我说："不管怎样，你的行为都是不对的，未经同意占有别人的东西就是'偷'，你只有改掉了这个毛病，才会有全新的成长。"那是我听过婶婶说的最有哲理的话。

只有流着泪改变，才能笑着迎接阳光。虽然我真的没有拿那串水晶链，可我确实"盗取"了别人的美好，然后自以为是地捡起，关上门来在惴惴不安中享受喜悦。

后来的记忆已经模糊，我不记得我之后和婶婶相处的细节，也没弄清楚为什么整个过程中奶奶都没有说一句话，更不知道妹妹纯真的眼神里是否常有怀疑……

我长大了，从七岁到十七岁，十年的时间过去了。

但我仍记得那个傍晚，没有雁鸣，没有叶落，只有我的泪。这是我不想说的秘密，一直被小心保存。

后来，那串水晶链在马桶的后面被发现，我早已出落得文质彬彬，和所谓的"偷"再没有关系，但我还是愿意用笔记下这段经历，留下永久记忆。

（指导教师：孙丽双）

点　评

《水晶链》回忆了童年的一段经历，"我"给"妹妹"收捡小玩意儿，被"婶婶"怀疑偷了水晶链，"我"虽然委屈，仍然从"婶婶"的话里认识到自己的毛病，并且勇敢地改变自己。

擎自信之灯，走自强之路

□ 河北省唐山市第一中学　王逸萧

自信是光，为自强之程引领方向；

自信是火，为自强之人温暖心房。

曾有人这样扬言：心有多大，舞台就有多大。纵观十年沧桑，男儿当自强，可巾帼也不让须眉。自信始发于心，自信是自强之心灵的凝练。让我们擎自信之灯，走出自己的自强之路。

你看，贵妃研墨、力士脱靴的太白一词一酒体自信，扬自强；鲜衣怒马、不负韶华的苏轼厄境中不忘自信之心。历史如同一条光带，自强之人以自信为光，璀璨盛放。

自信不是一种浮在表面的优越感，自强也不是狂妄自大的虚言。左宗棠和曾国藩都是朝廷重臣，曾国藩较为年长，且对左宗棠有提携之功，故世人并称他们为“曾左”。一天左宗棠问他的幕僚：“为何世人皆称曾左，而不称左曾呢？”幕僚听后答曰：“因为曾公眼中有左公，而左公眼中没有曾公啊。”曾国藩身为长辈和恩人，左宗棠却并不把他放在眼里，这并不叫作自信和自强。曾公并非没有优越之处，可他优越之外仍心怀开阔，敢于接受他人展示才华，向自己亮剑，这种不惧挑战的淡然，方是自信的体现。所以，用这种自信的心态，才能造就曾国藩自强的一生。自信是发于本心的自我认可，是对自我最大的认可。承认其他人的优、自己的劣，这也是自信，嫉妒他人的同时，自信的心也就泯灭了，自强之说也便成为空谈。

漠视他人恶毒的言论，坚持自己的追求与守望也是一种自信，它不如接受别人挑战的那种自信博大，却也能造就一个自强不屈的灵魂！阿黛尔刚出道时，因臃肿的身材和普通的面孔，饱受非议，恶毒之语像利剑般向她投射，她漠视一切恶语，用自信筑起自己坚强的城墙，用自信为勇气提供能量，一首 *Someone Like You* 让世界为之安静。并且她做到了自强，赢得了格莱美大奖，书写了一个人的天籁绝唱。

当意志倒下的时候，生命也就不再屹立；当自信丧失的时候，自强又怎能傲然。你若有一个自信的心灵，自强之门早已为你敞开。

相信自己便是强大的武器。我不相信手掌的纹路，我相信指尖的力量。命运多舛，我有自信为灯必会走出一条自强的路。

尼克·胡哲用“没手没脚没烦恼”的自信，书写自强人生；张爱玲用优美的文字篇章做自信之华裳，装点自强的自己，唱出民国一声寂寞；李清照用“生当作人杰，死亦为鬼雄”的自信，演奏大宋词坛上一声清越。

为自己擎一盏自信的灯火，你会找到一条自强的路，那路途的远方是全新的你。你若盛开，清风自来。

点 评

文章对“自信”与“自强”以及二者的关系有一定的认识，并以“擎灯”和“走路”为喻体，表现其因果关系。语言流畅，颇有气势。若能更深刻地阐明为什么“自信”使人“自强”，会更有说服力，更有深度。

扶起善良的本心

□ 湖南省桃源县第一中学　赵玉玲

这一扶，架起的是信任的桥梁；这一扶，传递的是人间的暖意。

——题记

人们常道人情冷暖，世态炎凉。人们常害怕被善心伤害。但是，在面对扶与不扶的选择时，人们还是本心向善。老人被撞拒绝赔偿帮助，是为了这暖暖的善心；路人未逃，并主动认错是维护了这份暖暖的善心，善心之间，架起了无数人心中信任之桥。

“人之初，性本善”，这人性中的善心即是伸出的双手，即是不逃避退缩的责任。善心是广泛存在的，面对贫困山区的困难儿童，社会爱心人士奉献出满满的爱意，温暖着无数困难儿童；面对被撞的学生，最美女教师挺身而出，挽救两个孩子的生命；面对坠落的生命，最美妈妈徒手接住坠楼孩子，即使双手粉碎性骨折；面对生与死的抉择，最美司机舍命坚持，保护乘客安全。这无数个“最美”是社会的善心，是整个中国的责任与良心。

然而，有时善意却像个受了巨大惊吓的小孩，不敢出来示人。人们压抑和隐藏心中的善良。是什么让善心丢掉了？是欺骗的恐慌！在悲剧发生时，冷漠自私占了鳌头，人们“独善其身”而忘却了“兼济天下”。面对被车撞伤的小悦悦，十多个路人视而不见，娇嫩的花朵由此凋零，这十几个人不心怀内疚吗？即使不是肇事者，可他们的冷漠无情却成了帮凶！面对扶人坑害事件，我想问，当看到伸出体现善心之手时，你们难道还能、还会选择诈骗吗？“人为之善，百善而不足。人之不为善，一不善而足。”古代先哲的谆谆教导仍旧在耳畔鸣响，引导着千百年后的人们向善！

沉睡的善心该如何被唤醒？冷冻已久的心该如何被融化？这需要营造人人向善的社会风气！我们每个人都应该体现社会的正气，我们每个人都有责任将善意扶起！这需要我们从点滴做起。正所谓“勿以善小而不为”！当我们遇到选择时，请保留善良的本心，丢弃自私与狭隘，以社会利益为重！当然，我们需要厚积薄发，打破人与人之间冷漠的阻挡。

当然，一味付出善心而屡屡被骗也是不行的。这就需要我们提高辨识能力，不仅要勇担责任，更要阻止、惩罚恶行。“邪不胜正”，当作恶之人更少、行善之人更多时，我们的社会就会形成一股强大的浩然正气，感化更多人加入善的行列。

行善事，惩恶行。权衡扶与不扶之时，别舍弃那一份善心。或许一次帮助别人，挽救的是一条鲜活的生命。助人，会使你成就一生美德。

古人云：“修身，齐家，治国，平天下。”我们应提高素质，怀有社会责任感和国家意识。让正气弥漫，歪邪之气泯灭。

扶起的，不仅是受伤的老人，更是人心，是一份份暖暖的善心！

点评

文章不是就事论事，而是站在“修身，齐家，治国，平天下”的高度，围绕传统文化中“善的本心”这个主题做文章，对“何谓善心”“为何丢掉善心”“如何唤醒善心”逐层深入展开论证。文章语言比较精练，有较强的说服力。

第十四届（2016年）

获奖佳作精选

17年17届

爱与被爱

□ 天津市南开中学　朱羿文

天津站，我向北，她往南。同一个站台，相反方向的列车。

座椅上坐定，恍惚间回到了2014年的冬天。开往上海的列车上，她就在我身旁。百无聊赖的我双手捏着发烫的手机，盯着远方缓缓移动的小山丘，将这次行程的所有事务都推给了她。

“毕竟我只是个孩子，她是我妈。”当初的我怀着这个坚定的念头，心安理得地占有着她的一切，暗暗庆幸清闲。我整日玩着手机，像条咸鱼只等着她把我拖来拖去。

我和她去吃路边的香菇饭，味道甜甜黏黏，酱汁是橙红色的。记忆中只有面前的香菇饭，对面的她模糊不清，也不知道她吃的是什么，是否也是甜甜黏黏的。我们都是沉默着的，只字不提饭菜，不提接下来我要去参加的比赛，也不提下一步去干什么，只是一口接一口，沉默地塞进嘴里。现在想来那时惆怅而模糊的心情，就好像钻进了太阳底下暖烘烘的盐水缸，神经都被泡软了，茫然、孤独和安逸被泡散了，摇摇荡荡地在眼里打转。

深夜，地铁在身子底下轰隆隆地响，她翻来覆去，又覆去翻来。奇妙的是，虽为母女，她烦透了这种声音，而我却喜欢得很。

比赛完的那一夜，我们去了外滩。华灯闪烁，同行的人全都是令那时的我羡慕不已的高中生。他们说说笑笑，有一堵钢化玻璃筑成的高墙，将我们隔得好远。那大概是我第一次那么迫切地渴望长大，渴望从这千丝万缕恼人的爱中挣脱。被爱，原来给当时懵懂的我带来这般烦恼。

我故意走得很快。她就在我身后，默默跟着我。奇妙的是，吾不言，子不语，她却一眼看穿我的心思。

谁能想到我惦念的远走高飞来得这么快。中考完后，我只身一人来到天津上高中，才发现远走高飞并没有想象的那么幸福。夜晚的海河边总让我想起几年前的外滩，同样漆黑的水和无言遥远的灯光，同样低沉的地铁轰地一下奔向远方。我晚上一个人在出租房里煮面，在水咕噜噜沸腾后，学着她的样子敲进一个鸡蛋，然后不需克制地低声哭泣。

只身一人在远方，才知道被爱有多么令人珍惜。天津站，我向北，她往南。两条不平行的铁轨就像我跟她，在站台短暂交叠后，各自奔向远方。

站台好短，我俩拖着各自的行李箱，仿佛一步就能走到远方。

站台好长，当我消逝了那份叛逆，眼中她的轮廓渐渐清晰。吾不言，子不语，奇妙的是我们不约而同放肆地爱与被爱。

那一刻，我想永远留在站台，背对背，不道别。

（指导教师：李忠艳）

点　评

本文以“爱与被爱”为题，写了母亲对孩子的爱的无私，孩子享受这份爱的心安理得。这享受里，有任性，还有叛逆。作者写的这对母女关系，具有普遍性，读来引人共鸣。

我和桥

□ 湖南省长沙市南雅中学　刘湘玉

桥把那个小小的我送到时光的彼岸，它会带着我的故事迎着风在那儿站成永恒。

——题记

一

这座桥连接了河的两岸，是我回家的必经之路。年少的时候放学回家，这是最令人欣喜的一段路程。走在桥上，四周是哗哗的流水，周围包裹住我的是风，我蹦蹦跳跳地从桥上经过，身后是无忧无虑的童年。年少的我咿咿呀呀地唱歌，桥什么都不说，只是温柔地沉默。

二

那天，从桥的这一头走到那一头的路格外漫长。期末的成绩跌到了谷底，令我惆怅的是母亲脸上浮现的失望。唯独这一次走过这座桥，我没有唱着回家的歌。

母亲得知了这个消息之后，她什么都没说，转身去厨房做饭。我听见她低低的叹息。我说不出一句话，无论是愧疚的、承诺的，还是安慰的。我走出家门，此时，我只想到桥的那边去。

三

沉默的桥和沉默的我。只有风声来回作响。

我说：“其实我不是为这次的成绩失落，而是觉得辜负了妈妈的期望。其实妈妈也不是为了这次的成绩失落，而是为不思进取的我难过。”

我不知道我是说给谁听，桥不会应答我。可我觉得桥可以懂，因为无数次我走过它，它见证我和母亲相依为命的日子，目睹过一场婚姻的破裂，一次父女的离别。

风吹得我眼睛痒痒的，禁不住要流下泪来。

海子说：“面对大河我无限惭愧，我年华虚度，空有一身疲倦。”

而我面对大河，更是无限惭愧。我将年华虚度，只剩一身疲倦。

桥静静地，给我沉默的警示。

四

夜深了，我仍旧没有回去。倚在桥上，我想起很多往事。我记起我走过这座桥所唱的每支歌，记起在桥上抬头看见的聚散的云朵，记起从桥上低头看见的奔流的水波……

桥上行人来来往往，路边楼里点点灯光。我有些莫名惆怅，轻轻地哼着歌。风吹着，跟着我和唱。

歌声戛然而止，因为我听见有人在呼唤我的名字。

妈妈站在桥的那头朝我招手：“回家啦。”路灯和星光把她勾勒出一个温柔的光影，就像小时候她无数次在桥边等我放学。

桥没变，妈妈也没变，仍给予我最温柔的陪伴。

风停了。

五

后来我到外地读高中，成绩稳定，再没有一次像那样痛苦过。只是我再也不能每天经过那条河和那座桥。

有的时候我想家，想妈妈，想那座桥。

一个人到外地读书有时也会觉得辛苦，但我对谁都没有说过。海子的《以梦为马》我背得滚瓜烂熟。

六

时隔很久回家，再走过这座桥。它没变，我变了。

它还是那个温柔沉默的它，我变成一个坚毅努力的我。

我没有忘记它，它也没忘记我。

我走过桥，朝着对面那个蹦跳着哼着歌的、背着红书包的小小的我招手。

风起了，仿佛有歌声咿咿呀呀传进了我的耳朵，桥不出声，但我能感觉到它永远的温柔，听到母亲的呼唤……

（指导教师：曹立新）

点　评

家乡的桥，给予“我”最温柔的陪伴。几个镜头，几幅画面，一座桥，一个孩子，一个妈妈，熟悉的场景，温馨的画面，淡淡的思绪，浓浓的爱。作者用白描的手法，简洁的语言，勾勒出一座桥，桥是家乡，桥是家，充满无限的诗意。

过 客

□ 山东省日照第一中学　高璐玮

听说在某个平行时空存在着一名行者，他像永不停摆的时钟，日日夜夜、岁岁年年地行走着。他在北国的大漠中踽踽独行，在江南的小巷里驾车驶过。他不会老去，不曾老去，他被时间遗忘。

梦萦玛雅

辉煌灿烂的玛雅文明盛极一时，而此时这座富丽堂皇的城市却已被阴影笼罩，奄奄一息。

"国王，有人求见。"侍从来报。

国王久久沉默。近日来敌部落实力愈加强大，气焰也愈来愈嚣张。"胜败存亡之战，怕是在所难免了。"这位已雪染双鬓的老人低声叹息。

来到大殿，却并不见敌方使者的影子，不过是一位清秀的异国少年。"国王殿下，在下来自异国他乡。如今家族败落，无家可归，不知可否于贵国借宿一阵？"少年声音低沉，波澜不惊。

身份不明、可疑人物、敌方间谍……种种猜测涌上心头。国王本该拒绝，迟疑了好久却还是点头应允。

"多谢！"少年笑意微扬。

一瞬间国王微微失神。是因为他那和小公主一样清澈如水的眸子吧。

留在玛雅的他和公主迅速熟识。那个有着银铃般清朗笑声的女子，带他骑马游城，吟诗作画；带他出入皇宫，商讨国家大事；与他推心置腹，无所不谈。

直到有一日国家危亡，国王让他带公主远走高飞，逃离战难。他的笑意顿了一霎，犹豫为难紧蹙眉心。临行的那夜月色如水，皇宫设宴为公主饯行。听说国王为此倾尽玛雅国力，盛世繁华；听说公主波光流转，温婉动人；也听说他独自纵马落荒而逃，不知所终。

几日后玛雅一夜覆亡。

多年后他路过茶馆。“听说那玛雅古城是因间谍而亡，皇宫机密、暗道都被敌人摸得一清二楚呢！看来这卧底也有些历史了。”

他淡淡苦笑，压低帽檐，低头匆匆而过。

盛世大唐

京城吏部广纳贤才，谁料考题之难令人咂舌，皇榜张贴多日，无人敢揭下。

整日熙熙攘攘的人群中挤进一清秀书生，他一挥袖揭下皇榜，在众人的惊奇和质疑声中从容不迫地接受殿试。文章行云流水，口才叹为观止，举手投足间净是与其年龄不符的成熟与沧桑。

皇上龙颜大悦，赐他官拜尚书，以“天下第一才子”之名轰动京城；丞相更是将千金许配给他，豪华府第，锦衣玉食，享不尽的荣华富贵。

然而多年过去，妻子已年迈，昔日好友也已白发苍苍。唯有他，面容清秀，英俊一如当年。

妻子临终紧紧拉着他的衣襟：“你到底是什么人？”

一句刺耳的质问深深刺痛了他。他一言不发，轻轻挣开衣襟，别过脸去不看妻子吃惊的眼神。

是啊，我到底是什么人？我以为这一世不再逃避深染世俗便可以逃过命运。

早该料到这段故事也只是路过。转眼韶华黯淡。

他依然在宇宙中行走着，看过多少沧海桑田，多少挚爱之人轰然老去。

“我不是归人，只是个过客。”

后记

我在睡梦中惊醒，清晨阳光已溢满房间。拉开窗帘，只听门外妈妈又在抱怨“老了”。我匆忙冲出去：“我和你一起变老！”妈妈一愣，温暖的笑容荡漾开来。

我变得格外努力。我庆幸自己的生命并非无限。

我要与我深爱的一切一起走向尽头。

我不是过客。

（指导教师：袁利）

点　评

这是一场梦，青春年少爱做梦，爱幻想，爱穿越。从玛雅到大唐，从宇宙到地球，看过多少沧海桑田，多少挚爱之人轰然老去，“我”是谁？“我”是不朽吗？读到文章最后，主题升华，当梦醒来，忽然明白：“我”不是过客，“我”要用有限的生命去担当。文章构思独特，想象奇丽，内涵丰富。

原来我最想要的只是一个家

□ 中国农业大学附属中学　马文轩

“你们出去吧，让我一个人安静一会儿。”男孩的声音十分平淡。他注视着女人凄苦的眼神和男人悲凉的背影，机械地躺下，把身体扔在床头冰凉的黑色铁靠上。门轻轻关上，但男孩听来，像是胸腔里什么东西裂了。听到他们渐远的脚步声，他再也忍不住，放声大哭。泪水无声地涌出，在脸上撕扯出狰狞的猩红。

这个男孩，是我。准确地说，是十岁的我。

记忆中，那天是夏天的某天，父亲和母亲终究没有熬下去的勇气，她的眼神那样凄苦，眼角还挂着泪；他的影子都是瘦瘦的，好像一吹就倒，那样悲凉。他们坐在那里，摁下手印，签下字。

然后离开。

他带走了钱，她住着房子。我，还是我。

十岁，带着怨，背着恨。我无法改变，便选择无视，好像过上了一个人的生活，每天对着空气吃饭，每天吃着凭空出现的饭菜，每天和空气住在同一间房子里。

有一天，我坐在客厅里，门开了。门开的瞬间，我嗅到了一股深入灵魂的疲惫的气息，母亲的目光躲闪着，强打起精神走进来。我骤然惊悚了一下，她的眼中满是悲凉，眼角也多出了几条皱纹，我分明记得离婚时还没有的。愧疚和后悔淹没了我，我飞奔着抱住她，哽咽着张张干涩的嘴唇：“妈！”她电击般地颤了一下，紧紧搂住我，泪水偷偷溜了出来，却被喜悦涂成甜味，她同样哽咽着：“好儿子，妈妈爱你。”

十三岁，青春期的我没有叛逆，为了这个家，我只有承担一个男人的责任，提前成长，至成熟。

某个夏天的某个夜里，我哮喘发作。

没有多少人可以想象无法吐出气体的痛苦，想哭却不能哭泣，只能吸气。死亡的触角轻轻摩挲着我，却让我感受到无尽的恐惧和痛苦。那个时候，我真恨他。

这病因为遗传。

后来有一次见到他，就告诉他了。木讷的男人憋红了脸，也红了眼，却说不出什么，只说了一句僵硬的“没事吧”。我看着如我十岁时那个夏天的他，依旧那么黑，那么瘦，不过病却是严重了，以前背着我跑几里地也听不得几声喘，现在却几步便停下喘。他还是一如既往地对我嘿嘿笑。相聚很短，他要走了，离开前，我给了他几盒药：“爸，这个药一天……”他像小孩一样点头。上车前，我看着他，挥了挥手，叫了声“爸”，他看着我，憋红了脸，也红了眼。只说了句“好儿子”，转身，两个男人泪如雨下。

十六岁，走了那么久，人生路上的风景那么美，人间美味也品了那么多。却发现，最想要的还是那回头就可以看到的，三个人在一起的小房子。

是那个小小的温暖的家。

（指导教师：衣方杰）

点　评

这是一个催人泪下的故事，父母离异，而最受伤害的是孩子，这个孩子痛哭、怨恨、自卑，甚至对生活失去信心，看到这里，读者也辛酸。但这个故事没有完，这正是此文的成功所在。这个孩子最终走出了阴霾，懂得了担当和责任，他最想要的就是家。

爱与行走

□ 山东省临沂第一中学　宋子涵

一整片夜的漆黑也遮不住那微亮的光。你是一束光，行走在无尽黑夜，行走在遥遥人生路上，将爱与血泪播撒人间，凝结出朵朵血色玫瑰。

活着就要坚强，活着就要有爱。即使不能行走，也要有生如夏花般绚烂的时光。

岁月的沟壑流淌着你的汗水，夕阳的余晖映照着你的脸庞。面朝黄土背朝天，日日月月不曾停歇。你是从庄稼地里生长出来的小麦，更是地地道道的老农民。几十年浮生岁月，你亲笔勾勒的平凡年华，本可以简简单单地过完下半辈子，但生活却给了你与我一次沉重的打击。是时间无情，还是尘世喧嚣？

是我亲眼看见，那巨大的收割机缓缓经过，掠过你身边，然后你慢慢倒在麦田中，倒在那一片还未收割的金黄色的小麦上。收割机毁掉了你的双脚，因受伤严重，你再也无法行走。

自此，轮椅上的你再也不见嘴角勾起的笑容。不敢面对所发生的一切。从那天起，你再没去看那片麦田一眼，可是我知道，真切地知道，你仍旧爱着这片土地。

我不甘，不甘心眼前的你如此不堪。我心生念头，一个不平凡的念头。我站在寂静的夜里，听见黑夜中簌簌的落叶声。落叶！生如夏花之绚烂，死如秋叶之静美，有着不一样的世界与天地，也许是佛的世界。

不知你是否看到，能否体会到那落叶之美？

于是，我愿意做你的一双脚，推着轮椅上的你穿行，迎着日出，我们走在熟悉的田间小路上。坑坑洼洼的小路，颠簸着你，草上的露珠打湿了你，撷一棵野草放在你的手中，你咀嚼着青草的香味。这是你的村庄，你闭着眼都不会走错一步的土地。你大口呼吸着，倾听土地的脉搏声，细看庄稼的长势，你渐渐有了笑容，你回到了田野，你用手抚摸又一年成熟的麦子，激动地眼里噙满了泪花。你喃喃地说，我还活着，又能吃到新麦子了……

爷爷，你终于明白了活着的意义与爱的意义，你所拥有过的不只是生命，更多的是珍惜。对这片土地的爱一直存在……

直到现在，爷爷能自己摇着轮椅做这做那，坐在轮椅上的他每天都要下地。

余华在《活着》里写道："死亡不是失去生命，而是走出了时间。"在那些艰难岁月里的日子，只要活着才是最伟大的意义。

许多人都以为，爱令人感动流泪，爱能战胜生死。而这种爱唯有在行走的路上才能体会到，像爷爷，曾经对活着失去了希望，是爱与行走的力量赢过了命运的无情。

我隐约看见，路上有血，也有玫瑰。

（指导教师：颜燕）

点 评

收割机毁掉了"爷爷"的双脚，对于一个老农民，这是致命的打击，再也无法站在田野里，他委顿了下去。"我"就是他的双脚，"我"带他行走，最终"爷爷"找回了自己。文章用第二人称，仿佛"爷爷"就在眼前，是跟"爷爷"说话，也是对自己的勉励。

慈溪的声音

□ 湖北省武汉市武钢三中　沙宣如

在老家慈溪，有时要用眼瞧，有时要用心悟，却时刻都要用耳听，那些人造的、天然的、市井的、空灵的声音，它们穿过大海、苍山，越过城镇、乡村，直抵记忆深处。

“梆梆梆——”清晨，第一缕阳光洒下来时，河埠头的青石板台阶上就已三三两两蹲着洗衣服的妇人。她们将头发绾成髻，手中的棒槌在朴素的衣服上阵阵敲打，敲醒了整个水乡的早晨。

伴着妇人们闲话家常的笑语，早市也沸腾了起来。东头有户小贩，全家已卖了三代的早餐，每天，当家的准时从屋里搬出一块雪白的面团，开嗓一喊：“卖糖糕啰！好吃的糖糕哟！”这时便会有一条长龙迅速地排起来，等着白白的面团在油锅里变成金黄的糖糕，捞出锅来，一口咬下去，那甜蜜直渗入心底。西头是个规模不大的海鲜市场，衣衫半湿、肤色黝黑的渔夫拎着刚打上来的海味，哼着小曲昂首阔步地走来，与商家交接：“花螺要喽？螃蟹喽？可新鲜了！”小贩的叫卖声不绝于耳，即使只是在这人声鼎沸的市集中走走，那温暖的市井气息和人们亲切的问候，都让人久久驻足。

到了晌午，溜到山里偷闲，听，那“哗啦——哗啦——”的是哪里的水声？不知不觉中走到后山，小溪从山上蜿蜒而下，时而如银铃般“叮咚叮咚”地跳跃前行，时而又化为涓涓细流静静流淌，若在雨后清朗的月夜前来，定不负“明月松间照，清泉石上流”的景致。沿着溪流而上，一阵清爽的风吹过，“沙沙——沙沙——”茂密的竹林摩挲着，苍翠的嫩叶摇曳着，演出一场别有风韵的视听盛宴。若初春来此，寂静的山林里连小溪都不再奔腾了。只有春笋破土而出的声音，嫩竹抽枝拔节的声音，在这细微的声响中孕育着妙不可言的生机。

绕到后山，“啪嗒”一声，是什么落到了头上？哦！竟然是熟透了的杨梅！映入眼帘的是一片殷红，漫山遍野的杨梅在经历了一场场春风化雨的洗礼后，压弯了枝头，落满了山头。不断有“啪嗒、啪嗒”的声音传来，轻轻接住一个红里透紫的小果子，咬上一口，酸酸甜甜的汁水满溢唇齿之间，哪怕吃倒了牙也心甘情愿。听着大自然的协奏曲，就这样偷得浮生半日闲，醉倒在午后的山头。

暮色四合，井口的辘轳“咯吱咯吱”叫唤着，打起清冽的井水，锅碗瓢盆也大显身手，“乒乒乓乓”地组合出一盘盘香飘万里的饭菜。晚饭后，家家户户都搬上小凳，坐在凉爽的湖堤上，用家乡的方言谈论一天的趣闻。不远处，那些不谙世事的小孩在荒地上奔跑、嬉戏，那清脆的笑声总能传得格外辽远。夏夜，蟋蟀在田间歌唱；冬夜，烤红薯在灶间噼啪作响；夜阑人静时，只有码头“嘟嘟”的汽笛声划破长空，伴着“呼呼”吹响的咸腥海风，不知迎来了哪一批旅人，又送走了哪一批游子。

终于，一天又归于宁静。躺在床上，床头是一个并不好看的海螺，它是大海的子民，凑近了，能听到波涛的翻涌、海鸥的嘶鸣。合上眼，梦里仍有欢声笑语；睁开眼，鸟儿们的“早安”第一个冲入耳中，又是新的一天开始。

慈溪的声音，就这样周而复始地每天奏响，由一代代质朴的家乡人传承着，永不泯灭。

（指导教师：周吉芳）

点 评

写家乡的文章很多，但本文选取家乡的声音去写，很新颖。洗衣声、叫卖声、大自然之声等等，作者很好地使用了象声词，很传神。文章描写细腻，语言准确生动，富有诗意。

迷失的爱

□ 北京市通州区潞河中学　刘嘉颖

小山最后一次见到爹娘，是在五岁时的除夕之夜。记得那年，雪下得很大。窗纸上映出了喜气与欢乐的影子，小山很开心，哪怕属于他们的年夜饭并不丰盛，甚至可以称得上是寒酸。“啪”，筷子放下的声音打破了所谓的和谐。“娘，我们要去城市闯荡，早就决定了，天亮就走，山子还小，留下吧！”男子的声音带着坚定。奶奶的脸变得很白很白，像窗外的雪一般，轻轻地蠕动了几下的唇终究没吐出一个字。不知为什么，明明是在火炉旁，小山忽然觉得很冷。他把身上那件旧棉衣裹得更紧了。那一夜很长，他忘了自己是怎么躺下的，闭上眼，爹娘坚定的目光就浮现在脑海。睁开眼，墙角一只褪了色的行李箱映入眼帘。他悄悄爬起来，月光下，一只小手静静地折着什么，是天鹅？不，应该是纸鹤。“他们会回来的，对吧？”小山对纸鹤悄声说。

雪，还在下。小山的父母走了，消失在了苍茫的山路上，消失在了小山那躲在门后的眼眸里。

两年过去了，山子能帮奶奶干活了，休息之余，他总喜欢坐在田边，靠在奶奶怀里。“爹娘会回来的，对吧？”“会的，他们是为你才进城的！”奶奶眺望着那条通往远方的山路，像是从来都没有被重山阻隔。从第一道曙光的到来，到最后一抹余晖的离去，祖孙俩重复着每天的步履，也重复着千万遍那早已熟悉的名字。

门外爆竹声如约而至，邻居家早已热闹非凡，爹娘会回来的，他坚信。渐渐地似有一抹人影在远方晃动。“爹！娘！”“小山，你爹今年不回来了，这是信！”大叔说完，急匆匆朝家里走去，大喊着：“娘，我回来了！”

烟花依旧，可在小山眼里，却格外冰冷，他的视线渐渐模糊了。“吃饭吧！”奶奶收起信和那一沓崭新的钞票，“看！爹娘爱你！”她的声音有些颤抖，不知是因为苍老，还是其他。

门前梨花又开了。村里关于爹娘的流言也渐渐多了。“我不是没爹娘的孩子！”

小山哭喊着跑回家,"啪"地摔上了门。村里人都说小山变了,变得少言寡语,总喜欢一个人待在角落。街头巷尾再也不见小山蹦蹦跳跳的身影。

后来,人们不再谈论小山,不再谈论他爹娘外出赚钱的种种,直到他日日盼望的爹娘回乡的那一刻,一大堆美食环绕周围。小山眼里闪过一丝亮光,却又一下子暗淡下去,他坐回角落,像往常一样。

小山变了,爹娘变了,他们都淹没在那个除夕之夜,迷失在那场大雪之中。纸鹤依旧孤独地躺在桌子上,静静地,盼望着!

(指导教师:聂士梅)

点　评

如今"留守儿童"很普遍,他们的生活处境,他们对父母的思念,他们之外的人很难知晓。小作者抓住了这个社会现象来写,尽管故事情节还不够丰满,但小山受的伤害令人揪心。

等自己的味道

□ 江苏省泰兴中学　黄鹏雯

蓦地想到奶奶的咸菜缸子。

素闻江南之酱菜精细味美，香甜脆嫩欲罢不能，最宜煮雪之日细切细做，想来不觉唾液潜溢；又有四川之泡菜豪迈味鲜，辣味回甘奇妙无穷，最宜蝉鸣之时大把捞出，可佐酒可配菜，遥望之际不禁飘飘然而欲往。

奶奶不知，亦不懂，年复一年播撒心中的咸淡，回想起来似乎味道一直未变。

禁不起馋虫引诱，赶在飘雪之前溜回老家，不为别的，只求奶奶劳神费力助我一尝异地佳味。

听过我的哀求与搜刮的配方，奶奶一脸呆滞："我可不会那些个东西哟——再说，又不是家里的味儿，想来想去有啥子意思嘛。"

失落，无奈，隐隐怒于老人的固执，于网上订购美食，暗自思量。

奶奶似乎从未迁怒我的冲动，照样打理那些乌不溜秋的咸菜。不若小家碧玉，奶奶常使一把粗盐成就一串萝卜片儿，一瓶酱油浸透一坛蒜头，几个好日头干脆一地的雪里蕻。多年来，手法未曾改变，该撒盐时浩浩荡荡，该倒酱油时雷厉风行、气吞江河，咕嘟咕嘟哗啦哗啦，毫不含糊，却又毫不讲究，仿佛过瘾般挥斥方遒，淋漓尽致地展现苏中地区的咸口。

不多时，三个咸菜缸子满满当当，完成使命后略含骄矜地蹲在墙根儿一隅，奶奶撕开油布以指蘸汁，咂巴咂巴嘴满意而叹："这才是我们家的味儿。"

我不服气地照做，新封存的辛辣与生涩使我鼻子一齁眼睛一眯，干脆咳了起来，记忆中的甘与爽不可否认在最后一刻习惯地爬上味蕾。

"那是你买的小菜？"奶奶指着快递的包裹。

不耐解释，拆开包裹露出整洁的真空袋，挤出仔姜送入奶奶口中，扒拉一筷子五香大头菜塞过去。

我急切地问："怎么样？"

“嗯,好吃咧。”奶奶依然慈祥敦厚,“可我们这里不种生姜和大头菜,到底不是那个味儿。”

尝后,确然,仔姜嫩,却无酱蒜头的鲜辣顺口;大头菜香,却不及萝卜干风干后的清甜。

一时苦恼,陷入沉思,扯下檐上的冰凌把玩,不知不觉手掌红透。

几日后,正式开坛取菜,我仍心不在焉。

“别这山望着那山高,老家的咸菜不正好,巴巴的又买其他什么泡菜酱菜?”

奶奶搅动几下,夹出一块咸菜。

好吃,确实好吃,褪去生涩,熟悉的香气氤氲。

我又扛回一只咸菜缸子,顺手扔掉那几袋泡菜。

早该知道,与其羡慕别人的味道,不如慢慢守住自己的味蕾。味道如此,人生亦然。

在奶奶的指导下,我耐下心来等自己的味道,亦是我们家相传的幸福的味道。

（指导教师:蒋红）

点　评

文章通篇写的是奶奶腌的咸菜,不如江南酱菜的精细,不如四川泡菜的豪迈,是苏中咸口,味道永远不变。尤其奶奶腌咸菜的过程,作者不惜笔墨地描写,当褪去生涩,熟悉的香气氤氲,作者悟出了道理,切合了主题。文章写得婉转,有含蓄之美。

爱与付出

□ 浙江省瑞安中学　余骋怀

外公今年已有七十多岁，喝酒总喜欢唱曲儿，老顽童一个，说话倒像个年轻人。

自打小时起，就是外公在照顾我的生活起居，十几年来，从未中断。不知外公是如何对下厨保持着永不消退的兴趣的，也不知外公在厨房的时间是怎样逃过了我的眼睛而悄然流逝的，我只知道，夏日里厨房会传出卷心菜炒熟的香味；冬天里厨房会响起汤煮沸的“咕噜咕噜”声；清晨起来，餐桌已摆上热腾腾的米粥；放学的傍晚，迎接我的又是一桌丰盛的饭菜……这些回忆，构成了我对家庭温暖最基本的感知。

我上了高中，一周只能回家一次。放学回到家，外公便自豪地对我说：“这次我新学了一道菜，叫作‘黄焖鸡米饭’，我去给你做啊！”说完，便转身走向厨房。不久，厨房里传出了锅碗乒乒乓乓的声音。

不知怎么的，这次回来，我鬼使神差地推开了隔绝油烟的门，眼前的一幕顿时使我愣住了：油烟机像个脾气不好的老人，“轰轰”地吸着满屋的油烟，外公正在切葱，那菜刀仿佛也长了眼般两三下就把葱切成碎碎的小块。外公看了一眼表，打燃左边的灶，继而将烧好的鸡肉倒到盘中，紧接着又是下一道菜……

我完全看呆了，外公这烧菜的动作就跟打仗一样，完全跟我之前认为“制造美食的乐趣”不搭边。

顷刻锅盖起，厨房传出了一如既往的香气，今天我觉得特别香。外公一边夸赞自己烧的菜“天下第一”，一边不停给我夹菜。

饭毕，我静静地盯着外公刷碗，这么多年了，他做事还是那么一丝不苟。突然想到平时他日复一日地重复着“刷碗—烧菜—刷碗”，心底不免生出一些感动。

午后，我从房间出来上洗手间，推开门，看到这样一幅场景：电视机中播放着温州鼓词的节目，外公靠在沙发上睡着了，显然是累了。阳光洒在他瘦瘦的身体上，染发油也已盖不住他花白的头发，脸上的皱纹如沟壑般诉说着岁月的冷酷无情。我心酸了，外公此时的情景就如电视中看到的空巢老人般孤独又无助。

我突然害怕起来，外公在我去学校的日子里，在亲人不在身边的白天里，日复一日地待在家中，独自一人听着电视机的喧响。我害怕，怕他那不断流逝的，而我又无法察觉的时间；我怕班主任周末留校的要求，又让他多了一周的等待，多了一周的孤独与无奈；我害怕我终究意识到的那天，他已无力拿起锅勺。

这才是真正的外公，他并不仅仅是平日里喝酒哼曲的老顽童，不是啊！他也是一个七十多岁的老人，一个无助的人，一个日日盼着能为我做一顿饭的老人啊！

我才意识到，为孙儿买菜做饭，不是他的爱好，他只是想用他仅存的时光，为自己照顾了十几年的孙儿多尽一份力啊！

看着他的面容，我不禁流下泪来。

造物主将一大把无法跨越的时间横置在长辈和孩子之间，我们都需要面对亲人逐渐远离的过程——逐渐佝偻的老人和不断成长的孩子。我们有时会觉得这个过程很残酷，但或许，这就是上天让我们学习这一切的过程。而我很庆幸，能够意识到这一点。

外公突然醒了，看见我，露出微笑："孩子，你怎么哭啦？"

（指导教师：项凤翔）

点　评

作者描写自己的外公，一个七十多岁的老人如何照顾自己的日常生活。爱与付出，小作者从身边人和事出发，以小见大，发自内心去书写，这本身就是爱的诠释，是对外公爱的回报。文章语言自然流畅，感情真挚。

青 白

□ 中国人民大学附属中学　陈湘墨

在东方，
有一种泼墨成画的颜色，
青白，
这是我的家——中国的颜色！
你的色彩不仅是视觉的冲击，
更是一种生命的状态。
我为你流淌诗行，
心里泛起古老的清香。
自古你就是个诗画家，
用拇指蘸些许墨，
在天边一抹，
等着远山，
在薄雾的怀抱里苏醒。
你纤指一弹，
胭脂梅点在黛瓦，
黛瓦下是素白的墙，
棕黑的窗，棕黑的门，
有个小孩轻轻走出来，
靠在梅树下，
等着小舟，
捎来甘甜的野果。
你累了，
干脆蜷躺在苍翠的树梢上，

醉卧在乌蓝的水草边，
等着白鹭，
昂首长喙唤你。
悄悄地，
雾散了，山醒了。
山就流入水里，
六分凝成了翠玉，
三分铺就了天光，
余下的一分化作风声和笛声，
等一场烟雨，
敲奏远方的故事。
我想问，
为什么要等呢？
可我等不到答案，
但又自然地知晓了答案。
我便甘愿坐下来等，
也叫我坐下来等，
等个扑朔，等个醉迷。
几条柳枝随风缓缓摆动，
露出水面竹竿上的山雀。

点　评

青白是水墨生香，是中国画，是色彩，是家园。这首诗写得很美，如同一幅国画，只见青与白，并蕴含深刻——青白象征民族之品格。最后小作者大胆留白，坐下来等，等那个扑朔，等那个醉迷。这正是所谓的诗眼。

教育的姿态

□ 浙江省杭州师范大学附属中学　陈利棪

"'师者，所以传道受业解惑也。'好，大家请注意，这句话是常默考点，'受'同'授'，易错，回去整理到笔记本上。""叮噔……"同学们换笔的声音敲击着桌板传来。大家拿起红笔，在关键词下点个深深的红点，以提醒自己。至于什么时候再去体悟一遍？罢了，反正笔记是做了的。

十几年来，我们似乎已养成习惯，而老师们也似在默默地配合着。你讲我们听，你写我们记，重点波浪句，中心荧光笔。学期结束，拿起自己厚厚的语文书，却只剩一句："多好的书哇，自己竟从没好好读过！"

其实重点就在"自己"。叶圣陶有言："教是为了达到不需要教。"这句话简明深刻地解释了"教"的目的——自学。让学生在自学之中体会怎么学，品味学到的知识，渴望如何向外学。

我以为，这就是"教育的姿态"。

姿，就是方法方式。"人无善恶，只是有的人有趣，有的人平乏。"学生喜欢有趣的教师，也的确会十分戏剧性地因为某次讲座爱上某个科目。我想，我爱上语文，也因如此。那是一节安静无比的语文课。孔老师不讲，也让同学们不说只看。她的一句话我至今还记得："上帝让你们关上一扇窗，是为了让那门中吹来的风更大一点儿，吹起的帆更远一点儿。"同学们一页一页翻着书角，少有交流，少有相觑。这是我第一次，用自己的视角看课内文章。脱离什么结构、手法、布局，只是真真切切、点点滴滴地去体会，去想。

看来，姿，是用完全自由的方式方法，引领着学生在黑夜里摸索到心灵的绳索，再顺着它，爬到月亮上。

态，是教书者的态度。对教学的态度与对学生的态度。我的父亲是一位大学教师，小时候的我总在他的试卷、教案中翻来翻去。眼睛明亮的我，抽出一份学生成绩单，不满地问："爸，这人 43、46、59 分，全没及格，你还向用工单位写'此同学发展潜力大’,这不是笑话吗？”爸爸笑而不答。

现在才知道,这是教师最高贵的品德,给学生自信与希望。

态,是湖中的清泉。当同学们跋山涉水之际,泉水清清地流淌过脚丫,让我们感到清凉与舒畅。

当下我们生活在快节奏的时代,高中三年的内容一年赶完,为的是备战高考。教,慢慢地变成了单调的笔记式上课。惭愧没和生物老师说过一句话,这门学科就结束了。

“教是为了达到不需要教”,而今更多的是“教是为了考”。

我也同样热爱并渴望教师这一行业。我相信每个老师都是有春风化雨、炼石成金的能力和魅力的。无论如何,教育事业都要撑起“教育的姿态”这根骨,它能感化千千万万学生的髓,流动起千千万万桃李的血液。

（指导教师:丁琳）

点　评

文章从教育的姿、教育的态,分层论述什么是教育的姿态。小作者结合自己的学习感受,身为教师的父亲的育人理念,谈了自己心目中理想的教育:“教是为了达到不需要教。”紧扣主题,层层深入,论述有力。

半面妆

□ 广东广雅中学　何诗韵

有徐生，年二十，村中独居秀才者也。貌陋甚，有疤覆于半面，于是人不与为善。村民睥睨之，徐生辄奋袖以当面，色愈青。时人皆以“徐半面”嗤之。徐生乃辟，深居简出。

村中供养不足，徐生置物于镇。及出，必以布蔽容。今已不出户月半有余，粮饷既尽，徐生无奈而为之。至市，人声纷纷不绝于耳，徐生以为皆言其陋，厌之。又闻市有吆喝者云：“天下第一容华坊，天仙之貌世无双！”适有妇在旁喜道：“前日吾购胭脂于此，妆之，夫大悦，谓吾脱胎换骨！”徐生耳闻而怦然，慎察钱袋，踌躇而行，再三而顾，蹑入容华坊，粗贾其，速纳入怀。有行人见之，问曰：“秀才奈之何用？”答曰：“为娘子为之。”人皆侧目，而徐生心有戚戚焉。

比至家，猴启妆奁，临水理之，屡不如意，以为不啻，遂置梁上。然夜不能寐，则望月长叹道：“月何姣然！焉若吾面？为之奈何？为之奈何！”辗转良久，终出一计。

徐生日废功名，潜于妇人窗下，窥其妆。居一年，彻悉画皮之道。以是奔波而求脂粉，家愈贫，遂至草棚，然脂粉奇功，掩其貌，远看俊秀神丰，细视之流转有蛊心之波。人皆奇之，慕名而来，以为天意资之。更有甚者不顾其贫，以女妻之。喜得娇儿，徐生愈惶人知其实，更添脂粉，其妻异之。而家徒四壁，其妻怨之。

夫妻日有隙，两相冷对。徐生恃其嘉容，出入于花天酒地之间；妻苦其单薄，作息于绣线农耕之所。徐骄奢之心益重，更索妻嫁妆。徐妻妒恨之心更甚，而图觅出路。

是冬，一日徐生兴尽而归，取水于井，忽察皮相有所损，折往屋中。欲取脂粉而饰之。不觉红妆不翼而飞，顿足大怒，喝来其妻，责难之。妻将脂粉弃于山沟。徐生发皆上指，色怖如鬼，暴起，抽燃薪而追扑之。妻惊而外逃，徐生又举火逐之，跌于槛，薪复燃于其身。欲呼妻，而不知其所往。挣扎于地而火不止，势及面，痛乎惨不能言。虽为村人所救，面既焦黑见骨，不复与昔日而语。徐生悚乎不振，神智昏然。自此，人、财、舍、田俱去。

后人每见一疯癫乞人，出没于妇人窗下，逐妇人，问于脂粉。妇惧而村人恶，遂彷徨于村外，常以泥涂面，有儿欲戏之，见其狰狞，不觉惊哭。乞人罔闻，虚空而握，作妇人描眉状，喃喃曰："今日妆何如？"

村人谣而歌曰："半面妆成万事空，为谁辛苦为谁甜？"

（指导教师：王玲）

点评

文言文写作，不晦涩难懂，反而朗朗上口，小作者能做到，很难得。我们不提倡文言文写作，但是老酒需要老壶装，古老的故事配上古老的讲述方式才相得益彰。

三木和老牛

□ 湖南省芷江侗族自治县第一中学 夏铭泽

三木老了，牛也老了。

三木使唤了大半辈子的牛，他大半辈子的沧桑都刻在老牛额头上的皱纹里。那牛也为三木耕耘了一辈子，耗尽了毕生的精力。

自从儿子阿明从城里带回来一辆拖拉机，三木便不再使唤牛了，但他还养着牛。如今的三木已然形同槁木，一如千年前枯萎的胡杨；牛也不复当初的膘肥体壮，早已瘦骨嶙峋，似是即将燃尽的蜡烛，仍在苟延残喘。

三木劳累了大半辈子，晚年倒也还算清闲。他和村里其他老人不同，他不爱打牌也不爱看戏，每天除了吃饭睡觉外做的唯一一件事情就是养牛。

村里人都说三木是个榆木脑袋，人都活了这么大年纪了也该享福了，怎么还老想着养牛。三木只是笑笑，说那牛已经成了他生活中的一部分，分不开了。村里人也笑笑，他们对这话不感兴趣——除了阿明。

阿明是村里的暴发户，这两年靠着党的政策好，再加上人又精明，走南闯北也赚了不少钱。看着自家老爹养的牛，阿明心里一百个不乐意：自己都富得流油了，老爹还养着牛，村里人不给自己扣“不孝”的高帽才怪呢。

“爹，您看咱们家这牛棚多占地儿，要不您看那牛……”

“放屁，你小子要敢把牛卖了，就干脆把你爹我也给一块儿卖了吧。”三木拎着烟袋，吧嗒吧嗒地抽着。

阿明讨了个没趣儿，却始终没死心。

这天，村里来了个戏班子，阿明硬塞给三木一张票。在阿明的软磨硬泡下，三木终于答应去瞅瞅。

浑浑噩噩走到半路，三木像是突然想起什么似的，拔腿就往回跑。到了自家院子，看着经年的牛棚里停着的崭新的拖拉机，三木突然就呆了，腿一软，一屁股坐在地上，脑海里闪过的全是自己和牛在一起经历的点点滴滴：“土改”时自己牵着牛去种地，刚刚成立合作社时自己拉着牛去驮粮食，十一届三中全会后自己赶着牛去责任田里翻土……一切的一切都仿佛就发生在昨天一样，三木的头埋得越发低了。

“哞——”一阵凄厉的牛叫声从村头传来，三木混浊的双眼猛然睁了一下，他跌跌撞撞地从地上爬起来，向村头跑去。到了村头，三木第一眼看到的就是浑身是血的老牛，在老牛的身后，是手持尖刀的阿明。老牛也看到了三木，它摇摇晃晃地支撑起身子，向三木扑来，那蹒跚的步履，竟是和三木一模一样。三木颤抖着抱紧了老牛的头，就像怀抱一位挚友。老牛伸出温热的舌头，轻轻舔舐着三木干树皮般的脸颊。一行浊泪从三木眼里流了出来，顺着他脸上深深的皱纹淌下。三木费力地抬起枯槁的右手，颤颤巍巍地指向阿明：“你，你……你简直是在杀我！”

“砰——”三木死了，牛也死了，三木是和牛一起倒下的。他们倒下的声音，悲壮又凄凉，就像是枯萎了千年的胡杨在经历了无数的风雨之后轰然倒地。

一切又重归于寂静，天地间仿佛处处都是哀伤的色彩，只有阿明和村里人仍在寒风里惊愕。

（指导教师：夏艳）

点　评

文章写了老人和牛的感情，是朋友，是亲人。行文简洁，故事简单，同时运用反衬手法，勾画出了一个心地善良、淳朴憨厚的老人，情深意长。如果细节再生动饱满些，文章就更加增色了。

爱与一生的想念

□ 江西省樟树中学　胡可聪

南方的七月，太阳光毒辣刺眼，树上的蝉儿乐此不疲地鸣叫，阳光从树叶间细细碎碎洒在地上，让人眩晕。我小心翼翼地走在树林里，汗水黏在皮肤上极其不舒服。前方佝偻的身影远了，我便急忙加快脚步跟上去。

老人穿着一件白色的碎花长袖，黑色的阔腿裤空荡荡的，她小心地挽着一只竹篮，颤巍巍地走在崎岖的泥巴路上，大概是走累了，她停了下来，倚在路边一棵竹子上，用她那古铜色的手擦汗。

我抬头望了望愈加气焰嚣张的太阳，不耐烦地踢走脚边的石子。“哎哟”，一个苍老的呻吟声传来，我心慌地望向远处，那老人跌坐在地上，抱着自己的右腿，竹篮里的东西也撒了一地。

“奶奶！”我急忙跑过去，看见她右脚脚踝上渗着血的咬痕，慌乱中连忙拨通爸爸的电话焦急地喊道：“爸，奶奶被蛇咬啦！”

聒噪的蝉鸣声渐渐小了，我不知所措地坐在地上，脑袋眩晕得嗡嗡作响。

后来，爸爸和大伯急忙赶来背走了奶奶，送到大夫那里瞧。万幸的是，奶奶被没毒的菜花蛇给咬了，没有什么大碍。但奶奶也因此被爸爸关在家里，只让在床上躺着，不让出门。

奶奶从我五岁那年起就患了老年痴呆症，她不记得自己的名字，不记得自己的家住哪儿，甚至不记得自己的亲人。可是，她记得爷爷，她唯独记得爷爷。我七岁时，爷爷一病不起，去世了，奶奶的精神就失常了。她开始出门乱走，不再回家，在家时不吃不喝，只是坐在床上望着窗口的枣树发呆。

奶奶就这样每日都躺在床上，睁着眼睛躺着，整个人都消瘦起来，皮肤干枯。奶奶有时会跟我说话，她说：“姑娘，窗口那枣树是你种的吗？”“不是，是你和爷爷种的。”“哦。”沉默一会儿后，她又问：“姑娘，门口那枣树是你种的吗？”……一天下来，倘若我答，奶奶便反复地问。

五岁以前的记忆里，奶奶是个慈祥爱笑的老人。她总用一支细细的银棒插在脑后的发髻里，抱着我坐在院子里，给我讲她和爷爷年轻时的故事。从前，奶奶家也算书香门第，看不上爷爷这个没文化的穷小子。可是奶奶却喜欢爷爷的老实、厚道。即使父母反对，奶奶也一心要嫁给一穷二白的爷爷。那时，他们总在每月十五的傍晚，在村旁的树林里见面，奶奶总带上自己亲手做的糕和酒给爷爷尝。

后来即使结婚了，爷爷和奶奶每月的十五也总要去林子里坐坐，吃点东西。

我四岁那年的暑假，到奶奶家小住。一天傍晚，奶奶已经做好了菜放在桌上，等爷爷回家一起吃饭。奶奶说这天估计要下雨了，爷爷从集市上回来没带伞，一会儿路滑不好走，准备去送伞。正要走，邻家的大妈说要奶奶帮忙去看看，她儿媳要生了。奶奶不得不放下伞，转身嘱咐我在家等爷爷。夏日的天黑得晚，等到天色渐渐暗下来，奶奶回来了。她望着桌上一丝未动的饭菜，焦急地问："你爷爷呢？"说着又拿着伞出去了。刚出门便碰上狼狈回家的爷爷，他脸上几处瘀青，手肘上还擦破了。"干什么去了？"奶奶吼道。爷爷没说话，拿着撕破的衣服往里走。奶奶在他身后呜的一声哭了，骂道："年纪一大把了，还让人不省心。""那枣树，咱不移了。"爷爷说完便继续往前走。

别人告诉奶奶，那天爷爷为了保住那棵枣树，在村委会那里跟土地开发商打起来了，说是树留人留。奶奶的眼睛又湿了。

奶奶坐在床上养伤的那几日，她又问我："姑娘，这枣树是谁种的？"这次，我没有回答她，却径直说："奶奶，我带你去看爷爷吧。"

午后大人都睡下了，我悄悄搀着奶奶从后门去了林子。蝉鸣声依旧聒噪，偶有清风过林。在看见爷爷坟头的那一刻，奶奶推开我，一屁股瘫坐下来，抱着坟头呜呜地哭着。

此时阳光刺眼，一如过往那几十年。这一生，奶奶都在想爷爷。

点　评

"姑娘，这枣树是谁种的？"患老年痴呆症的"奶奶"躺在床上总问这句话，原来这棵枣树是"爷爷"种的，关于枣树还有美好的故事。文章写了"爷爷""奶奶"的爱情，简单而美好，"爷爷"去世了，"奶奶"谁都不记得，只记住了他一个人。一生的想念，因为爱。文章感情真挚，描写细腻，读起来令人感动。

我曾羡慕过

□ 山东省济宁市第一中学　宫小奕

我曾羡慕过一个摄影师的生活。

他留着平头，穿着黑色的夹克，大学还没有毕业就游历过众多山河，在无数个城市中穿梭。他到过夏诺多吉的雪山，在山顶上拍下了灿烂的银河；他见过巢湖落日，在雾蒙蒙的河边将日光收纳。我在无数个日夜中祈求他那样的自由，在每个光辉的梦里沉醉于浩瀚的星河，在被雾霾包围的夜里，想象着一双宽大的手抹去尘埃。

我曾眼红过一位天才的人生。

他站在高高的山顶，十六岁获得世界奥林匹克数学竞赛金奖，以满分的成绩摘得金牌。北京大学、哥伦比亚大学、哈佛大学，全都向他敞开大门。我是连期末数学考试都拿不到高分的普通生，在发下成绩单时都埋怨着上天不赐予我一个IQ200的脑子，无数次想过站上领奖台的为什么不是我，人与人的差距为什么如此之大。

我曾艳羡过一名富豪的家产。

我拿到压岁钱兴高采烈时，他随手一刷便是几十万，云淡风轻地买下跑车、钻戒，家中有高尔夫球场、游泳池，有堪比小区大的后院。在我做白日梦想着中了百万彩票该怎么花时，他已将钱实打实拿在手里，挥霍在酒店、歌厅等娱乐场所。我希望有像他一样多的钱财，羡慕他拥有的财富。

我期盼过一个孩子的背景。

父母常青藤院校毕业，父亲经商，母亲有闲适却高薪的职业。这个孩子在仅仅是一个受精卵时就达到了大多数人奋斗一辈子的目标。

他得到的教育资源远不是同龄孩子所能企及的，我打心底里羡慕他，心想着投胎的确是一门技术活儿。

可是赫拉巴尔曾说过：“尽管我的道路从头到尾都长满了杂草，但也只有我自己是我这一生的见证人。”在十六年来某个时间点突然狂风乍起，我在迷迷蒙蒙中顿悟——

我羡慕自由，可人总处于无所不在的禁锢中。霍金被困于疾病，史铁生被困于轮椅，命运的枷锁将他们生理上的自由束缚，而无法阻挡他们精神上的自由，霍金写出《时间简史》，史铁生写出《我与地坛》，可见自由与束缚并不对立。我爱自由，而我的自由就取决于自身。

我羡慕天才，可每个人都有长处。我数学成绩不尽人意，可我的语文成绩不错，天才不等同于全才，发掘自身的优势才是重中之重。与其眼红超越别人的成就，为何不努力超越自己？

我艳羡富豪的财产，可我厌恶不劳而获的所得。我不要他人的施舍，不要动动手指就能拿到的东西。如果人生就像开了外挂，那无论多精彩的人生，也不过是个金玉其外败絮其中的烂果子。

我期盼优良的家庭背景，可我知道我的环境已够优越。我的父母爱我，我与老师、朋友相处融洽，我有只要努力就可以考上好大学的先决条件，要知道山区有多少孩子没学上！

山本耀司曾说过：“我们欣赏那些了解自己局限性的人，他们知道在什么时候该停下来。现代生活只是一味向前迈进、不知停歇，带来的后果就是超过一个人所能承受的极限。”

现成的幸福要不得，应当逐步获取。这才是人生本应有的意义。我的梦想，值得我本人去争取，我今天的生活，绝不是我昨天生活的冷漠抄袭。

（指导教师：刘冠军）

点　评

“我”曾羡慕过一个摄影师的生活，“我”曾眼红过一位天才的人生，“我”曾艳羡过一名富豪的家产，“我”期盼过一个孩子的背景。作者以排比式的结构前后对比，抒写自己对幸福及人生的价值观，最后得出结论，幸福应该逐步获取。较好地体现主旨。文章语言流畅，条理清晰。

梦断琴声

□ 山东省日照第一中学　陈逸群

我的小名叫琴，我的爱好是弹钢琴。

不，这并不能称为爱好，所谓爱好，只不过是妈妈在向别人夸耀“我女儿的爱好是弹钢琴”时的一种习惯性用语。钢琴在我的童年中，更多地意味着打骂与眼泪，在大人们眼里，象征着虚荣与望子成龙之心。

城市中的孩子，无法想象《草房子》中油麻地儿童所遭受的贫穷的苦难，然而，桑桑也无法理解这个世界上也有金钱带来的烦恼。城市里的童年，生活在琴声的笼子里，生活在攀比的铡刀下。

我们小区里的孩子大都会弹钢琴，叮叮当当的变奏曲掩映在暮色中，辛劳一天的爸爸们走到自家的楼下，都会向邻居夸耀一番：“你听，我家小子在鼓捣琴。”眉宇中带着得意，也带着关切。小伙伴们相互见面时，也问一句：“嘿，你十级证考下来了吗？”钢琴、奥数、英语，像是三块阿玛尼金表，戴出去耀武扬威，当青铜、葵花在田野里劳作，城市的孩子们坐烫了琴凳。

我和珂就生活在这样一个小区里，我们的父母也不能免俗，早早地把钢琴买回了家。那时，我得在凳子上摞十本书加一个书包，才能勉强够得上琴键，而珂只能站着弹，幼小的手指敲击着冰冷的琴键，琴键敲击着童年。

每个孩子都知道钢琴几万块钱一架，每个家长都明白钢琴课几百块钱一节。于是，金钱逼家长，家长逼孩子，钢琴之高贵，确实很贵。

珂住在我楼下，她的钢琴弹得出了名的好，她的妈妈出了名的凶，我常常听到她母亲的呵斥声，习惯了一天连绵六小时的琴声。

那一年，我们考十级。

那一天，“切分音”与“大和弦”逼得珂痛哭流涕。老师呵斥她：“下周我们接着练这首曲子，这样烂怎么接着练！”珂的母亲一个巴掌扇了过去：“这周不能出去玩！”童年碎了一地。

那一天,“切分音”与“大和弦”逼得我痛哭流涕，长达六小时的练习让我胳膊肿得像个面包,粗壮得像莫扎特的手臂。

考十级的那个夏天,童年的所有欢笑与喜悦都被换作了一首叫《童年》的钢琴曲,仿佛清脆的琴音代替了鸟鸣。

珂说:“你等着,我要报复他们。”

明天,十级考试。

珂进了考场并没有弹琴,而是抡起拳头砸烂了钢琴协会的那架华美的三角钢琴。评委惊呆了,选手惊呆了,珂的父母惊呆了!珂说，琴弦断时,那山崩地裂的声音是她听过的最美的旋律。她苦笑,她狞笑,她狂笑。范进中举，上演在每一个时代。

莽撞背后永远是嘲讽,苦笑的脸后是咬紧牙关的灵魂。

珂的父母赔了不是,借钱赔了那架天价钢琴,带着珂离开了小区。珂,从此再无音信。

恰恰相反,那次我通过了考试,如今已是小有名气的钢琴家。然而,再回想起那段童年，再回想起珂,我仍会泪流满面。曾经的苦难已成为今天的勇气,珂不懂。

那天,是我的演奏会。大量粉丝来找我签名,突然有一封信塞给了我,是珂!

她说,她后悔极了,她的钢琴被卖掉后，她才意识到她其实爱着琴。她看到优雅的我坐在台上时,她渴慕着那份高贵;她难过时,多想弹一曲《二泉映月》来哭诉;她高兴时,多想弹一曲《喜洋洋》抒发喜悦……“好好对待琴，它像你的名字一样,它是灵魂的一部分,当你离开它,你才会发现,钢琴不是才华的炫示，而是灵魂的倾诉……”她写道。

什么是高音 C,琴弦二百六十二次的颤动。

感谢那个陪我练琴的女孩。

（指导教师:丁海滨）

点 评

这个题目一般的思维是根据读曹文轩的作品写一篇读后感或论述类的文章，而作者却写成了一篇结构规整、故事情节跌宕的小说,更关键的是所反映的主题思想切合题意。小说语言生动流畅,人物形象鲜明,主题不俗。

写给未来自己的一封信

□ 河北省唐山市开滦第一中学　张斯婷

亲爱的自己：

当你打开这封信时，或许会感到诧异，记忆如漩涡沉入深海，随着行行字映入眼帘，才想起，这是十几年前那个深夜挑着灯写给未来自己的一封信。

可惜我没有一台时光机，无法穿越到未来见到你，也无法预知你的样貌和生活，所以我有几个请求，希望你能够做到。

你一定要做自己喜欢的事。我一直希望自己能在一座喜欢的城市里简单地生活，留下一片属于自己的足迹，让每一天都更有意义。我曾浏览过一段文字，或许你已经不记得了。它讲述的是一位中年人在不经意间从楼顶摔下，在坠落的瞬间里，他回忆这一生的经历，年轻时他刻苦钻研，得到了一份报酬很高的工作，于是夜以继日地完成自己的任务，每一天都重复着一样的生活节奏，他感到身心疲惫，但为了维持生活，不能放弃。想到生活如此枯燥乏味，他选择闭上双眼，欣慰地面对死亡。希望你此时的生活会因为每天的与众不同而变得有趣，抱有一份积极向上的心态迎接每一天。

你是否已经学会了独立生活？望你能正确面对别离。梦想面前，任何别离都不算什么，世上没有过不去的坎儿，更没有忘不了的浮云，不管曾经你经历的是悲伤或是欣喜，请你向前走，不要回头，也不要停留。不要奢望世界上有人陪你走一辈子，只有你自己会跟着你走一辈子，永远都不要放弃自己。不管是失败还是成功，你都要相信自己是完美的个体，不管走到哪里，愿你与自己温暖相依。

你是否还和我一样，经常与父母争吵？他们在逐渐走向衰老，对你的爱却日益递增，请多抽空陪伴他们。他们已然年迈，请珍惜他们在你身边的时光，在外奔波也不要忘记给予一份关怀，不要向他们诉说你所遭遇的委屈，要知道你已经长大，要学会自己面对苦难。

今年我十七岁，从对这个世界初有认知一直到现在，经历被指责、被漠视、被嘲笑，庆幸一路走来我还是我，没有因为外界环境而改变自己的本心；庆幸自己在每次落下眼泪时又勇敢地站了起来；庆幸自己曾消沉却从未放弃过。人生就像大海，潮起潮落是常事，千万不要因为一点儿小事而怀疑自己。每个日初的早晨请你充满自信，夕阳里请你满载力量，就算遇到了不如意的事，也请你咬着牙，坚强地走下去，在未来渺茫的时候想想那个当初对未来充满信心的自己。

希望你遇见一个愿为自己付出的人，也要找到那个你愿意奋不顾身的人。青春是青果，尝的是苦涩，回味却只有甜蜜，永远不要觉得孤独，因为我永远在一个与你平行的时空陪伴着你。

最后，愿你能带上我的心愿，圆了心尖满满的梦想，我也会好好把握这段青春之路，让未来的你不留有遗憾。

当你充满了迷茫，不妨来看看那个曾经的自己给你的一封信，希望可以化成力量温暖你。

过去的那个你

2015 年 12 月 6 日

（指导教师：库银燕）

点　评

以书信的形式，寄语未来的自己，读来亲切感人。作者用小大人的口吻与未来对话，通过家长里短琐碎的叮咛，娓娓道出做人的道理，是勉励，是希望。文章情真意切，生动有趣，引人共鸣。

印象年味

□ 广东省深圳市南头中学　饶慧琳

前调·草药清香

印象中，年味是从灶上翻滚着的药香开始的——

腊月里的最末几天，马路边上就有人挑来一担担的青绿，长长短短肥肥瘦瘦的叶子都被稻草扎了，一捆捆地整齐码好，与一侧挥春摊子上的一色红火相映成趣。有些摊主也兼卖年橘，黄灿灿的，很大。年三十下午，一家子都在小城的街道上慢慢悠悠散着步，不时迎上一位或远或近的亲戚，一番寒暄后相约拜年。打道回府时，顺手买回一袋青绿，洗出满身好闻的药香。

中调·人间烟火

往玲珑剔透的玻璃杯里满上胭红的娘酒，甜香氤氲间饭桌上越来越丰富：煎堆、黄粄、腊味、酿豆腐……咕噜噜的声音里，砂煲被端上了桌，里面滚着金黄的虾丸、白生生的鱼丸和各式各样的肉丸。菜上齐了，大家也已依着辈分年龄坐好，等上首老人家夹了第一筷后，纷纷动手，笑语欢声，好不热闹。妈妈总是笑眯眯地往小孩子碗里夹上一筷子鸡肉："吃了鸡，新年可都要乖乖的哟——"（注：家乡话里"鸡""乖"两字同音）

煎堆，说是煎，其实是油炸的。金黄色的球上滚了满身白芝麻，香甜软糯；黄粄，用栀子花汁将米染黄后蒸成饭打制而成。要如何烹调全凭各人喜好。可以白嘴吃了，配菜炒了，切片煎了。家里通常是切了片裹了白砂糖煎了吃，而我更喜欢切成条后炒冬笋腊肉的做法。苏轼的那句"淡妆浓抹总相宜"用在黄粄上，也是合衬的。

腊味，将各色腊味片好后拼成一盘：腊肠、腊猪五花、腊猪脷、腊猪肝。乡下姨婆，腊猪肝手艺是一绝：天气晴好时，将用料酒腌好的猪肝晾在围龙屋的天井里，有沐风浴光之美，而无雨润潮湿之患，风味成熟后才被姨婆收回。

最缺不了的，当属酿豆腐（也有写作“让豆腐”的）。先用拇指和食指把豆腐小心拢住，用筷子将豆腐中心部位扎透，形成一个小洞，再夹上一筷事先调好的肉馅，小心翼翼地“酿”进豆腐里去。豆腐都酿好后，下锅，两面略煎，再转煲。因着过年，还放了红曲造色。在家乡，过年不吃酿豆腐，就像北方过年不吃饺子一样无味。

传说，因为当年客家先民迁过来时，发现岭南不产小麦，没有小麦便无法磨粉和面包成饺子；又，山重水复的，交通不便，也无法买来小麦或面粉。于是，折腾出了酿豆腐作为替代，聊慰故土之思。然而，时至今日，饺子已是可有可无的了。

尾调·天空灿烂

说说笑笑间，我们吃完了团圆饭，一起到客厅看春晚。看不了一会儿，听着楼下不时传来的烟火声和笑闹声，年幼的弟妹们蠢蠢欲动。终于长辈发话了：“都下楼玩去吧。”又交代我：“琳琳，你也一块儿下去，看着他们点儿。”我“哎”一声应了，抄了只相机跟着一块儿下楼。

只是像降落伞、风火轮、电线、火箭这些比较刺激的类型，他们是一向敬而远之的。我也不在他们面前玩这些，怕吓着他们，就只能看他们玩了。他们玩的是那种最温和的，一根小细木棍上，一头留作柄，一头包火药，饰以彩纸，引火后就有许多小小的火花喷涌而出。他们一面是那担心畏怕的小模样，同时紧攥着细木柄的小手，不舍放松。深夜里，被叫回家去时，都是一脸的意犹未尽。

午夜时分钟声响起，鞭炮声也随之在夜空里炸响，一朵朵礼花直冲云霄又轰地炸开，绽出漫天斑斓的星火。此起彼伏绵延不绝的热闹里，一句“明日落红应满径”不期然划过心头。不过，应该是“今日”了。

大年初一。早饭后，我们随着全城的人潮，向着文化广场的方向汇集。那里，是小城的中心，可以逛花市，买年花。然而，大家却更多的是为了重逢久别了的故旧亲朋。

街道两旁，阖上的店铺大门前铺满了爆竹燃尽后留下的红衣。最爱踏着这一地柔软的红毯，吐纳空中里仍未散去的火药香气。灼灼如火的“爆竹柳”自人家墙头奔流而下。鞭炮声里，一朵朵的爆竹花绽出一帘流火般的花瀑，开出一年火红的前景。

这就是我印象中的年味了，浓浓淡淡，悠悠长长。

（指导教师：陈亭旭）

点　评

文章分三部分写年味，草药清香、人间烟火、天空灿烂，像一首动听的曲子，前调、中调、尾调，悠远动听。在这年味里，珍藏着吉祥、温暖、祝福、希望。文章结构巧妙，内容真实可感，富有浓郁的生活气息。

微信扫码
在线看写作提升课
获取精品阅读资料

第十五届（2017年）

获奖佳作精选

17年17届

笔未干

□ 北京师范大学第二附属中学　姜惠雯

一觉醒来,收拾堆在墙角里落满灰尘的箱子。年幼时钟爱的画箱被无情地压在了大大小小的纸箱子下面。那其实是一个墨灰色的手提箱,它原本光亮深沉的外壳被我染上了色彩,印上了属于我的颜色。箱子未损,但里面的格局早已陌生。最为惊奇的是,半袋红薯干藏掖在箱子的夹缝中。当时作画,我的嘴是没闲着的。

在箱子的最底层,我扯出了一块抹布。手突然颤抖起来,好像触碰到了自己的灵魂。抹布其实包裹着一个陈旧的调色盒——那个调色盒。

打开看看吧。仿佛有一个声音在高呼。

快看,在那一格一格的空间里,不仅有皲裂的颜料,还有一些挥舞着拳头高声抗议的真菌"蘑菇"。那些颜料们,像苦涩的大地,悲伤至极。

霎时间,我哭了。为这些受了冷落死掉的颜料们滴泪,为我自己保鲜失败的情感滴泪。我恨不得亲吻那些死去的颜料,但是,我用手稍微一碰,它们就碎了。我无助地跪在地上,失神地盯着一小块发干的赭石。

有一支笔。在颜料盒的竖格,有一支暗棕色挺拔的笔刷。啊!笔未干。笔未干!我用手紧攥笔杆,摆出标准的持笔姿势,就是这个感觉。当年作画磨出的茧子又紧紧依附在了笔肚上。手和笔,像是两个拆散多年终于拼合在一起的齿轮。这才是一个整体,一只有魂的手。

笔未干。我幸福地抬头仰望,看到了一抹暗绿——那是在克什克腾旗的大草原上。

我枕着老绵羊松软的屁股,嘴里叼着一棵狗尾草,用笔,在油画布上刷过一片又一片云,一团又一团羊群。渴了,就去袅黛河里取来甘泉;饿了,就掏出揣在怀中的酸奶冻。满脑子都是画,没日没夜地画。心,是那么纯净,仿佛闭上眼就望见了无垠。那些纷扰我的杂念,一瞬间化为乌有,只剩下山河大地,羊群绿草。顿时感到自己的渺小,进而深深地为之动情。我用充满张力的色彩,将这些美好留在了画布上。

我对画，有道不完的情。每当我点一笔暗黄，我是想说，这是一抹清苦，这是一点反省。每当我点一笔翠绿，我是想说，这是一抹愉快，这是一丝期盼。我的手，紧握画笔，内心在高呼。我追随了画九年，在初三那一年，一切时光仿佛静止了，那一箱颜料，一支画笔，半袋没有嚼完的红薯干，都尘封在了记忆中。我时而在梦里铺卷起笔，半夜惊觉，仿若隔世。

那天下午，我竟然对一支未干的笔，喜极而泣。笔未干，情未干。画点什么吧。一切又被唤醒。我实在走得太快，忘记停下脚步，想一想，有什么忘在了半路上。

某些事，如果成了你生命中的一部分，即使走得再快，每每蓦然回首，它们总会在灯火阑珊处——笔未干。

（指导教师：王广杰）

点　评

该文选题巧妙，作者就“笔未干”这一微小的生活事件展开丰富的联想，将自己对于绘画艺术的热爱之情展现得淋漓尽致。“笔未干”，实质是“情未干”。不忘初心，“初心”给作者提供了一个“致远”的原始动力，此动力便是对于大自然与绘画艺术所保有的恒久的热情与冲动。文章素朴简洁，是源自作者对于生活本身深厚的感受力。

山河表里

□ 河北省衡水中学　行慧超

一

他是一名中学化学教师。今年四十六岁，头发花白。和其他老师一样，他平常也兢兢业业，认真备课，认真批改作业。但不知何故，他学生的成绩总不理想。

“或许是上的课没意思吧。”他曾这样想，自己的性子也是如此，平平淡淡、不温不火，正如自己的生活，也就这样一天天过去，毫无波澜。

在自己所任教的班级又一次考了倒数第一后，他觉得不能再这样和颜悦色了。于是一个晚自习，他借着一个小小的事端，对着他的学生发了脾气。

他就兀自站在教室中央，从最初到现在，就像宣布他们的一件件“罪行”般。他扫视着学生，他的学生身经百战，把自己埋头于卷子中，放得很低很低。

“或许他们内心期盼的，仅仅是我这个糟老头子能早点闭嘴。”他心里想。

他忽然觉得很没有意义，就像年轻时他一个人在大礼堂里练习演讲一样，对着一个偌大的空旷的教室，只有自己的声音在墙壁与墙壁之间回荡，只有自己一个人一直在喋喋不休，或者说咄咄逼人。

他最终还是停了下来。他开始静默地注视着，注视着他的孩子们。他开始没来由地产生一种渴望，他渴望了解他的每一个孩子，他迫切地想知道他们到底有着怎样的思想，又有着怎样的内心。

他的目光落到每一个伏案的孩子身上。忽然，他发现一个女孩小心翼翼地抬起了头，似是探寻般，环顾一圈恰好对上他，他想露出一个微笑。

他想起了他上高一的女儿，也经常在写作业时偷偷抬起眼睛，小心地瞧着一旁备课的他。他总是能察觉到她的目光，他也不抬头，只是悄悄露出微笑。那好像已经是几年前的事了。

“咳咳！”教室里有人感冒轻咳，瞬间将他拉回现实，也不过是一霎，那个抬头的女孩甚至还未反应过来，他就早已换上了严肃的表情，就像平常那样。那女孩，不，那个不专心的学生瞬间低头，一切如旧。

他愣了几秒，转身走出教室。将要关门之际，他好似听到一声如释重负的叹息。

“终于逃过一劫了吗？”他想。

“总算逃过一劫了。”他轻轻关上门。

二

他决定稍微调整一下授课方式。果然还是要从改变自己做起。

他在课堂上稍微谈到祖国的现状，他告诉学生们祖国在哪个方面仍受制于人。

他不曾发觉，自己的语气里也带着少许遗憾与留恋。谁年轻时不曾做过梦啊，谁年轻时不曾满怀壮志一心报国呢？但年轻啊……

“此后的重担，就落在了你们身上。”他悄悄地将他的山河表里寄予学生，轻描淡写地结束了题外话，却看到他的学生们用力地点了点头。

他一阵恍惚。就像每次考得很差时他向大家道歉后大家都摇头，拼命地摇头。那是一种最真挚最动人的答复。

“果然还是很喜欢上课。”他想。多少年前的那个身影从脑子里一晃而过。那是老师啊。年少的他总活在不断的憧憬与希冀中。那是可以改变人一生的人，那是改变了他一生的人啊。然后某一天，他也站到了三尺讲台上，一站，就站了二十年。

他觉得自己终究做不到那么激情澎湃、声情并茂地讲课，自己似乎一无是处，剩下的好像只有准备了好久的冷笑话，绞尽脑汁只为博孩子们一笑。这似乎就是他的存在。他把自己当作石头，投向大地也不会造成任何改变，他像一块磐石，在生活的苍茫大地上静默着。但……为什么还那么心甘情愿地当石子呢？

他想，如果把自己这颗石子投入孩子们的眼波里、心湖里，应该会荡出层层涟漪，虽不说激起惊涛骇浪，但也足够了。而自己，也就如此这般永远地沉寂在孩子们的心底，望着他的山河永寂，守着他的山河表里。

三

当老友问他是否要和孩子们一起去远足，他愣了一下，他的脚开始隐隐作痛，但他还是答应下来了，他想陪孩子们走完这一程。

出发那天风很大，早晨不见太阳。学生们看到他走来，欢呼着向他打招呼。他听见有女生小声赞叹："老师今天好帅啊！"他脚步一顿，但心里却抑制不住地开心。他抬头挺胸大步走，就那一瞬间，他觉得自己忽然变成了一个翩翩少年，踩着晨露踏着微风，和他的孩子们，不，是他的同伴们，一直向前。

行程刚过半就飘起了毛毛雨，他们好像误打误撞走到了阴云下一样，雨从淅淅沥沥到哗啦哗啦，越下越大，返程的路更加艰辛。他的脚开始发麻，腿也开始酸痛。年近耳顺的老友已经坐上了随行的车。

"我能坚持到什么时候呢？"他开始思考这个问题。

忽然，他看到他的孩子们迎着风，开始奔跑起来。顶着豆大的雨点，像天空的泪珠。他们好像要把泪珠一把抹去，然后甩给世界一巴掌，非要从泥泞的水潭里挣扎着站起来，然后继续奔跑。

青春啊，真是一次淋漓尽致的远行。

他加快脚步，他也想奔跑，但冰冷生硬的地面早已隔着薄薄的一层板鞋将他的脚底磨出几个水泡，每跑一步，便是以刺痛为代价。他只能选择埋头苦走，奋力追上他渐行渐远的队伍。

他忽然想起有孩子问他："老师，您上一次远足是什么时候啊？"

他印象深刻："1996年。"

那应该是他执教的第一年，那时他不过也才刚大学毕业，意气风发、朝气蓬勃。像个小伙子，行军八十公里，最终留在回忆里的也只有一路风景一路歌。

而现在呢？

他顿住，停下脚步，眯着眼睛，透过淡淡的薄雾，凝望着他那群跑得越来越远的孩子们。

水汽渐渐散去，太阳挣脱浓重的阴云，一道微弱的金光落下，映照着他的山河表里，灿烂辉煌。

（指导教师：郗佳琪）

点 评

作者的视角独特，从一个普通教师的身上折射出人生的大道理。岁月流逝，世事变幻，人很难一直保持饱满的热情，也很容易忘记奋斗的初衷。但是作者用流畅的语言，细腻的心理描写给我们指明了方向：奋进何时都不晚，希望永远在前方。

红 绳

□ 北京市顺义区杨镇第一中学　解玖溪

我的手腕上拴着一根红绳，脚上也拴着一根。

无数次浸水、日晒，几年时间，它们就褪了色，变成暗红带着点焦黄的颜色。我轻轻一拉，它们就如从水中捞出的纸条一样，一下子就断了。

每到这时候，母亲就会摸出她的老花镜——她已经五十五岁了——从抽屉最底层挑出一根崭新的、闪着光的红线，在我的手腕上围上两圈，剪去多余的部分，眯着眼睛打个死结。最后，还要用火燎一下打结处。每当母亲戴着老花镜，摁着打火机靠近我时，我的大脑中都像过电影般地闪现出我被烧伤的画面，但这种事儿从没发生过。只有一次，母亲燎伤了自己。

那是一年前的一个傍晚。我关上空调，打开窗户，盛夏的晚风清清爽爽，吹得我的额头和鼻尖凉丝丝的，抚平了我心中一些焦虑和紧张。脚步声越来越近，"噗——"母亲悄悄地推门而入。我不敢抬眼看她，低着头看作业。她蹑手蹑脚地拉过垃圾桶，坐在床边，开始给我削苹果。我的手心却出了越来越多的汗，眼睛只是盯着作业，而思绪乱得很。母亲见我迟迟不动笔，开口问道："题目很难？"我还是不敢看她，只应道："还行。""还行"是我给妈妈最多的答复。她问我累不累，我说还行；她问我今天的菜好不好吃，我说还行；她问我一会儿要去哪儿，我说还行……不知道从什么时候开始，我越发不爱向她表达感受，甚至不去在意她说的话。

母亲把削好的苹果递给我，准备出去，可又转回身，轻轻地问道："你是不是哪儿不舒服？"我更紧张了："没……没有……"她把宽厚有力的手掌放在我的后脖子上一摸，正如从前我无数次生病的时候。"没烧……"母亲嘟囔着。她显然还是不放心，盯着我看。很快，她就发现了哪里不对劲。盯着我的手腕，问我："你手上的红绳呢？"我心一沉，冷汗直冒："丢了……"母亲又盯着看了我好一会儿，像是没反应过来似的。最终她什么也没说，出去拿了一根新红绳回来。

其实，那根红绳并不是我无意中弄丢的。那天中午，我的同桌又一次拽着我的红绳问我："这玩意儿干什么用的？"我又一次回答他："保佑我一生平安。"我纳闷儿他怎么总记不住。这下我才知道，他是要再一次嘲笑我"迷信"。"啧啧，封建迷信。"他嘬着牙花子说。"我妈让我戴的。"我说。"啧啧，"他眨眨眼，"这是保佑你考年级第一的吧，怪不得你学习好。"我突然觉得莫名的懊恼与委屈，好像我的所有努力都不敌这一根红绳了。我不知怎么这样果断，拿起剪刀，一刀剪断了红绳。"看好了，我以后不戴了！"

母亲已经开始在我的手腕上绕圈了。"等等。"我说，并把那天发生的事告诉了母亲。母亲只说了句："你不懂。"我说："您知不知道，现在都是科学时代了，世界上哪有什么鬼神呢？我们现在都管这叫封建迷信！"母亲没有搭话，依旧在我的手腕上缠着红绳。

我气哼哼地说："您要真信这些也行。可我们谁也不是虔诚的教徒。我们杀生、吃荤，我们心有杂念。倘若真的有神明，大概也不会保佑我。"

我接着说："命运都是掌握在自己手里的。若求神拜佛就能改变命运，那世界上就没有苦命的人了。您现在有的一切、我的一切难道就都是求来的？"

母亲平静地说："我只要你快乐、平安、长寿。"说着，她已经把火苗靠近我的腕边。

我赌气似的，嘟囔着说："我不想长寿。"母亲一恍惚，火苗灼伤了她的手指。她顾不上伤，脸一下子涨得通红，眼睛瞪得颇大："你再说一遍！""我并不在乎活多久！"她气疯了，咬着牙："好你个不在乎！你小时候一个月去一次医院，我陪着你照顾你；你一发烧烧一晚，我一个晚上不会合眼；为了让你的身体好起来，我前前后后请了多少先生，花了多少钱。我宁可什么都不要，我就要你健康活下去！"

我从没见她这样生气过，气得眼泪像断了线的珠子。她没走，接着把红绳系好了。

后来，我渐渐明白，这些红绳，无关信仰，无关鬼神，无关封建迷信。这是一个母亲纯粹地想要保护自己体弱的女儿。她不想要我成龙成凤，只要我健康一生，这是她一直以来的心愿。那时的我还不懂得敬重生命，而她，却愿意为了我背上迷信的骂名，愿意倾尽所有精力、财力。

我是她的女儿，我是天下最幸福的女儿。

（指导教师：齐龙景）

点 评

学生写“母爱”类的作文非常多，但是本篇作者独辟蹊径，从细微之处入手，借助手腕上的一根红绳，通过对母亲的细节描写诠释了母爱的默默无声、温馨柔情。本文在行文过程中层层铺垫，从自己红绳不见了，到被母亲发现，母女之间爆发矛盾冲突，到最终“我”理解了红绳的寓意，构思精巧，水到渠成。

我的阅读故事

□ 山东省沂南第一中学　袁飞

今年我已经十八岁,每当回想起我的阅读故事,这故事里必然有我的母亲。

母亲毕业后的第三年,生下了我。听母亲说,怀我的时候,胎动早,我在她肚子里大闹天宫,害得她整夜睡不着觉。奶奶说:“这孩子这么闹腾,将来肯定淘气。”果然,我从小就是个顽皮的孩子。

母亲是我们村小学校的语文老师。我牙牙学语时,她便给我读《三字经》,“人之初,性本善,性相近,习相远”,而这个时候,村子里和我同龄的孩子正在玩泥巴,正在疯跑。虽然我不听更不懂,但母亲还是每天读啊读,不管多忙多累,每晚在床上,我都是在母亲的朗读声中进入梦乡的。

很快,我上幼儿园了,这时候母亲坚持每天都读《三字经》的功效显现出来了,凭着对汉字读音的敏锐感,我比其他小朋友学汉字学得都快,但我调皮捣蛋的性格没有改。幼儿园毕业典礼上,因为我背诵《三字经》最好,老师只让我一人上台,我在台上看见台下的妈妈,她的眼睛好明亮,她的微笑好甜美,她那么温婉美丽,又那么自信自豪,那一刻,永远记在我脑海里。

小学时,母亲是我的班主任,我没有变成乖乖女,反而淘气得肆无忌惮了。对于这么难管的我,父亲暴跳如雷还当众打过我,奶奶长吁短叹地发愁,可我依然如故。母亲便让我每天晚上睡前读一小时书,这些书都是母亲精挑细选地买来的。起初,我很听话,虽然识字不多,可依然能完成任务,随着渐渐地长大,心眼儿也变多了,开始偷工减料,阅读潦草。终于被母亲发现了端倪,她没有斥责我,而是和我一起读书。她读,我听;我读,她听。

每天晚上,母亲躺在我身边,先是用她那柔美的声音为我读一个故事,接着我用稚嫩的声音为母亲读一个故事。那《猜猜我有多爱你》的故事,在母亲声情并茂的讲述中,我听得泪如雨下,母亲也是满眼晶莹的泪花。就这样,我喜欢上了阅读,喜欢每晚那段阅读时光。我的性格也悄悄发生了变化,我由一个顽皮好动、不知深浅的孩子变成一个活泼开朗、热情大方的花季少女。

初中时，我跟很多孩子一样，开始叛逆。初一时，偷偷看烂俗的言情小说，被母亲发现后禁止。越是禁止越想法子，我更加谨慎，更加隐蔽地偷看。真是知女莫如母，母亲心知肚明，她没有采取强制措施，而是在我十四岁生日时，送给我“四大名著”作为生日礼物。当时我并没有看，就那么摆在书桌显眼的位置，闲来无事的一天，我翻了其中一本《西游记》，一下子被里面内容所吸引，都忘记了吃饭。就这样，我不再看那些烂俗小说，开始了“名著之旅”。

我开始跟母亲讨论名著里的人物，对诸葛亮的智慧佩服不已，对曹操的阴险狡诈深恶痛绝，对林冲的武功赞不绝口。这时我发现，我和母亲并没有代沟，我们的心一直在一起。就这样，在母亲的潜移默化下，我走出了叛逆期，更加热爱阅读，并在阅读中有了一些自己的感悟。

谁都知道高中时期的紧张和压力，真是暗无天日。是阅读的书籍给了我勇气和方向。忙里偷闲，我会适当读一些诗歌美文，为了励志和拓展视野，我订阅了《环球人物》等杂志，那些多姿多彩的文章充实了我的生活，那些美好的文字经常令我遐想，给我温暖，给我希望。这时的阅读是我进步的动力，书籍是我进步的阶梯。

这时的母亲是我的知己。每当放假时，我跟母亲聊得最多的就是阅读，我们互相推荐好书好文章，母亲很欣慰，她说：“我最初的梦想是成为一名作家，可后来做了一名教师。生下你后，因为你太顽皮，逼你阅读只是想让你改改性子，结果你自己喜欢上阅读，我也因为你重新阅读。”

现在的我是一个爱好阅读、知书达理的姑娘，而且有了文艺气质。感谢母亲，感谢阅读。

（指导教师：赵君）

点评

本文有一条清晰的线索：母亲引导“我”阅读。文章所叙是“我”的阅读历程，更是母亲的教读过程。文章有一个鲜明的主题：“我”从一个调皮淘气的孩子，成长为一个具有“文艺气质”的姑娘，是母亲的功劳，也是阅读的功劳。文章的叙述朴实简练，很多看似不经意的闲笔，实际都是在为表达主题做铺垫和陪衬。虽然洗尽铅华，却也别有韵味。

有农人处有山芋

□ 宁夏回族自治区西吉中学　王茹

在大西北地区，所谓的山芋，便是那深埋于地下，毫不张扬的“洋芋”。有农人处有山芋，有山芋处有农人。

这山里面听似无声却有声。

初春，整个村庄没有任何声音，没有任何色彩，你一定认为冬眠的人们还没有开始劳作，那你一定判断错了。这时，我建议你走向农人家的地窖吧。那窖藏了一冬的洋芋在一连串的轮回动作中出了窖，发出的是沉闷的声音，大概也没有睡醒吧！妻子弯腰蹲在黑乎乎的地窖里往外扔洋芋，丈夫以强劲有力的双手将它们装袋扔上三轮车。没多一会儿，丈夫便开着三轮儿绝尘而去，留下的是身后满满的期待与关心。

是的，家家户户都已开工了，远远看去，在那蜿蜒曲折的山路上，一辆辆的如乌龟般爬动的三轮车冒着黑烟向上爬着，只留下了在山谷中回荡的“吧嗒嗒”的吼叫声。

忙忙碌碌地卖完洋芋后，便到了耕种的季节了。

天刚发白，山坳里便有阵阵吆喝声传来，虽有劲却沉沉的，微风拂来，瞬间把声音带走了。

仲春时节是最适于劳作的，于是农人们便一整天都待在山里，只等着那一缕炊烟的升起，时间便在人和牛的脚间溜走。终于农人的脸色舒展开来，凌乱的发际间落下点点细土，拍拍衣服上的土，赶着牛便往家走。

劳动了一整天的农人们拖着疲惫的身子走在山腰间曲折迂回的小道上，瞧着自个儿家烟囱上缕缕的炊烟，满眼都是氤氲的幸福。

当呼出的烟圈儿在空中翻滚而上，当最后一点儿烟灰从手中滑落时，人到家了，天也黑了。于是，全村便笼罩在了星星点点的橘黄色中了。

丈夫洗一把手靠在了沙发上，喝一杯茶水缓解耕种的劳累。忽然一股浓烈的香气扑鼻而来，丈夫如弹簧般跳起来，麻利地挪开了摆在眼前的茶罐子。第一盘菜已上了桌，妻子麻利地完成第二道菜，炒洋芋丝。这可是农家人吃任何饭都少不了的菜。这洋芋做法很多，烧、烤、煮、闷、炒样样俱全，我要说的可是这“烤”了。

深冬季节，天寒地冻，家家户户将房门关得紧紧的。出了门，我去了牲口的住处。拍落门帘上的雪花，我把头探了进去，只见小牛依偎在母牛的身边，听见响声只是惊悚地挪动了一下脑袋，母牛则爱搭不理地瞅你一眼，仿佛在说：“我们生活得很好，你不要看了。”于是，我便讪讪地将头抽了出来。看看雪，踏踏雪，不知不觉便闻到了丝丝香味。哎呀，出门时塞进火炉里的洋芋终于熟了，便又踏着咯嘣咯嘣作响的鹅毛厚雪向屋里进发。刚掀开门帘，一股热腾腾的香气扑鼻而来。洋芋果然出炉了，虽其貌不扬，可内在却足以让人垂涎三尺，外加一盘咸菜，可谓人间美味了。于是，它便在众目睽睽之下，在一串唏嘘声中裸露出了果肉，阵阵热气肆无忌惮地冲向屋顶。咬一口，便只唱出“圆溜溜的金蛋蛋满口香”。

这不，卖剩下的洋芋就延续着子子孙孙、千秋万代了。

农人们脱下了厚厚的棉衣，又穿上了那千穿不破、万洗不烂的衬衫和背心。

山里热闹起来了，牛羊因吃上了来年第一口青草而欢呼雀跃，农人们因开始劳作而奔走相告，山芋们则开始了新的生命旅程，在一脚一脚的踩踏下，在一声一声的吆喝中……

农人们又开始等待那轮回的金灿灿的秋季了。

（指导教师：杨晓龙）

点　评

文章通过描写山芋而表现农民的生活。从耕种的憧憬到丰收的喜悦，字里行间都透露出对大西北农民的赞美以及对这片土地的热爱。文句纯朴，情感真实，富有生活气息。

网络词语的自白

□ 山东省济钢高级中学　马聪聪

大家好，我是网络词语。

在汉语这个大家族里，我本是新生派，应该得到大家的呵护。但无奈我相貌奇异，不被大众认可，只有少数哥哥姐姐接受我。大家不喜欢我也就罢了，不让我参加一年一度的词典大会也就罢了，不将我写进族谱也就罢了，但是想扼杀我，这是万万不能的。

首先发声的是文言文爷爷，他资历高，年龄长，在汉语家族中位高权重。又倚仗自己高超的演讲技巧——毕竟中国人靠他逃避责任，靠他聊表心意，靠他委婉劝说，这些已有千年历史，他义正词严：“赤条条来去无牵挂，驱逐为好！”的确，不论我在短期内有多讨人喜欢，不久便会烟消云散，为世人遗忘，赤条条来去，无所牵挂。比如我的“小鲜肉”最近很红，“老腊肉”不久前也来到这世上，以帮助人类形容那些年纪轻、长得帅的男人或是年长的大叔。如果没有这些网络词语，人类该如何简单、贴切，又有趣地描述这一特定人群？难道这些居然要成为驱逐我的理由吗？还是因为人类的固守传统，我就要被迫离开汉语家族吗？这不公平！在享受完我所带来的便利后，便谋划将我一脚踢开，这不是君子所为。宝宝心里苦。

白话文叔叔支持我留下，我很感激，他和我其实有很多共同点，我们都是人类随时而化，为适应特定环境，顺应时代发展潮流所创造的。当年他为了留在汉语家族也付出了一番努力，差点儿被保守势力扼杀。但他坚强地活了下来，并且茁壮成长。人类为了适应新媒体时代，也就是网络时代而创造了我，目的很纯粹，就是为了信息的传播和人与人的交流。为什么同样目的的互联网、电脑、手机都可以留下来，而我却不能？白话文叔叔和我，我们都是属于不同时代的新事物，我们的生长需要一个过程，这个过程是前进的也是上升的。但这个过程少不了文言文爷爷这样的阻力，也少不了鲁迅之类敢为天下先之人的助力。其实事物的性质是由其与外界之间的相互作用所决定的，客观的、外在的环境决定我，我又对外界产生反馈，这个反馈便是我对外界的一个反作用。白话文叔叔是一个很好的例子。我有信心做到像他那样,但不给我施展的机会！宝宝心里苦。

中英夹叙说话了,他很好说话。因为他完完全全抱着同病相怜的心理站在了我这一边,我可不稀罕。我虽然样貌丑了点儿,但好歹我是根正苗红的现代汉语,是语言时尚的弄潮儿。你这又中又英算是怎么回事?有些人,好好的话不好好说,非把好好的中文肢解得破碎不堪,又将英文硬塞进来。就算拼凑得再美丽,也拼不成完整的最初的自己。他这样的竟然能够安然地待在汉语家族里,而我却要被驱逐,真是难以理解！宝宝心里苦!

我真是有苦说不出。我,网络词语,安安稳稳地当一个交流的媒介,就像桥梁一样沟通你我。偏偏有的人,自己看惯了赵州桥,看见独木桥就浑身不自在。这不是桥的错,是人的错。我明明为了人类牺牲了自己,奉献了自己,偏偏被那些不喜欢改变的人打击,真是不公平！宝宝心里苦!

未来社会,是人与人、物与物交织的网,这个网,可以网罗天下信息,联系你我。我,网络词语,是这个网不可或缺的一环,可以给这个枯燥的网增添活力,带来生机。可以让汉语家族壮大,更加丰富多彩!人类怎么不理解我的苦心呢?宝宝心里苦！但宝宝不说。

(指导教师:孙发忠)

点 评

本文没有平铺直叙,而是以网络词语自己的口吻倾诉衷肠,趣味顿生！纵向同文言文、白话文做比较,横向同中英夹杂做比较,并指出互联网的发展给网络词语的传播提供了外部条件,因此网络词语的走红是历史的必然！作者用网络词语“宝宝心里苦”结构全文,机敏俏皮,可谓是有意为之,独具匠心。

当我老了

□ 广东省东莞市东华高级中学　吴文意

我是这南方小镇上的钟楼。

这小镇一点儿都不起眼，当初我睁开眼的第一秒，发现自己是这个地方最高的建筑物，赤裸裸的孤单让我沮丧。我俯瞰这小镇，绿油油的大片蕉林占领了大半视野，肥大的蕉叶肆意随风摇曳；这中间又有密密麻麻数不清的河流，哺育着稀疏的人口。我看见了我脚下擦着汗互相击掌的工人，还有领导模样的人脸上挂着由衷的灿烂笑容。唔，也许这是个好地方。远方仿佛有春花绽放的声音。我年轻，也很坚强。

我骄傲地站在小镇的中央，以一个最有资本的姿态。我这一站，一晃就是几十年。

我的身边多了许多伙伴，比我年轻，比我有朝气。我也不断地进行着新陈代谢，身上的砖瓦颜色掉了再刷，脚下不断长起参天大树，春天的嫩绿一点儿一点儿渲染了原本淡黄的土地。这里的人也多了，年轻的面孔每天都在向我问好。有个扎着羊角辫的小女孩，常常在爷爷的带领下来我身旁的广场玩耍。我听见老人对她说："那座钟楼，我也曾参与修建。"我已经老了吗？看着这座小镇变得喧闹，我的心，依然年轻地跳动。

我仍然坚守着最初的质朴，在小镇中央顽强地站着，挺直了腰板。我要以不服老的顽强，庇佑和激励这方土地上我爱的人。人来人往，我能让人勇敢去拼。

又是十几年过去，这座小镇仿佛已经换了模样。白天熙熙攘攘的车水马龙，夜晚缤纷闪耀的霓虹灯，在这些更为新鲜的血液面前，我似乎有些格格不入。听说小镇的中心已经移到了新建的人工湖景点附近，因为那里有美食街、游船项目和更美丽的景色。我不得不承认，我还是老了，被时光偷走的青春回不来了，但是我的苍老，换来了这座小镇的更加年轻，我心甘情愿。我依然挺立，一如既往，带着深情。

我看到当年扎着羊角辫的小女孩长成了亭亭玉立的少女，她的爷爷佝偻着背，来为她送行。她要去远方读书了，她的眼里含着泪。比以前更老的老人指着同样苍老的我，说："这钟楼是爷爷这辈人修的，它是我们能吃苦最质朴的标志，它站在这儿，不会倒，咱们的精神就还在。家乡是你的归处，再怎么样，也要守着一股韧劲。就是因为这股劲，我们的家乡才变得这么繁荣！"我竟然，为之触动。

是啊，我老了，但我依然可以以新的姿态唤醒小镇上的人们，当初奋斗的坚忍，依然可以捍卫这小镇最原始的淳朴。这就是我站在这里的原因。

该用什么来定义"老"呢？长眠着的青葱山丘变了蚁丘，并肩的好兄弟没有撑到底。我的秒针绕过了无数个春秋，我的皮肤颜色深了又浅浅了又深。我看着脚下的土地一次次焕发新的生机。我虽年事已高，可我对于这座小镇的意义历久弥新，还有人愿意为我，为家乡，拥有再次出发的热情。

当我真正老了，就是我不再被需要的那一天。

该不该保留古老的事物一直是个难题，站在一座钟楼的角度，我一直认为没有必要为逝去的过往过于伤春悲秋。历史总是向前走，没人说繁荣和质朴就一定是矛盾的。一座小镇的繁华，必然经过了质朴的浇灌。老或不老，取决于被需要与否。只要人们需要这件事物来提醒自己或来珍惜现在，那么它就依然年轻，因为它带来的是新的意义。

所以当我老了，我依然会深深地爱着我脚下的土地；当我老了，我依然愿意成为小镇繁荣下去的动力；当我老了，我依然希望这里越来越美丽。

当我老了，我依然希望看到那个少女游历四方，回到家乡，那个叫麻涌的地方，坚守最初的质朴，就像当初的我一样。

当我老了，我已经见过小镇最美的早晨、正午和夜晚，我已经把满腔热爱和忠诚献给了这座小镇，我还有什么不甘心呢？

当我老了，经历了新生的喜悦，看着小镇成长的欣慰，终于迎接玫瑰色的夕阳，我会安然倒下。

因为我知道，我在这片深情的土地之上站立过。因为我知道，就算我老了，我的精神，永远不老。

点　评

本文别出心裁，以"我"是一座钟楼的视角来写一个城镇的变迁。钟楼是当年城镇发展的见证，而随着日益加速的城市变化，钟楼"老了"。钟楼的老，显示出城市的新。可即便是老的钟楼，也同样关注着脚下的这片热土。

黑马谣

□ 内蒙古自治区锡林浩特市第六中学　黄轶男

那匹被我套中的黑骏马，
它的眼角有一道疤。
许是它打小儿，
就喜欢和马驹打架。

那匹被我套住的黑骏马，
已经三天不吃东西了，
阿爸说它的性子烈，
驯服了定是匹好马。

那匹被阿爸关起来的黑骏马，
它的眼睛里满是光华。
不像牧仁叔叔的马，
淌着口水，步伐拖沓。

那匹不愿理我的黑骏马，
终于嚼了一口冰碴儿，
它从不碰我倒的水，
鲜草的嫩芽也不碰一下。

那匹性子烈的黑骏马，
在某个早上倚着墙靠下，
阿爸说它坚持不住了，

我也只是随手别了朵野花。

后来啊，
我就离开了，再也没见到它。
听闻它不听话，送去了牧仁叔家。
阿爸还说：“可惜了一匹好马。”

后来啊，
我就生活在城市，
那个冰冷到烫人的地方。
我或许是善忘，
忘了那黑马的模样，
只记得它眸里的星光，
和被马蹄踏碎的夕阳。
想到这里，抬头看天，一片虚妄。

后来啊，
我辗转多年，又回到了草原上。
与我佝偻的阿爸，
无意间见到了，
那匹曾如春芒的黑骏马。

那匹骨瘦如柴的老黑马，
见我拿了一捆草，
就像疯了一样冲过来，
行为痴傻。
阿爸说，它在牧仁叔的旅游区，
驮客人的马鞍一天到晚身上压。

我抱着它，
抱着这匹老黑马泪流而下，
它没哭，反倒很疯狂地吃草。
但我看见了，

就连它眼角的疤
都在流泪啊。

那匹我亲手杀死的
我的黑骏马，
对于你来讲
死亡就是最好的补偿吧。

（指导教师：刘志鹏）

点 评

失去了野性的黑骏马，最终变成了骨瘦如柴的老黑马，谁之过？是我们人类将它的野性一点儿一点儿泯灭，最终沦为了人类的玩物？还是黑骏马没能守住自己的本性，使自己终于一点儿一点儿沉沦？或许二者都有吧！骏马如此，那我们人类呢？作者的咏叹引发我们更深层次的思考。《黑马谣》始于马，止于马，却不仅仅咏马。作者用诗句描述黑马的命运，一咏三叹，感情真挚，表现出对生命的思考，传达出了深刻的哲理。

一抹月亮

□ 浙江省宁波效实中学　施姝含

于我而言，写作也曾是个烫手山芋。压榨平凡无奇的一周，搜肠刮肚熬成一篇周记，谈何容易？

又是一个思维枯竭的夜晚，托着腮帮子冥思苦想可做文章的话题。弟弟在一旁埋头做作业，铅笔在纸上拘谨地前行着，发出簌簌的响声。

他突然停笔，抬头，问我："姐姐，这题哪里错了？"

我接过作业本，量词填空，几个歪歪扭扭的铅笔字写着"一（抹）月亮"，还挂着一个鲜红的大叉叉。我漫不经心地回答道："这都是有标准答案的啊，一弯新月，一轮圆月……"

"哗——"不等我说完，他急着扯开了窗帘，灰尘四起甚是呛人，他倒是丝毫不在意，指着月亮，理直气壮："你看！"

这几日暮云霭霭，月亮淡得十分雅致。厚厚的云层如一淙溪水，不停歇地向前流淌，月亮也被冲刷得失去了边际，像是深山老林中缕缕炊烟，又像是泼在漆黑画布上的牛奶。这时若把月亮比作不经意的几笔涂抹，真是再贴切不过了。

这时我才细细地咀嚼这几个字，"一抹月亮"，多美啊！而像他这样的孩子，心灵宛若一张白纸，思想未经过多少打磨，一切都是最质朴的样子。他不知道苏子曾说过"一溪云"，不知道张岱曾写下"余舟一芥，舟中人两三粒而已"。他所有的语言输出都来源于他对生活最自然的看法。我们绞尽脑汁布局妥当的一两个词，却是他再理所当然不过的行为。

诚然，"咬文嚼字"，精雕细琢是不可少的，文章斐然可观，对读者而言也是一场视觉盛宴。但是过度堆砌辞藻以彰显文采，文章内涵却显得空洞乏味，不免金玉其外，败絮其中，空有一副好皮囊。语言只是思想的载体，而并非文艺的身份证。可是如鲁迅先生般字字掷地有声，以笔为戈，振聋发聩的又能有几人？看遍了钱塘潮起、黄山晨出也会有审美疲劳。虽然脱口就能背出朱自清先生的《荷塘月色》,但神思却早随他的妻儿一同熟睡帐中;反而是眼前这个不谙世事的小屁孩,随口一句“一抹月亮”,却能让我心头漾起层层涟漪。

究其根本,莫过于“共鸣”二字。华丽的语言可以博人眼球,但若要使文字真正烙进人的心里去,便得依靠共鸣,而共鸣往往来源于生活。可惜又庆幸的是,我们一代孩子生活在一个和平安逸的年代。我们认真学习教科书里的一字一句,试图走进作者的心境,却无法完全同等地体会作者的情感。我们无法同等地感受史铁生在最狂妄的年纪突然双腿瘫痪的痛苦,无法同等地体会在战争中美术教室变成手术室的悲哀。我们所生活的不过眼前一方小世界,却要从日复一日流水账般的日子中翻出写作的素材和共鸣。

但正如叶圣陶老先生所言,写作,本应就是极其平常的事。并不是每段人生都如壮烈史诗,也并不是每个故事都有欧·亨利式的结局。然而名家们往往善于嗅到鸡毛蒜皮中的不平凡,他们以孩子般纯净而不受拘束的思想,透过文字的窗棂,看到每一天的日升日落都各有风采。张爱玲笔下坏掉的热水汀和夜晚吵闹的电车都可爱无比;迈尔斯·戴维斯眼中掉了一颗门牙的约翰笑起来像一架钢琴;老舍写贫穷不说瓮牖绳枢,而戏称锅干净得像个体面的寡妇;钱钟书写爱慕不说愿为女子的发簪,却更爱作唐晓芙的牙刷。小市民的柴米油盐的生活其实本就是一出独一无二的戏,只不过多数人在长大的过程中,习惯了老套的剧本,欣然落入了“套板效应”,而少有孩子般看世界的纯粹。

“月亮藏起来了。”弟弟的自言自语让我回转过神来。窗外月色已不能见,可我却由衷地觉得这个夜晚格外美丽。月圆月缺都各有风味,失意时点一盏明月,释怀时煮一壶月光,世间草木都尤为可爱。而人们写作时往往忽略了生活的点滴,为赋新词强说愁,又何来共鸣?兜兜转转一圈才发现,不应为了写作而写作,文字只是我们情感表达的工具,但透过它更应看到的,是我们的生活态度和方式。不能因为走得太远,而忘了我们为何出发。

我还有好多好多想告诉弟弟的,我想告诉他生活是没有标准答案的,我想告诉他在今后长大的旅程中勿忘初心,继续保持他的天真和纯粹……可他未必能听得懂,我也未必能说得清。

迟迟无法下笔的文章,突然有了许多东西可言。

我望着弟弟,千思万绪,千言万语,最后却只是咧了咧嘴:

“我想给你贴一朵小红花。”

(指导教师:朱俏)

点　评

本文作者以“一抹月亮”的细节入手，对“写作”这件“大事”进行了真诚、有益又深邃的思索。为什么孩童时纯真的写作特质会随年龄的增长而失去？这是小作者发出的疑问，也值得我们每个成人认真思索。作者在文中用扎实的文学积累、坦率的写作姿态为这个问题做出了最佳的注解，展现了率真的性灵。

景象之于国人

□ 河北省张家口市第一中学　赵旭

曹文轩先生在上午的讲座中谈道：譬如山花水月、鸟趣蝉音，凡此种种，均为“第一世界”之范畴，概非人类创造而生，正如庄子所言“物各有主”。而人类将自己的情感投诸文章见之笔下，便是“第二世界”。这两种世界在唯物的哲学家看来，定然是亦真亦假、一实一虚，而中国人（尤其古人）总喜欢泯去二者界线，以“风景”作“意象”，便在“第一世界”与“第二世界”间架起一座桥梁。

景象对于国人来说好比面团，可捏成这样，也可捏成那样，随心所欲，便现种种相以应所求。譬如桃子一物，原本是再普通不过的一种果品，经国人加工，便成了长寿的象征：寿星要捧桃，麻姑要捧桃，就连那花果山上三百寿数的孙悟空也为之甘而抢蟠桃园，于是“寿”与“桃”二字似乎紧密得再也分不开了。桃子也不是纯粹如花草的观赏品，它最终是要送入口中，于是，桃子的实用性便也具备了。众多如“桃子”一般的景就在国人的创造下融入了“第二世界”，成为现代文学所讲的“意象”。

花鸟山水之类意象很早就见诸文学了，各种文学意象各得妙用自不必言，其历史之久、影响之远亦不必说，这里只谈意象之于士儒、宗教、市民心态三方面的映象。

早期儒学中能让世人铭记的无非孔孟，将山水等景象引入儒学教育与儒家思想的也是这两人。

“子在川上曰：‘逝者如斯夫，不舍昼夜。’”这是《论语》中一句人尽皆知的名言。孔子面对一川水竟联想到同流水一样一去不返的时光，可谓之高见。于是，几千年来的士儒都继承了这一“水—时光”的景象模式，如苏轼的《赤壁赋》中“逝者如斯，而未尝往也；盈虚者如彼，而卒莫消长也”，便是接了孔夫子的话头，把月之盈缺扯来作陪，以论述自己的道理；再如李太白的“抽刀断水水更流”，如李后主的千古名句“问君能有几多愁，恰似一江春水向东流”。大凡此类诗文书写愁情，总归是绕不开一个“水”字了。而孔子所言“知者乐水，仁者乐山”亦如是，只不过情感稍变。如孔子“登泰山而小天下”，杜子美“会当凌绝顶，一览众山小”，是儒者胸怀刚毅之爱，以山水的情与貌为儒家思想做一种独特的注脚。

再说宗教，此者更为明显。马祖道一叫徒弟看月，三人反应不同：智藏说正好供养，怀海言正好修行，而普愿则拂袖而去。由此马祖便得出“经入藏，禅归海，唯有普愿，独超物外”的结论，由此可见，山水景象之于宗教，更有了一种功能，便是判断一个人的“见地”。

魏晋时不仅有建安风骨，还有名为“玄学”的类宗教思想，以情致寄诸山水，于无名大千之中取得乱世中的一点儿慰藉，如阮籍、嵇康这样的名流无不流连山水，更有甚者服“石散”而求清修养身，虽是偏门之道，难掩古人对“第一世界”的热恋崇敬之情。景象本无主，但当它们被人命名，便成了青城山、普陀山……名山中往往还“被请来”一位佛祖道君守佑，这也是景象见之国人心态的一大奇观。

三者便要说景象与小市民间的联系。这里所指绝非贬义平民的意思，而是普罗大众。在古代，恐怕百分之九十九的人是读不懂阳春白雪的文章的，幸甚有小说绘本等文学形态供市民娱乐，于是很多浅显的比喻也进入了文学。这些比喻不如山水意象高大，却独有与小市民生活相映衬之处，如孔尚任一段名句“眼看他起朱楼，眼看他宴宾客，眼看他楼塌了”，这便是以生活中常见的景象构筑文学中的意象，用浅白的道理道出文学中的哲理，这种浅显的意象之于市民文学贡献颇大，也可见意象之于中下层民众的映象。

文章千古事，一枝一叶总关情。意象与景致同国人的心理从未分开，意境情趣由景而生，由心而发，与中国士儒阶层、宗教理论、市民心态融为一体，像佛经中所言：一花一世界，一叶一菩提。

（指导教师：丁桂花）

点　评

本文没有正面按赛题提供的材料去写，而是从曹文轩先生讲座入手展开论述，颇有现场感。文章从意象与中国士儒阶层、与宗教理论、与市民心态三个方面，阐述“景象之于国人”是同国人的心理分不开的，是由景而生，由心而发，我们看到的景物不是景物本身。作者以富有个性的语言表达方式，调侃中有幽默、诙谐，增强了文章的艺术效果，同时也表现出小作者具备丰厚的古典文化素养。

心灵的选择

□ 江苏省泰州中学　成曦

北风阵阵呼啸而过，差点儿折断了枯树的小腰，我站在麦当劳的门口，手臂抱在胸前，不停跺着脚，想驱赶强劲的北风，却发现是徒劳。

我跟他约着上午十一点在麦当劳门口见面，他是我的网友，因在网上看到他的作品并与他交流渐渐熟悉，直至昨天他约我出来见面。

我低头看了看手表，还有十五分钟，为了这次见面，我特地穿了件单薄的风衣，却没想到竟会如此之冷。其实除了他的才学，我对他一无所知，他是高是矮，是胖是瘦，年龄多大，我都不知道，我只能从言谈中推测出他是一名大学生。

随着时间的流逝，我越发忐忑不安，紧张充斥我的整个大脑。明明北风依旧不断刮着，我却感到一股莫名的热气儿。我转转头，又在四周转了转，装作漫不经心的样子，我不过是一个普通的路人，我不断对自己说，然而藏在衣袖里的手，却有些微微发抖。

还有十分钟！我的心脏似乎快跳出来了，我假装镇定地看着周围的行人。一个正在抽烟的提着公文包的中年男子，不像，他说过他不抽烟；一个穿着俏丽烫着鬈发的姐姐，也不是，他不像是女子；一个背着书包和羽毛球拍的少年，有点像了。我犹豫着，不知是否该上前确认。

我从书包里拿出手机，没有消息，我将跨出的步子又收了回来。一个火光般的念头划过我的脑海，却瞬间将我点燃，他会不会不来了？

这时，我的余光看到了一个衣衫褴褛正在乞讨的女子，她凌乱的头发遮住了似乎早已失去光亮的眼睛，不断晃动着那个陶瓷的小破碗，里面传来十几个硬币碰撞的响声。

我想起前些天刚刚报道的拐卖妇女儿童的新闻，女大学生因出门见网友被拐卖失踪，至今未曾找回。或许他也是个人贩子，想到近期多发妇女儿童被拐卖的事件，我越发觉得心惊胆战。万一他根本就不是什么作家、才子，而是以文章为饵，专门骗我们这些涉世未深的小姑娘呢？或许他也不是什么名牌大学的学生，而是几乎连文凭都没有的中年猥琐大叔？我不由得想到被拐卖后的姑娘们，不是被卖进了深山，就是被打残来街上乞讨，或许这个乞丐就有着这样的经历，毕竟网络本身就是厚厚的面具，什么都可以伪造。他对我了如指掌，而他的种种表现，与他所知的我的喜好是那么契合，甚至，太契合了。就好像，故意伪造出来的。而我对真实的他，似乎一无所知……

看着她机械而麻木地晃动的手，一滴冷汗从额上滴落，那些被拐卖的姑娘即使被救回，但也大多青春已毁，甚至早已丧失希望，会不会等待我的，也是这种生活？

这一念头一浮现，洪水般的恐惧涌了出来，我还能等下去吗？如果我真的被拐卖了，那我的父母家人，他们将受到多大的打击，甚至是绝望！我想到了那些在电视里痛哭的父母，他们在四处寻找失去的孩子……而这些，就是因为一时不慎，轻信于虚无的网络上的坏人！我真的该等下去吗？或许我现在离开是失信，但如果不离开的后果是再也没有选择人生的权利呢？难道对一个存在本来就是谎言的坏人的诚信，是真的诚信吗？而这所谓的诚信付出的代价，将是失去最宝贵的自由和永远回不去的青春！

我颤抖的手缓缓从包里再次拿出手机。

仍旧杳无音信。

我长舒一口气，缓缓地打下一行字："我不能出来见你，再见。"点击发送。看到显示成功的字样，我才感到一阵放松，那种似巨石般压抑的感觉突然消失，似乎空气都轻了许多。顺着一缕阳光，我快步赶回家，明明没什么变化，我却觉得好像重新获得了自由。我似乎闻到了妈妈为我精心准备的饭菜的香味，听到了家人团聚时爽朗的笑声……

在去与留之间，我做出了来自心灵的选择。

（指导教师：何文峰）

点 评

本文所选的题材为"见网友"，具有青少年的生活气息和时代气息。全文以心理描写和环境描写为主，给人以很强烈的代入感。关于网络结识和诚信认知的主题让文章更出彩，表现了学生对生活和社会的认知能力的不断提升。

傻子张

□ 浙江省乐清中学　陈一秋

张娃生来有癫痫，智商也落后于人。时而四肢乱颤，时而愣神不语，大家管他叫傻子张。

他七岁时，趁家人不注意，学别的孩子跳入河里。孩子们忘了他，自顾自玩了很久才发现他没影了，赶忙叫来他爸。他爸是个老实的农民，水性一般，把儿子推到岸边，而自己没上来。

傻子张被拉起时几乎没力气，晕了一整天后又活了回来。半年后，母亲改嫁，再没回来，留下他和奶奶过活。大家都说这孩子命苦，他却似乎对所发生的全然不知，遇人就傻笑，每天乐呵呵的。大家又说这孩子傻透了。

学校不收他，他也不干活，整日游荡。到了饭点便蹲到村口的石坛上，两手挡在胸前，时而像鸭子般伸长脖子，时而如拉磨的驴在原地打转。

干活回来的村民瞧见他，乐了，笑着问："傻子张，你等谁咧？爸还是妈？"他胡乱地抽动，擤鼻涕，笑而不答，继续蹲守石坛，直到所有人从地里回来。

不在村口的时间里，他就上河边去，一声不吭地坐在一块平坦的石块上，望着那些戏水的淘气鬼。双眼空空的傻子张像是进了另一个世界，一个没人明白的世界，也没人知道为什么。

一晃十年，傻子张长成了小伙子，可还像个孩子。他对孩子独好。孩子们不爱和傻子玩却爱玩傻子。傻子张的奶奶在村里开小店，偶尔叫他打理，孩子们专挑这时来。

"傻子张，来五根王中王！"孩子接过后又立刻说要别的，等他转身后，分了香肠就跑，边吃边跑，跑到河边，把包装袋一甩便跃入水中。傻子张赶来时，只听得"呼啦呼啦"的水花声和响亮的笑声，他也不恼，嘿嘿一笑，坐到那属于他的大石块上。

孩子们知道，傻子张是傻子，是疯子，不会怪他们。不知何时起，他们改用新方式来逗他。

孩子王阿疯假装挣扎并喊救命，傻子张闻声飞速奔来，一头扎入水中。没有见过这样敏捷的他，都说这才不像个傻子。阿疯越游越远，不一会儿便潜回岸，偷偷上岸并大叫傻子张，边挥舞衬衣边向村里跑去。孩子们看见傻子张浑身湿透、抽搐的样子，发出愉快而满足的呼声。

孩子们屡试不爽。傻子张果真傻，不怀疑也不曾犹豫。村里的大人也很高兴，有他守着，没有孩子出意外。

张奶奶死的那天，他还如往常一般在村口和河岸游走。人们找到他时，他正在河边，出神地盯着前方。

“傻子张，你奶奶死啦，快回家去！”

“傻子张，救我！”

“傻子张，阿疯骗你呢，别理他，快回家去！”

众人齐力把挣扎的傻子张拽回家。

丧事草草而过，张奶奶生前把小店托付给了村长，并让村长给孙子留口饭吃。

傻子张回到河边，只见一群人围成一团。真出事了，原来阿疯为了等傻子张回来，憋了许久的气，不留神呛了很多水，溺水而亡。他妈一见傻子张，发了疯似的哭喊着要他还儿子。他一脸木讷，呆立在那里，不知听懂了没有。

家长再也不许孩子下河，也没孩子来找傻子张玩。河上一片寂静，偶尔有野鸭游过，只剩他一人愣愣地坐在石块上，像雕塑一样一动不动。

那年夏天，突如其来的洪水袭击村庄，村里门户紧闭。傻子张含糊不清的嘶叫夹杂在狂风暴雨中，刮进村民耳中，却没人打开门看看怎么了。

“见着了，见着了。”

次日，洪水退去。人们在被冲上岸的废墟中发现了他。他不再是傻愣的样子，而是一脸微笑。人们猜测着，这是见着爸妈、张奶还是阿疯了呢？

（指导教师：黄忠）

点评

文章讲述了傻子张短暂而坎坷的一生，其间父亲死去、母亲改嫁使其精神支柱一点点被摧毁，这种毁灭一方面使他能够忍受平时他人的捉弄，也导致其在奶奶死后最后一根救命稻草被压垮。作者平静的叙述背后，包含了对他的同情和无奈，读来让人哀叹。

翠荫山

□ 江苏省运河中学　程煜淞

不用刻意寻找，只需循着淡淡墨香，就能从蜿蜒的小巷里找到这扇古朴的朱红大门，门头破旧的匾额上，墨迹依稀可辨——翠荫山。

庭院植满盆景，奇松怪柏列作其中，院中卧一小土丘，一棵银杏树荫蔽四方，花竹满亭，四时生趣，小院之中自有天地山川，故书斋雅号“翠荫山”。

一缸墨池为这满园苍翠增添了一笔墨色与文色，盆景一旦定型就不会改变形状，笔一旦触纸就会永远留下痕迹，时间在这院落中变得黏稠，不顾外面多么蹉跎，有个少年曾在这里泼墨朝阳，临风书雪。

记忆中翠荫山的冬天很冷，盆景都猫在屋里过冬，而我们依然来上书法课。砚台里的墨水都结了冰，老师这时会拿来一瓶白酒，笑呵呵地给每个孩子的砚台里倒上几滴，说：“这样就不会结冰了，放心写吧。”窗外北风呼啸，屋内的我们伴着酒香阵阵，我们的字，从一开始就有了李白余韵。

在翠荫山中，每个放置字纸的地方都有老师亲手写的“敬惜字纸”的便条，浪费纸张是严厉禁止的。年幼不懂事的我，总是喜欢在纸上信手涂鸦，然后把自己的“狂草”作品向师兄师弟们展示，可这样浪费字纸的事情被老师发现，他撕碎了我的“作品”并让我面壁思过。当时的我不明白，老师为什么会发那么大的火，直到后来我看到老师写过这样一段话：“对于不识字的人来说，字纸就像未曾谋面的神灵，是为天地之礼，生命之敬。”老师说：纸、笔、墨都有生命，珍爱它们吧。

在翠荫山中不只是习得书法，还有做人的道理。

翠荫山中有的不只是书法，还有形态各异的盆景。老师的父亲是当地有名的“盆景国王”，翠荫山是老人家一手所创，年过七旬仍整天摆弄盆景，常常唱道：“一盆一景一世界，半农半艺半神仙。”对他来说，与盆景相伴，就是最快乐的时节。

就这样，在翠荫山中我以笔为杖，走过了自己的笔墨童年。

时至今日，我手中的笔墨早已变成0.5毫米的签字笔，墨色勾勒的眉峰也被岁月折弯。冬去春来，人间的四季轮回了一番又一番，我已经多久没有回到翠荫山？多久没有享受笔墨洗礼的仪式？每天奔波于两点一线，在单调的生活中没有发出过一声纯粹的笑。所以，循着那条熟悉的路，我又一次走进了翠荫山。

记忆的碎片散落满地，我却找不到一丝熟悉。这里的盆景零零稀稀，老师的双鬓已秋，院中的大银杏据说也差点儿没撑过一场夏日的雷雨。

我试着把这些碎片拾起，企图拼凑成一个完整的自己。“写几个字吧。”老师的一句话打破了我的沉默。

触笔的那一刻，我便入了戏。

我看到自己曾经执笔疾书的姿势，曾经那个小书童，以江河为砚，以日月为笔，在缱绻的帛纸上钩钓峥嵘岁月。这里没有变，一切都没有变，我看到墙上“戊子夏九岁书”的作品，看到书房角落里过冬的盆景，时光在这里没有留下任何痕迹。墨里没有酒，而我已微醉。

总有一片海，不论过了多久你都会记着它的浩瀚与包容；总有一座山，山上的每一棵树都曾在你的梦境出现。这座山，让你忘记岁月，忘记悲欢，你像它的一抔黄土，血脉相融，永不分开。

有一天，我或许会走得很远，但只要随着这淡淡墨香的牵引，我永远不会迷路。

（指导教师：潘明）

点　评

作者认真审读赛题材料，正确把握思想内涵，于翠荫山中习练书法，人、景、情交织，通过描写练习写毛笔书法，反映出继承民族文化的精神和一种人生态度。而这段难忘的记忆成为自己的一方精神家园，翠荫山便是精神的乐土。有了这座山，守住精神家园，便找寻到回家的路。

真的不喜欢了吗

□ 山东省五莲县第一中学　丁莹

练着字，我忽然想起曾经的书法老师。他对我说："没事，你只是不喜欢了。"我呆呆地停了笔，一阵阵的悔恨向我的心头涌来。

我曾习惯于半途而废：角落里那双不再柔软漂亮的红舞鞋几乎已被灰尘埋葬，柜子上许久未动过的琴盒里静静地躺着一把崩断了弦的小提琴。我在燃尽了对它们的三分热度后转身离去，而书法不同。

如果说舞蹈和小提琴给我带来的是昙花一现的惊艳，那么书法带来的是松柏常青的韵致。我有时会厌倦它的枯燥与一成不变，会从它身旁逃离，可我又会想念那松涛般纸笔摩擦的沙沙声，想念松枝般刚劲挺拔的笔画，想念松烟墨好闻的香气。于是我放弃，又重新开始，辗转于不同的书法教室，而他，是我的最后一位书法老师。

他教书法很随性。我原本只练硬笔书法，练了几个月，他觉得我的字体结构非常适合练《张黑女墓志》，于是便坚持要让我练软笔试试：雪白的毛毡、纹理分明的宣纸、清香的墨汁，以及饱蘸浓墨的小狼毫，这一切让我感到既陌生，又好奇。

"这种字体我只教了你一个学生，好好练！"老师笑眯眯地说着，脸上浮现出兴奋的红晕，声音里满是压不住的激动与期待。

我目不转睛地盯着笔，心不在焉地点了点头。同学们一脸羡慕地看着我，争着围过来看我练的字，我像是得了独门功夫的弟子，心里乐开了花。

可时间一久，我的热情便淡了，我再一次想到了逃离。

我把理由告诉了老师，那个理由显得苍白而无力——没有时间。

听到这话的老师愣了一下，继而深深地看了我一眼，那一眼令我至今难忘：深深的无奈、惋惜，如飓风席卷过水面，蓦地起了波澜。

我低下头不敢再看，头顶传来疲惫的声音："没关系，你只是不喜欢了。"听到这话的那一瞬，我像是得到了赦免令，卸下了心头的重负。是呀，我不喜欢了，放弃何尝不是最好的选择？我在心里为自己开脱，再抬起头时，那双眼睛已恢复了往日的平静。

一年后，有同学问我是否在他那儿学过书法，并说老师还时常提起我，而且，他想见见我。

我又站在了那常年飘着墨香的屋子里。原来，老师要办一个作品展，他想让我也写一幅字参加展览。“你也是我的学生，这种字体我只教了你一个人。”

我带着宣纸离开，却最终没有交上这份最后的作业，因为愧疚，因为我是个逃兵，因为，我早已生疏的笔法。

一晃几年过去了，我未曾再次执笔。而前些日，由于小区内停车秩序混乱，我找出尘封了许久的纸笔，挥毫书写了“禁止停车”几个大字，可手腕抖不开，字写得也全不如当年模样。我恼羞成怒，一把揉皱了精美的宣纸，扬手便要扔出去。这时，我突然发现，纸的背面有整齐的红色格子，正是再见的那个下午，老师拿笔蘸了红颜料，耐心地一笔一笔画下的。而如今，我就这样糟蹋了这张纸，也彻底碾碎了老师的良苦用心。

无奈、悔恨，万般滋味涌上心头。毫无疑问，我还喜欢书法，我试图逃离，却逃不开它的引力，抹不掉渗入骨子里的墨香。

我这才明白，“你只是不喜欢了”不是一句陈述，而是对我内心的反问：“你真的不喜欢了吗？”

字如人，练字如修身。教我写字的人，也教给我处世的道理。每当我徘徊在放弃的边缘，我都会问自己：“真的不喜欢了吗？”然后听听内心真正的回答。

我还练字，身边总有一支便携毛笔。而内心的回答已然清晰：这一次，下一次，再一次，我都将在自己喜欢的、选择的道路上坚定地走下去！

（指导教师：邹洁）

点　评

文章构思巧妙，题目为全文设置悬念，能够吸引读者的阅读兴趣。“我”因喜欢而学习书法，又因对书法热情变淡而选择逃离，最后由练字上升到“修身”做人的角度，升华文章主旨。整篇文章语言清新流畅，擅用对比、排比等手法。巧设悬念，一波三折，值得生活在浮躁中的我们认真思考“喜欢并坚持”的意义，耐人寻味。

当我老了

□ 河北省香河县第一中学　康瀛

当一腔热血冷却冻结，当满腹委屈终成平静，当整个身躯不再勇往，我知道，当我像这样平心静气、慢慢沉淀的时候，便是老了。

也许老去并不是容颜枯萎、青春衰败，而是遭遇了大风大浪后看淡得失的那份平静，或是在这飞速前进的世间拥有一颗愿意慢下来思考的心灵。也许你会严肃地指正道："你错了，这该是成熟。"成熟与老去，相较之下的确是成熟更容易让人接受，而老去，总是让人不太乐意承认。塞林格的《麦田里的守望者》中说："一个人不成熟的标志是他愿意为了某个理由而轰轰烈烈地死去，一个人成熟的标志是他愿意为了某个理由而谦恭地活下去。"谦恭地活下去，我想这种状态正是老的结果。而这种并非狭义的老，恰是心态上的成熟。

当我老了，我一定要停下虚无缥缈地向前追逐的脚步，我要慢下来，拾起掉落在时间长河里的纸和笔，去描绘一个生命的春天。曾经因为追求荣誉和掌声而高高抬起的头，现在也该谦恭地低下去。写作这条路似乎只是人生大路的并行道，它也许没有灯火，没有目光，我曾在这里摸索前行。也许我们都曾这样，像个夜行者。这条路很黑也很亮，我们都是夜行者。当我老了，我回头看去，不知何时早已落得满路芬芳。也许只有当我老了，我才领悟到行走的全部意义。这才是黑夜的全部意义。

当我老了，我一定要好好看看这人间。我不曾留意过，春天里停在电线杆上跳跃的小麻雀，有着明亮而纯洁的眼眸；夏天时爬满青苔的矮阶和滚烫灼人的长椅，铺着被人坐皱的报纸；秋天风起后一片片随风打着旋儿跳着舞的红叶，铭记着夏蝉讲过的每一个秘密；冬天茫茫雪原上孤零零的山头，埋藏着日光撒下的种子。我想要走遍这世间的每一座桥、每一处坑洼、每一条山路，踏遍山南海北，冲破层峦叠嶂，在静谧的夜空下与爱撞个满怀。

当我老了，我一定要回到故乡。老一辈的人讲，中国人讲究落叶归根。故乡，是我的根。只有这扎实的地基牢固，我才能安心地在外做个游子。我常常想起"人生既是道路又是家"。故乡是我的家，我游遍千山万水，最终还是唯爱这一种笑脸。那是家人亲切的笑脸。人生这条险路通往家，家又在一片含情脉脉之后为你提供探路的勇气。所以道路与家又何尝不是相辅相成，两相成全。史铁生说，他一个人来到这世间玩得太久了。所谓故乡原本就是异乡，故乡不过是我们的祖先漂泊旅程中落脚的最后一站。当我老了，我一定不要再漂泊，我要回到故乡去。就像《金色池塘》里的那对夫妻，不再想要迁徙，在尘埃点点的日光里回归平静，便是老。

当我老了，也许我会多了一些顾虑，不再容易满足。我仍会羡慕，羡慕那些少年心气。朴树的歌词唱道："以苦难为船，以泪为帆，心似离弦箭。莫说天无涯、海无岸，天真作少年。"多希望当我老了，即便半生出走，归来仍似少年。他曾说，并不是他没有改变，少年得与现实格格不入，像个外星人，而是现在的人，都过早地老去了。难道是时代的发展与变幻湮没了我们的少年心气吗？答案无人可解，但我愿意当我老了的时候，保持一点儿纯真的少年心气，不要过分成熟，也不要忘记为什么而出发。

当我老了，也许面容疲倦，也许心态平和，也许脚步蹒跚，也许仍充满欢喜。其实这头顶上的太阳每一天都是夕阳也是旭日，它缓慢而悲伤地落下山头收尽残留的余晖之时，便是它在山那边蹦跳着爬起来散播万丈光芒和希望之时。太阳如此，人亦然。当我老了，陷入轮回，我又会在未知的某处成为一个孩子。生死轮回，本就是生命的一个奇迹。

这场名叫人生的旅途，有太多风景来不及回顾。当我老了，我愿意回首，归来，静待一树花开。

点评

这篇文章表现出作者十分出色的思辨能力。文中很好地讨论了若干只有在老境中才能凸显的问题：成熟与衰老的关系，荣誉与奋斗的关系，风景与心态的关系，故乡与他乡的关系，年少与现实的关系。有些问题谈得十分精辟，例如成熟和老年、故乡和老年之间的关系都通过引证名言得到了比较充分的表达。

裂 缝

□ 浙江省金华市外国语学校　陈一诺

笔滑落到地上，我弯下身去捡的时候，才注意到地板上的那个口子，细长而又弯曲，像是地震前的征兆。很快，地震就来了吧。那时候头顶的吊灯一定会像颤颤巍巍的老者一样开始抖动，紧接着天花板上的墙粉纷纷扬扬如雪般撒散，呈现出一条又一条的裂缝，就像地上的征兆一样。但也可能没那么明显，可能是一场极其微弱的地震，微弱到我们难以察觉。与此同时，也一定会有很多地区和我们一样，在经历着一场微乎其微的地震。但它突然变得剧烈起来，我感到整个人都在抖动，在摇晃。

我听见窗外一大群市民的尖叫声，不错，地震真的来了。我放下手中刚捡起的笔，慌张地逃到空地上，看到马路上裂开一条比屋子地板上大得多的口子。口子活生生地把几个无辜的市民塞进自己的嘴里，肆意地一舔嘴角，扬长着得意的笑向左侧的市民追去。良久，才听到警报声在城市上空响起，盘旋在耳边久久不能擦除。大人们努力用身子将孩子包裹住，怕建筑物坍塌下来压垮了孩子。妇女、儿童高亢的尖叫声掺和着长鸣在城市中的警报声，搅得我好生心烦。再回过神，看见那口子正在向我扑踩，我撒腿就跑，它却像头饿狼般加快了自己的步伐，终究还是没躲过一劫，被它收入囊中。我挣扎着向上，身子却不听使唤地往下沉。只觉眼前一黑。

脑袋一沉，敲醒了迷糊的思绪。感觉一个瞌睡后果然精神好了些，哪怕只是合了会儿眼。低头，又看到了那条裂缝。

裂缝慢慢舒展着身子，向四周延伸出去。我听见楼底下传来的“咚咚”声，那一定是楼下闲置已久的房间终于等到了买手的青睐。楼下的装潢工人，在装一顶华丽的灯盏啊。为了将它固定得更加结实，他们在那周围又进行了敲敲打打。于是，灯盏与房间的温馨更加匹配了。夜晚，装上灯盏的新屋开始变得明亮，像是注入了新的活力。却不料一用力，楼上的地板开始龟裂。一条条纹裂像是参天大树的根，密密麻麻地缠绕，交织在一起。新来的邻居会是怎样的呢？真是期待。

我俯下身子，贴在冰冷的地板上，向裂缝中望去。竟发现了里头钻出的嫩芽，它努力地往外冒，挤破头皮想要到外面的世界去瞅瞅。如果把它取出，种到土壤中，它会长成什么样呢？一棵小草还是一株树苗？是一棵小草吧，尽管不起眼，却也是一个生命。是一株树苗吧，待它长大后，可以供归鸟筑屋建巢，孕育又一批生命。就这样循环往复，不断地有新生命出现。正是这些多彩的生命，才构成了这个充满生机与活力的世间。

环顾四周，裂痕到处都在，裂缝也是一样。一件新换上的衣裳，一张干净如新的桌子，一面洁白似雪的粉刷墙。我们无法将所到之处、所见之物、所触之地的裂缝一一缝合，但我们还是会面对。即使是人心也无法像晶莹剔透的水晶一样可以不留痕迹。即便是享誉全球的画家也不可能在自己的职业生涯中画不出一幅进垃圾箱的作品。我想，也正是这些不完美的裂缝赋予了我们生命的色彩、世界的绚烂。

但那裂缝不过是小刀滑落留下的印记。

（指导教师：汪曙）

点　评

“意识流”的文学创作，对于中学生来说可能是一件比较难的事情，但陈一诺同学能勇敢涉足，这是一次美妙的尝试。文章从地上的一条裂缝入笔，展开联想与想象，让意识去流动。地震、坍塌、废墟、黑暗，潜意识渗透的其实是当下现实社会孩子心中那充满普遍性与悲剧性的压力、束缚和无奈。但孩子远比我们想象的要更加坚强，嫩芽、树苗、绿色、生命，这就是孩子的抗争，纵使现实残酷，可他们的眼中充满了希望。

面包与诗

□ 江苏省泰兴中学　曹李馨

“诸凡事物，无不质化。”由此看来，古中国的几千年倒像是一场浩大的精神野游。“诗三百，一言以蔽之，曰：思无邪。”燕燕于飞，呢喃不尽，瞻望弗及的悲哀，满承着人世烟火的思念，却无怨怼与悔意；斯螽动股，莎鸡振羽，蟋蟀入我床下，自然与人亲密无间，了无罅隙。《诗经》中，那些纯澈明净的句子如芙蕖嫣红涉江而来，润湿了一方心灵。

那时，人们只知思，不知质。物质上极度匮乏的人们却有着丰盈的精神世界，像一场华丽铺陈的梦。

沉睡在这片神圣土地的人们如何知晓，十九世纪的西方，科学主义、理性主义掀起并备受推崇，西方人试图用分子结构、数学模型、量子理论疯狂地丈量世界。他们疯狂地攫取利益，征服的野心如文明壁炉里熊熊燃烧的火焰，并愈演愈旺。近代中国，终于不幸地成为其扩张的牺牲品。

西方工业文明的华彩开始冲击我国的传统美学。中国人逐渐明白，银河里没有潺潺流动的春水，所谓星辰也不过是一颗颗崎岖顽陋的石头。专业性人才的需求激增，知识是工具，是饭碗，是敲门砖。诗意有什么用？社会讲求的是效率，追求的是速度。他们要让自己活得更好。这没什么不对。

在我看来，物质利益于人类社会的重要性是不言而喻的。萨特曾言：“小孩子都快饿死了，文学还有什么用？”那么大多数人追求的物质即是小孩渴求的那块面包。它喂饱了人类社会，建立起一整套热气腾腾的社会体系和价值观。没有物质，人类仍处于混沌不堪之中。中华民族勤劳自强，自然不甘心落后，故相比于其他诸国，我们拼了命地赚取更多的面包，甚至不惜献上自己安宁、平稳的小日子。

可是，我们能用面包的多少来衡量一个人的成功与否吗？

试看周围人，斑斑怯弱，点点哀愁，是的，他们并不幸福。他们是钱理群教授口中“精致的利己主义者”，是“套中人”，懂得社会的套路，知道如何去取悦别人，获得更多的面包。当挫折来临，“丧文化”由此产生，年青一代“颓废到忧伤”，幸福感严重缺失，“葛优躺”中包含着强烈的怨愤与不满情绪。

这是一个理性异化的社会。鲁迅先生这样解释：一是知识崇拜，“物欲来蔽”“举世惟知识之崇”；二是文化地位下降，“使性灵之光，愈益就于黯淡”。我们需要诗，需要那些来自古诗集的幽幽诗意，来侵染被尘封已久的灵魂。

曾看过一个热词，叫“丹麦式小确幸”。小确幸，即小而确定的幸福。丹麦人“懒”，对面包少有兴趣，倒是钟情于阳光、海水、自行车道。一个人灵魂的轻盈与否才是他成功的评判标准。再如诗人木心，在杰克逊高地，看啭鸣的红胸鸟、五月阳光、鲜花、电线杆，体味一种静静的安然；梭罗，栖息于瓦尔登湖畔，想象鱼飞上天空，反思最真实的自我。

或许有人会问，在这样一个浮躁之气日益盛行，大多数人都在追寻物质利益的今天，这种贵族式的诗意是否只属于诗人呢？我想也不尽然，我自己就曾体会过这样的诗意：那日去图书馆，刚下过雨，木质地板散着潮湿的水汽。我独自倚窗而坐，看天光从木窗格中泻下来，室内的一切都有着一层古旧而繁复的阴影。窗外开着大朵细白的荼蘼，香气怅惘幽婉。这景，像极了张爱玲湿漉漉的黄昏。图书管理员是中文系退休的老教授，举止优雅。很多个下午，我和她，相对而坐，浸润在时间的淡然香气中。我以为，这样的时光，甚是奢侈。

海德格尔曾经问：“在技术化千篇一律的世界中，怎样才有家园？如何才有家园？”这个存在主义者，提出“存在即选择成为自己的可能性”，对人类的生存状态和栖息方式提出了最本真的关切。我们需要知识，需要面包来支撑我们的生活，固定我们的轨迹；我们更需要诗，活出轻盈的生活状态。唯此，才是圆满。

六点整。这是北京的黄昏。

暮色四合，一灯如豆。吃饱了面包的你，来和我一起读首诗吧。

点　评

本文以转喻的方式，用“面包和诗”为标题，揭示了“面包”所代表的物质性的成功和“诗”所代表的超物质的成功之间的辩证关系。文章思路开阔，引经据典，纵横捭阖，对于观点的阐述既切中要害，又合情入理。而作者所提倡的诗意的生活，也被描写得令人神往。

让汉语走出老庭院

□ 河北省衡水第一中学　吕佳鸣

余秋雨说："时间和文字在一个老庭院里厮磨，千般荒凉，以此为梦；万般蹀躞，以此为归。"他言"这是文化存在的极温暖方式"。固然，在老庭院中固守，可让文化享尽在宁静祥和中薪尽火传的温暖，但是，过于保守却似使文化少了"穷则思变"的勇敢和力度，并且从长远来看，过分守旧，抱残守缺，排斥"新生"与"异己"，只会让本来的繁荣渐渐在时代浪潮中落伍。

因此在网络方兴未艾的今天，我们的汉语，华夏的文字，亦不能凝固不前。妙用网络，才能让汉语焕发新的生机。

之所以我称之为"妙用"，是因为举世皆知网络是把双刃剑，其负面影响与糟粕不可小觑。诚如萧伯纳指出："光辉之下，犹有暗的隐藏；善的背后，犹多恶的背影。"一个事物的产生势必会附带其负面影响。有人对网络用词泛滥的隐忧固有一定道理，但我们更该看到的，是网络对汉语发展不可估量的助力。

确有糟粕，确该隐忧。但只要我们妙用之，择取之，即可让网络推动汉语的效益最大化。

前些年《中国汉字听写大会》火了，继而引起了借助电视、网络媒体重新弘扬古老民俗传统、民族文化的新热潮。透过《汉字英雄》《中国诗词大会》等缤纷多彩的节目，我们不难看到，已有越来越多的"有志之士"意识到顺应时代，用新媒体解决弘扬传统文化的旧命题的新途径。

所以我说，善用、妙用网络，不失为当代弘扬汉语等传统文化，开创文化新篇的最佳途径之一。

"周虽旧邦，其命维新"，创新对民族文化发展起着难以估量的作用。在新时代，用新方法妙用网络，来解决传统文化弘扬问题是了不起的创新。像"十大流行语盘点"，以全新视角向大众呈现着对汉语言的新的注解，如今已成为国人年度集体参与、搜集、评选的盛宴。虽然以不同标准视之时，有些词语或许略有失当，但它们背后所承载的上亿大众对汉语的热情至热爱，远重于它们是否真正恰当的讨论。

更深一步说，网络对我们民族、我们炎黄子孙文化自信的重拾，对文化热爱的唤醒有着更为深远的意义。从“孔子热”传遍海外，名著入户的风靡，以及如今“轻阅读”等阅读方式的转变，再到“网络文学”的兴起，我们更可以看到网络带给中华文化的新繁荣。虽然“网络文化”等新形式如“小鲜肉”等热词一样饱受争议，甚至被斥为“无尽的泡沫恢宏铺排，营造出的一个富丽堂皇的假象”，但我始终认为，批判批评确有必要。它们确实是矫治不正之风，促其更好发展的不可缺少的利器，但批评绝不等于全盘否定，在批评之前，更要先看到它的意义。

当然，我们也承认在网络助推文学发展过程中有时亦会偏离轨道，发生一些谬误与不好的现象，有诗称“发展的列车匆匆驶过精神的站台，现实的变化把心灵的地图抛之身外”。如何在使用网络中把握“妙用”这个度，此时批评者的声音就显得尤为重要。

木心先生作为冷静的批判者，也曾不留情面地指出：“世界早已精致地只等毁灭。”在我们的文化领域，在网络蓬勃发展的背后，是否也会存在文化“过于精致”的问题？像“小鲜肉”入选年度热词，是否又过于浮夸？

这些皆是在肯定网络积极作用的层面下提出的问题，亦是摆在今天你我面前的问题。

这些既是一个高三学生鞭长莫及的叹息，亦是我明天为中华文化经天纬地的动力。但我坐在今天的考场上，更想强调的是：不要湮没在四起的批评声中而忽视了顺应网络时代发展文化的意义。毕竟不是所有人都有卓识和眼界，也不能保证没有人会在现在四起的批评声中误以为网络只剩消极的一面。

让汉语走出老庭院，让文化走出老庭院，但又不要让文化在现在的灯红酒绿里迷失。妙用、善用网络，让汉语挣脱世间繁杂的禁束，让我们去往中华民族文化的无垢星空。

（指导教师：陈俞先）

点　评

妙用网络，让汉语重焕新的生机。让汉语走出老庭院，让文化走出老庭院。作者提出鲜明的论点，摆事实讲道理，用耳熟能详的事例，用朴素的语言，从正反两方面来说明妙用网络的力量。题目自然亲切，表达情真意切。

夜雨·选择

□ 山东省牟平第一中学　曲成韵

雨，渐起。

一袭青衫，半卷史书，你便是这样静立在窗边，看着这天地之间，笼上细密雨幕。水汽湿润了雕花的窗棂，湿润了被微风轻扬的纱幔，湿润了满室温暖的烛火，渐渐地，湿润了你的心。

当天地苍茫一色，唯独余你一人时，你便感到了入骨的孤寂。朝堂上不着声色的排挤，同僚们背信弃义的骂声，终是将你送到这巴山楚水的凄凉之地。试想初入长安之时的意气风发，你不由垂首苦笑，早岁怎知世事之艰，往昔的豪气如山，空成一片长叹。

雨声细密绵长，如游丝牵住你的心。在雨声之中你侧耳细听，捕捉到了嗒嗒的马蹄声，有人骑马而来，是为飘零在外的游子，送上那一封千金家书吧，你这样想着。

和着马蹄之声，你的思绪翩飞，穿越雨幕，回到你魂牵梦萦的长安，回到心心念念的妻儿身边。你突然想起，或许该给长安苦等的妻儿一封家信。

取纸，研墨，却迟迟难以下笔。

可写何字？写如今的颓丧、孤苦？你摇头，你不愿妻子平添一分担忧。写自己都未知的归期？你摇头，你想起几月来许诺过的归期并未实现，反是她，次次地掰指而算，为你数次承诺的归期，画损了眉梢。

你搁笔，望向雨幕，望向天际，清冷、绵长的雨，涨了秋池，也化为思念，涨满了你的心房。

长安从未有如此大雨，你想。听着陌生的口音，尝着辛辣的饭食，你才忆及她的喁喁软语，她的举案齐眉。你忆及夫子府中初见的她，倚门回首，却将青梅嗅的娇态，你忆及龙凤花烛张灯结彩下巧笑倩兮的她，你忆及初添一双儿女之时温和微笑的她，你自问自己并非儿女情长的书生，你心怀天下，你只一心想着“致君尧舜上，再使风俗淳”，却从未想过她的感受。你怨这无尽的秋雨，它带给你仕途的失意，带给你与雄心不符的刻骨之思，你惘然。

雨中仍有子规的血泣，一遍遍地告诉着你，不如归去，不如归去，它和着妻儿的笑颜，一层层撕下你的伪装，不如归去。回到你梦中的乡音故土，找回你梦中的她，你的心有灵犀，你的少年轻狂。你会抚平她“悔教夫婿觅封侯”的怅然，安心做你的田舍郎，让兼济天下的梦就此淹死在上涨的池水中。

你的双手颤抖起来，在微凉的秋风中，如一只华丽而奄奄一息的蝶，再不能翩飞。

风尘路与温柔乡，蟒服簪笏与妻儿绕膝，雄心壮志与安逸满足，孰是孰非，孰轻孰重？矛盾、挣扎，如噬血的藤枝，沿着血脉滋长，你被缠绕其中，不得脱身。是的，你厌倦了尔虞我诈，尝遍冷眼，只要你松手，辞官回家，你照样可以跌回妻儿崇拜与顺从之中，只要你在这白纸上写下几字。

你想着陶潜的归去来兮，张季鹰的莼鲈之思，你要自己承认，自己已有归隐之心。

那笔，离纸面越来越近，越来越颤抖。

“啪！”一声轻响，打断你的思绪。是烛火，在默默燃烧许久后，爆出短暂而耀眼的灯花，许是烛芯未剪。你望着它，猛然扔下了笔。

明亮的烛火，缠绵地摇曳在室内，像极了那一夜，你欲动身来这巴山的前夜，红袖添香，灯影温柔，她为你研墨，看你细读陈年往事。你想起谪迁之事心中压抑，竟放了书唤她，出嫁至今，可悔。她的回答如今一字字涌出，鲜活而明晰。她答，天降大任，苦其心志，劳其筋骨。她答，男儿应志在四方，纵一时不济，蛟龙入浅滩，虎落于平阳，亦有重见天日、把酒临风之时。她答，她最记你当初，白衣怒马嬉笑欢颜，答夫子问话之时的从容不迫、挥斥方遒……那天送你上船，她字字恳切，承诺教子育女，承诺尽孝公婆，杏眸含泪，却终不提“留”字。她知你志向，知你不甘，却只和你浅笑，送你归去。

她送归的，是雄心不灭、壮志尚存的铮铮男子，却不是耽于温柔临阵而走的逃兵。

匆匆的脚步由远而近，是驿馆使者，言你寒衣已至。你双手接过，在转身之时，胸膛一暖。明月楼高制寒衣，未有一字相送，只因她知你。

你恍若大梦之中清醒，安逸之思销骨蚀志，你如今才懂此言之义。

于是，你扔下被墨濡染得模糊的宣纸，推开雕花木窗。窗外正大雨如注，带着凉意的空气扑进你的怀抱，你便有了大梦初醒、劫后重生的清明。

再铺纸，重研墨，和着雨水，和着一颗将死却又怦然而动的心。你挥笔，几行行楷端正现于纸上，你细细折好，署名写址，顾不得这大雨淋漓，向驿馆中去。寄书，寄书。

多畅快的大雨啊，湿却你的青衫、发丝，你不顾雨打得狼狈，不顾旁人的眼光，任由水花四溅。你向她发誓，你会前行。不顾流言，不顾风雨直到走回长安，直到走回朝堂之上，直到堂堂正正地站在她的身边。

是的，不停留，不回头，向你的梦，向你们的梦。

你突然不再惘然。君问我归期，未有舟车之备，却重拾一颗雄心，一身傲骨，如此，君且待我重整河山，再赴长安；夜雨啊，夜雨，你予我一身狼狈，却又无声地淋尽我的退缩无奈；那雨，涨了秋池，亦涨上我的挣扎、我的思念、我的回归，它们翻涌着，奔腾而来；今日烛花一闪，恍若你无声温柔，待你我相见，并肩西窗，再共你话，今夜的我，有相思与选择。

和着夜雨，那一封家书寄往北方，寄往长安。

长安城内一户人家中，那女子展信细读——

君问归期未有期，巴山夜雨涨秋池。何当共剪西窗烛，却话巴山夜雨时。

那女子轻笑，美目盼兮。

不知此刻身在巴山细雨中的你，可曾听到？

点　评

本文以细腻的笔触刻画了李商隐在夜雨之中思念亲人的内心活动，一方面官场失意，思归心切；另一方面壮志未酬，不能回家。文章将景物的描绘和人物心理的刻画融为一体，以景引情，借景抒情，从而推动内心情感的抒发与故事的展开。此外，作者在叙述过程中表现出的对于李商隐生平事迹的了解，也是为本文加分的一个重要因素。

当我老了

□ 山东省济宁市第一中学　宋和煦

二十二世纪，世界人口大爆炸，地球已无法承受日益增长的人口负担。经各国领导人协商，联合国议会投票决定，从 2100 年起实施“老人回收计划”，各国每位年满七十周岁的老人都必须被送到“老人树”进行回收，以维持世界人口总量平衡。

我的故事，从这个时代开始。

噩梦

乌鸦。

成群的乌鸦。

它们盘旋在屋顶上方。巨大的气流形成一个恐怖的旋涡，将屋顶彻底掀飞。成片的乌鸦暴露在我的视野里，躺在床板上的我暴露在它们的利爪下。它们盘旋着、啸叫着，忽而对着我向下俯冲。

我从惊恐中醒来，满头大汗，气喘吁吁。

我转过头去，在劫后余生的感觉里，目光转向身旁的丈夫，他也并未入睡。一阵恐惧，我将自己蜷缩到最小，躲进他的怀里。

“兰惠，你今年有多大岁数了？”丈夫的声音低沉而喑哑，我不禁一震。

“六十九岁三百六十二天了。”数字念出的刹那，我只想把自己缩得更小，小到让这个世界找不到。

“快了啊！”丈夫有些怅然若失。

或许因为都知道这意味着什么，我们都不再说话。

一阵静默。

“兰惠，我看到了许多乌鸦。”

是啊，许多乌鸦。

惊梦

人老了，就变得怀旧，常常回忆之前的故事。

我想起了父亲，那个为小时候的我倾尽一切，老了却被我送到“老人树”的男人。

他走的那年，我三十岁，一个愿意为国家、为社会奉献一切的年龄。那一年，我决定严格执行“老人回收计划”，在做好所有准备工作之后，我和丈夫及工作人员坐上车，送父亲去“老人树”。

那天天很阴，天气预报说那几日会下暴雨。夏日午后特有的闷热，以及刺耳的蝉鸣，让人无比心烦意乱。赶到“老人树”所在的山脚时，天色已经暗下来了。

在起初的路程中，父亲一直很配合，在车的后座哼着小曲，玩着风车。到站后，我们让他下车时，或许他也知道这意味着什么，死活不肯下来。周围的工作人员也围了上来，一边帮我扶父亲下车，一边数落我作为女儿没有事先告知老人要配合。

我们决定让父亲安静一下。我陪丈夫出去转转，等回来再做努力。可回来后却发现父亲不见了。

我哭了，责备自己没有看好父亲，没有履行身为公民的义务。丈夫在一旁，不停地给我递纸巾。

看见我哭，父亲出现在我面前，他戴着彩色的纸质三角帽，左手拿着风车，满脸慈爱的笑容，向哭泣的我伸出右手，说：“惠惠，爸爸带你去上学！我们的惠惠真是长大了，昨天老师又向爸爸表扬你了呢！她说我们惠惠是个好孩子……”

我任由父亲牵着手，呆呆地听着父亲逗我笑的话，直至走到“老人树”下，我们分别。

转身往回走，我脑海里回想着父亲招手作别的神情，却听到了乌鸦的叫声。抬起头，成片的乌鸦朝着“老人树”的方向飞，遮天蔽日。

是乌鸦。

那天之后，我哭了好久。

美梦

随着“老人回收计划”的实施，它的配套服务“老人之家”一夜间兴起，致力于为即将送去“老人树”的老人提供最后的快乐时光。

“徐女士，鉴于您的母亲徐兰惠女士退休前是教授，在杏坛享誉盛名，她的积分是一万两千分，我们决定给她提供最高级别的服务，保证她在生命的最后三天享受到最大的快乐。如果您母亲没有婚配的话，我们也提供了老人配对服务，说不定就找到真爱了呢！”

一夜间，我回到了熟悉的地方，仿佛之前为父亲办理入住手续还在昨天，今天我却成为一名入住者。就好像你原本在袖手旁观，转眼便被卷入其中。

“老人之家”无愧美名，这三天里我被照顾得很好，当然，我并没有接受它的老人配对服务。但是，这几天里，我最担心的却并不是我即将被回收，而是无法看着孙子长大，无法陪伴女儿的余生。

迷梦

到了我该走的那天了。和“老人之家”的朋友们告别后，我、丈夫和女儿一家，踏上了前往“老人树”的路途。

我靠着丈夫，乖巧地玩弄着孙子的风车。

天气很阴，很闷热。蝉声刺耳。

“老人树”下的山脚到了，我和家人一一拥抱作别。

和父亲一样，我左手拿着风车，右手牵着女儿，装作对“老人树”一无所知，说：“曼曼，妈妈带你去上学……”

然后在“老人树”下，我和目光呆滞的女儿挥手。

他们转身，不知道有没有回头。

成群的乌鸦啸叫着袭来，围着“老人树”上下翻飞，遮蔽天日。

我感受到自己保持着挥手姿势倒下，成片的乌鸦扑向我，带着它们的利爪和锐喙。

一场夏日的盛宴。

梦醒

“叮——”

闹钟的声音将我惊醒，我冲到洗手台前，在劫后余生的恐惧里发现，我有一张富有胶原蛋白的脸，“老人回收计划”“老人树”等都不过是梦。

我在二十一世纪，世界还未改变，我还未老去，父母也健在，一切都还来得及。

谨以此文献给所有存在于二十一世纪的人。世界还没有变得像文中那样糟糕，一切都还来得及。我们都还在，还可以为父母尽孝，无论是多么差的关系，都还有修复的可能。让生我们、养我们，将一生心血投给我们的人，老有所养，老有所依，让自己在余生里，了无遗憾，无愧于心。

趁一切都还来得及。

点　评

文章以奇特的想象，描述了一个荒诞的故事——满一定年龄的老人被送走“回收”，“我”多年前以“社会”的名义送走了自己的父亲，多年之后，“我”自己也被以同样的理由送走。细细想来，荒诞的背后折射的其实是社会现实：我们以各种冠冕堂皇的理由来逃避对年迈父母的责任。等我们老的时候，同样的理由给了我们的孩子，我们也许才能体会当年父母的苦涩。作者的立意不俗，构思不凡。

微信扫码
在线看写作提升课
获取精品阅读资料

第十六届（2018年）获奖佳作精选

17年17届

废墟何须重建

□ 江苏省灌云高级中学　成佳浏

前几天在微信上看到一张圆明园的复原图，而后又听说某地又重建了一座圆明园。

如果是这样，便能体现出大清泱泱帝国的皇家气派，便使那些大清的皇亲贵胄又能极尽淫奢、逍遥快活，便使当下的国人们又像打了鸡血一样亢奋不已，便使十九世纪的“英吉利”“法兰西”两个强盗本就不多的负罪感荡然无存，那么，过不了多久，圆明园废墟里的那些残垣断壁就会淡出人们的视线。

这使我想起长城来，原本秦长城是世界古老的奇迹之一，陕西就有遗留下来的、原汁原味的秦长城的废墟。而如今，那儿的人都在对明长城津津乐道，都挤破头到北京看长城的修复品。我真的不敢设想，或许以后一提到圆明园，人们都会想起那座光鲜亮丽的复制品，而废墟，如同太平盛世抖落的尘埃，不堪再提。

大清已成历史，圆明园废墟是历史留存的不堪回首的伤疤，这镶嵌着民族耻辱的历史痕迹，在当代人斑驳的记忆里逐渐被稀释勾兑，曾经的苦痛隐隐褪去，民族自豪感渐渐涨满，我们的身心渐渐融入时代急功近利的洪流，或被泥水裹挟着趋炎附势，或乐在其中随波逐流。太平盛世大国崛起已成必然，商业化导致的全国各地大兴土木建塑形象工程已成必然，废墟重建似乎也成为必然。可是，废墟真的需要重建吗？

如果在近乎狂热的大脑上浇一盆冷水，如果能静下心来倾听历史深处的回音，就会发现我们已经离开人类社会发展进步这根主弦有多远。生存在昨天与今天的夹缝里，生存在历史与现实的连接处，我们有时候“抹去了昨夜的故事，去收拾前夜的残梦”，有时候丢失了灵魂，忘记了良知。

现实和历史就像火车窗外的风景，车轮每哐当一声，“现在”就会成为“过去”，现实就会成为历史，诸多恢宏壮丽的形象工程就会成为废墟，历史就会翻过新的一页。厚也好，薄也罢，也许无人能改写，许多人只能成为看客，看客只能袖手旁观。当然，我不愿袖手旁观，不愿无动于衷。

废墟，真的不需要重建。

圆明园废墟，略带末日的沉重感以及亡灵乐于沉入其中的寂静，它是一种存在，它有自己存在的意义和价值，使曾经的建筑像花朵一样享有自己的凋谢枯萎。废墟的非凡之处也在于，一旦置身其中的绝对静寂，仿佛就能立即回到它的辉煌全盛的时代。有人说它是耻辱，但它却承担了不可估量的空间与时间交织的美学价值。这种时空美学，也可以包括建立的极权以及随后的湮灭。

生命的枯萎也是一种过程美，没有枯萎就没有秋天，圆明园废墟就是大清枯萎的剪影，它昭示着晚清的悲凉沧桑，让人察觉到民族步履的蹒跚，感悟到民族的郁愤和屈辱，感触到历史的深深的皱纹与沉重的脚印。假饰天真的重建，无疑是对历史最残酷的糟践。今天我们重建的是一座圆明园，可我们无法改变那一段狰狞的时空。今天我们可以填写几页废墟重建的艳词，但是，我们永远填不满一部真实的历史。当然，有关重建圆明园的文章相当丰盛，但是我们不需斟酌那些文字的重量和厚度，只要甩干其功利的水分，再提起书脊，便会抖落一地的魑魅魍魉。

站在废墟边上，穿过丛生的杂草，我看到圆明园鼎盛时期的繁华壮观，看到这鼎盛背后的日落汹涌、晚霞燎烈，无边席卷，一如百年前的那场熊熊大火。也许未来的某个日落，我伫立在大水法边上，紧抓历史的衣襟，握住晚清的双手，与圆明园相拥而泣。习习晚风中，倾听她们哭诉前世的苍凉和愧疚，抚慰她们对后世的怨恨和谴责。

废墟重建，不需要，真的不需要！

（指导教师：赵迎银）

点　评

文章从一张圆明园的复原图以及某地重建圆明园的消息出发，针对“废墟不需要重建”这一观点进行了论证。应该说，文章的观点并不新鲜，思想也未必深刻，但是在写作上却表现出极高的水平。首先是文章的结构，层次清晰，富有逻辑性。先根据事实，提出质疑，再借助联想、假设进行反证，得出“废墟不需要重建”的结论，最后再以抒情的笔调进一步重申。其次，文章十分注重修辞，在表达准确的前提下，追求语言的华赡，造成一种情景交融、今昔交错、辞采飞扬的效果，十分具有感染力。

其实不需要

□ 江苏省泰州中学　王江泽

搬入新家，惊喜地发现房子附带了一个露台。暗红色的防滑地砖铺了大半边，而在东北角靠墙的地方则通人意地为我留了一方花圃。望着那黑黝黝的泥土，种花的意愿悄悄在我心中萌发。

不多时，花木公司便为我送来了两株山茶花。一株幼苗强壮茂盛，另一株相比之下，则有几分瘦弱与寥落。于是，我决定将强壮的那一株移至室内精心培养，另一株则种于花圃之中听天由命了。

室内的一株，我为它精心挑选了一只大陶盆，赭色的盆壁还雕着些浮饰，与那山茶苍翠的叶子一映衬，显得格外好看。我扬扬得意，《囚绿记》中一株绿藤便让那阴冷灰暗的小室充满生机，而我这满眼葱翠的山茶，不知要胜过它多少倍了。想到这里，我更是喜爱这花，越发精心侍养，盼它早日开花。而露台上的那株，则早已被我抛到九霄云外去了。

浇水，松土，钾肥与磷肥混用，小苏打调碱性……我全身心投入到种花事业中去。而那山茶花也颇通人意，一日急过一日地拔高，从顶芽到底茎的每一个细胞似乎都在拼命把自己拉长，恨不得一个拉成两个用，如同得到了竹笋的真传。而外面那株呢，青灰的茎还是那么细小，原来翠绿的叶上也蒙上了一层都市的尘土，一点儿也不好看。

但生活总喜爱波折。不知从哪一天起，室内的花停止了生长，叶子也有些萎蔫的迹象。生病了？我翻遍各类花卉手册也未找到类似的症状；有虫害？仔细检查每片叶子连根蛛丝都找不到；缺少太阳？每天五小时纯日照恨不得精确到读秒。疑惑越来越大，但花的状态是越来越糟。枯黄从叶的边缘开始，沿着白色的脉络上溯，如黄色的洪水般冲刷大片的绿意。接着，叶子开始掉落，一片，两片……仿佛瘟疫般，我亲爱的山茶的生命在被吸取，被榨干……

两周后，它死了，如一位壮士陨灭。我痛苦而又疑惑，便去问爷爷，爷爷仔细检查了它，回过头来朝我叹了口气："是你把它害死了。""我？怎么会！"我急切地向他追问，他只是不说话，用手抠开土，刨出根对我说："地方太小，你让它长得太快了，反而长死了。其实足够的空间才是它真正需要的，你的肥啊，药啊，只是锦上添花的东西，就像这盆上的雕花是可有可无的。"

我恍然大悟："明白了，我应该及时给它换盆，对吧。"这下，爷爷急了："你读书读呆了，山茶花要长地里，空间不是换地方就行。要让它从小就在自然界生长，不然，换再大的地方，它也会疯长至死。其实它真正需要的，是像外面那株一样。"

顺着爷爷手指的方向，我来到了露台。十月的风已经有了一点儿凉气了，那山茶花虽未长多高，却枝叶精壮，墨绿的树皮虽没室内那株淡青的好看，但却于无形之中透出一种饱经风霜的威势，挺立于寒风中，根部周遭是一丛丛枯黄的杂草，似乎在向它俯首称臣，瑟瑟地摇动着。"这才是它所需要的，"爷爷叹道，"好山茶，有王者之气！你的那些理论与方法，其实不需要的，反而害了它。"

我望着山茶，山茶也望着我。冥然天地之间，一花一人，若有所思。

种花如此，人亦如此。人为万物之灵长、自然之精华，当于风雨中磨砺起来。如今，许多家长一味娇惯子女，养出的"小皇帝""小公主"任性撒泼，成才不足，成患有余。而有些人则认为要逐渐开放空间，等孩子大了便可以把他从温室中放出来。这样其实更加危险，任性惯了再放之于社会，无疑是放虎归山，后患无穷。以上两种做法，都不可取，这些办法，亦不需要。

一个人真正要的，其实是社会的磨砺。磨去傲气，留下锋芒；磨去软弱，留下坚强。生活的刁难，苦难的折磨，其实这才是你真正需要的，因为它们会增加你心灵的厚度，提高你灵魂的纯度，使你获得无上的勇气，去探索未知的前路。

（指导教师：何文峰）

点　评

一个人真正需要的是什么？作者从自己种植两株山茶的不同经历中，以隐喻的手法对这一哲理性难题做出了自己的回答，那就是："一个人真正要的，其实是社会的磨砺。"这一论点虽然并不新鲜，也谈不上深刻，但却十分明确而突出。而文章最值得肯定的地方在于叙事集中，线索清晰，主体部分全都不离写花，可又语带双关，恰到好处地展示了花和人之间的隐喻关系。

诗中点画诉情深

□ 江苏省姜堰第二中学　蒋恩禹

我总以为，诗中最有灵气与意韵的，是那个汉字笔形“点”，每每用毛笔写下那一笔时，就会不由得觉得自己墨染了一段留白的时光。平凡而又盛大，伤怀又不失美好。

这些诗句，恰如上元夜的花灯，美丽了千年的诗词夜空，而那些“点”，就好似花灯中的烛光，明目张胆地，撩动人心。

平铺素宣，墨砚生香，在素宣上写字，就好像在浮屠中雕花，一笔一画都是花幽幽的纹路。

“遣妾一身安社稷，不知何处用将军”，写到李山甫的这句诗，手中的狼毫正巧，蘸满了墨，我将“安”字的那一点，写得格外重，墨已经浸到白毛毡上，留下不浓不淡的痕迹。无疑，我是愤怒的，作为与崇徽公主同性之人，我想问一句“凭什么”！我能想象，李山甫写这个“安”字时，内心是多么讽刺。我也能想象崇徽公主一身红衣花嫁，行在漠漠无边的沙土上，后面是敲锣打鼓，公主半转过头去，朱唇轻启，问一句：“不知何处，能用将军？”转回来，不再回头，将门之女被迫和亲，真是个笑话。而崇徽公主呢？徒留身后的一地月光与漫漫长夜。

这“安”字一点，怎能轻轻地落笔，缓缓地提笔？这一点包含多少愤怒，又夹杂着几声叹息呢？

“花开堪折直须折，莫待无花空折枝”，当我写到“莫”这一点时，我只是稍稍用劲，笔头轻压，留下一个细长的点，像是杜秋娘唱此曲时，最后绵长悠远的尾音。这不是杜秋娘写的诗，但杜秋娘是将此诗唱和成曲儿，且唱得最好的一位，我不得不佩服杜秋娘虽一生波折但也有个较为圆满的结局。写到这一点时，耳畔似乎传来秋娘似泉水般清澈之音，不要去追求物质享受，少年郎，当惜少年时。莫待长大后，双鬓已生了白发，才后悔当年未惜少年时。那一点，是杜秋娘苦口婆心的规劝，也是对现在，对未来少年郎的劝勉。

笔形“点”,包含着诗人抑或诗中人之情,也给未来的人们以悸动。写着这些诗句,就像在喝一杯有了年岁的酒,我自倾杯,君且随意。

“愁病相仍,剔尽寒灯梦不成”,我连续写下“尽”与“寒”的两点。写这几个点时,已为枯墨,硬是在宣纸上留下几抹有些苍凉的痕迹。朱淑真的这句词,是我在已读的所有闺怨诗词中,最喜欢的一句。读一遍,心就痛一次,是那种压在胸口的痛,描述不出又消散不去。

寒灯已被剔尽了,可梦难成,这或许是那位女子一句浅浅的叹息,“尽”与“寒”这二字多让人心疼啊!烛流红泪而人泪成行啊,远处的那个他,何时才能回家?

这几点,诉尽了闺中女子如丝如线的愁,或许真的,理还乱。

“欲买桂花同载酒,终不似,少年游”,写到“终”字的点时,内心还是有些惋惜的,这两点,我用淡墨,写得很轻很轻,就好像看不到的时光与看不清面容的岁月,岁月的绝情之处就在于它让你熬到了最后,却不给你任何补偿。写下这句词时,我觉得刘过或许也就这么想的,曾经杏花走马正少年,词很清丽但夹杂了男性文人特有的一种深沉。“终”这字的点,像刘过的叹惜,也像刘过肩头上落下的桂花瓣,更像刘过杯中的酒。

“昼短苦夜长,何不秉烛游”,《生年不满百》中,唯这句我记忆最深。“游”字的这几点,我写得很飘逸,像绸带般从天边滑下。对写这首诗的人,我很佩服他的乐观与豁达,一切都安稳得像一场梦,梦醒后再秉烛而游。

“疏影横斜水清浅,暗香浮动月黄昏”,梅妻鹤子的林逋的这句诗,像从未被污染过的空气,带着万物的气息。“清”字的两点,我用笔尖蘸上了些浓墨,写时却轻巧有力,这两点一写,就像闻到了暗香,看见了黄昏。这两点,包含着林逋一生的悠然自得。每看到这句诗,我总能想到庄周梦蝶。他晚年过的是一小块地和七棵蒜苗的生活,虽清贫,但很美丽。两点之中所含有的淡然超脱正被这个当今社会所需要,若在快节奏的生活中寻一份淡然,或许,会走得更快更稳。

这些诗穿过时光的缝隙,诗中的每个故事都始于秋风若水,止于岁月洪荒。愿我们的心中,除了温软的故乡,还有从千年之前送尘如今的明月光。

诗中点,韵意最美,想象千年之前的诗人,写下这一点时,是轻是重,是深是浅,是浓还是淡?都足以表明诗人之情。

诗中点画诉情深,又是一点,又墨染了一段留白的旧时光。

(指导教师:王国兰)

点评

这篇文章构思比较讨巧。作者发挥自己古诗词积累方面的优势，对自己喜爱的诗句中那些带有笔画“点”的某些字眼进行分析，认为这些字眼甚至字里的“点”都有着特殊的含义。不管这种联系是不是十分贴切，但能从“点”出发来思考这些诗句的意蕴，还是具有别开生面的意趣。本文的获奖提醒同学们，以古诗词为代表的文学资源，对于写作乃至一般语言表达的作用，是怎么强调都不过分的。熟练背诵、深入理解大量的诗词佳句，总会在不经意间为文章添彩。

手可摘星辰

□ 湖北省黄冈中学　周若青

一

凌晨一点半，我昏昏欲睡。窗户开着，老旧的电扇转啊转，发出嘈杂的机械转动声。夏夜独有的蝉噪蛩鸣为房间更添几分燥意。我看着死死盯着屏幕的老妈不耐烦地开口："妈，没到时间呢，您用眼神胁迫个破电脑也没用啊。"

我妈横了我一眼，说："你嫌烦自己睡去。"

我真就在我妈惊诧的目光下去了床上，我也大概能猜到我妈的想法：她闺女平时最在乎成绩了，怎么高考成绩出来的时候，却又冷静了呢？

我用被子捂住头，很快就出了一身汗。

我不是冷静，我只是在抗拒现实真正到来的那一刻。

头昏昏沉沉的，听见我妈突然大叫："闺女成绩出来啦！"还有一句小小的、低低的不似我妈豪爽气质的低语："你好像 649 分。"

649 分！像是一道惊雷劈下，我身体里那一盏小小的灯闪了闪，熄了。

二

陈登请我吃冰沙。冰沙店在路口的大槐树底下。树荫里摆着几张老木头桌椅，记得小时候最爱吃冰沙，每次都缠着老板娘多给一勺。老板娘就一边嘴上嘟囔着"要不要人做生意了"，一边抬手再加一勺冰。那时吃一次冰沙能乐一个礼拜。

冰沙在舌尖绽放出凉丝丝的甜意，我豆大的泪珠却直往碗里落。鼻涕都出来了，还往嘴里一勺一勺送冰沙。陈登看不下去了，把冰沙碗一拉，说："别糟蹋了美食。"我一听，眼泪像水龙头被拧开了开关，哭得更凶了。

他皱了皱眉，又叹了口气："唉，本来想安慰你的，结果你一上来就哭，咋办呢？"

我狠狠踩了他一脚，继续哭。

陈登是我表哥，大我六岁，他是一个诗人。

我原来很鄙夷他。诗人应该是一种白衣飘飘的形象，应该是手中虹、天边月。陈登从小到大就不正经，我听过他最成熟的话还是他那天安慰我时说的。

"教育是不公平的。"他一句话吓得我停止了哭泣。我瞪他一眼，问："你到底是不是来安慰我的！"

他继续严肃地说："你的出身直接决定了你九年义务教育的学习环境。像我们这样生在小城镇里的半农村孩子输了人家九年，还怎么追？你考了649分赶超大多数人，我已经很佩服你了。但我知道你想考北大。其实没什么，你只要放弃你年级第一的骄傲，回去复读，明年一定考得上。"他的镜片闪了闪，直视我的眼睛，"我知道这对你来说很难，但要无愧于心，无悔于青春啊。"

陈登那天穿了一身粉色的运动装，配上俗气的金边眼镜，坐在满是岁月痕迹的桌子那头，头一次给我一种莫名的"白衣飘飘"感。

冰沙化成了一碗水。黑暗中有光亮了几下。

三

穿过贴满小广告的走廊，熟悉的肉香牵引我打开了昏黄路灯下满是污渍锈迹的铁门。吱呀声后是老妈的呼唤："闺女回来啦。"饭菜早已端上桌，在紧凑的老屋里添几笔温暖意趣。老爸早已在桌旁等候，老妈则小心翼翼地问："今天心情还好吧？"愧疚的酸楚涌上鼻尖，但我还没想好怎么开口，便只点了点头。妈妈见了却更添笑意。吃完便要求我去给陈登送饭，说是感激他帮助我走出伤悲。

我终于在偌大写字楼里一个小小的储藏室般的房间里找到了陈登。他被乱七八糟的书堆掩盖，只剩下粉色运动装的一角。他门外有很多人经过，但没有一个停下来，我突然为陈登感到孤独。我把饭放下，他先因莫名的声响惊得抬头，后夸赞我还算上道。

我看见被排得满满的时间表，上面满是红与黑，其中甚至还有为"诗韵"栏目打扫办公室的琐事。我胸腔里仿佛被生生地填了几块有棱角的石头，硌着钻心地痛。"陈登！"我叫道，却在看见他眼神时没了下文，我和他都是一样的人，一样在追随光亮的路上不愿停歇。我们像夸父一样追逐着整个世界的日光，只为点亮那一盏灯。

"我想看看你最近写的诗。"我接了上半句话。他笑了。笑得释然的眼角弯弯。他把他的诗念给我听：

"人们从他的身畔路过/他不曾给一个眼神/是他们不理睬他/还是他不理睬他

们……”

我看着陈登，像是燃起了一簇火苗般温暖亲切。

四

我被陈登用他那辆破烂的电动车送回了家。在路上我们经过许许多多个街区。我看到不论是高楼大厦还是市井人家都亮起了灯光。也许那一盏橘黄色的灯光下是心念着亲爱的儿女的父母，也许那一户白炽灯光下是为生计漂泊着乡愁的游子，也许那一束淡黄色灯光是为另一个奋斗着的学子而留。每一盏灯，一刹光火，每一盏灯，一个骄傲的灵魂。我忽然明白，也许我很渺小很卑微。如果说我站在平地上触摸不到那日光，那登上摩天大楼，登上山巅甚至登上火箭呢？我是可以的。只不过那一步步的阶梯可能会耗尽我所有力气，逼出我所有绝学，但那又如何？无愧于心，无悔于青春。

我拍了拍陈登的肩膀，说："我们来打个赌吧。"他一下子精神了："赌什么？"

"我复读一年，没考上北大，算我输，你明年上半年，诗稿被退的概率达到60%，算你输。我会让你知道，教育对于我们这些天才而言，任何时候都是公平的。"

他笑了，笑得很畅快。

我也笑了，这是我最近第一次大笑。

我知道陈登和我一样都是很骄傲的人，我们绝不会输。

危楼更可高百尺，少年手欲摘星辰。

（指导教师：陈秋彤）

点　评

本文记录了一个梦想考入北大的女孩在经历最初的失败后的心路历程。文章用一个个的特写镜头记录下得知北大梦破碎时的场景。先是母亲查分，然后和同样追梦的表哥陈登互相鼓励，最终释然以后决意再战。

文章所写的是琐细的生活场景，表达的是细腻的心理变化。其最可取的地方在于语言的老练成熟，人物语言十分个性化，与人物的身份环境和谐一致，叙述语言十分含蓄凝练，富有张力。完全是一种成熟的小说作家的文笔，在两小时的考场内构思完成，殊为不易。

别着急

□ 河南省开封高级中学　张桐语

近来发觉你与往常有些不同了。小心翼翼地询问，你明显不愿多说。昨天，我接到你班主任的电话，匆匆赶到学校，看见你和一个男孩子并肩站着，目光躲闪而倔强。直到那一刻，我才恍然明白了你变化的缘由。你不太敢看我，怕我生气。妈妈没有生气，只是觉得心疼。

我明白，爱情是极富吸引力的，它意味着从此你将不再孤单，有一个人能与你共历风雨。可是这种吸引力，并不都能成为佳话。我不说“你还小，应该把精力放在学习上”，或者“小小年纪不学好”，像无数的家长一样，斥责他们的孩子做错了事。我心里清楚，十七岁的你并不是幼稚的孩童，你已经能够独立地思考与判断。然而我还是担心，担心你的选择不够冷静慎重，担心你过早地承受不该有的伤害。

你曾说过你喜欢林徽因，觉得她是最有才气的女建筑学家，那你可曾听过这样一段往事？林徽因是徐志摩一生的白月光。她十六岁时，年轻的徐志摩曾向她表达过爱慕之情，有人评论说，这场情事本就只与男方有关；也有人说，他二人曾两情相悦过。无论有没有动心，十六岁的林徽因当时做出了怎样的回应呢？她说：“原谅我的怯懦，我还是个未成年的少女，我不敢将自己投身于危险的旋涡中，迎来世人的误解和指责，社会的喧嚣和非难。”她无疑是一个聪明的女子，聪明而冷静。

十七岁，路还长。你的阅历，还不足以告诉你什么是对的时间，什么是对的人，什么是爱情。

乾隆是史载诗作最多的古人，什么小事都能写一首诗来记录，因此千百首诗作中，大多并无高妙的文采。可这其中有一百多首，篇篇动人，字字真情，那便是他写来悼念皇后的。皇后病逝后，乾隆的精神状态就不太稳定，几位朝臣也因为没有第一时间真诚哀悼而被削职。乾隆命人将皇后生病时的所乘之船运送过来，因船巨大而险些拆毁城墙。但凡遇到一点儿什么事，他必要向皇后的牌位讲述。七十多岁时他去祭奠皇后，说道："大家都说我会长命百岁，可是我不想活那么久，我好想早点去见你。"我的女儿，这就是爱情。

文献皇后独孤伽罗，生前与隋文帝诞育十个儿女，帝后情深。死后隋文帝亲自送葬，并建造盛大庙宇为其祈福。隋文帝临终前，最后一个心愿是与爱妻"魂其有知，当地下相会"。这就是爱情。

我的女儿，你还年轻，你有权力做自己喜欢的事，有权力去勇敢追逐你的诗和远方，而不是过早地受到感情的束缚，体尝到这个年纪本不该有的烦恼。你向往那些刻骨铭心的故事，可是你遇见的也许不叫爱。年轻的心冲动而急躁，小小的好感和喜欢一点就着，轰轰烈烈。亲爱的，那不叫爱。爱是温柔和包容，爱是习惯。

总有一天你会遇到一个人，你们无须言语，便知晓彼此心中所想，他愿为你变得体贴温和，你愿为他变得内心柔软。那时的你，一定有自己的事业，生活平淡，却总有新鲜。

当你成为你最喜欢的自己时，才会遇见最好的人。在森林、沙漠、世界尽头的景中，在草原、海边、清晨大雾的胡同。

会有那么一天的，亲爱的，别着急。

（指导教师：李立新）

点 评

这篇文章以一个母亲的口吻写给早恋的女儿。告诉女孩儿，什么是真正的爱情，如何看待青春期的爱情。真正的爱情不是冲动的喜欢，而是长久的"温柔和包容，是习惯"，告诉孩子，面对所谓的爱情，别着急。

看得出来，对于爱情，对于人生，作者有着超出一般中学生的认识，所以虽然选取了一个成年人的视角来表述，也丝毫不显得造作，语气舒徐自如，张弛有度，既文采斐然，又恳切坦诚。即使在阅历丰富的成人之中，这样的作品也不可多得。更何况是在短短的两小时的考场之中。

癖者情深亦难进

□ 江苏省淮阴中学　陈俊沂

想起倪瓒那一幅《渔庄秋霁图》，残山剩水间一片清净，带着绝不容许被玷污的遗世之气。画如其人，人亦如画，我仿若可见倪瓒隐于山水之间，好洁成癖。

人皆独立，所爱之物自有偏差，汲汲于其中而自得其乐，即可谓之“癖”。如杜丽娘肯綮于死生之间，生者可以死，死者可以生，纵入冥府亦不忘梅柳，便是将个人对世界的全部希冀系于心上公子，以情为癖，情深人寿。

然而倪瓒，这个极喜洁净的画家，对己、对人，乃至对世界的近乎苛刻的洁癖，孕育了自己超脱脏秽俗世的深情，使他寻求到了超脱俗人庸客和丹青匠工的非凡上升力。他于中庭洗梧桐，于茅房铺鹅毛，用赤裸着的纯粹净洁眼光洞察世事风光——于是，这个感性的人物倾注其全部深切歆慕与爱恋到那无限自然之中，他绘《树石野竹图》，墨染之下的寸纸寸金，都承载着他洁癖催生出的执着求索。

看来，“癖好”作为一种人情偏向而存在，与其所癖事物无关，皆可以酝酿人丰沛的情感，为个人的独特性镀上专属的光镍。

此时而观张石公之所云，“人无癖不可与交，以其无深情也”，自当点头如捣蒜。张岱此生，年轻时痴癖玩乐，好车马，好茶戏，好侠隐。情施诸游乐，而人意气勃发。随着朝代递嬗，政权离析，孟浪成癖的公子张岱隐于山野草莽。他所癖好的繁华盛景似花而败，落了片白茫茫大地，他的一腔情绪无所抒发，他遂反求诸己，回味青年放纵恣意之癖，骂曰一事无成。他于个人的旧癖中寻求到了新的向上之路——山中无甲子，寒尽不知年，钻研于史，着眼而书，投于自然，“莫说相公痴，更有痴似相公者”，是历史赠予他的尾联。

彼时再观洗桐之云林，不禁又生所感。这个嗜洁胜命的男子甚至不近发妻，只因鄙弃其脏。过于苛刻的癖好而不予变通修改，使得他于家道中落的物质下人缘散尽，仅有他一人孤守着一片无尘的精中土壤，倘若张岱亦如是，耽溺于癖，甚至试图令世界为自己让路，恐怕也就湮没在破落富家子弟的人山人海里了吧。

“癖”生深情，而“癖”亦误人之前路。

便好似柏拉图《理想国》第七章里那个绝妙的洞穴譬喻。癖，催生了洞穴中人挣脱枷锁、向外爬行的情感趋向与动力，同时也意味着穴中人只能爬向固定的、癖好存在的高度，永远也无法真正穿过洞穴，站在云端，逼视太阳。

挣脱桎梏与新的桎梏同时到来。

曾国藩有言：“天道忌巧，天道忌贰，天道忌盈。”洞穴之路道阻且长，所谓“癖”无非用以唤醒人攀爬的潜能，除此以外，唯有我们，和我们永不停止的脚步。

再观《渔庄秋霁图》，画清人净。有传言道好洁成癖的倪瓒死后被朱元璋扔入粪池，此是后话。

（指导教师：陈清）

点 评

本文以“癖”为着眼点，评论了倪瓒等历史人物。文中介绍了倪瓒等人的“癖”的性格表现，对这类独特的个性进行评析，认为“癖”可以使人充满个性的光辉，但同时又会误人前程。尽管受到时间环境等条件的限制，观点的申述未必十分充分，但还是展现了作者深厚的文化艺术底蕴和良好的思辨能力。在语言上更是自由挥洒，意趣纵横。

你是我的岁月流年

□ 江苏省新沂市第一中学　王嘉秫

愿用半世温柔为你剪出岁月年华的温度，剪中岁月，如此温暖。岁月流年，如此温婉。他的一眸澈水，许了她一世的柔情，这就是爱的温度。

爷爷说："男儿有志，不能轻易低头，那是尊严。"所以，在遇见奶奶的大半辈子里，都是奶奶一个人用粗糙的手掌给了他尊严，给了他飒爽与英姿。他的头发，承受不住理发师的精巧，却受得住奶奶的这份粗糙。

奶奶说："给爷爷修剪头发，是她半世岁月里做的最浪漫的事。"她用一把铜质的花剪剪出了他的风采。她的手掌粗糙，却温热；她的花剪并不精巧，却温柔。她的手，给不了他理发师的精巧，却给了他一世英姿。

我曾目睹过奶奶给爷爷理发时那甜蜜的笑容。这种笑容中有温度，这温度给了她从前的温婉与娇羞，就像正值芳华的姑娘能为自己喜欢的人做一件细致的事情一样，欢喜得像能融化世界的温柔。

五点半，太阳刚打着影洒过院落，沉睡的云在空中随风荡开，奶奶便已起身，准备这天的头等大事。弯下腰去舀水，用自己的手给寒冷的水以温热。生起炉去烧水，用自己的笑容增添水甜蜜的温度，水壶吱吱的响声，像是浓情蜜语。烧好水，去叫醒她心爱的人，低头呢喃着，他微张的眸如清澈的水。倒好水，为他洗头，手指在他的发梢间舞动着，用指尖掠过发梢，去感受他头皮的温度，旋起的泡沫似是给了这份爱情多一份梦幻。用水冲洗，温热的水滑过头发，顺着发间再流过耳鬓。用毛巾轻轻揉搓他的发，温婉且温柔。

洗好了发，他静静地半躺着，感受花剪在他头上的舞动，她亦小心翼翼却又满面从容地为他修理。花剪舞动，发亦旋起了姿态，优雅又不凡，在空中打了几个圈，倏地便落了。花剪从头顶修到鬓角，时光摸过发梢，带走了最初的温热，却带不走内心的温暖。他眼如澈水，对她脉脉含情，那投向她的目光，何等温柔！在这半世温柔的目光中，花剪的飞驰结束，刮刀以另一种方式登场。剔去鬓角的碎发、嘴角的胡子,刮刀感受到的是他鼻子呼出的温度。炉上坐着的水早已停止歌唱,但水温不减,温暖如旧。再次倒水,洗头,擦干,眼前便是他的飒爽英姿。

每隔半月剪头,我不知道这动作重复过多少遍,他们又携手过了多少个半月。是水汽吧? 薄薄地吐出,模糊了我的双眼。那水汽的温暖,让我感受到了,这就是爱的温度。而那把不知伴她伴他多少年的花剪,拥有能够融化一世的温热。

在指间与发丝的相互缠绕里,那是发丝贪恋指间的温度;在炉子与壶的相互依偎里,那是壶贪恋炉子的温度;在他对她的如水的目光中,那是他对她贪恋的温度;在她对他的呢喃细语中,那是她依赖他的温度。这种爱是相互的,每一种爱,都是相互的。只要许下了一世的清欢,便不难得到半世的温婉。这种温度,藏匿在细琐的事里,就像他对她望去的脉脉含情,就像她对他的呢喃细语,这都是有温度的,这都是爱的温度。

她的花剪,给他从青丝剪到白发。半世温柔,是她对他的坚贞,他对她的坚守,是彼此坚定不移的付出。他们一同看那朝阳初升、露水初凝,幸福,是相互的;爱,也是相互的。给她一眸澈水,给他一世的温柔。生活,简简单单,反反复复,平平常常,可在他们心里,生命却又绚烂如夏花,璀璨如星辰。时光在他们的呢喃中架出经纬,发丝与指尖相接,前端是黑的,末端却已是斑白了。

他的目柔情似水,她的语脉脉含情。这种温度,是相互的,就像他能给她攀上断壁残垣的坚定,她亦会给他穿过浪涛伏涌的温婉。

(指导教师:孙伟)

点　评

"祖父""祖母"的一世温情在"剪发"这个最简单的过程中流淌蔓延,温暖感人。掩卷深思,令人顿生"现世安稳,岁月静好"之感。文章语言细腻,感情真挚,选材独特,有思考,有韵味,是一篇上乘佳作。

笔

□ 山东省东营市第一中学　周嘉琦

这是爷爷留给我的一支钢笔，细腻的笔尖引出两道流水般的线条，向上延伸到笔端。磨砂的金色笔杆上细微的线条勾勒出几朵梅花，姿态不一地点缀着那枝节分明的梅枝。这支钢笔，爷爷生前常常带在身边。教我写字时，黑色的横、竖、撇、捺从笔尖流出，金色的笔杆随着爷爷的一笔一画闪烁，那几朵梅花也似渐次盛开，梅香、墨香氤氲在整个屋子里。

那日大雪漫天，我静静地坐在书桌前，望着漫天飞舞的小精灵，忽然有股想拥抱它们的冲动，我起身将窗户推开一道缝，却被那袭来的冷气击退。转过身，看到了笔架上摆放着的那支笔，笔上的梅花依旧在悄然怒放。"不经一番寒彻骨，怎得梅花扑鼻香"，一句熟悉的话从记忆深处飘来，我盯着那梅花走了神，想起了与它有关的点滴。

"尘劳迥脱事非常，紧把绳头做一场。不经一番寒彻骨，怎得梅花扑鼻香。"爷爷一边在纸上写，一边跟我絮叨着："这首诗啊，是你大爷爷最喜欢的诗，每次我嫌苦嫌累的时候，他就在我身边念这首诗。你大爷爷就是我常与你说的那个当年去东北逃荒时认识的老哥。你大爷爷可是帮了咱们大忙啊，那时候我还年轻，在那边又冷又水土不服，什么事都做不下去，多亏了他的帮忙和鼓励我才熬过了那几年……后来我们分开的时候，他把自己最珍爱的钢笔送给了我，到现在，唉，五十多年没见了。这枝梅花啊，是我回来之后花了好些日子一点儿一点儿刻上去的，我觉得你大爷爷就像是能凌寒开放的梅花呢……"同样的话、同样的故事我不知听了多少遍，每听一遍都在心中将那个故事再完善一点儿，渐渐地我也懂得了梅的品质，感受到艰苦岁月中的患难之情，感受到受恩不忘的拳拳之心。

我慢慢走近那支笔，再次拿起了它，抚摸着那枝精致的梅花，像当年爷爷细细抚摸感受它那样。梅，凌寒开放，傲岸不屈。这是爷爷一直希望我学到的，可我遇事却总是退缩，不敢面对爷爷的离去，甚至连一股冷风都畏惧……

我默默地抚摸着那枝梅花，心底忽然有些莫名的东西在涌动。随着一声清脆的金属碰撞后的嗡鸣声，我再次见到了那优美的曲线、精致的笔尖，它们在窗外皑皑白雪的映照下泛着金光。

中考前的紧张气氛总是让人心慌意乱，而我却在这兵荒马乱中找到了属于自己的一片小小天地——日记本和那支钢笔。每当钟表的时针即将完成它的一圈，明月挂上枝头，嘈杂声渐渐淡去，虫鸣声越发清晰，我便收起习题，翻开日记本，握起那支笔。一行行文字载着一缕缕或喜或悲的情愫在纸上流转，牵走了我心头的焦虑与浮躁，而那闪闪的金光在白炽灯的微蓝色下也闪出了丝丝温暖。

后来，我喜欢随身带着它，就像当年爷爷每天带着它一样。每当我想退缩时，那枝不败的梅花伴着金光摇动，在我耳边轻念着“不经一番寒彻骨，怎得梅花扑鼻香”，提醒着我要直面困难。每当我心绪杂乱时，我总会记起当年爷爷教我写字时说的话：“孩子啊，要想把字写好，就得一笔一画地写，做事也是这样啊，太浮躁、太大意总会事倍功半，什么事都得心平气和慢慢来，急不得啊！”我拿起它写字，用笔尖一点点去拨开心头那团乱麻……直至某一天它意外地从我的指间滑落，金属与地板碰撞的响声划破夜空，黑色的墨汁溅开在四周，像什么人落下的眼泪在落地时摔碎了般，在昏暗的角落中沉默不语。

如今，我将它冲洗干净，放进了手边的抽屉里，不再用它写字，却始终没有忘记它。每当夜深，我还喜欢将它取出，轻轻抚摸那磨砂的质感，在心中描绘那一枝傲骨凛然的梅花。

（指导教师：刘俊华）

点评

本文以笔为载体，叙述了“爷爷”和“我”的故事。用笔上刻画的梅花图案引出“爷爷”过往的艰苦生活和知恩不忘的情愫，也引出“我”受到“爷爷”的激励在学业中不断地努力进取。故事显得很真实，唯其真实，才更亲切，更自然，更具有打动人心的力量。当然，就算是最真实的记录，也需要取舍和编排的技巧。

一条没有尽头的路

□ 山东省临沭第一中学　刘芮汐

站在时光的洪流中我蓦然回首，惊觉你已陪我度过了十五个春秋。我渐渐褪去稚气，踏上前往梦想的征程，因为有你，前行的路上不再孤独。

——题记

岁月缝花，时光煮雨，浓墨挥洒，馨香淡雅，萌生些葱茏，盛放些欢喜。几度夕阳，几度晨；几度春风，几度秋。回望路上，杨柳曾为谁回眸，落花曾为谁消瘦。

一

风摇曳，树婆娑，一缕阳光透过茂密的枝叶，悄然洒在新绿的嫩芽上，暖意四散。小小的叶芽翘首以待，欣然地感受着这温热滋润的呵护。

“哇……妈……妈抱！”刚会走路的我，在柔软的草地上“砰”地摔了个屁股朝天，哭喊着，大叫着，趴在地上，小手小脚乱扑腾。

“宝贝，加油，自己站起来！”此时，妈妈十分心痛，心像是被狠狠地揪了一下，可她还是稳住了自己，一脸温柔轻轻地鼓励我。

我轻声啜泣着，在妈妈柔柔的目光中，两只手费力地撑着松软的草地，脚使劲一蹬，晃晃悠悠慢慢地把身子挺了起来。眼泪挂在睫毛上，颤颤巍巍，在阳光的照射下，像星星般闪闪亮亮，妈妈轻拍着手，眼睛眯成一条缝：“宝贝，真棒！”我咧着嘴咯咯地笑了，笑声在空气中回荡。

从此，一只大手牵着一只小手在弥漫着微甜的初春气味的松软小路上走了很远很远……

二

寒风，刺骨。空中片片如鹅毛般的雪花打着旋儿轻轻地飘落下来，接连不断，像是屏障，隔开了光与暖。地上的雪堆积成厚厚一层，行人走在上面，发出“嘎吱嘎吱”的响声。平日，我素爱雪的轻盈、洁白与柔软，可此时我却无暇欣赏。

因为，鹅毛大雪间，一位“白了头”的妈妈正奋力地蹬着自行车，在雪的肆虐中艰难前行。风很大，萧瑟而又光秃秃的树枝相互碰撞着；风很冷，路上的行人寥寥无几。我在自行车的后座上瑟瑟发抖，极力把手揣进口袋。

“宝贝，冷吗？”

“妈，我不冷！”

“不冷就好，你在妈的雨披里别出来，知道吗？咱马上就到了。”

“好。”我缩在雨披里回答着。

妈妈的雨披原本很大很大，大到能够遮住她的整个身体，可现在它却很小很小，小到只能紧紧裹住我，留妈妈一人在雨披外任凭风雪肆虐。风撩起了她的衣角，吹散了她额前的碎发；雪打湿了她的双手，弄湿了她的衣服，可她却毫不在意，一心向前。

就这样，在大雪纷飞、寒风呼啸的冬天，她载着我在泥泞不堪的路上走了很久很久很久……

三

窗外霡霂淋漓，为四合的暮色笼上了一层黑纱，虽身处夏季，但雨的凉意却席卷而来。任凭雨点敲窗，我依旧埋头苦读于桌前，为将至中考奋力一搏。台灯的光线已经昏暗，楼外的路上投下树叶斑驳的影子。妈妈也该睡下了吧？我放下笔，揉了揉写到酸痛的手指，眼皮渐渐沉重，猛烈的倦意接踵而来。

“吱呀”，门外传来一声柔如春水的切问：“宝贝，怎么还不睡？”转过头，我看到妈妈正朝我走来，分明迟迟没有睡下。“快了，妈。”只见她手里拿着香橙，面带倦意，脚步缓缓地在我桌边坐下。我的睡意立刻退却了几分，说道：“妈，您先睡吧，不用管我。”妈妈温柔一笑，说：“我不困。”只见她用小刀轻轻地划破厚厚的橙皮，两只布满了岁月枯痕的手慢慢撕开那橙黄的外衣，将橙肉一瓣瓣地送入我口中。妈妈脸上的笑意迟迟不退，眼中荡漾着爱的涟漪。“吃了早点睡，明天好有精神！”我心头一热，嚼着橙肉，任凭甘甜的汁水溢满口中，随暖意流遍全身，注进心田。

窗外细雨绵绵，在孤独的深夜里，小路被灯光拉得很长很长……

细雨斜风，淡烟疏柳，岁月无多，光阴似箭。一个香橙，一声问候，一句关切，呵护就在这小小的事物里随着岁月的流逝悄然延续，不求感动，不求回报，无微不至，温暖不变。

有一种陪伴虽不见身影，却很真诚；有一种守护，虽悄然无声，却很深情。心灵深处，是默默的支撑；灵魂之间，是静静的聆听。最深沉的爱总是风雨兼程，最浓厚的情总是冷暖与共。婉转流年，你俨然成为我生命中不可或缺的一部分，冥冥之中，你引领我安然走过风风雨雨、春夏秋冬。荆棘丛生的漫漫人生路，只因有你，路上不再孤单。

余生路很长，没有尽头，就让我陪您慢慢走，陪您慢慢变老……

（指导教师：尹梅）

点　评

母爱无言，无私。在人生这条漫长而无尽的路上，母亲总是陪在我们身边，给予我们最无私的关怀，愿我们一直相伴着走下去。作者从生活出发，顺畅自然地记录了与母亲相处的几个镜头，但每一个镜头都是曾经的我们，值得回味。每一部分的环境描写都切合当时的语境，浑然天成，奠定该部分所描绘内容的基调。

小别离

□ 湖南省娄底市第一中学　陈师劼

一

幼时的玩伴是一个皮肤黝黑的男孩子，一笑，两颗虎牙。

我们爬上树摘橘子，在田里摸田螺，在小院十几平方米的水泥地上玩踩影子的游戏，被风吹赶，互相追逐。夏天，我们捕萤火虫，看一片绿光哗然升起；或到水浅的荷塘，将脸藏于繁花碧叶间，故意让对方找不着。秋天，我们到长满艾草的山坡上，看日落怎样将河水染成胭脂；或蹲在小院的梧桐树下看枯叶怎样翩翩地与秋吻别。

檐上的阳光去了又来，墙角的苔藓老了又新，相伴的时光似流水，流入生命的大河。无声而悄然地，我们长大了。

“你会走吗？哪一天？”一起回家的路上，我拉着他的书包带子，怏怏地。

他大力敲了一下我的头：“怎么会？要我走，我也不肯的。”我抬头，他的眼眸亮晶晶的，一笑，两颗小虎牙。

“嗯，作为保证。”他见我将信将疑，便将大拇指往我额头上一摁，表情郑重，“这是我们的‘契约’了。这样，我们就会一直在一起啦！”

记得那天风温柔地摇着叶子，暖融融的黄昏将他镀上了一层好看的金。然而，我不知道的是，“永远”这样的承诺太重了，我们都无法……

他，最终，还是要搬走了。

“会再来找你的！”哭成泪人的两个孩子，一个在卡车后奋力奔跑，看着越来越远的距离感到无能为力；另一个不舍地趴在窗上，把头探出来，一边用力地往后望，一边抽噎着，承诺并不知道会是怎样的未来。

未谙世事的孩子，郑重地许下诺言，可谁知茫茫人海，一次错身就再难遇见！

我再没见过他。

二

小时候在爷爷奶奶家的时候，我和堂姐在同一屋檐下。

我们俩坏事干了不少：半夜起来偷吃冰激凌和巧克力；逮空儿跑出去买五毛一包的辣条，掖在被子里吃；弄哭在家借住几天的小哥哥……但是“为非作歹”的日子很短暂，因为我不久就被爸爸妈妈接回去了。

接我的时候，姐在客厅里，赤脚，将她平日抱着睡觉的小熊递给我。看着她红红的眼眶，我说不出话。实话说我并不伤感，只是纳闷儿，以后还可以见面的，为什么要哭呢？

那一天，我们没有拥抱，甚至一句告别也没有。只记得隔远回望，还看得到一个执拗立着的小点。

之后，堂姐回了兰州，五年再没回来过。

再见面时，她已成了大姑娘，扎着高高的马尾抿嘴坐在沙发上，在看手机。我喊“姐”，她抬头看了看我，点了点头。她没有说话，全程都面无表情。

爷爷说，这些年来她经历了很多变故。

我坐在她身边，没有久别重逢的欣喜，只有冰冷而陌生的尴尬。那个最后执拗孤单的影子，我竟找不到了。

要是当初分别的时候，我能抱一抱她呢？我忽然想。

可是，那个女孩，早就与我挥手作别了。

三

中考前，我体会到一种辛酸，不知叫作伤心，还是惆怅的辛酸。

她在我留名册上写：“时光送走过去，也会带来崭新的生命。”我只是笑笑，内心并未释怀——经历太多别离，分分合合有，音信全无有，我深知“一叶浮萍归大海”后的沉寂。

到了新的环境，看着一张张陌生而新鲜的面孔，我便想到了她。我想，难道未来一定要用过去做筹码交换吗？我不愿意！

但是，时间一天天过去，当我看到一张张开怀的朝气蓬勃的脸，看到白色校服上一荡一荡的书包，看到迎着朝阳奔跑的身影，看到阳光铺满眼前的路，我觉得新的生命真的在我的身体中淌过，那些快乐的日子的本质是青春的心，而并不是某个人。我想我还是应该张开双臂去迎接阳光的，囿于过去只会让自己发霉。

但是，过去的东西，分开了，会变吗？我依旧不解。

一日去翻留言册，看到她在留言册的角落，端端正正写了四个字：

“你是唯一。”

诗人说，一生就是一年，一年就是一天，一天的分分秒秒，都在不断地送别和迎接。

我想，如果分别是命中注定，那便珍惜当下的每时每刻吧！虽然仍会不可遏止地思念起某一个人来，但是我也可以和年少的自己，和曾经一起走过的他们挥手，大步向前了。

（指导教师：谢芳）

点　评

本文以少年的视角，写了几个“离别”的故事。离别总是伤感的，所以文章写得有感情、能打动人自然不成问题。而本文不但能打动人，还有一些让人思考的地方：人生总是在不停地告别，但每次的告别都不一样——有的是幼时懵懂中的别离，有的是心灵上冰冷的疏离，有的是虽身体分开但心灵相依的眷恋。文章所用的句子大都简短，显得含蓄而深情，值得品读。

麻料家

□ 吉林省东北师范大学附属中学　曲昳璇

麻料声啾啾。

蚊子还在卵壳里，家里也就没有安纱窗，我们北方人家，最爱的就是这端午节前的时令，大雁归来，小燕筑巢，鸟儿都回来了。

也许，它看中了我这儿的清静，趁我读书酣畅，偷偷地溜了进来，牢牢抓住灯管的挂钩，精灵般的小眼睛怯怯地打量我。我便悄悄溜下了地，关上了窗子。它便成我家的成员了。

"鸟儿在这安家咯！"小弟扯着母亲的臂，跳着，笑着，眼中闪着大大的惊讶，大大的惊喜。全家都高兴。

看！它又高傲地立在灯管上了，用喙理了理自己红色的羽毛，偷偷窥视着我们忙碌的清晨。

麻料打着口哨掠过餐桌。在蒸腾着热气的汤碗旁落下了一截排泄物。母亲的脸一瞬间绿了。

"太不像话了！""你若还想养它，就必须让它住笼子里！"母亲转过身，留给我一个不容反驳的背影。

母亲定制的笼子到了。

一根根轻巧的竹篾勾出了穹顶的弧度，古朴典雅的座上雕刻着鲜艳的芍药花，在微醺的日光下，这样气派的笼子，应该养高贵的鸟。

是啊，它是鸟儿，它得住笼子，它必须住笼子。

母亲已经不耐烦了，我缓缓伸出手，它仍像平常一样，向我飞来。我的手，那是与它嬉闹了无数次的手，那是它最信任的手；也是把它送入牢笼的手！

母亲把灯关了。我小心翼翼，却不住颤抖地把它捧入笼子，关上那轻小的笼门。

灯又亮了。麻料发现自己离开了"最温暖"的手，而在一个冰冷的笼子里时，登然暴怒。它的眼睛瞪得可怕，不再荡漾温柔的水波，而是充斥着疯狂的血红。麻料猛然蹿起，用力撞着笼子的穹顶，头顶的一缕红羽被夹在了竹篾之间。它和笼子“厮杀”了几个小时，一刻也不曾消停。它用那小小的嘴巴撕咬着竹篾，它挨个去撕咬，一次不行，就再试一次！翅膀拍翻了食盅和水盅，笼子里一片狼藉。多精美的食盅啊，可它不肯回望一眼。

我不忍心看下去了，想放它出来，母亲拦住了我：“关上灯，让它冷静一会儿，它慢慢就会习惯。”

“妈，再这样下去，它会死的！”

人和鸟就不能平等吗？我在忧愁中睡去。

早晨，太阳把第一缕阳光投在笼子上，麻料却再也没有放声高歌。它的头，卡在两根竹篾间，低垂着。一只爪子紧紧地扣住一根竹篾。

小麻料死了。它真的死了。

唉，这个世界上哪有什么假设。

它陪伴了我整整两个月，每一次我伸出手，它都会飞下来，飘然落在我的手指上，乖乖地任我抚摸，每天清晨用嘹亮的歌声唤我起床。

一张红格纸包裹了它的尸身，那些红格纸笺原是我用来抄诗的。

在街南的公园绿地里，我堆起了一座小麻料冢。

我双手插兜，凝视着远方，天地是这样寥廓。

整整七天，我没和母亲说过一句话。

书上说，像它这样的红麻料，在古代，有一个极为好听的名字，叫朱雀，是太阳的女儿。

中考结束了。母亲与我去街南公园的绿地散心。那麻料小冢早已经不见了，取而代之的是一个大大的圆花坛，花坛里开满了一片红灿灿如云霞般的小凤仙花。远远望去，火一般。

不，那就是火。

飞朱鸟使先驱兮，驾太一之象舆。

（指导教师：孙立权）

点　评

作者是一个极富爱心的人，对一只小鸟充满了爱。作者用细腻的笔触将与麻料的初识到鸟笼的禁锢，再到麻料的不幸去世，最后为其堆起一座小麻料冢，都为我们一一呈现。

人间滋味

□ 江苏省郑集高级中学　厉雨婕

昨儿雪夜喝了碗咸菜慈姑汤，颜色是混浊的暗绿，卖相不佳，味儿亦苦涩，我浅尝几口，皱眉，不愿再喝。爸却一本正经道："这个好！'格'比土豆高。"

我怔忪片刻，反应过来此话乃出自沈从文老先生之口，一乐。遂忆起汪曾祺老人的慈姑。汪老幼时对这东西实在没有好感，到了北京每见到却必要买一点儿回来加肉炒了。家里人都不怎么爱吃，他便"包圆儿"了。

于是，心中生起一点点酸涩，想象着汪老独食慈姑的样子，他咀嚼的咽下的，不仅是一口口微苦的菜，亦是一份孤独的缅怀。

其实不单是慈姑，这半本《人间草木》，絮絮叨叨的，却总绕不开个"故乡"。汪老是高邮人，高邮盛产咸蛋，质细而油多，他颇以为傲。至今难忘文中那句描写："筷子头一扎下去，吱——红油就冒出来了。"也不知汪老抬手落笔间回忆起这么个诱人的情景，会不会同个半大孩子似的流出口水来。还有街头巷尾的炒米，煳锅巴磨的焦屑，春水新涨时初生的蒌蒿，记忆与味道交织一处，大概于羁旅漂泊时能将虚无缥缈的"乡愁"实质化，合着微咸的泪一并咽进肚子，还能于午夜梦回时溜回故乡的弄堂小巷，听卖马齿苋的年轻农妇一声绵长的吆喝。

孩提时，乡里有个客居台湾的老人返乡。想着那家大奶奶须做些精贵的小食来招待远客，于是整巷的娃子俱拥了去蹭吃。可不承想，一桌子菜与汤，皆是乡人惯常吃的。香椿芽拌小豆腐，炒秋葵，佐酱焖的大排，一锅热气腾腾的辣汤：几片成丝儿的干豆皮、海带，炒熟的花生米，新腌不久的榨菜，几块萝卜，两把黄豆，在灶台上支口铁锅一齐炖了，末了再撒包胡椒粉，都是包子铺上一个钢镚儿一海碗的玩意儿，那老人吃了两口，却不觉间爬了满脸的泪。

少时总反复思索这食物里究竟有何能令人落泪的魔力，如今再一回忆，心里倒像是被一簇不旺的小火反反复复、仔仔细细地煎着，酸酸地明晓了些什么。

犹记《舌尖上的中国》大红时，总爱搬个小马扎坐电视机前痴了似的看蒙古族妇女做奶皮子、奶豆腐，山西农村流水席般呈递上来的岐山臊子面，藏族老人用石锤一下一下打出来的稞饼、糍粑……每样食物已不仅是食物，而是一个地域民间文化、人文情怀的缩影。中华民族大概是世界上最注重“吃”的民族，因此不论是浙江麻花与天津麻花的甜咸之争，抑或是汤圆儿是滚是包的做法之论，都意味着对故乡饮食文化的捍卫与坚守，承载着沉进心底便再也搬不出来的“故园情”。

琦君老师有篇散文，名曰《粽子里的乡愁》。母亲包的各式粽子，她最爱吃的灰汤粽，及用灰汤粽治消化不良的民间疗法，给乞丐布施“富贵粽”的场景，对慈母的思念，对故乡绵绵不尽的爱，对世态人生的感慨，温馨悲悯而又苍凉肃静，读来确乎是能令人落泪的。

于是，我也就忽地懂了台湾老人的眼泪，一滴一滴，吧嗒吧嗒，混浊而又晶莹，沉重而又轻盈，是穿越了海峡，隔了万水千山与几十载春寒料峭姗姗来迟的满足的叹息。

想起陈晓卿老师在《至味在人间》里写道：最优质的食物往往只需最朴素的烹饪方式，保留其本真的原味。一番品咂，发现倒果真没人会被一桌子精调细做的山珍海味勾起胸中什么情思吧。一个典型的中国食客，他筷子夹起的是菜，牙齿咀嚼的是回忆，喉咙咽下的是情怀。当他远在异国的时候，他会如求乳的婴儿般急切地寻找“唐人街”所在——也许只为尝一个杭州的小笼包，喝一口江南的米酒，便似触了故乡的脊瓦，乐矣，欣然自喜。

而他所乐何为？乐的是简单、朴素、原汁、原味，乐的是故国风味的本真与纯净，乐的是往昔岁月记忆中的滋味尚未走散，亦未多添浮华藻饰。恰是这份“朴素”与“本真”，才是食物的脊骨，才是故乡的灵魂，就像老北京胡同卖的豌豆黄儿，五个钱不到，便可让梁实秋先生俶尔鼻酸。

它用一种最直接的感官刺激，代表了一种精神奔赴性，一种指向终极的信仰态势，一种特殊的怀念或眷恋。它寄寓在故国、故乡、故人种种回忆之上，于虚无中吹响了超越虚无的，归真、归家的号角。

（指导教师：刘静）

点　评

文章由一碗极寻常略苦涩的咸菜慈姑汤写起，引发了小作者对于人间滋味的深刻思考。我们所怀念的滋味其实是记忆与味道交织的生命体验，我们渴盼的其实是与往昔岁月记忆的重逢。文章语言优美，思想深刻，耐人寻味，不失为一篇佳作。

厚薄之鉴

□ 浙江省新昌中学　姜子涵

穿越繁杂而亘古的千年，历史的华章浸染着岁月的扉页，是谁记录着过往曾经，书画着锦绣山河？是碧山秀水之间的古纸，蕴含着祖辈流传下来最温暖的工匠记忆。

“成大人成小人全在发心，成大事成小事全在发愿。”中国古代的造纸工匠们，倾其一生，只为一张圣贤纸。匠人将毕生的精力倾注到那一百〇八道工序中：斩竹漂塘、煮楻足火、荡料入帘、覆帘压纸、透火焙干……你是否体会过寒冬将手泡在冷水里十四个小时的感觉？你是否知道连续工作一天直不起腰的疼痛？你是否想过一辈子潜心于一件事的寂寞？但造纸工匠，他们知道，他们正在用生命缩小着纸的厚度，追求细薄至极。

安徽泾县是著名的造纸胜地，当地人都知道想要制成一张薄纸，捞纸是最关键的一步，所以祖祖辈辈都流传着这么一段话：“老天爷赏饭，我的手，天生就是捞纸的。”有人认为捞纸工艺十分轻巧，其实不然，入池的深度、浅度，捞出来的纸，误差必须在一克之内。匠人们光练习并掌握捞纸的技艺就要三年，此外还需要学习选料、漂白、剪皮、切皮……每日清晨三点钟起，到傍晚六点钟结束，一天、一年、一辈子。曾有人问他们：“为何愿如此辛苦？”他们笑着说：“怕老祖宗的东西丢了，就再也找不回来了。”我知道，这微米之间是厚重的历史沉淀。一颗慧心，两只巧手，三载岁月。纸，你汇集了日月精华，天地灵气，因为你与匠人的相遇，才造就了薄如蝉翼的你。你记载了深厚的千年，听匠人漫长的手工艺世界，慢慢打磨自己，淬炼心志，用美回报时光与岁月。你们的相遇是一种幸运，是一种使命，更是人心的坚毅。纸，这世间恐怕只有你可以承担世人无限的情丝啊！“烽火连三月，家书抵万金”，你是战火年代将士的最大幸福；“洛阳城里见秋风，欲作家书意万重”，你是寒夜晚秋游子的万千思念；“巫峡猿啼数行泪，衡阳归雁几封书”，你是黎明破晓离人的祈愿前程……薄薄的几张纸，但你的身上是超越时间与空间的爱。

世人，不必惊讶这微米薄纸竟可以书写千年，因为在这“薄”的背后，你是否看到造纸工匠为它们付出的无尽日夜？是否看到千年以来深厚的文化积淀？是否看到一个民族强大的精神力量？厚？薄？有时候我也不知道一张纸该用哪个形容词来描述。我只知道纸的力量是无穷的，当然将它带到世界上的匠人则更伟大。匠人的一生是辛酸的，在他们短促而又漫长的一生中，他们苦苦地为别人寻找人生的幸福，而他们自己的幸福往往与他们失之交臂。我们窥不到的，是当他们为此而耗尽宝贵的青春年华，皱纹也悄悄地爬上了眼角的时候，他们确实懂得了，生活意味着什么。

而时至今日，令我痛心的是纸的逐渐逝去。这也预示着匠人精神在时代中逐渐被人们所抛弃：人们在经历半个多世纪的工业革命后，手工制造与机器生产就已划清了分水岭，之后又经历了那些物资匮乏的年代，加剧了政府的危机意识，太多太多积淀的东西都遭到了打击。时代环境让工匠文化的命运好似演了一出落寞的悲剧。

我时常惶恐：纸，是否终将消失？我的答案是：不会！如今人们正逐渐失去做薄纸的能力，试问当今有哪一种纸比古法所制的宣纸更薄更美？制纸要用心，做人也要用心。你是愿颓废到底，做一张无用的废纸被扔进纸篓？还是愿做一张上乘宣纸去绘制千里江山或让自己变得更好？一切都取决于心。

我希望，我也深信：纸是不会完全消失的，因为它是永恒的去芜存菁的流行。纸是匠人文化的代表，我敬仰工匠，因为他们能逆流而上去寻求更好的东西。我钦佩他们，因为他们能用心把时光一丝丝解开去探索。他们爱，他们执着，他们在细枝末节都追求精益求精，尽管他们存在于天地一隙，但他们仍做到谨慎自省，通过他们的作品，我看到的不是方寸一隅而是无尽的宇宙。在未来的日子里，我注定会遇见我生命的纸。在平凡的世界里，从事一份普通的工作，着手一桩寻常的事。即使事件再复杂，拥有一颗安静的心灵，专注于毫厘之分寸，至少对得起光阴、岁月。我将用一颗诚挚的心，去筛去晒一张我生命的“纸”，以厚筑薄。

（指导教师：求旭丽）

点　评

作者以“纸”立意，以薄写厚，以厚筑薄。纸，代表的是工匠文化，是民族精神，是人生所追求的方向。文章结构严谨，思路连贯，语言表达准确、流畅，表现力强。作者见解独特，文章入情入理，不落俗套，体现了作者一定的学养。

铁路儿女

□ 北京市第五十七中学　龚远志

我是个南昌人，长在美丽的红土地上。儿时，父母常年工作在北京，所以记忆中的我从小和爷爷奶奶生活。爷爷是个老铁路职工，在铁路上干了四十多年，而我也就成了地地道道的铁路儿女。爷爷大半辈子都奉献在了铁路上。按他的话说："娃哎，这中国大半铁路，你爷爷我都走过哩！"的确是"走"过，爷爷十三岁入铁路，从四川的川藏铁路，修到了湖南、武汉、九江……最后定居在了南昌火车站旁的铁路八村，也就是我生命开始的地方。

八村离火车站很近，吃完饭爷爷奶奶就带着我，到铁路旁边散步。那是一条由黝黑的石块码成的小路，我犹记得走在路上石块微微滑动的感觉。我最喜欢坐在铁路旁的石凳上，顺着铁轨往远望。那长路伸向远方，我的目光也飘向了远方。那时的我想着，只要顺着铁路走，一直走，就一定会走到北京，那样我就可以见到爸爸妈妈了。也许会走很久，因为听爷爷说北京离南昌很远，很远。但没有关系啊，只要我一直走下去，总会……总还是会走到的……

一年到头，一家团聚的日子也就是过年这么几天。但哪怕是除夕夜，爸爸妈妈赶了回来，这团圆饭桌上还总是少一个人——爷爷。爷爷除夕这几天要守在站台的一线。作为整个南昌铁路局资历最老的老前辈，他根本不需要这样。但爷爷每年还是会守在春运的一线，年年如此。至于为什么，我不知道。

常年在车站玩耍，也就会不经意地观察来来往往的人群。在我眼中，车站里的人大概分三种：旅客、送行者和铁路职工。在这里，每天有太多的聚散离别：我见过即将离家的大学生和父母依偎耳语；见过粗大的汉子背对妻女挥手告别；还见过苍苍白发的老人对着火车远去的方向痴痴地望，口中呢喃"走吧，走吧"……忘不了的是嘹亮悠长的笛声，还是川流不息的人群？我不知道。

但这些答案，我最终还是知道了。

终于有一天，我不再是火车站里的旁观者，而成了那三类人中的旅客。到了上学的年纪，父母决定把我接到北京去住。大年初七，过完年就走。这次爷爷奶奶成了送行者。哦，不只是爷爷奶奶，来送行的还有很多铁路职工。他们都非常年轻，都是爷爷的徒弟。作为春运的中坚力量，阖家欢乐之时，这些年轻人必须坚守在一线岗位。我这才知道，原来爷爷坚持坚守在一线，就是为了陪伴他们，给他们带饺子，一起在大厅的屏幕上看春晚。年轻人们开心地聊着，欢声笑语的，也爱听爷爷讲他当年修铁路时的老故事。只是不时有些人跑到大厅的角落里，拿着电话一边说着什么，一边抹眼泪。这些年，火车站里的三类人，我关注到的大多是旅客，是送行者，却鲜少关注到铁路职工。

身旁的火车隐隐作响，笛声在车站中回荡，久久萦绕不去。看着为我送行的人们，突然有一种感觉揪住了我的心，一种悸动让我眼眶发酸，抑或是难以抑制的不舍，我竟走上前和他们每一个人拥抱。他们有些惊讶于我突然的情感外露，但也不假思索地热情回拥我这个小弟弟。我回身望着铁路八村的方向，久久不愿上车。

最后我拥抱了爷爷。爷爷搂着我，在我耳边嘱咐着什么。至于他嘱咐了什么，如今我什么都不记得了。只记得爷爷那身湛蓝色的铁路制服，在泪水中显得那么刺眼，又那么温暖。

我是铁路儿女，那些哥哥姐姐们也是，爷爷又何尝不是呢?我在他们身上看到的是铁路人的情怀，是小家和大家之间的取舍，微不足道却格外伟大。中国人的乡土情怀是最浓的，这也造就了世界上最壮观的春运。而维系着这泱泱大国铁路运输的，正是万千铁路儿女。

那漫漫铁轨，是缠绵不绝的情思，飘向远方，飘向家的方向。

（指导教师：王春华）

点　评

这篇文章的角度很新颖，以一个铁路职工后代的视角，表现了铁路和人的关系，表达了铁路子女对铁路的特殊情感。一个方面，因为接触得多，所以对于火车站来来往往的众生相观察得很细致；另一个方面，作为铁路职工的后代，生活中总会有些因为铁路而起的特殊经历，甚至自己也会坐上火车，成为千万旅行者的一员。当今社会，这种因为某种职业身份而形成的家族意识越来越淡了，但是传统上植根于职业生活的那种归属感和自豪感还是让人觉得很温暖、很亲切。

卖 瓜

□ 山东省青岛市西海岸新区第一高级中学　王睿

鸡吃饱了蹲在架子上打盹儿，猪挺着滚圆的肚子窝在一角直哼哼。太阳还恋在山头，天边一抹酡红，那是满满的幸福。

村口一阵闹腾，驴子唱起了戏，是半瞎卖瓜回来了。

半瞎卸下驴车，喝尽丑儿递过的凉茶，没套驴就拉上板车下地摘瓜了。车刚满，刚才还是试探性的月，现在已妥妥的是夜了。半瞎埋头拉车，心里却一阵顾虑：该不该叫孩儿明天一起去卖瓜呢？自己不善言语，孩儿会不会生气？丑儿在后面推着车，嘀咕着：明天该不该陪爹卖瓜？自己是个学生，爹却又瞎又丑又老又穷，丢不丢人？

“明个儿跟爹进城卖瓜不？”半瞎还是怯怯地问了句。“诶。”丑儿不觉竟应了，可他这心里又矛盾了。

第二天凌晨，鞭子撕开夜幕，驴车“吱呀”上路了。半瞎兴奋极了，一路上和着驴蹄敲击地面的声音哼着小曲。丑儿呢，他啊，盯了脚趾一路，像去赴刑。

摆好摊子后，半瞎蹲在旁边用仅剩的左眼温柔地迎着三三两两的行人。丑儿却躲在驴影里，仿佛驴影有亚当夏娃身上那树叶的功用，此时的他，简直就似害了病的眼怕光，破碎的皮怕汗。

驴子嘶叫了一通，甩走了叮在尾巴上的苍蝇。

一个早起买菜的妇人绕过一辆装满瓜的机动三轮车走向驴车。“老乡，哪儿的瓜啊？”“汴塘瓜，不甜不要钱！”半瞎起身应道，每个字都像下了保证金似的。他身为农人，从不吹牛。“哟，你儿子帮你卖瓜啊，瞧你多幸福啊！”妇人道。丑儿脸红得厉害，又没处躲，唉，他的担忧似乎开始了。

日头渐渐高了，毒辣辣地审视世间百态。

这当空，半瞎又是称瓜又是找零，忙得一身汗。丑儿看着爹那泛起盐渍的黄衬衫出了神，那衬衫贴在背上，衬出根根骨头。丑儿猛地回神，正对上那瞪着自己的驴子，滚圆的驴眼里自己扭曲了。丑儿只觉那儿似乎传来阵痛，怦怦疾跳。

买瓜的人愈来愈多，驴子烦躁不堪，日头越来越烈。

丑儿终于走向半瞎：“爹，我来找零吧！”半瞎愣了一下，那瞎了的右眼像蒙灰的劣质珠宝，此时却泛起了光。

今天快了不少，没过午时就剩俩瓜了。这时一汉子赶过来，包圆儿了，说买个汴塘瓜不易，又去驴车找。果然又抱出个大瓜。突然半瞎一把夺下，宝贝似的搂着说此瓜不卖。汉子无奈地拎着俩瓜走了。

半瞎坐下，丑儿盯着那瓜，他记得这个瓜，这是爹特地藏在驴车里的那个瓜。这瓜到底有啥用啊，爹那么宝贝？丑儿被一阵“咔咔”声打断了遐想：爹竟然把那瓜掰开了，不是很宝贝吗？丑儿更不解了。

半瞎把瓜递给丑儿：“多好的瓜，留着咱爷俩儿吃！”丑儿眼湿了，他知道爹今天是真的高兴。

日头突然温情起来。

小城里，大街上，驴车边，依偎着的父子，啃着瓜。丑儿不再感觉丢人，半瞎不再顾虑孩儿不接受自己，转而觉得心里满满的。

驴子又唱起了戏，太阳洒下温暖的光，那是稳稳的幸福。

（指导教师：贾龙）

点 评

本文所叙述的故事非常生活化，语言流畅自然，不加粉饰，几乎是生活的直接再现。一个不善沟通的父亲半瞎在儿子的陪同下高兴而兴奋地卖瓜，一个心理矛盾的儿子跨越心理阻碍帮父亲卖瓜，作者通过动作、心理、神态、语言等细节描写将这两个人物形象地刻画出来，尤其是中午时分半瞎汗湿衣衫、丑儿幡然觉悟，那一段写得十分出彩。

桂花香

□ 江西省进贤县第三中学　黄瑶

小时候我生活在乡下，乡下人喜欢种桂花树。家家户户的门前院里，都有桂花树。到中秋前后，花香四溢，整个村子都笼罩在桂花的香味中。

那个时候，我们这些小孩子天天祈祷不要下雨。风雨一来，桂花就会被吹落满地，桂花的香味也就会随之消散。

其实风雨中的桂花怎么样了，并不是我们真正担心的。如果风雨不来，我们就会来。等到桂花盛开到快要自行飘落的时候，我们这群孩子便一人一个袋子，爬到树上去采桂花。我们人虽小，但采花的量和风雨相比也不遑多让。我们也不必认准这桂花树是谁家的，随便采哪家的，人家都不生气。因为不管哪家做了桂花饼，都会让自家的孩子往左邻右舍送。

所以，当桂花盛开的时候，与其说我们闻到的是桂花的香味，不如说我们闻到的是桂花饼的香味。我们站在灶台前，盯着那一张张撒满桂花的面饼，“吱”的一声从大人的手中滑入油锅，香味顿时从锅里升腾而起，弥漫开来，沁入肺腑。桂花饼刚一出锅，我们便一手夹一个，在桂花香味的引诱下，迫不及待地咬一口，却往往被烫得“嗷嗷”直叫。

其实，为这口美味，一直以来，我们并不是毫无耐心的。我们需要的桂花必须是细小的，淡雅的。所以我们摘的花，要经过仔细挑选。摘下的桂花要晒干，这可不是一日之功。我们整天杯弓蛇影，起风了，怕它被吹走；有乌云了，怕雨要来了。只有守在这些桂花身旁，看着阳光一寸寸从它们身上扫过，我们才感觉到无比的安宁与踏实。

晚上，桂花收进了屋里。这些桂花的香味混合着阳光的味道，缓缓在屋里飘荡。伴你入眠的是它，唤你起床的是它，陪你出门的还是它。

我们正处在贪多的年龄，摘的桂花总是那么多，好在它的用途并不单一，不至于浪费。晒干的桂花，可以成为桂花饼的材料，也可以缝进袋子做成香囊，还可以当成茶叶泡茶。这样,桂花的香味不再是仲秋的专属,还可以飘满每个季节。

我以为这些香味可以一直飘下去。

后来,我不在乡下住了。好多个秋天,我没有见过桂花,没有闻过桂花的香味。就算偶尔碰到一株桂树,我也知道那树不能爬上去,会被主人骂。它被圈在人家的紧闭院子里,它的香味不再代表着桂花饼,不代表与我有关的任何东西。这样的桂花的香味,对我而言,没有任何意义。它丝毫不能让我把它和乡下桂花的香味联系起来,它们就像另一种不相干的味道,我甚至闻不出它的香。

桂花的香味,终于没能继续飘下去。好在我现在刚好又到了不伤感的年龄,某种香味的消失,在我的心里起不了任何的波澜。反而时间过去越久,这种香味于我而言就越陌生,快要被忘得一干二净了。

有一天,奶奶从乡下来了一趟,没待半天,就回去了。那天我总觉得家里有什么不对劲。晚上我到厨房倒水喝的时候,发现那里放了一杯热腾腾的开水,里面泡着的居然是桂花。淡淡的桂花的香味,就从那杯子里飘出来,飘散到房子的每个角落。原来房里多了这种味道,我当时竟然没有闻出来。我还在厨房发现瓶桂花干,肯定是奶奶带来的。只是瓶里的桂花少得可怜,连半瓶都没有。

我举起茶杯,闻着那桂花茶的香味,不由得闭上眼睛,那些熟悉的桂花树渐渐变得清晰,我仿佛听见了小伙伴们在树下的吵闹声,听见油锅里"吱"的一声,感受到了那沁人心脾的香味。这才是真正的桂花香,原来它一直潜伏在灵魂的深处,让你难以忘怀。

茶杯还在散发着香气。没有了贪吃的小鬼,乡下的桂花该是开得更好吧。

(指导教师:邱永昌)

点　评

桂花,承载着对故乡的爱和怀念。桂花香,不仅仅是桂花本身沁人心脾的香气,更重要的是因为桂花带来的闲适的乡村生活和融洽的邻里关系,作者回忆儿时的乡村生活,品味由桂花带来的温馨。但后来,桂花还在,却被锁在自家院子,邻里间不再有曾经的亲近,这样的桂花,和曾经的桂花全然不一。文章描写得很细腻、真实,字里行间饱含对桂花、对故乡的怀念,对邻里关系不再亲近的惋惜,细节描写比较到位。

花开半季，温暖如初

□ 山东省日照第一中学　许诺

花，在不知不觉间悄然绽放。

忽闻一阵阵花香，蓦然回首，我惊觉，那是一树的花开。春风吹拂，落花飞舞，我追逐落花的脚步，轻抚一片花，芬芳迷人，不禁想起了你。

独自漫步在桥上，我静静地望着远方，此刻云淡风轻，轻轻拢起被风吹散的发丝。风吹散了我的发丝，却吹来了我的淡淡愁绪。是易安的“只恐双溪舴艋舟，载不动许多愁”，是秦少游的“便作春江都是泪，流不尽，许多愁”，是李后主的“问君能有几多愁，恰似一江春水向东流”。离人心上秋，眼前渐渐模糊起来，泪珠沾湿了我的发丝。

是愁，亦是想念。

花开的季节，你我站在树下，嗅花香，看花开万遍，阵阵暖意涌上我的心头。张小娴说：“对的时间遇见对的人。”青春岁月，在我的生命中遇见了你。不只是擦肩，不只是邂逅，是三年的陪伴；不只是朋友，不只是玩伴，是彼此的问候。

似乎是桥下汩汩的流水，荡漾在我的心头，流淌着，流淌着……

愁散，心头绽放出一朵花，娇艳嫩美，飘往记忆的深处。

是花季，亦是毕业季。

我们静静地坐在操场上，不曾言语，脚下是红色的跑道，我们开始奔跑，奔跑在花季，奔跑在青春岁月。绿茵场上，是我们挥洒下的汗水，是我们留下的足迹，是我们的身影。你将一束花环戴在我的头顶上，轻轻地对我说：“毕业后，我们或许见不到彼此，但我不会忘了你。”刹那间，花开半季，温暖如初。

我们如飘零的花，散落在大地的各个角落。我看着你离去的背影渐行渐远，不禁热泪盈眶，你不再回眸。不过是人世间的过客，终究会别离。或许，不久的将来，我们会擦肩而过，而回眸的瞬间，转身的刹那，会认出彼此熟悉的面孔。我看着你的背影，默默地说了一句：“再见了，我的朋友，终有一天，我们还会相见。”

世间所有相遇都是久别重逢，如同初见，亦是重逢的友人。

友情依旧，温暖仍存。

曾记否？我们在天空下接受阳光的沐浴，看阳光点点滴滴地洒落，似乎是记忆的碎片，落在我们的心头。我们在樱花树下读诗，拾捡起落下的花瓣夹在书中，如今，花瓣的芳香永留在书中，等待春风吹起，我在花下等你。

犹记得，中考前，你对我的鼓励和安慰。中考那天，我们一同进入考场，你悄悄对我说："加油！"紧接着，你拥抱了我，如同一股暖流涌上我的心头。你的话至今萦绕于我的耳畔，时不时地响起。在我失意之时，你会给予我安慰；在我迷茫之时，你会给予我支持；在我徘徊之际，你会帮我做出选择。你那温暖的怀抱，你那温暖的手心，你那温暖的言语，在我的脑海里挥之不去。

余秋雨先生曾写："于时光深处，静看花开花谢，虽历尽沧桑，仍含笑一腔，温暖如初。"

恍若梦中一相逢，微风再度吹过，已是傍晚，远处天边夕阳西下，辉映在桥下流水。从桥上走下，途经一片盛开的花地，我轻抚花儿。陌上花开，何曾不像你我，开放在曼妙岁月里。青春不散，在我最美好的年华里遇见你。行在路上，看花开半季。我们一起奔向远方，云淡风轻，即将开启下一程山水。

茫茫人海中遇见你，邂逅一片花香。伴着花香，我们一起抵达梦的港湾。

花开过，相遇过，别离过。

花开时，仍会记得你。那一刻，温暖如初。

如此，安好。

（指导教师：张晓旭）

点　评

作者以散文的手法写出了与朋友分别时的不舍，全文没有精彩跌宕的故事，有的只是细腻的刻画和感受，文笔娴熟温婉，笔触如涓涓细流，清秀、流畅，对诗词的使用也是恰到好处，感情竭诚细腻。字里行间刻画了一幅唯美的画面，仿佛那个花季，我们共同经历过。

油菜花又开放

□ 浙江省平阳县浙鳌高级中学　郑雪秋

“篱落疏疏一径深，树头花落未成阴。”长在南方，每逢三四月，油菜花就开满了整个镇子。乡间小路，一大片油菜花田映入眼帘，春的气息涌来。

老家屋子的西边，也是大片的油菜花地。那微风梳落了她枯黄的头发，让她又重新滋长出金色的秀发。风一吹，花朵就似一个个少女穿着黄裙翩翩起舞。而那叶子就像两把扇子，上下晃动。她又似一位温柔清秀的江南女子，以她那婀娜的身姿轻轻诉说着一段美丽的往事。

油菜花开放时，我总会央求爷爷带我去油菜花田。少不更事的我特别喜欢让爷爷那饱经风雨、布满老茧的大手握着我细嫩的小手。那大手不仅是农人的象征，更是土地给予农人最珍贵的馈赠。

穿过一片片油菜花田，爷爷会摘下一朵油菜花，戴在我的头上，叫我“迎春小喜神”。我总会大笑，一片笑声便回荡在田野之中。

太阳出来时，油菜显得更加耀眼。阳光下，油菜花是奔放的。南风吹过，涌起一股又一股金色的波浪，这些波浪在阳光的照耀下闪过来一波一波的亮光。油菜花田里清新、自由、沁人心脾的香味与热烈、灿烂、无以言表的色彩调和成了一把熊熊燃烧的火焰，吸引着、炙烤着那双稚嫩的脚丫。在灿烂的油菜花田中，我成了一个逐光的少年，狂热地向无尽的花田奔去。

于是，我带着好奇心步入那金色的海洋，一阵阵微风吹来，海上泛起了波纹，一股股迷人的芳香从我的鼻尖步入全身，这种香味不似玫瑰的热情，不似桂花的内敛，而是带着泥土气息的自然香气。花田似无边无际的海洋，让我得以在其上畅游；花田似金色的地毯，让我踩得舒适，踏得安心；花田似苗条的少女，在和我捉迷藏。

有时我舀起一大瓢水，就向一片菜田泼去，在阳光的照耀下，那一个个小小的水滴竟反射出耀眼的亮光。让我明白，我们每个小小的个体都有可能绽放属于自己的光芒。那光亮令人有些睁不开眼,我便转过头笑着望向爷爷,说:“看我厉害吧,嘿嘿。”爷爷放下手中的农活,捶捶弯下了很久的腰,慈祥又和蔼地看着我。“爷爷,爷爷,我来帮你哦。”我像是又发现了什么新大陆般,又跑到了爷爷的身边,扛起了锄头,也像模像样地耕种起来。我在前头一阵忙活,爷爷就跟在我的身后替我收拾“残局”。“咦,这是什么啊?是稻子吗?”我急急忙忙地跑到前面,蹲了下来。“傻孩子,这哪里是什么稻子啊,这分明是芒草啊!”爷爷赶了上来,看了一眼,摸着我的头,笑着说。

干完了一天的农活,那太阳披着彩霞也想归去了。走在回家的路上,爷爷摘下了一根根的狗尾巴草,手指上下翻飞一阵,一只生动的“小狗”就出现在了我面前。

“哈哈,喜欢吗?”爷爷举起“小狗”在我眼前晃了一晃。“爷爷你真厉害,快给我瞧瞧吧。”我迫不及待地伸出手。“那就看谁先到家了。”爷爷笑了笑,便向远处奔去。“等我啊,爷爷!”我马上也追了上去,只留下那太阳缓慢地向地平线移去。

韶光易逝,已经许久没有踏足那西边的农地了,连老家,一年也回不了几次。那儿的油菜花应该又开放了吧,那儿的草丛约莫已经布满了整片的田野了吧。我这么想着,却不知道何时才能重见那人、那地、那花。

萧红曾在她的小说《呼兰河传》中回忆自己家的菜园子,回忆与祖父在一起的童年时光。那些可爱的词句,越读味道越显浓烈,越让人欢喜。虽世殊事异,所以兴怀,其致一也!

或许是岁月,带走了温暖;或许是清风,带来了远方的呼唤;在记忆的深处,那美丽的油菜花开遍!

(指导教师:吴兴杰)

点　评

文章以“油菜花”贯穿全文,实则是以“油菜花”写春天,写对“爷爷”的想念之情,对童年时光的怀念之情。把“油菜花”拟人化,写景状物,入木三分,除了展示出作者对“油菜花”的喜爱之情外,还更深刻地表达了“油菜花”所附带的感情。文章立意新颖,材料运用有美感、有意蕴,见灵性与文采,运笔从容恰当,笔调轻松,照应自然。

沂河四季

□ 山东省临沂市沂水县第一中学　王维涵

周末，坐在教室里悠然神思，从窗外望出去，再望出去一公里，就是沂河。沂河，又名沂水，全长五百七十四公里，是山东省第一大河，是我们的母亲河。

我是喝沂河的水长大的，所以沂河一直在我的记忆深处流淌。春天来了，沂河似乎是刚从冬天的夜里睡醒，静静地看着天空，什么也没有想。水鸟从河面上三五成群地掠过，有的浮在河面上嬉戏，无忧无虑、从容自在，真是春河水暖鸟先知。河畔两岸，从光秃秃的空旷仿佛一夜之间就添了绿色，添了各种颜色的花朵，那绿是嫩绿，那些花朵争奇斗艳，无比赏心悦目。每一次经过沂河，仿佛就是路过春天一般，或许，沂河和沂河两岸也是人间春天的发源地吧。

春天的沂河，仿佛褪去了冬衣的孩童般可爱，一切都是新的。人们也脱下厚厚的冬装在河边踏青、赏玩，人在花丛里、花树下若隐若现，随处可见。常常是花树下面，就有几个人围着，昂起头来，仔细品味花朵的芬芳，而此刻，沂河在人们身边延展着春天的视野，抒发着春天的情怀。有人驾起小船，在河里漂来荡去，他们让《沂蒙山小调》那悠扬歌声在沂河上边的天空里尽情流淌。沂河的春天到处布满生机，处处是绿的河，处处是花的海，它们陪伴着人们的欢歌笑语，织成了一幅沂河春天的最美画卷。愉悦心境和欣喜感受便如：胜日寻芳沂河滨，无边光景一时新；等闲识得东风面，万紫千红总是春。真可谓：阳春布德泽，万物生光辉，百川东到海，唯我沂河威。

"芳菲歇去何须恨，夏木阴阴正可人。"每当读到宋代诗人秦观的这两句诗，就想起了沂河的夏天。沂河的夏天，河两岸绿树成荫，有可供行人休憩的长凳、石礅，每逢周末空闲时，我都拿着书本，在河畔的树荫下读书。面对碧水长天，身边是蝉鸣林更幽，读着自己心仪的名著，的确是人生一大享受，仿佛沂河大桥已经连通了春天和夏天，即便大桥上一直车水马龙，心里感受到的还是静幽。

此刻的沂河，因为多了雨水，水流加速，河面更加开阔，风一吹来，波浪就翻滚起来，给人以恍若在大海边的感觉。河边钓鱼的人就像一个个的标点符号，静静坐在那里，享受沂河带来的惬意。听说，有人因为挚爱钓鱼，因为贪恋沂河的美景和凉爽，甚至是通宵达旦。间或，你会看到有人在河里游泳，喜欢游泳的人常常三五成群穿着泳衣，在水中感受沂河的魅力。

河水有的地方清可见底，可看见鱼儿游来游去，有的地方又无限深邃，像个谜语，叫人猜不透水有多深。在河边走一走，可以感受到河水那丝丝凉意，风也没有那么热了，其中荡漾着水草的味道，那感觉比吃了一支冰激凌还要舒爽，心境也随着水流变得开阔，变得舒畅起来。在沂河边，心里突然就想起一句诗："人皆苦炎热，我爱夏日长。"确实如此。

沂河流经沂水城区，使沂水看起来更像一座水中城市。秋天的沂河跟夏天几乎没有什么不同，从夏天进入秋天似乎是眨眼的工夫。此刻的沂河，在早晨或傍晚，可以看见水雾升腾，似乎散出热气。河边的树木依然葳蕤茂盛，只是已没有了蝉鸣声。沂河两岸的一草一木一直那么尽情任性地绿着，这绿不到冬天是不会凋谢的。站在沂河边体味"空山新雨后，天气晚来秋"的惬意和从容，也可以看到"落霞与孤鹜齐飞，秋水共长天一色"的美妙景观，甚至可以看到"沂水拖蓝"的独有景象。

冬天，沂河两岸的草木进入了枯期。在傲雪凌霜的早晨，沂河会以无畏困难、无畏寒冷的姿态与沂城人共面险阻。冬天已经到来，春天还会远吗？

朋友，你若想体会上善若水的境界，若想感受厚德载物的情怀，它们都会在星星居住的沂河里，在驮月而歌的溪水边，在《沂蒙山小调》所描述的风情里为你自在呈现。

我爱沂河，因为沂河养育了我们；我爱沂河，因为沂河让我们怀揣信念和梦想。

（指导教师：耿志凤）

点 评

本文通过对沂河四季的描写，道出了一个沂河边长大的孩子对沂河母亲深沉的爱，文笔温婉隽永，描写细腻。文章开头简洁得当，从目之所及直入主题，结尾表达出诚挚的情感，语言朴实而含义深刻，耐人寻味。作者对沂河四季的描写融情于景，边绘景边抒情，使文章生动具体，让人爱不释手。

富足的贫瘠

□ 山西省临汾第一中学校　田雨

高尔基说："人应该装饰的是心灵，不是肉体。"

——题记

很喜欢一首偏于小众的歌——《美好事物》。音乐很舒缓，没有太过于激昂的高潮部分。歌手也很有趣，取了个名字叫"房东的猫"，声线恰如名字般透着一种安逸和恬淡，很是清新，配上诗意且极富韵律的歌词，越听越让人心静，让你不由自主地放慢自己的节奏，想跟它一起去探寻美好。

静一点儿，慢一点儿。

这放在现在的生活中，似乎是不可能的。涉足茫茫人海，放眼芸芸众生，几乎每个人都在不顾一切地奔跑、忙碌，去追寻自己所要的，却又迷失于滚滚红尘中。可是有多少人曾问过自己，他们所拼命追寻的东西，到头来是他们真正需要的吗？

物质上的富足固然重要，但若为了富足，不择手段唯利是图，那他的精神便是贫瘠的，他整个人，也都是贫瘠的。所谓"金玉其外，败絮其中"大抵如此—— 一种富足的贫瘠。

《法国人只需十件衣》一书中有这样一句话："我们早就习惯了为拥有一些东西而沾沾自喜。"名表、钻石、汽车、房屋……多少人为了它们疲于生计，连停下来喘口气的时间都没有。这些人忘记了一点：它们是为了给人类服务而被设计、制造出来的，而不是为了成为人类的主人而存在的。

人类真正该去追求的，是为了心灵而存在的事物。

是午后在窗边沐浴着阳光小憩的惬意，是早起躺在床上伸个懒腰再把自己埋在枕头上的慵懒，是晚上工作结束后冲一杯热牛奶的充实，是靠在沙发上听自己喜欢的音乐的放松，是坐在图书馆看完一本好书后的满足，是在运动场上大汗淋漓奔跑后的畅快，是遵从自己内心去做自己喜欢的事而不惧怕别人非议的洒脱和自由……

这才是人真正该拥有的心灵的华服与盛宴，房屋无须过大只要温馨舒适，能和喜欢的人一起就好；服装不用太多只需大方得体，与自己气质相符就好。生活是自己的，何必随波逐流盲目从众？陶渊明短褐穿结，箪瓢屡空，仍有采菊东篱的悠然，此中真意不在物而在心。他的精神富足，所以无畏生活贫瘠。

古往今来人们劝读书劝学习不是没有道理的，这是充盈人心灵最便捷的方式，你无须去经历那些风霜雪雨，自可感那世事浩荡。多把自己的时间留给灵魂吧，物质富足重要而不必要，而精神贫瘠是万万要不得的。

生活是一场对美好事物的追逐。

生活是一次对自我心灵的丰富。

“愿作木而为樗；愿在草而为蓍；愿在鸟而为鸥；愿在兽而为鹿；愿在虫而为蝶；愿在鱼而为鲲。”去听自己心底的声音，不念过去，不畏将来，自由自在，无束无拘，明辨是非，行止由心。灵魂的富足，是物质的富足永远无法与之相抗衡的。

把起舞的今日变成诗篇，多年后也不遗憾。

把漫长的故事变成短暂，才配得起勇敢。

若无心灵的富足，永远都不是真正的富足。

（指导教师：马丽丽）

点　评

文章标题将“富足”和“贫瘠”对举，新颖别致，极具吸引力。文章内容紧贴现代生活，把握时代脉搏，尽显现代气息。读罢此文，读者亦会静下心来思考自己的生活方式。文章的语言流畅优美，可以看出作者较高的文学素养。

彩云易散琉璃脆

□ 浙江省温州市永嘉县上塘中学　汪馨垚

在去年秋风萧瑟、月明星稀的一个晚上，一本杂志无意中将《我们仨》介绍给我，忘了是怎样一股魔力驱我大晚上奔去图书馆读完了它——心中不作别想，只深深地觉得澄澈凄美……

夜色朦胧，读着读着，好像杨绛先生就在我身侧向我娓娓道来。世界在踌躇之心的琴弦上踱过去，那种“走着走着就散了”的伤情一缕缕合成琴弦，奏出忧郁而略带心酸的乐声。书里讲的是一个寻寻觅觅的万里长梦，一个单纯温馨的学者家庭，相守相助，相聚相失。这本书我在前面部分几度读不下去，到后面杨先生温柔看生活的前半生，竟显得越发生动。然而在温馨中透着一丝化不开的哀伤，只因这是一个别离的故事，思念浸透在字里行间，用我很喜欢的一句诗描述：“我们如海鸥之与波涛相遇似的，遇见了，走近了。海鸥飞去，波涛滚滚地流开，我们也分别了。”

从“我们这个家，很朴素；我们三个人，很单纯。碰到困难，钟书总和我一同承当，困难就不复困难；还有个阿瑗相伴相助，不论什么苦涩艰辛的事，都能变得甜润。我们稍有一点快乐，也会变得非常快乐”到“送一程，说一声再见，又能见到一面。离别拉得长，是增加痛苦还是减少痛苦呢？我算不清。但是我陪他走得愈远，愈怕从此不见”，全书悲喜相衬之间让我印象最深的便是曲终人散后的那一句“我一个人思念我们仨”，道尽人生颠沛流离。在我的脑海里不禁浮现出这样一幅画面：三个人拉着手下山，两个突然倒下去，另一个只好踉踉跄跄独自继续他的旅程。唉，心酸不已。

文章从梦境开始，梦醒作结。1997 年早春阿瑗去世，紧接着 1998 年末钟书去世。他们热切的脸如夜雨似的，搅乱着孤零倚在人世的她的梦魂。梦里上一秒一同散步，说说笑笑，下一秒苍苍茫茫，人影无踪。她于是寻寻觅觅，寂静孤凄惶急片刻笼罩了过来，压在她瘦小的身板上。我的心呀，颤抖着，听她那梦境世界的低语，尝那种耳边孤风四起、伸手不见五指的无助，渴求着依靠与安慰。时间缓缓地流淌，我在图书馆的一隅不禁揉了揉双眼，泪眼婆娑，当看到“现在，只剩下了我一人”竟毫无形象地抽泣了起来。每读到动情处，仿若自己就是“我们仨”中的一分子，跟着杨先生的叙述泣涕涟涟，这是我读其他书所少有的现象。在我看来类似于《飞鸟集》中所描述的那种“梦见大家都是不相识的，醒了，却知道我们原是相亲相爱的”远要比此刻我所看到的“梦中大家言笑晏晏，梦醒惊觉曲终人散”让人踏实安稳得多。起码，枕边人过了睡得正酣的劲头，会凑到耳边安慰你，“梦是反着来的”，好让梦中的凄凄惶惶消散了去。后者则大相径庭，让人十足地栽进怀古伤今的深渊去，生不如死，心碎裂成无数碎片飘飞着，折磨着，自始至终落不下来，于是这梦无休止地延伸到记忆的边缘。如杨先生所说的“这是一个万里长梦，梦历历如真，醒来还如在梦中，但梦毕竟是梦，彻头彻尾完全是梦”，这何尝不是一场彻头彻尾的相思梦呢？梦中人有血有肉，个个欢声笑语，朝你招手，梦里漫漶着无穷无尽无边的思念。

梦以外的世界，水里游鱼沉默，陆上兽类喧闹，空中飞鸟歌唱，她兼有海里的沉默、地上的喧闹与空中的音乐。在外人看来，她富足得像个国王，只有当暮色降临，忧思平静下来，她自己才明白这一切繁华满世，不再有人与之共赏，像个乞丐似的柔软得一把辛酸泪簌簌而下。亦如她在《走上古驿道》中黄叶般的哀叹，“三里河的家已经不复是家，只是我的客栈了”。风一吹，黄叶从乱石间飘落，满纸沧桑。后半生丢了珍贵的人儿，想来也是不能“好生过”了，曾经同甘共苦，相互打闹逗趣的日子已不复重来。“当时只道是寻常”，这一番滋味用纳兰的诗句形容再合适不过了。

我站的一隅刚好靠窗，玻璃窗一格一格恍若旧电影，读着《我们仨》，仿佛每一帧都是刚褪色的你们，杨先生的丈夫和女儿。龙二说，哀莫大于心不死。矛盾的是人活在世上，心就不会死。虽遗忘越来越频繁地来拜访，可杨先生潜意识里却操纵着记忆，虽知“人间没有永远”，却依旧在寻觅归途，期盼团圆。

“我们三人就此失散了。就这么轻易地失散了。”

“现在，只剩下了我一人。”

“家在哪里，我不知道。”

“我还在寻觅归途。”

如梦如幻，我不禁跌入一个风烛残年的老人的回忆里……

杨绛先生笔下的回忆，看似平淡实则浓到化不开，最后千言万语化为凄美一句“世间好物不坚牢，彩云易散琉璃脆”。人生百态，圆满有时，缺憾有时，大家尚且如此波折磨难，凡人焉能幸运豁免？这个故事让我在长叹心酸之余，留下更多的是思考，它教我更加珍惜眼前人，过好当下生活。

合上书，我仿佛能看到一位暮年的老人是如何徘徊在人生道路的尽头。2016年5月25日，一百零五岁的杨绛先生去世了，离今也有一周年有余，“我们仨”终于团聚了。如今，已是暮夏，当我再捧起《我们仨》，心里竟有些许安慰。

（指导教师：徐显芬）

点　评

这是一篇感人肺腑、令人动容的读后感。作者用饱含深情、收放自如的彩笔书写了对人生、对离别的深刻感悟，感情真挚自然，文笔优美空灵，字里行间无不流露作者对作品深层次的真诚感受，发人深思。

微信扫码
在线看写作提升课
获取精品阅读资料

第十七届（2019年）

获奖佳作精选

17年17届

拿什么回报你

□ 江苏省姜堰中学　丁洁

夹杂在熙熙攘攘的人群中，我被拥着进入考场。回眸，身材矮小的母亲站在路牙上，吃力地踮着脚尖冲我微笑：“别紧张，你永远是妈妈的骄傲。”温热的泪水倏然滑落——母亲，我该拿什么回报你？

家里的阁楼上搁置着一块深绿色的半截石膏，依稀分辨得出是一条裤子的形状，左腿从腰延伸至脚底，右腿却只到膝盖。十五年前，它禁锢着我的童年。

在我第二十二个月时，被查出左腿髋关节错位，需要进行手术矫正，否则瘫痪在床是我的最终宿命。面对高昂的手术费用，面对重男轻女的奶奶的情绪，面对亲友们善意的规劝，面对我的病症可以满足让家里再添一个健全孩子的政策，你并未放弃我，而是带我去了上海医学中心，求诊于医术最高明的医师。婆婆曾告诉我，奶奶主张把我送进社会福利院，那时的你不知哪儿来的勇气，在大街上公然顶撞她：“孩子既然来到这个世界上，我就要担负起一个做母亲的责任！”

我常常觍着脸皮说，当年的你之所以迸发出“泰山石敢当”的气魄，是因为我的脆弱引发了你内心深处的爱怜，激发起母爱的强大力量。其实我又何尝不知，当年生性好动的我总给你惹下各种各样的麻烦。第一次手术后，由于我从床上爬下来导致钢针移动，不得不进行二次手术。为此，你直到现在仍为自己的疏忽而自责不已。在家与上海之间，寒来暑往，春去夏来，父亲在军营里守卫着大家，你独自一人支撑起这个小家，抱着我，手术、拆线、取针、复查……你为了我放弃了深造学业，辞了职在家看护我，灿若白雪的银丝早早爬上你的鬓边。

在你的照料下，我终于能像正常人一般行走，只是骨骼的磨损早已使我永远失去了跑跳的能力。班里的同学们嘲笑我行动迟缓，而我只敢默默地伏在座位上，看着同龄的孩子们奔跑跳跃。在一段时间内，对于奔跑的渴望使我的脾气异常暴躁，把内心的苦闷一股脑儿地加在你的头上：“为什么上天如此不公，你为什么把我带到这个世界？”你默默地揽住我，两滴冰凉的泪砸痛我的前额：“别瞎说，别瞎想，要好好儿地活，好好儿地活！”

史铁生在怀念母亲的文章中写道：“咱们娘儿俩在一块儿，好好儿活。”不知怎么，我总是在无数个月华如练的夜，想起你温暖的、带着淡淡油烟味的怀抱。

婆婆曾私下对我说，你很羡慕史铁生的母亲，因为她养育了一个好儿子。纵然英年早逝，但她的一腔心血并未付之东流，她那懂得感恩的孩子写这样一篇文章来凭吊她，想必九泉之下也可含笑了。你之所以藏着那石膏这么多年，心里总想着有一天，你那不懂事的女儿能写出一篇催人泪下的文章，那么你这些年的付出也总算没有白费。

而你从未对我提起这些，和天底下的母亲一样，你很少对孩子有什么要求与奢望。当我出门玩耍，你总叮嘱我注意安全；当我考试失利，你常安慰我尽力就好。或许，我那些所谓的小有成就根本不值一提，但我忘不掉九岁那年拿到电子琴十级证书时你的微笑，忘不掉收到“希望之星”英语大赛邀请函时你的欣喜，忘不掉中考进入区前十名时你的激动，更忘不掉刚刚迈进考场时你脸上的热切期盼……

你热切地希望着我能以自身的努力弥补肢体上的不足，又害怕给我带来过重的压力，使本就乏味的生活丧失快乐与温暖。

母亲，你的女儿总是不懂事，不像别的孩子那般勤奋学习，总想着对你说：“妈，新评出的四部‘茅盾文学奖’获奖小说，替我买好不好？”

母亲，你的女儿常常是自私的，常在你想与我讨论一部文集时，用“你懂什么”的借口搪塞，却忘了你在为了我放弃工作前也有着一个文学梦。

母亲，我的学习总是那么忙，那么不愿考虑你的感受。我似乎从未陪你逛过一次商场，替你扔过一次垃圾。而今我终于明白，为什么你看着上大专的表姐化着妆，同姨母一同在街上做着我认为“浪费光阴”的闲事时，眼里有一闪而过的羡慕。

母亲，我竟不知，该拿什么回报你。我的生命与健康，是你所给予；我的温和与善良，是你所教授；我儿时的作文，也由你所启发。你给了我全部的光阴与爱，丰腴了岁月，潮湿了流年，而你对我的要求，只是平平安安地生活。

难以想象，若十五年前，没有你的坚持，现在的我是否正躺在社会福利院雪白的床单上，静望着天空的云，幻想着外面精彩的世界？

是你给了我一条自由行走的左腿，让我拥有了独自走向更广阔的天地的能力。母亲，我该拿什么回报你？

在我写过的文章里，有看守校门的老爷爷，有买早点的孀居阿姨，却唯独未曾为你写下只字片语，你年复一年的无私关爱，让我快乐而安适，总以为理所当然。

母亲，你不懂事的女儿在考场上一字一句地写下对你的感念，道一声迟到了十五年的感恩，是否也算尽了一份微不足道的报答？

亲爱的母亲，我会努力长大。

（指导教师：周永华）

点 评

母亲放弃自己深造学业的机会，对患病女儿不放弃，终将女儿养育成一个心智健全的人。作者以饱含深情的笔墨，描写了一位平凡而伟大的母亲，表达了对母亲的感激与“回报”之情。虽然语言表达还不够丰满，但真挚的感情溢于言表。文章前后呼应，突出了主题。

数学如树

□ 江苏省睢宁高级中学　杨笑颜

当那场突如其来的声势变得浩大而鼎沸之时，我还在晕头转向地抠数学题，神态迷茫得仿佛做了革命人的阿 Q。

窗外是小区里的花园，从我家阳台刚好看见全景。此时那棵厚重而阴沉的橡树已被连根拔起，被拖上墓穴一样的卡车。橡树原来所在的位置只留下一个大坑，周围的红叶石楠歪倒一地。这让我想起很多年之前的情形。那时它墨绿的色调很像雷雨前压抑的云层，隐埋着沉默与严厉的目光——妈妈一般都是用这样肃杀如秋风的目光盯着走神的我——厌倦了她平平仄仄讲数学题的腔调，我把眼睛瞟向了花园里最为显眼的橡树，结果发现它古板的形象和单调的数学一样讨厌。他们都像鲁迅所说的“红纸包里的烂肉”。

作为一名数学教师，妈妈一定郁闷过为什么她有一个不爱数学的女儿。她时不时地给我补充点数学压轴题，表情充满鼓励与期待。而我便如凄凄惨惨的祥林嫂，数学狰狞的面孔活像那只吃了阿毛的狼。

我一直对数学提不起兴趣。数学是来学的吗？明明就是来折磨人的！上街买菜可能会用到文学——“姐姐你皮肤真好，所谓‘美者颜如玉’当是如此……唉，芹菜便宜一点儿好吗？”但绝不会用到——“大妈，我刚才算了一下你卖菜价格的获利差……”就算能用得到，大妈也一定很心累。而且就算费尽心机地算出来了，菜也估计卖得差不多了。

我注定不会爱上数学。数学有什么好的？能帮我抒发成长的烦恼吗？能为我描绘青春斑斓的梦想吗？

眼看着卡车浩浩荡荡绝尘而去，我心里感到一种莫名的畅快。我把笔一扔，颇有气壮山河之态。这时我听到鲁迅趴在我耳边低声道：“让他们怨恨去，我一个都不宽恕。”

半个小时后，妈妈如期来检查我的作业。我躺在床上闷声道：“这题不会，太难了……”妈妈很轻松地识破了我的谎言，我视死如归地低头准备接受痛斥，而她叹了一口气，拿着两张在我看来“窗户纸也不配”的纸，脚步沉沉，进了卧室。

我的心随着关门声突然一沉，之前的调侃心情消失得无影无踪。我知道，我伤了她的心了。

愧疚感袭来如同《百年孤独》那场巨大的风暴。我站在阳台，看见花园里空虚无比的洞。妈妈如果训斥我，我可能还觉得好受一些，但是她没有……想必她一定很久之前就看出我对数学的不耐烦吧。一直以来，她在我身上注入了很大的期望，可是我……

我又瞥了瞥花园中央的巨大空洞，觉得心——也被生活锋利而冰冷的齿轮，狠狠磨掉了一块。

可是，这能怪我吗？我一直找不到学习数学对于我生活的意义。它像孔乙己排在柜台上的铜板，给不了孔乙己温情和安慰。我心里又是一阵委屈。

徘徊间，书房的门被敲了两下，我从阳台退回书房，跑去开门。妈妈递给我那两张试卷，如今它们已被写满了字。她扶着我的肩，注视着我。我被迫与她对视。没有想象中的谴责与怒气，而是很平静，也许伤心在她的心里，已经不需要流露给我了。

我再一看试卷，写满了题目分析、解题步骤、知识点链接，红笔，黑笔，蓝笔。我心里一酸，脑海里又浮现出那棵阴郁的橡树。没有橡树，花园却衰老了许多。没有数学，我的未来会不会很坎坷？数学犹如那漆黑的洞。

可我还是找不到学数学的意义。

这时妈妈轻声说：“我知道你不爱数学，也知道你不得不学数学……但是你知道吗？数学和语文一样，在生活中是有影子的。”

我瞪大眼睛，奇异地盯着她。

“数学，教你逻辑与理性，这是不可或缺的。”妈妈转向书架，“江南，江南你知道吧？他大学是学逻辑的。我相信他宏大而细节的叙事风格与他的理性思维是分不开的。”

妈妈居然读江南的书？我一直以为她是个只会做数学题的人啊！

“它以理性的思维，为你打开另一扇观察世界的门。有的人，用数学得到了财富，而有些人，用数学的理性成就了自己。分析讨论也好，代元转化也罢……”妈妈停住了，拍了拍我的肩，“不爱数学，但要以平常心去接受。”她知道我讨厌听大道理。

接受？我突然想起一段话：只有接受，平凡的生活才会不平凡。我曾以为我和妈妈之间的纽带就是数学，然而，并非如此；我曾偏执地认为，数学就是用来摧残人的，如今我还会在做错数学题时暗叫一声可恶。然而，心中慢慢在接受，在理解。我拿起红笔，认认真真地订正。

有人告诉我，我做题的模样像极了妈妈。我笑了笑。不过，比这个更重要的，是我们之间的关系更加紧密。从那次事件后，我们都学会了相互理解，我不再和她对抗，她也不再因着急而训斥我。

后来，在橡树原来的位置上，长出了一棵挺拔高大的银杏树，我总觉得它像站在讲台上讲数学的妈妈，金黄的叶片在深秋的阳光中闪动思索的光辉。我常去树下捡拾那金黄的叶片做书签，总感觉那纹理中有远处腾空而起的风声，饱含着数学密码。

（指导教师：朱艳飞）

点　评

本文描述了不爱数学的“我”找不到学习数学的意义，而作为数学老师的“妈妈”不断鼓励并启发，使“我”慢慢接受。虽然文章对于“数学如树”这个比喻没有很好地把握，但作者的聪明之处，在于借助花园里的橡树被挖走，又栽植一棵银杏树的经历为依托，生动形象地描写“我”对学习数学态度的前后变化。作者引用鲁迅的语言，使语句诙谐幽默，表现了一个高中生在繁重学业的烦恼中挣扎后选择接受的心理变化。最后一段点题，耐人寻味。

报之以金桂

□ 北京外国语大学附属苏州湾外国语学校　胡云舒

外婆是极爱她的园子的。

小时候，外婆家的条件并不好，在我的心中，即便园子里的花也多是一些很普通的品种。尤其是外婆晚年，生活已到了窘迫的境地，靠着白天给人套毛衣挣点辛苦钱。每到傍晚，她就悉心地打理园子，以致我常常看到她忙得太累，偶尔坐定在藤椅上，两眼半眯着，凝视着眼前的空地。

我知道，她想有一棵金桂树。

每到初一和十五，外婆就带着我到附近的寺庙去祈福。寺庙很小，穿过一个狭窄逼仄的走廊便到中庭。众人面向菩萨，时而站立，时而跪在蒲团上，跟着法师诵经。里面香雾缭绕，油灯明明灭灭。我扯着外婆的衣角，似乎好奇却又警觉地保持着某种距离。外婆穿着一件米黄色的针织衫，衣袖口上原有一朵耀眼的金桂花，因过多的洗涤，褪色为一块污浊的乱泥一样，混杂在那整块衣袖上，融合在一起了。时值深秋，外婆穿得太过单薄，走路时又有跛脚，揣在衣兜里的钥匙随着抖动发出叮叮的声响。

“不要踩门槛。”外婆将我的手用力向上一提，我吃力地跨过门槛。

过了木门，便是很窄的走廊，再往里，便是一处透光敞亮的天地。啊，只见观音菩萨的眼眸安宁祥和，千只手像无数的河床，托举着亘古的江山和人们所有善良的祈盼。

我随着外婆跪下来。我听她念念有词，就问她。她慈祥地抿嘴一笑，将我的双手合十，叮嘱我闭上眼睛，向着菩萨，诚心地默默祈愿。

她说：“你跟菩萨说，保佑全家平安喜乐，健康美满！”

我照着做后睁开两眼，恍惚间，我觉察到木门板的缝隙间透射出直线的金色阳光，在观音菩萨的手指尖灵光闪现。

回家的路上，我一直在想，外婆有没有求一棵金桂树。我便问她，她望着天空对我说:“有些东西是求不来的。”

我不解其意,日子如旧寺庙大门上朱红色的漆,大块大块地剥落着。我已很少到寺庙祈福了。到上初中,随着课业增多而变得紧张忙碌,后来我开始接触到生命存在的另一种形式——文学,我写的文章多次发表并获奖,再后来我转到城里的新学校。

新学校距离我家很远,于是父亲借钱在城里租了房子。房子实在是小得令人心酸,它不够让外婆也搬来一同居住。那次我回老家收拾东西,父亲和母亲帮我一一整理,他们缄默地屋里屋外进进出出,好像外婆已猜到了他们的心思,我见她摇着手中的蒲扇,说:“没事的,你们搬走不用想着我。这园子也得有个人来照顾。”

我看着她。她始终站在园子的空地上。那块空地上仍旧不曾有什么她喜欢的金桂树啊!那刻,她形单影只地站在深绿色的园景中。尽管秋天的气候不带肃杀气氛,但此时这种深绿色的景致,似乎带着一种沉郁感,顿时让我感觉到,我与她之间,相隔太远。我走过去,扯着她的衣角,嘶嘶嘴,低着头,潸然泪下。

“记得常回来!”外婆面带笑容。

我分不清她是否已有孤单与失落,然而我分明觉察到,在她那深锁的眉宇间,隐含着深情和期盼。

“嗯。”我抬起头,倏忽间望向园子的空地,又仰目外婆,油然产生依依不舍的眷恋之情。

我转过身去,愿下次回来时回报给她一个金桂飘香的秋天。

事实上是,我鲜有时间回来。读高中后,我的文学路走得颇不平坦,多次的参赛机会都没有轮到我,搞得我很失落,很烦闷。我时常放学后一个人在城里的大街小巷独来独往,也没心情回到外婆身边。

那年秋天,外婆跟母亲说,她总睡不好。母亲及时将她送进医院诊治。其间,她打我的电话,希望我能回去一趟,陪她一同去庙里祈福。

当我听到这句话,没好气地说:“求什么求,有什么好求的?要是真能如愿,那我早就该拿作文竞赛冠军了。”

“没事的,一切都会好的。”那时那刻,外婆还在安慰我。

就在那个秋天,外婆突然走了。她等不到冬天的雪夜与月色,等不到我许愿过的回报给她一个金桂飘香的秋天,却永远离开了这个世界。

我后悔着赶回家,颤抖地揭开白布瞻仰她的遗容,泪流满面地望着她,我知道她的遗体将被熊熊的炉火焚烧,火光就像一个巨大的黑洞,吞噬这位饱经风霜被时间磨碎的普通老人——啊,我实际上是多么爱我的外婆!

我再怎么哭喊也无济于事，木石瓦墙，就像写下的文字，纵使写下千万分回报，也终将灰飞烟灭，外婆再也等不到我的金桂回报了。

那一年，我放弃写作。从此，我不敢去看观音菩萨的眼睛。

直到高二，在语文课上，当我读到《项脊轩志》："庭有枇杷树，吾妻死之年所手植也，今已亭亭如盖矣。"顿时，我趴在书桌上大哭不止。那一刻，我忽然醒悟，外婆的金桂花，不过是在她岁岁年年的祈盼里，早已栽植于她的心中。她想要的桂花树，也只是对儿孙美好生活的无尽祝愿。如今，她在天堂之上，愿心中的金桂花香带给她生命的圆满。

我终于悟到了她的言语未尽之意。有些事物是求不来的。桂树也好，文字也罢，那都只是一种心情寄托。我才是外婆梦寐以求的那棵桂花树啊！

愿我在外婆的祈愿里迅速成长起来，平安喜乐，活出金桂的希望，这才是我对外婆的最好回报。

我重拾纸笔写作。那一年，我参加作文比赛，以金桂为题而折桂获奖。我望向窗外，金桂花正盛开在外婆的园子里，回报着观音菩萨手指尖闪现的灵光。

（指导教师：吴素芳）

点 评

作者很好地领会了命题的意图，紧紧围绕"回报"这个关键题意来构思谋篇，将生活的经历糅入命题中，完成了一篇角度新颖的佳作。文中描写"外婆"想有一棵桂树的愿望，实际是对"我"及我们生活的祈盼。文章叙事详略得当，描写语句丰满，前后照应，对外婆深深的感情引人共鸣。

东走西顾，四月不过

□ 浙江省台州市第一中学　王子怡

一

七月流火，那是记忆的起点。

在四楼楼梯的转角，我的目光终是被那个视线边缘的黑洞吸去了。当季的球鞋，同款手表，高挑隽拔的身形，最重要的，一张极清秀魅人的脸。对，清秀而又魅人。“肤浅的人才不以貌取人。”从王尔德的角度看，我非常有幸成为这个领域卓有深度的学者，并多年以此为人生信条。所以一切不出所料，他成功吸引了我。

也许因我是个做事凌厉的人，又许这是青春期女生的特长，我很快掌握了他的个人基本资料，并知会了几个朋友。于是从那天起，我的大脑构建起了一条独属他的神经冲动。

林霑，好奇怪的名字，但比起我的来还算有些咀嚼的味道。后来一次偶然的机会，我得以近距离地观察他，发现他的五官也并没有那么好看，起码不是我想的那样。不算大的细长的桃花眼，眼角和睫毛颜色很深，像画了眼线；很一般的鼻子，还有薄如秋叶的淡淡的唇，下颏很尖，但还好有一对浓密的眉毛，勉强撑住了排场。不过，还是让人看着很舒服呢。

生活中有些事情总是让人匪夷所思，比如当你开始留意一个人的时候，就会发现你到哪儿都能碰上他，原来他是这样频繁地在你的世界里活动着。我的双目因他从此谢绝了色彩的纷呈，千山万水都是黑白笔墨，独他做那恢宏卷轴上的一点丹青。行迹处，目光所及——人潮涌动中，在无各异的一团校服里一眼就捕捉到他，似乎成了我那短暂夏日里不与人说的小小乐趣。自得且心满意足。

遥远的第一个月。

二

他是识得我的。这很自然，毕竟是这砖墙里还算有头脸的人物，班级隔得也不远。当他加我好友的时候，我竟激不起什么涟漪，顶多是蜻蜓点水般的微小悸动，甚至有些不以为意，更多倒是像早已料到的自鸣得意。好吧，我的确是个骄傲自恋的人，对于这一点，我和王尔德一样坦然接受。我想，这能使我不沦为一个乏味的人。

当然，在通过他的好友申请之前，我特地去看了一场电影。

好巧不巧，他竟也是个自恋又自傲的人，言语中透露的那股桀骜和自恃，与他那副腼腆内敛的皮相大相径庭。不过，要是一个人吸引我，他无论选择什么方式表达自己，对我来说都很可爱。

是缘分作祟啊，我们竟一道去杭州集训。物数竞赛的日子很难熬，日夜在导数积分的夹缝里苟延残喘，那毫无预兆的几次小测试，简直就是压弯我这个榆木脑袋的最后一根稻草。不过，有他在不远处吸气吐气，有他时时点亮屏幕的聊天信息，似乎每天就有了一点儿希冀，一股不与人说的动力。丹青倾染，晕了一卷的山长水白。

“快来吃水果呀。”

“来了！”

“甜吗？”

“甜！”

“我在楼下吃麻辣烫，你来吗？”

“不了，我已经在床上了。”

“哈哈哈，傻瓜，我就随口一说的。”

他的聊天框总有一种特别的魔力，让我忍不住一遍又一遍地翻看记录。放大他的对话消息，一字一顿地读过去，慢慢品味，然后再审阅自己发出的话，即使已无法撤回还是要反复细细地斟酌，最后再大体地欣赏一遍，一个人对着屏幕痴痴地笑。“他好可爱啊”，看完后告诉自己。

哦，还有他的语音，总是要把音量调到最合适的响度然后把手机紧紧地贴近耳朵，听了一遍又一遍，边听边痴痴地笑，红晕在两颊上起舞。我能感受到自己皮肤的热度，一口一口灼蚀自我的卫城。他的声音很特别，比一般男孩子的都要尖细些，但又不锋利，角隅还是沉厚的，所以很温柔。音色很亮，不过是那种哑光的质感，鼻息间隐约有一段跳动的旋律，串起他吐出的每一个音符，使他说的每一句话都是平仄有声的，收尾时极不明显地略微上扬，清越地戛然一止，青春少年的草本味道便旋即流进我耳道里了。

那一个月的自我是消逝的。苍白时空里，只有他和繁复的解题。我的意识像是局外的视角，苍白境地是我的心界，游丝般的思绪不是为我而存在，因为在那界域里的自我没有依托。可你要知道我的思绪本是那界域的王，一切皆是自我的形骸，可如今只剩下他，仗着仲秋之月的乘胜之势，让我茫茫然而飘忽。

那时候室友总是拿我打趣，笑我思春，笑我魔怔，笑我如换了一个人。我是很乐意听到这些的，尽管这对我并不是一件好事。可那在我心中扎根十几载的萌动用它疯狂的长势告诉我，青春，到了它且歌且吟的年岁了。

一切都蠢蠢欲动。

三

> 我对你根本没抱幻想。我知道你愚蠢，轻佻，头脑空虚，然而我爱你。我知道你的企图，你的理想，你的势利、庸俗，然而我爱你。我知道你是个二流货色，然而我爱你。
>
> ——毛姆《面纱》

当好感开始瓦解的时候，剩下的会不会是爱？

我是不大能抵住风言风语的，尤其是关于他的。“他好像和很多女生都纠缠不清”“听说他对感情不怎么负责任啊”云云。我玩笑似的告诉他这些闲言碎语，他却不置可否。没有辩解，当然他没有义务和我解释什么，我们什么都不是。

青春很奇怪，我厌恶以疼痛之类鄙俗的字眼儿去形容它，于我而言，青春更像是一个过程，是一种欲望，一种渴求，一束渐趋渐远的攥不住的幽光。我对他的喜欢，他对于我的意义，也许只是青春时摆脱孤独的寻觅和迫切。那种人云亦云，脱单自豪的暗潮把青春层层推向禁果。我们都怕极了孤独，又想逃避无谓的热闹，那便没有什么能比年少情愫的跳动更能自我麻醉了吧。

我和林霑的感情很玄妙，我们通过网络相谈甚欢，可真实见面时却是不大说话的。我们都自傲，不愿走出主动的那一步而显得自己很在意；我们也都害怕，青春的冲动在喉咙里抓痒，悸动的渴欲无知又懦弱，它会怂恿你一股脑儿地冲到他面前，却又不敢出声交谈，畏首畏尾地蜷缩起来，藏在暗角。我们会经常面对面地相遇，起初是躲闪跳跃的目光和刻意地低头，之后是四目相视微微一笑，最后还是目光的躲闪，轻瞥一眼便扭过头去。是兜转的一圈，回到原点却还不及之前的我们，那份渴求和希冀被灼蚀殆尽了，踌躇是凶手，现实也是。

你就是这样的你，我就是这样的我。你也不过这样，顶着那层不再让我惊喜的皮囊，虽还是赏心悦目的，但我的神经再不能为此撕裂了。我甚至开始对你产生偏见，喜欢的却矢口否认，不喜欢的便放大，就算还是会被那一点点的喜欢打败，我也还是要骗我自己，好像你是达西。

自我觉醒了，她在苍白界域里横冲直撞，她想寻回自己的寄体，尽管她留恋为一个人流浪的日子，可是世俗告诉她，她要靠形骸活着。

“他真的很肤浅，也很虚荣，他的三观根本和我不在一个高度，他根本不值得我这样，我不喜欢了。”我对朋友说。朋友只是看着我，点点头，也不说话。她知道我又在骗自己了，这些话的保质期不会超过一晚。是啊，他庸俗势利，配不上我，可那又如何呢？哦，被看穿了，喜欢是那么明显，不喜欢又那么难。果然，爱恨参半是不存在的。

入秋了，第三个月。墨菲定律告诉我，那个夏天的林霑不会回来了。

四

江南的冬天是孤独的，人多的时候格外冷些。所以我喜欢在这个时节独处，孤独让我的思绪游离，回到那段燥热的日子，心里有个人在，总是会暖和点。

一切都随着这个没有雪的冬天渐渐变淡了，相识的萌动也好，不顾一切的沉沦也罢，都成了山洞里遥远缥缈的回音，不响，却掷地有声。林霑对于我仍是一个特别的存在，一段青春岁月所遗留下来的鲜活的纪念。从他那双魅人的桃花眼里，我还是能看到春夏的那个我，热情、冲动、渴求，还是能看到夏秋的那丝暧昧，稚嫩、懵懂、旺盛。这段路走过了，只是回味。盲目的躁动过去了，青春便习惯了孤独。

我曾是那样风情万种的旅人，路过人间，看尽风尘，万水千山都渴求我的垂怜。我孤傲自恃，傲慢自得，却终是屈身于年少路旁的一株草木，守候了一季。“你接着走吧，寻你真正的橡树，只是将来的路再荒芜，你都不会再孤独。我只是，你青春特邀的演员。”草木说。

“考得怎么样？”

“不太好。”

“我也是。”

那张清秀的脸收紧下颚，微低着头向我扯住一点儿微笑，擦身便离开了。我看着他高挑隽拔的背影、当季的球鞋，一如我们初见。沉重的学业让我们自我怀疑，也许有那么顷刻间都将其归咎于对方，但都是旋即否定的吧，我想。

五

终于，我跌跌撞撞，摸爬滚打地混过了这段青春。我争得头破血流，郁郁寡欢，迷失自我，不过是为了寻一个寂寞的依托，好躲避孤独。我终究是没有得到，但我也丝毫不觉得，得到会比现在快乐。这段缠绵的催生和湮灭，我享受的只是过程，满足野心带来快感的刺激神经的过程。我不想要结果，甚至会厌弃那样的结果。我需要的也许只是林霑这个助演，使我得以感受青春戏剧的光热。只是有点不好意思，自始至终都没有问过他愿不愿意。

“茕茕白兔，东走西顾。”

四个月，刚好，再见。

（指导教师：林笑）

点　评

这是一篇难得的校园爱情佳作，其最大特点便是语言表达的出色。清纯、朦胧而炽烈的情感，像那自夏徂秋而入冬的季节一样，一切归于沉寂。但夏的蓬勃，秋的绚烂，终究存在过，是青春岁月永远抹不去的美丽而忧伤的底色。小作者是讲故事的能手，将激动人心翻江倒海的情感波澜用淡淡的笔调描绘而出，像奔腾的怒涛被治水高手巧妙引入分水渠一样静静流出，却含有无限韵致与滋味，让人回味无穷。语言老到，虽不刻意追求修辞，却让人感到一种自然的精致。引用汉乐府诗句和毛姆《面纱》中的语言恰到好处，既能揭示人物内心暗示情节发展，又显出小作者读书的功底深厚。

第二排的英雄

□ 山东省临沂商城实验学校　尤姝懿

我从来未感受过这样令人窒息的阳光。

第二，又是第二！我蹲在地上，任凭七月的燥热侵袭我，眼泪一滴滴滚入脚底的灰色水泥，又顷刻蒸发殆尽，留不下一丝痕迹——正如我之于这个世界，我想。

“比赛输了吗?没事的。”母亲的声音从听筒里传来，“晚上我们带弟弟出去玩，你自己做饭吧……”电话断得仓促，嘀嘀的电流声仿佛我的心跳，不断地提示我：呵，在家你也是那个第二名，唯一作用是在奶茶第二杯半价时给弟弟凑个人头。

我站起身来，迎向那刺眼的阳光。我不甘，我废寝忘食精心准备的演讲输给了一个初出茅庐的学妹；我不甘，我所有的汗水和心血似乎都被失败吞噬，得不到回报；我不甘……

盛夏恼人的鸣蝉，吸足树的汁液，一唱一和地嘲笑我。应该找个避难所逃离这份难堪了。于是我走进了剧院。剧院里演的是音乐剧《堂吉诃德》。人很少，这个年头人们似乎对音乐剧并不怎么感兴趣，我的座位在第二排，紧挨着一位穿黑色背心的女人。她很白净，肩背挺拔，气质出挑，只是长相略显寡淡，鼻梁边散有雀斑，像是《红楼梦》中的李纨。

我熟悉她。我是这里的常客，每逢郁闷之时，我总爱来这里。在这个球状的黑色空间里，我可以放肆地笑，大胆地哭，毕竟“艺术是疯子的文明”。我每次都会见到她，她总坐在那个地方，淡然地，挺拔地，像希腊浮雕里的女神。巨幕拉开，灯光亮起，舞台上，堂吉诃德与女主角正放声歌唱。他们光彩照人，神采飞扬，宛若上帝的宠儿。可我突然听到有人轻声跟着唱，一样悠扬，一样动人心魄——是那个女人！我望向她隐在暗中的脸庞，那如黑曜石般纯净的双眸。那里没有艳羡，只有沉浸于艺术的幸福和满足。“可这是新剧，她怎么会唱呢？”我喃喃自语，心中的疑惑不断地膨胀。

一曲剧终，看客纷纷离场，她却久久坐着，似在回味。我问她：“您怎么会唱？

这可是首映。”她笑了笑，说：“我是 B 角。”

她竟是 B 角。

我被这句话钉在原地，久久不能动弹。“您会不会不甘心?明明您也很棒，却要坐在台下看他人闪耀。”我急切地问。似乎想在那静谧中找出一丝破绽。

“不会，”她笑了，“B 角也是堂吉诃德，B 角也是‘英雄’啊！”

观众席的灯蓦地亮了，我眯起眼，却意外地将她看得一清二楚，那鼻梁边的小细斑灿若星辰。一分自心脏而走的清透随着奔流的血液冲向我的四肢百骸，那积压的阴霾灰飞烟灭。我感到有什么东西在破土而出。

我懂了，懂了，无论第二还是 B 角，都只是一个名字，一个代号，它不是血肉，更不能成为一个活生生的人。为何要为一个代号郁闷，我还是我，无论名次如何。我参加比赛，是因为我这方面技艺超群，是因为我想见识更多技艺超群的人，我第一、第二，都不能改变我优秀的事实。比赛，从来不只是为了拿奖，而是为了发现。而如今多少人，功利盈心，只以输赢论英雄，却忘了比赛的初衷和真谛。

因为热爱，所以出众，所以赛，所以发现自己，发现天外天，所以有目标可远行。我们要学会为比赛本身幸福，为热爱本身奋斗，为他人鼓掌。

第二名也优秀，第二排也是英雄。我们生活中又有多少人，只知逐胜，为了争夺第一服用兴奋剂葬送自己的未来；为了争夺第一而作弊，用谎言捏造光荣；为了争夺第一不计手段伤害对手，拿恶意换取成功……我们不要被第一的魔咒所禁锢，而应发现自己，享受“第二”的优秀。第二名的意义在于追逐，在于自觉，觉察到更好然后从容前行。

我走出剧院，拿出手机：“妈，弟弟想吃什么零食吗？我给买。”“好，好，你买的，弟弟都喜欢！”母亲难掩欣喜的声音传来。我笑了，顺手给获奖的学妹朋友圈点了个赞。阳光正好，我想起了那个 B 角，那坐在第二排的英雄。

你看，眼前皆灿烂。

（指导教师：李先梓）

点 评

作者从排名第二而受打击写起，在自卑和不甘中走进剧院却无意中邂逅 B 角。一番颇具艺术性的对话，令小作者豁然开朗，懂得了“第二名也很优秀”“第二名的意义在于追逐”的道理。文章紧扣命题，虚构合理，描写与论述相辅相成，层次清晰，语言流畅，较好地表现了主题。

味蕾与乡愁

□ 北京师范大学附属实验中学　邵薪哿

离开家乡青岛，已经四年有余。

而无论脚步走多远，脑海中始终有故乡的味道，熟悉而顽固，一头锁定了千里之外的异地，另一头则永远牵绊着记忆深处的那片土地。

五月春游，我站在八达岭长城上，酷热难耐。此时，我疯狂想念家乡的那一碗凉粉。

青岛的凉粉，不同于陕西用绿豆或淀粉作为原料的凉皮，而是用石花菜熬成的。夏天赶海的时候，在滩边的礁石上采回这种海菜，放在院子里晒干。那时还住在平房里，没有冰箱，只有等到冬天的时候熬制，才能保存得久一些。年节的前几天，在磨盘上碾碎掺杂在石花菜根上的沙粒和蛤蜊皮，淘洗干净后放入锅中，风箱大柴，一灶旺火，熬两三个小时，用纱布沥出汤汁，放在雪地中，冻上就成了凉粉。

三十的年夜饭，取一块凉粉分成小条，胡萝卜切丝，加一点儿海米，最不济也是虾皮，最能提鲜。酱油代替食盐，倒上醋，再点几滴香油，若是喜欢可以加点蒜泥。凉粉滑中带韧，配料清凉爽口，是那个年代最容易吃到的一道美味，往往来不及细细品尝一番就吞下了肚，让人欲罢不能。

两间厢房，门帘后的食品柜上永远摆着钙奶饼干，灶上蒸腾着煮海蛎子的热气，蒜泥拌在凉粉里，零零碎碎的片段，拼凑起我对这座城市最初的记忆。

后来，记忆扩展开来，带有淡淡海盐气息的风、潮汐浪花、礁石海鸥，在不知不觉中夹杂进每日的柴米油盐中，生活在其中的人们却浑然不觉。直至北上之后，我的味蕾像夏天疯长的草一样，不时地摇曳、搅动，甚至一想起家乡的味道就口舌生津。

当然，冲不淡的，还有骨子里对海鲜的热爱，那是鲜甜的家乡的记忆。以至每次妈妈来看我，都要带一箱子的蛎虾和扇贝。似乎它们上桌，便等于我回家了。秒回故乡最快捷的方式，就是味蕾触及记忆中熟悉的味道。

每到夏日，暮色四合、华灯初上时分，栈桥北面的海鲜大排档总会熙熙攘攘。白色的塑料桌椅，辣炒的蛤蜊，肥嫩的蛏子、鱿鱼，炸几条刚捕上岸的小黄花鱼，偶尔带几个拌海蜇之类的凉菜……青岛小哥和大嫚儿向来直爽，吹一瓶二厂产的啤酒，就忘却了一天的疲劳，在美食间高谈阔论，一旁的老板笑着招呼客人，忙前忙后。还有街上，拎着塑料袋散啤的人，家里必然已经准备好了下酒的小菜。这一幕幕，记了很多年。

我以为自己年纪小，便不会懂得思念，不会触及乡愁。其实只要一离开家乡，这种感觉就会紧紧跟随着你，就算大部分时间觉察不到，却也会在某个时刻冒出来，催下你的眼泪，抑或是在你支撑不下去的时候告诉你，别怕，身后有一条通往家乡的安心归路，就算走得再远，也可以抽身而回，抚平一身伤痛。

深夜听赵照和齐豫唱的《乡愁》，当埙的三声音阶响起之后，我忽然发现，无论如今自己身在何方，终究是属于故乡的，血脉中流淌的，是这一方水土倔强的记忆。

回首，月渐盈。

（指导教师：王宇飞）

点　评

本文情真笔细，不落俗套。作者从游子的记忆说起，以细腻的笔触记述故乡美食，在熟悉的味道中品味故乡，使乡情乡思有了实实在在的寄托，让读者在充满地域特色的美食中感受到作者的“莼鲈之思”。任何感情的表达都要借助具体的物象，文学的趣味有一大半来自那些看起来新鲜的事物，所表达的却是你我共有的常情。

母亲的表

□ 山东省济南第一中学　李姝凝

还有五分钟。再快一点儿，一定能赶上。

树木在两旁飞快倒退，自行车被蹬得吱吱作响。好不容易通过了堵车的地方，车轮便转得更猛了。时卓拽着母亲的衣角，盯住母亲的手表看着秒针一格一格地走，身体僵硬地坐在后座上。早知道这样昨天就不熬夜看小说了，起床晚了还赶上堵车，真是流年不利啊。

一想到迟到后班主任那张阴沉的脸和同学们的哄笑，时卓心里就后悔不已，正想着，一个急刹车，时卓的脸撞上了母亲的后背，疼得直吸气："怎么又是红灯！你刚刚要是骑快点就过去了！"母亲没说话，她知道现在只能听儿子抱怨，若是多说几句他们还得吵起来。

红灯不长，时卓却还是迟到了。翻下了车座，一步跨到车前拎起书包，头也不回地朝校门跑去。刚好踩着铃声的尾巴，踏进了校园。还没舒一口气，就被值班的老师拦下，时卓一抬头，心就沉了下去。拦下他的不是别人，正是他最不愿见到的班主任。谁不知道，这位以守时出名的班主任最讨厌卡点进学校了。不用想，今天这迟到的名字是必定被记下了。

一整天，时卓都闷闷不乐的，心里越想越委屈，明明正好赶上铃声，怎么就被算作迟到了呢？要是早五分钟，不，两分钟，也不会被班主任抓到。都是那个红绿灯，要是母亲当时骑快点，冲过去不就没事了吗。时卓越想越懊恼，总觉得自己不应该被记名，被老师批评不说，还在同学面前失了面子。都是那红绿灯，都是母亲。

母亲像往常一样做好饭，去敲时卓的门。时卓正在气头上，又怎么会开门呢。"做饭这么准时，为什么就不能按时把我送到学校？"时卓没好气地说，"为什么不早点叫我起床，知道我今天有多丢人吗？"母亲听了这连连质问，一愣，当即想要发火。刚要拍门，想了想，放下了手，道："我叫你起床你会起？""当然。"时卓肯定地回答。门外没再传来母亲的声音，只有隐约的声响，像是椅子在搬动。

时卓感到很奇怪，自从那天起，他再也没有迟到过。不仅没迟到，大多数时候他到了教室，发现班上才来了几个人。有时他起晚了一会儿，着急地催促母亲快点到学校。可到了教室才发现，离上课还有好长时间。时卓怀疑，难道时间变慢了？可渐渐他发现，改变的可不仅只有迟到。明明睡觉的时间和起床的时间都没变，可白天的精神却足得很。睡够了觉养足了精神，上课也不再犯困了。一切都充满了活力。

时卓觉得，一定有什么魔法改变了这一切。

唯一让他在意的，就是每晚客厅中搬东西的声音。时卓决定今晚看看。

夜里，一切都是那么寂静，只能听见时钟嘀嗒嘀嗒的声音。时卓抱着被子睁着眼睛，静静等待着。没过多久，客厅传来轻微的脚步声。稍停了一下，有什么东西被搬起，然后放在一边。时卓坐起来，跳下床打开卧室门。一片黑暗中，母亲嘴里咬着手电筒，借着微弱的光正要取下客厅的表。“妈，你在干吗？”“嗯……换块电池，你别管了快睡觉去，别着凉了。”母亲没看他，面颊被手电筒的光照得越发柔和。但有谁在晚上给表换电池呢？时卓回到床上，翻来覆去睡不着。几周里发生的事在脑海中渐渐连成一条线。母亲不会在调表吧！时卓被自己的想法惊到。如果是在调表，怎么会每晚都调？可是……

等等，怎么不会每晚都调！

早上，时卓偷偷找到母亲的手机，来到客厅，打开锁屏。一切疑惑都明白了。

为了让儿子早睡早起，比对标准时间，母亲白天将表调快三十分钟，晚上调快十五分钟……

（指导教师：陆晓康）

点　评

一件日常生活中发生的司空见惯的小事，被叙述得如此生动，悬念起伏，一波三折，并从中刻画出一个处于叛逆期的懵懂中学生和一个冷静、克制，默默将爱和心血倾注于孩子身上的妈妈形象，平易中见不凡，后半部分的转折令人惊喜，设在结尾的“埋伏”更是令人忍不住拍手，当谜底揭开，也令人由衷认可此文为写日常生活提供了一个成功的范式。

寂静的太阳

□ 陕西省西北大学附属中学　邱文清

主任让我去执行一次普通的无人飞船回收操作。这是一次近日航行，我漫不经心地驾驶捕获舰将目标万年风雪号回收。本不想进入目标考察的我为了拖延工时，还是进去了。

进入目标后，凭借多次回收的经验和敏锐的直觉，我发现了一些异样——一个世纪前的老式核裂变驱动模式，本不应出现在这里的生命维持系统，隔热系统异常发达的太空服……这，根本不像是本世纪的无人飞船。我想到专业课上学习的太空探索史书上的那些句子，一道闪电在我脑海里闪现。我发疯似的猛拨主任的电话，他马上接了，似乎早有准备。“是为‘日出计划’而来的吧。”他说。

所有的证据都指向唯一的可能性——这是上个世纪“日出计划”破产的产物……迅速清楚事态并意识到了这句话的意义，我无力地瘫倒在地上。

“日出计划”原本预计发射十艘飞船，但计划由于万年风雪号的失事而被中断了。登月后，人类用了一个半世纪才由太空航行到土星。而在对太阳的航行上，也需要同等长度的时间。“日出计划”就是这样探险性的航行。此时的万年风雪号迷失于太阳，就如同二十世纪中期的登月飞船偏离月球迷失于外太空，获救的希望是丝毫不存在的。

是某个微小算法的错误导致了失之毫厘差之千里的后果——当时是如此分析的，后来则又指出“日出计划”有着方向性的根本错误。好在万年风雪号的船体是可靠的，细若游丝的电波把它和地球连接起来。万年风雪号引以为傲的主动制冷式热屏蔽系统，使它可以比当时人类的任何太空航行器都更接近太阳，随后它被万有引力捕获成为一颗太阳系最小的行星，成为那耀眼的氢氦气体球上一个永恒的小黑点。之后的一年中，万年风雪号航行组坚持工作，把从太阳近处得到的大量宝贵资料发送到地面。

从主任发来的万年风雪号从前传回地球的影像中，我看到屏幕中的两人出乎意料地在平静对话：

“这确实是我们的时刻。一个只属于我们两个人的时刻。”

“曾经有这种想法的人，也都成了过去。”

“那么，为什么时间不断重复着？”

“你期望我们的时间是怎么样的？”

“那就记住日珥和耀斑在我们周身闪耀吧。”

事实上，航行组里的任何一位成员都承受着巨大的心理压力。他们一闭上眼，就仿佛看到快速压来的火海——事实上睁开眼也是。这个幻象使他们整日笼罩在一种地面上的人难以理解的压抑感中，不断承受着“太阳幽闭恐惧症”——由“日出计划”而诞生的疾病，蛇毒般地撕裂中。

“在事故中万年风雪号损失了能源，后来，生态系统无力再维持两人的消耗。”主任悠悠的声音响起，我才在恍如隔世中被拉回现实，“于是他……”

在主任给我的万年风雪号发回的最后的图像中，我看到他从巨大的监视屏前起身，打开了透明穹顶外面的防护罩，壮丽的火海展现在他面前，半米厚的绝热玻璃在熔化。他像一个初见海洋的人陶醉地面对海风，伸开双臂迎接那向他呼啸而来的上千摄氏度的飓风。在摄像机被烧熔之前发回的最后几秒钟图像中，可以看到他的身体燃烧起来，最后整个变成一根跳动的火炬，投身于那道梦幻又致命的日珥中，和太阳融为一体……

此后船上就仅剩下孤独的她。而在那之后最近的一次太阳活动后，万年风雪号与地球那若有似无的联系也在一天深夜（实际上，那里并没有黑夜）中断了。她被永远封闭在喧嚣的日光里，直到在无尽寂静中老去，沉睡于孤独中。

我不敢想象信号中断前她与世界最后的告别，但主任让我听的录音出人意料。这时的信号已经很微弱，但她时断时续的声音依然很平静。“你们发来的最后一份补充建议已经收到。今后我会按照计划努力工作的。将来，可能会有飞船找到万年风雪号。但愿那时，我留下的信息会起作用。”她欲言又止，似乎有什么没说出来，但她还是接着说，“我会安排好自己的生活的，我已经适应这里了，我可是历史上离太阳最近的人类啊，无尽的温暖，永远包围着我……”

在我捕获万年风雪号后发现的一篇日志中，她写道：“夜深人静的时候，我从耳机中听着来自宇宙的噪声，这噪声隐隐约约的，好像比太阳还永恒；有时候我又觉得那声音像兴安岭冬天里没完没了的寒风，在离太阳最近的地方让我感到刺骨冰冷和将要窒息的寂静……他是我的冷光，我永远的精神支柱。”

冷光，我听说过这个名词，这是一种冷辐射，区别于物质加热而产生的热光，明艳的热光存在时，冷光的存在就微乎其微。而当世界阴暗寒冷之后，由于温度过低，那些曾经发热的物体将会冷却，但冷光不会——它会伫立在黑暗之中。

谁也不承想，当初举世瞩目的“日出计划”会留给一个世纪后一个这样的结尾。在一个天文单位外的远方永久流浪着的灵魂，于一个世纪后被人回想起，他们，是人类探日进程中的冷光。

过度的黏稠质的日光，在过度混浊的空气里糅杂。沉闷与封闭中，几十年前的她竟是那样地沉睡了。

最后的航行日志里只有一行字：

太阳是寂静的。

（指导教师：侯建慧）

点　评

这是一篇充满诗意的科幻小说，巨大的信息量，横空的想象力，新奇的天文学名词，不妨碍小说传达出作者清晰的思路和主题：太阳是寂静的。发人深思的“寂静”，让整篇文章浸染了一抹沉重忧伤的基调，并彰显了探日人意志的坚定。而“日出计划”——人类的探日旅程和人类所有对外太空的探寻之路一样都是艰难的，同时又是危险而充满诗意的，正是外太空的神奇和瑰丽吸引着人类前仆后继，踏上这条漫长的探寻之旅。作者一定是一个资深科幻迷，又具备深厚的文学功底，成就了一篇成功的充满哲学意味的科幻小说。

街市如诗

□ 内蒙古自治区通辽市第五中学　杨佳怡

"年轻人"这个词,本就代表了浪漫、追求、理想主义和平淡日子里的英雄梦想。他们常以为自己不快乐,为着枯燥而乏味的生活,为着简单而机械的工作。然而,若非他们片刻不离手机的眼睛和隔绝外界一切的耳机,实际上,诗和远方就在触手可及之处。

你瞧,当东方的天幕刚涂上一抹鱼肚白时,崭新的生活即悄然而至。披星戴月的清洁工人推着小车踱在街边,满足于沉睡中的城市里这方寸的净土。偶尔望见枯枝残叶,她便会用大笤帚"唰啦唰啦"惹起一阵细土飞扬,待尘埃落定,柏油路面光洁如初,而她和她的小车,早已踱向下一个星辰照亮的地方。赶去学校早读的孩子坐在飞驰的车子里啃着面包,渐次熄灭的路灯为他送行。寂静的清晨唯有引擎低沉的轰鸣做伴,清冷的空气唤醒他疲倦的双眸。车停了,他背上一书包沉甸甸的梦想,踏上属于自己的征途。恰在此时,深重寒气裹着单薄衣衫的女子从转角走过,踩着高跟鞋的步伐有些拖沓。彻夜未眠的晚班似乎消磨了她秀目中闪亮的活力,却又送给她劳有所得的笑意。微温的手机屏幕上会不会是母亲睡前的叮咛呢?她含着喜悦的心情,走向那个有棉被和热牛奶的归宿。万籁俱寂,除了首班公交车进站时的电子女声,整个世界都沉浸在朝霞沐浴下的一片静默里。

凌晨街市的安宁静谧,是一首凝固的诗。

卖豆浆油条的早点摊支起了棚子,烧热的油锅沸腾着,将扔下去那条莹白细腻的面块炸得酥脆金黄,老板娘伸长了筷子捞出,送到熟客桌上顺便聊两句家常:

"叔,起这么早是干吗去呀?"

"开工资去,据说呀,又给涨了!哎呀,感谢共产党还挂念着我们这群……"

这时,骑单车的上班族途经此处也买了一份早餐,车铃叮当,他只留下了清俊挺拔的背影。“吱呀”一声，楼上的老奶奶推开了窗子通风，新鲜空气涌入房间让她神清气爽，鸡毛掸子在家具上挥舞，尘埃在熹微晨光下晶亮，照着她刀刻般的皱纹勾勒的笑容。不一会儿，就见她下楼来，慢慢悠悠地汇入早市挑挑拣拣斤斤两两的洪流之中。而那校服穿戴整齐的小学生叼着烧饼，边跑边系着红领巾。路边的碎石被他一脚踩中，仰面朝天摔倒在地。路过的行人见状赶忙将他扶起，眼泪还在打转的小学生站得笔直，向路人行了个少先队礼：“谢谢叔叔！”路人眉眼带笑，点头向他致意。街边的商铺拉开了卷帘门，玻璃上悬挂的风铃一阵摇摆，颇为好听。车水马龙，生动而鲜活的画面描绘着蓬勃向上的希望。

清晨街市的喧嚣热闹，是一首流淌的诗。

日薄西山，天空被渲染了大片的玫瑰色，灿烂的晚霞为城市笼上了一层迷离而朦胧的美丽。倦鸟啼着娇嫩的嗓音偎依枝梢，伴着归者回家的路。牵着小狗的家庭一路欢声笑语，终于结束一天辛劳的他们忙不迭陪伴这位特殊的小成员。雪白绒毛的小欢喜撒着欢儿扑向主人，抚摸着它背脊的柔软触感，仿佛一身的疲惫都消失殆尽。几个女生捧着奶茶，并肩走在回家的小道上，说笑也是低声温软，那是闺蜜间的喁喁私语。宽阔的广场上早已摆好了几个音响，身穿鲜艳裙装的老奶奶们三个一群两个一伙，探讨着昨日新学的舞步。老爷爷们则躲在角落的僻静处下象棋，观战的目光全然被棋局吸引，手上的蒲扇也似忘了摇。栖鸟归林，在风尘中接受了一天洗礼的人们终于等到了属于自己的时间，家家户户飘出了饭菜香气，如同寻常巷陌里被切下慢镜头的电影画面。

黄昏街市的人间烟火，是一首温暖的诗。

窗外华灯千盏，天空倒挂群星之时，已是一天将近尾声。下了晚自习的学生匆忙赶在便利店打烊之前买一份关东煮，或可填饱饥饿的肚子，放松乏累的身心。抱着书本的女生讨论着数学题，背后调皮的男生跳出来扮个鬼脸，成功吓得两声假意嗔怪。车辆逐渐稀落，夜市收摊留下一地竹签，烧烤店前的醉汉依旧高谈阔论，居民楼里最后一点儿灯光也终于熄灭，整座城市陷入香甜的酣梦中。

深夜街市的霓虹闪烁，是一首闪亮的诗。

何须去远方寻觅诗歌？又是谁说只有“空山新林归鹧鸪”才算诗意？不妨抬头看看这貌似庸俗的市井生活，诗意就藏在街市的每个角落。

（指导教师：李柏春）

点　评

普普通通的街市何以见诗?而这诗就在作者那纤细而灵动的一笔一画里酿造出来:它凝固在凌晨的安宁静谧,亦流淌于清晨的喧嚣热闹;它在黄昏的人间烟火里温暖,也于深夜的霓虹闪烁间闪亮。文章以时间为线,萃取四个节点,将街市生活中不同层面各色人物之生活剪影表现得生动逼真,白描手法变化多姿,传情达意,恰到好处,尤其对不同学生在不同时间的表现,写得活泼有趣,细节传神,个性突出,富有浓郁的生活气息,更充满了浓浓的诗意。

远 方

□ 广东省深圳大学师范学院附属中学　郑雨潇

一月赶着下了三场暴雪，新年的喜气被寒冷的雪风吹散。

李恒蹲在街头，从羽绒服内袋里摸出一支软了的纸烟点上，并没有烟雾飘起来，人冻得舌头都僵了。他缩在街旮旯里暗暗咒骂，都是这该死的冬天！冬天冷啊，日子也变得难过了起来。没钱吃饭，没钱上网，连个住的地儿都没有，明天还不知道是怎么个境况。

李恒已经饿了一天了，他的全身上下就剩一件棉袄还值几个钱。怎么办?在一片灰蒙蒙的天空下，他想到了昨儿个在网吧碰见的男人。尖嘴猴腮，一看就不是什么好相，那男人用胳膊肘捅捅他，兄弟，缺钱不是？老大不小的了，有娃没有？

李恒一听就懂了，心头微微一动。

那男人一看李恒的表情，顿时眉开眼笑："兄弟可真是聪明人，那这样，明个儿城外那个老仓库，我等兄弟的好消息。"说完扬声叫道："老板，兄弟今儿这包夜记我头上，请他了。"

既是形势所迫，去偷个娃也在情理之中。只是李恒迟迟下定不了决心，偷娃子……那可不是什么好事儿啊。往常偶尔逮着个人贩子，乡里乡邻都会挤过去，一人一口唾沫，我呸，不要脸的偷孩子的。这个时候李恒也会跟着一起挤过去，我呸，不要脸的。

大雪封街，街上的人稀稀落落，肉铺菜摊的老板们纷纷拉门收摊。李恒突然发现，肉铺铁帘子前头蹲了个八九岁的小男孩，正低着头喂一只野狗。街上快空了，男孩却还在很专注地喂着狗。鬼使神差地，李恒走了过去，蹲下来，跟那男孩一起看着狗吃食。过了阵子，狗把面前的东西吃完了，仰起头冲着男孩汪汪地叫。男孩愣了，一时之间掏不出东西来，只好安抚性地摸摸狗的脑袋，小声说："我没东西可以给你了。"

晦暗的天空下，小小的男孩格外不起眼。在一派忙碌的乱象的遮蔽下，李恒听见自己清了清嗓子，对男孩讲："我那儿有给狗吃的东西，你一起去拿吗？"

孩子不吭声，犹豫着，在狗湿润的目光注视下，轻轻地点了下头。

等李恒回过神来时，他已经牵着男孩的手往城外走去了。男孩很乖，一路上不吭声，只跟着默默地走，什么表情都看不清。

李恒莫名地战栗起来了，待到真要跨出这一步，可就回不了头了。往后没准他也要被人戳着鼻头骂，呸，臭不要脸的，偷孩子的！想到这，李恒恨不得立马拉了孩子往回走，这个口子不能开。

刚想开口，冷风呼啦啦就给他吹了个激灵。放了孩子，要了脸面，谁又来救他李恒啊？眼瞧着这冬天一天冷过一天，李恒眼一闭心一横，卖！

刚定下心神，男孩却突然仰起了脸，乌溜溜亮晶晶的大眼睛瞧着他问："叔叔，我们还有多久到啊？"李恒一下就紧张了起来，他咽了口唾沫，费了好大劲才从嗓子眼里发出声来："啊，就快到了。"他的声音不自觉地打着抖，让他几乎不敢往下说了。所幸男孩问完就不再吭声了，默默地在一旁走路。李恒从心底舒了一口气，旋即又涌上一阵歉疚来。他是知道被卖掉的娃娃可能的下场的。好点的是那种两岁到四岁的娃，他们会被卖去给别人家养，但从此就别想见着亲爹亲妈；最差的是那种十三四岁的，会被拐去做苦力、去乞讨，从此一辈子就算赔了。像男孩这种中不溜丢的年龄段，恐怕连那个尖嘴猴腮的男人也很难划清楚类别吧。

天色渐暗，风刮得比前时更猛。李恒从来没有比这一刻更清楚地意识到，这个男孩的远方会面临什么，那双乌溜溜亮晶晶的大眼睛的将来，会是怎样的灰暗和混浊。怎么办？李恒一下子怔住了，他也不知道自己该向哪里走，走到哪里去，他就木木地立在风雪里，牵着男孩的手，手指尖比这冬天里的雪还要冷。

茫茫大雪掩埋了来时所有的脚印。这个点儿也没人再出城，整条小路上就只有李恒跟男孩两个人，大风大雪铺天盖地地席卷下来。

男孩怯了，扯扯李恒的衣角，小声叫道："叔叔。"

李恒没有理，还是木木地杵在那里，没有任何反应。

男孩急了，用力拽李恒的衣角，稚嫩的童音里带了哭腔："叔叔！"

李恒还是木着，饥饿带来的眩晕感让他的眼前一阵发昏，突然一阵天旋地转，李恒下意识地抓住身边的男孩。

兴许是李恒一把抓上去弄痛了男孩，又或者是因为不知所措而产生的恐慌，也有可能是冥冥中预感不好，男孩终于哭了出来。惊惶的哭声回荡在白茫茫的雪地间。

李恒没了主意，只能傻愣愣地杵在那儿，看着男孩哭。男孩哭了一阵，累了，声气低了下来，眼睛红红的，脸也肿了一圈，估计是冻着了，隔阵儿就抖一下。

雪慢慢停了，他们停留的地方离约定好的那个老仓库还有一小段距离，李恒却觉得自己再也走不动了。天慢慢亮了起来，云角被折起来透出薄薄的亮光。

男孩和李恒都看呆了。

冬天的晚霞本没多亮，但是在白茫茫的雪地上一反射，就好像整个世界都被光洒满了一样。

男孩伸手把李恒往下拽了拽，李恒蹲了下来，面对面平视着男孩。

男孩用手拢住嘴，对着李恒，又像是对着自己说："叔叔，你觉不觉得，下过雪的世界，很温柔？"

李恒想想自己在这个冬天的遭遇，疑惑道："为啥这样讲？"

男孩用手指指前面被一片明亮的白色覆盖的路："你看，它怕我们看不见前头的路，就让太阳又回来了。"

李恒的心被狠狠地一撞，冻得麻木的五感又回来了。他深深地呼出一口气，像是放下了什么背了很久的沉重的东西，牵起了男孩细嫩的手，然后转身背向前面的路。

"叔叔，我们不去你那儿了吗？"男孩问。

"不去了。"李恒闷声答道。

"那我们去哪儿？"

"前头，一直往前儿走，就算走到再远再远的远方，也有太阳为我们指路。"

中国每年发生多起儿童诱拐事件。在这个经济高速发展的年代，保护孩子的生命安全和健康成长更应该成为我们每一个人的责任。本文是在2018年六一儿童节构思的，成稿于2019年。希望每一个无论是天南地北哪一处的孩子，都能有机会找到属于自己的远方。

——后记

点　评

滴水成冰的风雪天，考验着人性的底线。小作者细腻的笔触，像大雪落下的轨迹线一样，一笔一笔地交代、刻画小说的氛围和场境，人物的困境和挣扎。舒缓的叙述，又像电影的长镜头，呈现给我们一场铺天盖地的雪，一抹冬天明亮的晚霞和太阳指给我们的远方……小作者善于烘托氛围，人物心理过渡自然，结尾一句点题，有令人眼前一亮的效果。

我是一扇门

□辽宁省营口开发区第一高级中学　李东来

我是一扇门。

人们知道，我有时关闭，有时开启。

我是一扇门。

人们不知道，我有时欢喜，有时哭泣。

——题记

我是一扇门。

别以为我只是一扇门。我可是有血有肉的一个生命啊！我的眼睛默默观察，我的耳朵静静倾听。我有一只手，叫门把手。门轴是我转来转去的腰身，门锁是我多愁善感的心灵。

我是一扇十六岁少年的卧室的门。

当年，他还是个学龄前的幼童。小小的孩子，每天穿过大大的我，跑来跑去。我有时很得意，享受巨人怀抱稚子的快乐；有时我又有点自卑——他几乎从不关上我这扇门，让我自觉形同虚设。

每当夜幕降临，小小孩子一定拉起妈妈的手，穿过我高大的身躯，爬上他的小床，听妈妈讲故事。他最喜欢的是绘本《猜猜我有多爱你》，孩子奶声奶气扮成绘本中的小兔子："妈妈，我爱你，从这里一直到月亮。"妈妈拍拍他："我爱你，从这里一直到月亮，再……绕回来。"小小孩子笑着睡着了，我偷偷抬起手揉揉眼睛：原来那种叫作"爱"的东西是那么柔软，那么温馨；那种叫作"爱"的东西那么多，那么高，那么远。

不知从哪天开始，那个小小的孩子，像拔节的竹笋，远远高出了妈妈，又渐渐高过了爸爸，甚至快赶上了我的门楣，我几乎不能揽他入怀。这个高高的孩子，总是关上我这扇门。一开始，爸爸妈妈很不习惯，他们随时握住我的手，经常转动我的腰，随口叫住孩子，就像一直以来那样。孩子保卫领土，在我身上贴上了警示标识：KNOCK BEFORE ENTER!（进入请敲门！）

偷看这个孩子是件开心的事儿。摆脱了学校十几个小时的严密监控，孩子从一进屋就洋溢着自由的气息。时而正襟危坐，埋头苦读。时而放空自我，陷入发呆。淹没于如海的作业和教材里，他会戴上耳机，让自己喘口气。有时为了放松，他会扯下身上的校服，穿个小裤衩坐在书桌前。有时，因为考试失利，或是朦胧的情感困惑，他会默默地哭泣，偷偷在草纸本上写道："不在长夜里痛哭，不足以谈人生。"

他一定不会想到，他所以为的不被监控的放松、不被安排的自由、暂时的出世与隔绝，都被我这扇门尽收眼底。

尽收眼底的还有门外的一切。我听到妈妈向爸爸窃窃私语："他关起门来，谁知道他在干什么？"我看见妈妈寻声而来，她奋力敲响我的脸，大声喊道："写作业不要戴耳机！"我忽然被打开，我的门轴小腰被扭得生疼，我听见孩子愤怒地回应："我只是在休息的时候听听歌啊！"我感到妈妈用手抵住了我的脸："爸妈希望你抓紧时间，难道不对吗？"我听见孩子说："我想自己安排学习和生活，难道不行吗？"

咔嗒一声，我被锁上了。锁的这边，爸妈相视无语，锁的那边，孩子出离愤怒。我扶着腰身，抚着心锁，莫名心伤：那么多那么高那么远的爱，去哪里了呢？

我听到爸爸抚慰哭泣的妈妈："我们年轻的时候，也不体谅父母的用心。"我看到妈妈翻开心理学读物，在"爱需要自由的空气，也需要放手的勇气"下，重重画线。我看到爸妈邀请孩子走出卧室，一起玩儿"你来比画我来猜"游戏。我听到爸妈和孩子分析考试成绩，不再说一定是不够努力，而是一起找原因，寻对策。

我看到孩子把耳机放在客厅，睡觉时才戴上。我看到他认真复习，节制放松，用实际行动告诉爸妈，他是对自己负责的。我听到孩子在关上我之前，轻轻对爸妈说："我要闭关学习啦，晚安！"我看到孩子抱住坐在沙发上的妈妈，听到孩子对爸妈说："你们是我生命中重要的人。"

那一刻开心的不仅是爸妈，还有我这扇门啊！我虽木头木脑，但也有万千思绪：相爱和相杀，未必是反义词吧；误解和谅解，未必之间有不可逾越的鸿沟吧；成长，未必是年轻人的专利吧；那么多那么高那么远的爱，不仅有养育、陪伴，还有尊重、信任吧。

我是一扇门。

我不是形同虚设的设备，我也不是两代人之间的藩篱。我是恰如其分的分割，我是正当其时的疏离，我是父母得体退出的旁观者，我是孩子自律独立的见证者。

我是一扇门。

为爱哭泣，因爱欢喜。

我是一扇门。

为爱关闭，因爱开启。

（指导教师：马瑶瑶）

点 评

这篇小说从“门”的视角，再现了一个少年成长、成熟的经历和一个家庭在教育过程中的矛盾、挣扎，对孩子青春期的行为和两代人“碰撞”的描写真实、细腻。小说采用了蒙太奇的手法，展现了两代人从矛盾、挣扎到理解和爱的过程，角度新颖、别致，语言生动、俏皮，情节跌宕起伏。

露　台

□ 山东省潍坊实验中学　韩穆轩

少年坐在顶楼的露台上，痴痴地望着远方。七月的天，阳光火辣辣地照在他脸上，但他像没有察觉般，毫不在意。天台很小，但被少年打扫得十分干净，一旁的高台上放着几个老旧的陶盆，里边的野花正惬意地晒着太阳。葡萄藤像一条蛇一样，弯曲着穿过略有些锈迹的护栏。在屋角上，挂着一只褪色的玻璃风铃，丁零零地在风中唱着歌。少年将视线从远方收回，轻轻叹了一口气，合上了眼睛。

要是时间可以回到从前，回到他们刚搬来的日子就好了。一家人看中这房子就是因为这气派的露台，从这里可以将这座小城的风景尽收眼底——这可是当时小城里最高的建筑，而这露台就是这建筑的最高点。而且母亲一直梦想着有个自己的小小庭院，这露台正是个不错的替代品；父亲希望家中有个可以让他放松心情，喝杯清茶的地方；而他，希望自己能有个小天地尽情地撒欢。就这样，父亲用几年的积蓄，全款买下了这套新居。搬进来的那天晚上，母亲忙活了一桌子饭菜，父亲的烧酒一杯接着一杯，不许别人拦着他，的确，今天可是个高兴的日子，谁都不想扫兴，随他喝吧。而少年，在自己卧室的大床上又蹦又滚，上蹿下跳。每个人的脸上都带着笑容，止不住的笑容。

后来，这新居似乎也带来了好运气，父亲的事业一帆风顺，升到了总经理的位置，露台上他的身影渐渐少了。母亲则天天在露台上忙碌，既然这露台如此别致，定要把它好好收拾一番，让它也成为这小城的一道景。母亲喜欢花草，这露台自然成了各种植物的家。他还记得正中间是个细竹竿搭起来的葡萄架，那天下午，母亲亲手挑出一根一根笔直纤长的竹竿，再让父亲用扎条一根一根扎好，立起。而少年呆呆地蹲在一旁，盯着泥土里蜷曲的葡萄藤，纳闷儿着这样奇怪的东西怎会结出他最爱吃的葡萄。他看着那个弹簧似的藤缠上竹竿，一点点，一点点地爬满了整个架子，用巴掌似的叶子为他遮起了一片荫蔽。秋天的时候，水晶般的紫葡萄压弯了竹架，之前的他，要踮着脚站在凳子上才能伸手碰到那紫色的小珠子，现在，不过是一伸手的事罢了。母亲从不让他偷偷摘，她都是挑一个天气晴朗的下午，把一串串的葡萄摘下放入竹筐，大部分都让他拿去送给周围的邻居，他还记得每个邻居的感谢，还有些对自家露台的羡慕，他神气极了！心中抹了蜜一样甜。回到家，母亲会一边笑着听他讲邻居们的羡慕，一边洗着剩下的葡萄。一挂葡萄摆上桌不过几分钟就不见了踪影——全进了他的肚子！真甜啊！比刚刚那蜜还要甜百倍不止。母亲并不吃，只是笑吟吟地看着他狼吞虎咽。

他后来才知道，母亲其实也很爱吃葡萄的。

那葡萄架后面，父亲种了片爬山虎。墨绿色的叶子占据了整面墙壁，把刚刚粉刷的蓝色遮挡得严严实实，有些还调皮地从金色的铁栅栏的缝隙中钻出，在少年的窗户前荡着秋千。少年每次看到它们在自己床前打招呼，都会想起之前的那个破旧的家属院，在那么个小小的角落里偏偏挤进了个破旧的水塔，每到夏天，那上面的绿色瀑布般的爬山虎，也是像这样摇曳——只不过它们是长在开裂的红砖缝隙中罢了。他第一次注意到它们，是去捡滚到塔脚的皮球，一片嫩叶轻轻划过他的脸，一抬头，他才看见，成千上万的爬山虎包围着那垂垂老矣的破塔，一片叠着一片，小心翼翼地收起自身的阴影。风拂过塔身，绿叶也随之起舞，发出沙啦沙啦的低语。他安静地站在那里，仰头看着那些阳光下闪闪发亮的小叶子，他忘记了皮球，忘记了时间，直到父亲气喘吁吁地跑来，看见自己傻傻的样子，哈哈一笑，他才回过神来。

他仍然记得，那天回家的时候，父亲说他也喜欢爬山虎。

他还记得露台两侧，是一排排的崭新的陶土盆，里面大朵大朵开着娇艳欲滴的牡丹花，各种名贵品种聚集在一起，香气相互渗透，弥漫着整个露台。闭上眼睛，仿佛置身于某个贵族皇室的私人花园。可他总觉得香气只会让你渐渐沉醉其中，无法自拔，让你魂牵梦萦，渴求更多。最终，忘记了露台上其他的味道，其他的美。比起来，他还是更喜欢路边那平平凡凡、不起眼的野花，淡淡的、单一的香味在多朵小花的共鸣下，才算真正的沁人心脾。

可能父亲还是喜欢牡丹多一些吧，他想。

后来，父亲的身影就越来越少，渐渐退出这个露台，退出了这个家。他将父亲离开时送给他的风铃挂在了葡萄架上——他已不用踮脚或是站在板凳上了，鲜红色的风铃在风中歌唱，永不停歇。那片爬山虎失去了父亲的照料，在风铃的摇篮曲中，沉沉睡去。它们的叶子虽已枯萎，可脚却牢牢地吸附在墙上，少年清理时，只能将爬山虎曾庇护的天蓝色的、崭新如初的墙皮连带拔下。完工后，墙体一片斑驳，而他也已不想管这么多了，他将爬山虎们的遗体连同墙皮的碎片扫起，犹豫了一下,倒入了垃圾桶。

母亲来露台的日子也少了。他将花盆中枯萎的牡丹拔除,把已经老旧的陶盆随意地放在母亲看不到的高台上。那手制的竹质架子终于受不住多年的风吹日晒和虫子们的冷嘲热讽,在一天傍晚无声倒地。少年捡起竹架上磕掉一角的风铃,把它系在了屋檐上。他轻轻拾起竹架瘦弱的躯体,将它送出门。他站在露台上看着楼下的人将它捡起带回了家,松了一口气。不过,他没舍得拔掉那不再结果的葡萄藤,他将它缠在金漆剥落的铁栅栏上,任它自生自灭吧,他想。

但他也不再经常待在这露台上了。

小城市的发展速度确实不容小觑,几年之后,这露台就已被湮没在后起的层层高楼之间,不再像当年那么显眼。少年也将离开去新的城市上大学。最后一次,他登上了这尘封已久的露台。他惊讶地发现,不知哪只野鸟留下的花种在盆中扎根,长出了几株柔弱的野花,在微风中轻轻摇;那葡萄藤已爬过半层铁栅,颤颤巍巍地继续向前迈步,而且,在稀疏的绿叶之中藏了一串皱皱巴巴的小葡萄。那褪色的风铃仍在屋角叮叮当当地唱着它的歌。

少年睁开眼,这露台并没有变,虽然他失去了爬山虎,但他可以保护受伤的墙;虽然他失去了葡萄架,但他仍保有葡萄藤;虽然他的确失去了什么,但他仍有这露台。

（指导教师:张力）

点 评

一个孩子眼睛里的露台的兴衰被小作者不疾不徐地描述出来,露台上发生的其实是一个成长的故事,一个孩子成长的过程伴随着来自家庭和父母的爱以及有意无意的伤害,好在孩子有露台可以寄托心事,自我疗伤。世事多变,孩子在成长,而心中的露台永在,文章主题深刻,叙述自然、贴切,真实地刻画了一个少年的心迹。

我与滇池的邂逅

□ 云南农业大学附属中学　李显冉

你是数千年的惊鸿一瞥，
眸光惊艳了历史的岁月。
你是亘古轮回的抒情长诗，
过往承载了纷飞的世界。
你是绵绵不绝的命运邂逅，
激起了春城儿女昼夜不辞的守候。

在你荡漾的碧波间，
余音绕梁般折射着盛夏的晴天，
雄伟的身姿是你，
与天并齐的身姿是你。
你在古老的云贵高原上，
幻化了一幅绝美的沧海桑田。
让飞花缱绻，使彩蝶翩跹，
展开时光的画卷，
是庄蹻，古滇。
是筇竹寺见证了往事变迁，
这一幅动人的画卷，
开启了改革篇章，
书写了慷慨激昂。

谁解那一汪碧波的荡漾？
是皱纹爬上了滇池的额头，

是清风拉扯了滇池的衣角，
滇池对我们的情谊忘不了，
盼与生灵共老。

潺潺的流水酝酿了昆明的蓝，
衣褶卷起倥偬韶华。
我心神荡漾，
这岁岁年年过了多少码头，
温暖的南风穿过缤纷的幻梦。
经受了多少岁月的洗礼，
你已不再神采奕奕。
你苍老的脸颊上的泪，
刻在了我的心里，
惆怅的云雾将你与睡美人的身姿遮蔽，
你眼眸氤氲，流光隐匿，绫罗落地，
我想给你披上飘逸的外衣。

听雨声淅沥，
我想做你手上那把古老的油纸伞，
陪你散步在风里，在雨里，
在每一个阴雨的日子里。
我想你纵使洗尽铅华，
也要笑靥如花。

我笔彩绘清涟，绘不尽你的波光潋滟，
不要惆怅，不要惆怅，
拾起你草木蓁蓁的过往；
我想将你捧在手上，
看远方群山阆阆，
看下弦月照湖水荡漾，
看仲夏夜星辰起航，
看黎明越过风浪，
浪花翻涌出每个云南人的梦想，

执笔写下属于滇池的华章。

是你啊，滇池，我的母亲！
是你孕育了我们的春天，
我们应对你报之以歌，百年传唱；
是你孕育了我们的成长，
我们应该抹去你脸上的忧伤。
滇池，我的母亲，
卷轴上浓墨重彩的篇章。

（指导教师：黄金凤）

点　评

这首诗感情充沛，意象丰满，开头两句就很惊艳，一连串的抒情更是毫不吝啬用溢美之词去赞美滇池，足以反映小作者对滇池的炽热的爱。而抒情和叙述转换自然，诗中呈现的滇池的形象独特而明朗，“母亲”的比喻虽然传统但很贴切，整首诗诗意盎然，层层递进，给了读者一个“浓墨重彩”的滇池。

温暖的旅程

□ 江苏省盐城中学　徐蕴清

独坐桌前，阳光踮着脚尖，温软迟缓，我轻轻合上汪曾祺先生的《人间草木》，平淡的文字，家常的叙说，字字深情，关于自然，关于故乡。心底一根柔软的弦微微触动，虽世事殊异，所以兴怀，其致一也。思绪随风飞回幼时老家。

那条通向老屋蜿蜒的小路不长，野花野草枝枝节节地探到路上，拈起一片草叶，放在鼻子轻嗅，乡间特有的草木清香味儿便在心田缠绕。树丛中啁啾吵闹的麻雀儿，就像小约翰·施特劳斯的《闲聊快速波尔卡》中刻画的一群叽叽喳喳、喋喋不休的妇女。树荫下打瞌睡的大黄狗被吵醒了，“汪汪”地吠起来，于是乎，午睡的乡村也醒了。

路边的田畴，悠然自得地躺卧在篱笆的怀抱中，葱蒜椒韭一路葱茏。金色的阳光在篱笆上跳跃，影子稀稀疏疏，跌落在蝶翼上，又被长长的丝瓜扶起，阳光的影子醉了。

爷爷奶奶在院旁种地，两人都汗水淋漓。爷爷左手在上，右手在下，一脚把铁锹深深地踩进泥土，锹把在左腿上一点，双手用力挖出一锹黑土。奶奶执一把锄头，把新翻的泥块敲碎，平整，再在新翻的土地上整出横成行、竖成条的菜畦，他们正在为庄稼打底稿，不久那些农家的文字就呼啦啦写出目不暇接的一页。

乡间有一支不老的歌，无垠的麦田被风吹过，金色的麦浪，层层叠叠地涌动着。一只叫天子倏忽从麦田中蹿出来。似五线谱中突然跳起的音符，砸在琴弦上发出的叮咚声，这层层翻涌的麦浪，深深浅浅的金黄，似一组五线谱，谱写着鲜活的音乐。

布谷声声，割麦插禾，像一则诏书，昭告丰收时节的到来。记忆中的爷爷从芒种时节走来，鼻腔总弥漫栗色的麦香。金色的阳光洒上麦穗，洒上爷爷的汗水，成堆的麦子被垒成山，飞扬的栗色麦云，照耀着爷爷的笑与梦。

三亩见方的麦田是爷爷奶奶多年的粮食产地，麦收过后是插秧，奶奶仍使用原始的“点播”方式，她匍匐向土地，一捻一插，似一个庄重的仪式。点点嫩绿如诗行绣遍大地，每一株禾苗上，都有汗水闪耀，都有梦想着色。雨丝飘拂，稻田中却阳光普照，一场太阳雨如金线，编织着大地，禾苗上蒸腾着蓬勃的希望。

屋后芦苇荡是我的乐园。一列灰毛鸭昂首挺胸，水边踱着步，唱着嘈杂的水乡民谣。细雨中的我戴上奶奶的竹笠，兴冲冲地来到河边，在氤氲模糊中，我坐上沿岸而靠的水泥船，托着脑袋，看河上掠过的飞鸟，拿一根细长的竹竿作钓竿，钓白云、水鸟、芦苇，甚至钓水里灰毛鸭的影子，那时候，我可是一个“青箬笠，绿蓑衣“的钓客。

玩累后回到温暖的老屋，猫儿用爪子轻拨屋前一汪小水塘，盈盈的水波，映着它莹莹的瞳，小花狗摇着尾巴，绕着我撒欢，奶奶坐在一把磨得发亮的木椅上，腿上放着一件织了一半的毛衣，跳跃的光在毛衣的微隙间簌簌作响。一丝、一缕、一排、一捻中，奶奶把时光织进了毛线，把柔情织进了毛衣，老屋的日子暖暖洋洋，我绕在奶奶身边，心底的安宁浅浅流淌。

晚霞满天，暮蝉如潮。一家人张罗晚饭，摘瓜、打水、洗菜、烧火……三代人围在桌前，玉米、蚕豆、黄瓜，皆是生于自然馈自土地，自足的幸福从爷爷奶奶的心底溢出。

晚风吹起墙角的虫鸣，一声一声把心拉得平平仄仄。“寒来暑往，花儿落，花儿放，岁月流长……”收音机里咿咿呀呀放着淮剧，婉转的歌声掺杂邻居老媪找孙子的喊声，散落在烟尘般的旧时光里。

一幅流动的农家水墨，从我的心底蜿蜒着攀上棚架，爬上屋檐，哗哗地流淌。

在节气画出的时间格子里，爷爷奶奶用劳动创造美好，收获幸福，一帧帧剪影留下了农人与草木稻麦相依的故事。青翠的稻浪连着醉了的晚霞，身后是世代不灭的袅袅炊烟。

“每一个不曾起舞的日子，都是对生命的辜负。”爷爷奶奶在乡间与自然相依的时光，就是尼采笔下灵魂起舞的日子，他们在安宁与忙碌中品饮生活的纯美，年复年，岁复岁。他们如一本既浅且深的书，给懵懂的我以训导和教育。

林语堂先生说：“我们不是这个尘世的永久房客，而是过路的旅客，在匆匆的行程中，我们都是在追逐理想的道路上风雨兼程的旅人。”在对时光的翻阅中，我经历了一次次温暖的沐浴，我的心悄然完成一次归乡的旅程。身后是所念的景，所爱的人，便有一路向前的勇气，哪怕风雨兼程。

（指导教师：吴新泉）

点　评

这是一篇成功的生活化散文，全文采用倒叙的方式成文，对典型场景和典型细节描摹刻画细腻生动。文中所涉及的那些细小琐碎的生活场景，看似“散乱”，实则有序，形散而神不散，这些场景都悠闲、温馨，富有诗意。文中比喻更是新奇亮眼，为文章增色不少，“爷爷”“奶奶”在为庄稼打底稿，麦浪谱写音乐，割麦插禾像一则诏书，这些场景像一幅农家水墨……首段以《人间草木》开篇，结尾处以林语堂的名言终章，将全文笼罩在一片浓浓的书香中。

无路归乡

□ 浙江省绍兴鲁迅中学　王紫凝

从河南回来之后，我便再也不敢看有关春节返程的报道。每当我想起爷爷的那条黄土路，我都会忍不住想，所谓的故乡，到底是什么。

我自出生以来，从未离开过绍兴，我也理所当然地不会体会到回到久别的故乡是什么感觉。而这一切，都终止在那次“回乡”。

我的父亲是河南人。大学毕业后，他来到绍兴创业，并在有所成就之后，把仍在河南的家人接到了绍兴。爷爷离开河南的时候，我尚未出生，不知道他老人家在离开那片抚养了他将近六十年的黄土地时会有怎样的不舍、依赖及怀念。他没有卖掉老家的房子、家具，甚至没有砍掉院子里的两棵枣树。他固执地相信着自己一定会回来，就像老枣树的叶子一定会亲吻树根。他教会我的第一个成语，不是厚德载物、鞠躬尽瘁，而是落叶归根。

他是如此依恋故土，以至于在绍兴住了近二十年后，仍然听不懂绍兴话。他听不惯越剧，那种咿咿呀呀的腔调总是使他昏昏欲睡，远远不如豫剧和河南梆子来得振奋人心。他吃不惯软糯的白米饭，即使牙都掉了不少，也像个孩子一样，任性地要求奶奶给他做馒头，啃榨菜。他总是抱怨城里人的冷漠，甚至连对门的人都无法交谈，不像农忙过后，左邻右舍，远房亲戚聚在一起，喝酒谈天，还会邀上路上的陌生人，喝个一醉方休。他甚至对石板路都有意见，脚上的每一寸肌肤始终怀念布鞋踩在黄土地上时那种踏实、安心的感觉，仿佛一脚踏下去，能够将自己植入黄土地中。当二十年之后，我父亲的河南话都沾染了一点儿江南的软侬吴语，他的口音依旧满是中原的粗犷豪放，一开口，浓浓的乡土气息扑面而来，那些黄沙，那些高粱酒，那些麦子仿佛在河南话里扎了根，野蛮地生长，无情地夺去了江南柳絮纷飞的空间，方圆百里都是他心心念念的河南。

父亲看到女儿长到十五岁，还不曾回河南寻过她的根，一时兴起，打算过年时回一趟老家。我深深记得爷爷那时的表情，欢乐、惊喜像是一条河流流过他脸上的每一条沟壑，洗去二十年来对故乡的思念以及无法归乡的惆怅。他伴着儿女们已经有些变质了的河南话，喝了半瓶白酒。在那陌生的酒香里，他说他闻到了熟悉的味道——那一定是高粱酒的芬芳。

我们就这样踏上了回家的路，寻找我们的故乡。坐在舒适的车里，吹着热空调，玩着手机。猝不及防地，电视里那些看上去并不真实的画面就出现在我面前。我亲眼看到了摩托车大队。他们比我想象中的还要令人心碎。两个人一前一后，通常是丈夫坐在前面，盯着路面，始终保持高度警惕；妻子坐在后面，背着大包小包，也许还要照看中间坐着的年幼的孩子。剥开他们眼神中对回乡的期待和激动，我看到了异乡固化的风霜沉积在他们眼底。也许压弯他们脊梁的，不是繁重的工作，也不是贫穷，而是对家的思念。此时此刻的我和爷爷，不再是他们眼中所谓生活优渥的城里人。我们只不过是数千万回乡人之一。我们殊途同归。

经过八个小时的车程，爷爷回到了他魂牵梦萦的大任庄。还没等车停稳，爷爷就踉跄着下了车。他心气一向十分平和，我从未见他失态到连烟都拿不住的地步。当他的脚一踏上黄土地，沉寂了二十年的热血立刻沸腾了，化作滚烫的眼泪灼烧了我的心头。他激动地跟我说，这是他二十年前离开家时走过的那条黄土路。二十年了，在梦里，他不知在这条路上走了几次，也不知梦醒时，枕头被打湿了几次。他小心翼翼地在黄土路上走着，目光仔细地在地上搜寻着当年离开时的脚印。每走一步，都像是用新的脚印覆盖那些痕迹，掩盖他曾经离开过的事实。

黄土路的两旁，是一望无尽的田野。因为是冬季，小麦尚未长高，只是一片墨绿匍匐在地上反而显得有些荒凉。田里有不少坟墓，爷爷告诉过我，自己家的人葬在自己家的地里，是这边的风俗。他踮着脚尖在小麦之间走过，走向一块块墓碑，招呼我父亲过去看，同时口中念念有词，声音比空旷的田野还要荒凉。顺子也走了，闯子也不在了，生子哥、秀兰姐，还有放羊的伟子……黄土路的尽头便是村口。来迎接爷爷的都是老人了，也只有老人还记得他，记得他们离开了近二十年的兄弟。他们站在柏油马路旁，寒暄着，告诉爷爷这几年村子改造得越来越好，柏油马路已经通到了家门口，谁家盖了两层的小洋楼，谁家养大棚鸡赚了十几万，谁家的儿子有出息，在县城买了房子找了工作，再也用不着种地了……爷爷听着，时不时地插几句。一群人喜气洋洋地包围着他，他浑身却散发着落寞的气息。

爷爷在他们的簇拥下，终于回到了他阔别二十年的家。当爷爷颤抖着摸出红布包里包了二十年的钥匙，老旧的锁已经拒绝他进家门。锁眼已经锈住了，最后亲戚们不得不把锁砸开。推开吱呀作响的木门，爷爷才知道门锁是如何费尽心思地保护这个家，也是在保护他。院子里的两棵枣树，已经枯死在堂前，他们扭曲的残骸触目惊心，仿佛因为不见主人归来，不肯咽下最后一口气，苦苦挣扎着。那些爷爷舍不得卖的家具，变成了一堆朽木，好似轻轻一碰就会化成尘埃。爷爷的家，那个曾经为他遮风避雨的家，如今已是老鼠的安乐窝。房子颓败不堪，摇摇欲坠。

久别重逢，总是要聚一聚的。可是长久在外，家里的小辈早已成人，忙着追赶潮流。说好的年夜饭，最后只有祖辈喝得酩酊大醉，小辈玩手机玩得不亦乐乎。几乎所有年轻人都只是象征性地跟爷爷打了个招呼之后，继续低头。难得有个年轻人过来倒酒。爷爷用食指弹了弹酒碗，操着一口纯正的河南话，醉意蒙眬地问他，有没有自家酿的高粱酒。那个年轻人愣愣地看着爷爷，似乎没听懂他在说什么。旁边的叔叔们笑着给他翻译，然后告诉爷爷，现在喝的都是买来的白酒，没有哪家有这个闲心思酿高粱酒。酒过三巡，爷爷借口烟瘾上来了，独自走到小院里抽着烟。他看着一片低着头的年轻人。借着明灭的火星，我可以清楚地看见隐没在浓重的夜色里他脸上的惆怅。他的眼神里再也看不到那种回乡的人应有的激动，取而代之的是如孩童迷失了回家的路时的惶然与无助。爷爷在故乡，失去了回家的路。此时此刻，他不是一个归乡的游子，而是一个路人。

大任庄已经不是从前的那个大任庄了，爷爷已经回不到他的故乡了，正如人不能两次踏进同一条河流。从前的无法归乡，如今变成了无处归乡。我又想起了那浩浩荡荡的摩托车大队。他们回家了吗？还是说他们与爷爷一样，不知该回到哪儿去？那一条条蜿蜒的、一眼望不到尽头的国道，真的能带领我们回乡吗？那一条条回家的路，真的温馨吗？落叶归根，若是连根都没有了，那落叶该归向何方？

条条大路通罗马，通往故乡的路有很多条，但哪条才是回家的路？

离开村子的那条路，正是爷爷二十年前离开河南时走过的那条黄土路，也是回来时的那条路。在即将出村子，踏上柏油马路的最后一步，爷爷蹲下来，抚摸着牛车轧过，在黄土上留下的唯一一条痕迹，哭了。

（指导教师：李莉）

点评

富有时代色彩，立意有深度是本文的精彩之处。文章写出了爷爷的“归乡”之痛。爷爷的痛具有鲜明的时代特点和广泛的时代共性。文章语言质朴自然，叙事生动，富有思辨意识。全文以爷爷回乡为明线，以爷爷对故乡的情感变化为暗线，爷爷的回乡情感从一开始的急切到回乡时的激动，到恍然无助，再到最后的无乡可归，层层递进，令人感慨。明线与暗线相互交织，生动描摹了当下社会普遍存在的回乡之痛。

又是一年柿红满山

□ 河北省廊坊市第一中学　何畅

远方的山影渐渐现出来，氤氲着雾气，如水墨画般浓墨重彩地勾勒出记忆中的样子，淡青色的背景中点缀着点点橘红，再远处被薄雾遮掩看不太清的村舍，更似是艺术的留白。驶上山路，车开始颠簸起来，冲破迷雾，揭开神秘的面纱，大片大片热烈的橙红撞进我的眼中。啊，又到了摘柿子的季节了！

进村路上，那些从盛夏坚持到初秋的翠绿，时隐时现。跳出车子，贪心地吞下一口乡野独有的新鲜空气，夹杂着新雨之后平淡的泥土气息，似是命运的偶合，仿佛在一刹那将我拉回到那一段青稚时光，暖了心房，湿了眼眶。

"畅儿，回来了啊！"奶奶蹒跚着走出来。她腿不好，是年轻时候落下的病根，这些年倒也算是控制稳定，只是这次来看好像比以往更厉害些了。"哎，奶奶。"我赶忙迎上去。"饿了吧，你爷爷早做完饭了，就等着你们回来吃呢，快进去吧！"我欢喜着进屋，爷爷正往外盛着猪蹄，再熟悉不过的味道瞬间刺激我的味蕾，勾起肚子的馋虫。我急不可待地冲过去，搓了搓手就撕下一块放进嘴里。"嗯，真香。"看着我满足的笑容，爷爷也扬起嘴角，深刻了眼角的皱纹。老式的风扇突突地转，和着屋外传来的几声犬吠，在这一刻，你我都在，岁月静好。

"畅姐，把你那支橘色的彩笔借我用用呗！"年纪最小的表弟喊着跑跳过来。我转身去翻包，把笔掏给他，小小的手一把抓住就跑走了，冲向屋后的野地。"谢谢姐姐！"声音随风荡去。我默默注视着他，那个欢愉的小小身影猛然间与记忆中的人影重合：她扎着两条小辫儿，脸上洋溢的是我已许多年没有浮现的无邪笑容。凝望手边的熟柿，似是一盏小橘灯，指引我打开时光之门。

我总喜欢跟着爷爷去柿子地里，说是帮忙，不过是去玩罢了。爷爷心里跟明镜似的，嘴上倒也不拆穿，由着我在边上玩闹。每至初秋之际，树上挂着的饱满红柿，于阳光普照之下，每一个都闪烁着迷人的光辉，热烈而不张扬，唤醒心底的炽热。与旁的作物不大一样，柿果总会慢慢地，静待花开花谢，静候叶生叶落，直到只剩下遒劲的枝干，它才终于将自己的光热毫无保留地奉献出来，不争不抢，不悲不喜，默默地点亮一方天地。爷爷总说，这就是他们劳动人民的象征，勤劳智慧；柿子树就是他们的根。

在儿时的记忆里，后山的柿树连绵不断，从山脚一直漫到半山腰，微风过，秋韵浓，每每等到结果之时，大片大片的火红，总会迷了人眼，却暖了胸膛。一大一小的两个身影，迎着日光晨曦出发，伴着夕晖晚霞归家，拉长的影子，印刻出记忆里的温暖，融进悠长的岁月里。背后火红的圆柿，就这样，与飘荡的云霞浑然一体。

北方的乡野或许不似南方水地那般温柔静谧，小溪潺潺，绿野无边，闲时可以摸鱼捉虾，花田下奔跑。可群山巍峨，日光初长，我们可以闲躺于石板之上，感受阳光轻吻，天空云卷云舒，也偶有彩虹；抑或是翻越山涧小石，攀至山顶，俯瞰农田村舍，“一览众山小”。一方水土，生养一方子孙。它用万丈豪气中的刻骨柔情包裹着我，安然入眠。

时光蒹葭，翩然轻擦，转身间我已不再是那个在田里奔跑的小小少年：细水流长，繁华落尽，彼时摘不到柿子的小人儿，已高过爷爷肩膀。我一天天长大，四季过，日子老，枯藤又生新芽。而那片我曾靠着入梦的天地，不知何时，再不似儿时那般挺拔，岁月无声，也令人心惊。迟早相聚，迟早离散，黄昏依旧，只是我们，物逝人也非。

小弟过来拉我去欣赏他的大作，画纸上，那一抹抹热烈的柿红，熟悉的背景，不正是我种在屋后的柿树苗嘛，“当时手种斜桥柳，无数鸣蜩翠扫空”。爷爷走来，用手轻拍我的肩膀：“这可比你小时候画得好看多了。”笑颜依旧，手心微暖，仿佛穿越的是岁月。

时光变迁，村子或许早不再是原来的样子；风雨打磨，山间的风景也或许不再依旧。时光就这样静静流淌，我们就这样一天天长大，也曾晚饭后纳凉星夜下，也曾夕晖下奔跑天际中。岁月精雕细琢，终是将最好的我们留在时光中无限缅怀，而那些淡逝的记忆，也会随着微风飘散，融于川山蜀地江海。

十年如一日的猪蹄，十年如一日的笑颜，十年如一日的温软暖语，炊烟暮霭，三春烟雨，苍穹之下雁声惊鸿，记忆中的它们，风吹过，影微动，再回头，又是一年柿红满山。

（指导教师：韩芳）

点　评

这是一篇典型的融情于景、情景交融的生活类作文。写景为写人铺垫,写人为抒情服务。一个小小的柿子,串联起自己与爷爷、奶奶等人的童年回忆。作者尤其善于捕捉童年生活中的典型场景,描绘童年生活中的典型环境,叙事线索明晰,结构规整。作者质朴舒缓的叙事语调,也为全文的抒情创造了浓郁的环境氛围。语言精练优美,为文章增色不少。长短句结合,富有韵律美,体现了作者深厚的语言功底。

语文如雨

□ 江苏省泰州中学　王诗涵

先秦时庄周曾说："天地有大美而不言。"源自这片天地，凝聚无数祖先智慧的语文，更是美的结晶。语文无形，一本本翻开的文学作品，便是它的载体。随着我们年岁渐长，阅历丰富，语文带我们走过一个个春夏秋冬，我们沉浸在奇妙的文字里，仿佛沐浴了四季的雨——春雨绵绵，夏雨热烈，秋雨萧瑟，冬雨深沉。正如四季之雨各异，文学题材不同，万千气象，天地大美，造化于语文之中。

绵绵春雨润无声

早在我们咿呀学语之时，一个个汉语拼音便为我们敲开了通往语文世界的大门。"a、o、e……"课堂上，我们有模有样地跟着老师大声朗读，慢慢地掌握了汉语拼音，"横、竖、撇、捺……"渐渐地学会书写汉字，老师逐渐把我们引入语文世界的走廊；而后，我们能够连句，能够成文，能够在纸上挥洒激情。记得小学老师在讲"随风潜入夜，润物细无声"一句时，语重心长地讲，语文的学习不是一蹴而就死记硬背学习，就像绵绵春雨，滋润我们于无声之中。老师不过是引路人，走进语文殿堂，还需我们一步一个脚印地"慢慢走，欣赏啊"。一场绵绵无期的春雨，打湿杨柳垂下的丝绦，灼亮桃树的华彩，红了樱桃，绿了芭蕉。我们领略五千年春雨之美，也采撷着语文之美。

热烈夏雨放豪情

父亲是一位雅士，年轻时酷爱读诗。最喜有夏日风雨，电闪雷鸣的下午在阳台站定，手捧一卷卷诗词集放声吟诵。从前我常笑他"癫狂"，真把自己当成古代的风流才子了。他也不恼，慢慢为我讲竹林七贤、建安七子等人的典故。我望着他被一首首诗词灼亮的双眸，在心底暗暗地向往“礼法岂为我辈所设”的豪情，向往“仰天大笑出门去”的洒脱，向往曲水流觞的风雅。于是往后的每一个下午，父亲带领着我一起在阳台上读诗。有时阳光明媚，他带着我朗读“大江东去，浪淘尽，千古风流人物……”恍然间，似乎耳畔真回荡着惊涛拍岸之声。那一瞬，身边不再是家中的花草，而是赤壁遗址边的礁石。我抬眼望着父亲，他的眼中流露出的豪情也浸染了我，我也觉得有股悲壮环绕着我。有时窗外风雨交加，父亲的声音纠缠着震耳的雷声，响亮道“欲与天公试比高”。猛烈的暴风雨，挡不住父亲读诗的激昂慷慨，也挡不住从前那位伟人在雪地里“敢教日月换新天”的斗志。夏雨猛烈，像千军万马杂着风沙卷来。就像父亲带我在读五千年山河，壮美不言，令观者豪情满怀。

萧瑟秋雨话相思

秋雨与春雨不同，春雨的绵是细软的绵，是将万物浣洗一新的绵，而秋雨的绵则是剪不断理还乱，就像自古以来才子佳人缠绵悱恻的爱恨情愁，说不尽，道不完。

情感，如同一张密不透风的网，将人死死罩住。“玲珑骰子安红豆，入骨相思知不知。”这是含蓄的爱情。当爱情融入诗句，虽无直接将之宣于口那般大胆热烈，却在诗句中沉淀着坚定的誓言。思念恋人的女子愁思如秋雨，将刻骨的相思寄托于红豆中，送于远游的恋人。“才下眉头，却上心头”一句妙极，化无形的愁思为有形：刚舒展愁绪凝着的蛾眉，相思又漫上心扉。她的心底是小小的窗扉紧掩，静画红妆待君归，可君何日还呢？“巴山夜雨涨秋池”，李义山的一句诗绘出了才子佳人相思的画面，淅沥的秋雨中，彼此都思念着远方的一个人。这是多么美的一幅画啊！一个个“秋窗风雨夕”使少年的我们了解爱情的缱绻，虽不曾到经历的年龄，但从语文中，我们懵懂地向往这一方未知的天地。

深沉冬雨道始终

冬天，万物归于沉寂。冬雨无常，经常夹杂着片片雪花，带来一场胜似一场的寒意。四大名著之一的《红楼梦》中的《好了歌》，末句“落了片白茫茫大地真干净”更是暗示荒凉与悲戚。才子佳人看红楼，更多的是看到宝、黛、钗三人之间爱情的缠绵。但我以为，红楼的主题当为幻灭。想当年，四大家族是何等荣华富贵，接一次驾白银如粪土般肆意挥霍，最终四大家族走向衰亡。且黛玉含恨而死，宝玉了悟出家，宝钗抱恨终生的悲剧结局，像一场沉沉的冬雨，将荣华名利全部埋葬。

读完红楼，像冬日阴沉的上空下起了冬雨，无声无息却深藏悲凉。语文的深沉，也如冬雨一般，向我们讲述暗藏在生活中的哲理。

春、夏、秋、冬，四时之雨不同，所领略之景色也不同。语文有各种各样的形式，从汉语拼音到文学作品，它陪伴我们，滋养我们，沐浴我们……

（指导教师：何文峰）

点 评

作者选取“语文如雨”这个比喻，找到了语文和雨之间的联系与共性，通过春夏秋冬四季雨的不同，联想到语文的“万千气象”丰富多彩。特别是作者从自己的成长与阅读生活进行书写，不落俗套。文章构思精巧，语言优美，真情实感，充满文学的语文味。

鹧鸪声长

□ 山东省实验中学　刘润嘉

《禽经》上说，鹧鸪“飞必南翥，晋安曰怀南”。唐代张华注：“鹧鸪其鸣自呼，飞必南向。”早就知道鹧鸪有怀恋的天性，当时的我却并没太大感触。

奶奶家靠山，小区尽头一道铁栅栏隔开了对面的山林，但没有隔开里面常传来的鹧鸪声，我也因而拥有了关于山和鹧鸪的特殊记忆。长大以后，我仍清晰记着这样的情形，我面窗而立，努力踮起脚，这时风迎面带来淳朴的山野味道——我长久不眨眼地看面前的碧空是怎样一点一点沉下去，又一点一点染上霞光。落日漫长，黄昏一落就是一天。悠长的夕阳和同样悠长的鹧鸪声，这大概算得上最值得我怀恋的。

一直以来我都知道，奶奶更喜欢我堂哥。

虽然我是家里最小的孩子，可是奶奶仍旧把更多的关爱分给堂哥。堂哥会向奶奶撒娇，而我缺了关爱，迟迟没好意思学会。就连吃饭时，堂哥也总会分到整只大鸡腿。我上一年级的时候，奶奶常追着我四年级的堂哥，催促他掏出四年级下册数学课本，强制为他讲解课后习题。二年级的我不停想着：“四年级，该轮到我了吧？”可一直等到我六年级搬离奶奶家，奶奶亲自讲解习题的待遇，还是没有轮到我。

虽然我不太乐意奶奶更喜欢堂哥这一事实，可我还是承认了它。正如人长大后，必须不停地接受人生中的一个又一个现实。

我没有太多伤悲，只是略微有点介意。不知道为什么奶奶于我，始终没有对堂哥那样的亲近。不过至少我拥有大片的群山和长长的鹧鸪声，谁能数得清黛色的山和鹧鸪，承载我多少天马行空的幻想？我很喜欢鹧鸪，觉得它们有憨憨的福气。那时候最常思考的一个问题是，鹧鸪究竟是什么样的动物，才会发出如此那般悠远的声音。

辛弃疾用“鹧鸪天”填了好多词，“陌上柔条初破芽，东邻蚕种已生些”“春入平原荠菜花，新耕雨后落群鸦”……读后，觉得特别适合来描写那片贯穿我整个年少时期的，回荡着鹧鸪声的山林。

其实奶奶也并不是不关心我。小时候在栅栏边看山听鸟鸣，往往在黄昏与傍晚之交，会被唤回去吃饭。这个时候奶奶常煮水饺，白菜猪肉馅，不吝热情地给我盛满。我很享受这个时刻。那时候读《菩萨蛮·小山重叠金明灭》里“新帖绣罗襦，双双金鹧鸪”，觉得一双胖胖的鹧鸪，没什么特别含义，不过代表一种圆满，就像吃水饺的这一刻一样。

进入中学时代，少年人的忙碌也开始了。我常在这时回望从前。我开始思念起奶奶烧的鸡，虽然我不会得到那只鸡腿，可一圈人围在一起吃饭，毕竟有种热闹的踏实。上了高中后，我坐校巴去住校，途经郊野，山和天连，总想起晏小山的《鹧鸪天·醉拍春衫惜旧香》里，“云渺渺，水茫茫，征人归路许多长”。于是夸张地觉得自己也像离家的征人，像那只怀恋的鹧鸪，并在这时，及时地忆起儿时香喷喷的水饺和奶奶好像并不算少的关心。桑悦有云：“鹧鸪知我行不得，杜宇劝人归去休。”离家的时候，终于充分体悟到鹧鸪所称“行不得”。

突然想起我考上重点中学，奶奶塞给我的红包。是老人家特意取的崭新的“土豪金”钞票，装入略显破旧的红袋子，塞进我鼓鼓囊囊的口袋。又忆起儿时夜里，奶奶长久不睡，总是特意去为我掖起被子。这时才恍然，温暖其实并不太远。

我一直以为，我是个有着石头般硬心肠的人。可是今年过年时，奶奶背着所有人，偷偷在厕所塞给我一笔钱，小声叮嘱我多买学习资料时，纵使我低下头，还是没有忍住涌出的泪水。那时我才知道，原来我早就不再嫉妒堂哥，不再介意奶奶那曾经缺少的关爱。

原来我早已放下了心结。

去年高考，我的堂哥以高出提档线三分的分数被最理想大学的最理想专业录取。听说这一消息，奶奶没忍住喜悦的泪水。我曾不止一次地想过，明年就轮到我了。是的，这以来，其实是一直以来我都在不断地、拼命地、全力地努力，并以可观的速度进步，就是为了收获这样令人喜悦的结果。明年高考，就轮到奶奶为我而欣慰落泪了啊。

寒假我和堂哥住在奶奶家。奶奶从头到尾一直满是愉悦，满是欣慰地看着我们，看着她的孙辈。如今她坚信我们是拥有好未来、好光景的顶天立地的人。那天我们都很开心，圆满得如同“双双金鹧鸪”。那天，奶奶挥着拳头对我说：“明年考个好成绩，努力‘进京’！”老人觉得，如果能考到北京，那是状元及第般祖辈莫大的荣耀。奶奶那样挥着拳头、眼里发光的样子，至今在我脑海挥之不去。

我仍旧想，“明年就轮到我了”，并为此努力着。

可就在距离我高考还有三百多天的两个月前，奶奶因病住院，至今仍没有说出一句完整的话。

怎么，还是没轮到我。

前几天，再读到辛弃疾的“江晚正愁余，山深闻鹧鸪”，突然参悟到鹧鸪的真义。不单一种含义，它是年少的圆满，也是青年的怀恋，是难喻的乡愁，也是难遣的惆怅。

原来鹧鸪和人一样，都是复杂而多情的动物。此刻坐着校巴回家，途经郊野，车子不停掠过连绵的山际线，每座山都像极我儿时的那座。这时鹧鸪声长，悠悠情切。我且听，且行。

（指导教师：孙越）

点　评

本文语言质朴唯美，情真意切，是一篇情深意浓的写人散文。文章借“鹧鸪”怀人，而这“鹧鸪”又不单单是现实中的鹧鸪，还是寓意在古典诗词名句中的“鹧鸪”。随着作者对奶奶的感情从“不理解”到“接受现实”再到“感动”与“怀念”，作者对古诗词中“鹧鸪”的理解也不断加深。文章以情感为暗线，以“鹧鸪”为明线，双线交织完美，显示了作者在布局谋篇方面的不凡功力。

四 时

□ 湖南省常德市第一中学　雷淑媛

走过了暑夏，寒冬还未至，秋天的青石板已经长满了湿苔藓，春日的故事也在上演。

——题记

秋

最近街道旁换了种格调，秋天似乎酷爱金色系，满树满树的桂花精巧可爱，十分讨喜。虽说花体不大，香味却很浓郁，隔个十里八里都能闻到，沁人心脾。

每年秋天，弟弟都会拉着我去采桂花。儿时的游戏，就是把采来的桂花用布袋装好，做成电视上那样的香囊，系在腰间，逢人就露出点布边，道："这是我的香囊，可好闻了呢，你们没有吧！"有点炫耀又稚嫩的口吻，赚足了别人艳羡的目光。

可采桂花对我们来说，也并不是件容易的事。弟弟从小就是个身手敏捷的孩子，手一拉脚一蹬，只几下便能蹿到树上去，他拽两下树枝，树下就落起一阵桂花雨，纷纷扬扬，让人心动。可他摇下桂花的同时，也会抖落许多小虫子，掉在他的头和衣服上。他虽是个灵敏的小子，但却十分怕虫，当那些有点可怕的小生灵落在他身上时，他便会愣在原地，一动不动，因为他怕自己一动，就会被虫子发现，咬上几口。于是，他每次也只能睁大眼睛，可怜地望着我，两条黑黑的眉毛皱成了波浪。我这时，就会想方设法把他拉下来，用手拂去他身上的虫子，安慰他说："没事没事，安全了安全了！"他确保自己真的"安全"后，才会"哇"的一声大哭起来，边抹眼泪边说："呜呜，我再也不爬树了，再也不采桂花了……"

又是秋天，因为要迎接中考，尽管窗外桂花诱人，我也没有出门，潜心于学习。很巧的是，我没有去找弟弟，弟弟也没有来找我，双方都没有音信。一天早上，闹钟准时把我吵醒，我当时睡眼蒙眬，伸手去关闹钟，却摸到一个饱满的布袋，那布袋散发着熟悉的清香，定睛一看，原是桂花香囊……

冬

夜里从北方袭来一阵寒风，只半个晚上就给天地铺上了一层浅薄的素纱，但地上大多是冰粒子，脚踩在上面，会发出极细极轻的咯吱声，在寂静的夜里显得尤其动听。

我向来是个不爱凑热闹的人，即使是春节将至，我也只喜欢窝在炉火旁取暖看书，找些无关紧要的事消磨些时光。奶奶怕我没趣，常给我泡蜂蜜金银花茶。茶杯里放上一小捧她自己烘的金银花干，用滚烫的水泡发后，再兑上两大勺蜂蜜，趁着热气还没消散，赶紧用鼻子嗅嗅香味，小酌几口，香香甜甜的，叫人喝了，心情都好起来。

我总喜欢用舌尖轻浅地在茶里点几下，尝个味道，放至温热后，再抱起茶杯来牛饮。每到这时，奶奶便会用慈祥的眼光看着我笑，脸上的皱纹牵动五官，活像风干的橘皮。我喝完茶，朝着奶奶吧唧两下嘴，她笑得更厉害了，摇着头调侃道："你个小好吃佬儿，年纪不大，倒挺会享受！"说着又从橱柜里拿出几块备好的绿豆糕，放在我的手心里，我凑近闻了闻，还是旧些年的味道。

春节过后，我们便要回城了。奶奶翻箱倒柜好一阵儿，把父亲的车用年货塞得满满当当，父亲叫她自己留着，她就摆摆手，说道："你拿去拿去，我吃不着吃不着。"临走时，奶奶往我手上塞了个白地蓝花的布包，我一摸，便知是金银花茶，她嘱咐我要好好念书，但也别太累，金银花茶常喝，比外面买的要划算……

汽车开出院子，我看见奶奶一直站在门前，经历了多半辈子风雨的她，眼神里竟流露出孩子般的无助和不舍。车越开越远，我渐渐看不清她的眼睛、她的脸、她的脑袋和她整个人，只莫名感知背后的目光，炙热。我打开窗户，风立马灌了进来，金银花的香味四处流溢，异常浓郁，熏得我眼眶都湿润了。

春

淅淅沥沥下了几天的雨，昨天傍晚终于是放了晴。早上被久违的鸟鸣叫醒，推开窗户一看，才发现春天藏在细雨中，悄悄地来了。

院门口那棵栀子花树已经开了大半，大朵大朵洁白的花朵掩映在绿叶间，颇有"犹抱琵琶半遮面"的意味。据母亲说，这棵树第一次开花是在我出生那年，所以大院里的人们都调侃我，说我和这树是两姊妹。而我的母亲，也真如待亲姊妹那般对待我们。

没事的时候，母亲便会提着桶水，站在院门口细心地给栀子花树浇水。根部用瓢一大勺一大勺地泼，确保水能浸过泥土，渗到树根里去。主干处用花洒一点一点地淋，让树皮不至于那么干燥。而枝叶间，就用手到处洒洒，使叶子和饱满圆润的花苞保持新鲜。有时候中午太阳过大，母亲怕树被晒坏，便找人做了把大伞，斜着罩在树上，这样即能保证阳光泻进来，又不会那样毒辣。碰到大风暴雨的天气，母亲甚至会不顾自己，跑出去给树披上一层塑料膜，生怕它禁不住这样的风雨而倒掉。如果她出了门不在家，就会叮嘱邻居帮忙照料，时刻都不能离了人。

在母亲的悉心照顾下，栀子花树年年都开花，而且越开越好，越开越多。春天一到，整个院子里都弥漫着栀子花的芳香。母亲这时就会拿个小篮子，挑些长得好的，摘下来，用绳子系好，放到我的房里，每回，还会往我头上扎一个。

这天早上，母亲叫我起床，手里捧着洁白的栀子花，她把花放在桌上，看到我房里乱乱糟糟，好像有些生气，在我耳边念叨，我不作声，只悄悄在头上别了朵栀子花，转过头给母亲看了看。母亲见了，叹了口气，有些好笑地嗔怪道："树都开了十几年的花了，你这个傻姑娘什么时候长大，什么时候长大啊……"我把栀子花全推到她手上，冲她笑弯了眉眼。

夏

当白昼越来越长，街上柳絮纷飞的时候，我便知道，夏天来了。

中考一步步逼近，我的学习越来越紧张，每天晚上放了学还要去补习刷题，常常补到晚上十点多。父亲为了我的安全，也为了帮我减轻压力，成了我的专职司机，我学习到多晚，他就陪我到多晚，送我回家。

记得有一回，我作业写得比较快，九点钟补习就结束了。出来时在车里没看见父亲，心里有些不耐烦，到处望了望，在马路旁发现了他。他那时背对着我，穿一件灰色汗衫，手中摇着一把不知何处寻来的破蒲扇，四处驱赶着蚊虫。他有些胖，而且也不够高，远远地看去略显笨重，一阵热风吹过，撩起将舒未舒的柳条，柳絮洋洋洒洒地落下来，落到他的肩头和眉梢，显得有些憔悴的滑稽。

父亲转过身，发现了我，表情惊愕。他朝我小跑过来，一步一步，有些蹒跚。"今天这么早，热不热，我给你买块西瓜？"父亲边说边自然地接过我的书包，我摇摇头，叫他快点回去。他答应了声，为我打开了车门。

我们像往常一样聊了聊一天的学习和生活，父亲是个少话的人，没有多久车上就安静了下来。我打开车窗，把脸稍微探出去一点儿，迎面而来的热风带着点潮湿，扑在脸上很是清新。柳枝已经很青葱了，树干却如往常般龙钟。我爱它年年如此的模样，执着且深沉。父亲双手握着方向盘，稳稳地开着车，后视镜里的眼睛望向远方，坚定中饱含深情。霓虹灯的光在我脸上扫来扫去，留下一片温柔的阴影，在紫黑色的夜幕里，柳枝扬上了天，我突然觉得，我好幸福。

一年又一年，一载又一载，四季的花开了又谢，谢了又开，希望今日的花，在下一轮的四时里，依旧常在。

（指导教师：韩英）

点　评

本文结构规整巧妙，情景交相呼应，是一篇在结构和内容上都独出机杼的优秀作文。作者写家庭生活中人与人之间的温情时，构思巧妙，不落窠臼。全文紧扣一个“情”字落笔，四个章节表面写四季之景，实则写家庭之情，秋之姐弟情、冬之祖孙情、春之母女情、夏之父女情，构思别具一格，既在四个季节上相呼应，又将家庭成员与“我”的浓浓深情寓于其中。每一章节都是以景开篇，用情收尾，首尾呼应，精巧自然。

墨染流光

□ 安徽省滁州中学　戴丙益

铺一卷生宣，研一方端砚，笔墨温润浸染了流年。临一阙宋词，摹一首汉赋，悬针垂露如松林漫步。

光阴流转过几个初夏，后院竹枝新发。幼年时的心头朱砂印，早已变成了笔下惊鸿影。而今，已是与书法耳鬓厮磨的第十二个年头了。

记得儿时，看外公站在书桌前习字，一撇一捺，笔走龙蛇。如同劲风，好似孤竹。小篆、隶书、行草、端楷……那一笔一画落在我眼里，生生惊艳了东墙。

外公在院子周围种了好多花与树。他最喜欢的是节节拔高的竹，在后院栽了一大片。风过竹林，竹叶婆娑。当年竹枝在，不见种竹人。外婆收拾好外公遗下的笔墨纸砚，装在一个樟木箱里交给我："去吧，去习字。正如外公。"

不过总角的年纪，我便与横竖撇捺撞了满怀。我握着外公用过的笔，跟在师父后面懵懵懂懂日复一日地练"永字八法"。可终究是少年心性呀，看着字帖上一个个那么好看的字在我笔下却扭成了大墨团，委屈极了，赌气地扔了笔。春日的下午惠风和畅，东风一阵一阵似轻裘缓带般透过窗棂拂进来，同时带来的还有小伙伴的恣意笑闹。眼泪吧嗒吧嗒地掉在宣纸上，糊成了一团。又怕被师父瞧见赶忙用沾满墨的手胡乱抹抹脸。竹林的影子被阳光打进来，摇曳生姿。

怎么不苦呢？白日偷懒一小下便被罚练至深夜，因一时胡闹写错字而重抄百遍。右手无名指指侧磨了一层厚厚的老茧，拿针挑掉，挑掉后又长……

眼眶渐渐湿润，我哭着问母亲："为什么，为什么非要习字？"

母亲绞了毛巾替我擦净手上的墨，抚了抚我的额头，说："外公以前是地理老师，开朗健谈，幽默风趣。一次外校来了同行，问他，同样是教课，为什么他的声誉那么高。外公不答，只是含笑给人写了幅字。那人接过一看他端端正正的笔锋，立刻懂了。后来外公病逝，认识他的人无一例外全部来送行。"

我听得渐渐止住了哭声。母亲又说："你外公说过，要习字，先做人。他一生清刚正直，诲人不倦，不曾有愧于心。写枯了笔，写成了一生。”

“让你习字，不是为了功利，而是希望你能明白，要习字，先做人。”

我听了，似懂非懂地点点头，擦干眼泪，重新坐回桌前。《多宝塔碑》上的端楷似乎都温和下来，似外公慈祥的目光凝视着我。蘸墨，下笔。一开始行笔喑哑绝涩，像是和了泪水。可后来越来越跳跃，提腕落笔，张弛有度。似竹间抚琴弄弦，一挑一捻，飞花倾盏逐月华；似云中扬衣舞袖，一扬一落，锦缎飘摇逸轻尘；似藕塘兰舟泛游，一荡一划，荷香盈袖忘思归。

是，我懂了。横，为君子之行，无过无逾，端稳克己；竖，为君子之身，无苟无倚，浩然正气；撇，为君子之言，融古贯今，旷达刚劲；捺，为君子之心，收来纳往，袖拢山河。

“要习字，先做人。”

流光容易把人抛，红了樱桃，绿了芭蕉。篆隶草行楷，陪伴我从寒暑渡到了春夏。它们与我看过扉门未掩的潇潇暮雪，与我走过长河落日的大漠孤烟。它们挑开过一树一树的桃花，也曾流连于画桥烟柳。它们曾在先圣的笔下鲜衣怒马，又将陪我仗剑天涯。它们是少年锦时里悠悠洇开的水墨情长，浸润了流光，温柔了眉眼。

“去吧，去习字。正如外公。”我终于懂得，习的是字，亦是人生。书法教会我的，是“愠而不怒，怒而不发”的海纳百川；是“非礼勿动，非礼勿言”的心如止水；是“贫而不怨，富而不骄”的波澜不惊。是身静，而心识动；是居简，而思绪繁。

铺一卷生宣，研一方端砚。再回首，墨染流光，千载悠悠。书法在漫长岁月里，温柔地为我撑了一把伞。无论何时提笔，皆如半生归来，风停雪住，山川骤暖。

“外婆外婆，今天我听我们地理老师说，外公写的字可好看了。”

“啊，是吗？”

“嗯，还说外公的为人就像他的字一样。”

午后的阳光有一点儿刺眼，外婆眯起眼抬手背遮住从窗棂漏进的光，忽然就扬起了唇。

（指导教师：李锐）

点　评

少年习字，从总角年纪到二八青春，从艳羡到躬亲，从困惑到坚守，皆是缘于外公的潜移默化。文章结构清晰，行文自然、流畅，用词简练、精准，传统文化元素信手拈来，比喻、排比、对比、通感等修辞手法的运用使文章富有诗意，活色生香。

稻米的故事

□ 重庆市第一中学校　张韵涵

我想，若有机会，定去东北当一次稻农，听一次稻音，看一次稻秧，闻一次稻香，去感受天地间的生命共同经历的命运的起承转合与内心的喜怒哀乐。

第一次有这样的想法，源于一张旧杂志的图片。那一日深秋，午后阳光正好，随手翻开一本旧书，落入眼里的便是一片金黄。阳光镀在图片上，稻子似活了过来，对着我开出了微暖的笑意。那一刻，我仿佛也披了一身暖阳，立于土地上，感受着自然与生命的和谐之美。第二次有这样的想法，是观看了央视的纪录片《稻米的故事》，在广袤的东北大平原上，稻子与农民演绎着属于他们独特的和合之旅。看着一片片水稻在风中荡出金灿灿的波浪，眼睛一下子明媚了起来，心中有喜，更多是期盼。大地、水稻与稻农，组成了一个生命体系，在天地间共享生命的欢畅。

稻米的故事开始于春日。睡眼惺忪的大地被犁锄唤醒，这样的季节，稻农们开始显现出质朴的活力，一年当中，人们与土地的亲密接触，从这一刻正式开始了。铆足干劲儿翻土，怀揣着期望将一颗颗饱含真挚的种子播撒出去。春日的东北大平原里，一颗颗种子正在泥土中憨憨沉睡，微微的鼻息牵引着稻农们的心怦怦跳着，于是他们开始屏息，仔细地去听一个个生命的成长。去当一次稻农吧，去听一次稻音，听那生命之声——偶有小雨滴落稻田发出叮咚的声音，但它们只是和声，真正的主调是一方水田里种子在土下清脆的破壳声。那声音是力量积蓄的宁静，亦是积蓄力量的迸发，更是天地孕育出崭新生命的象征。稻音在春日里奏响，终于，在一个宁静的清晨，它们破土而出，满怀新奇地注视着这个神奇的世界。

稻米的故事继续于夏日。夏日的东北，连续的高温催促着水稻成长，此时的稻秧在阳光炽热的情怀里释放着自己的天性。去当一次稻农吧，去看一次稻秧，看那生命之旅——看着纪录片中绿油油的秧苗在夏日的风中明媚着，如同一个骑马的少年纵横四海，无牵无挂，张扬又自由。自然给予它生命与心怀，世界给予它一方天地，它在夏日里肆意着，在风中荡出“仰天大笑出门去，我辈岂是蓬蒿人”的狂傲不羁。进入夏末，水稻开始了一生中最美丽的绽放，水稻扬花后，它们成功跨入了孕育籽粒的生殖生长。而那个夏天，生命的潇洒在那一刻漫漶我的心，东北平原上的水稻为我展现了生命的激情与青春，让我明白生命的热烈与耀眼。

稻米的故事传承于秋日。这是水稻一生中最关键的时期。立秋，稻穗开始慢慢变黄，孕育的羞涩使它垂下了头，它在秋风中衣裾飞扬，眉间含笑，悠然伫立。经历了夏时张扬，它学会了成熟的睿智，开始柔软地度过美好的岁月，生命的魅力在暗香中悄然而至。去当一次稻农吧，去闻一次稻香，嗅那生命之香——范成大《浣溪沙·江村道中》有言："十里西畴熟稻香，槿花篱落竹丝长，垂垂山果挂青黄。"混着稻香，东北大平原上的生命温暖又缱绻绵长。秋天是东北最灿烂的季节，成熟的色彩彰显着水稻生命的流光溢彩。稻农在这天地间明快的色调中，尽情地释放着欢畅的情绪，他们见证了一个个生命的诞生到传承，被水稻轰轰烈烈的一生所俘获，醉心于将所有的结晶都收入囊中，于是所有的辛苦与磨砺都变成了喜悦，和着生命的浪漫，在沁心的稻香中，随风飘荡。

稻米的故事没有结局。水稻将自己变为了"果"，永远地成为一个美好的状态。这是生命最饱满鲜艳的时候，是尘埃落定后别样的风采。去当一次稻农吧，去感受生命的传奇。《稻米的故事》中有这样一句话：大自然以无限的胸襟，缔造了万物生命的机缘巧合。它在赐予人类这一切的同时，也是在考验着人们对生命意义的理解和认知。而稻农手下的水稻正是将生命演绎到了更高的境界——坚定而决绝。所以红尘中的喜怒哀乐尽在其中。

水稻将生命绘成了春、夏、秋三幅画卷。因缘、时遇、造化与合和，生命的起承转合都是一次修行。

去当一次稻农吧，去体验稻米的故事，去感受自然的神奇和生命的魅力。

（指导教师：鲜晓玲）

点 评

作者为我们讲述了稻子从播种到成熟的故事，也给我们绘出了春、夏、秋三幅优美的画面。文章由物及人，作者在崇尚大自然的神奇的同时，也是在考验着人们对生命意义的理解和认知。稻农把水稻的生命演绎到了如此的境界，何况人乎？形象的比喻，丰富的想象和联想，适时的引用，为文章增光添彩。

眼　神

□ 山西省怀仁市第一中学校　仝颂

他目光如炬，如明灯一盏伴我前行；她眉眼如画，似拂柳春风沁我心田。成长这一路上，父母灼灼的目光伴我走过牙牙学语，亦伴我奋斗前行。

自我记事起，父亲总是不苟言笑。他话不多，眼神中却有一种无形的威严敦促着我的言行。那年升入初中没多久，新鲜的校园氛围吸引了我的目光。比起在教室中学习，我更喜欢在篮球场上挥斥方遒，曾一度和同学偷偷在自习课溜到操场打球，玩得不亦乐乎。期末成绩"顺理成章"地下滑了很多，父亲将我近日言行看在眼里，却没有多说什么。我垂首抬眼偷偷看着他严肃的面容，不知哪里生出来的胆气，扬声道："我只是喜欢打篮球而已，做错了什么？谁又能知道我不会是易建联第二？"听到我的话，父亲依然没有说话，只是冷冷地看着我，那目光仿佛一座山，高耸矗立在我的面前，将我少年的狂妄气势压得死死的。我张了张嘴，一时什么都说不出来。他依然用深沉的目光凝视着我，仿佛在嘲笑我的无知和猖狂，更是在谴责我对学业的倦怠以及逃课的罪行。

之后很长一段时间，父亲那日的眼神都在我脑中挥之不去。每当我妄想松懈时，那眼神便会警惕我的言行。我开始放弃自己那些不切实际的念头，回归课堂和书本，仿佛希望得到父亲的一个肯定。殊不知，父亲那注视着我背影的眼神已经满含欣慰与温暖。

母亲和父亲不同，她不仅将我的饮食起居照顾得无微不至，更会对我的言行声声叮咛。在我顺利考入重点高中后，功课渐忙，与家人交流的时间也越来越少，我知道母亲很关心我的生活学习状况，更知道母亲每次送我出门时凝望的眼神中那份担忧与期盼。其实母亲的担忧不无道理，日复一日的学习，我的目的已经不仅仅是为了父亲的肯定，也是为了自己的好强心。每当结束学习后的夜晚，望着黑寂的夜空，我开始迷茫：我究竟是为了什么而学习？这个问题就像一把枷锁束缚着我的心，压得我在紧张的课业中透不过气来。母亲终究还是发现了个中端倪,邀我谈话。我一股脑儿地将心中的烦闷和迷惘说了出来,无奈地看着她的眼睛,心中觉得畅快了很多。母亲的眼神似潺潺流水,抚平我心中的疑虑。我不记得她当时说了什么,但我始终记得那双眸子里无限的关爱和鼓励。我明白母亲的意思,学习从不是为了谁,而是为了自己的人生,奋斗不一定需要得到赞赏,只是他们希望我可以通过自己的努力拥有更好的生活。

在那深邃的双眸中,蕴含着的,满满都是父母对子女的爱。我正是在这样的眼神中意识到自己的幼稚、浅薄,促使自己砥砺前行,并相信自己的眼中也一定会迸发出自信坚定的风采,在人生的舞台上,坚持原则,坚守底线,奋力拼搏,积极上进,勇敢地实现自己的梦想和价值!

(指导教师:曹莉)

点评

作者表现爱的视角非常独特,没有像常人写衣食住行,而是从父母的眼神来凸显父母对自己的那深厚的爱意。父爱和母爱理应是等同的,虽然在日常生活中,他们扮演的角色不同,可他们内心对子女的疼爱、期望的心情是一样的。“严父慈母”,一刚一柔,刚柔并济,才使每一位子女都得到恰当的教育。作者读懂了父母的眼神,也就读懂了自己怎样面对自己的人生。可以说父亲爱的眼神是孩子迷惘彷徨时的明灯,母亲爱的眼神是孩子失落消沉时的号角。

木匠老王

□ 四川省成都市龙泉中学校　马伟嘉

早些年老王还是小王的时候，他父亲便是远近闻名的木匠，老王在日积月累的学习中自然也就练就了一副好手艺，但老王最擅长的其实是木雕，雕得那叫一个活灵活现。只可惜在这个偏僻的小山村，村民们只觉得那花里胡哨的东西毫无用处，只有几个小孩常会围着老王打转，顶多也就央求老王给他们做个木头手枪。老王不爱和别人打交道，甚至有些冷漠。但总是答应孩子们的要求，有时还会给他们讲讲木雕，讲讲木头。

老王所在的村庄叫青山村，凭着那漫山遍野葱葱郁郁的松树林而得名，这松林最出彩的是那松涛，清风徐来，一片涛声，纵使身在远山，仍闻大海之声。老王有一个习惯，便是每日午后都到那松树林里去转转，抚摸这里的每一棵树。村里谁也比不上老王更了解这里，他了解这里，他了解这里的每一棵树，每一棵都是他的生命。

有天下午，老王从山上回来，村里的人正躲在树下乘凉，手摇着大蒲扇，有一句没一句地搭着话。看见老王，有人便无聊地问道："老王啊，我说这山上到底有什么啊，让你天天都往上跑？"老王转过头，看着他，认真地说："那山上全是老祖宗留下的宝贝。"那人被老王严肃的神情吓住了，小声地嘀咕："能有啥宝贝啊，不就几棵破树吗？"老王不再理会他，又回到他那个作坊里，自顾自地钻研他的宝贝木雕。他的木匠手艺虽然了得，但他也只是接一些附近村庄的家具订做，并不外出揽活儿，也不到城里去开木器店。他的大部分时间都在木雕上。做家具的边角木料，全让他派上了用场——飞鸟走兽、草木花卉，摆满了他家的每一个角落。有人说，他凭木雕手艺，到城里也能赚大钱，但是他偏偏只喜欢这个松涛如海的小山村。

这么些年，也不是没有热心的媒婆想给老王张罗一门婚事，只可惜来的姑娘只有一句话："雕木头能当饭吃吗？"村长也很着急，常劝老王脑子活泛点儿，要么多揽点活儿，快点挣起家业，正经成家过日子。老王却憋得满脸通红，只憋出来一个字“……俗！”村长气得摔门而去：“那你就和木头过一辈子吧！”

青山村是个美丽的村子，红砖青瓦的房屋在夕阳的余韵下再加那袅袅炊烟的映衬，有一种不可言说的朦胧美。可是这个村子也过于贫穷，唯一值钱的便是那满山的松树。于是村民们脑袋一拍，决定上山砍树挣钱。这天村长叫来了全村的青壮年，还有不少自发赶来围观的妇女儿童，大家乌泱泱的一片都上山砍树。可没想到的是，许久未见的老王站在松林前，拿着一把锄头乱舞：“今天你们谁都别想砍树，除非从我身上踏过去！”村里的人轮番上前劝说老王，可他软硬不吃，如一块磐石般屹立在那里。最后大家都没了耐心，五个青年人一齐上前将老王强行带走。四十多岁的老王像个孩子一样号啕大哭：“求求你们了，放过它们吧……你们砍掉的是自己的根啊！”

那松涛再次响起了，不像往日的和风细雨，倒像暴风雨来临前的压抑怒吼。似乎在为自己感伤，又像为老王悲哀，抑或在嘲讽村民的无知。

山上的树果然给村民带来了财富，他们推倒了原来的小农舍，盖起来两层高的小楼房，还买来了彩电、空调……昔日的田园朦胧便这样消逝了。村民们还专门修了一条平整的公路——为了方便运木材的卡车开到山下。

转眼几年过去了，夏天愈来愈炎热，再没有人在树下乘凉了，家家户户大门紧闭，都躲在家里吹着空调，看着彩电。也没有孩子来找老王要玩具了，没人再稀罕那些木头疙瘩。

村子里的一切都在改变，只有老王还守着他的木雕，偶尔他也到城里去，买来些都是雕像的书。平时干完活儿，他依旧会在午后到山上转转。只是，那里的树越来越少了，多数地方只剩一片木头桩子，鸟儿们也不知道哪里去了。

有一天，村长把卖木头的钱给老王送来了一份，敲了好一会儿门，也没人回应，但村长知道，老王在里面。他想老王一定是恨自己的，便无奈地叹口气，顺着门坐下，自顾自地说着：“事情已经这样了……我也……也没什么办法。”“唉——”老王突然出了声，“你走吧，我不怨你。”

那天，老王在松林待了一下午，就静静地坐着，看着这一片残骸出神，他似乎做了一个决定。

后来，老王连同他的木雕都不见了。

树终究要砍完的，村民们听说那树根也可以卖钱，树根越老越大越完整越值钱，他们便又疯狂地刨起了树根。青山村的山不青了，风也变得混浊起来。买来的空调、电视慢慢都积上了灰。

如是又过了几年。

有一年，旅游局下来考察有价值的古朴村落，可那领队官员一看到光秃秃的山就摇摇头走了。村长想说些什么，可张张嘴，又无话可说。

这个夏天异常燥热，已经好几个星期没有下雨了。这一天天空阴沉沉的，家禽躁动不安，村里四处都是犬吠的声音。果然，那天夜里暴雨倾盆，风也十分猛烈，吹得玻璃不断震动。突然远处传来一声巨响，接着便是那山崩地裂的声音铺天盖地地传来。村长带领大家刚逃到较高的山坡上，那泥石流便瞬间淹没了村子。男人们懊恼地蹲在地上，老人长叹着："报应啊，都是报应！"但各种哭喊声在这暴雨下都显得微乎其微。

一时间，楼房没了，公路没了……青山村真正地一无所有了。

最后，不知是谁给青山村捐了一笔巨款，但要求至少一半用于恢复山上的松林，村长提议将百分之八十用于植树，村里没有一个人反对。

在村长的再三追问下，工作人员告诉他是一个木雕大师拍卖了自己所有的作品捐的钱，村长先是笑，可笑着笑着就哭了……

再后来，有人说在山上看见了老王。村长欣慰地说："看来你还真要和木头过一辈子了……"

（指导教师：程彦甫）

点　评

这是一篇以环保为主题的小说。作者的构思很巧妙，他并没有把笔墨过多地放在主人公"木匠老王"身上，而是把叙事的重点放在了青山村的变迁。从松涛阵阵到满山树桩再到树根被刨，"老王"似乎只是一个"旁观"者，没有站在制高点发出悲天悯人的说教，在伐木大军浩浩荡荡进山他以一人之力阻挡未果之后，也再没有什么惊人之举。直到青山村的村民自食恶果——滥砍滥伐引来泥石流家园被毁之后，老王的作用才凸显出来，这个"和木头过一辈子"的主人公的形象也变得丰满起来。小作者可谓讲故事的高手。

岁月如梳

□ 广东省广州大学附属中学　汪丽雅

一把木梳，静静地横在我的书桌前，梳子通体漆黑，看样子是用过许多年了，它梳过我的头发，也梳过母亲的头发，谁也不知道它究竟已梳过多少岁月了。

梳齿不算太密，且不知是什么时候被弄断了两根。梳身没有多余的花纹，简单而普通，唯一可以证明它身份的是梳身一角刻着的“桃木梳”几个字。也许是因为梳过多年了，梳过不同人的头发，梳子由内而外透出一种木头独有的清香，这香味如同佛堂里的一缕吹不散的青烟，不禁让人回想起从前的岁月静好。

阳光透过齿缝间照过来，构成一幅明暗交错的和谐的画。梳子的世界永远是一阴一阳的两面，只有当迅速滑动时才能看见世界的全貌。

曾经握过这把梳子的手或已苍老不堪，或是布满老茧，再或仍是白皙修长，在这些手里，那只手绝对是最特殊的。那只手很大，很稳，手心很暖，指尖布着些长期敲打键盘的老茧，但在面对我一头细密乌黑的头发时却显得有些笨拙，不知怎么办才好。但最终，手还是拿起了梳子，在我柔软的发丝间滑动着。手的动作很轻，好像是生怕弄疼了我。手的姿势很奇怪，这大概是他这么多年来第一次给女孩子梳头发吧，连我的母亲也不曾有过这样的待遇呢！

有时，握梳的这只手并不这样胆怯生疏，手是有力而熟练的，迅速地在我的发间游过。头发细软，容易乱成一团，手便用力拉扯，企图从我的一个又一个的小头发疙瘩中滑过。在木梳与头发的较劲中，还不时地夹杂着我喊疼的声音。

后来，握梳的手便变白皙而修长，手很灵巧，操纵着木梳轻快地在发间跳动着，遇到小头发疙瘩，不知怎样轻轻一拨一滑，便解开了。手还会编各种各样好看的辫子，并将它们摆弄成各种各样的发型。

听母亲说，梳子大抵是从姥姥那一代传下来的，梳了这么多年，却依旧坚实光滑。那一天，天正晴朗，母亲忽然带着我去了一个我从来没有去过的地方。四周铺满嫩绿色的初生的青草，随着风轻轻摇曳着它们的舞姿。草地的中央，堆着一个小小的土包山，山前立着一块石碑，碑上用朱色刻着什么字。母亲从我幼嫩的小手中接过梳子，放在石碑前，自己默默地一个人站了一会儿，忽然又捧起梳子，放在手心，轻轻地啜泣着。这是我第一次看见母亲哭，而且哭得这样伤心。母亲往日里坚硬如钢的形象顿时在我面前打开了一个缺口，露出了柔软的一角。

也许正是因为错过了什么，而梳子，是给我们唯一的、最后的留念。

四月里，春意正浓，岸边的风低低地抚过才生新叶的垂柳，荡起江心一轮又一轮的波纹。土地是湿润的，菜园里刚播种的菜还只冒出了一个小尖角。春光妩媚，正是婚嫁的好日子。不知是谁家的姑娘，以朱点唇，以墨画眉。长长如瀑般的头发散下来，直至腰间。大红的嫁衣与乌发交映着，衬出一派喜气。桃木梳子在发间穿插，那只平日里做惯了家务的手此时竟如此灵巧。桃木梳子一滑到底，没有丝毫的滞留，然后盘、缠、绕、旋。一头乌发被规规矩矩地盘上了，然后插上一支拴着红绳的木头簪子。外面传来媒婆一贯喜气的吆喝声，新娘走出房。没有多余的嫁妆，只有新娘手中紧紧地捏着的一把娘家的桃木梳。

原来，桃木梳竟是姥姥当年的嫁妆。

梳子刚到婆家时还是新的，虽然已过了多年，除了旧了些，大体也还是没有什么变化，但握梳的手却已渐渐变得苍老无力，能从梳子间通过的头发也越来越少。但很快，梳子就找到了新的主人。新主人的头发触手生滑，有一种孩童般温软的触感。新主人一双乌黑发亮的眼睛直勾勾地盯在木头梳子上，姥姥就和蔼地说，你喜欢，以后就送给你做嫁妆。

出嫁前，母亲紧赶慢赶，终于还是晚了一步。待母亲回去时，坟头上堆着的土还是新的。而木头梳子，就是她留给母亲唯一的遗物。

于是，梳子就真的做了母亲的嫁妆，嫁到我们家来了。

我凝视面前这把梳子，已渐偏斜的日光给梳子镀上了一层橘黄色的晖。梳齿的影子和日光照在白色的稿纸上，像一幅单调的素描画。它曾将乌发梳成白发，又将白发梳成乌发，谁也不知道它还要再梳多久。

梳子未变，但梳子的主人却已换了一个又一个了。

此刻，桃木梳似乎在我面前变成了一条无穷无尽的大河，河里流淌着的是一个又一个梳子主人之间千丝万缕的斩不断、忘不了的关系。

我轻轻地握着梳子，走到阳台上，抽动鼻翼，似乎又闻到了木头梳子上那股由内透出来的清香。

岁月面前，什么东西都不可能永恒。

但只希望岁月如梳，一切静好如初。

（指导教师：邱馨慧）

点　评

本文紧扣一把“梳子”，细处着眼，巧处落笔，语言质朴自然，首尾圆融呼应，情感真挚动人。一把梳子串联起了祖孙三代人相互关爱、相互温暖的质朴情谊。梳子寄托着作者的情感，也是整篇文章的线索。作者的场景描摹功力深厚，生活场景细腻生动，真切感人，开篇对于梳子的静态描写极具感染力，也与下文以及结尾处的“但只希望岁月如梳，一切静好如初”遥相呼应，使整篇文章结构更加严谨。

茧

□ 江苏省常州市第一中学　孙嘉滢

“……小艾啊小艾！”

小艾是我们村的传奇人物，小到牙牙学语的，老到支吾寡言的，都知道她。

但也终究只是知道罢了——传奇嘛，自然是鲜有人了解的。

那些个寡淡的日子里，土地清瘦，旷野的风空落落地，吹过了四季，一切的一切，却都因小艾而变得明丽起来。

就是在那棵稍显臃肿的泡桐树下，我听说了小艾。

她念书那会儿呀，每天赶早起来，就坐在河滩上，高声读着难懂的外国话，清亮的嗓音在每一颗沙砾上跃动，像是清泉汩汩，自心头蜿蜒淌过。

不负众望地，她成了村里第一个考上大学的孩子，省城的大学。

省城，多好的地方啊。撕破土村结的茧，一切都是亮晶晶的。住的是花园里的大洋房，穿的是新潮的丝绸衣裳，吃的是红灿灿的大樱桃，开的是漂亮的小汽车。而小艾，就是第一个破茧的人。

故事讲完了，爹问我：“城里好不好？想不想当城里人？”我郑重地点头。他用力拍拍我瘦弱的肩膀：“那就好好念书，光宗耀祖！”我还是点头，越发郑重地。

我开始起得比传说中的小艾更早，也坐在河滩上，高声念着我的书。也有过懈怠的时候，可一想到我正做着“光宗耀祖”的事，一股子冲劲儿就从心底升腾起来。

就这样，我从一个原本微不足道的小组长，一步步当上了课代表、班长、大队长，只要是跟省城有关的大赛，我必定第一个报名。

经过层层角逐，我收到了县里发来的喜报，邀请我代表县里去省城参加作文大赛。我爹在拨了五毛钱一分钟的长途电话后，名正言顺地找上了小艾。

一夜之间，大半个村子便人手一份喜报，赶到我家来贺喜了。饭桌上，我爹挥舞着筷子，唾沫星子横飞，满面红光地宣布：“小艾请我们妮儿去她家住两天！”我听了,羞红了脸儿,拉着娘同去收拾行装。走得很远了,爹的笑声还时不时飘来。

娘知道我怕爹举止粗俗,给我丢脸,只是嘱咐道:“妮儿啊,你也得注意,到了省城,可千万别给咱村里人丢脸啊!”我轻声应着,挑拣干净衣裳。

火车票贵,爹送我到县城的车站,就要离开了。我孤身一人,提着装满家乡土特产的麻布包,终于踏进了梦寐以求的省城。

到那儿的时候,已经不早了。偌大的火车站,却显得空荡荡的。这样也好,我很快便找到了小艾,那个曾经只在传说中活着的女子。

她没有让我失望。高挑的身材,白皙的肌肤,黑西装配高跟鞋,简单的装束,衬得她姣好的面容更加精致,可却又让人感觉少了些什么。

她冲我笑,这笑也是像排练过的一样,嘴角上扬的弧度刚刚好:“是妮儿吧?”我也想笑着回答她,可她的一字一句,一颦一笑,都像一根根扯不断的丝,织成了一只巨大的茧,把我紧紧地包围了。

我最终只是僵硬地点了点头。

也许是天色灰暗的缘故吧,省城并不是那样一个明丽的世界。灰蒙蒙的大街上,黑压压的车流闪着灼眼的灯光,行色匆匆的脸上写满了疲惫和焦虑,就连路边鲜艳的美人蕉也褪色了一般,低下了骄傲的头颅。

我坐在飞驰的汽车里,感到自己正从一只茧的罅隙里,窥视着满街的茧里更加疲惫的生命。

省城的道路比村里冗杂得多,从外环绕到二环,小艾整整听完了几十篇国际新闻报道,接听了不下十通电话。当她熟练地拐入高档小区群中时,已经将近十点了。

电梯里,小艾斜倚着玻璃墙,几乎要睡去,我正想提醒她,她却警觉地苏醒了过来,抱歉地朝我笑了笑,意外地,牵起了眼角细密的皱纹。

她卸妆,更衣,收拾房间,煮面,摆上桌,在我身旁落座,看我木讷地坐着,便解释道:“我孩子跟他爸一起过,这儿只有我们两个,你放开吃吧。”

说罢,她的目光兜兜转转,最后停驻在一张发黄的老相片上,久久地。相片上的女孩,扎着麻花辫,笑得烂漫,像田野里盛放的油菜花,无所顾忌。众人眼里,她的生命是一场破茧而出的蝶变,褪去了土村的茧,她翩然飞去梦想的城。可谁想过,无数个空寂的夜里,她也曾欢呼雀跃,也曾悲痛失语;更多的时候,她孑然独行在这片没有温度的土地上,为了更有尊严地活着,跌倒滚爬,向着更高处攀去。相片上的那个女孩,她想过吗?会有这么一天,她得到了想要的生活,却怀念起当初的日子。

所有人的坚强,都是柔软生的茧。在屋内微暖的灯光下,她卸下了浓妆,卸下了防备，把自己融化在水汽氤氲里，渴望抓住一丝少年时纯粹的欢喜。

我，亦是眼角湿润了。

重回到旧相片里的那个土村，村里人很快就将我团团围住——

“省城好吗？”“是不是有小汽车？”“是不是住着漂亮的大洋房？”“是不是穿着好看的丝绸衣服？”我都一一点头，用自己的言语继续丰满着小艾的传奇故事。

我知道，自己心里仍然怀揣着省城的梦想。我还要好好看看这个村，将这里的每一束阳光、每一株花草、每一寸土地都编织进我的回忆里，待到又去省城时，慢慢地，说给小艾听，那个传奇的、精干的，又有些惆怅的小艾。

乡亲们满足地听着，快意道——

“……小艾啊小艾！”

（指导教师：刘平平）

点 评

偏僻山村里一位有望破茧而出的女孩，因前往省城参加作文竞赛，有幸住进了“传奇前辈”的家，目睹了她在省城的生活，窥测到她内心深处对故乡热烈盛开的油菜花田的思念，进而领悟到没有什么一劳永逸的人生，但并未因此泯灭自己的追求。全文从拟题到立意再到情节的安排都很巧妙，题目“茧”言简而意深——人人都渴望冲破自己的“茧”，在一次次蜕变中追求“更好的自己”，尽管艰难却从不停止。在情节的安排上，以乡亲们对“传奇小艾”的赞叹为始终，让小艾的传奇永不休止，圆满而严谨，似乎也在编织一只更大的茧。那赞叹的结尾更是言有尽而意无穷。

养 淡

□ 湖南省株洲市南方中学　吴婷

母亲不是一个前卫的人，却极懂得生活。

她极爱养花，居住在城市的高楼建筑中，养花是非常烦琐的。而她却很有耐心，也肯下功夫。她喜欢亲手种下一株株花，像带孩子一样，看着它们发芽、抽条、开花；也很享受沐浴在阳光下，将水珠洒在泥土、花瓣上。这些花也总是在不经意间舒展花骨朵儿，或是在浇花时，冒出小小的嫩芽。母亲常常用手机记录它们的成长过程，与我们分享这些花朵带来的喜悦。春有海棠，夏有米兰，秋有月季，冬日便会看见花盆红遍的一品红。

繁荣的生命力带来无限的活力，生机盎然。每天放学回来，便会看到母亲在阳台上劳碌的身影，与余阳的光辉相辉而映。风撩动她散在耳边的碎发，阳光给了她毛茸茸的金边。光与影有着和谐的旋律，如同小提琴演奏的名曲。这幅美好宁静的画面，在那一刹那，停留在我的脑海，挥之不去。有时，我会跟着母亲一同浇花，看着水滴顺着枝条浸入泥土。在微风中，那些带着水珠的出浴美人，摇曳着优美的舞姿，摆动着鲜嫩的花裙，妩媚娇艳。正如一颗颗明珠，又如碧天里的星星。稍微休息一下，躺在沙发上，便会闻到阵阵清香，这是各种花朵共同散发出的清香。如同风铃在微风中摇动，发出清脆的铃声，心中总是无限的安宁与享受。

一天，放学回家，母亲神神秘秘地把我拉到阳台边，温柔一笑，对我说："你猜我买了什么？"不等我回答，母亲便从身后拿出一个小缸子，里头有几条活泼好动的金鱼在游动。"啊！是鱼！"我不禁惊讶地叫出声。"是呀！这些可爱机灵的小东西真是让人欢喜！"母亲边说边放下鱼缸，随手拿起旁边的鱼食，小心翼翼地一粒一粒投入，保证每条鱼都要吃到。这时，鱼儿们便都聚集过来，嘟起嘴巴，在水面上寻找鱼食，它们的嘴边便会冒出一串串的气泡，像极了在牛乳中洗过的月亮，圆润光滑。看到母亲微笑着的享受的神情，我不禁喜悦，这样的母亲真是很淡雅啊！

鱼儿们带来了新的生机，这些乖巧的小东西常常吸引着我们，让我们情不自禁地伫立在它们面前，观赏着，挑逗着。它们是很灵巧的，当我靠近鱼缸，它们会游到我跟前，摇摆着丝绸般的尾巴，披着醉人的红鳞。正如柳宗元所说："潭中鱼可百许头，皆若空游无所依。"鱼儿完美地融在水中，缓缓地游动。

我总对母亲说，我真幸运，能被你养着。的确，母亲的生活方式颇为人羡慕，她也在一举一动间，感染着我。平常，喜爱围在电视机前的我们，也渐渐地会集聚在阳台前，各自闻着花香，赏着鱼，舒服地畅谈起来。这是一种亲近自然的最好方式，拂去周边的喧哗，留下安然淡定的内心。

我们家老一辈的人都居住在乡村，每逢节假日，父亲便会开着他的汽车，把我们载到乡村。一路上，窗边的景物不断替换，如同溪流光影那般鲜润地滑走，从耸立的都市建筑到低洼稻田，城市的喧闹逐渐变换成乡村的静谧。此起彼伏的层层山影，雾气缭绕的清幽竹林，款款细流的泉水叮咚，这是一幅正宗的田园风景图。

乡村不仅是诗人无法割断的情丝，也是我们另一个久违的家。我一下熟悉起来，母亲带着我玩起小时候的游戏。我们脱下鞋子，便可以赤着脚，踩上不平的石子、湿润的泥土；踏入泥泞的稻田，打起泥土仗。玩累了，便到一旁的溪流洗净脚，用手挥洒起连串的水珠，在阳光下，变成一颗颗宝石。

此时，正值三月清明，正是采茶的好季节。背上传统手工编织的竹筐，带上一小瓶水，这便是全部的武装。一株株茶树沿山而生，翠绿的嫩芽让人忍不住俯下头，嗅一嗅它的清香，还有伫立在枝头的茶花苞，层层的绿，隐约可见的红，让人格外珍惜。一路上山的，还有许多同村的邻居，她们唠着家常，用纯朴的口音，唤回我们远古的回归，最淡然的美在那一刻绽放。

"茶有境，宜精舍，宜云林，宜永昼清娱，宜寒宵兀坐，宜松月下，宜花鸟间，宜清流白云，宜绿藓苍苔，宜素手汲泉，宜红妆扫雪，宜船头吹火，宜竹里飘烟。"母亲小声哼背，我在一旁默默地咀嚼。"茅檐低小，溪上青草，带锄而耕，莳花弄草，赌书泼茶，饭饱茶香，怡然自得。素手汲泉，竹里飘烟，松下明月，船头吹火。"这样一幅画面在我脑海浮现。

母亲很喜欢清少纳言的《枕草子》，她的笔中，常有青梅酒、菖蒲上的露珠、夜里的小昆虫、晚间的雾气，与沾湿的衣裳，然后要再附上一句："真是很有意思。"母亲说，这样的女子才是最美的！的确，不论是清少纳言，还是母亲，这样淡然的女子才是最让人倾慕的。

我很喜欢清照先生，这不同凡响的女子。与她初遇，是在一日的黄昏。母亲牵着我走进她的院子，她荡在秋千架上，香汗浸透了轻纱衣，眸子里全是少女的羞涩与天真。她歪着头，遮掩不住温柔的笑。"见客入来，袜刬金钗溜。和羞走，倚门回首，却把青梅嗅。”

母亲常对我说，只愿你成为一个善良快乐的人，不需要精致华丽，懂得生活便很好。生活的根基，是一颗平常心。它是一种无法言说的愉悦，不剧烈，不荣耀，如花期一期一会，活在当下。

我感怀母亲的“养淡”，从养花到养鱼，再到养我，让我深刻体味到“淡”是一种最深远的味道。

（指导教师：肖守志）

点　评

这是一篇优美而隽永的散文，就像题目一样有一种耐人寻味的“淡”。首先“淡”在取材的平常，其次“淡”在语调的平和，再次“淡”在文字的简练，还“淡”在色彩的和谐。一切都是淡淡的，尽管有花的绚烂、鱼的光彩，还有山水的明丽，但有夕阳的余晖，有山中的静谧，一切归于平淡的和谐。对《枕草子》和清照词的引用也恰到好处，把这种“淡”的格调推到极致，同时也凸显出平凡生活中拥有这种“淡”的母亲人格的修养与魅力。

杀死一只夜鸫

□ 浙江大学附属中学　汪立苹

一

一只鸟从窗口飞进来。

黑身子白脑袋，红爪子红嘴。

它就这么轻盈地溜进了我的房间，并不像其他误打误撞的不速之客那般到处乱窜。它就像是老熟人一样在我房间肆意地翻飞着，在衣柜和茶几间饶有兴趣地流连了一番，最后稳稳地停在了我的书桌上，尖尖的红嘴啄了啄我的笔尖。我好奇地打量着它，寻思着它为何这般大胆与亲切。我试探地轻轻伸出手指，抚了抚它头上翘起的一撮白羽，它也丝毫不生气，歪着头用它清亮的如黑珍珠般闪闪发亮的小眼睛打量着我。

我们就这么尴尬而又默契地对视着，直到两滴硕大的清泪毫无征兆地从它眼眶中溢出。我惊诧，并不是为"鸟儿为什么会流泪"这种问题，而是为这突如其来的巨大的悲恸。接着，它那火红的尖嘴开了开，吐出一声呜咽："救救。"

它说："救救。"

我猛然惊醒，支撑着头的手臂失去控制地垮在了桌面上，让我的下巴与硬实木来了个亲密接触。

瞬间清醒。

我的注意力被我僵硬的如石膏般紧握的右手吸引了，它像是一个叛逆的青少年般固执地不肯响应我大脑的召唤。我被惹恼了，赌气般龇牙咧嘴地掰开了紧握的手指，像是撬起了一个地球。

沉闷的天气像是静止了，时间在这黏稠的空间里艰难地爬行着。我就在这一动不动的空气中，一动不动地盯着我摊开的手掌。

空无一物。

“也对。”半晌，我听见自己说，语气里的嘲讽让我不禁笑了笑，“你还期望能有什么呢？”

一丝微风从后面的窗口溜了进来，驱使着空气不情愿地挪了挪。突然，一个可怕的想法击中了我，后颈处被风吹拂的地方传来针扎般的触感，我木木地回头，看向了一个方向。

那是鸟飞来的方向。

没有任何犹豫，我冲出了家门，留下我的灵魂还在那里思考。

二

一片樱桃园。

普通到老家随处可见。只有靠得极近，才能隐约感觉到有一层若有若无的东西在反光。

捕鸟网。

每次路过这片园子，我都会闭着眼睛快速地跑过。挂在网上的鸟儿都已经死去了，我不愿看见它们横七竖八的狰狞的尸体被蝇虫蚕食。这种对无法挽救的生命自责的感觉，我不太喜欢。

不，是痛恨之至。“其实只要把网解掉就行了，而且也没人知道是谁干的。”我无数次这么想。只是——

我不敢。那是一个小女孩第一次站在网前，看着各色鸟儿的尸体，无能为力，只有嘴角尝到了苦涩的液体。这世界上，除了无情的苍天，再没人听见她的告罪。

因为比起毒蛇猛兽，她更怕人。

白脑袋，黑身体，红爪子红嘴。

在一片麻雀和布谷中，它格外显眼，在死神的网中无力地挣扎。我迫切地想要救它，但无奈它落网的位置太高也太远了。确定四下无人后，我拿起一根长树枝试图把它戳下来，但很快我就发现这是徒劳——它的爪子和羽毛被坚韧的网线缠得死死的，而情况也由于它的不断挣扎而变得更为糟糕。我丢开树枝，放弃了不破坏网的奢求，一咬牙把网扯到了我徒手能够到的位置，开始用小刀割网。野生的鸟儿在我手里无比顺从，丝毫不显得抗拒，但我却心里一沉，过度挣扎引起的脱力和阳光暴晒引起的脱水已经使它奄奄一息了。

网线缠绕的复杂程度大大超出了我的想象，半小时过去了，我的额头早已渗出了细密的汗珠，但进度却并没有完成多少。

“你在干什么？”全神贯注的我被突如其来的人声吓了一大跳，不受控制的刀刃擦手指而过，惊出了一身冷汗。但是声音不大，说明人并不在周围。我强行冷静下来，提着一口气继续手里的动作，但哆嗦的手指却大幅降低了我的效率。

“干什么！”声音从不远处传来，我的心脏受到二度重击，一瞬间腿软得差点儿倒下。我极力控制住大口喘气的欲望，小心翼翼地回头看了一眼，百米之外有一个黑影正在加速往这边赶来。我回过头，心脏像是一个坏了的水泵般没有规律地猛击胸膛。我全部的神经都在尖叫着让我回去，在这片嘈杂之中，我试图找回理智的声音，但它仿佛缩在角落里一声不吭。

怎么办？我感到背后有热源扭曲了空气。

“嗒、嗒……”脚步声近了。

怎么办？鸟儿还被死神握在手里。

“叽——”鸟儿像是感受到了什么，虚弱地叫了一声。

怎么办怎么办怎么办？

“嗵嗵”“嗒嗒”心跳声和越来越近的脚步声逐渐重合在一起，击打着我早已不堪重负的神经。

在思考出问题的答案之前，我的腿已擅自开始飞奔。背后，一道哀伤的目光仿佛穿透了我，追随着。

我不停地跑，不协调的肢体摆动差点儿使我失去平衡。尖利的阳光刺激着我的眼睛，世界在我眼中仿佛化为五彩的黑，脚下的路仿佛正在崩塌，稍不留意就会跌至世界的尽头。

焦灼的空气夺走了我的呼吸，我感到缺氧的红细胞在血管里尖啸：

“快停下！快停下！”

一只麻雀从我头上掠过：

“胆小鬼！胆小鬼！”

我狼狈地躲开麻雀的唾骂，却看见乌鸦在枝头睥睨着我：“为什么？”

它用令人们不安了几个世纪的声音说：“为什么？”

我感觉成千上万的鸟儿在我头上盘旋，羽毛震动空气的回声在我耳边激荡。它们用棕色的眼睛、红色的眼睛、绿色的眼睛审视着我。却唯独没有一双黑珍珠般清亮有光的小眼睛。

终于，我穿过了整个世界，冲进房间，看见了还在那里等我的我的灵魂。用尽最后一丝力气倒在了床上。

泪流满面，但早已没有力气哭泣了。

三

我又做梦了。

它就在那里歪头看着我，亮晶晶的眼睛里没有愤怒，没有责备，甚至没有悲伤，只是平静。我动了动嘴唇，感觉似乎想说些什么。

“嘭——”毫无征兆地，它轻轻地爆炸了，无数轻盈的绒毛迸发出来，悬浮在空中等待着飘摇的下落。

熟悉的酸楚涌上鼻腔，温热的液体开始在眼眶里酝酿，等待着一个宣泄而出的机会。

对不起。

无情的风带走了我未出口的话语。

那天过后，待我再次站在网下，它已经消失了，和网上其他鸟儿一起消失了。

我开始等待，等待一个机会。

一个赎罪的机会。只要一有迷糊的鸟儿撞了网，我就立刻上前，在死神还没来得及收紧他的网之前，放它们重归自由。

一个对峙的机会。我不会再逃，我会转身，看着那人，问他：“为什么？”

“其实我也很喜欢鸟。”

当我又一次解下一只鸟时，突兀的声音从网对面传过来。没有我想象中剑拔弩张的气氛，这平和的声音甚至让我有一丝惊讶。抬头，我看见声音的主人站在果园重重叠叠的阴影里，在耀眼阳光的对立面里——一个普通的中年大叔，拿着普通的篮子，穿着普通的衣物，容貌在黑暗中看得不真切，但也绝不是我想象中凶神恶煞的形象。

我愣了神，原本想好的问题全噎在了喉咙里。

抬头，望了眼天上诡谲的云彩。

难道我真的不知道问题的答案?樱桃作为一种经济作物，和鸟类的一种食物，这样的矛盾搭配，自然是很常见的。

“我的樱桃园有捕鸟网，难道别处没有吗？你救了一只鸟，能救这世上所有的鸟吗？”

“不能。”

那人耸了耸肩，没有说话。

“只是需要有人做出改变。”

“我也想啊。”那人若有所思地摸了摸下巴，“只是……难啊。”

我给了他一个疑惑的眼神。

“高科技，超声波？这种东西可不便宜。”他顿了顿，补充道，“这是个问题。”

“是啊，这是个问题。”

…………

沉默，被网隔开的两个人，各自想着不同的事。

四

我坐在床上，手里拿着一片黑羽，修长而有力，是翅膀上的二级飞羽。几米外，妈妈正在收拾行李。

假期是短暂的，快乐是短暂的，只有悲伤会狡猾地蛰伏着，在某个寂静而忧郁的夜晚蹿出来，狠狠地给上你一口。

“救一只鸟，两只鸟，有用吗？”妈妈拿起一件挂在衣帽架上的外套，瞅了一眼又嫌弃地丢了回去，问道。

“不知道。”

“能改变什么吗？”她看到我似乎没有想回答她的欲望，欲言又止，最终还是继续专注于她手上的事情了。

不重要，只是去不去做。

“That's the question.（这才是问题。）”我忽略妈妈疑惑的眼神，拿起她刚才嫌弃过的外套，走了出去。

我安静地在雨后清新的山间游荡，怀念着被禁锢在水泥路面下几年的泥土气息。我喜欢这种像幽灵般自由自在的感觉。

一个斑斓的身影在灌木里穿梭，看到我，它停了下来，深深地看了我一眼，说道：“行不得也，哥哥。”

我选择给这只鹧鸪一个巨大的白眼，回敬道：“叫姐。”

鹧鸪哼了一声，像一个高傲的花瓶般迈着小碎步走了。

我继续漫无目的地走着。一片镶嵌在单调绿色背景里的精彩的野花突然吸引了我的视线——粉的可爱，蓝的清新，叽叽喳喳地交流着绽放的快乐与美好。我蹲了下来，把那片羽毛轻轻地放在了花丛上面。

怀着不知道期待什么的期待，过了十分钟。

无事发生。

我自嘲地笑笑，一下子站了起来，低血糖导致的头晕目眩差点儿让我失去重心，黑乎乎的视野里亮起无数星星。

“谢谢。”

细若蚊鸣的声音钻进还在耳鸣的耳朵，瞬间激活了我所有冷静的细胞。猛然回头，茂密的树林里空无一物，但是还在微微起伏的树枝告诉我曾有一位敏捷的来客在这里短暂停留。

还未完全明亮的视野捕捉到一个飘浮的物体，我伸出手，接住了。

毫无重量。

揉了揉眼，定睛一看。一片白羽，轻盈如雪。

（指导教师：顾秀芝）

点　评

这是一篇带有玄幻色彩的小说，却玄得美丽而真实。小作者慧心独具，把一腔关爱生命保护飞鸟的悲悯情怀表现得既富诗意的美感又具有现实的震撼力——花季的女孩，托梦求救的小鸟，现实救援的无力与不弃，小鸟真切的感谢和拿在手里的飞羽——如梦似幻，亦真亦假，把现实与虚幻完美地交织在一起，编织成一则美丽动人的爱鸟故事。着实为小作者的想象力折服。全文语言优美，更难能可贵的是诗意的伤感中还带有一层幽默的色彩，让人在唏嘘中又忍俊不禁。

褐

□ 吉林省实验中学　武佳宁

一

“来,喝点水。我们先听听音乐放松一下,然后试着说说你想说的。”

“谢……谢谢。”

二

七月底的晚上还没散尽余热,闷风灌进松褐被汗浸湿的校服外套里,教学楼后面的树林里蚊虫成群,粘在黏腻的头发上。天没有黑透,借着楼上教室的灯光,她在花坛的树丛底下找到了她的书包,沾满土的书包扑鼻一股湿腥气。这次没扔水池里呢,她想。攥着书包带回班的路上她知道会发生什么,一如既往地发生什么。“诶诶!看!回来了!”“你怎么藏的啊!怎么让她找着了!”“诶,你班这女的好奇怪啊!”“你不知道吗……”松褐没什么表情,径直走到教室的角落,坐在瘸腿的桌子前。教室里窃窃的笑声和风扇轰鸣的声音混在一起,讲台上的班主任冷眼扫视一周,冲角落方向勾起意味不明的笑。

三

“这样的情况是从什么时候开始的?可以说说原因吗?”

“……”

四

“爸……这儿！”松褐怯怯地招手，看着佝偻着肩膀的男人带着一身油漆点挪着步，“怎……怎么不换身衣服再来？”“这怕啥的！死妮子就是事多！”男人啐了一口。松褐绞着手指，没话了。两个小时的家长会。松褐的成绩与相貌一样平平，是家长会上老师从来不会单独提及的一类。男人烦躁地拉着外套上的拉链，弄出的声响引得家长们暗暗皱眉。松褐在教室后，涨红了脸。散场后，松褐解脱似的叹口气，在男人前面兀自走着。“哎！你干什么呢！光天化日的有人偷手机了！”尖厉的女声如雷般炸起，旁人停步侧目。“那好像是松褐爸爸！”松褐闻声猛然回头。那个瞬间，什么东西在她心里訇然崩塌，砸出巨大的声响，在松褐十四岁的生命里砸出永恒的深坑。

“前两天班里丢的钱不会是松褐拿的吧……”

“这样的家庭能教育出什么好人……”

但松褐听不到了，那个男人，她父亲，被死揪住肩膀弯下身的画面凝滞在空气里，揭开了灰暗的序幕。

五

“在那之后发生了什么？可以说说吗？放松点，相信我。"

六

如果有什么东西的传播速度逼近光速，那一定是流言。松褐的事被同学们如放大镜般杜撰，在这座县城中学里扩散，蔓延。几乎一夜之间，松褐的名字被全校同学知晓，便从此成了校园里所有偷窃事件的嫌疑人，成了同学们课余时间的谈资和笑料。

“哎呀，你这笔新买的吧，这么好看可一定要收好，可别被松褐顺走啦！”女生边说边瞥着角落里松褐的座位，眯着笑眼，露出刻薄的虎牙，一旁的同学连忙附和，把桌上的好东西收进书包里，讥讽地干笑。松褐灰了脸，指尖冰凉。换座时松褐的位置成了难题，仿佛谁接近她就会传染上不干净的瘟疫。也正因如此，被迫被安排到松褐后座的女生想尽招数报复这瘟疫的传染源。厚重的大本字典成了武器，女生用尽这个年纪最毒的恶意砸向松褐，坚硬的书脊在后背上砸出一声闷响，松褐痛哼出来，眼泪顺着淌到嘴边，模糊了扭曲的脸，她不敢叫出声，因为她的痛苦是他们快感的源泉。几个好事的男同学在树林里捡到一只死鸟，几张扭曲的脸凑在一起嗤嗤笑着，把鸟扔进松褐的书包里。

"啊！"受了惊的尖叫声划破了午间的静，几个午睡被吵醒的同学低声咒骂这叫声的主人："哟，松褐！这你也偷呀！"全班哄笑，那几个男生把桌子拍得砰砰响，笑得直不起腰。松褐颤抖着手，对着桌上的尸体咬紧牙关。泪滴在桌上，淋湿了雨季，淋湿了灰褐色的岁月。

七

"初中毕业以后来到高中情况有没有改变呢？"

"……"

八

"哎，你知道吗，我听我一个朋友说，分进我们班的那个叫松褐的女生，他们家以偷东西为生呢！""她初中也偷东西吗？""肯定的呀"……

九

"我们今天就到这里吧，你的状态不是很好呢。回去好好休息，下次咨询的时间我会尽快通知你的。"

十

松褐走出心理咨询所的玻璃门时，已是黄昏，褐色的晚霞铺成血一样的颜色，七月中的晚风夹带着白天的余热，那是该放暑假的日子。远处的学校刚刚响了放学的铃声，穿着校服的少男少女结伴而行，脸上洋溢着舒展的微笑。

十八岁的松褐颤颤地叹了口气。一年又一年过去了，同学们都喧闹着离开了，只有她还留在那间教室里，一遍又一遍反复着十四岁那年灰褐色的记忆。

（指导教师：侯敬文）

点 评

本文是一篇少有地选择了以校园霸凌为题材的小说，体现了小作者对现实生活的观察与敏感。十四岁那年的家长会是松褐数年噩梦的开始，从不修边幅的油漆工父亲在家长会上被认为偷人手机之后，松褐就成了“贼”的代名词。所有同学用言语和行动开始了对她的羞辱和侵犯，就连老师似乎也持有和同学们相同的看法。小说没有交代松褐在一次次的欺辱中怎样慢慢走向崩溃，也没有交代她是否考上了大学，只用简单的笔触写了心理咨询师的问话，但没有交代咨询之后的结果。小说在走出心理咨询所的松褐与远处走出校门洋溢着笑脸的少男少女们的对比中收尾，给人以无尽的猜想与思索。小作者很有驾驭严肃题材的能力。

岁月檀香

□ 四川外国语大学附属外国语学校　邓奇

2000年。

外公请当地最好的木匠用上好的紫檀木做了一张方桌，作为女儿的新婚礼物。檀木桌通体暗红，四面的横枨上精雕细刻着繁复的花纹，桌面抚上去无比温润细腻，连四个桌脚也打磨得规整精致。妈妈把这张檀木桌放在六十平方米婚房里最显眼的位置，在所有陈设里它显得最为奢侈、华美。每逢家里来了客人，妈妈都会骄傲地向别人介绍这张檀木桌。

2002年。

我出生了。刚学会爬的我在大大的木桌上拓展疆域，不知道是不是檀木的清香太过好闻，小婴儿的涎水总是滴滴答答流成一摊。妈妈佯装要打屁股，我就趴在桌上一动不动，一双眼睛滴溜儿滴溜儿看着爸爸，爸爸被我逗得哈哈大笑，两手一抡把我举到空中，于是我就又咧开嘴笑了，这下哈喇子全掉在爸爸手上。

2006年。

我四岁。爸爸妈妈忙着上班。照管我的阿姨说，不像别的孩子那般折腾哭闹，我一下幼儿园就安安静静地趴在桌上画画等他们回家。有时头一歪就枕着檀木桌睡过去。好像梦里闻着清甜的檀香，总是睡得安稳又踏实。那年夏天我开始学滑冰，我穿着厚重的旱冰鞋抱着桌子腿不敢撒手，然后慢慢抓着桌沿小步挪动。我绕着它走了一圈又一圈，檀木桌稳固可靠地立在那里，好像一个很耐心的同伴。终于我鼓起勇气推开它，尖叫着滑出去。

2008年。

爷爷奶奶外公外婆都来家里过年，爸爸新买了大餐桌，但老人们还是更愿意用那张檀木方桌。喷香诱人的清蒸豆豉鱼摆在白瓷盘里，浓郁的鸡汤在汤盆里冒着腾腾热气。电视机里正在放春节联欢晚会，赵本山在小品里尽心尽力地制造着笑料。“砰”的一声响，夜空中升起了绚烂的烟花，我两手撑着腮看向窗外，觉得好像千万颗星星被一同抛向天空。低头看到檀木桌的一角不甚清晰地倒映着忽闪忽闪的天幕，抬头是老人们慈祥可亲的笑脸氤氲在饭菜的水汽后，爸爸酌了口小酒正朝我促狭地眨眼，妈妈端起我的碗给我夹了一大块红烧肉。

2010年。

我们搬家了。新房子有精心设计的开阔的客厅，五十五英寸的壁挂电视机，大大的露台和观景台。分隔开的餐厅里摆着六人座的新餐桌，漂亮的吊灯打着柔和的暖光。檀木方桌显得那样格格不入。妈妈还是把它安置在了餐厅的一角，只是在田园风装修的家里，它不再是最亮眼的焦点，反倒显得多余和扎眼。一日三餐从檀木桌上退下，转移到新的大餐桌上，而它从此只被用来放放回家的雨伞和随手搁置的钥匙。秋天的时候，爸爸添置了一个玻璃鱼缸，檀木桌只好被转移到露台上去。我们围在鱼缸旁欣赏那些热带鱼摇着彩色的尾巴游弋逡巡；坐在舒适的地毯上看综艺节目；清晨匆匆忙忙从冰箱里拿走各自的早餐……这一切似乎都不再与檀木桌有关。它安静地待在露台上，隔着一层玻璃，无言地注视着这个新家。

2014年。

外公来城里养病。暑假时常只有我陪着老人。清晨不太热，外公精神好点时，就拿着他的茶盅和报纸上露台去。他顶喜欢坐在那个弃置不用的檀木桌旁。外公的黑兔子也喜欢檀木桌，初来时它怕生，总是蜷缩在檀木桌下面鼓着一双湿漉漉的眼睛打量我。后来混熟了，它老爱在桌腿上蹭痒，逗得我们哈哈大笑。夜晚的时候凉风习习，我便陪外公上露台乘凉。我坐在檀木桌上看书，外公就拿着蒲扇给我扇蚊子。在那和暖的夜风里我似乎又闻到了檀木的清香，手指摩挲在桌面上，惊觉这木桌原已经历如此多沧桑。儿时沾染上的蜡笔颜料，小刀不经意刻出的道道纹理，磨损的一角……仿佛岁月已经给它轻轻覆上一层包浆，在夜色里泛着温润的光泽。

2017年。

外公在我中考前夕走了。我错过了同他的最后一面。那个漫长的夏季里，我无数次在梦里见到他，他坐在檀木桌旁浅浅地抿一口茶，看着我满足地笑起来；他在檀木桌上比画家里的枇杷结了多大的果，叫我明年回去吃；他把小黑兔放在檀木桌上絮絮叨叨，而我在黄昏柔和光线里昏昏欲睡；最后梦见他从檀木桌旁起身，粗糙干瘦的手抚摸过我的头顶，他说："外公走了。"那张慈爱的、一笑起来就千沟万壑的脸，终于慢慢模糊了。他转过身去，我只看得到他佝偻的背影。我从床上爬起来走上露台，在檀木桌旁坐下。小黑兔竟没有睡觉，跑过来亲昵地蹭我的腿。城市的夜空浓密无光，我把脸贴在檀木桌上，蒙昽的泪眼里，新紫檀木的红早已被暗沉的深红棕色代替，那抹经年累月的檀香也已经几乎淡不可闻了。

2018年。

家政阿姨抱怨檀木桌空占地方，在露台上积灰又快，繁复的镂空花纹更是难以擦拭。于是妈妈把笨重的檀木桌收进了杂物间。我只在拿放滑板、球拍的时候偶尔匆匆瞥见它一眼。灰尘掩盖了它本来的颜色，乱七八糟的东西堆积一旁包围了它。我鲜少再记起关于檀木桌的一切。

2019年。

翻看家庭相册的时候，终于又和檀木桌相见。无数照片里，它是最深沉祝福的载体，是我婴孩时代的坐骑和我统治下的疆土，是童年最长久的玩伴，是阖家欢乐岁月静好的默然见证者，是温情与感动悄悄蔓延的巢床，是美好相聚和别离的亭驿，是家庭漫长岁月里悲欢、细琐的观众。它不在我的眼前，却一直盘亘在脑海深处，从始至终，贯穿起我记忆的来龙去脉和这个家于光阴荏苒里的因果始末。

夏天到了，别人的花园里热闹一片，没有檀木桌的露台显得无比空荡。妈妈打算重新布置阳台。她换了实木秋千和躺椅，去花市买了很多盆栽，建造了一个长长的花坛和小片种菜的土地，露台外围铺了鹅卵石。时隔一年，檀木方桌又一次重见天日。我们一起细细擦去它的积尘，其间勾起无数旧时记忆。"还是舍不得扔的。"妈妈摩挲着方桌打磨得圆润光滑的角，嘴角勾起小小的弧度，仿佛想起了一个遥远的梦。在这个飞速向前的时代，在所有从过往而来的人心里，它终究占据一席。

此刻。

我坐在檀木方桌前提笔回忆十余年来有关我们家的一切，雨滴溅到脚背上，夏虫温柔呢喃，而我只闻到一缕经年的紫檀香，穿越时光远涉而来，萦绕在鼻息，连贯起所有弥足珍贵的旧时片段，让我感到踏实而完整，所有岁月，都有处安放。

（指导教师：周小雪）

点 评

作者以时间为叙事的顺序，以檀木方桌为记叙的载体，把十多年来与檀木方桌发生的有关故事娓娓道来。文章寓情于物，使感情从具体事件的叙述中自然地流露出来，去感染读者。这种渗透着朴实感情的叙述，读者品味起来就更觉真诚、可亲。值得肯定的是，作者以时间的变迁，印证和讴歌了日新月异的社会发展，值得赞颂。

微信扫码
在线看写作提升课
获取精品阅读资料

附录:历届决赛试题(高中部分)

第四届(2006年)

题一:

你来到首都北京,肯定有一种别样的心情,这种心情有的是来自父母对你的关爱,有的是来自老师对你的期望,有的是对参加大赛的感想,有的是对未来的向往……

请以此为话题自由写作,可以实写,也可以虚构,只要与这个话题有关即可。

题二:

当前,你认为青少年心理方面存在哪些问题,有哪些不利成长的因素,应该怎样解决?听了"中学生心理教育经验交流会"老师们的发言,你一定有许多感悟。

请结合你在校学习期间的所见所闻、所思所想写一篇文章。

要求:任选以上一题,文体不限,题目自拟,字数不少于800字(散文诗、诗歌字数随意),时间90分钟。

第五届(2007年)

题一:

亲爱的决赛选手,你的作文能在全国十万余篇参赛作品中脱颖而出,进入获奖范围,充分显示了你的写作才华。在写作过程中,你肯定会有许多认识和体悟。

请以"我的参赛作品"为话题,谈谈写作感受。内容可包括:1.写这个题目的原因或背景;2.作文入围的主要成功之处及不足;3.由此产生的对怎样才能写好作文的感受;4.作文获奖对你的影响;等等。

题二：

你是“十佳”小作家的竞选者，请以“我为什么而写作”为话题，写一篇谈自己的文学感悟和体会的文章。

第六届（2008 年）

参赛说明与要求：任选一题作文，文体不限，要求有真情实感，有个性特色，书写工整，字数为 800~1000 字（诗歌不少于 20 行）。

1.以“北京书简”为副题，正题自拟。

2.以“赶路”为话题，题目自拟（不得直接把话题作为题目）。

3.看下面的一组漫画，自拟题作文。

日前，宁波镇海中学推出一项全新的教改措施——该校将高中写作课改在QQ群里用“聊天”方式来上。45 分钟的课堂，不再是老师教学生听，而是在 QQ 群里“聊天”。

（作者王铎，选自《讽刺与幽默》2008 年 4 月 18 日第 2 版）

第七届（2009 年）

参赛说明与要求：任选一题作文，要求有真情实感，有个性特色，书写工整，字数为 800~1000 字（诗歌在 30 行以上），时间 75 分钟。

1.以假日自由阅读为题材写日记，并给日记加上题目。

2.从下面 A、B 两组词语中各选一个，再增添两三个别的词语，组合成一个题目作文，词序不作限制。

A.思想　文明　成长

B.回声　轨迹　花朵

3.阅读下面的文字后自拟题目作文。

长沙市某高中计算机特长班举行一次小测试，让学生听写20个不算生僻的汉字，如“喇叭、斡旋”等，结果错误率达七成。

南京一次招聘会上，某公司要求前来应聘的大学生手写一份申请表格，结果很多表格的字歪歪扭扭，错字连篇。招聘单位主管人员感叹：“这些大学生的字，真没法看。”

像这样的报道，报纸上常常可以看到。由此你有什么感想或联想？

第八届(2010年)

参赛说明与要求：任选一题作文，要求有真情实感，有个性特色，书写工整，字数为800~1000字(诗歌在30行以上)，时间70分钟。

1. 写一篇竞选学生会某职位干部的发言稿，题目自拟。

2. 以“______与______之间”为题作文，横线上自己补充恰当的词语，“与”字在不改变题意的条件下也可以去掉。

3. 阅读下面的文字后自拟题目作文。

据《北京日报》报道，记者走访北京图书大厦、中关村图书大厦、王府井书店等几家大型书城发现，进入暑期以来，各大书店的学生读者一下子多了起来，但一个共同的特点是，中外经典名著前冷冷清清，而青春小说、玄幻武侠小说等畅销书前，挤满了翻阅图书的中学生读者。

第九届(2011年)

参赛说明与要求：任选一题作文，要求有真情实感，有个性特色，书写工整，字数为800~1000字(诗歌在30行以上)。

1.以自己所在省(市、自治区)某一景点为对象，写一篇专题片解说词，题目自拟。

2.命题作文：以“最该给孩子补的课”为题目作文；也可以它为副标题作文，正标题自拟。

3.看下面的一幅漫画及画中的文字，自拟题目。

(作者成士壁,选自“天天漫画网”)

第十届(2012 年)

参赛说明与要求:任选一题作文,要求有真情实感,有个性特色,书写工整,字数为 800~1000 字(诗歌在 30 行以上)。

1.写一组或一则旅行(游览、采风)书简(即书信),题目自拟。

2.以“一种不能______的______”为题作文,横线上自己补充恰当的词语。

3.阅读下面的文字后自拟题目作文。

材料 A:近几年,中国穿越文艺作品很火。穿越小说俨然已经成为通俗小说的一种新门类,而穿越题材的影视剧收视率大都居高不下。

材料 B:据报道,福建漳浦县的两名小学女生小美和小华,疑因小华丢了自家卷帘门的钥匙,怕被责骂而相约跳塘自杀,遗嘱中小美盼望“穿越时空,回到清朝跟皇帝拍电影”。

材料 C:2012 年广东高考作文题是要求根据材料结合自己的体验和感悟写文章,一则材料是醉心于古文化研究的英国历史学家汤因比愿意出生在公元一世纪的中国新疆,一则是居里夫人在信上说,外甥女涵娜说愿意生在一世纪以前,女儿伊雷娜说宁可生得晚些,生在未来的世纪里,居里夫人以为,人们在每一个时期都可以过有趣而且有用的生活。

第十一届(2013 年)

参赛说明与要求:任选一题作文,要求有真情实感,有个性特色,书写工整,800~1000 字(诗歌在 30 行以上)。

1.如果你所在的地区(地级市等),准备拍摄主题为“魅力××”(“××”即地区名)的风光片,请为其中某一部写解说词,题目自拟。

2.以“小区人物”为副标题作文，根据你的实际情况，可以将“小区”改为“小村”等合适的词。

3.以“你的______我的______”为题作文，横线上自己补充恰当的词语（两处不要相同）。

4.阅读下面的文字后自拟题目作文。

据记者报道，北大未名湖畔的重要景观慈济寺山门遗址被游客写满留言，博雅塔、钟亭等其他景观也有多处留言。这些留言多数是高考考生“我一定要考上北大”之类的豪言壮语。

第十二届（2014年）

参赛说明与要求：任选一题作文，要求有真情实感，有个性特色，书写工整。800~1000字（诗歌在30行以上）。

1.给当地政府领导写封信，说说自己关于家乡发展的一点儿建议。题目自拟。

2.在“明天，我和你一起______”一题横线上添上恰当词语后，按题作文。

3.阅读下面的文字后自拟题目作文。

一家公司准备聘用一名小车司机，经过层层筛选，只剩下三名技术最优良的竞争者。主考者问他们：“悬崖边有块金子，你们开着车去拿，觉得能距离悬崖多近而又不至于掉落呢？”“两米。”第一位说。“半米。”第二位很有把握地说。“我会尽量远离悬崖，愈远愈好。”第三位说。结果这家公司录取了第三位。

第十三届（2015年）

参赛说明与要求：任选一题作文，要求有真情实感，有个性特色，书写工整。800~1000字（诗歌在30行以上）。

一、A卷

1.学校组织“红色文化之旅”采风活动，请你代表同学在出发仪式上讲话。写一篇发言稿。

2.从“韧劲、忍劲、狠劲、蛮劲”四个词语中任选两个，组题作文（可适当添加必要词语）。

3.阅读下面的文字后自拟题目作文。

寄居蟹与龙虾在深海中相遇，看见龙虾正把硬壳脱掉，便非常紧张地问：“龙虾，你怎可以把唯一保护自己身躯的硬壳放弃呢？难道你不怕有大鱼一口把你吃掉吗？”龙虾回答：“我们龙虾每次成长，都必须先脱掉旧壳，才能生长出更坚固的外壳，现在面对危险，只是为了将来发展得更好做准备。”

二、B卷

1.给新近创办的《______文化》刊物写发刊词。横线上的地名自填。

2.从“自信、自主、自立、自强”四个词语中任选两个，组题作文（可适当添加必要词语）。

3.阅读下面的文字后自拟题目作文。

一位骑电动车的年轻女子撞倒了一位骑三轮车的老人，她赶紧跑到老人身边。老人忙说：“我不讹你，你放心，不要紧，没事。”路人也纷纷上前，一起将老人扶了起来。女子要带老人到医院检查，但被拒绝。最后，女子给老人留下自己的电话号码才离开。

第十四届（2016年）

一、A卷决赛命题与要求

以下任选一题，要求有真情实感，有个性特色，书写工整，字数1000字左右（诗歌在30行以上）。

1.以“爱与______”为题写一篇叙事散文或小小说、诗歌。

2.叶圣陶先生有一句教育名言：“教是为了达到不需要教。”你是如何理解这句话的？请结合自己的学习感受谈谈你对当前学校教育的看法。

3.法国作家纪德的小说《背德者》中有一句名言：“生活有千百种形式，每人只能经历一种。艳羡别人的幸福，那是想入非非，即便得到也不会享那个福。现成的幸福要不得，应当逐步获取。”请你品味这段话，结合自己生活经历与感受，写一篇作文，文体不限，题目自拟。

二、B卷决赛命题与要求

以下任选一题，要求有真情实感，有个性特色，书写工整，字数1000字左右（诗歌在30行以上）。

1.以“我和______”为题写一篇叙事散文或小小说、诗歌。

2.当前许多学校出现了国学热，特别是要求孩子从小背诵《三字经》《千字文》《论语》、唐诗宋词等，但有的人认为不要热过了头，你对此有何看法？请以此为话题写一篇作文，题目自拟。

3.2016年4月4日，著名作家曹文轩荣获2016年国际安徒生奖，成为首位获得该殊荣的中国作家。国际安徒生奖评委会主席在颁奖时说：“曹文轩的作品书写关于悲伤和苦难的童年生活，树立了孩子们面对艰难生活的挑战的榜样，能够赢得广泛的儿童读者的喜爱。”你读过曹文轩的哪些作品？请你结合这句话和自己的成长经历，写一篇作文，文体不限，题目自拟。

第十五届（2017 年）

一、A 卷决赛命题与要求

以下任选一题，文体不限，字数 1500 字左右（诗歌 20 行以上），时间 90 分钟。

1.请以“我的阅读故事”为题写一篇作文。

2.日前，由国家语言资源监测与研究中心、商务印书馆、人民网主办的“汉语盘点 2016” 评选结果揭晓，2016 年度十大流行语、十大新词语和十大网络用语等悉数出炉。揭晓仪式上，著名作家、文化部原部长王蒙表示，特别反感“小鲜肉”“颜值”等网络词语。他的发言引起坊间热议：网络用语的流行，会给汉语带来怎样的影响？网络能让汉语更丰富多彩、更有生命力吗？请针对这一现象，写一篇作文。

3.阅读下面的文字后自拟题目作文。

春有百花秋有月，夏有凉风冬有雪。若无闲事挂心头，便是人间好时节。（宋·无门和尚《颂》）

或者在眼中，或者在胸中，是中国人，就从心里想要一座山。孔子需要一座泰山，让他发现天下之小。李白需要一座敬亭山，让他在云飞鸟尽之际有“相看两不厌”的对象。辛稼轩需要一座妩媚的青山，让他感到自己跟山相像的“情与貌”。是中国人，就有权利向上帝要一座山。（张晓风《常常，我想起一座山》）

二、B 卷决赛命题与要求

以下任选一题，字数 1000 字以上（诗歌 20 行以上），时间 120 分钟。

1.以“当我老了”为题写一篇作文，文体不限。

2.将下面的诗歌改编成一篇散文，或微型小说，或小剧本。

夜雨寄北

［唐］李商隐

君问归期未有期，巴山夜雨涨秋池。
何当共剪西窗烛，却话巴山夜雨时。

3.阅读下面的文字自拟题目作文。

调查显示：70%的中国人愿意依靠个人奋斗和专业技能取得成功，甚至可以为此完全改变或中断自己的当前生活，而各国的平均水平为 55%；70%的中国人认为物质财富是判断个人成功的标准，而各国平均水平为 37%。

第十六届(2018年)

一、冬季决赛命题

1.以“其实不需要”为题写一篇作文。也可以在准确理解题意的基础上另拟标题。

2.下面是唐代司空图《二十四诗品》中对于“典雅”风格的描绘,请参考这段文字描述的某个场景,结合你自己的经历与体验,写一篇作文。题目自拟。

玉壶买春,赏雨茅屋。坐中佳士,左右修竹。

白云初晴,幽鸟相逐。眠琴绿阴,上有飞瀑。

落花无言,人淡如菊。书之岁华,其曰可读。

3.关于生活的意义和人们在生活中所扮演的角色,古希腊哲学家毕达哥拉斯说过这样的一段话:“生活就像奥林匹克赛会,聚到这里来的人们通常抱有三种目的:有些人摩拳擦掌以折桂,有些人做买卖以赢利,但还有一些人只是单纯做旁观者,冷眼静观这一切。”请写一篇文章,展示你对这个问题的认识和思考。题目自拟。

二、夏季决赛A卷命题

1.“点”这个字,字典中列举的义项主要有:

名词性:①细小的痕迹或物体:墨点儿、雨点儿,引申为少量;②几何学上的“点”,小数点,汉字笔形(丶);③项,部分:要点、特点;④钟点;

动词性:⑤一落一起的动作:点头、点穴、点眼药;⑥加上点子,修饰:标点、点缀、画龙点睛;⑦引燃:点灯;⑧查对:点名;⑨指定,选派:点菜、点将;⑩启发:指点、点拨。

请根据其中的某个义项,以“点”为题(或自拟题目),写一篇文章。

2.请根据以下材料写一篇文章,题目自拟。

我有两个朋友,都不缺钱。一个朋友说,低于两百块钱的衣服再好他也不会穿;只要是名牌的衣服,不管是什么样的他都愿意穿。另一个朋友说,她有时会和朋友们去二手服装店淘衣服穿,觉得那里的衣服又便宜又漂亮。

三、夏季决赛B卷命题

1.以“梦想”为主题写一篇作文。要求:全文(含标题)不得出现“梦”字。

2.从下面的词语中选择三个以上,作为线索,自拟题目,写一篇文章。

函数 诗经 水杯 世界杯 红绿灯 牵牛花

四、夏季决赛C卷命题

1.以“别着急”为题(或在理解题意的基础上自拟题目),写一篇文章。

2.一般人都觉得,癖和痴都是性格上的毛病,可是明人张岱却说:“人无癖不可与交,以其无深情也;人无痴不可与交,以其无真气也。”大致意思是:不能和没有任何癖好(毛病)的人交往,因为其没有深沉的感情;不能和没有半点傻气的人交往,因为其缺少纯真的气质。对此,你怎么看?你的生活中有没有遇到过因为"癖"或"痴"而显得有趣、"可交"的人?请据此写一篇作文。

第十七届(2019年)

一、A卷

1.每个人的成长都离不开周围的环境:祖国给我们安宁,父母给我们生命,老师给我们知识,同学给我们情谊,朋友给我们帮助……我们安享着和平的阳光雨露,我们习惯了衣食无忧的生活,我们沉醉于春花秋月的美好……然而,有没有那么一个时刻,你曾感动于身边的某个人、事、物,甚至会在心里想一想,该如何报答他(她、它)?

请以"拿什么回报你"为题写一篇文章。也可根据题意自拟标题。

2.从下面两组词语中分别选择一个,组成"甲如乙"的比喻形式,以此为题写一篇文章。

甲组:数学　语文　同桌　老师　网络

乙组:草　树　铁　石　雨　河

二、B卷

1.孔子说:"诗,可以兴,可以观,可以群,可以怨,迩之事父,远之事君,多识于鸟兽草木之名。"中国是一个诗的国度,诗歌传统源远流长,诗歌体裁多种多样,诗的内容包罗万象,诗的风格气象万千。诗歌具有语言凝练、韵律优美、情感真挚、意境深远的特点,所以常常被看成文学的代名词。一个真正的文学爱好者,一定要善于从平凡的生活中发现充满诗意的境界,找到值得歌哭的故事。请从下面词语中选择一个,组合成"(　　)如诗",然后以此为题写一篇文章。

祖国　故土　街市　校园　远行

2. 美国篮球运动员科比·布莱恩特曾经率领湖人队获得了NBA总决赛第二名的好成绩。在赛后的新闻发布会上,科比说:"获得第二名,只能说明你是头号输家。我要做最好的,没有其他选择。"对此,你有什么看法?你怎么看待第二名?你有没有过获得第二名的经历?请围绕这一话题写一篇文章,题目自拟。

注:"叶圣陶杯"全国中学生新作文大赛自第四届起举办决赛。